SECRETO ·1929

SECRETO 1929

La consumación

Leopoldo Mendívil López

Grijalbo

Secreto 1929
La consumación

Primera edición: mayo, 2012
Primera reimpresión: agosto, 2012

D. R. © 2012, Leopoldo Mendívil López

D. R. © 2012, derechos de edición mundiales en lengua castellana:
   Random House Mondadori, S. A. de C. V.
   Av. Homero núm. 544, colonia Chapultepec Morales,
   Delegación Miguel Hidalgo, C.P. 11570, México, D.F.

www.megustaleer.com.mx

Comentarios sobre la edición y el contenido de este libro a:
megustaleer@rhmx.com.mx

ISBN 978-607-310-962-8

Impreso en México / *Printed in Mexico*

Para los 1 200 millones de católicos, los 600 millones de protestantes y anglicanos, los 274 millones de ortodoxos, los 18 millones de judíos, los 1 600 millones de islámicos, los 800 millones de shenistas y budistas del mundo, y para todos los demás millones de seres humanos que tienen el derecho a creer y que defienden la libertad

Para los priistas de esta nueva era, para que sea nueva

Para los masones buenos

Para los 1.5 millones de mexicanos que murieron como consecuencia de una revolución que no fue planeada en México, donde quiera que estén. Para los mexicanos de hoy, para que comiencen —comencemos— el Proyecto del México Futuro

Para mi amadísima madre Paty López G., mi amadísima princesa Azucena, mis increíbles y maravillosas hermanas, mi admiradísimo padre y mi querido tío Ramón

Para la mamá más preciosa del mundo, Patricia López Guerrero[†].
A donde vayas, siempre. Foto: archivo del autor.

Advertencia

La Orden de los Templarios no desapareció en octubre de 1307. Los sobrevivientes de la masacre del viernes 13 de octubre, perpetrada por el rey francés Felipe IV, se reagruparon bajo el nombre de la Orden Militar de Cristo, cuya sede se encuentra actualmente en Portugal. A ella pertenecieron los grandes exploradores portugueses Enrique el Navegante y Fernando de Magallanes. La orden continúa hasta nuestros días.

Como ellos, los Caballeros de Colón (Knights of Columbus) son una fraternidad global. Fundada en 1882 en Connecticut, Estados Unidos, entre sus miembros figuraron el presidente John F. Kennedy y estrellas del deporte como Vince Lombardi y Babe Ruth, así como personajes esenciales de *Secreto 1929*.

Los masones, contra la idea generalmente divulgada, no proceden de los templarios. Su origen es un misterio aún más oscuro que por fin verá la luz. A las órdenes masónicas pertenecieron personajes que aparecen en esta novela, como Winston Churchill, el presidente norteamericano Warren Harding y los presidentes mexicanos Plutarco Elías Calles, Emilio Portes Gil y Pascual Ortiz Rubio.

El núcleo de la red masónica mundial permaneció oculto —incluso para la mayoría de los masones del mundo— hasta el día de hoy. Su existencia misma fue el secreto masónico más poderoso desde el origen de la hermandad.

La masonería es la red de infiltración más extendida del mundo: ha desestabilizado gobiernos y hecho caer imperios. Su enemigo original no ha desaparecido; de hecho, se ha vuelto más fuerte y la guerra continúa. Hoy se sabe quién es la cabeza de la red, llamada "cabeza de cristal", y se sabe también quién la controla.

La guerra que se describe en esta novela comenzó hace siete siglos, y una parte de ella se libró en México en 1929. La guerra no ha terminado.

Para facilitar el flujo narrativo, algunos hechos se han sintetizado y novelizado —sin perder la fidelidad histórica—, y las acciones se han concatenado de forma que se mantenga la tensión dramática. El discurso de la escena 47 fue expresado ante la Cámara de Diputados el 1° de septiembre de 1928. Los desenlaces de Antonieta Rivas Mercado y José Vasconcelos en Europa se dan en una versión novelizada no comprobada.

Nota: este libro comulga con todo sajón que no sea racista y que condene al Ku-klux-klan y cualquier forma de segregación, persecución y genocidio.

Las semillas de la catástrofe

Abre sus compuertas la memoria y zonas enteras de hechos completamente olvidados resucitan hoy para ser esclarecidos.

José Vasconcelos

La francmasonería constituye un Estado dentro del Estado. Donde ya está introducida, el gobierno debe tratar de dominarla y hacerla inocua.

Wolfgang von Goethe
Escritor alemán (masón), carta al ministro de Exteriores de Prusia, Karl August, 31 de diciembre de 1807

La soberbia de estos republicanos [estadounidenses] no les permite vernos como iguales, sino como inferiores. Aman entrañablemente nuestro dinero, no a nosotros. En las sesiones del Congreso General y en las sesiones de los estados particulares no se habla de otra cosa que de armar ejércitos [...] con miras a quitarnos nuestra provincia de Texas.

José Manuel Bermúdez Zozaya
Primer embajador del Imperio Mexicano independiente ante los Estados Unidos, carta de advertencia al emperador Agustín de Iturbide, 22 de diciembre de 1822

No queremos al pueblo de México ni como ciudadano ni como súbdito. Todo lo que queremos es [...] su territorio.

Lewis Cass
(masón, gran maestro de las logias de Ohio y Michigan),
secretario de Estado de los Estados Unidos,
discurso ante el Senado de su país, 17 de marzo de 1848

Tanto nuestra raza como nuestras instituciones se esparcirán por el continente, haciendo [...] desaparecer a las razas mestizas [...] ante la superioridad del hombre blanco.

John Forsyth
Embajador de los Estados Unidos en México,
carta al secretario de Estado William L. Marcy, 4 de abril de 1857

No está lejano el día en que tres banderas de barras y estrellas señalen tres sitios equidistantes de nuestro territorio: el Polo Norte, el Canal de Panamá y el Polo Sur. Todo el hemisferio será nuestro. De hecho, en virtud de nuestra superioridad racial, ya es nuestro moralmente.

William Howard Taft
Presidente de los Estados Unidos (masón), en 1912,
días después de la invasión estadounidense de Nicaragua

Mexican Eagle —del magnate británico Lord Cowdray— es la compañía petrolera británica más grande del mundo. Éste es el inicio de una nueva era en la historia de la flota británica. Si el carbón fue por años la base del poder naval de Inglaterra, el petróleo es ahora tan importante que nuestra supervivencia misma depende de poder obtenerlo.

Sir Winston Churchill
primer lord del Almirantazgo británico,
discurso ante la Cámara de los Comunes, 17 de julio de 1913

Parece como si toda esta situación pudiera resumirse en una palabra: petróleo. ¡México es tan inagotable y tan trágicamente rico en esta cosa que todos lo envidian en el mundo!

EDITH O'SHAUGNESSY
Esposa del diplomático estadounidense asignado a México
Nelson O'Shaugnessy, 7 de febrero de 1916

Las naciones europeas se han obstinado y están minando la influencia de los Estados Unidos en México. Si México es ayudado por Inglaterra y Alemania se destruirá el prestigio de los Estados Unidos y nuestro comercio sufrirá pérdidas indecibles.

Coronel EDWARD M. HOUSE
informe al presidente de los Estados Unidos Woodrow Wilson, 1917

Si prospera la hoy llamada Doctrina Carranza —el petróleo de México para los mexicanos—, la hegemonía de los Estados Unidos en el continente desaparecerá y con ella nuestro comercio e influencia. Presumo que Alemania nos remplazará y Latinoamérica se separará de los Estados Unidos.

HENRY P. FLETCHER
Embajador de los Estados Unidos en México,
carta al secretario de Estado Robert Lansing, 26 de junio de 1918

Si nos apoderamos de las reservas de petróleo hoy existentes en el mundo podremos hacer lo que nos plazca.

WALTER LONG
Lord del Almirantazgo y la flota británicos, 27 de junio de 1920:

México es un país que requiere una regencia hábil. Bajo sus actuales amos [revolucionarios] se está degenerando. Alemania podrá ser grande y rica con los tesoros de ese subsuelo. Con unos cuantos cientos de millones se podría conseguir todo ese México.

ADOLF HITLER
Convención del Partido Nacional Socialista en Múnich,
22 de septiembre de 1928

Si los Estados Unidos no controlamos a México y protegemos a las empresas norteamericanas, nuestra nación perderá el control del país pobre más rico, no sólo de este continente, sino del mundo.

ALBERT B. FALL
secretario del Interior de los Estados Unidos, enero de 1923

Mientras estos países [los de América Latina] sigan siendo católicos, no podremos dominarlos.

THEODORE ROOSEVELT
presidente de los Estados Unidos, declaración durante
la Expedición Científica Roosevelt-Rondon a Sudamérica,
19 de mayo de 1914 (base de la Directiva Roosevelt)

La obra de descristianización que empezó con la Reforma de Juárez, y que hábilmente continuó el porfirismo, logró suprimir casi en su totalidad cualquier manifestación de vida religiosa. En medio del aterrador derrumbe apareció una fuerza inesperada, plenamente armada: la juventud católica, como si surgiera de lo más profundo del alma nacional.

RENÉ CAPISTRÁN GARZA
Presidente de la Asociación Católica de Jóvenes Mexicanos (ACJM), 1925

Cada semana de templos cerrados hará perder a la religión de los católicos dos por ciento de sus fieles.

PLUTARCO ELÍAS CALLES
Presidente de México, al diplomático francés en México
Ernest Lagarde (católico), 26 de agosto de 1926

Respecto a lo agrario, voy a convencer al presidente Calles de que México ya tomó [de los terratenientes estadounidenses en México] más tierras que las necesarias para los peones.

DWIGHT MORROW
Embajador de los Estados Unidos en México,
carta al secretario de Estado Frank B. Kellogg, noviembre de 1927

El gobierno de México es simplemente Calles. La Constitución [de 1917] es una farsa. El Congreso y el Poder Judicial son simples agentes. Calles es el único poder absoluto.

DWIGHT MORROW
Embajador de los Estados Unidos en México, confidencia al padre
Burke en La Habana, Cuba, 17 de enero de 1928

Los "arreglos" [con la Iglesia católica] fueron una declaración, no una promesa.

EMILIO PORTES GIL
Presidente interino de México (masón),
respecto a la violación del acuerdo de respetar la vida
de los rebeldes cristeros una vez que entregaron las armas

Un país dividido no puede hacer frente a los intereses del exterior.

JOSÉ VASCONCELOS
Candidato a la presidencia de México, Nogales, 1929

15

Una propaganda verdaderamente diabólica, como tal vez nunca antes la ha visto el mundo, está siendo dirigida desde un centro común. Se ha adaptado astutamente a las condiciones de diversos pueblos y tiene a su disposición vastos recursos financieros. Poco a poco está penetrando en la mente de la gente. Hay una conspiración de silencio sobre los horrores perpetrados en México, Rusia y en gran parte de España, un silencio favorecido por fuerzas ocultas que por mucho tiempo han trabajado para derrocar el orden social cristiano.

PAPA PÍO XI
Encíclica *Divini Redemptoris,* sobre los eventos de México en 1929

[...] la lucha es eterna, la lucha se inició hace veinte siglos [...]

EMILIO PORTES GIL
(Masón), presidente interino de México,
banquete masónico, 27 de julio de 1929

Sí, declaro que un pinche muerto más o menos no me va a quitar el sueño [...] ni aquí en la tierra ni en el cielo [...] o tal vez en el infierno, pero como soy de tierra tan caliente no me va a afectar la temperatura.

GONZALO N. SANTOS
Diputado por San Luis Potosí, sobre el asesinato del joven vasconcelista
Germán de Campo, el 20 de septiembre de 1929

En cuanto al petróleo, no tuvimos ninguna dificultad en hacer que el presidente [Plutarco Elías Calles] hiciera declarar inconstitucional la Constitución de 1917 [que el petróleo de México es de los mexicanos] y que creara una nueva ley en la que aquellos [las corporaciones trasnacionales] que tenían derechos [sobre el petróleo mexicano] antes de 1917 continuaran disfrutándolos a pesar de la "Constitución".

DWIGHT MORROW
Embajador de los Estados Unidos en México,
Conferencia de Londres, 3 de marzo de 1930

Morrow reorganizó a México, le puso orden a sus finanzas y tomó bajo su tutela al ministro de Hacienda, Montes de Oca. No hubo departamento del gobierno de México que Morrow no hubiera dirigido.

Coronel Alexander MacNab
Agregado militar con el embajador Morrow, 4 de marzo de 1931

"Les doy el secreto para conservarse en el poder", había dicho [el embajador Dwight W. Morrow] cuando entregó a Portes Gil, detallado y preciso, el plan de organización de un partido oficial.

José Vasconcelos
Reporte de los acontecimientos de 1929 en *La Flama,*
cuatro meses antes de morir, en 1959

[Calles será] un caudillo hipócrita escondido tras el Partido Nacional Revolucionario, un partido que está por formarse y que tendrá la misión de permitirle controlar todo el poder en sus manos. Ese partido pontificio [...] va a fundarse bajo la hegemonía de un hombre.

Antonio Díaz Soto y Gama
Sesión de la Cámara de Diputados, 8 de octubre de 1928

Con objeto de encauzar y unir en un solo conglomerado a todas las fuerzas de la primera tendencia revolucionaria, siguiendo las sugestiones contenidas en el mensaje [del ex presidente Plutarco Elías Calles] al Congreso [el día 1º de septiembre de 1928], nos hemos reunido los suscritos para constituir el Comité Organizador del Partido Nacional Revolucionario [germen del PRI].

Plutarco Elías Calles, Luis L. León,
Manuel Pérez Treviño y Aarón Sáenz
Manifiesto de fundación del nuevo partido, 1º de diciembre de 1928

Propósito: invasión silenciosa e indetectable de México para el control futuro de sus reservas de petróleo, marzo de 1918. Plan de intervención en México. Intervención armada de México por los propios mexicanos.

Plan Dickson
Proyecto secreto preparado por el mayor general HUGO DICKSON para
la División de Inteligencia Militar del ejército de los Estados Unidos

Personalmente no estoy de acuerdo con esta ley [aprobada para obligar a la Iglesia católica a disminuir su número de sacerdotes], pero si rehúso firmarla, es muy probable que yo sea asesinado.

PASCUAL ORTIZ RUBIO
Presidente de México (masón), confidencia al obispo Pascual Díaz
durante una protesta multitudinaria en el Distrito Federal,
enero de 1932

0

Basílica de Guadalupe, cerro del Tepeyac, Ciudad de México, 15 de noviembre de 1921.

Una pequeña morena de ojos y pestañas grandes, cubierta con un delicado velo blanco, se acercó al altar muy seria y piadosa, llevando una veladora encendida entre sus palmas. La veladora tenía estampado un trébol de rosas —el regalo a la Virgen— y su llama despedía un dulce olor a estas flores.

En el altar la esperaban otras mujeres arrodilladas frente a la imagen de la Virgen María de Guadalupe —la reliquia religioso-arqueológica más apreciada por el pueblo mexicano desde hacía cuatro siglos—. La pequeña caminó hacia ellas, viendo en la santa oscuridad de la basílica el rostro iluminado de la bondadosa madre de Cristo y de los mexicanos. Sintió que la Virgen la miraba tiernamente y que la reconfortaba: "Diles que no se preocupen. Diles que todo va a estar bien. Yo estaré contigo siempre. La esperanza triunfará".

Al acercarse oyó a su abuela y a su madre que oraban y lloraban al mismo tiempo. Miró hacia un lado y se dio cuenta de que todos en el templo rezaban y gemían silenciosamente, y se preguntó por qué México siempre tenía que llorar.

Entregó la veladora en las tibias manos de su madre, quien le sonrió y le dijo "gracias" con los ojos vidriosos y se volvió de nuevo hacia la Guadalupana. La niña se hincó sobre la tabla acolchada de la banca y suplicó:

—Virgen María, madre de Dios, te pido que me des la fuerza y el poder para cambiar el futuro de mi país. Ya no quiero llorar. Quiero actuar para que nadie vuelva a llorar. —Observó por un instante la belleza mexicana de la Virgen, que de momento le pareció una mezcla de todas las razas humanas. Su mirada era la de todas las madres del mundo. La tilma misma, pintada por hombres o por Dios, le pareció un espacio interminable, un instante en una sinfonía cósmica.

Algo rechinó detrás de la niña. Volvió el rostro y vio una figura que le pareció salida del Apocalipsis: un cuerpo largo, alto, chupado y curvado cubierto por una manta negra deshilachada que le oscurecía completamente el rostro avanzaba por el pasillo central con una lentitud sinuosa y maligna. La atemorizadora entidad se introdujo hasta el centro del templo cargando una caja de bronce. Cada lado de ésta mostraba en relieve una calavera de donde surgían, a manera de caberrera, cuchillos en llamas, todo enmarcado en tres letras de un alfabeto desconocido. La niña trató de distinguirle la faz de la espectral figura, pero sólo consiguió ver dentro de su capucha un abismo negro. Las manos del ser tenían largos dedos terminados en puntas filosas y llevaban un gran anillo broncíneo en cada falange.

Las oraciones y los sollozos de doscientas mujeres se silenciaron al escucharse los pasos retumbantes del intruso, que arrastró un pie y luego el otro, en forma muy perturbadora, hacia el altar. Se alcanzaba a discernir algo en la espalda de la creatura, un símbolo que hizo a las mujeres levantarse de sus bancas: eran las mismas tres letras extrañas, de las cuales la última parecía un enorme crucifijo en llamas.

—¡Padre Antonio! ¡Que venga el padre Antonio! —pidió una.

La pequeña de nueve años agarró a su mamá y a su abuela de los brazos y las jaló hacia atrás.

—¡Corran! —les gritó en ese instante paralizado, pero ni su madre ni la abuela se movieron de su lugar, detenidas por la negra energía del ser.

La creatura pasó a un lado de la niña y se volvió hacia abajo para verla. La pequeña alcanzó a distinguir una especie de sonrisa y un ojo transparente, sin pupila. ¿Era una mujer o un hombre? Imposible saberlo. La manta negra tenía manchas que olían a metal, a caverna y a sangre.

Aquel ser le susurró a la niña, con voz de rechinido:

—*Roma delenda est. Romae peribunt. Missio Perpetratum Erit. Novus Ordo Seclorum.*

La entidad levantó su mano derecha, con sus dedos índice y medio unidos apuntando hacia el cielo, y luego los dirigió hacia abajo y continuó hablando a la pequeña:

—*Erit novum mundi caput. Mundum habebit columna nova. Gentium servi nostri: Nos erimus nova fundamentum mundi. Irminsul Sax resurgam! Saxum Imperium incipiat! Summum saxonum, Eu nimet saxas!*

Al fondo, cuatro figuras con las cabezas cubiertas con capirotes blancos y con crucifijos negros en el pecho comenzaron a cerrar las puertas de la basílica con barras metálicas semejantes a cuchillos. La entidad miró paralizantemente a la niña, y con un chirriante susurro que sonó a hombre y a mujer le dijo:

—Cada día que los templos estén cerrados, tu país católico perderá a dos de cada centenar de sus fieles. Esta guerra es eterna. Comenzó hace dos mil años —y torció la cabeza—. *Eu nimet Saxas. Roma delenda est.*

Con mucha fuerza, la presencia arrojó hacia la Virgen de Guadalupe la caja metálica de calaveras. La niña observó el cubo broncíneo girando en el aire como un dado negro-dorado, con dirección a los pies de la Virgen. El intruso lentamente volvió a ver a la niña. El objeto cúbico, en su trayecto hacia la venerada imagen, comenzó a vibrar y los cráneos de bronce expulsaron algo rojo por los ojos. Sólo una fracción de segundo después, la caja estalló como una granada y llenó todo de fuego. Fragmentos de bronce caliente convertidos en astillas y cuchillas volaron hacia la carne de los feligreses para romper huesos y piel. El fuego, en forma de ola amarilla, se expandió hacia el rostro de la niña, quien sólo alcanzó a darse cuenta de que tanto su madre como su abuela seguían ahí, paralizadas, y alcanzó a tomar la mano de la primera de ellas.

Acababa de dar comienzo una de las guerras más sangrientas entre un gobierno y su propio pueblo, y esta guerra ni siquiera se había planeado en México.

1

Ciudad del Vaticano, Roma, Italia, 17 de julio de 1928.

Se abrieron las gruesas puertas de la inmensa Galería de los Mapas del Palacio Apostólico Vaticano y un grupo de soberanos pontificios entraron empequeñecidos en ese vasto túnel de pinturas geográficas gigantescas. Arrastraron sus túnicas hacia el encuentro del hombre solitario y consternado que los esperaba al fondo. Se encontraba de pie y acariciaba temblorosamente un antiguo globo del mundo que le llegaba al pecho. Frunció el ceño para acomodarse los ovalados anteojos.

—Hermanos en Cristo —les dijo haciendo eco en el silencio de la nave—, hay una cabeza oculta detrás de todo esto. Hay una cadena de mando secreta que utiliza eslabones desarticulados con códigos de máxima confidencialidad.

Los cardenales lo miraron atemorizados. Él continuó:

—Va a ser difícil que contengamos las lágrimas. Algunos de los jóvenes que están muriendo en México lo hacen con un rosario en la mano, en el nombre de Jesucristo —y miró hacia abajo, al territorio de México en el globo terráqueo.

—Su Santidad —le respondió su secretario de Estado, el cardenal Enrico Gasparri—, hemos deliberado y no encontramos curso de acción. El gobierno de México se sabe apoyado por la Casa Blanca.

El papa Pío XI arrugó el rostro y miró el globo.

—Ya casi no queda libertad alguna para la Iglesia en esa región del mundo. El ejercicio de los ministerios sagrados se castiga ahora como si fuera un delito. Un pequeño grupo de hombres está ultrajando los derechos de Dios y de la Iglesia, sin la menor piedad hacia sus propios ciudadanos.

Los cardenales permanecieron en silencio.

—Santo Padre —dijo uno—, lo que han hecho los llamados revolucionarios que tomaron el poder en México es convertir esta persecución en algo legal. Al crear su llamada Constitución Política del año 1917 han convertido a los sacerdotes virtualmente en criminales. Las congregaciones de monjas han sido definitivamente prohibidas. Cualquier manifestación de fe en la vía pública está proscrita. El gobierno ha declarado todo edificio de la Iglesia propiedad del Estado, incluyendo escuelas, hospitales y centros de caridad.

—¡Dios mío...! —el papa miró hacia arriba y recorrió lentamente la vasta bóveda dorada.

—Eso no ha sido lo peor —dijo Gasparri—. La organización gobiernista de sindicatos llamada CROM, dirigida por un secretario de Estado de nombre Luis N. Morones, fue quien hizo estallar la bomba en la Basílica de Guadalupe de la Ciudad de México, a los pies de la Virgen de Guadalupe hace ocho años, como todos recordamos.

—Su Santidad —habló otro—, Morones responde a un grupo bancario de los Estados Unidos. Tengo aquí un cable confidencial.

—El enlace inicial fue Samuel Gompers —añadió uno más.

—¿Gompers...? —se inquietó el papa.

—Este Morones —siguió Gasparri— envió gatilleros con ametralladoras a la Asociación Católica de Jóvenes Mexicanos e hizo detonar otra bomba para derrumbar el monumento a Cristo Rey que los mexicanos están construyendo en lo alto de un cerro llamado del Cubilete, en el estado de Guanajuato. Los ciudadanos que protestaron fueron ametrallados.

El pontífice quedó perplejo y preguntó:

—¿Cómo es posible que el catolicismo esté bajo exterminio en un país donde más de noventa y cinco por ciento de la gente lo profesa? ¿Por

qué una nación de millones está bajo el yugo de unos cuantos asesinos?
—y miró a Gasparri. Éste le respondió en voz baja:

—Porque esos millones no saben qué hacer...

—¿Quién está detrás de todo esto? ¿Ya lo averiguaste...? —le preguntó el papa.

—Santo Padre —interrumpió otro—, esto es una persecución. Hoy está llegando a la capital de México el general Álvaro Obregón. Fue Obregón quien inició esta persecución hace ocho años. Fue presidente antes que el actual presidente Calles, quien sólo es su títere. Ahora Obregón regresa para retomar la presidencia personalmente, tras ganar unas elecciones en las que fue el único candidato, y en un país que hizo una revolución para que se prohibiera la reelección.

—Su Santidad —añadió Gasparri—, usted conoce los intereses que están en juego detrás de este general Obregón.

—No tenemos aún las pruebas —dijo el pontífice—. Ayúdame a obtenerlas.

—Podemos conseguirlas. El general Obregón tiene hoy una cita con el nuevo embajador de los Estados Unidos en México, Dwight Morrow. Ésta es nuestra oportunidad.

—¿Con Dwight Morrow..., el vicepresidente de J. P. Morgan? —dijo el papa levantando la mirada.

—Lo que debemos esperar, Su Santidad, es una nueva ola de sangre. Lo que quieren es acabar con la Iglesia. México es sólo la trinchera que eligieron para esta batalla. Usted sabe de dónde viene esta conjura.

El sucesor de Pedro tocó el globo terráqueo y murmuró:

—¿Quién es nuestro verdadero enemigo? ¿Dónde se esconde? ¿Cuál es la verdadera cabeza de esta red secreta que nos ataca?

—Su Santidad, hay un complot mundial para destruir a la Iglesia católica, y en este momento la batalla final se libra en México.

El papa suspiró muy lentamente y cerró los ojos.

—Es increíblemente enorme la tristeza que siento en este momento —les dijo—. Una propaganda verdaderamente diabólica, como tal vez nunca la ha visto el mundo, se está desplegando en estos momentos. No sólo es México —y sus dedos lentamente abarcaron México, España y el enorme territorio de la recién creada Unión Soviética.

Los cardenales lo miraron en silencio. Él les dijo:

—Éste es un *triángulo terrible* —y su cuerpo se volvió pesado a causa de la fatiga moral—. Poco a poco se expande a nuevos países, penetra periódicos, congresos, organizaciones y las mentes de la gente. Este plan tiene a su disposición recursos financieros sin precedentes. Quien está detrás de él no sólo lo está haciendo para destruir al catolicismo o al cristianismo, sino toda forma de religión sobre la Tierra, para imponer una nueva estructura de poder sobre el planeta.

—Santo Padre, tenemos ya un agente encubierto en México. Sirvió en la Unión Soviética hace seis años. Está listo para entrar en acción en cuanto usted se lo ordene. Es nuestra oportunidad de penetrar esta red y llegar hasta el corazón de la telaraña, hasta la cabeza, hasta la llamada "Gran cabeza de cristal".

—Está bien. Díganle que comience.

2

Ciudad de México, 1929.

"Es la Gran cabeza de cristal", pensó el general Álvaro Obregón. En la Ciudad de México, en la colonia más gótica de esa capital —la misteriosa colonia Roma—, en la calle más gótica de esa colonia —la avenida Jalisco—, un Cadillac negro con placas 6-985 estaba vibrando con el motor encendido frente al número 185. Eran las 13:00 horas.

Había otros vehículos más en esa acera, todos tripulados por choferes y gatilleros listos para proteger la vida del presidente electo, Álvaro Obregón, quien tenía quince días de haber ganado las elecciones. El obeso general de anchos bigotes salió de su casa seguido por su guardia. Venía acomodándose el saco tortuosamente. Aún no se acostumbraba a la falta del brazo derecho aunque ya habían pasado más de catorce años desde que lo perdió en las batallas del Bajío. Le abrieron la puerta del vehículo y subió rápidamente. Ahí lo esperaban su jefe de ayudantes, el diputado Ricardo Topete; el general Antonio Ríos Zertuche, y el gobernador del estado de Hidalgo, Matías Rodríguez. La caravana de autos escolta la comandaban los leales jefes de guardia obregonista Ignacio Otero Pablos y Juan Jaimes.

—General —le sonrió a Obregón el gobernador Rodríguez—, mire lo que hoy publica el *New York Times* en la primera plana —y le leyó—: "La prohibición al catolicismo permanecerá, indica Obregón; el presidente electo no cambiará la actitud del Gobierno contra la Iglesia católica".

El portentoso Cadillac arrancó.

—A La Bombilla —ordenó Obregón—. ¿Qué más?

—"El gobernador de Nueva York, Al Smith, está actuando como fiscal contra un criminal fugitivo."

—Estúpidos demócratas católicos —dijo Obregón—. Al Smith es un santurrón irlandés empleado del Vaticano. Se lo van a chingar. ¿Qué más?

—"Los mercados de Londres, París y Berlín se mueven dentro de una banda estrecha. Mexican Eagle, subsidiaria de la petrolera europea Royal Dutch Shell, inicia nueva oferta de acciones en Europa."

—Hutchinson… pinche puto —gimió el general—. Hutchinson es el hijo corporativo de Lord Cowdray y Winston Churchill.

El gobernador Rodríguez siguió leyendo para el caudillo mientras el auto y la caravana tomaban por la Avenida de los Insurgentes hacia el sur de la ciudad:

—"Intereses petroleros planean conferencia mundial. La cumbre se verificará en Nueva York para discutir el Acuerdo Proration y restringir importaciones de petróleo europeo a los Estados Unidos. La negociación de la americana Standard Oil de John D. Rockefeller con Rusia se mantiene. Sus adquisiciones en territorio soviético continúan bajo acuerdo con la europea Royal Dutch Shell. Standard Oil gana esta contienda contra el consorcio europeo."

—Eso me gusta —sonrió el general y frunció aún más el entrecejo. Sus ojos se movieron de un lado al otro, siempre llenos de sospechas—. Todo esto es una guerra entre esas dos corporaciones. Estamos en la correcta —y le palmeó el muslo con la mano izquierda—. ¿Qué más?

—"Enorme negociación de petróleo en México." —este encabezado horrorizó a Obregón— "La empresa estatal mexicana Ferrocarriles Nacionales contrata cinco millones de barriles a la Huasteca Petroleum Company de John D. Rockefeller y Edward Doheny, y también a la europea Royal Dutch Shell a través de su subsidiaria El Águila, administrada en México por Robert D. Hutchinson. Es el mayor contrato de suministro de combustible alguna vez firmado en México para consumo interno."

—Pinche traidor… —murmuró Obregón— Le dije a Calles que se esperara con esto. Esto me tocaba a mí… —y se golpeó el pecho con su única mano, la izquierda— ¡Ahora el pendejo es el que quedó bien con los papitos! —y negó lentamente con la cabeza, apretando la quijada— ¿Qué más?

—"Saquean en Parral, Chihuahua, la tumba del rebelde mexicano Pancho Villa; hurtan cabeza."

El general Obregón se sobresaltó y sonrió:

—¿Se robaron la cabeza de ese pendejo? —se alegró porque él había ordenado el asesinato del "héroe revolucionario" hacía cinco años. El gobernador Rodríguez continuó:

—"Se ignora dónde está la cabeza del revolucionario. Fue arrestado por este incidente el mercenario americano Emil Holmdahl, quien declara haber recibido veinticinco mil dólares por el cráneo. Rehúsa revelar la identidad de quien lo contrató, así como el paradero de la cabeza, que, dice, ya está en camino hacia su comprador secreto en Wall Street, Nueva York."

—No es mala idea —sonrió el presidente electo, sin aflojar el ceño—. Debí haber conservado yo esa cabeza para ponerla con mi colección de disecados. ¿Qué más? —y miró su reloj, colocado en el muñón de su brazo amputado.

—Ésta le va a gustar más, general: "Cincuenta mil personas reciben en la Ciudad de México al presidente electo, general Álvaro Obregón, a su regreso desde su natal Sonora. La paz con la Iglesia católica ha sido negada. Mexicanos arrestan a cincuenta católicos. Matan a cuarenta mexicanos del movimiento religioso rebelde 'Cristiada' en las montañas de Michoacán".

—Amaro es un asesino —le sonrió el general Obregón al gobernador Rodríguez—. Lo único más feo que la cara del Indio Amaro es su alma.

El gobernador se puso serio y comenzó a temblarle la voz:

—No todo es bueno, general: "Rebeldes cristeros cuelgan a tres soldados en México. Empleados de diputado federal anticatólico ligado a Obregón y a Plutarco Calles fueron capturados por cristeros en un tren y colgados".

—Pinches fanáticos. ¿Qué más?

—General, aquí en la página 36 hay un cable de Washington que probablemente deba preocuparnos.

—¿Preocuparnos? —y se irguió sobre su asiento— ¡Entonces léemelo, pendejo!

—"Movimientos de embarcaciones navales precautorias de la Marina de los Estados Unidos hacia México."

El general se enderezó más y se le inyectaron los ojos de ira.

—¿Qué dices? ¿Cómo que "hacia México"?

El auto llegó al cruce de avenida Tizapán. El gobernador Rodríguez bajó el periódico y dijo:

—"El gobierno de Calvin Coolidge está enviando barcos de guerra a México. Temen golpe de Estado."

—¡¿Golpe de Estado!? —Obregón frunció aún más el ceño y abrió los ojos. Sus acompañantes permanecieron callados. El gobernador Rodríguez continuó:

—General, me temo que existe un plan para asesinarlo esta mañana.

El general se alteró y comenzó a sacudir la cabeza.

—¿Estás pendejo? ¡Hoy mismo tengo cita con el embajador Morrow! ¡Tengo una cita con él a las cinco de la tarde!

Pero el general ya sabía lo que le venía.

3

Al otro lado de la acera de la casa del general, un muchacho de veintiocho años, alto, delgado y bien parecido, que vestía un suéter café de cuadros rojos, había estado escondido detrás de un árbol. Vio el Cadillac 6-985 partir hacia Insurgentes y dirigirse al sur seguido por su caravana de automóviles de protección. Miró hacia arriba, a los horrendos murciélagos de hierro de los arbotantes del camellón de la avenida Jalisco, que lo vigilaban desde entre las frondas de los árboles. De su bolsillo extrajo lentamente un negro y brillante revólver Star automático de 35 milímetros. Disimuladamente lo guardó de nuevo en su pantalón. Se arrodilló en la banqueta y comenzó a sudar. Oró, se persignó y tomó un taxi.

—Al restaurante La Bombilla, por favor —ya sabía todo el itinerario del general para ese día.

Desde una de las ventanas de la casa localizada frente a la residencia de Obregón, alguien observó la partida tanto de la caravana como del otro hombre. Después tomó el auricular y solicitó una llamada a Roma. La persona que le contestó después de unos minutos lo saludó en italiano. Era su contacto en la oficina de la Policía Secreta Vaticana. La respuesta a ese saludo fue la siguiente:

—Informen a Su Santidad que nuestro agente ya está activado —y colgó.

4

Monte Pleasant, mansión Kykuit.

Dentro de una enorme casa parecida a un templo romano cubierto de enredaderas —la llamada mansión Kykuit—, en uno de los cuartos de arriba, completamente a oscuras salvo por la hoja cortante de luz que entraba por una rendija de la ventana, platicaban un hombre anciano y su hijo. La luz le daba al anciano a la mitad de una mejilla.

—Querido hijo —y le entregó un cúmulo de documentos—, te estoy entregando 166 072 acciones de nuestra Standard Oil Company de California.

—Pero padre... —y miró detrás de éste, en la pared casi totalmente oscura, una imagen bautista de Jesucristo descendiendo sobre un mundo ardiendo en el Apocalipsis, con un mensaje debajo: "Y vendrá Él por segunda vez, con gloria, para juzgar a vivos y muertos, y su reino no tendrá fin". John junior tragó saliva.

—Hijo —le gruñó suavemente su padre—, he dado instrucciones a nuestra oficina de Broadway 26 para que se comiencen a transferir a tus cuentas estas acciones.

—Gracias, padre, pero yo...

—También dos lotes de 13 mil y de 50 mil acciones de nuestra Standard Oil Company de Nueva Jersey.

—Padre...

—También 20 mil acciones de nuestra Standard Oil Company de Indiana —y se llevó el puño a la boca para toser, retrayendo lentamente la mandíbula.

—¿Estás bien, padre? —se enderezó el hijo, preocupado.

El anciano cerró los ojos y al abrir la boca sintió el calor del filo de luz en su cara. Amasó un gran moco en su garganta y dijo:

—También te estoy transfiriendo 7 943 acciones de la Colorado Fuel and Iron Company y 186 691 acciones de nuestra Standard Oil Company de Nueva York.

—Padre, no sé cómo agradecerte, pero...

—Hijo, hijo —le palmeó el antebrazo y se lo estrujó tensamente con su mano—. Este conjunto está valuado en más de 450 millones de dólares. ¿Comprendes lo que te digo? Se acerca el momento en el que tendrás el control final sobre 1 500 millones de dólares. Es más que el producto de varios países.

Lo miró fijamente a través de sus suaves y duros ojos amembranados y grisáceos.

—¿Comprendes lo que te digo, hijo?

—Querido padre... —y tragó saliva nuevamente. Sus ojos se le desviaron involuntariamente hacia la poderosa mirada juzgadora de Jesucristo— Padre, te agradezco desde el fondo de mi corazón tu enorme generosidad para conmigo. Me demuestras mucha confianza y afecto. Las oportunidades que me das con esto para hacer el bien son ilimitadas y maravillosas —y miró otra vez a Jesucristo.

—Lo mereces, hijo —le dijo John D. Rockefeller, patriarca de la dinastía más poderosa del mundo. John junior, de cincuenta y cinco años, contestó:

—Sólo puedo desear y orar para ser sabio y generoso como tú lo has sido, padre. Espero que nunca tengas causas para arrepentirte de haber depositado sobre mí esta gran responsabilidad.

El nonagenario dueño del conglomerado multinacional Standard Oil aspiró entrecortadamente, arqueando con lentitud su adolorida espalda.

—Hijo, sé que tú y yo fuimos lejanos en el pasado —y bajó la mirada—. Estoy orgulloso de lo que has logrado hasta ahora, con tu parte aquí —y se apoyó firmemente en el antebrazo de su hijo para levantarse. John junior se incorporó con él para ayudarlo—. Has ido más allá, hijo, en la contemplación de nuestra actitud hacia el mundo —y sonrió para sí mismo—. Hay mucho que conquistar hacia el futuro, ¿me entiendes? —se volvió a verlo, sonriendo.

—Sí, padre.

—No te permitas saturarte de los detalles —y empezó a arrastrar los pies hacia Jesucristo—. Deja que otros se encarguen de eso. Nosotros, tú y yo, estamos aquí para planear.

—Padre, a veces me siento mal por la mezquindad y la envidia de la gente. Pero luego contemplo tu paciencia, tu grandeza de corazón, tu tolerancia cristiana. A veces pienso que soy muy poco, ¿sabes?, pero intento hacer lo máximo. Luego pienso en lo que tú has logrado —y pienso "no soy como tú"—. Eso me impulsa, padre. Has puesto algo titánico frente a mí.

—Nada es demasiado, hijo. Nada es demasiado.

—Espero que Dios, que te ha guiado a ti tan maravillosamente todos estos años, a quien tú has servido con tanta fe, ahora me dirija en este camino de deber y de servicio a los demás, para continuar todo el gran proyecto que has establecido para la humanidad.

El poderoso anciano lo miró de nuevo y le sonrió en forma enigmática. Tosió doblando todo su cuerpo y se detuvo a los pies de Jesucristo. Miró a Jesús y luego bajó la vista a un mapa del mundo que decía "Plan Global de Evangelización. Fundación Rockefeller". Lo acarició lentamente con sus manos emblandecidas que olían a acetona y ácido úrico.

—Hijo, ¿tú crees que todo esto lo hice por dinero?

—No, padre. Lo hiciste por amor a Dios —y miró en las oscuras repisas de la pared del fondo las preseas de Standard Oil, torres de petróleo de oro macizo entregadas a su padre por presidentes de varios países.

—Hijo, nadie hace una verdadera fortuna por amor al dinero —le sonrió de lado—. Nada de lo que hice fue por el dinero. No fue por el petróleo —y se llevó la mano a la boca como si fuera a vomitar. Se apoyó en su hijo—. No fue por los bancos, ni por las subsidiarias. No fue por el National City Bank ni por el Chase Manhattan Bank; ni por el control de los sindicatos ni de los partidos ni de las regiones del mundo.

—Lo sé, padre.

—Tú sabes que no disfruto el dinero. Nunca lo gasté en mí. Ni tu madre ni yo hemos amado nunca los lujos. Todo está reinvertido en la organización.

—Eso es lo que admiro de ti, padre.

—Lo que siempre quise... —y miró a su hijo— Lo que yo siempre quise fue crear algo —y le sonrió—. ¿Me entiendes?

—¿Crear algo, padre?

El anciano lo miró fijamente, y con lentitud acarició el ancho mapa del mundo.

—Lo que yo siempre quise fue crear algo que todavía no está terminado —y le volvió a sonreír—. Algo que apenas está comenzando. Algo que tú y tus hijos llevarán a la realidad.

5

En la Ciudad de México la tormenta apenas estaba comenzando. El imponente Cadillac 6-985 del general Obregón se aproximaba a la zona de San Ángel, en el sur de la ciudad, y el presidente electo dio las primeras muestras de miedo.

—Nunca debí confiar en el idiota de Plutarco Elías Calles —gruñó en una forma que aterrorizó a los que lo acompañaban—. Yo lo puse en la presidencia. Le dije: "Yo soy Porfirio Díaz y tú eres Manuel González. Te pongo, tú cambias la Constitución para que yo regrese. Tú sólo estás de mientras".

—General —le respondió Ríos Zertuche—, aquí tengo otro periódico —y se mordió los labios—. Dice: "El secretario de Industria y Comercio del presidente mexicano Plutarco Calles y líder de la nueva red de sindicatos mexicanos, la CROM, afirma que el presidente electo Álvaro Obregón no va a llegar a la presidencia".

—Pinche gordo traidor. Luis Morones es un gordo traidor —y azotó los dedos—. Yo lo hice, no Samuel Gompers. Todos son unos pinches traidores —y alzó la cabeza para ver al chofer. Le murmuró a Ricardo Topete en el oído—: ¿conoces a este chofer?

El general Ríos Zertuche continuó:

—Detrás de Luis Morones está el presidente Calles, general. De eso no hay duda. La pregunta es quién está respaldando a Plutarco.

Álvaro Obregón retorció su cuerpo en el asiento.

—La gente ya votó por mí. Ahora ya soy otra vez el presidente de México. Y les prometo a ustedes que voy a aplastar a este pinche traidor. Lo voy a matar. Lo voy a poner en mi sótano con los disecaditos. Alisten a mis 20 mil hombres de la guarnición de Sonora. Si esto es la guerra, que comience. Apenas salga de mi reunión con el embajador Morrow veremos quién gana, el bastardo o yo.

—No va a ser posible, general.

—¿Qué dices?

—Sus soldados de Sonora ya no están en Sonora. El presidente Calles los acaba de transferir a San Luis Potosí al mando del gobernador Saturnino Cedillo. Van en camino.

—Ese pinche indio enano cara de sapo abortado.

—El general Saturnino Cedillo ahora es de Calles, general. Morones, Cedillo, todos son ya de Calles.

—¡Pinche traidor. Todos son unos pinches traidores!

—Morones está diciendo que usted llegó al poder con dinero y armas de los Estados Unidos, y que una organización petrolera le pagó a usted para que matara a Venustiano Carranza y así pudiera controlar el petróleo de México.

—Morones es un hipócrita. Ese gordo repugnante es el brazo de Samuel Gompers en México. Él sabe mejor que yo lo que hay detrás de todos esos tratados... Él sabe mejor que yo lo que está cifrado en los Documentos R.

Obregón hizo una mueca horrible al recordar el pasado. Comenzó a sentir calambres y contracciones en su brazo derecho. Se lo llevó a los ojos, pero sólo vio el reloj colocado en el muñón.

—A veces siento mi mano —le murmuró a Ricardo Topete, y movió los dedos.

—¿Qué es lo que siente?

—Calambres. Hormigueo. La "cabeza de cristal" está en la urna de Plutarco. La llave y el mapa están en mi mano.

—¿Perdón, general? —se espantó Topete.

Álvaro Obregón comenzó a desvanecerse y le vino la tierna imagen de su protector, el barbudo presidente asesinado Venustiano Carranza, sonriéndole tras sus empañados anteojos redondos. "Álvaro, el más leal de mis hijos." Se sacudió y se reacomodó en el asiento como una foca gorda.

—¡Todos son unos traidores! ¡Todo es una masacre! ¡Todos son unos pinches traidores!

El automóvil se estacionó en la acera de un parque arbolado llamado Jardín de La Bombilla. Detrás de las frondas se veía un enorme restaurante de dos aguas hecho de palos de madera huecos. Era su restaurante favorito, La Bombilla. Sonaba una estruendosa banda de música y esperaba al general una comitiva de diputados del estado de Guanajuato. Un letrero al frente decía: "Bienvenido, presidente electo de México, general Álvaro Obregón".

6

El taxi del joven de suéter de cuadros se estacionó a media cuadra del parque. El pasajero bajó y, temblándole brazos y piernas, se dirigió al pórtico de acceso al restaurante, que estaba custodiado por una treintena de soldados y guardias del Estado Mayor Presidencial asignados al presidente electo.

Al acercarse a la cerca enrejada y sentir la mirada de estos guardias, oró en silencio tratando de no mover los labios. La pistola la tenía en el bolsillo derecho del pantalón y le pesaba en el muslo. Para entonces ya tenía colocado en su pecho un gafete que otro hombre joven le había proporcionado por la mañana. El gafete era falso y decía: PRENSA. REPORTERO GRÁFICO. JUAN G. CARICATURISTA. EL UNIVERSAL GRÁFICO.

Al enfrentarse a la guardia le cerraron el paso.

—Ya no hay acceso a periodistas. Retírese, por favor.

El joven sintió un aguijón en el pecho por el nerviosismo. Se llevó la mano izquierda al bolsillo y extrajo lentamente una pequeña tarjeta. Controlando el temblor de su mano le entregó la tarjeta al soldado. La tarjeta decía: GENERAL SATURNINO CEDILLO, GOBERNADOR CONSTITUCIONAL DEL ESTADO DE SAN LUIS POTOSÍ. PERMITIR EL ACCESO. PERMISO X-40-TRG. DESTRUIR DESPUÉS DE LEER. El soldado rompió la tarjeta y se metió los pedazos al bolsillo. Miró a sus compañeros.

—Déjenlo entrar.

7

Detrás de ese joven armado venía yo, Simón Barrón, con mi traje gris plateado y mi camisa blanca sin corbata. Mi gafete, también falso, decía: PRENSA. REPORTERO DE SOCIALES. SIMÓN BARRÓN. EL UNIVERSAL.

Los guardias primero no me dejaron pasar porque yo no era "reportero acreditado de la campaña" y no me conocían, pero yo también traía una tarjeta. La mía decía: LIC. LUIS MONTES DE OCA, SECRETARIO DE HACIENDA Y CRÉDITO PÚBLICO. PERMITIR ACCESO. Me dejaron pasar. En mi caso, la tarjeta era falsa.

Detrás de mí venía otra persona que ninguno de los dos que acabábamos de entrar al restaurante conocía: una impactante chica de cuerpo fabuloso y con cabello negro brillante en forma de hongo. Traía una falda muy corta, negra, medias negras y camiseta negra apretada. Sus zapatos eran altos y de apariencia metálica, como de plata recién pulida. Su bolso era asimismo metálico y plateado, igual que sus aretes y su apretada gargantilla. Sus largas uñas y sus labios también eran plateados.

La increíble mujer de enormes ojos negros de gato sonrió a los guardias y les mostró su gafete, que decía: APOLA ANANTAL LEISHAK. UNITY PRESS. SOVIETSKAYA KULTURA. SOVIET UNION-CCCP. La dama olía a delicia. La dejaron entrar.

8

La chica espectacular de ojos de gato y zapatos plateados, llamada presuntamente "Apola Anantal", se aproximó con pasos decididos y felinos hacia el kiosco abierto del restaurante La Bombilla, donde se festejaba a Álvaro Obregón. Una banda de músicos amenizaba la recepción. Al pie del kiosco, los soldados del Estado Mayor Presidencial detuvieron a la chica. Les dijo que era corresponsal del periódico *Sovietskaya Kultura,* pero ni siquiera era periodista, y mucho menos rusa.

Su aroma en las narices de los soldados le permitió el ascenso por la escalinata. Arriba, el general Obregón presidía un cuadrilátero de mesas ocupadas por los diputados de Guanajuato. Abajo circulaba un río de meseros llevando en sus charolas aromáticos platillos.

Apola se acomodó entre los corresponsales de prensa y los fotógrafos. Distinguió entre los asistentes, al lado del presidente electo, al gobernador de Nuevo León, el bigotón Aarón Sáenz, y al jefe de la diputación del estado de Guanajuato, Federico Medrano Valdivia.

Detrás del general había un letrero hecho con plantas y flores blancas que decía: HOMENAJE DE LOS GUANAJUATENSES AL C. ÁLVARO OBREGÓN. Alrededor del rectángulo de mesas había una herrería con enredaderas. La chica delicadamente abrió su bolso metálico plateado y sacó de ahí una pluma también plateada. Oprimió un pequeño botón de la misma y esperó.

9

En Nueva York, el gobernador demócrata Al Smith recibió una nota de su servicio de inteligencia que lo perturbó: "Está a punto de perpetrarse un golpe masivo en México. El Departamento de la Defensa acaba de alistar fuerzas preventivas en la frontera y en el espacio marítimo". El gallardo hombre de escaso cabello blanco se alarmó al pensar en las consecuencias. Se levantó de su escritorio y ordenó que le prepararan un coche para ir lo más rápido posible a Washington, a la Casa Blanca, para pedirle una explicación al presidente republicano Calvin Coolidge.

10

En el bar del restaurante, debajo exactamente de la mesa del general Obregón, yo estaba un tanto nervioso. Me acerqué al joven de suéter de cuadros rojos, que estaba en la barra tomándose un tequila con la mirada de águila extraviada en las botellas del fondo. Lo sorprendí, porque al verme se asustó y dio un pequeño brinco.

—¿Simón? ¿Simón Barrón? ¿Qué haces aquí? —y miró hacia ambos lados.

Lo tomé del brazo y lo jalé.

—Vámonos —le dije—. Tengo que hablar contigo un momento.

Se consternó.

—Ahorita no puedo —y miró de nuevo hacia todas direcciones. Se palpó el revólver en su bolsillo.

Lo atenacé más del brazo y lo impulsé violentamente hacia el arrinconado corredor que llevaba a la cocina. Le dije:

—Estúpido, ¿qué, no entiendes que te están usando?

—¿De qué me estás hablando? Lárgate.

—Sé que tienes una maldita pistola en tu pantalón. ¿Quieres que grite y alerte a los guardias?

Apretó los dientes.

—¿Viniste a sabotear mi misión? —me preguntó— Siempre supe que trabajabas para el gobierno.

—No trabajo para el gobierno —y lo apreté más duro del brazo.

—¡Suéltame!

—No te suelto. Tu misión es una trampa. Te están usando para implicar a la Iglesia católica en un asesinato político que no tiene nada que ver con Dios ni con la religión.

—Lárgate y déjame en paz —y miró horrorizado a los guardias, que ya se nos comenzaban a acercar. Él empezó a sudar.

—Alguien tiene que detener esto —dijo—. No voy a permitir que asesinen y torturen a quienes amo sólo porque aman a Dios. No voy a dejar que vuelvan a poner bombas en los templos. No voy a dejar que masacren a todo el pueblo de México sólo porque somos católicos.

Se zafó de mí con un ademán muy agresivo y comenzó a caminar rápido hacia la cocina. Lo seguí. Ahora los guardias venían tras nosotros con las manos sobre sus macanas. Le dije:

—Detente, Toral. Allá afuera, en el jardín, está toda la Escuadra 2 del Estado Mayor Presidencial cuidando al presidente electo. Vámonos y no hagas una estupidez.

—No me importa morirme.

—Estás pendejo.

Los cocineros se asustaron al vernos entrar tan perturbados. León Toral caminó entre las planchas, haciéndome quemarme la cara con el vapor. El personal estaba sobresaltado y el que parecía ser el jefe nos gritó: "¡No pueden estar aquí!"

Un soldado presidencial que se hallaba en el fondo de la cocina desenfundó su revólver.

—¡Deténganse ahí o disparo!

—¡Ya hiciste un problema, Toral! —le grité.

—No, tú hiciste un problema. Lárgate y déjame continuar.

Troté y lo aferré nuevamente del brazo.

—¿Quién te dio la pistola? —le pregunté.

—Manuel Trejo.

—¿Trejo? Lo sabía. Eres un imbécil, Toral. Ese idiota trabaja para el gobierno. Te están usando.

Los guardias que venían detrás de nosotros nos gritaron:

—¡Alto ahí o los tumbamos a tiros!

Afuera la orquesta sonaba a todo lo que daba. Le di un tirón a Toral y le dije:

—¿Qué, no sabes que Manuel Trejo estaba en la Inspección de Policía cuando conoció a la madre Conchita? ¿No sabes que el jefe de policía, Roberto Cruz, es amigo del presidente Plutarco Elías Calles, y que usaron a Trejo para infiltrarse con la madre Conchita y convertirte a ti en el que hiciera esta pendejada?

—¿De qué hablas? La madre Conchita estaba en la Inspección para ayudar a los presos, para regalarles comida y ropa. Siempre lo hace. Manuel Trejo es católico.

—Eres un idiota —lo sacudí. Al soldado del fondo lo teníamos ahora enfrente apuntándonos con la pistola. Los guardias de atrás ya me tenían encañonado por la espalda.

—Alcen las manos —nos ordenaron—. Están detenidos. Espósenlos y llévenlos a la Inspección General de Policía. Avisen al general Roberto Cruz.

Comencé a elevar los brazos y le murmuré a Toral:

—¿Qué, no sabes que el general Obregón le pidió al presidente Calles que despidiera a Roberto Cruz y al secretario de Industria y Comercio, Luis Morones, porque sabe que hay una conspiración para matarlo hoy?

Del jardín entró una nueva música bastante movida de salterios y cítaras. Toral miró hacia arriba, como para oír mejor.

—¡Dios... La canción de Obregón... Ya se va a ir... —y cerró los ojos— Ésta era mi oportunidad, Simón. Maldito seas!

La canción decía: "Limoncito, limoncito, pendiente de una ramita. Dame un abrazo apretado y un beso de tu boquita. Al pasar por tu ventana me tiraste un limón; el limón me dio en la cara y el zumo en el corazón". En ese momento no concebí la importancia cataclísmica que esa inocente estrofa tendría horas después para decodificar el asesinato que estaba por desencadenarse desde otras latitudes del planeta.

Toral desenvainó su revólver Star 35 milímetros y me lo puso en la frente. Todo el personal de la cocina se petrificó y hasta los guardias se paralizaron. La música seguía sonando afuera.

—No me quites el tiempo. Esto lo hago por Dios y por la libertad de México.

El soldado del Estado Mayor dejó de apuntarle a él y me apuntó a mí con su pistola.

—Arréstenlo.

—¿Por qué? —les pregunté.

Sentí dos fuertes brazos detrás de mí atrapándome por los codos. Luego, un golpe duro y helado en mi cabeza. Escuché un zumbido y todo se puso de color negro. Lo último que escuché fue: "Contacten a 10-B".

11

Mientras tanto, un hombre que se identificó como Edmund A. Walsh se presentó a la entrada del restaurante. Mostró una credencial de la Universidad de Georgetown y dijo ser un enviado del presidente de los Estados Unidos. Iba vestido de negro, como sacerdote. En realidad, era un espía y portaba armamento.

12

En el kiosco, el presidente electo estaba terminándose de comer un cabrito enchilado y se inclinó suavemente hacia su izquierda. Le empujó la cabeza hacia delante al bigotón Aarón Sáenz, para susurrarle algo a su jefe de ayudantes, el diputado Ricardo Topete.

—Consígueme boletos para el tren de esta noche a Sonora. Estoy detectando algo que no me gusta.

—Está bien, mi general.

—Y pásame el plato de totopos.

Se enderezó, infló su pecho y les gritó a todos:

—¡Señores, los que estamos aquí sabemos comer sin música, pero con música es mejor!

Rieron ante el hombre al que le gustaba que se rieran de sus chistes. El general se acarició la barriga y les dijo:

—Últimamente he ganado algunos kilos. Si sigo comiendo no voy a caber en el frac para la ceremonia de toma de posesión, y en lugar de la banda presidencial me van a tener que envolver en un sarape.

Ahora los diputados de Guanajuato rieron más.

—Ay, qué chistoso —comentó uno al que tenía a su lado—. No sabes las ganas que tengo de poncharle la panza con mi espada.

El general se aflojó en su asiento. Se inclinó hacia su derecha y le susurró al jefe de los diputados de Guanajuato, Federico Medrano Valdivia:

—Cabrón, ¿sabes dónde está el maldito plato de totopos?

—¡Traigan totopos para el general! —gritó Medrano y le preguntó a Obregón, en voz alta para que los demás oyeran—: General, disculpe mi indiscreción, pero tengo una pregunta. Veo que se coloca el reloj en el muñón del brazo derecho. ¿No le resulta incómodo ver la hora?

—Desde luego, mi brillante amigo, pero si me lo pongo en la mano buena, ¿quién le va a dar cuerda? ¿Su chingada madre?

Todos se rieron.

—Bueno, les debo confesar que cuando perdí esta mano me quise suicidar —les dijo Obregón.

—Comprensible, mi general —admitió Medrano—. Es terrible que haya sido el brazo derecho, aunque usted no necesita ninguna mano para hacer las cosas. Para eso tiene a todo un país.

—No seas lambiscón. A los lambiscones los mato. ¡Pásenme los totopos antes de que le corte los huevos a alguien!

Los meseros, temerosos, se movilizaron. Alguien acercó un plato en el que quedaban tres totopos. El general mordió uno. Infló el pecho y comenzó a contar una anécdota, frunciendo siempre el ceño.

—Cuando perdí la mano —y se llevó el muñón con el reloj a los ojos— me quise dar un tiro en la cabeza. Fue mi teniente coronel Garza quien me impidió hacerlo —y miró hacia arriba. Todos guardaron silencio y prosiguió—. Aquel inolvidable 3 de junio de 1915 estalló esa granada —y miró al horizonte—. Cuando volteé, mi brazo me estaba colgando de un hilo de carne —y se señaló el muñón con su otra mano—, como un triste limoncito pendiendo de una ramita. Por un momento no sentí nada —y hundió lentamente el totopo en los frijoles—. No sentí nada más que algo helado, helado —y se sacudió—. El tiempo se detiene cuando pierdes una extremidad y te salen chisguetes de sangre. Todo se vuelve irreal.

—Lo lamentamos, general.

—Cállate, lamehuevos. Fue mi querido mayor Cecilio López quien tomó un serrucho y me lo acabó de cortar. Yo no entendía nada de lo que me estaba pasando. ¿Y saben cómo le hicieron luego para encontrar mi mano esos cabrones entre tantos cadáveres?

—¿Cómo, mi general?

Se encaramó sobre la mesa, empujando su plato, las copas y la botella de cerveza y los totopos.

—Serrano aventó una moneda de oro y mi mano saltó al aire para agarrarla.

Su concurrencia volvió a reír. Le aplaudieron y hasta se levantaron. El general se sintió a sus anchas.

—Es lo que siempre digo —frunció la cara y se encogió de hombros—. En este país todos somos un poquito ladrones —e indicó "poquito" con los dedos de la mano izquierda—. Pero yo les convengo a todos ustedes, cabrones, porque yo sólo tengo una mano con qué robar.

—¡Maravilloso, general! ¡Brindemos por usted! ¡Brindemos por nuestro nuevo presidente de México, ejemplo de honradez, integridad y sentido del humor!

Todos alzaron sus botellas de cerveza.

Desde lejos, el diputado Antonio Díaz Soto y Gama estaba notando un clima extraño en la mesa, especialmente por el hombre de negro enviado por la Casa Blanca, el "catedrático" Edmund A. Walsh de la Universidad de Georgetown, que caminaba cerca de Obregón. Decidió aproximarse al presidente electo.

13

En ese instante, el presidente de México, Plutarco Elías Calles, estaba en medio del enorme Salón de Embajadores del Palacio Nacional, en el centro mismo de México. Estaba acompañado sólo por cinco personas: un hombre gordo y mafioso con anillos de oro llamado Luis N. Morones (secretario de Industria y Comercio, y creador de la nueva red de sindicatos CROM); el corpulento gatillero Gonzalo N. Santos, conocido como el Nenote de la Muerte, que tenía la cabeza esférica y enormes ojos de nene sonriente, además de una pistola con funda bordada en oro al cinto (era diputado por San Luis Potosí); el gobernador del Estado de México, Carlos Riva Palacio —un monumental rinoceronte de bigotes retorcidos—; el director general de policía, que era el criminal torturador Roberto Cruz, y el secretario de Guerra, llamado Joaquín Amaro, un diminuto hombre moreno de anteojos redondos que vestía un traje militar lleno de bolsillos.

Entró un asesor con un informe de inteligencia para el alto y fornido presidente de mirada turbia, que estaba mordisqueando un palillo.

—Señor presidente: el general Obregón tiene sospechas de usted. Ha estado insistiendo para entrevistarse con el embajador Morrow. Nuestro agente en la embajada dice que esa insistencia de Obregón por hablar con Morrow hoy mismo ya rayó en obsesión, ansiedad y psicosis.

Calles les sonrió a sus amigos sin dejar de morder el palillo. Se metió las manos a las bolsas del pantalón y dio unos lentos y calculados pasos, mirando hacia abajo.

—¿Qué dice la embajada?

—Le dieron cita para hoy a las cinco la tarde.

—Se nos quiere adelantar… —y miró sonriente a sus acompañantes— Pero les tengo un secretito que aprendí en el desierto de Sonora. Esta vida es un concurso para ver quién es más pendejo, o para ver quién es más chingón. El embajador Morrow me acaba de decir aquí mismo una frase que me gustó bastante: "El poder pertenece a quien lo ejerce".

14

En el kiosco de La Bombilla, el diputado Antonio Díaz Soto y Gama, un hombre serio, delgado y refinado, con bigote de puntas como de pastelero francés, se acercó al presidente electo y le susurró al oído:

—No sólo es Morones.

—¿Qué dices? —se atemorizó Obregón. Sus brillosos ojos comenzaron a indagar lentamente a todos los comensales.

—Parece que la red de Samuel Gompers se acaba de expandir. Ahora no sólo controla a los sindicatos. Mi gente acaba de interceptar un telegrama de la Secretaría de Guerra. Es un documento clasificado. Lo obtuvo el agente 10-B del presidente Calles: "Telegrama 28/912 JCN36 del ex embajador Shoenfeld al secretario de Estado de los Estados Unidos".

—¿Qué dice? —y miró nerviosamente cómo llegaban nuevas personas al kiosco.

—Dice lo siguiente: "Tengo el honor de informar que esta mañana me visitó un enviado del general Joaquín Amaro, secretario de Guerra, siendo portador de un mensaje del general en el sentido de que desea no perder tiempo para hacer un acercamiento personal al recién nombrado embajador americano, Dwight Morrow, para jugar golf con él y relacionarse íntimamente con él en corto tiempo".

—¿Íntimamente?

—Así dice el cable, general. "La consecuencia de este acercamiento por parte del secretario de Guerra Amaro hace aún más perceptible el conflicto entre el general Obregón y el presidente Plutarco Elías Calles. Incidentalmente puedo confirmar la existencia de relaciones tirantes entre Obregón y Calles, lo que me confirma el señor empresario Agustín Legorreta, director del Banco Nacional de México. Informes revelan intención de Amaro de aspirar a la presidencia de México para el periodo que se inicia en 1929."

—¿Qué? —se enderezó Obregón— ¡Pero si ya gané! ¡Ya soy el presidente de México! ¡La gente votó por mí!

—General, me temo que está por ocurrir un golpe de Estado. Aún no tengo claro si el golpe va a provenir del presidente Calles o si Amaro tiene planeado asesinar también al propio Calles. Le sugiero que abandonemos este lugar de inmediato. Me acaban de informar que el homicidio está respaldado desde los Estados Unidos.

—¡Pero si voy a ver al embajador Morrow hoy a las cinco de la tarde! —y alzó el muñón para ver su reloj.

—Vámonos, general.

Obregón se echó para atrás.

—Nada más eso me faltaba. Ahora ese pinche indio feo y descerebrado que sólo sabe matar tiene el apoyo de los Estados Unidos. Traidor miserable —y negó con la cabeza—. Debí correrlos a todos. Pinches traidores. El único que hizo algo bueno en mi gobierno fue José Vasconcelos. Y a ése que creó todo el sistema educativo mexicano, que hizo de mi gobierno un auge cultural en el mundo, a ése me hicieron correrlo estos mediocres hijos de la chingada.

—Vámonos, general —y Antonio Díaz Soto y Gama lo jaló del brazo. El presidente electo se inclinó hacia su izquierda y le susurró al oído al bigotón gobernador de Nuevo León, Aarón Sáenz:

—Quiero que salgas en este instante y que te vayas rapidito a la oficina del embajador Morrow. No puedo esperar a mi reunión con él de las cinco de la tarde. Dile que negociaré con él todo lo que tenga que negociar. Si quieren nuestro petróleo, que se lo queden, pinches gringos. Si quieren el agua del mar, la tierra de las montañas, la flora, la fauna, los trabajadores, el aire, las nubes, el suelo, el cielo y el subsuelo de México, que se los queden. Tú ponme en la silla y entonces me voy a encargar de todos estos traidores que me están clavando el puñal por la espalda.

La verdad era que el gobernador Aarón Sáenz ya había estado en la oficina con el embajador. Ahora le sonrió amablemente al general, con la mitad de la boca. Obregón se levantó trabajosamente y todos guardaron silencio. Les gritó:

—Compañeros revolucionarios: yo soy sonorense y no le tengo miedo a nadie. Si alguien me quiere matar, va a tener que ser muy cabrón.

Esto petrificó a los diputados guanajuatenses. El general siguió:

—En un restaurante como éste, que se llama La Bombilla, si alguien quiere matarme, va a tener que usar una bombita —e hizo "bombita" con los dedos.

Todo se volvió muy lento. Su jefe de ayudantes, el diputado Ricardo Topete, comenzó a aplaudirle pausadamente entre las risas, sonriéndole. El gobernador Aarón Sáenz también empezó a aplaudirle y se hizo hacia atrás en su asiento. La chica de zapatos metálicos y el hombre de negro de la Universidad de Georgetown comenzaron a caminar lentamente por ambos lados de la herrería con enredaderas. Dos soldados tomaron discretamente por la espalda al diputado Antonio Díaz Soto y Gama y lo llevaron atrás del letrero de flores, mientras la música finalizaba con gran estruendo.

Se hizo un silencio y comenzó una nueva tonada, "Limoncito".

El general observó todo lentamente. Miró su plato de totopos, que ya estaba vacío. Escuchó las primeras notas de la canción. Le brilló la mirada.

—Esperen... —y sonrió cerrando los ojos—, está sonando mi canción...

Por las escaleras del kiosco, acompañado por soldados, subió un joven con un suéter de cuadros rojos. Le sonrió al general y se aproximó hacia él por detrás de las mesas. Traía una libreta y un lápiz en la mano.

—¿Quién es ese tipo? —lo señaló el diputado Ricardo Topete. Otros en la mesa esbozaron sonrisas extrañas que perturbaron a Topete.

—Es un caricaturista —le respondió un soldado del Estado Mayor Presidencial a sus espaldas.

Los músicos comenzaron a cantar dulcemente: "Limoncito, limoncito, pendiente de una ramita, al pasar por la ventana me tiraste un limón; el limón me dio en la cara y el zumo en el corazón".

Lo que siguió ha sido un misterio en la historia de México y del mundo hasta este momento. Lo que se sabe sobre los próximos cuarenta segundos es una versión creada por el gobierno mexicano.

Abajo, los meseros y los cocineros sólo escucharon una secuencia de diecinueve disparos seguida por gritos.

15

Mi misión a partir de ese instante fue investigar, pero cuando abrí los ojos todo estaba completamente oscuro y yo estaba encadenado.

16

A cincuenta kilómetros de Nueva York, en la cumbre de las colinas de Pocantico en el monte Pleasant, dentro de la mansión Kykuit de Rockefeller, el encorvado y demacrado hombre más poderoso del mundo seguía hablando con su hijo:

—Están tramando algo que va a cambiar al mundo.

—¿Perdón, padre?

—La gente de Morgan.

—¿Te refieres al hijo de J. P. Morgan?

—No, hijo. J. P. Morgan junior no es como tú —y le acarició la mejilla—. No heredó ni una millonésima parte de la ambición o la inteligencia de su padre. Su padre murió y la organización quedó acéfala por un instante. Nuestro nuevo adversario ahora es otro.

El hijo de John Rockefeller, llamado también John Rockefeller, se sentó lentamente.

—¿Ah sí, padre?

—El que controla todo ahora, el que mueve todas las cosas, incluyendo a Benjamin Strong de la Reserva Federal, a Owen Young, a Henry Davison, a nuestro nuevo embajador en México, Dwight Morrow, y al propio presidente Calvin Coolidge es Thomas Lamont.

—¿Thomas Lamont, padre? —abrió más los ojos.

—Se está planeando una jugada muy compleja, hijo. Esta movida incluye las reservas de México y la crisis inflacionaria de Alemania. Están planificando una crisis bursátil global.

—Ya veo, padre... Perdón... ¿Global?

—Esta crisis será mucho peor que el pánico de 1907. Será la mayor recesión mundial que ha conocido la historia económica del mundo. Alemania indudablemente suspenderá pagos y el flujo de dinero de Europa a América se va a detener. Esto cerrará el ciclo financiero global. El movimiento de inversiones en el planeta se va a paralizar. Cerrarán miles de empresas. Quebrarán los bancos. Millones de personas van a perder sus empleos, sus casas, sus ahorros.

—¡Dios...! ¿Quién puede estar planeando algo como esto?

—Alguien que se va a beneficiar cuando ocurra.

—¿Quién puede beneficiarse de algo así?

—Eso es lo que quiero que me ayudes a averiguar —y comenzó a revisarse cuidadosamente sus nudillos—. Hijo, el joven William Averell Harriman y su amigo Prescott Bush tienen filiaciones secretas con Alemania. Sé que están haciendo tratos con Schacht y con Thyssen para consumar un proyecto ultrasecreto llamado MEFO.

—¿MEFO?

—Es un proyecto supremacista. Quieren establecer un proyecto de mundo esclavizante dominado por la raza germánica. Lamont y su gente están suministrando fondos a Mussolini y a gente extraña dentro de Alemania. Quiero que me investigues quién y qué está detrás de lo que está pasando y cuál es el objetivo final de este proyecto.

—Sí, padre.

—Quiero que me averigües quién está organizando todo por encima de Lamont.

—Sí, padre... ¿Hay alguien por encima de Lamont?

—Sí. Quiero que investigues a la congresista Ruth Pratt. Hay una liga entre la señora Pratt y Thomas Lamont. Quiero saber quién es la cabeza. Existe una entidad a la que llaman "Gran cabeza de cristal". Debes explorar toda la red hasta encontrarla. Es ahí donde están planificando la crisis.

John Rockefeller junior permaneció callado y miró hacia un lado sin parpadear. Su padre se sentó suave y trabajosamente a su lado.

—Se avecinan tiempos negros para el mundo, hijo. Una tormenta de fuego está a punto de desatarse. El secreto está ahora en la mansión Pratt. Eso incluye algo que en pocas horas se va a desencadenar en México.

—¿Qué va a ocurrir, padre? ¿Podemos evitarlo?

—Todos estos eventos son una concertación silenciosa para precipitar una nueva guerra mundial.

—¡No…!

—Esta vez la guerra abarcará todas las regiones del planeta.

John junior miró al Jesucristo de la pared oscura, detrás de su padre. Jesús lo veía a él y se sintió juzgado.

—Ésta es una maraña muy compleja, hijo. Recuerda que el mal no es gente mala haciendo cosas malas. El mal es gente engañada creyendo que está haciendo el bien.

—¡Dios…!

—El nuevo embajador en México, Dwight W. Morrow, fue amigo íntimo del presidente Calvin Coolidge en la escuela primaria. Fue él quien colocó a Coolidge en la presidencia. ¿Ahora entiendes lo que está en juego? Mi asesor de prensa Ivy Lee me acaba de confirmar que Morrow no sale de la Casa Blanca. Coolidge es un muñeco de Morrow. Y Morrow es la sombra de Thomas Lamont. Enviar a Morrow a México significa que es ahí donde se va a tirar la jugada clave.

17

Un hombre entró apresuradamente a la Oficina Oval de la Casa Blanca para mostrarle unos papeles al enjuto presidente de los Estados Unidos, Calvin Coolidge, que estaba ante la ventana.

—Señor presidente —y arrojó los papeles sobre el escritorio presidencial "Resolute"—: está llegándole un telegrama confidencial de nuestro cónsul Franklin en Saltillo, México, en el estado de Coahuila: "Telegrama 29280. Hay un sentimiento subterráneo en todo México de que Luis N. Morones, el líder de los trabajadores, asociado con el patriarca sindical norteamericano Samuel Gompers, junto con el propio presidente Plutarco Calles —que son íntimos amigos—, son los responsables de la muerte de Obregón, pero esta creencia se habla dentro del mayor secreto. Espero respuesta".

Coolidge peló los ojos.

—¿Ya vio este comunicado el embajador Morrow?

—No, señor. Lo envía el cónsul Franklin directamente a usted.

—¿Quién más lo ha visto?

—¿Perdón, señor?

—Envíeselo al embajador Dwight Morrow. Que él defina el curso de acción. No quiero tener nada que ver con esto personalmente. De cualquier manera, mi presidencia está a punto de terminar. Todo está ahora en manos de Dwight —y miró la foto de los dos sobre su escritorio: el misterioso Dwight y él sentados en una banca en la escuela primaria.

"Vendrá otro presidente", pensó. "Que él lidie con todo lo que se avecina."

18

En el Vaticano, las luces del enorme pasillo de la Galería de Mapas comenzaron a apagarse una tras otra y el pontífice quedó en las sombras junto con el más leal de sus leales, el cardenal Enrico Gasparri.

—¿Rusia, España y México...? —le susurró Gasparri— ¿Por qué estos países?

—No lo sé —y acarició suavemente el globo terráqueo—. Éste es un Triangulo Terrible. No es casualidad que esté ocurriendo en estos polos del mundo justo al mismo tiempo. Hay un poder central en alguna parte del mundo fraguando lo que está pasando.

—¿Quién, Su Santidad? ¿Quién cree usted que esté detrás de esto?

El papa susurró con dolor en su garganta:

—Hay un plan secreto para destruir a la Iglesia católica, para imponer un poderío bancario-petrolero que no tenga límite, que no halle obstáculos ni oposición por parte de nadie que defienda la libertad y el espíritu del hombre. Es un plan para destruir a Dios y crear una cabeza de corporaciones financieras que se erigirá a sí misma como una deidad para controlar a la población del mundo —y a través de sus opacos anteojos miró a Enrico Gasparri—. Son ellos los que se han reunido en algunas mansiones, sobre todo la de Ruth Pratt. Van a desencadenar una crisis financiera que está a punto de estallar. Todo es parte de un mismo plan.

—¿Un mismo plan, Su Santidad?

—La transferencia del poder del mundo a una sola familia.

Gasparri muy lentamente se persignó. El pontífice miró el mundo de nuevo.

—Nuestro agente en México. Ahora todo depende de lo que nuestro agente en México pueda lograr.

19

En México, León Toral y yo estábamos encadenados en el mismo subterráneo, pero en distintos calabozos. Yo alcanzaba a escuchar a través de los muros sus aterradores alaridos. Lo estaban torturando. Pensé que íbamos a morir esa misma tarde.

20

Afuera de la prisión —es decir, de la Inspección de Policía— se aproximaba caminando como una poderosa felina la presunta periodista rusa del parque de La Bombilla, con su misma vestimenta negra y sus "aderezos" de estricto material metálico y plateado: zapatos, bolso, aretes, uñas, gargantilla y pluma. Se detuvo un brevísimo instante en la contra esquina del enorme edificio grisáceo semejante a una prisión turca —en las calles de Revillagigedo e Independencia—. El edificio era nuevo y su parte norte aún estaba en construcción. Miró su alta torre de vigilancia y luego revisó lentamente hacia ambos lados de la calle con sus grandes ojos de gato. La calle entera se reflejó en sus írises negros. Siguió avanzando y sacó una nueva identificación. La credencial tenía en común con las anteriores únicamente su nombre: APOLA ANANTAL LEISHAK, nombre, por cierto, falso.

21

En Los Ángeles, California, Estados Unidos, ocurrió un hecho simple que cambiaría todo el curso de esta historia —y de la Historia—: alguien arrojó un periódico a través de un salón de conferencias, desde la puerta hasta el conferencista, enmudeciendo a la audiencia.

El salón estaba en el campus de la Universidad de Stanford, y el conferencista era el escritor de cuarenta y seis años José Vasconcelos, ex secretario de Educación Pública del ex presidente y general Álvaro Obregón. El jovial y carismático hombre de bigotes mexicanos leyó lentamente el gigantesco encabezado y miró al sujeto de la puerta.

—¿Asesinado?

Entre la silenciosa conmoción del auditorio, el individuo de la puerta descendió hacia el estrado. Se llamaba Juan Ruiz, "Juanito".

Vasconcelos miró hacia abajo. Acarició el periódico como si fuera el hombre gordo para el que una vez había trabajado, y para quien en su momento tuvo que renunciar por honor.

—¿Es real? ¿Está muerto? —le preguntó a su leal Juanito.

—Muerto. Licenciado, alguien está comenzando a mover otra vez las cosas.

22

La poderosa aunque ultrafemenina Apola Anantal abrió sus muy grandes ojos y le dijo al soldado de la entrada de la Inspección de Policía, con una voz delicada y sensual de niña traviesa:

—¿Se encuentra el general Roberto Cruz?

El firme soldado se impactó con la belleza, pero más aún por el aroma.

—¿Se refiere a nuestro director general? No se encuentra en las instalaciones. Pero está su hijo.

—¿Puedo pasar? —y señaló hacia dentro.

—Muéstreme su permiso. Estas instalaciones son de acceso restringido.

La chica colocó su alto y moderno zapato plateado en el primer escalón y comenzó a subir.

—Señorita... —y cautelosamente le obstruyó el paso con su brazo. Ella le sonrió y le acercó la boca a la mejilla.

—Sé bueno conmigo —le murmuró al oído—. Vengo del despacho del secretario de Guerra. Esta mañana se despertó muy de malas. No lo hagas enojar más —y le mostró su gafete.

El hombre tragó saliva y la dejó pasar.

—Disculpe, señorita.

—Así me gusta —y la chica se desplazó con todo aplomo a través del hondo pasillo, con la mirada fija en el elevador de acceso a los sótanos de confinamiento.

Abajo, en el largo, oscuro y pestilente pasillo de los calabozos de detención, el llamado Sótano 2, escurrían chorros del drenaje por las paredes.

—Joven Cruz —le dijo al junior Rafael Cruz el coronel Juan Jaime—: en su calidad de encargado de la guardia de ayudantía por dictado de su padre el general Roberto Cruz, le hemos entregado —y miró su reloj—, en punto de las 14:35 horas, el general Ignacio Otero, y los coroneles Juan Dávila y su servidor Juan Jaime, al indiciado que se ha identificado a sí mismo como "Juan G.", caricaturista del periódico *El Universal Gráfico,* así como el arma con la cual acaba de disparar contra el presidente electo Álvaro Obregón, arma nueva Star 7.35 milímetros automática en su funda de cuero naranja. El arma conserva cuatro cartuchos en el cargador y el cargador tiene espacio para un total de nueve cartuchos, de lo que se infiere que disparó cinco.

De atrás de los muros se escuchó un grito escalofriante acompañado de llantos. Los coroneles se miraron en la oscuridad.

—No se preocupen más por el acusado —les dijo el junior Rafael Cruz, sonriéndoles—. Aquí nos hacemos cargo.

El coronel Juan Jaime agregó:

—El coronel Dávila puede quedarse aquí como centinela.

—No es necesario, coronel —le dijo el junior.

Intempestivamente entró un alto, gallardo y consternado abogado canoso acompañado por otros agentes de ministerio público.

—No pueden entrar —los quiso detener un soldado.

El decidido abogado preguntó al junior:

—¿Quién es el secretario general de esta inspección?

—¿Quién es este sujeto? —lo señaló el junior.

—Soy el abogado Demetrio Sodi, asignado a la defensa del hombre que tienen en este sótano bajo tortura. Vengo a sacarlo de aquí antes de que sea asesinado sin declarar.

El junior se enojó, pero le sonrió:

—Por favor, retírese del edificio —y desenvainó su pistola.

—No —y señaló a Cruz—. Entrégueme al acusado. Me han asignado su defensa y estoy aquí para cumplirla —y escuchó una secuencia de gritos horrorosos seguidos por chillidos agudos de niño: era León Toral.

El junior le dijo al abogado Sodi:

—Le recomiendo salirse de aquí antes de que ya no pueda volver a salir.

24

Dentro de su celda, León estaba suspendido de cabeza por medio de cuerdas cortantes atadas a sus pies, con la cabeza dentro de una cubeta. Un hombre especialmente enviado para "atenderlo" le laceraba la piel.

En el pasillo, el abogado Demetrio Sodi continuó:

—Mis investigadores me informaron que ustedes tienen conocimiento de que el revólver Star que presuntamente utilizó mi defendido hace minutos, para atentar contra la vida del presidente electo Álvaro Obregón, se lo proporcionó un joven llamado Manuel Trejo, que estuvo preso en este mismo sótano hace pocos meses y que tuvo conversaciones con el papá de usted, el general Roberto Cruz, y que siendo ese joven Manuel Trejo quien proporcionó el revólver al acusado, personal de esta inspección al mando de su padre y de usted lo ha dejado escapar y ahora lo declaran "desaparecido". ¿Dónde está ese joven Manuel Trejo?

El junior caminó muy desafiante hacia el abogado y le dijo.

—Desaparecido —y le sonrió.

—¿Desaparecido? —lo buscó en la oscuridad— ¿A sólo minutos del magnicidio ustedes están declarando desaparecido al hombre que conduce hacia la solución final de esta investigación?

—No se ha logrado su detención, licenciado. Yo creo que ese Manuel Trejo ya se nos peló. Lo más seguro es que nadie lo vuelva a ver nunca.

Arriba, en la puerta de recepción, una mujer estaba de rodillas llorándole al soldado:

—¡Por favor, déjenme entrar! ¡Se llevaron a mi hijo! ¡Mi hijo me dijo esta mañana: "No te preocupes por lo que estoy haciendo, mamá. Pronto sabrás por qué lo hago. Nuestra situación económica va a cambiar, te lo prometo". ¡Devuélvanme a mi hijo!

Su hijo se llamaba Manuel Trejo y ella era la señora Josefina Morales viuda de Trejo.

25

Al pestilente pasillo del Sótano 2 entró la despampanante Apola Anantal, cuyas mallas, falda, blusa y antebrazos de seda negros la fundían con la oscuridad. Sólo resaltaban su blanco rostro, sus zapatos plateados y su bolsa metálica. Los hombres, incluyendo al beligerante abogado, enmudecieron al verla. Su aroma les llegó hasta el cerebro.

—Muy buenas tardes —saludó ella—, ¿se encuentra aquí el señor Rafael Cruz? —y les sonrió.

—Soy yo —respondió el junior con galanura.

Ella extendió el brazo para que el joven le besara la mano, quien lo hizo sin dejar de mirarla a los ojos de gato.

—Señorita... ¿en qué puedo servirla? —y le echó un vistazo a los guardias de la inspección que la escoltaban, los cuales sólo se encogieron de hombros. Ella le dijo:

—Tengo orden del secretario de Guerra, general de división Joaquín Amaro, para trasladar a uno de sus detenidos por el incidente de hoy en La Bombilla, que tiene por nombre Simón Barrón M., a la prisión militar del cuartel de Tacubaya, traslado que debe realizarse en forma inmediata y expedita.

El junior peló los ojos y miró a los que lo rodeaban.

—Un momento, señorita —y se rascó la cabeza—. No entiendo. ¿El general Amaro quiere a ese detenido? ¿Por qué razón?

—Por razones que sólo a él le interesan. Por favor, aliste al detenido y prepare un cuerpo de guardia que lo custodie inmediatamente hasta el cuartel de Tacubaya. En breve llegará a la puerta principal de este edificio el camión para la transferencia.

—Mire, señorita... —miró el gafete y deletreó—: ¿A-po-la-A-nan-tal? No sé quién es usted ni qué interés tenga el señor Amaro en este incidente. Si le urge tanto, que me llame. Esto lo tengo que consultar con mi padre, y mi padre lo tiene que consultar con el presidente Plutarco Elías Calles.

Apola se le puso enfrente y forzó una sonrisa:

—Señor Cruz, la orden de trasladar al señor Barrón a los separos militares la ha dictado el propio presidente Plutarco Elías Calles. Quiero al señor Barrón y a todo guardia o detenido con quien el señor Barrón haya hablado desde su ingreso a este edificio, y eso incluye a todos sus compañeros de celda. Ahora.

26

Cuando desperté, todo estaba negro. Sentí los pies fríos como hielo, mojados hasta los tobillos y un dolor punzante, cortante, en las muñecas y las manos.

Tenía los brazos arriba. Estaba colgando de mis muñecas. Estaba encadenado. En esa silenciosa negrura escuché una gotera y una respiración. Miré hacia todos lados tratando de discernir algo, pero no vi nada. Intenté liberar mis manos. Me fue imposible. Sólo hice un ruido chirriante con las cadenas y sentí mis pies más congelados.

Las cadenas produjeron un eco muy extraño. Escuché agua a mi derecha, algo como un suave goteo a unos seis o siete metros. Me quedé completamente quieto y dejé de respirar para escuchar con más claridad. Pregunté lentamente:

—¿Hay alguien ahí?

Hubo un silencio desesperante. La gota caía al agua cada dos o tres segundos. La respiración que oía a mi derecha se hizo más entrecortada y se convirtió en un lento gemido.

—Yo no hice nada —dijo una voz chillona que me erizó la piel—. Les juro que yo no hice nada.

—¿Quién eres? —le pregunté.

—Ya no me peguen, por favor. Déjenme ir. Yo sólo quise un mundo mejor.

—¿Quién eres? —le insistí.

Después de un silencio bastante largo me contestó.

—Mejor dime tú quién eres.

—Bueno, yo... —y misteriosamente no recordé mi propio nombre— ¡Dios... yo...!

No recordé nada. Sólo un resplandor, una puerta.

—¿También te arrestaron en el restaurante? —me preguntó.

Comencé a ver imágenes borrosas. La cara de una mujer. Un alfil de oro girando en el espacio. Un tablero de ajedrez expandiéndose hacia todas direcciones en la oscuridad.

—¿Dónde estoy? —le pregunté.

Se tardó en responder y escuché sus cadenas.

—Estamos en la Inspección General de Policía. Revillagigedo 11 esquina con Independencia. Nos detuvieron porque estábamos ahí cuando le dispararon a Obregón. Yo soy mesero. Arrestaron a un dibujante y a siete músicos de la orquesta. Nos van a torturar.

—¡Diablos! —me dije, y sentí las cortadas pulsantes en mis muñecas. Mis manos estaban completamente entumidas y adormecidas, y no sentí los dedos— ¿Cuánto tiempo llevamos aquí?

—Como un millón de años. ¿Cómo te llamas?

Iba a responder pero no salió nada de mi boca. Mi mente estaba completamente en blanco. Traté de recordar mi cara imaginando un espejo, pero sólo vi a un sujeto sin rostro, con la piel derritiéndosele en las manos.

—¿Quién soy? —me pregunté con horror.

—No te preocupes —dijo mi compañero de celda—. Nada de esto está pasando realmente. Es sólo un sueño. En breve sonará el despertador.

—¿Qué dijiste?

—Es sólo un sueño. He tenido sueños como éste y siempre acabo despertando.

—¿Hablas en serio?

—Completamente. Cada vez que todo está de veras de la chingada suena el despertador. Así que ya no tarda. Por cierto, me llamo Dido Lopérez.

—¿Lopérez?

—Mis antepasados eran tan huevones que para no decir López-Pérez se llamaron Lopérez.

A través del muro escuchamos un grito desgarrador y chillidos espeluznantes con jadeos.

—¿Qué le están haciendo? —le pregunté a Lopérez.

—Lo están torturando desde hace una hora. Es el dibujante. Al parecer, fingió que le hacía un retrato al general y sacó la pistola. Le están gritando que firme su declaración.

Sentí el agua en mis pies.

—¿Esto está lleno de agua? —le pregunté. Mis dedos gordos estaban helados, como si fueran dos piedras duras adheridas a mi cuerpo con un gel.

—Yo no me preocuparía de eso —me advirtió Dido Lopérez—. Lo grave va a ser cuando terminen con él y comiencen con nosotros. Tengo entendido que aquí amputan las partes nobles.

—Diablos… No planeaba esto para hoy…

—Pero no te preocupes. Insisto: cuando todo esté realmente de la chingada es cuando va a sonar el despertador. Tú confía en mí. Siempre ocurre.

Los gritos de León Toral fueron cada vez más aterradores y estuve a punto de orinarme en mis piernas. Tuve miedo y no lo oculto. Tuve mucho miedo. Uno siempre cree que el día en que va a morir va a ser un héroe y todos los que lo aman lo van a extrañar y a llorar en su ataúd. Ese día supe lo diferente que es.

Rechinó el cerrojo de la puerta.

—Ya vienen —me dijo.

La puerta se abrió y entró a la oscuridad un fulgor de luz que me dolió en las retinas. En esa luz distinguí siluetas humanas con instrumentos en las manos. En ese vórtice de luz vi aparecer a una mujer despampanante acompañada por cuatro guardias y un rufián que al parecer dirigía los interrogatorios. En principio no fueron más que radiaciones fantasmagóricas en esa luz cegadora.

—Vienen a torturarnos —me dijo Dido Lopérez—. Nos va a pasar lo mismo que al dibujante. Despídete de tus testículos.

Todo se hizo lento. Alcancé a ver el bolso plateado de la chica de ojos de gato, así como sus metálicos zapatos de altos y afilados tacones. Luego vi la espada de uno de los guardias y las enormes manos de nudillos ensangrentados del jefe de interrogatorios. Uno de los guardias tenía empuñado un mango de madera del que pendía una cadena que terminaba en una bola con púas. El otro traía un cilindro con una manguera y algo parecido a un embudo con picos.

—¿Vienen a torturarnos? —les preguntó mi compañero de celda.

El hombre de la bola de púas la levantó pausadamente en el aire y dio un paso al frente. La chica de negra y brillante cabellera de hongo alzó el mentón y se llevó los dedos lentamente a los labios. Me miró sin parpadear, con sus ojos de gato. El rufián que parecía ser el jefe de todos alzó los brazos hacia los lados como para dar una instrucción con las manos. Como en un sueño, escuché su grito claro y horroroso:

—¡Desnúdenlos!

Comenzaron a aproximársenos los guardias, alzando en el aire unos objetos semejantes a tridentes en forma de garra. Los pegaron a nuestros pechos y luego tiraron con fuerza arrancándonos las ropas y lacerándonos las axilas.

—Traigan las cintas de acero —gritó el que iba a cargo—. Traigan también las cubetas para la sangre y las tijeras.

Me sentí aterrado, y la mujer de ojos de gato me miró sin parpadear, acariciándose los labios plateados con sus uñas metálicas, también plateadas.

Sin dejar de observarme, ella le dijo al junior:

—Al general Amaro le importa mucho tener control personal directo sobre este testigo. Se lo ha solicitado el propio presidente de la República. Lo mismo en cuanto a su acompañante —y miró a Dido Lopérez, a quien por primera vez vi contra la luz. Era un enano, literalmente, encadenado ahí en la pared y quien sonreía misteriosamente.

—¿Y de veras quiere que les hagamos esto antes de trasladarlos?

—Comiencen.

—Ahora sí —me dijo mi compañero de celda—. Ya va a sonar el despertador y verás que todo esto es un sueño. Me dio gusto conocerte. Hasta mañana —y me sonrió. Cerró los ojos y, sin dejar de sonreír, comenzó a contar—. Cinco, cuatro, tres, dos…

27

En tanto, el preocupado hijo del magnate John D. Rockefeller acudió apresuradamente de regreso a la mansión de montaña de Kykuit, ya que su padre le tenía una petición más, que había olvidado comentarle:

—Querido hijo —murmuró—: necesito que transfieras un millón de dólares de la Fundación Rockefeller a nuestra Universidad de Chicago. Y también 25 mil dólares a la Asociación Protestante de Jóvenes Cristianos, la YMCA, más otros 500 mil para la Convención de las Iglesias Bautistas del Norte.

—Sí, padre —le sonrió—. Qué generoso eres.

—Va a ser sin duda la mayor donación anual que haya recibido la YMCA en toda su historia —le dijo su padre con una expresión muy tensa y contenida—. Te lo agradecerán, querido John —y el anciano se levantó tortuosamente—. Hijo, quiero que te asegures de entregar el millón de dólares personalmente, en la inauguración misma de la Gran Capilla en nuestra Universidad de Chicago.

John junior recordó, como en un remoto sueño, algo ocurrido hacía casi treinta años, cuando su padre pagó a la organización bautista llamada American Baptist Education Society para que fundara la Universidad de Chicago, en 1890; y también recordó la magna Convención Bautista del Norte, que fundó y presidió el 17 de mayo de 1907 el leal amigo y abogado de su padre, el político republicano Charles Evans Hughes, para unificar a los cuerpos bautistas de los Estados Unidos ante la "Inminente Segunda Llegada de Jesucristo". La amistad con su padre había puesto al "devoto" Charles Evans Hughes como jefe de la política exterior estadounidense con dos presidentes, William Harding y el actual Calvin Coolidge. En realidad, Hughes era un agente de su padre, el patriarca John D. Rockefeller.

Recordó también cuando, apenas el reciente 4 de febrero —de ese 1928—, Hughes le dio al propio John junior en Egipto el consejo clave para despedazar al accionista minoritario y director del Consejo de Standard Oil de Indiana, Robert Wright Stewart, el último gran enemigo de su padre.

—Quiero —instruyó el poderosísimo anciano a su hijo— que al entregar el cheque pronuncies las siguientes palabras: "Que la religión pura e impoluta domine nuestras vidas, aun si esta estructura se eleva por encima de los salones de..." —la última parte de esta frase no la recordó mi informante— Y algo más, hijo: quiero que se termine nuestro Broadway Temple antes de que yo muera.

—Padre, ya les dimos 250 mil dólares. Son treinta y seis pisos. El reverendo Christian F. Reisner dice que...

—No, hijo. No importa lo que él te diga. Que él haga lo que tú le ordenes. No hay estructura suficientemente alta para quienes hemos sido elegidos. Es la decisión misma de Dios. ¿Quién puede oponerse a ello? —y le sonrió tiernamente— Nosotros no lo elegimos. Él nos eligió a nosotros. ¿Comprendes? Su voluntad es lo único que cuenta —y le siguió acariciando los cabellos—. No importa lo que hagamos. Él mismo ya nos eligió, y lo hizo desde antes de que naciéramos, lo hizo desde el principio de los tiempos. Lo que hagamos nosotros está bien, pues Él ya nos eligió.

John junior miró a su padre con admiración, con interminable amor y terror, y por un instante sintió que había algo extraño en esa filosofía, aunque no se atrevió a dudar, así que reprimió sus propios pensamientos, pues Jesucristo mismo lo estaba juzgando desde el cartel de la estancia.

—Inyéctale otros 100 mil dólares —le dijo su padre—. Quiero que esa torre de la esquina de Broadway 4111 y la calle 174 de Nueva York esté terminada antes de que yo muera —y lo miró a través de sus membranosos ojos grises—. Esa inmensa torre... —y comenzó a levantarse— esa inmensa torre será la más alta iglesia del mundo, la Iglesia Metodista Episcopal... Será una enorme columna y tendrá dos poderosas alas laterales —y miró hacia arriba, hacia su inmenso proyecto—. Será el Nuevo Faro, el Nuevo Faro de lo que viene.

El anciano de brazos delgados miró hacia el piso.

—Hijo...

—¿Sí, padre?

—Lo más importante que debes hacer por mí ahora, y por la supervivencia de toda nuestra familia: no te detengas en la búsqueda de quienes están detrás de la señora Ruth Pratt y del presidente de la Reserva Federal, Benjamin Strong.

John junior tragó saliva.

—En eso estoy, padre.

—Siento que todas estas redes convergen en una sola persona: en un hombre hipócrita y sonriente llamado Thomas Lamont.

—Lo sé, padre.

—Quiero que me averigües cuál es su proyecto contra mí y quiénes más en el mundo lo respaldan. No dejes que me destruyan.

28

Afuera del gris, fornido y siniestro edificio en construcción de la Inspección de Policía de la Ciudad de México —edificio semejante a una prisión turca—, un hombre medianamente musculoso, de rostro pacífico y hasta tímido, vestido casi como un sacerdote, miró hacia lo alto de la torre. Un pajarillo trinó. Ya eran las cuatro de la tarde. Del bolsillo de su saco extrajo un fajo de papeles doblados, de los cuales el primero tenía mi fotografía y decía: SIMÓN BARRÓN M. AGENTE ENEMIGO IMPLICADO EN COMPLOT. CAPTURAR Y TRAER A EUROPA PARA INTERROGATORIOS.

Se guardó de nuevo los papeles y se colocó en el pecho una etiqueta que decía: EDMUND A. WALSH. UNIVERSIDAD DE GEORGETOWN. ENVIADO ESPECIAL DE LA RESIDENCIA OFICIAL DEL GOBIERNO DE LOS ESTADOS UNIDOS. Debajo de eso, el elegante sello.

El hombre avanzó hacia la puerta principal de la prisión. Era sólo uno más de los que querían "rescatarme" ese día.

29

—Apoderándonos del conspirador Simón Barrón tendremos acceso a toda la urdimbre del plan —dijo alguien de sombrero dentro de un salón privado lleno de humo en el Casino del Meadowbrook Polo Club Old Westbury, en Long Island, Nueva York—. Simón Barrón es la liga que conecta el asesinato de hoy del general Obregón con el núcleo de la rebelión llamada la Cristiada.

—Teniendo a este elemento —completó otro un poco más joven— hallaremos la respuesta que nos ha pedido el Führer —y se dirigió al segundo magnate más poderoso de Alemania, Fritz Thyssen, que lo miraba muy atento—. Se trata de uno de los puntos estratégicos para el éxito de la operación MEFO UND AUFRÜSTUNG.

Thyssen les sonrió a sus dos jóvenes banqueros y cómplices estadounidenses.

—Se necesitará gente como ustedes en el Nuevo Orden del Mundo, mis amigos. Al final, ingleses, alemanes y americanos somos una sola raza: la superior raza aria pura de la gran Europa del Norte.

Los entusiastas jóvenes empresarios norteamericanos sonrieron entre sí, muy orgullosos. Era emocionante estar protagonizando una jugada secreta que iba a precipitar la próxima guerra mundial. "Explíquenos más", parecieron decirle a Fritz Thyssen con la mirada. El alemán continuó:

—Me alegra que ustedes y mi leal Hendrick J. Kouwenhoven hayan establecido aquí en los Estados Unidos una subsidiaria de mi conglomerado bancario metalúrgico bajo el nombre de Union Banking Corporation. El gobierno de ustedes es tan estúpido que difícilmente va a percatarse de mi participación o de la del propio Führer en Wall Street.

Los jóvenes se alegraron más y se frotaron las manos. Aún más excitante era el hecho de estar traicionando a su propio país en secreto, una travesura de las que acostumbraban en su fraternidad de la Universidad de Yale cuando eran colegiales. Thyssen les dijo:

—Mis muchachos americanos: para fines operativos, el verdadero nombre de esta corporación es Bank voor Handel en Scheepyaart N. V., con matriz en Holanda, Banco de Comercio y Embarques, BHS. Es administrado por Cornelis Lievense en la calle Zuidblaak 18 de Rotterdam, pero me pertenece a mí a través de una subsidiaria de mi August Thyssen Bank de Alemania. ¿De acuerdo?

Uno de los jóvenes, que después sería increíblemente importante en el futuro de los Estados Unidos, se puso de pie y le dijo:

—Herr Thyssen: mi querido compañero Prescott y yo estamos inyectando inicialmente 400 mil dólares al proyecto. Recordará usted que conversamos esto mismo hace seis años en Berlín junto con nuestro estimado amigo y socio George Herbert Walker, que además ahora es el temible suegro de mi compañero —y miró a su mejor amigo de la fraternidad desde la universidad—. ¿Verdad, Prescott?

—Lo felicito —le dijo Thyssen al recién casado—, la bella Dorothy es una gran dama aria.

—Gracias, Herr Thyssen —le respondió el que iba a ser padre y abuelo de dos conflictivos presidentes de los Estados Unidos, los Bush. Su compañero mayor continuó:

—Hasta este punto, Herr Thyssen, Prescott y yo hemos vendido a los inversionistas de los Estados Unidos hasta 50 millones de dólares en estos bonos de Alemania. Los inversionistas creen que los fondos están dirigidos a la reparación de la planta industrial germana. ¡Si supieran de qué se trata!

—¡Lo han hecho muy bien! —les dijo Thyssen—. No hay nada más tonto que un inversionista de la bolsa. Asegúrense de que ningún periodista curioso se meta en los archivos de Broadway 39 —y los miró de reojo—. Eso sería muy desagradable para quienes deseamos convertir al Führer en el canciller de la Nueva Alemania, del Nuevo Orden del Mundo.

—No lo harán, Herr Thyssen —le prometió el joven de mayor edad—. Le garantizo que Broadway 39 es una sucursal de nuestra fraternidad secreta de Yale en pleno Wall Street. Es una fortaleza inexpugnable. El consejo directivo lo formamos sólo amigos y compañeros de la fraternidad, incluso la Gran cabeza de cristal.

El señor Thyssen sonrió y se sintió muy a gusto entre los chicos norteamericanos. Le dio un sorbo a su ginebra.

—A propósito de cabezas —comentó Thyssen al joven recién casado, llamado Prescott Bush—: me enteré de que adquiriste un trofeo para la fraternidad, y que pensabas entregárselo hoy a tu amigo William, aquí, en mi presencia.

Prescott le sonrió a Thyssen y también a su gran "hermano mayor" de la universidad, William Averell Harriman.

—Por lo que veo, el señor Thyssen tiene buenos espías aquí en el club —y miró a Harriman—: querido Bill, hace tiempo que te lo había prometido para nuestra cripta en Yale. Lo logré. Es todo tuyo.

—¿Qué? —preguntó el gran deportista de Yale.

Reinó la expectativa. Thyssen sonrió y Harriman esperó, mientras el emprendedor Prescott acercó a la mesita de cristal un bulto envuelto en una especie de mantel rosa del que chorrearon jugos malolientes. El bulto emanaba algo nauseabundo y Thyssen sintió piquetes ardientes en sus fosas nasales.

—¿Es comida? —preguntó Harriman muy desconcertado.

—Es mejor que eso —le contestó el alemán Fritz Thyssen—. Le costó 25 mil dólares a tu amigo Prescott.

—¡No! —le sonrió Harriman a Prescott— ¿La conseguiste, amigo?

—Es auténtica, es genuina y ahora es nuestra, igual que la del gran apache Gerónimo.

Prescott levantó un doblez de la tela y asomó la cabeza descompuesta de un "héroe" de la Revolución mexicana muerto hacía pocos años, Francisco Villa.

—Señoras y señores: la cabeza de Pancho Villa. Primero pagamos para convertirlo en héroe y ahora pagamos sólo 25 mil dólares para tener su cabeza en un frasco debajo de una luz en un nicho de nuestra cripta de High Street 64. ¿No es genial?

El señor Thyssen de plano se puso de pie y comenzó a aplaudir.

—¡Bravo! ¡Simplemente, bravo! ¡Esto es tan bueno! Ahora consíganme a ese pseudoespía idealista de raza indígena, ese mexicano miserable llamado Simón Barrón M. Quiero que me lo traigan aquí y lo hagamos confesar todo lo que sabe. ¡Tendremos todo ese México; conseguiremos todo ese tesoro bélico que guarda en su subsuelo, ese jugo negro que hará arder los intestinos de nuestros submarinos para destruir Europa, Asia y América, y crear el Nuevo Reich de Mil Años, el Nuevo Orden del Mundo!

Podríamos imaginar que después de pronunciar esta frase infernal soltó una carcajada retumbante, pero no lo hizo. Dijo: "Ahora, pasando a Thomas Lamont…"

30

En la triste y asquerosa celda de la Inspección de Policía de la Ciudad de México, los guardias alzaron unos mazos enormes y se impulsaron hacia mí y hacia mi enano compañero encadenado. Arrojaron todo el poder de sus mazos hacia nuestras manos con una fuerza inaudita. La chica de cabellera de hongo y ojos de gato lo presenció todo sin parpadear, deleitándose en silencio. Hasta me sonrió muy sutilmente con sus labios plateados. Yo cerré los ojos y grité:

—¡No ha sonado tu maldito despertador!

Sentí que se me destrozaban los huesos mucho antes del impacto real. Pensé en todos los tejidos tronándose en forma irreversible, en los nervios y cartílagos deshechos para siempre. Pero fue mi imaginación. El golpe fue más arriba, en el resorte puntal de las cadenas adosado al muro. Liberados los eslabones, caí al charco de agua de diez centímetros igual que mi compañero Dido Lopérez.

—Quítenles las cadenas y encíntenlos para traslado.

Se aproximaron a mí los guardias, se arrodillaron en el agua y vi hacia arriba. Ahí estaba la mirada siempre implacable de la mujer de ojos de gato.

—¿A dónde nos llevan? —les pregunté.

La mujer de ojos de gato no respondió, y nunca parpadeó mientras me ponían las cintas. El guardia me dijo:

—A donde vas a ir ahora te va a ir peor que aquí. En los separos del cuartel de Tacubaya te van a sacar los intestinos por el trasero. Al general Amaro le gusta realizar estos procedimientos en persona. Le dicen "El indio sádico que juega golf". Fuiste testigo de un evento que será modificado para la historia y para la prensa. Un hombre ha muerto y el poder se está trasladando a otro. En adelante el amo de México será el general Plutarco Elías Calles.

La mujer de ojos de gato ya había tomado el control de las cosas. Se podía decir que ahora ella les daba órdenes a los custodios y hasta al encargado Rafael Cruz, hijo del poderoso jefe de la policía Roberto Cruz.

—Voy a necesitar cuatro guardias que conduzcan a estos dos detenidos hasta la puerta del edificio —dijo ella—. Ahí abordaremos el contenedor militar en el que los llevaremos a Tacubaya.

—Como usted diga, señorita Anantal, ¿o puedo llamarte Apola? —le sonrió el junior mostrándole sus dientes podridos.

—No, señor Cruz. Prefiero el trato protocolario —y le devolvió la sonrisa—. De cualquier forma, si las cosas suceden como las tengo programadas, nunca regresaré a este lugar —miró el techo que se deshacía de humedad—, y agradezco a Dios por eso.

—Esta chica sí que es caliente —murmuró mi compañero de celda, el enano Dido Lopérez. No le contesté. Ni siquiera me acordaba de mi propio nombre.

Cuando alguien al fondo mencionó las palabras "León Toral" sentí que todo estaba pasando dentro de un sueño, y que ese nombre significaba algo, aunque no recordaba qué. Siguieron los horripilantes gritos llegados de atrás de uno de los muros; un sonido como de respiraciones espasmódicas, gemidos, alaridos y ruegos con llanto.

Nos colocaron las esposas de cinta y nos tomaron por los brazos dos pares de guardias. Nos jalaron por el lúgubre pasillo de focos chirriantes. Todo el tiempo seguimos a la chica de zapatos, bolso y aretes metálicos, quien no le contestaba nada al junior respecto a las invitaciones íntimas que le hacía.

—Yo sólo quise un mundo mejor —sollozó el enano a mi lado, que avanzaba esposado igual que yo, y que igualaba nuestros pasos con muchos pasitos más rápidos—. Entréguenme mis pertenencias. La nariz roja me la dio personalmente el Hombre de la Década.

De momento no hice caso. No imaginaba que dicho enano ahora ya era parte de mi vida. Dijo dos cosas más que aún hoy siguen siendo un enigma para mí:

—Me humillan sin razón. He servido a la humanidad. Toda una vida al servicio de los demás, pero nunca por mi voluntad.

Nos metieron al elevador y realmente nos perturbó a todos el perfume de Apola Anantal, quien no sonrió ni siquiera por un segundo. Sólo miró los números de los pisos encenderse uno tras otro, y nunca cerró sus grandes ojos de gato. El junior no parpadeó, viéndola. Los guardias que nos tenían de los brazos tampoco parpadearon. Todos la veían, y supe por primera vez que eso le molestaba mucho.

—Algo más, señorita Anantal —le dijo el junior—. Mi asistente acaba de llamar a la oficina del señor secretario de Guerra Amaro para preguntar sobre esta orden de transferencia de los detenidos Simón Barrón M. y Dido Samuel Lopérez a los separos militares del cuartel de Tacubaya.

Los grandes e imperturbables ojos de Apola ahora se dirigieron hacia un lado.

—¿Sí? —y se mordió un labio.

—Y, desgraciadamente —continuó el junior—, el secretario particular del secretario, el licenciado Ignacio Richkarday, que supongo es conocido de usted, nos acaba de asegurar que no existe tal orden.

Se hizo un silencio desagradable. El enano Dido Lopérez se volvió a verme y alzó una ceja. Susurró lentamente:

—Al parecer esta chica es una impostora…

El junior esbozó lentamente una sonrisa y comenzó a desenfundar su revólver. Apola siguió viendo los números en el panel del elevador.

—Lo que agrava las cosas —continuó el junior— es que en pocos segundos arribarán a esta prisión el propio secretario Amaro junto con el mismísimo presidente Plutarco Elías Calles y con mi padre, acompañados por todo el cuerpo del Estado Mayor Presidencial. Me parece que a usted le dará gusto saludar al secretario Amaro cara a cara.

Se encendieron en el panel las letras "P. B." y se detuvo la máquina. La puerta de tensores retráctiles se abrió con un rechinido y con una secuencia de tronidos metálicos.

—Espósenla con cinta —ordenó el junior a los guardias—. Creo que ya tengo mi postre para esta semana.

Frente a nosotros se extendía el vestíbulo de la planta baja hasta una distante puerta de cristal por la que entraba una luz que se reflejaba en el piso. Miré hacia todos lados. Por un instante todo pareció estar detenido. La chica no se volvía. Sin saber de dónde sacaba esta frase le dije:

—Las posibilidades de éxito siempre son mínimas… —y miré hacia los lados—, pero valen mucho la pena… José Vasconcelos… —y arrugué el ceño. Me acordaba del nombre del autor pero no podía recordar quién era ese hombre.

Del vasto vestíbulo comenzaron a aproximarse guardias, todos ellos llevándose lentamente las manos a las fundas de sus pistolas. La chica siguió sin volverse. Se llevó las manos a las orejas. Sus dedos de uñas plateadas asieron sus aretes y los desprendieron de los lóbulos produciendo un sonido eléctrico. Alzó los codos y comenzó a salir algo filoso y plateado desde el interior del terciopelo negro del dorso de sus manos, parte final de sus largos antebrazos de seda. A continuación batió los brazos a gran velocidad. Escuché el aire, como movido por aspas, y me dio en la cara un frío.

Yo miraba al enano a la cara y él me veía. En ese instante algo había pasado, aunque no sabíamos qué. El enano tenía un lado de la cara empapado en sangre y yo sentí uno de mis cachetes mojado. Tan sólo vimos un fulgor de fuego en el lado opuesto del rostro de cada uno. Lentamente dirigimos la mirada hacia el vestíbulo. Los guardias del lobby ahora venían volando en el espacio, entre llamaradas, ardiendo calcinados.

—¿Son tus aretes, verdad? —le preguntó Dido a la chica.

—Sí —le sonrió ella—. Ahora vámonos —y salió al vestíbulo rumbo a la puerta, con el sofisticado y enigmático aplomo de un decidido gato asesino.

—Bueno, vamos —le dijo Dido y se puso a trotar detrás de ella, feliz, inesperadamente libre, y empezó a dirigirse a Apola (la ungió en ese momento, lo supe después) como su "nueva mamá". Ese enano no sólo era un mesero y un ex preso, sino que también estaba loco. Decidí no contrariarlo.

Yo también la seguí. No sabía que en los hechos ella me estaba secuestrando, y en ese momento ingenuamente pensé que Apola Anantal iba a ser una opción mejor que la prisión de Revillagigedo.

31

Lejos, en los Estados Unidos, en Los Ángeles, en un corredor de la Universidad de Stanford, Juanito Ruiz le decía al bigotudo José Vasconcelos, el mundialmente famoso escritor, filósofo y reconstructor de la cultura mexicana:

—Ahora Plutarco Elías Calles va a tener el poder absoluto.

Vasconcelos permaneció callado un instante. Miraba hacia un lado, procesaba muchas ideas y repasaba sus obras como secretario de Educación Pública durante la primera presidencia de Obregón: la creación del muralismo mexicano y de la "Era de Oro" de México en la que surgieron Siqueiros, Rivera, Orozco, Revueltas, Ponce. Se talló la cara y los bigotes con la mano abierta.

—No entiendo la magnitud de esta movida —le dijo a Juanito—. ¿Por qué matar a Obregón...? —y frunció el cejo. Miró hacia el techo y revisó lentamente las manchas en la pintura— ¿Por qué habría hecho algo como esto Plutarco Elías Calles? Sabe que todos se le van a rebelar —y observó una cucaracha descendiendo en zigzag por la pared—. Ochenta por cierto del ejército mexicano son generales leales a Álvaro Obregón. No se van a contentar con esto. Calles no es nadie. El que importa es Obregón. Calles sólo es un "de mientras". Esto va a levantar una nueva revolución.

Y caminó con las manos en los bolsillos traseros, mirando hacia el techo tratando de comprender. Regresó y le dijo a su leal Juanito:

—Calles no va a poder contra una revolución de los generales obregonistas, ¿cierto? Él lo sabe. Tú lo sabes. Todo el mundo lo sabe. ¿Por qué lo haría? Lo van a aplastar. Está lanzando a nuestro México, otra vez, a una maldita guerra civil —y negó varias veces con la cabeza. Caminó de un lado a otro lentamente, bajo la mirada de Juanito.

—¿Cuándo seremos libres, Juanito? —siguió, y lo miró a los ojos— ¿Cuándo podremos vivir en paz, disfrutando de la felicidad como todos los demás? ¿Cuándo podremos, por fin, comenzar nuestro ascenso a la grandeza? ¿Cuándo terminará toda esta pesadilla llamada Revolución mexicana? ¿Cuándo podremos comenzar a materializar el gran sueño de México, cumplir la promesa de nuestra sangre, de nuestro origen hace tres mil años?

Juanito se le aproximó y le puso la mano en el hombro:

—Licenciado: sólo hay una forma de explicar lo que usted está preguntando, y usted lo sabe. Está volviendo a pasar lo mismo que ocurrió en 1910. Plutarco Elías Calles no puede estar actuando solo. Tiene el respaldo de alguien dentro de los Estados Unidos.

Vasconcelos miró hacia abajo y pateó la pared.

—Ahora sí ya estoy hasta la madre.

En su mano, Juanito apretó suavemente un oloroso trébol que alguien le acababa de regalar apenas hacía setenta y cuatro minutos, junto con el siguiente mensaje: *Enrage the lion.*

32

El cadáver del gran hombre —sobre todo por su volumen— regresó a su casa en avenida Jalisco número 185, a bordo de su mismo Cadillac 6-985. Lo traían los muy nerviosos Ricardo Topete, Aarón Sáenz, Arturo H. Orcí y Aurelio Manrique, todos batidos en la sangre del cadáver. Detrás de ellos venía una caravana de automóviles.

Abrió la puerta de la casa la sirvienta del general acribillado, llamada Valentina, y gritó como una demente: "¡Mataron a mi papacito!" Se abrieron las especulaciones. Entre ocho personas descoordinadas cargaron el pesado cuerpo a través del pasillo blanco de acceso al corazón de la planta baja. El corredor tenía en ambos muros cabezas de animales muertos, e incluso había dos enormes osos kodiak parados y alzando los brazos para amenazar a los intrusos; y también dos tigres disecados, además de siete cobras que salían de la pared. Había asimismo pinturas, como la del rito funerario de don Benito Juárez y el retrato del general Obregón con su más eficiente, íntegro y visionario secretario, José Vasconcelos.

En la habitación central, debajo de un foco de luz blanca azulada de tipo espectral, los esperaba un hombre largucho y pelón de bata blanca, detrás de una mesa-cama despejada para colocar el cadáver. Era el médico personal del general Obregón, el doctor Enrique Osornio, cuya expresión de miedo era bastante más tétrica que la del propio cuerpo asesinado. Tendieron el cadáver y comenzó el procedimiento forense. Al tomar su primer instrumento, el doctor Osornio informó a través de su tapabocas:

—En breve se presentará en esta misma habitación el presidente Plutarco Elías Calles. Ya viene en camino.

33

Apola Anantal, entre otras cosas que hizo, nos arrancó las cintas con sus potentes filos de los antebrazos, los cuales retrajo tan rápidamente como los había proyectado. Siguió caminando por la calle de Revillagigedo hacia la Alameda con su mismo andar decidido y sacó de su bolsa metálica otro par de aretes plateados que se colocó de inmediato en las orejas.

Me le adelanté:

—¿Podría saber quién eres?

—No.

El enano me miró y se encogió de hombros. Insistí con la dama:

—¿No nos vas a decir?

—Te voy a decir sólo mi nombre: soy Apola Anantal. Listo. Prosigamos. Tenemos poco tiempo.

—¿A dónde nos llevas?

—Lo sabrás.

Continuó avanzando y desconcertándonos. Los que transitaban por la calle quedaban impactados con la chica, al grado de que algunos detuvieron sus vehículos y otros permanecieron petrificados en la acera, viéndola pasar. Dido se limitó a trotar velozmente tras ella, adhiriéndose a las piernas de su "mamá".

—Nos rescataste —le dije—. Debo decirte gracias.

Seguí caminando tras ella, sintiéndome cada vez más estúpido por no saber quién era ni por qué la seguía. Estábamos ya en el cruce de Revillagigedo con la concurrida avenida que ahora se llamaba Juárez, antes San Francisco.

Los pájaros de la Alameda comenzaban a hacer el ruido de todas las tardes. Reviví vagamente un incidente que tuve en ese mismo parque con alguien llamado Tino, pero no conseguí recordar quién era él.

—¿Podrías detenerte un segundo? —le pedí a la chica.

—Tenemos prisa —y atravesó la calle hacia el parque arbolado, sin importarle que los autos pasaban.

—¿A dónde vamos? —me metí entre los vehículos, cuyas bocinas "me la refrescaron".

—Lo sabrás —y pisó la acera de la Alameda.

—¿Por qué nos sacaste de Revillagigedo? —le pregunté— ¿A dónde nos llevas?

—¡Oh, carambas! —se detuvo. Me clavó sus ojos de gato, muy encabritada—: mi encomienda era sacarte de ahí y ponerte a salvo. Ya lo hice. Ahora te necesito para completar mi programa, ¿comprendes? En adelante lo realizamos juntos. Tienes información y tienes conexiones importantes para mi misión en México.

—¿Yo? —y me señalé el pecho.

A la derecha observé el imponente monumento llamado Hemiciclo a Juárez, construido en mármol blanco por don Porfirio hacía apenas dieciocho años: una rotonda de doce columnas griegas, y al centro de ellas una estatua "gloriosa" del presidente Juárez rodeado de leones y ángeles de mármol de varias toneladas. "Siempre copiando de otros países", pensé, "unas columnas mayas habrían estado mucho más chingonas". De momento no imaginé la importancia que iba a tener esa misteriosa y simbólica edificación en nuestro futuro. En lo alto de uno de los pilares había algo perturbador que nunca antes había notado: una mano con dos dedos juntos apuntando hacia arriba y los otros enroscados. Un escalofrío me recorrió la espalda como un hielo.

A Dido y a mí nos habían devuelto nuestra ropa para trasladarnos al cuartel, y yo ya tenía nuevamente mi traje gris brillante y mi camisa blanca sin corbata, aunque arrugados. El enano llevaba pantalones negros y una guayabera roja con flores de colores, además de una guirnalda. Era el uniforme de los meseros de La Bombilla.

Intenté recordar mi nombre, pero ni siquiera recordé cómo era mi cara. Me la toqué con los dedos.

—¿Quién soy? —me pregunté horrorizado.

—Eres mi nuevo papá —me sonrió el enano. De su bolsillo sacó una nariz roja de payaso y se la colocó—. ¡Éste es sin duda el día más feliz de mi vida!

—¿Y tenemos que llevarlo a él? —le pregunté a la chica.

—Fue tu compañero de celda —me dijo Apola Anantal—. Probablemente le revelaste datos importantes. De momento sufres de amnesia retrógrada disociativa. Recibiste diversos traumatismos en el cráneo el día de hoy. Los recuerdos están ahí pero tú te desconectaste de ellos. En las próximas horas recuperarás acceso a ciertas zonas de tu memoria episódica. En cuanto al señor Lopérez, deberá acompañarnos todo el tiempo. Si deseas que se vaya, adelante, pero entonces tendré que dispararle en la cabeza.

—¡Ah, no! —dijo Dido Lopérez— ¡No pongas a mi nueva mamá contra mí, carbón!

—Es cabrón.

—Es carbón y yo hablo como se me antoje.

—¡Señores! —nos gritó Apola Anantal— ¡Hemos sido unidos por la historia! ¡No aceptaré pleitos entre ustedes! Ahora permaneceremos juntos hasta completar la misión, y sólo entonces el futuro del mundo habrá cambiado.

—¿Cuál es la misión? —le pregunté.

—No te lo puedo decir —y siguió caminando.

—¿Entonces cómo quieres que te ayude?

—No tienes alternativa —respondió mientras pasábamos por debajo de una escultura oxidada llamada "La Llorona", que nos miró hasta que llegamos al otro lado, pues tenía dos caras—. Ante el Estado mexicano eres un criminal buscado por la policía y por el ejército de los llamados "revolucionarios". Serás detenido, torturado y asesinado. Ése es el procedimiento. Conmigo tienes la opción de salvarte a ti mismo y de salvar a tu país.

—¿Quién eres? ¿Para quién trabajas?

—No te lo puedo decir.

—Así yo no juego —le dije—. O me dices para quién trabajas o me largo —y recordé a un hombre llamado Tino Costa. Miré a mi alrededor y escuché los trinos de los pájaros—. ¿Estás aquí? —y miré las esculturas silenciosas.

—Está bien —me dijo Apola Anantal—. ¡Lárgate! —y me apuntó con la pistola— En cuanto comiences a alejarte voy a dispararte a la cabeza.

Me dejó sin palabras.

—Ésta es tu única manera de salvar a tu país de lo que viene. Las respuestas las tendrás pronto y volverás a ser lo que eres.

Tragué saliva y caminé hacia ella.

—*Okay*. Me convenciste.

Dido Lopérez nos sonrió muy emocionado y nos tomó a los dos de las manos.

—Estoy tan orgulloso de mi nueva mamá... Papi, no la hagas de pedo. Dame el ejemplo.

34

Apola nos sentó en una banca del parque y nos comenzó a explicar las cosas como una maestra a sus niños, sin dejar de consultar su reloj. Yo temía que los policías, al ver a tan extraña concurrencia, se acercaran, pero aunque habíamos salido huyendo de la Inspección de Policía, curiosamente nadie nos había seguido. En las frondas de los árboles los pájaros ya estaban haciendo un aquelarre, pues eran las seis de la tarde y el cielo estaba pintado de rosa durazno.

—Se lo voy a sintetizar —nos dijo—: acaba de ocurrir un golpe de Estado en México. Una inmensa corporación está por apropiarse de todo el petróleo de este país y será instalado un gobierno indestructible que va a someter a la población por medio de asesinatos, represión, violencia, corrupción y control político-sindical durante los próximos cien años, hasta agotar el subsuelo y la vegetación. Está por iniciarse una guerra en su país y no la han decidido ustedes, los mexicanos. El plan se llama Operación Dickson, invasión de México por los propios mexicanos. Comenzó esta mañana a las once horas.

—¿Operación qué? —la palabra me sonaba conocida, pero como me empezaba a enojar el no recordar nada, debía poner muchísima atención a todo lo que me dijeran de ahora en adelante si quería volver a ser yo.

—¡Qué caray! —gritó el enano— ¡Perdí mi cita con mi psicoanalista!

Apola continuó:

—Toda la sociedad será absorbida dentro de un sistema de agrupaciones, sindicatos y organismos corporativizados aceptados. Nada podrá existir por fuera de esta malla. Las agrupaciones libres serán suprimidas por el gobierno. Un nuevo organismo lo controlará todo, como ya está ocurriendo en la Unión Soviética. El individuo tendrá que inscribirse en esta red o se le castigará. Será un agente del sistema. Las religiones estarán prohibidas y sólo se rendirá culto al sistema y a sus "próceres". Los individuos que cuestionen al sistema serán acusados por sus mismos vecinos y la policía los transferirá a separos donde se les castigará por sedición y alta traición a la Revolución mexicana.

Miré hacia abajo y le dije:

—¡Qué pinche horror...!

—Este proyecto implica aún varios asesinatos —me dijo Apola—. El paso más indispensable es la destrucción completa de la religión católica en México.

—¿Qué dices?

—Este proyecto lo dirige una cabeza desde fuera del país. Los rebeldes cristeros van a ser asesinados y comenzará una nueva ola de persecución, la más sangrienta que haya visto esta nación.

—¿Y cuál es "nuestra misión"?

—Impedir que esto ocurra —y posó sobre mí fijamente sus ojos de gato—. Para eso estamos aquí —sonrió.

—¿Ves? —me dijo Dido Lopérez— Te dije que mi mamá, sin duda alguna, es una verdadera chingona.

—Bueno —le dije a ella—, esto me suena bastante bien. ¿Cuál es el plan?

Miró hacia los árboles, respiró profundamente y respondió:

—El plan es encontrar la cabeza.

—¿"La cabeza"? —nos miramos el enano y yo.

Se sentó en el borde de la banca y comenzó a revisarse los brazos como un gato. Nos dijo:

—Hay un plan global para destruir a la Iglesia católica. El plan es aniquilar el poder de Roma: la Iglesia, el Vaticano, el papa, los países católicos.

—¡Diablos! ¿Por qué querría alguien destruir el poder de Roma? —le pregunté, y comencé a recordar que yo ya lo sabía, aunque sin poder precisar qué era lo que sabía.

—Roma —nos dijo ella— es el único poder que queda en el mundo para oponerse y frenar el proyecto financiero que está por implantarse en el mundo, el proyecto de la red secreta a la que buscamos. El papa Ratti lo acaba de decir en un mensaje a Washington: "No es oculto para nadie que en nuestros días se están concentrando enormes poderes y una supremacía financiera en manos de muy pocos. Estos pocos potentados son extraordinariamente poderosos y dueños absolutos del dinero, del crédito y de las deudas de las naciones. Si los católicos del mundo permitimos esta concentración de la riqueza, en poco tiempo el planeta mismo será un dominio donde nadie podrá respirar por su propia voluntad. Hoy más que nunca hacen falta valientes soldados de Cristo que con todas sus fuerzas trabajen para preservar a la familia humana".

El enano y yo nos quedamos callados. Apola me dijo:

—¿Ahora entiendes por qué odian tanto al papa? Él tiene influencia sobre cuatrocientos millones de seres humanos en ochenta y siete países. Son la quinta parte de toda la población del mundo y harán lo que él les diga. Si él dice "no compren acero", no comprarán acero. Tienen que matarlo.

—¿Matarlo? —se alarmó Dido Lopérez— ¿Al papa Ratti?

Apola le dijo:

—Tranquilo, pequeño. No lo harán. Desatarían una revolución en la quinta parte del mundo, y a ella se unirían después los judíos y los protestantes. Esta guerra no es contra una religión o contra otra: es contra todas. Cualquier religión es una forma de control sobre las personas, y por eso todas las religiones le estorban a la nueva élite financiera. Lo que la nueva élite quiere —y me señaló a los ojos— es el control total sobre tu mente. Para eso están creando una máquina mundial de control mental: medios de comunicación, películas, estrellas de la música. Promoverán los valores que hagan que compres más de sus productos, pero no lo lograrán mientras se les opongan los líderes espirituales del mundo, como son el papa Ratti y el rabino Margulis.

—¡Dios! —suspiré— ¿Y por eso están sembrando en México una persecución contra los católicos?

—Y en muchos otros países —me sonrió Apola—. Los agentes que empezaron aquí la jacobinización anticatólica de México acaban de trasladarse a España: son los mismos, Simón. Una misma red. Todos obedecen a la misma persona. Allá en España, igual que aquí, van a sembrar el odio contra la Iglesia y van a derribar al gobierno autónomo de España. Todo esto lo está controlando un hombre desde el núcleo mismo de la élite. Lo llaman "La Gran cabeza de cristal".

Yo sentía que todo lo que estaba escuchando ya lo sabía, pero seguía sin poder recordarlo. Eso sólo me llenó de desesperación. Le dije:

—*Okay*. ¿Y tú quieres que encontremos a esa cabeza? ¿Quieres encontrar la gran cabeza de esa red mundial?

—Ése es el plan —me sonrió.

—¡Perfecto! ¿Y para eso nos quieres a este enano y a mí, que tengo el cerebro borrado?

—Sí.

El enano se me aproximó.

—¡No soy enano! ¡Soy grande! —y me golpeó la cara con su puñito— Aprenderás a respetarme, carbón.

El griterío de los pájaros en los árboles se hizo muy ruidoso. Me cayó excremento de ave en la parte de atrás de la cabeza.

—¡Diablos! —me limpié la sustancia pegosteosa— Esto no está pasando... —y le dije a ella—: como te llames: amo las cruzadas, pero desgraciadamente ahorita no me acuerdo de quién soy. Me declaro inservible.

El enano se me paró enfrente y me dijo:

—No cabe duda de que eres un pinche puto —y me escupió en la cara—. ¡Yo te salvé la vida!

Me hizo abrir los ojos.

—¿Tú me salvaste la vida? —le respondí con ironía.

—Si no fuera por mí tú nunca habrías nacido y no estaríamos aquí, en este parque, hablando en este momento. ¡Yo soy Dido Lopérez, la Cuarta Persona de la Cuaternidad!

Lo miré y sentí algo inquietante, algo de los recuerdos que empezaban a volver, como si fueran apenas un chisguete de agua. Ese enano estaba loco, pero algo estaba ocurriendo. Le pregunté:

—¿Tino...? ¿Tú eres... Tino Costa...?

Sentí algo rasposo en la pintura de la banca. Miré la rasgadura en el metal. Era una secuencia de letras escritas con una navaja: SIMÓN, BUSCA A IXCHEL. VOLVERÉ A SER LO QUE SOMOS. Alcé la vista y quedé perturbado. Había una presencia sobrenatural entre los árboles.

—¿Tino...? —y miré en todas direcciones— ¿Tino Costa...? ¿Dónde está Ixchel?

—¿Quién es Ixchel? —preguntó el enano.

No pude responderle. Se me hizo un nudo inexplicable en la garganta. Recordé a una secretaria de cabellos de oro mirándome a los ojos, disparándose en la cabeza.

—Ixchel es... la Llorona... la mujer descarnada...

—Te hizo mal tu corto tiempo en la cárcel. Tienes razón. Te declaro inservible. ¿Mamá? Este hombre no nos sirve para nada. Dispárale en la cabeza —y la abrazó por la pierna. La miró hacia arriba y le dijo tiernamente—: yo soy Dido Lopérez, y aunque soy pequeño soy grande —y

70

me miró—. En cambio, ese altote moreno no es nadie. Los hombres son como los nopales: mientras más grandotes, más babosos.

La chica de ojos de gato le sonrió y negó con la cabeza. Le puso la mano en la frente y le dijo:

—Eres soberbio y pequeño. Lo soberbio siempre es pequeño. ¿Ahora entiendes la importancia de lo que buscamos?

Aspiré hondo y le dije:

—De su importancia no tengo duda. De lo que dudo es de que esta élite sea la que está detrás del asesinato de Álvaro Obregón. Obregón es la persona que inició en México esta persecución contra la Iglesia católica. Fue Obregón el que forzó a tres diputados a insertar en la Constitución del 17 los artículos 130 y 131, que proscriben a los sacerdotes y confiscan los recursos y monasterios de la Iglesia.

Dido me gritó:

—¡Fueron los católicos, carbón! ¡Yo lo vi! ¡Yo estaba sirviendo totopos con frijoles para el general en esa mesa! ¡Fue el dibujante José de León Toral! ¡Lo estaban tapando pero yo lo vi! ¡Fue él el primero que disparó! Cuando me embolsaron la cabeza los otros apenas estaban sacando sus pistolas. Fue cuando comenzó la balacera.

Apola lo apretó por las mejillas:

—Pequeño: esto es lo que quisieron que tú creyeras. El general Obregón acordó hace dos semanas la paz con el Vaticano. La persecución iba a terminar.

—Lo que terminó fue él —le sonreí a Apola y me levanté—. La persecución va a continuar —y caminé lentamente bajo la fronda oscurecida. Trinaban miles de pájaros—. Dime una cosa: ¿por qué si tengo "amnesia retrógrada" me acuerdo del general Obregón y de la Iglesia católica, pero no me acuerdo de quién soy?

—Son zonas cerebrales diferentes —me dijo ella—. La memoria episódica, biográfica y personal se almacena en el lóbulo temporal superior, que es el que tienes dañado. La memoria categórica o de hechos universales, como las matemáticas, el lenguaje o la historia mundial se almacenan en el temporal inferior. Esa memoria no es personal, no tiene nada que ver con tus experiencias.

—Vaya… —me dije— ¿o sea que lo que soy está en este lugar dañado? —y me toqué el golpe detrás de la oreja— ¿O sea que si yo hubiera sabido esto que me dices, seguramente lo seguiría recordando?

Ella asintió, pero continuó con la parte más importante de lo que nos iba a decir.

—El dibujante al que metieron, José de León Toral, a quien tú conociste desde hace un año y medio, fue absorbido para esta operación por parte de un agente comprado por el jefe de policía, que es el general Roberto Cruz, y Roberto Cruz es el mejor amigo y operador del presidente Plutarco Elías Calles. El agente de Roberto Cruz que absorbió a José de León Toral se llama Manuel Trejo, un joven flaco que se mezcló con la madre Conchita en las visitas que hacía al Sótano 2 de Revillagigedo, pues ella les llevaba a los presos ropa y comida y les leía cuentos. Ahí este agente, Manuel Trejo, se infiltró con ella, y ella lo llevó al convento y lo presentó con los demás, entre los que estaba José de León Toral.

—¿Entonces no fueron los masones? —preguntó Dido Lopérez.

—La pistola que llevó José de León Toral esta mañana, modelo Star 35, se la dio Manuel Trejo, y a él se la dio antes otra persona: el general Roberto Cruz.

—¡Dios! ¿Estás diciendo que todo esto es obra del mismísimo presidente Plutarco Elías Calles? ¿Es él quien asesinó al presidente electo por el pueblo de México?

—De eso no tengo duda —me sonrió Apola—. De lo que dudo es de que el presidente Plutarco Elías Calles haya hecho esto sin la plena autorización del gobierno de los Estados Unidos.

—¡Ah, qué caray!

Apola me tomó de las solapas y me dijo:

—El general Obregón sabía que hoy lo iban a asesinar. Se lo dijo a Antonio Ríos Zertuche. Esto es mucho más grave de lo que tú piensas; mucho más grande que Plutarco Elías Calles o que México mismo. Simón: hay alguien planeando un movimiento muy importante que abarca varios países, un reacomodo de las fuerzas del mundo.

—A ver si te entiendo —le dije—. Si encontramos a este Manuel Trejo, ¿él nos va a ayudar a encontrar las claves para rastrear a la "Gran cabeza de cristal" que le da órdenes a Plutarco Elías Calles?

—Olvida a Manuel Trejo. Ése ya no existe. A estas alturas ya lo mataron, igual que van a matar a José de León Toral. Y si en algunas semanas aparece otro individuo ante los magistrados y ante los periodistas diciendo que es Manuel Trejo, ése va a ser un impostor entrenado por el gobierno. En todo crimen de Estado las conexiones deben destruirse desde el primer momento. A estas alturas todos los eslabones ya desaparecieron. Manuel Trejo debe de estar muerto, atado a una piedra en el fondo de un lago.

—¡Dios! ¿Entonces qué hacemos? ¿Para qué me quieres? —deseaba encontrar un hilo de dónde agarrarme en esa madeja extraña de conspiraciones— ¿Quieres que te ayude a "imaginar" las conexiones que desaparecieron cuando echaron a ese pobre tipo a un lago, amarrado a una piedra?

—Sí —al fin parecía querer decirme lo que buscaba de mí—. Quiero que me ayudes recordando lo que sabes —y me tocó la cabeza con el dedo índice.

Me levanté de súbito.

—¡Va a ser un problema! ¿No te dije que no me acuerdo ni siquiera de quién soy? —y me palpé la cara— ¡No recuerdo ni siquiera mi nombre! ¡No sé por qué me dices "Simón"! ¡No sé cómo es mi cara! ¡No sé cómo demonios llegué aquí ni qué estoy haciendo ni quiénes son ustedes! ¡Mi lóbulo temporal superior está dañado! ¡Me lo acabas de decir! ¡Me declaré inservible!

Apola me tomó con mucha firmeza por las muñecas. Me miró fijamente y me sopló a través de sus labios apretados.

—Tranquilo —me dijo—. Volverás a ser lo que eres.

Pegó su frente a la mía y me susurró tiernamente:

—Simón Barrón: dentro de tu cabeza está toda la información que va a salvar a tu país de lo que se viene, y me la tienes que entregar para que yo haga la parte que me corresponde. Algo muy malo está a punto de desatarse en tu país y luego se va a propagar a otras naciones. Es un plan mucho más grande de lo que piensas. Es un plan mundial.

—¿Y ahora es cuando yo debería decir una idea genial?

Me volvió a sonreír. Dido caminó de un lado a otro, siguiéndome, y lanzó una teoría:

—Yo diría que son los masones.

Me llevé las manos a los bolsillos y miré el piso.

—Recuerdo algo —le dije—. Recuerdo una canción.

Se le abrieron los ojos de gato como si se hubiera enamorado de mí —pero no se había enamorado de mí, sino de mi acceso a mi memoria—. Miré la luz del cielo naranja entre el follaje y escuché cítaras a un ritmo muy alegre, saltarín. Era lo que había ocurrido en La Bombilla. Recordé borrosamente la gordura del general Obregón y el muñón de su mano derecha. Me vino a la mente un conjunto de voces cantando una y otra vez la tonada "Limoncito", cada vez con notas diferentes, muy pegajosas.

Les dije:

—Creo que todo esto tiene que ver con esa canción…

—¿De qué estás hablando? —preguntó ella.

—Un momento... Si yo supiera que alguien quiere matarme... —y comencé a caminar en círculo frente a la banca.

La chica me prestó atención como nunca antes. Ladeó suavemente la cabeza para escucharme mejor. No sabía de dónde me llegaban los pensamientos. Ella me lo había dicho: los recuerdos estaban ahí, sus carpetas estaban ahí, pero era como si yo nunca las hubiera abierto antes. Yo era alguien "nuevo" en mi propio cerebro, como si estuviera llegando a la casa de otra persona que algún día se fue.

Me acaricié detrás de la cabeza. En la base posterior de la oreja derecha tenía un chichón doloroso que aún supuraba sangre. Me vi los dedos y los tenía ya mojados en agua con sangre. "Y todo esto ya se mezcló con mierda de paloma", pensé.

Le dije a Apola:

—Recuerdo que alguien mencionó: "Contacten a 10-B"...

—¿10-B? —me preguntó muy alertada.

—Sí... fue antes de que me golpearan en la cabeza.

Me puse a tararear la canción, moviendo los dedos de esa misma mano llena de sangre, pues la izquierda la tenía en mi bolsillo "jugando billar".

—"Limoncito, limoncito, pendiente de una ramita —canté—; dame un abrazo apretado y un beso de tu boquita. El limón ha de ser verde para que esté yo enamorado. El amor para que dure ha de ser disimulado. Al pasar por tu ventana me tiraste un limón, el limón me dio en la cara y el zumo en el corazón. Limoncito."

Cuando terminé me estaban viendo como a un psicópata. Les dije con un suspiro:

—Ésta es la solución del enigma. Está resuelto. Ya me puedes pagar mis honorarios.

Ellos se miraron. La chica me sonrió de nuevo, pero frunciendo el ceño.

—¿Cómo?

—Alguien me dijo en el restaurante: "Tengo que ir ya, ésta es la canción del general. Ya se va. Contacten a 10-B".

Dido preguntó:

—Y eso... ¿qué?

—Sencillo —le dije—. Si yo supiera que alguien me quiere matar, dejaría una clave en algún lado; algo que condujera a los investigadores hacia mi asesino intelectual. Ése sería mi acto póstumo de venganza.

Apola Anantal se me aproximó y ladeó un poco la cabeza.

—A ver... —me preguntó— ¿Dices que Obregón dejó una clave en algún lado...? ¿En la canción?

Le sonreí.

—Por eso pidió que la tocaran justo antes de irse. Es su canción. Es su mensaje. Es la pista que conduce hacia el nombre de su asesino.

—Vaya... —estiró el cuello y abrió los ojos— Eso a mí no se me habría ocurrido.

—¿Y cuál sería la pista? —me preguntó Apola.

—Muy fácil —le dije—: "Al pasar por tu ventana me tiraste un limón". Eso debe de ser el balazo.

—Ajá... —y alzó una ceja— ¿Y qué más? —caminó hacia mí con sus zapatos metálicos de brillo plateado y altos tacones.

Comencé a caminar en círculo de nuevo, como huyendo de ella. El enano me volvió a seguir, imitándome. Me cayó en la parte de atrás de la cabeza un nuevo excremento de ave. Me lo limpié y miré detenidamente la deyección fangosa en mis dedos. Noté en las heces ácidas mi agua con sangre diluida: era mía.

—Siento que Obregón me está hablando en este momento... —les dije— ¿Tino? —y miré entre las ramas.

—Sí está loco —dijo el mesero Dido Lopérez.

—"El limón" —les dije—, "el limón me dio en la cara y el zumo en el corazón". La pista la dejó en su propio cuerpo. Debe de ser un tatuaje en su pecho. Ahí está el nombre.

Dido se enderezó y exclamó:

—¡No cabe duda de que eres un verdadero chingón!

Ella se me acercó.

—Bueno, eso sería muy astuto. Sería lo primero que verían los familiares, los periodistas, los fotógrafos, los médicos forenses, los investigadores. No hay mejor lugar para dejar tu mensaje, el nombre de tu asesino. En tu propio cuerpo...

—El problema es el siguiente: que alguien lo esté borrando en este mismo momento, mientras hablamos —agregué sacando mi pañuelo—. Eso es lo que yo haría.

Apola consultó la hora en su reloj.

—¡Vámonos! —y comenzó a caminar muy apresurada.

—¿A dónde vamos, mamá? —le preguntó Dido y trotó tras ella como un pequeño osito.

—Vamos a donde están velando el cuerpo. Lo trasladaron a la casa del general, según el último informe que me pasaron antes de ir por ustedes a la Inspección de Policía. Si aún existe ese mensaje en su pecho, tenemos pocos minutos para leerlo antes de que los forenses lo desaparezcan.

Dido abrió muy grandes los ojos y le gritó:

—¡Mamá! ¿No crees que va a haber policías ahí, soldados?

—De eso no hay duda —respondió ella y siguió avanzando—. De lo que dudo es de que lleguemos a tiempo.

35

La tarde roja ya tenía estrellas en el cielo y el sol ya se estaba metiendo tras el elegante Ritz-Carlton Hotel de la Avenida Madison número 46, en Nueva York. La crema y nata de la sociedad estadounidense estaba reunida en el Gran Salón de Baile para el debut de dos impresionantes artistas: la *prima donna* Lucrezia Bori y la bella bailarina Faith Rockefeller, sobrina nieta del hombre más rico del mundo, el anciano John D. Rockefeller. El magnate del conglomerado bancario-petrolífero no estaba, pues se encontraba en su mansión de la montaña. El que andaba ahí era el otro hombre más poderoso de los Estados Unidos, Thomas W. Lamont. Entró sin sombrero, elegante en su frac, jovial, sonriente y galante con las damas. Avanzó, como siempre, rodeado de un enjambre que le agradaba.

—Señor Lamont —le preguntó una chica—, ¿le gustaría ser el invitado de honor en mi debut de la próxima semana?

El carismático hombre canoso de nariz abulbada se detuvo y le tomó la mano entre sus dos palmas:

—Señorita, no me hable con tanta reverencia. Sólo soy la cabeza de un banco. Usted me hace sentir como si yo fuera una especie de benefactor. El beneficiado soy yo —y le sonrió con la clásica "sonrisa Lamont". La chica quedó derretida y el hombre continuó avanzando hacia su asiento reservado, a sólo cuatro metros del escenario. Así se comportaba el hombre que tenía en su puño las negociaciones de deuda de Alemania y el proyecto financiero de toda Europa y del mundo en la década de los veinte.

—Acaban de aplastar a Churchill —le dijo uno de sus acompañantes mientras se sentaban. Lamont no dejó de sonreír.

—¿Cómo fue? —le preguntó sin volverse a verlo.

—La Unión de Ladrilleros. El Comité Ejecutivo de la Unión Amalgamada de Comerciantes de la Construcción acaba de votar la no elegibilidad de Churchill como canciller del Exchequer en lo futuro. Argumentan que Churchill devastó la economía británica.

—Lo cual es cierto —sonrió Lamont.

—Esta humillación es demasiado para Churchill.

—Sobrevivirá. Los Marlborough son como los hongos de los pies. Cuando crees que los destruiste te vuelven a salir. Lo que me preocupa ahora es que culpe de esto a Montagu Norman y a sus conexiones con nuestro amigo Benjamin Strong.

Se apagaron las luces, y antes de salir a escenario la soprano italiana cayó de lo alto una pantalla blanca, en la que comenzó a proyectarse una película muda acompañada de música emocional. Aparecían tres preocupados doctores en un hospital, haciendo cirugía a una bella dama. Debajo aparecía el subtítulo "¡La salvaremos!"

Sobre esta imagen aparecieron los siguientes letreros:

"Surprise, Sympathy and Joy"
> Hope and Trust in the
> Englewood Institution General Hospital
> A Motion Picture. March 26, 1923.

> Starring: [...]
> The partners of The House of Morgan and heads of the Board of the Bankers Trust Company:
> Thomas W. Lamont
> Dwight W. Morrow
> Seward Prosser

Tronó un aplauso abrumador y se encendieron las luces. El señor Thomas Lamont se levantó de su asiento y dio la cara hacia las muchas mesas de atrás para agradecer el aplauso, que no se detuvo.

—Quiero agradecer —les gritó en un elegante acento casi británico—, quiero agradecer al Ritz-Carlton por proyectar este viejo cortometraje que ya casi había olvidado —y miró hacia la pantalla—. Tristemente, me hace recordar a un enorme amigo que está lejos en este momento. Hemos sido socios en la reconstrucción del mundo, en la creación de una nueva sociedad de naciones y en la consolidación de una nueva estructura financiera, y también fuimos actores novatos en esta pequeña película humanitaria.

Se le aplaudió nuevamente y siguió:

—Mi amigo Dwight Morrow es uno de los hombres más inteligentes en este momento en el mundo. Si tuviera que confiarle a alguien la negociación más determinante para el futuro de la humanidad, sería a él. Me han preguntado por qué mi amigo Dwight Morrow no fue enviado como embajador a Londres o a París, donde se mueve el pulso actual del mundo. Quiero decirles que lo es. Morrow es un hombre del mundo. Hoy está en México porque es en nuestro vecino y amigo México donde estamos consolidando una parte importante del gran cuadro del futuro.

Alzó la copa de champaña y finalizó su discurso:

—Les deseo una gran velada esta noche, en que disfrutaremos de la maestría artística de la joven Lucrezia Bori y de una nueva figura que seguramente nos impactará tanto como lo ha hecho siempre su tío abuelo John, a quien todos respetamos y apreciamos. Un brindis por la prometedora joven Faith Rockefeller.

Tras el brindis general, Lamont se sentó y le dijo al hombre que estaba a su lado.

—El viejo morirá de un momento a otro. Debemos actuar antes de que transfiera todo su poder a su hijo.

—Ya lo está haciendo, Tom. Me informan de Broadway 26 que el patriarca Rockefeller ya está transfiriendo lotes masivos de acciones a John junior. Y no sólo eso. El viejo está consolidando ya a sus nietos John tercero, David y Nelson como nuevas columnas de la organización.

—*¡Fucker!*

—Rockefeller no es John Pierpont Morgan, Tom. Ésta no es una ballena fácil de despellejar.

—Todas lo son —le sonrió—. Habla con el tesorero del Comité Nacional del Partido Demócrata, James W. Gerard. Podemos apoyarlos con créditos por un millón y medio.

—¿Vamos a respaldar al candidato Al Smith, Tom? —se sorprendió.

—Vernon —lo tomó el antebrazo—: en este juego no se trata de apoyar a demócratas o a republicanos. Lo que se apoya es la división —y volvió a sonreír.

36

Así fue como los tres nos convertimos en el "Escuadrón de Apola", ya que sin duda ella era la única con funciones cerebrales respetables. El dilema era cómo entrar a la casa del difunto general Obregón, que estaba custodiada por cincuenta elementos del Estado Mayor Presidencial que, férreamente armados, repelían a periodistas y a la gente que se amotinaba con cartelones.

Era ya comenzada la noche. Del sol no quedaba más que una fría rebanada amarilla en el horizonte, y arriba, las estrellas. Desde lejos logramos ver los quince automóviles estacionados afuera de la casa de Obregón. El enano fue el que hizo la pregunta obvia:

—Mamá, ¿cómo le vamos a hacer para meternos a esa casa y ver el cadáver?

Apola miró a Dido como si fuera un insecto, le acarició la cabeza y le sonrió como a un peluchito:

—Es fácil meterte a cualquier casa… desde otra casa… —y miró hacia el techo del domicilio ex presidencial.

Observamos la conexión entre los techos de las casas de la avenida Jalisco. Apola caminó hacia la esquina con Monterrey, rumbo a la cuadra de atrás. Dido trotó tras ella, debajo de arbotantes en forma de gárgolas y murciélagos.

—¡No cabe duda de que mi nueva mamá es una verdadera chingona! ¡Quiero explorar! —y se colocó su nariz de payaso.

Adentro de la casa de Obregón estaba teniendo lugar un evento degradante. Para empezar, Valentina, la "sirvienta" del general, continuaba desmayada, pero lo grave ocurría en la mesa-cama sobre la que tenían al ganador de las elecciones presidenciales de apenas quince días atrás. Estaba debajo de un foco de luz blanca azulada que proyectaba un halo sobrecogedor sobre la cabeza calva y cerosa del hombre de bata blanca Enrique Osornio. Inflando y desinflando su tapabocas con su aliento nervioso, el doctor, con un instrumento afilado en la mano, dijo lo siguiente:

—Se aprecia amputación antigua del brazo derecho al nivel del tercio inferior —y miró el muñón con la marca del reloj—. Se aprecia escoriación en la región frontal inmediatamente a la derecha de la línea media, irregular, de aproximadamente cuatro centímetros de extensión.

Los presentes observaron el color del cuerpo tornándose gris arenoso, con grandes áreas cubiertas por hematomas negros y morados. Los ojos del general estaban entreabiertos, apuntando hacia el techo con un brillo plástico.

Se escuchó el tictac de un reloj. De una de las paredes colgaba un cuadro con un motivo funerario: cuatro hombres de frac y cuatro cadetes velaban un cuerpo rodeado de cirios y símbolos egipcios. Debajo decía "Capilla Ardiente". También había un cuadro del general Obregón abrazando a un hombre que sonreía: su más estimado, eficaz y honesto secretario, el licenciado José Vasconcelos.

El doctor añadió:

—El cuerpo presenta trece heridas producidas por arma de fuego —y con sus manos enguantadas palpó la primera zona de hematomas, en la cabeza—. La primera, en el corrillo derecho, en la región masentenaria y a nueve centímetros debajo de la cola de la ceja del mismo lado —Presionó la herida y escurrió un fluido color negro verdoso. Continuó—: Probable orificio de entrada: es de forma oval, once milímetros y con escara de dos milímetros.

37

Nosotros trotamos por Monterrey, justo por enfrente de la mansión de la rica y bella heredera y mecenas Antonieta Rivas Mercado, que abarcaba toda una manzana en forma del triángulo formado por las calles de Jalisco, Monterrey e Insurgentes. Dimos vuelta en Tabasco, que era la calle paralela a Jalisco. El objetivo: meternos a la casa del presidente electo desde atrás. Un vendedor de periódicos venía en una bicicleta gritando: "¡Gran consternación por la muerte de Obregón!" Ya estaban encendidos los faroles de la calle, unos dragones muy tétricos que nos miraron desde lo alto. Así era la colonia Roma.

Guiada por su intuición femenina, Apola Anantal señaló un edificio de dos pisos, de estilo afrancesado y con gárgolas de hierro:

—Aquí —y nos indicó unos ventanales de cristal negro hundidos en la banqueta, protegidos por herrería. Era el número 234 de la calle Tabasco. Nos miramos el enano y yo. Miré hacia el segundo piso de la casa, cuyas ventanas estaban oscuras.

—Al parecer no hay nadie —le dije a Apola.

—Gran descubrimiento —me dijo—. Por eso dije "aquí".

Se quitó uno de sus zapatos plateados metálicos y azotó el cristal con el duro y afilado tacón.

—Yo no quepo por esas rejas —le dijo Dido Lopérez—; y si yo no quepo, ustedes dos menos.

Apola se hincó sobre la banqueta e introdujo su delgado brazo por el agujero. Movió algo que hizo un tronido. Retrajo el brazo y nos dijo:

—Las ventanas se abren desde dentro —se levantó, se colocó su zapato y con el pie empujó la herrería—. ¡Vamos, no hay tiempo!

—Como ordenes, mamá —le dijo Dido y fue el primero en meterse.

38

En la habitación de la planta baja donde tenían el cadáver, el doctor Enrique Osornio palpó un área de piel trozada a un lado del cuello del general. Con voz temblorosa susurró a través de su cubrebocas:

—Segunda herida: orificio de salida en la cara lateral izquierda del cuello a la altura de la primera vértebra cervical, siete centímetros abajo y atrás del nacimiento del pabellón de la oreja izquierda.

Miró los ojos entreabiertos del cuerpo, que se reflejaron en sus propios anteojos. Arrastró su mano enguantada por encima del pecho del presidente electo y siguió:

—Tercera herida —parpadeó porque le ardió el gas del formol en los ojos, combinado con las excreciones que salieron de las áreas de piel abiertas—: región costal izquierda, catorce centímetros debajo de la tetilla y dos centímetros arriba del borde costal, circular seis milímetros y escara de tres, orificio de entrada.

—Son diferentes calibres... —le murmuró atemorizado uno de sus colaboradores.

Osornio lo miró a través de sus empañados anteojos y volvió al cadáver:

—Cuarta herida: región axilar derecha, línea axilar media, orificio de salida irregular, seis milímetros —y por encima de las gafas miró a su ayudante, quien entornó los ojos, preocupado—. Quinta herida: cara interna del muñón del brazo derecho, tercio superior, tres centímetros del pliegue axilar y frente al anterior, oval, irregular, diez milímetros.

El asistente de Osornio contuvo la respiración. El doctor, con ambas manos, palpó el omóplato y la clavícula izquierdas del cadáver y miró el área mojada desde dentro por un hematoma negro lleno de orificios.

—En la región escapular izquierda presenta seis heridas con orificios de entrada de proyectiles —y descendió suavemente al resto del cuerpo. Lentamente caminó por detrás de la cabeza del general Obregón con la pequeña escuadra. Levantó cuidadosamente el hombro derecho del cadáver y le dijo a su asistente—: presenta además orificio circular de entrada en la región escapular derecha, siete centímetros a la derecha de la línea media y a la altura de la tercera vértebra dorsal. Este orificio es de siete milímetros.

El asistente permaneció callado un instante, pero pesaba sobre su mirada una tensión en aumento:

—Entonces el fuego provino de ambos lados... —y temerosamente acercó su mano enguantada al hinchado y negro vientre. Posó su palma sobre el abdomen supurante y la arrastró por encima de la piel— Siento aquí más balas. Aquí hay más balas.

Osornio frunció el ceño y sacudió sutilmente la cabeza. El asistente le dijo:

—Doctor: el arma Star del dibujante sólo tiene cámara para nueve proyectiles calibre 35 milímetros. La acaban de entregar a la Inspección de Policía con cuatro balas sin usar en el cargador. Sólo pudo disparar cinco. Alguien más disparó en el restaurante.

39

Nosotros trotamos hacia arriba por el pozo de las escaleras de una casa apagada, perseguidos por un pequeño perrito de mal carácter al que Dido despachó hacia el vacío con una patada.

—¡Ládrale a tu abuela, carbón! —le dijo.

Llegamos a una puerta y Apola giró la manija. Salimos a la azotea. El viento estaba frío y había caído la noche. Se oían sirenas por toda la ciudad. Algo estaba pasando y nosotros no sabíamos qué era. Apola trotó hacia la azotea de la casa de Álvaro Obregón y simplemente la seguimos. Se colocó pecho a tierra al borde del edificio para ver hacia abajo, a un patio de ladrillos rojos custodiado por dos soldados. El piso superior tenía las luces apagadas, pero en la planta baja estaban encendidas.

—¿Y ahora qué sigue, mamá? —le preguntó Dido. A pesar de las circunstancias me producía algo de risa que el enano llamara así a Apola, sin duda, una de las mejores espías de la época, y que además a ella no le importara.

Apola se volvió a verlo con la mirada asesina de un gato, pero le puso la mano en la cabeza y le sonrió.

—Ahora, entremos por los balcones.

—Mamá, tú siempre puedes.

40

A menos de una cuadra de distancia, en la portentosa mansión de Antonieta Rivas Mercado —hija del creador del Ángel de la Independencia—, la delicada mujer estaba nerviosa. Sabía que ese día la presencia de soldados y policías en las calles se había quintuplicado. Escuchó las sirenas. Una de sus mucamas subió del sótano y le dijo:

—Señora Antonieta, ¿qué vamos a hacer si entran? ¿Qué vamos a hacer si revisan la casa?

Antonieta miró en todas direcciones, especialmente hacia la enorme puerta y hacia los largos ventanales de cristalería. Le acarició la mejilla a la muchacha y le dijo:

—No te preocupes. Toda esta pesadilla tiene que terminar algún día.

Debajo, en los sótanos de la mansión, se miraron preocupadas una docena de familias que se habían refugiado ahí desde el inicio de la persecución del gobierno mexicano "revolucionario" contra la Iglesia católica. Entre los refugiados había un sacerdote y varios emisarios secretos de la rebelión llamada Cristiada.

41

Avanzamos por un largo y siniestro pasillo de la planta alta, forrado completamente de madera. Tenía timones y claraboyas como si fuera un barco antiguo. Íbamos de puntitas y pegados a las paredes siguiendo a Apola, quien ya tenía su delicado revólver plateado apuntando hacia arriba. El lugar olía a animales secos, a caballo, a cenicero y a cuero viejo, como una talabartería. Se escuchó el tictac de un reloj. Tras una de las puertas —todas estaban cerradas— escuchamos los gemidos estremecedores de una mujer. Avanzamos y vimos cabezas de animales disecados, águilas y halcones que se asomaban en la penumbra azulada. Al fondo se veía un velo de luz subir hasta el vestíbulo de la escalera principal.

Apola nos susurró:

—Tengo informes de que en el subterráneo de esta casa hay personas disecadas.

—¿Qué? —se aterró Dido Lopérez y se percató de que un venado muerto lo estaba mirando a los ojos— ¿Tú qué me ves, carbón?

—Según parece —siguió Apola—, el general cuenta con especímenes de indios yaquis y también con partes humanas de enemigos a los que asesinó personalmente o por medio de enviados. Se dice que aquí hay miembros de los generales Francisco Serrano, Arnulfo Gómez, Francisco Villa, Venustiano Carranza y del diputado Francisco Field Jurado.

—Yo colecciono artículos de magia —dijo Dido.

Apola caminó en cuclillas hacia el vestíbulo de la escalera.

—Si se revelara lo que hay debajo de esta casa —dijo— surgiría a la luz algo que el pueblo mexicano no podría tolerar; no sólo sobre el general Obregón, sino sobre toda el hampa que gobierna a este país desde la llamada "revolución".

Al asomarse, le dio la luz de la planta baja en la cara.

—Vamos —y comenzó a descender cuidadosamente, con su revólver plateado siempre en alto.

La seguimos, y observé los gigantescos cuadros del general Obregón en las tres paredes de la escalera, mirándose unos a otros. "¿Por qué siempre aparece de malas?", me pregunté. Oímos voces y murmullos. Todos provenían del fondo de la planta baja, de donde surgían también los vórtices de luz blanquecina. Escuchamos instrumental médico y un disparo, y los tres intercambiamos miradas.

Los murmullos del cuarto iluminado continuaron. Seguimos avanzando. Ahora ya estábamos en la planta baja y Dido nos preguntó en voz baja, con toda razón:

—¿Vamos a entrar a donde se oyó el disparo?

Apola simplemente avanzó hacia la luz, con el cuerpo pegado al muro. Observé los dos enormes osos kodiak disecados, a ambos lados del pasillo, alzando las garras hacia nosotros en forma amenazadora. Debajo, las placas decían: "Para mi General de División Álvaro Obregón Salido". Al seguir avanzando nos pasaron por las mejillas las dos cobras que se salían de la pared y a la derecha alcancé a ver un oscuro pozo que conducía hacia el subterráneo.

Nos arrodillamos a dos metros de la entrada de la habitación y continuamos a gatas. Desde el suelo alcanzamos a ver la mesa-cama y el cuerpo grisáceo del general frente a siete personas que nos daban la espalda, tres de ellas con batas, todo iluminado por una lámpara azulosa. Apola avanzó y torció inmediatamente a la derecha para refugiarse detrás de un escritorio. El enano le gateó por encima como un pequeño osito y se colocó a su derecha. Ya no había espacio para mí.

Observé a un individuo tendido en el suelo, con un charco de sangre debajo de su cabeza. Me estaba mirando. También llevaba una bata blanca y guantes forenses. Miré a Apola, francamente preocupado, y la consulté con los ojos. Me indicó que avanzara hacia la escultura situada en la parte izquierda, que era de bronce y representaba al mismísimo Benemérito de las Américas, don Benito Juárez. Me arrastré lo más sigilosamente que pude hacia los zapatos de don Benito y me oculté detrás de sus piernas.

Se escuchó un gran escándalo en la calle: voces, gritos y bocinas de automóviles.

—Está llegando —murmuró el doctor Osornio y volteó hacia el pasillo—. El presidente Calles está llegando.

Escuchamos ruidos venir desde fuera. Se abrió la puerta y entró un bullicio muy grande. Eran pasos militares y llamados de formación. Se alineó una valla de cadetes hasta la habitación. De pronto tuve a mi lado las nalgas de uno y la culata de su máuser a dos centímetros de mi mano. Apola y el enano se sumieron debajo del escritorio y sólo les vi un ojo a cada uno. Se hizo un silencio muy denso y los doctores se colocaron erguidos mirando hacia la puerta.

Por el umbral pasó el alto y fornido presidente Plutarco Elías Calles y se llevó una uva a la boca. El racimo lo tenía en la otra mano. Los doctores se le cuadraron y les vi gotas de sudor en la cara. El presidente avanzó hacia el cadáver del general y lentamente dio una vuelta alrededor de la mesa-cama, mirando el cuerpo con una sonrisa que más tarde el senador Higinio Álvarez García describió como "diabólica".

El senador Álvarez García entró justo detrás del presidente, seguido por el general obregonista Antonio Ríos Zertuche, por el jefe de la Inspección General de Policía, general Roberto Cruz, y por el secretario de Guerra, el delgado y bajito general Joaquín Amaro, llamado el Indio Amaro o "El golfista asesino".

Amaro iba con su permanente traje militar. El presidente Plutarco Elías Calles lo miró de reojo y le dijo:

—Todos los impactos fueron mortales y fueron ocho o diez.

El doctor Enrique Osornio se quitó el tapabocas y pronunció con voz temblorosa:

—Señor presidente, son trece impactos de cinco calibres diferentes.

El secretario de Guerra le dijo al doctor:

—Entonces fueron únicamente seis impactos —y caminó hacia él viéndolo a través de sus anteojitos redondos.

El doctor Osornio miró a su colega Alejandro Sánchez y ambos miraron al presidente.

El presidente les dijo:

—La familia del general Obregón ha pedido que el cuerpo no sea embalsamado. Sólo inyéctenlo para su traslado a Sonora. Procedan con la máscara mortuoria —se llevó otra uva a la boca, sonrió y le dijo al doctor—: por fortuna ya tenemos al asesino. Un fanático católico. Se aplicará la ley.

Observé en una de las paredes el cuadro de tema funerario y el del general Obregón abrazando a su secretario de Educación Pública, José Vasconcelos.

El presidente Calles mordió otra uva y dijo:

—Sálganse todos.

Comenzaron a salir. Apola y el enano se retrajeron para que nadie los viera. Yo hice lo mismo tras las piernas de don Benito Juárez. Cuando venía saliendo el doctor Enrique Osornio, el presidente lo detuvo con su poderosa mano.

—Usted no.

Los dos cadetes que cuidaban la puerta salieron y el mismo presidente la cerró y le dio vuelta al pestillo. El general Obregón seguía con los ojos mirando hacia el techo, que era de vigas.

—¿Me trajo lo que le pedí? —le preguntó el presidente al doctor.

—Sí, señor presidente.

El doctor caminó detrás de la mesa-cama y alzó una bolsa de papel que decía "Ultramarinos La Sevillana". La colocó sobre la mesa y dijo:

—El frasco está aquí dentro. El general lo tenía resguardado en un prostíbulo. ¿Desea conservarlo usted?

Calles mordió otra uva.

—No lo creo —y miró hacia la ventana—. Destrúyalo antes de que alguien lo use. Que nadie vea esta bolsa —y miró su reloj—. Debo irme. Me espera el embajador de los Estados Unidos —pero se detuvo antes de salir—. Una cosa más: envíe informe de esto a 10-B. Hágalo en clave.

Le sonrió al doctor y se dirigió hacia la puerta. Giró el pestillo, salió y cerró la puerta. El doctor se quedó petrificado debajo de la lámpara, mirando a los ojos del general Álvaro Obregón.

Apola silenciosamente gateó hacia la puerta y volvió a girar el pestillo. Irguió su plateada pistola francesa y avanzó hacia el doctor con el sigilo de un gato. Cuando Osornio la vio, ella amartilló el revólver y le apuntó a la cara. El doctor abrió la boca aterrorizado, pero la mujer se llevó el dedo a los labios para indicarle silencio y caminó hacia él por detrás de la mesa. Sin que el doctor se percatara, Apola presionó la yema del dedo índice y de su uña metálica brotó una gota de color naranja.

—No vengo a matarlo —le susurró al doctor y miró hacia la puerta—, sino a deshabilitarlo —y suavemente le acarició el cuello. Le encajó la uña justo debajo de la oreja. El doctor se puso bizco y cayó en los brazos de Apola, quien simplemente lo reclinó sobre el piso.

Nosotros salimos de nuestros escondites. Miramos hacia la puerta porque alguien estaba moviendo la manija desde afuera. Había bullicio. Golpearon con los nudillos cuatro veces.

—Doctor Osornio —gritaron—: el general Roberto Cruz desea pasar a revisar el cadáver.

—Ahorita le abro —respondí—. Déme un segundo.

Apola me miró ladeando la cabeza y me sonrió. El enano propuso:

—Díganle que nomás terminamos y le abrimos.

Alcé la mano y le azoté un zape al enano en la cabeza. Le murmuré:

—Tú no hables. Yo hablo.

Apola estaba viendo el pecho blanquecino del presidente electo y me susurró:

—No hay ningún tatuaje en el pecho.

Miré el tórax del general y, en efecto, no vi más que piel y proyecciones de hematomas. Me rasqué la cabeza. Dido me dijo:

—¿Y para eso nos hiciste venir aquí, carbón? Ahora nos van a chingar. ¡Gracias por tus ideas pendejas!

Volvieron a tocar la puerta.

—Doctor, el general tiene que irse. Déjelo entrar. Es una orden.

Apola me observó y me señaló la puerta. Me aclaré la garganta y grité:

—Ehhh… Los ganglios… —y miré a Apola— …los ganglios presentan una infección venenosa. Permítame extirparlos antes de que el general Cruz contraiga sífilis, lepra o gonorrea.

Se hizo un silencio. Apola me susurró:

—¿Dónde está el maldito mensaje?

Me volví a rascar la cabeza.

—¿Por qué siempre crees que sé lo que me preguntas? ¿No ves que tengo amnesia? Tengo el cerebro mal.

Repuso sin parpadear:

—¡Maldición, busca en tu cerebro! ¡Busca en tus archivos! ¡La información está ahí!

—Okay —y torcí los labios—. Verás… —y comencé a revisar el pecho del general Obregón— En el pecho no está… En el estómago tampoco… ¡Dios, cómo arde este olor!

—¡Abra inmediatamente! ¡El general Roberto Cruz se tiene que ir para continuar el interrogatorio del asesino! —gritaron afuera.

Dido se puso su nariz de payaso y susurró:

—Cada momento me pregunto qué estoy haciendo aquí, para qué vine al mundo y si existe la vida eterna. Yo sólo quise un mundo mejor.

Apola miró el cadáver y me dijo:

—¿Sabes por qué se van a llevar este cuerpo a Sonora?

Le dije "no" con la mirada. Me respondió:

—Él mismo pidió que lo enterraran junto a su mamá.

—Ya veo… Lo cual ¿te parece relevante?

Suspiró y miró al cadáver a los ojos:

—Este hombre ordenó el asesinato de muchas personas, tal vez de miles, pero al final quiere estar con su mamá. Alguna vez fue un pequeño bebé —y le sonrió al cadáver.

—Era entonces cuando había que matarlo —le dije y me le acerqué—. Decía "el zumo me dio en el corazón".

—Pero no está en el pecho.

—La canción decía: "El amor para que dure debe ser disimulado". El general Obregón no podría haber dejado algo que detectaran los que lo asesinaron, los que acabamos de conocer personalmente en esta misma habitación. El mensaje debe de ser invisible.

—¿Invisible? —se alteró Apola— ¿Y entonces cómo lo vamos a ver?

El enano Dido Lopérez susurró, sacudiendo la mandíbula:

—Puras mamadas... —y volteó hacia la puerta— Nos van a torturar. La culpa de todo siempre es de Simón Barrón.

—La clave debe de estar en la canción —insistí—. Ése es nuestro mapa —y me puse a pensar.

De nuevo golpearon la puerta.

—¡Doctor, es una orden! ¡Abra! ¡Lo manda el general Roberto Cruz, jefe de policía del gobierno revolucionario! ¡Abra la puerta ya!

Me puse a cantar en voz baja, caminando de un lado a otro:

—"Limoncito, limoncito, pendiente de una ramita..." Siento que el general Obregón me está hablando en este momento... —y lo miré. Me acerqué a su cara tiesa y azulada y lo vi a los ojos. Le sonreí y le dije—: Gracias, general...

Imaginé un enorme totopo girando en el espacio y el sonido de su tronido al ser mordido. Miré a Apola, que me veía como si estuviera loco.

—Ya está. La ramita es el brazo. El limón es la mano. El mensaje está en la mano. Ése es el Limoncito.

Dido se me acercó y me abrazó las piernas.

—No cabe duda de que eres un verdadero chingón.

Por un acto reflejo todos miramos la mano izquierda, que estaba azulada.

—Ésa no es —les dije—. Es la otra, la que ya no está en la ramita —y señalé el muñón del brazo derecho, que tenía la marca de un reloj—. El amor para que dure ha de ser disimulado.

—Ahora sí te la prolongaste —me dijo Dido Lopérez—. ¿Y cómo vamos a ver el mensaje en una mano que ya no existe?

Escuchamos un crujido de madera y vimos hacia la entrada. Alguien estaba metiendo varas metálicas por debajo de la puerta para tronarla. Luego escuchamos el golpe de un hacha contra el centro de la puerta, y el filo metálico salió de nuestro lado.

—¡Dios! —murmuró el enano— ¿Podríase decir que ahora sí estamos jodidos?

Apola me dijo:

—¿Estás diciendo que el mensaje, el nombre del asesino intelectual y artífice de toda esta conspiración contra México y contra la Iglesia católica a escala mundial se encuentra en una mano que ni siquiera está en su cuerpo?

—No está en este cuerpo —le dije—. Pero sí está en esta habitación —y le sonreí.

El hacha volvió a clavarse en la madera y la giraron arrancando todo un pedazo de la puerta. Se asomó un ojo y alguien gritó muy duro:

—¡No es el doctor Osornio! ¡Hay tres intrusos en la habitación! ¡Una mujer, un hombre alto y moreno, y un enano! ¡Traigan a la Guardia 4! ¡Alerten al presidente!

Dido externó:

—Ahora sí podría decirse que estamos jodidos —y cerró los ojos—. No quiero que me torturen como al dibujante León Toral. Yo no hice nada. Esto es un sueño. He tenido sueños como éste y siempre me acabo despertando. De un momento a otro sonará el despertador —pero su manita estaba temblando—. ¡Dios mío! ¿Por qué siempre me pones en situaciones k-gantes?

Le dije a Apola:

—El doctor acaba de decirle al presidente Calles que el general Obregón había escondido esto en un prostíbulo —y agarré la bolsa de papel que decía Ultramarinos La Sevillana.

Metí la mano a la bolsa y saqué de ahí un frasco de formol que contenía una tétrica y asquerosa mano de cuya muñeca salían tiras de tejido. El frasco tenía una tapa metálica con bonete dorado al estilo tetera.

—Señoras y señores —les dije—: el limoncito acaba de ser encontrado. Aquí está la clave de todo.

Dido abrió la boca y exclamó:

—Ahora sí, no cabe duda de que eres un verdadero... —y se calló. Lentamente miró hacia la puerta. El hacha se clavó e hizo saltar otro pedazo de puerta, por el que se introdujo un brazo que palpó hasta el pestillo y comenzó a hacerlo girar.

42

Lejos, en un lugar oscuro de las montañas, dentro de un campamento nómada de tiendas iluminadas con antorchas, se escucharon tambores y guitarras bajo las estrellas. Era el Campamento Cero de la rebelión cristera. Un hombre vestido de negro, con sombrero del mismo color, un cinturón de balas, rasurado a medias y con un gran crucifijo blanco en el pecho, colocó sus dos palmas sobre la cabeza de dos hermosas chicas de tez morena clara de grandes ojos y largas y brillantes cabelleras oscuras.

—Ahora ustedes dos regrésense a Guadalajara. Las quiero organizando todo desde Guadalajara y Tepatitlán: Morelia, Colima, Guanajuato, Zacatecas, Durango y todas las poblaciones intermedias.

—Claro que sí, general Gorostieta —le dijo Patricia López Guerrero—. Azucena y yo ya tenemos organizadas a todas las células de diseminación.

—Muy bien, chiquitas. Ahora súbanse a sus caballos —y les palmeó los hombros.

Ya se iban ellas en sus caballos blancos forrados con cintos de municiones cuando el general las detuvo con un ademán:

—Y, por favor, cuídense. Que nadie me las toque. Ustedes dos son el Núcleo de la Resistencia —y les sonrió. Ellas agradecieron el gesto y se fueron. El general se metió a una de las tiendas, que era la suya, la del "alto mando". Varios hombres lo esperaban adentro en torno de una lámpara de queroseno. La mayoría no tenían más de veinte años, y había dos sacerdotes. Les dijo:

—El asesinato de Obregón es sin duda algo muy bueno que nos traerá grandes problemas.

Tomó la palabra el más aguerrido, llamado precisamente Ramón López Guerrero, hermano de una de las chicas que acababan de irse a Guadalajara:

—¡Todo el mundo va a saber que fue el mismo presidente Calles! ¿Ahora va a culpar otra vez a los católicos?

El general Gorostieta se restregó la barba. La luz del quinqué le hacía un brillo amarillo en los ojos. Les dijo:

—Es obvio que Calles planeó bien esta jugada. Se llama "tiro de triple impacto". Se deshace de Obregón, acusa a los católicos y se convierte en el único interlocutor ante los Estados Unidos. Ahora México le pertenece a Plutarco Elías Calles.

—Querrá decir a los Estados Unidos —corrigió "encabronado" el joven rebelde López Guerrero, quien vestía camiseta blanca, chaqueta negra de cuero y cinturón de piel de serpiente con hebilla de Cristo Rey.

—Relaja esas ansias, mi querido Ramón —le dijo el general—. Ya tendrás tiempo de cambiar a tu México. Ahora debemos ser muy fríos para pensar. El gobierno "revolucionario" de Obregón y Calles no ha podido contra nosotros en dos años de guerra. Pero con el asesinato de Obregón achacado a los católicos, Calles obtendrá lo que los americanos siempre han querido: el pretexto para meter sus tropas a México, para aplastarnos y para destruir el catolicismo en México.

—Y convertir a México en una simple provincia petrolera de los sajones —terció el joven secretario del general Gorostieta, Heriberto Navarrete.

—Ahora bien —siguió Gorostieta—, dentro de los propios Estados Unidos está comenzando una guerra de poder muy violenta rumbo a las elecciones próximas. El gran bloque demócrata, con Al Smith a la cabeza, jamás respaldaría un ataque contra el catolicismo. El mismo Al Smith es católico, y una parte enorme de los Estados Unidos es católica o pro católica. El problema es el bloque republicano de ultraderecha.

—Los WASP —afirmó Ramón López y le dio un puñetazo al piso de tierra.

—Exactamente —dijo Gorostieta—. Los White-Anglo-Saxon-Protestant. Así se autodenominan. Son los blancos racistas de los estados algodoneros del sur que detestan a los miembros de las "razas inferiores" como nosotros, como los negros, los irlandeses, los italianos y los judíos. El Ku Klux Klan ya comenzó los ataques contra el Partido Demócrata. Ayer aparecieron tres negros colgados de postes en Houston y Dallas, con letreros de AL SMITH WILL DIE.

—¿Qué hacemos? —le preguntó Ramón López.

—Hasta donde he averiguado —contestó Gorostieta—, el apoyo del gobierno de Calvin Coolidge a Plutarco Elías Calles para aplastarnos consistiría en tres divisiones terrestres, cada una de cuatro mil hombres, además de apoyo marítimo y de treinta aviones bombarderos para incendiar estas montañas y todas las del occidente cristero.

—Hijos de la… —murmuró Ramón López.

—Nunca odies a tu enemigo —le dijo el general Gorostieta—. Ellos están haciendo bien lo que les toca. Ellos son patriotas. Ódiate a ti mismo si tú no haces lo que a ti te toca por tu país. Esto es un juego y nunca debemos tomarlo como agravio personal —y los miró a todos—. Éste es el juego de las naciones, compañeros. En cien años no hemos sabido jugarlo, pero hoy ha llegado la hora. O aprendemos, o aprendemos.

Ramón le sonrió:

—Y como dice mi hermana Patricia, si realmente tienes que hacerlo, lo harás.

—Durante dos años hemos tenido temblando al gobierno; con nuestros 25 mil hombres estamos aplastando a esos generalitos cobardes de Amaro y Saturnino Cedillo, pero entrando los gringos es otra cosa.

Su secretario Navarrete le preguntó:

—¿Y qué sugiere que hagamos, general?

Gorostieta comenzó a caminar en redondo alrededor de los jóvenes, rascándose la barbilla.

—Lo que tenemos que hacer es asegurarnos de que eso no ocurra.

Se miraron unos a otros.

—¿Cómo dijo, general?

—Que ese apoyo militar nunca se presente.

Se miraron entre sí nuevamente.

—¿Y cómo hacemos eso, general? —le preguntó Navarrete.

—Desde este instante se abre un nuevo frente de guerra: el Congreso de los Estados Unidos —y señaló a Ramón López Guerrero—. Quiero que don Luis Beltrán y Mendoza se asegure de esto con sus contactos en Washington. Que el ingeniero Luis Alcorta amarre el préstamo secreto y las municiones que les pedimos.

Ramón se puso de rodillas y gritó:

—¡Y que me partan cuatro mil rayos si no lo consigo! ¡Amén!

Todos gritaron "¡Amén!"

—No es para tanto —sonrió Gorostieta—. Pero les informo que aprovecharemos esta ventana para asestar el golpe clave. Ya controlamos gran parte del occidente de México. Llegó el momento de controlar el país y devolverle la democracia y la libertad.

Se miraron de nuevo unos a otros.

—¿Y cómo haremos eso, general? —volvió a preguntar Navarrete.

—Con una sorpresa —le sonrió—. En este momento iniciamos la reorganización de toda nuestra División de Occidente. El general José Posada Ortiz, mi ex compañero de armas —lo señaló con el dedo— tendrá a su cargo la organización de los grupos rebeldes del Bajío, Guanajuato y Querétaro. El padre Aristeo Pedroza —y señaló a un joven sacerdote— será general y el jefe de la Brigada de los Altos.

—Hijo, ¿me haces general?

—No, padre, lo hago general brigadier. Espero que a cambio usted interceda por mí y me saque un día del infierno.

—Bueno, hijo, haré lo que pueda, aunque no garantizo nada. Brindo por mi propio nombramiento —y alzó su vasito de rompope hecho por monjas de Jalisco.

—¡Salud, padre! —le gritaron los otros. Gorostieta siguió:

—El hueco que deja el padre Pedroza en el regimiento del Ayo lo llenará —y señaló a un joven de veinte años— el joven Lauro Rocha.

—¿Yo? —se levantó el chico muy alarmado.

—No te asustes; podrás con el cargo —le sonrió el general—. Todos acabamos haciendo cosas para las que no hemos recibido el menor entrenamiento. Eso es la vida. Y como dice la joven Patricia, "si tienes que hacer algo, lo harás". Sólo sigue tus instintos.

—Bueno, está bien —y alzó su vasito de rompope de convento.

—Mi leal escolta y querido amigo Mario Valdés —siguió Gorostieta—: desde este instante eres mayor. Irás a ayudar al Catorce.

—¿Al Catorce? —se acobardó el joven Valdés.

—El Catorce es sólo un hombre. Tú eres un hombre también, ¿sí o no?

—Bueno, pues sí, general.

—Ahí está. Necesito alguien de mi confianza para vigilarlo. Serás su segundo en jefe en el regimiento de San Miguel. Y tú —dirigiéndose a su leal secretario Heriberto Navarrete—, tú vas a ser como siempre mi brazo derecho en todo lo que haga. Desde este instante —agregó observando a otro chico que estaba a su derecha— tu cargo es el de ayudante del general en jefe de la División de Occidente. Estando aquí presente el jefe civil del movimiento, Ildefonso Loza Márquez, con su hermano Rodolfo, hago un nombramiento más —y miró al incendiario Ramón López Guerrero—. Tú, Ramón, y tu hermana Paddy serán mis enlaces secretos de alta inteligencia.

—¿Ah, sí? —se levantó ansioso y tempestuoso.

—Tu primera misión está por detonarse.

43

En la casa de Álvaro Obregón ocurrió lo inevitable: los soldados, dirigidos por el mismísimo y temible general Roberto Cruz, entraron a la habitación.

—¡Captúrenlos! —gritó el general Cruz— ¡Llévenlos al Sótano 2 de Revillagigedo! ¡Interróguenlos con ácido! Son los que se escaparon hace unas horas de allá.

Los soldados avanzaron dentro de la habitación pero no vieron nada más que una ventana entreabierta.

—Escaparon, general Cruz... —y el soldado se asomó al patio, donde vio a dos de sus compañeros tirados en el piso.

—¡Registren toda la manzana! —gritó "encabronado" Roberto Cruz— ¡Cierren todas las avenidas principales de la colonia Roma! ¡Los quiero vivos! ¡Los quiero en el Sótano 2! ¡Ahora! ¡Avisen al presidente!

Nosotros ya íbamos caminando tranquilamente por la calle de Tabasco. Dido cantaba "limoncito, limoncito, pendiente de una ramita... dame un abrazo apretado y un beso de tu boquita..." Apola, sin dejar de caminar con su característico paso decidido y acelerado, me dijo:

—Bueno, ya tienes tu "limón". Busca el mensaje.

Sin dejar de caminar —pues ella no lo permitía— metí la mano a la bolsa y saqué el frasco. Lo observé desde varios puntos. Sentí cierta repulsión al ver los tejidos que salían de la muñeca de Álvaro Obregón.

—¿Podemos detenernos en algún lado? —le pregunté a Apola— No querrás que decodifique esto mientras vamos caminando. Tengo problemas para concentrarme en las tareas.

—No podemos frenarnos —me dijo—. Te informo que ahora nos están buscando tanto el general Roberto Cruz como su hijo, y sólo falta que intercambien nuestras descripciones. Desde este instante somos enemigos del Estado y no podemos detenernos en ningún lado, nunca y bajo ninguna circunstancia. ¿Comprendido? Desde este momento somos miembros del movimiento cristero.

—¡Ah, carambas! —exclamó Dido.

—¿De verdad? —le pregunté yo— ¿Hablas en serio?

—Avancemos y dime la clave.

—Sí, mamá —le dijo Dido, y corrió veloz tras ella con sus piecitos—. Lo bueno es que tú siempre sabes manejar las crisis.

Me percaté de que el frasco tenía en la parte de abajo, en la circunferencia de la base, prominencias extrañas del propio cristal semejantes a dientes. Las sentí con los dedos. Estaban separadas en forma irregular, como en un texto Morse.

—Aquí hay una clave —le dije a Apola.

De inmediato se detuvo. Se me acercó y tomó el frasco. Me miró un segundo y lo volteó de cabeza. Nos inclinamos sobre él para estudiar la circunferencia de su base. El enano saltó para poder ver también. Apola recorrió lentamente con la yema de su dedo los dientes del cristal acomodados a lo largo de todo el borde. Sus pupilas se dilataron y entrecerró los ojos.

—Esto no es una clave. Es una llave.

La miré.

—¿Una llave?

—Llave radial Ace Lock Bramah, patente 1478 de Joseph Bramah, también conocida como llave tubular Bramah. Esto abre algo.

—¡Dios! —la miré a ella y luego el frasco. Noté que en el centro de la base había un grabado muy tenue en el cristal. Tomé el frasco por debajo y lo giré hacia la luz del farol para resaltar el grabado. Decía: LA CABEZA DE CRISTAL ESTÁ EN LA URNA DE PLUTARCO B-85. Apola me miró.

—¿La cabeza de cristal...? ¿B-85...?

44

Mientras tanto, el cuerpo del general Obregón fue introducido en un ataúd y éste en una refulgente carroza fúnebre color blanco con placas 14-510. La carroza partió seguida por un río de automóviles del gobierno con rumbo al Palacio Nacional. La gente de toda la ciudad salió a las calles para ver pasar la comitiva. Los gritos eran variados. Unos decían: "¡El criminal ha muerto!", y mostraban la foto de Obregón; otros gritaban: "¡El criminal lo mató!", y la foto era la de Calles.

La ceremonia fúnebre fue fastuosa. La explanada del Zócalo estaba abarrotada, principalmente por soldados y policías alineados en formación.

El bigotón Aarón Sáenz —máximo operador de Álvaro Obregón— se enjugó una lágrima. Por detrás se le acercó un hombre rubio, desmesuradamente alto y atlético, que vestía un traje militar color azul. Era el coronel Alexander MacNab, *attaché* militar a la embajada de los Estados Unidos. Le puso la nariz en la oreja y le susurró:

—Señor Sáenz, el embajador Dwight Morrow me ha pedido decirle algo.

El aludido se secó otra lágrima con su pañuelo y descubrió, por encima del ataúd, al embajador Dwight Morrow, que lo miraba fijamente, sin parpadear, como si estuviera atento de su respuesta. Sáenz se llevó el índice al pecho, como preguntando "¿Yo?" Morrow asintió sutilmente con la cabeza. El coronel le siguió hablando al oído:

—General Sáenz, el señor embajador me ha pedido comunicarle que le gustaría mucho desayunar con usted este sábado a las trece treinta horas —y le pegó la nariz aún más a la oreja—: ahora que no hay presidente electo habrá una crisis. Se requiere urgentemente de una presidencia provisional, el país necesita un hombre. Hay pocas opciones para ocupar la presidencia provisional.

A Aarón le brillaron los ojos y se le volvieron a humedecer. Miró al embajador Morrow, que le estaba sonriendo. "Sí quiero, sí quiero", pensó, y le sonrió al embajador como un niño. Le dijo con la mirada: "Gracias". El embajador le sonrió nuevamente, pero ahora más severo, como un padre. Morrow pensó: "Poor little bastard": "Pinche pendejo". Comenzaba la rebatinga por el poder ante los mismísimos despojos del presidente electo.

El diputado Ricardo Topete, presidente de la Cámara de Diputados, se inclinó hacia el diputado Antonio Díaz Soto y Gama y le susurró:

—Muy pronto se hará la designación de presidente provisional, posiblemente esta semana. Los obregonistas no vamos a permitir que Plutarco Elías Calles meta sus manos.

—Usted estaba en el restaurante, diputado. ¿Quiénes más dispararon?

—No lo sé. Yo no estaba en la mesa —y miró hacia Sáenz—. Aarón Sáenz estaba sentado a la izquierda del general Obregón.

—Usted estaba en la mesa.

El diputado Ricardo Topete comenzó a dar pasos hacia atrás.

—¿Quién más disparó, diputado? —lo siguió Antonio Díaz Soto y Gama— ¿Es cierto que usted quiere lanzar a su propio hermano Fausto Topete, que es gobernador en Sonora? ¿Quién más está coludido en este crimen contra el Estado, diputado? ¿Les revisaron las armas a los que se sentaron a la mesa?

La escena sin duda llamó la atención. El embajador Dwight Morrow lo observó todo con cierta inquietud, y su leal *attaché* militar le dijo al oído:

—El conflicto que se va a presentar será entre los llamados "obregonistas" y los "nuevos", que son los que obedecen a Plutarco Elías Calles. Los obregonistas están viendo a Plutarco Calles como traidor.

Dwight Morrow se volvió a verlo y le sonrió:

—¿Y tú cómo lo ves?

—¿Yo? —también él sonrió— Yo lo veo ahora como el único poder real. El poder pertenece a quien lo ejerce.

—Nuestro trabajo aquí apenas está comenzando —dijo Morrow—. Lo importante de momento es la selección del presidente provisional, quien estará poco en el puesto, sólo lo suficiente para convocar a nuevas elecciones, que se realizarán muy pronto.

—Ya le pasé su mensaje al gobernador de Nuevo León, Aarón Sáenz. Se entusiasmó mucho. Aceptó de inmediato.

—Ése no cuenta para nada —le contestó Morrow—. Ése no es más que "pequeñas papitas".

—¿No va a ser él, embajador? —se asombró MacNab.

—Para nada. Ése sólo me va a servir para distraer a todos estos pendejos. Es otro el conejo que saldrá del sombrero. Ya está elegido.

El coronel miró detenidamente a los hombres situados al otro lado del ataúd: el gobernador de Coahuila, Manuel Pérez Treviño; el embajador de México en Inglaterra, Gilberto Valenzuela, y un gordo chaparro y negro de mirada horrorosa, que era el gobernador de Tamaulipas y enemigo político del cacique obrero Luis N. Morones: Emilio Portes Gil.

—Embajador Morrow —le dijo—, lo único que le pido es que no sea ese gordito feo.

Morrow observó entonces otra cosa: en ese momento se estaba aproximando al ataúd un hombre alto y gordo con anillos de oro en todos los dedos, seguido por sus aterradores guaruras, un sujeto que fue recibido con el abucheo de la multitud. Se le gritó "¡Asesino!" y "¡Púdrete, puto!"

—Ése es nuestro amigo Luis Morones —le susurró Morrow al coronel MacNab—. Samuel Gompers lo protegió desde un principio, desde Washington, para que creara aquí una alianza nacional de todos los sindicatos mexicanos llamada CROM, Confederación Regional Obrera Mexicana. Ahora la red ya existe, y es la base que usaremos para nuestro próximo paso, esta misma noche.

—¿Próximo paso, embajador? —inquirió el coronel.

El embajador sacó de su bolsillo una tarjeta y se la mostró discretamente al coronel. En la parte de arriba decía: "Partido Revolucionario Nacional", y abajo estaba el esquema de toda una telaraña de organismos interconectados.

—Ésta es la fórmula para tener el control completo de todo un país a través de un solo organismo —le sonrió Morrow—. Es la sindicación de toda la sociedad.

—Brillante, embajador —le dijo MacNab—. ¿Semejante a la de la Unión Soviética?

—El secreto consiste en que toda actividad humana, para que sea considerada legal, se realice dentro de una organización o sindicato, y que todo sindicato y organización sea parte del sistema —y con su dedo circuló todo el diagrama—. El sistema controlará las fuerzas armadas, la prensa y las iglesias.

—Pero podría generarse una rebelión... ¿no?

—De ninguna manera —y señaló en la tarjeta una estructura en forma de pirámide en donde subían flechas desde la base hacia la cúpula y de ahí regresaban a la parte intermedia, formando un pequeño triángulo en la punta.

—No entiendo el gráfico, embajador.

—Es sencillo —y adoptó la actitud de un maestro de historia—: el sistema vivirá de impuestos, multas y recargos que el pueblo no podrá pagar sino con sobornos. Estos sobornos ascenderán por la estructura del sistema hasta la cúpula, desde la cual el botín se redistribuirá hacia abajo para pagar la lealtad del pequeño triángulo, formado por, digamos, uno por ciento de la población de este país, que es la burocracia del gobierno, las policías y el ejército, capaces de reprimir al resto de la nación entera.

—Asombroso, embajador. De verdad que usted es genial. Con razón le pidieron idear la Sociedad de Naciones cuando terminó la Gran Guerra. ¿Quiere decir que todo el sistema estaría basado en el saqueo matemático de toda la población para el enriquecimiento controlado de ese uno por ciento que la puede aplastar?

—Exactamente —le sonrió Morrow—. Un sistema sostenido en la corrupción, pero no le digas esto a nuestros amigos del Partido Demócrata de los Estados Unidos. No vayan a creer que quiero aplicarles lo mismo cuando yo sea presidente.

—Lo será, señor embajador. Lo será.

Los abucheos al líder obeso y alto Luis N. Morones fueron ahora más intensos y llegaron a los chiflidos, los escupitajos y los golpes. Le gritaron: "¡Fuera, asesino!", "¡Conspiraste contra Obregón!", "¡Desmoronen a Morones!" y, de nuevo, "¡Pinche puto!"

Uno de los que le gritaron más duro eso último fue el "gordito feo", el "negro" gobernador de Tamaulipas Emilio Portes Gil —que era un ferviente masón—, a quien también llamaban el Manchado por una mancha púrpura que tenía en un lado de su cara, causada por un disparo.

—Embajador —le dijo el coronel—, están abucheando a nuestro amigo, el líder obrero Morones. ¿No pone eso en peligro nuestro proyecto de "sistema"? ¿No fue él quien creó la CROM bajo instrucciones de Samuel Gompers?

—Sí, fue él —sonrió sutilmente Morrow, sin pestañear—. Pero desde este momento ya no se necesita a Luis Morones. Ese hipopótamo subdesarrollado ya no cuenta para nada. Ahora no es más que "papitas pequeñas".

Se sorprendió MacNab.

—¿Pero… y Samuel Gompers…? ¿Y los sindicatos… y la CROM… y el Partido Revolucionario Nacional…?

Morrow le tomó el antebrazo al altísimo militar y le dijo:

—Querido coronel: el arte de la política es controlar a hombres que no lo controlen a uno —y le sonrió—. Su error fue ser ególatra. Creyó que él era importante. En esto nunca debes tomarte a ti mismo en serio. Es la regla clave —y miró a Morones con ojos de asco—. Lo culparán del asesinato. Los poderes de la red sindical que él construyó pasarán en este momento a otro hombre. Ya lo hemos elegido.

—Veo un problema —le dijo MacNab—: los obregonistas no van a permitir que el presidente Plutarco Calles coloque a alguien de su confianza, y menos como presidente provisional. Estallará una guerra civil. Ya se rumora en todos los círculos que el propio Calles está implicado en el asesinato. Se van a rebelar contra él.

—Eso lo tenemos planeado.

Alexander MacNab alzó las cejas.

—¿Sí? —torció la boca— ¿Habla en serio?

—¿Qué haces para aplastar a un hombre? —le preguntó a MacNab.

—Bueno, yo lo piso con mi bota.

—Lo confrontas con su peor enemigo.

Diciendo esto, por encima del féretro, Morrow le hizo una seña sutil al gordito feo y negro llamado el Manchado, es decir, Emilio Portes Gil, gobernador de Tamaulipas, quien miró hacia los lados y se señaló a sí mismo. "¿A mí?", le preguntó a Morrow con un gesto grotesco. Morrow asintió discretamente, sonriéndole con desagrado. Obediente, el gordito masón se dirigió hacia el embajador y ambos se apartaron del grupo para hablar solos, únicamente acompañados por el coronel Alexander MacNab, quien se dijo: "¡No…! ¡Eligieron al gordito feo!"

En ese momento hubo un gran bullicio. Sonaron las cornetas haciendo el llamado de honor y tronaron todas las botas contra la explanada del Zócalo. Un altavoz expelió lo siguiente:

—En estos momentos arriba a esta Plaza de la Constitución el presidente constitucional de la República de México, el general Plutarco Elías Calles. Morrow le susurró a MacNab:

—A ver qué te parece el discurso del presidente. Es de los mejores que le ha escrito mi querido asesor jurídico, mi refinado amigo George Ruhblee. Alexander pensó: "¡Cómo voy a aprender con este Gran Hombre!"

45

La noche ya había caído sobre la mansión Kykuit, la enorme y oscura casa forrada de enredaderas del patriarca nonagenario John D. Rockefeller.

—Hijo —le murmuró a John junior a través de una garganta inflamada y llena de viscosidades—, la guerra cristera de México está recibiendo fondos desde los Estados Unidos. ¿Lo sabías? —y lo miró con horrible dureza— Eso es lo que está detrás del asesinato de esta mañana. Los cristeros.

John Rockefeller junior se le aproximó.

—Pero, padre, ¿quién está financiando a esos rebeldes? ¿Lo conocemos?

El patriarca arrugó la cara por un dolor en sus piernas.

—¿Por qué no me ayudas tú, hijo mío? No sé quién me está atacando y sólo puedo apoyarme en ti —y lo tomó de las manos con sus garras huesudas y frías que olían a acetona—. ¡Tú eres mi hijo, mi único hijo varón! ¡Tengo que poder confiar en ti!

—Pero, padre... —y bajó la mirada al piso. Comenzó a sudar. No se atrevió a mirar a los ojos al Jesucristo del cartel pegado detrás de su padre, puesto que Jesús siempre amplificaba las sensaciones de su padre, pero a una escala cósmica y bastante perturbadora.

—Hijo... —le murmuró el creador de la Standard Oil, la empresa más poderosa de la Tierra—, desgraciadamente, uno y otro bando en México están recibiendo dinero y armas desde Nueva York. Tanto los católicos como el gobierno anticatólico. Estamos sembrando una guerra inhumana en ese pobre país de indígenas y mestizos católicos —y miró la geografía de México en la pared, en su mapa global de evangelizaciones. Alzó la vista y vio al severo Jesucristo juzgando a los vivos y a los muertos—. Hijo, alguien está interesado en desmembrar a México, en sumirlo en una guerra civil que no terminará nunca.

—¿Pero quién, padre? ¿Por qué haría alguien algo así? ¿Necesitamos tanto ese petróleo? ¿Quién está haciendo todo esto?

—Hijo, ¿qué has escuchado sobre una sociedad secreta llamada los Caballeros de Colón?

—¿Caballeros de Colón? —John junior miró hacia un lado y luego hacia otro— Bueno, sé que el señor Joseph Kennedy y otros irlandeses e italianos americanos pertenecen a los Caballeros de Malta, pero no sé si...

—Hijo, hijo... —lo interrumpió el poderoso potentado petrolero y bancario, apretándole el hombro con su nudosa mano—: los Caballeros de Colón, una organización secreta, anidada en nuestra propia unión norteamericana, ofreció cinco millones de dólares al movimiento "Cristiada" de la Iglesia católica para derrocar al presidente Plutarco Calles. Eso está ocurriendo en este momento. Quieren sumir a ese país en la guerra. A cambio de tal apoyo esperan concesiones petroleras para corporaciones enemigas de nuestra organización. ¿Entiendes a lo que me refiero? Si los cristeros derrocan a los revolucionarios de Plutarco Calles comenzará algo oscuro para nosotros. México posee la segunda reserva más grande del mundo.

John junior se dio la vuelta y vio las pilas de libros amontonadas sobre el suelo.

—¿Qué corporaciones, padre? ¿Corporaciones acaso europeas? ¿La Royal Dutch Shell? ¿Estás hablando acaso de la familia de Weetman Pearson, el noble británico lord de Cowdray, o de su pariente el lord del Exchequer británico Winston Churchill? ¿Están financiando una revuelta pro católica en México?

—No lo sé —le respondió—. Necesito que me ayudes tú —y le apretó la muñeca—. Hijo, ¿no puedes ayudarle a tu padre en sus últimos años? Pensé que un día iba a poder descansar todo este inmenso proyecto del mundo en ti, que eres mi único hijo varón, el único que Dios me dio en su infinita misericordia —y miró al feroz Jesucristo bautista del cartel—. No puedo hacerlo todo yo, hijo mío, ya no —y bajó la cabeza—. Ahora estoy cansado. Se me acaban las fuerzas. Pronto no estaré, y todo lo que construí con tantos esfuerzos se hará pedazos.

—¡No, padre, no digas eso! —dijo John junior, y lo abrazó.

—Hijo, hijo —y suavemente lo separó de su cuerpo—, existe una conexión que nuestra propia gente nos ha ocultado.

—No entiendo, padre. ¿Qué conexión?

—Parte de nuestra gente en Wall Street está respaldando a la rebelión católica en México, la "Cristiada"; lo están haciendo a nuestras espaldas.

—¿Nuestra gente? ¿Quiénes, padre? ¿Quiénes? —le preguntó consternado y le tomó las frías manos.

—Nuestro "amigo" William F. Buckley.

—¿William Buckley? ¿El petrolero? ¿Estás seguro, padre?

El viejo se levantó tortuosamente con su bata roja y su hijo hizo lo mismo para auxiliarlo.

—El contacto de William Buckley en México —le dijo el anciano— es un muchachito latino, de esos católicos fanáticos de las montañas del occidente. Se llama René Capistrán Garza —y se llevó el puño a la boca para escupir un moco de alta densidad—. Se reunieron ese chico Capistrán y William Buckley secretamente en San Antonio, Texas. Buckley le ofreció medio millón de dólares para la rebelión. Buckley iba en representación de otro hombre mucho más poderoso, que también es un intermediario.

—¿Mucho más poderoso?

—El presidente de la United Electric Light and Power Company y de la Edison Company de Nueva York.

—¿Brady? ¿Nicholas Brady? ¿Nuestro amigo Nicholas Brady?

—Nicholas Brady es amigo personal del papa Pío XI, hijo. ¿Lo sabías?

—No, no lo sabía —y se sintió ignorante.

El patriarca Rockefeller miró a Jesucristo y le dijo:

—Señor eterno, padre del universo, tú tuviste al poderoso Jesucristo. ¿Por qué me diste este hijo?

Y volteó a ver a John junior, quien tragó saliva.

—Hijo, mis enemigos saben que en poco tiempo voy a morir. ¿Sabes lo que te espera a ti? —se acercó las pantuflas con la punta de los pies, se las puso y caminó lentamente hacia él— ¿Sabes que van a despedazarte? —y trozó algo imaginario con sus huesudas manos— Te van a triturar, a humillar; van a arruinar a tus hijos, a tu esposa, a toda nuestra familia, a nuestro proyecto del mundo.

—No, padre...

—Escucha, hijo —y le acarició los labios—: Nicholas Brady no es sólo amigo del papa Pío XI. También es amigo de su secretario de Estado Vaticano, el cardenal Pietro Enrico Gasparri. Gasparri es el hombre que consiguió el acuerdo con Mussolini para hacer nacer el Estado Autónomo y Soberano del Vaticano. ¿Comprendes? Esto significa la resurrección del poder de Roma. ¿De qué sirvió la Reforma de Lutero y de Calvino para liberar a la Tierra de los pecados de la Iglesia católica de Roma? Ahora quieren obligar a los Estados Unidos de América a reconocer la existencia de ese nuevo Estado que nunca debió haber nacido —y tosió una secuencia de flemas. Luego miró a su hijo y le preguntó:

—¿Aceptarías tú, mi amado hijo, que un país protestante, cristiano, avanzado y puro como el nuestro reconozca una autoridad en Roma, esa ciudad pecaminosa que sólo ha sido el nido de la corrupción durante siglos?

—No, padre... Nunca... Sabes que te amo...

El viejo lo prensó con sus uñas.

—La situación es más seria de lo que te he dicho hasta ahora, hijo. Debes abrir los ojos para comprender la magnitud de lo que está pasando, porque ahora tú estarás a cargo de todo, y te pido que no lo destruyas —y le tocó el pecho con la punta del dedo—. El hombre que está ayudando a William Buckley en esta operación secreta es el doctor Malone.

—¿Doctor Malone? —y frunció la cejas— ¿Quién es el doctor Malone? El patriarca cerró los ojos y negó con la cabeza.

—No sabes quién es el doctor Malone. No lo sabes.

—Padre, espera un momento… Déjame hacer memoria…

—El doctor Malone es el médico personal del nuevo candidato del Partido Demócrata para la presidencia de los Estados Unidos.

—¿Al Smith? ¿El gobernador de Nueva York? ¿Alfred Emanuel Smith está detrás de todo esto? ¿De ahí proviene el dinero para los cristeros?

El patriarca Rockefeller miró a su hijo a través de las membranas semitransparentes de sus ojos.

—El católico irlandés Alfred Emanuel Smith —y su mirada se hizo completamente oscura— está operando una red invisible para nosotros, operada desde Roma…

—¡Dios…!

—Pero lo que no imaginaba hasta ahora, hijo mío, es que hay otro hombre, más poderoso que Alfred Smith y que William Buckley, y que Mussolini, y que el propio papa. Ése es el hombre que está detrás de todo.

—¿Quién, padre? ¿Quién? —y se inclinó para escucharlo.

El patriarca se percató de que tenía a su hijo en un hilo. Disfrutó del momento. Miró el piso. Sonrió para sí mismo. Miró las pilas de libros. Miró sus trofeos internacionales de torres de petróleo para la Standard Oil hechas de oro macizo, regaladas a él por reyes y presidentes. Finalmente miró el mapa de su plan de evangelización del mundo y también a Jesucristo irradiando la temible luz del Juicio Final en el momento de la Segunda Llegada.

—Quien está detrás todos ellos, hijo mío, es alguien con quien William Buckley, hace diez años, fundó y dirigió una organización bancaria llamada Asociación Americana de México. Es el hombre que hoy encabeza la Casa J. P. Morgan en la calle Wall Street número 23. Es el hombre que tomó el control del imperio de John Pierpont Morgan cuando John Pierpont Morgan murió en marzo de 1913.

—¿Thomas Lamont? ¿Lamont está financiando la insurrección de los cristeros?

El patriarca giró lentamente la cabeza hacia su hijo.

—Lamont y su amigo Dwight W. Morrow están convirtiendo a su Casa Morgan en el poder que está cambiando la forma del mundo.

—¡Dios! ¿Y qué pretenden? ¿Cómo pueden apoyar a los católicos o a Roma, si Thomas Lamont es protestante anglicano-episcopal, hijo de un ministro metodista episcopal, y si su amigo Dwight Morrow es presbiteriano calvinista de la Iglesia de Englewood? No entiendo.

—Por supuesto que no entiendes, hijo. No es que Thomas Lamont y Dwight Morrow apoyen a los cristeros, ni tampoco que apoyen a los enemigos de los cristeros, que son los anticatólicos de la Revolución mexicana que comanda servilmente Plutarco Elías Calles. Lo que Thomas Lamont y Dwight W. Morrow apoyan en este o en cualquier otro punto del mundo es la división.

—¿La división, padre...?

—Dwight W. Morrow y Thomas Lamont son el cerebro del presidente Calvin Coolidge. Coolidge está a punto de irse. Ahora están por controlar al que lo va a remplazar.

46

En la ceremonia fúnebre del presidente electo Álvaro Obregón, el aún presidente en funciones de México, Plutarco Elías Calles, miró a los ojos al embajador de los Estados Unidos, Dwight W. Morrow, quien lo observó sin parpadear. Plutarco Elías Calles le sonrió moderadamente y, sin dejar de mirarlo, se llevó todos los micrófonos a la boca. Gritó sin quitarle la vista a Morrow:

—¡La desaparición del presidente electo es una pérdida irreparable que deja al país en una situación particularmente difícil, no por la total carencia de hombres capaces o bien preparados, que afortunadamente los hay —y miró a su alrededor—, pero sí de personalidades de indiscutible relieve, con el suficiente arraigo en la opinión pública y con la fuerza personal y política bastante para merecer por su solo nombre y su prestigio la confianza general!

Hizo una pausa y los observó a todos. El silencio era total y había miles de cabezas en la inmensa explanada del corazón de México. Morrow aún no parpadeaba. Simplemente alzó el mentón. Plutarco Elías Calles aspiró profundamente, con los ojos cerrados y se sonrió a sí mismo.

—¡La Revolución —gritó— se ha concretado, y propongo que ha llegado el momento de pasar de un sistema de gobiernos de caudillos a un más franco régimen de instituciones!

En este punto, Morrow miró a MacNab y le guiñó el ojo. Comenzó a aplaudir. Vino un aplauso masivo como reacción en cadena.

—¡Declaro ahora —siguió Plutarco Elías Calles—, con toda claridad y solemnidad, que no buscaré la prolongación de mi mandato aceptando una prórroga o una designación como presidente provisional, ni como presidente para el próximo periodo, ni en ninguna otra ocasión!

Tronaron aplausos en todo el Zócalo. Le gritaron: "¡Viva el general Calles!" y "¡Viva la Revolución!", cuando ahí había un muerto dentro de un ataúd. El presidente Calles siguió:

—¡No aspiraré nunca más a la presidencia de mi país! —e hizo una larga pausa. De su bolsillo extrajo una pequeña uva y se la comió lentamente. El tronido de la primera semilla resonó en todos los altavoces de la plaza y en los muros de los antiguos edificios— Ahora bien —siguió masticando—, para llenar de momento el hondo vacío que nos deja el general Álvaro Obregón —y señaló benévolamente el ataúd—, quien era el presidente electo de México, y para ocupar el cargo de presidente interino, ya no será preciso volver los ojos a caudillos, puesto que no los hay, ni será prudente, ni menos patriótico, pretender formarlos, pues nuestra historia nos ha probado que los caudillos traen siempre peligros para el país.

La multitud volvió a aplaudir y gritar. El general Francisco R. Manzo le dio un codazo al aguerrido general Gonzalo Escobar —que era un joven casanova bigotón— y le murmuró:

—¿Qué quiso decir con "caudillos"? Este hijo de la chingada nos acaba de cortar las alas a todos.

El general Lázaro Cárdenas, que estaba a la izquierda de Escobar, les dijo a los dos:

—Silencio. Respeten la trascendencia de este momento.

Ellos pensaron: "No mames". El presidente Plutarco Elías Calles continuó:

—En los críticos momentos actuales, llegó el momento de cristalizar la Revolución, y para ello es condición indispensable la unión de la familia revolucionaria.

El diputado por San Luis Potosí Aurelio Manrique alzó los brazos y se puso a gritar:

—¡Calles! ¡Farsante! ¡Calles! ¡Farsante!

Esto disparó un efecto en cadena de acusaciones más graves: "¡Calles, asesino!", "¡Calles, hipócrita!" y "¡Calles, cobarde!"

El diputado Antonio Díaz Soto y Gama, de imponente bigote retorcido, se abrió paso entre la gente y gritó:

—¡Calles es un caudillo hipócrita que estará escondido detrás del Partido Nacional Revolucionario! ¡Es un partido que está por formarse y que tendrá la misión de permitirle controlar todo el poder en sus manos!

Los policías de esa zona de la plaza se le abalanzaron y el presidente Calles se llevó otra uva a la boca. La masticó lentamente, tronando las semillas en los altavoces. Antonio Díaz Soto y Gama siguió gritando cosas mientras se lo llevaban cargándolo como a un costal:

—¡Ese partido pontificio va a fundarse bajo la hegemonía de un hombre, cuando ese hombre ha ofrecido que acabarán los caudillajes! ¡Es una farsa!

Y desapareció en la muchedumbre. Se hizo un silencio. El presidente Calles miró hacia uno y otro lado. Estacionó la vista en el embajador Morrow. Con gran suavidad tomó una alargada cápsula de acero tapada con roscas del mismo metal por ambos extremos y la elevó lentamente por encima del atril para que Morrow la viera. Las miradas se cruzaron en un espacio intangible arriba del cofre mortuorio del difunto Álvaro Obregón Salido.

El embajador le sonrió orgulloso a Plutarco Elías Calles y asintió levemente con la cabeza. Calles cerró suavemente el puño alrededor del tubo de acero y lo apretó firmemente. Le sonrió a Morrow. El alto y atlético coronel MacNab se inclinó discretamente sobre el compacto Dwight Morrow.

—Señor embajador... ¿qué es exactamente ese objeto?

El embajador lo miró de lado y, con mucha discreción, viendo hacia abajo, hacia la palma de su propia mano, le mostró a MacNab la misma tarjeta que acababa de explicarle apenas hacía unos minutos.

—Un diagrama igual a éste. —Era el diagrama de la telaraña piramidal de organismos y sindicatos con flechas yendo de abajo arriba siguiendo las palabras "Familia Revolucionaria", "Partido Revolucionario Nacional" y "Nuevo Sistema". Alexander cerró los ojos y sonrió muy emocionado.

—Jefe, de verdad que usted es un "buenazo" —la frase que utilizó realmente fue: *Indeed, you are the man.* Morrow contuvo la sonrisa del orgullo y se puso serio ante MacNab. "No es correcto caer en la vanidad", pensó. "Ése fue el pecado de Satanás." Le contestó parcamente:

—Coronel MacNab: informemos a Washington y a Nueva York. Prepárame una llamada a Wall Street número 23. Quiero transmitirle estas buenas nuevas cuanto antes a mi amigo Thomas Lamont.

Ése fue el instante en que fue creado el Partido Revolucionario Institucional.

Cayó la noche y el cielo se llenó de estrellas sobre la Ciudad de México. Acababa de desencadenarse una masacre, una guerra civil, una tragedia de dimensiones inimaginables y el mayor fraude en la historia del mundo.

47

En efecto, el "gordito feo", el "chaparro Manchado" Emilio Portes Gil, gobernador de Tamaulipas, fue nombrado velozmente secretario de Gobernación y a continuación rindió protesta como presidente provisional de México. Se·dice que el nuevo presidente, aunque era un simple provisional, se sintió feliz en la silla y cayó en el error mexicano de creerse importante. Acarició los brazos de aquélla, restregó sus dedos sobre el amplio escritorio, donde había una bonita águila de cristal, y se dio cuenta de que no tenía dinero. No tenía sueldo.

48

Al día siguiente, el general Plutarco Elías Calles, que ya no era presidente, sino un simple ciudadano sin cargo, inició una etapa de reinado que lo hizo más poderoso que el mismo presidente de la República:

—Señoras, señores, pueblo de México —dijo desde el pódium, ante la prensa, en un edificio donde ahora tenía sus nuevas oficinas. Miró lentamente a su alrededor, ya que le gustaba crear expectativa con su silencio. Arriba de su cabeza había un enorme letrero que decía "Comité Organizador del nuevo Partido Nacional Revolucionario". En la mesa del presídium estaban los siguientes personajes, cada uno con un letrero enfrente que lo identificaba:

General Plutarco Elías Calles, secretario general.
Ingeniero Luis L. León, secretario tesorero.
General Manuel Pérez Treviño, secretario de Propaganda —gobernador
    de Coahuila y ex jefe de Estado Mayor de Álvaro Obregón.
Lic. Aarón Sáenz, 2do secretario de Organización.

El general Plutarco Elías Calles gritó:

—¡Manifiesto! —y esperó a que los fotógrafos le dispararan con sus flashes—: ¡la irreparable pérdida del general Álvaro Obregón nos deja frente a circunstancias difíciles que obligan a la nación a resolver sus problemas políticos y electorales por nuevos métodos y nuevos procedimientos! ¡A falta de recias personalidades se necesitan, para controlar la opinión y respaldar después a los gobiernos, fuerzas políticas organizadas!

Hasta este punto nadie supo si debían aplaudir o esperar, así que esperaron. El presidente provisional Emilio Portes Gil escuchó nervioso, en un aparatito de radio, agitando los pies desde su silla. Plutarco Elías Calles continuó:

—¡Con objeto de encauzar y unir en un solo conglomerado a todas las fuerzas de la primera tendencia revolucionaria, y siguiendo las sugestiones contenidas en el mensaje del ex presidente Plutarco Elías Calles —o sea, él mismo—, nos hemos reunido los suscritos —y se volvió a ver a sus compañeros de presídium— para construir el Comité Organizador del Partido Nacional Revolucionario!

Alguien comenzó a aplaudir en el recinto y todos lo imitaron de manera feroz. Algunos hasta se pusieron de pie y Calles continuó:

—Este comité organizador persigue los siguientes fines: primero, invitar a todos los partidos, agrupaciones y organizaciones políticas de la República, de credo y tendencia revolucionaria, para unirse y formar el Partido Nacional Revolucionario. Segundo: convocar oportunamente a una convención de representantes de todas las organizaciones existentes que deseen formar parte del Partido Nacional Revolucionario. Este comité organizador del nuevo partido de la Revolución convoca a todos los revolucionarios de México a unificarse en el PNR y a realizar una Asamblea Nacional de la Revolución el próximo primero de marzo en Querétaro, donde juntos elegiremos al que será el candidato de este nuevo partido unificado a la presidencia de México para el periodo 1929-1935.

Alguien se le acercó al oído al flamante presidente provisional, Emilio Portes Gil, que seguía escuchando el anuncio por la radio, y le murmuró:

—Te tengo una mala noticia, señor presidente.

El Manchado levantó una ceja, inquieto.

—¿Mala noticia? —y le aproximó la oreja.

—El nuevo partido político que está creando Plutarco se va a sostener con recursos del erario.

—Ajá… —y asintió varias veces, mirando el piso.

—La mala noticia es que tú eres quien va a encargarse de eso, pues eres ahora el presidente provisional. Se van a necesitar por lo menos dos millones setecientos mil pesos. Vas a tener que descontarles a todos los empleados del gobierno una semana de sueldo cada año.

Emilio Portes Gil pensó: "Es un trabajo sucio, pero alguien tiene que hacerlo".

49

Con objeto de convertirse en el cerebro de Emilio Portes Gil desde el primer momento, el Nenote de la Muerte, Gonzalo N. Santos, entró en acción en forma instantánea. Insertó su amado revólver en la funda, bordada en oro, adosada a su ancho cinto con hebilla de cabeza de cabra. Se apretó el dicho cinto y se dirigió a la Secretaría de Hacienda seguido por sus muy leales guarros y gatilleros Neto y Lolo, los cuales cargaban, cada uno, una ametralladora Thompson de tambor redondo.

El propio Nenote Santos venía jalando de la solapa a un pequeño diputado llamado H. Sánchez Curiel, el Chicho.

—¡Camina, cabrón! —le gritaba mientras sonreía a los horrorizados peatones, que se apartaban sólo de ver las ametralladoras— ¡Así se protege la Revolución, cabrones! —vociferaba— ¡El Partido Nacional Revolucionario se está forjando sobre un volcán, y los que lo forjamos no le tenemos miedo a tirar unas cuantas balas a los pinches maricones! —La gente simplemente huía. Ignoraba que se trataba de un diputado: se habría preguntado cómo había llegado al poder y si debía permanecer en el mismo.

Entraron al imponente edificio de piedra y los detuvo la guardia de seguridad.

—¿Señor diputado Santos…? —preguntó uno de los uniformados de la Secretaría de Hacienda—, ¿tiene cita con el secretario?

El Nenote los apartó con la mano y les dijo:

—Quítense de mi camino, cabrones, que traigo mi pistola. Soy diputado.

Ante el asombro de toda la guardia —que no estaba preparada para responder a una invasión por parte de un congresista armado con ametralladoras—, el Nenote subió por las escaleras, jalando al diputado Sánchez por la solapa, y llegó hasta el vestíbulo del despacho del secretario de Hacienda, Luis Montes de Oca.

—Usted sálgase —le ordenó a la secretaria, que se asustó, se colocó sus anteojos y salió trotando en sus tacones.

Ahora la antesala estaba vacía y enfrente tenían la puerta del secretario, así que Gonzalo N. Santos simplemente avanzó. Tomó la perilla, la giró y aventó la puerta para que su entrada fuera llamativa e impactante para el funcionario.

El hombrecillo de anteojos que estaba tras el escritorio se asustó y se levantó rápidamente.

—¿Santos…? ¿Diputado…?

Santos arrojó al diputado Sánchez el Chicho contra el piso de duela y entraron sus guardaespaldas cargando sus pavorosas Thompson. Cerraron la puerta y giraron el pestillo.

—Ora si te chingaste —le dijo Gonzalo N. Santos.

Luis Montes de Oca tragó saliva.

—¿Es un golpe de Estado? —preguntó.

El Nenote le sonrió y se sentó frente a él. Se comió uno de los caramelos que tenía Montes de Oca para las visitas y subió sus botas rancheras potosinas al escritorio.

—No, m'ijo. No es golpe de Estado. Es golpe a ti nada más. Quiero un millón y medio de pesos para el presidente Emilio Portes Gil, porque mi general Calles le quitó el sueldo; pero no quiero que me los des en papelitos ni bilimbiques, sino en orégano puro de Parral. Traigo dos camiones y no me voy sin mis lingotes, ¿cómo ves? —y colocó su amado revólver, "la Güera", sobre el escritorio. Lo hizo girar.

El secretario de Hacienda abrió grandes los ojos y quiso explicar:

—El asunto es que...

—¿El asunto es qué, chingada? —y azotó el escritorio con su enorme palma— No me digas que no tienes los huevos para sacar unos cuantos lingotes de esas pinches bodegas allá abajo para tu cabrón que está aquí enfrente.

—Es que hay procedimientos que...

—¡Procedimientos, mis huevos! —y aferró la pistola por el mango.

Al fondo de la oficina, los guarros sacaron de su escondite tras un sillón a un flaquito calvo que se había refugiado ahí. Era el contralor general de la Secretaría de Hacienda, Freisinier Morín. Estaba abrazando sus hojas de cálculo.

—¿Lo matamos, señor diputado? —le preguntaron a su jefe, el Nenote. El contralor comenzó a temblar con los ojos cerrados. Santos miró al secretario y le preguntó:

—¿Cómo ves, compadre? ¿Me das mi orégano para el Manchado? ¿Vas a dejar que tu presidente provisional esté sin sueldo y el partido sin dinero? ¿No te da lástima? ¿Lo vas a dejar sin comer, sin partidas, sin modos para sus apapachitos nocturnos?

El secretario se inclinó hacia Santos y comenzó a temblar.

—Es que... diputado Santos... el general Plutarco Elías Calles... y su hija Hortensia... y... y... ella es la que...

Gonzalo se levantó, le dio la vuelta al escritorio y agarró al secretario por el cuello del saco. Lo levantó y comenzó a arrastrarlo hacia la puerta. Le dijo:

—Por eso este pinche país no progresa. ¡Por gente como tú que sólo complica todo, pinche burócrata! ¡Trámites, trámites, trámites! —y alzó el revólver hacia la cara de Freisinier Morín— ¡Dile a este pendejo que me dé mi orégano o le arranco los dientes a balazos!

El secretario de Hacienda Luis Montes de Oca pensó: "¡Dios! ¿En qué se está convirtiendo este país?", y recordó con nostalgia la era de Porfirio Díaz y Bernardo Reyes. Por fin, le dijo al contralor Freisinier Morín, que era espía de Plutarco Elías Calles:

—Freisinier, por favor baja a las bóvedas y entrégale al diputado Santos un millón y medio de pesos en lingotes de oro.

Fresinier bajó la cabeza y asintió.

—Eso... —le sonrió Gonzalo N. Santos—, quiero mis barras de orégano, y que me las dé bien puliditas este peloncito —y le dirigió la pistola al secretario Luis Montes de Oca—. Y nada de ir de rajón con Plutarco ni con su hija o te las ves conmigo. Lo mismo para ti, pinche pendejo —y le pegó a Freisinier en la cabeza con la punta de la Güera.

Luis Montes de Oca parpadeó nervioso y se preguntó cómo explicarle a Thomas Lamont, o al Congreso, o al propio Plutarco Elías Calles la desaparición de un millón y medio de pesos en oro en el reporte de egresos de la nación.

El Nenote Santos le puso al contralor Freisinier la pistola en la sien y le dijo:

—Nada de trucos, cabrón sin personalidad —y le frotó la cabeza con el cañón—. Te voy a hacer que te vuelvan a crecer los pelos de los puros nervios.

El descabellado contralor le dijo sollozando:

—Señor diputado, ¿por qué trae un arma en la mano en la Secretaría de Hacienda?

—¡No te voy disparar con los pies, pendejo! ¡Avanza!

Bajó Santos con Freisinier a punta de pistola, jalando de la solapa al diputado Chicho Sánchez Curiel, que sólo iba como *souvenir* del Bebé, y detrás de ellos los leales Neto y Lolo mostrándoles las Thompson a los empleados curiosos o asustados de la Secretaría de Hacienda.

Gonzalo N. Santos les gritó a todos:

—¡Viva la Revolución, hijos de la chingada! ¡Sufragio efectivo, no reelección y... y todas esas pendejadas!

En su oficina, Luis Montes de Oca respiró muy agitado, con las palmas sobre el escritorio.

Bajaron hasta la bóveda de la Secretaría de Hacienda con varias carretillas. Los guardias, alarmados, obedecieron las órdenes del contralor, que estaba con un cañón de pistola en la vena saltada de su frente. Abrieron la enorme puerta de acero y la batieron hacia un lado con un profundo rechinido. Al fondo estaban las barras de oro. Gonzalo N. Santos arrojó a los hombrecitos que cargaba y colocó un pie dentro de la bóveda, sonriendo como un explorador que encuentra un tesoro.

—Orégano... —susurró e infló el pecho— ...orégano puro y brillante de Parral, Chihuahua... —y tomó una brillante tableta, un pesado lingote de oro puro. Se vio reflejado en él y lo lamió. Se acarició la cara con el lingote.

—Llenen las carretillas —ordenó a los ayudantes muy emocionado, con los ojos humedecidos—. Metan un millón y medio de pesotes en lingotes a mis camiones. —"Para el presidente una parte", pensó, y manoseó las muchas tabletas, "pero le voy a dar cincuenta mil de estos pesotes a mi querido Luis L. León para sus gastos bohemios... y otros cuantos milecitos para mis porras en las Cámaras... y otros cuantos de este orégano de Parral para mis no muy cristianos placeres..."

En las paredes herméticas de la bóveda parecieron resonar las palabras como un eco: "...para mis no muy cristianos placeres ...para mis no muy cristianos placeres ...para mis no muy cristianos placeres".

50

Mientras tanto, una avalancha completamente inesperada por todos se acababa de desencadenar desde el norte. La noticia la leyó muy alarmada y excitada la hermosa e intelectual heredera y mecenas de artistas, la joven Antonieta Rivas Mercado, en el ancho y *fancy* vestíbulo de su mansión. Se sentó grácilmente en el sillón, sin quitar sus ojos del periódico, y lo siguió leyendo en voz alta para que la escucharan sus dos más queridas mucamas:

—"El ex secretario de Educación Pública del gobierno de Álvaro Obregón, el escritor José Vasconcelos, cerebro de la Revolución de 1910 y constructor del auge cultural mexicano de esta década, contenderá en la elección presidencial del próximo año contra el nuevo partido 'monopólico', como califica él al creado por el ex presidente Plutarco Elías Calles. Abandona Los Ángeles, Estados Unidos, y regresa a México por la ciudad de Nogales, Sonora. Asegura ahí que ha iniciado su campaña política y que avanzará hasta la capital del país para convertirse en el nuevo presidente de México, aunque sabe que se hará todo esfuerzo para impedírselo. No aceptará sobornos, amenazas ni negociaciones. Ganará las elecciones, aplastará a la imposición de la 'pandilla callista' y llevará a México a la grandeza, asegura."

Las mucamas estaban con los ojos muy abiertos, brillosos y sonrientes.

—¿El licenciado Vasconcelos quiere ser presidente?

Antonieta Rivas Mercado vio la foto del hombre en el periódico y respiró profundo. Le pareció bastante atractivo, más aún por su actitud "bravucona". En verdad, le gustaba desde hacía mucho tiempo. Suavemente lo acarició con la uña por en medio de los ojos y la nariz, pero notó algo que no encajaba en todo eso.

—¿Por qué parece triste? —les preguntó a las mucamas. Desvió la vista hacia otra parte del texto y les leyó:

—"En Nogales, Sonora, el ex secretario de Educación Pública, que apenas hace unos años llevó a México a encabezar la mayor cruzada educativa y cultural de que se tenga registro en la historia de la América Hispana, afirmó ayer: '¡Por encima de todas las leyes humanas está la voz del deber como lo proclama la conciencia! Los hombres libres no queremos ver sobre la faz de la Tierra amos ni esclavos, ni vencedores ni vencidos. Debemos juntarnos para trabajar y prosperar unidos. ¿Es tan difícil? Somos la mayoría los que lo queremos. ¡Alcen las manos! ¡Organicemos un ejército de educadores que sustituya al ejército de los destructores! ¡México: tienes un destino de grandeza grabado en tu sangre desde el principio de los siglos! ¡Tu tristeza debes cambiarla por esperanza! ¡Tu decepción debes cambiarla por una acción indestructible que nunca se canse! ¡A los caudillos asesinos que te gobiernan cámbialos por constructores visionarios; y conviértete tú mismo en el constructor de un México nuevo, un México grande; del México grande y poderoso que les fue prometido a nuestros antecesores en los remotos confines del pasado! ¡Ésta es la hora del renacimiento! ¡México, despierta: no dejes que te dividan! ¡México, ésta es la hora del destino! ¡México, levántate!'."

Antonieta Rivas Mercado bajó el periódico y no pudo expresar palabra. Se había enamorado del hombre. Se quedó mirando el espacio y susurró algo sin cerrar los ojos, algo que intrigó mucho a sus asistentas:

—Nuestra raza sufre la amnesia de su grandeza extinta... Vasconcelos lo sabe... —y las miró— Nos hemos conformado con llorar sin convertir nuestra tristeza en acción —y miró el periódico—. Todo ha cambiado ahora —les sonrió a ellas—. José Vasconcelos es la esperanza. Éste es el momento de México... Éste es el momento de convertir todo lo que hemos sufrido en una acción que lo cambiará todo para siempre.

51

En Nogales, Sonora, esa acción estaba comenzando. José Vasconcelos se metió a un vehículo blanco en cuyo asiento trasero lo esperaba un hombre maduro, muy blanco de piel, que le dijo:

—Licenciado, yo le ayudo con mis amigos aquí, que son muchos, pero aquí en Sonora no hable contra la memoria del general Obregón.

—Diré lo que tenga que decir, señor notario.

Las señoras, niños, abuelos, padres y jóvenes que rodeaban el vehículo se despidieron muy emocionados del hombre que ahora se enfrentaba a los poderes de México y del mundo en una campaña "suicida". Le gritaron: "¡Hasta la muerte con usted, señor Vasconcelos!" "¡Ahora no vamos a dejar que se rinda!" "¡No se rinda!" "¡No lo dejaremos perder!"

El notario Espergencio Montijo se inclinó hacia José Vasconcelos y le dijo con voz rasposa:

—Déjeme decirle algo aquí entre nos. A partir de ahora usted es vigilado por el gobierno de una nación, y a cada paso que dé, alguien estará esperando instrucciones para asesinarlo. ¿Me comprende? A partir de ahora usted está contra todo el sistema político del que fue parte, y sólo tiene dos salidas: o triunfa o será completamente destruido, junto con todo lo que ama.

El automóvil arrancó y a pocos metros los detuvo un grupo de soldados que tenían dispersada a la gente. El notario Espergencio Montijo sonrió sutilmente. José Vasconcelos tragó saliva.

—¿Qué está ocurriendo? —le preguntó al notario.

—Nada, licenciado —y les sonrió a los soldados.

Se acercó uno de los uniformados y abrió la puerta que daba a donde estaba sentado José Vasconcelos. Lo tomó del brazo y lo sacó violentamente del vehículo.

—¿¡Qué pasa!? —preguntó Vasconcelos. Se le acercaron ocho soldados y comenzaron a palparle el cuerpo con las manos y con sus macanas.

—¿Es usted el ciudadano licenciado José Vasconcelos Calderón?

—Sí, soy yo. ¿Qué ocurre?

—Licenciado Vasconcelos: tenemos un mensaje para usted del gobernador del estado, Fausto Topete, que es hermano del diputado obregonista Ricardo Topete.

La luz del sol deslumbró al escritor y ex secretario de Estado. No supo qué responderles. Fue un momento muy confuso.

—¿Cuál es el mensaje? —preguntó al fin.

—El mensaje del gobernador del estado soberano de Sonora, general Fausto Topete, para usted, es que él sabe que usted ha hecho declaraciones muy graves en contra del ex presidente Plutarco Elías Calles, en las cuales usted afirma públicamente que el propio ex presidente Calles está implicado en el asesinato del fallecido presidente electo Álvaro Obregón. ¿Es verdad?

—Así es —y miró al soldado a contraluz.

—En ese caso —el soldado lo soltó, se le cuadró y les gritó a los otros—: ¡saludar al candidato!

Los ocho militares se formaron frente a Vasconcelos y se le cuadraron. Lo saludaron llevándose los filos de las manos a la frente. El principal exclamó:

—¡Señor candidato Vasconcelos: el gobernador Fausto Topete le comunica a usted que a partir de este instante contará con la protección y el apoyo del Estado de Sonora para avanzar hacia la capital del país!

Le abrió la puerta del vehículo y Vasconcelos lo abordó, con las piernas entumidas y las manos hormigueando. "Es lo malo de ser civil en un país secuestrado por militares", pensó.

El automóvil arrancó y el chofer, que era un joven corpulento, le dijo mirándolo por el retrovisor:

—Ya no me recuerda, licenciado. Pensé que me iba a reconocer luego luego.

—¿Perdón? —y frunció el cejo tratando de identificar al muchacho sonorense que lo observaba por el espejo— ¿Ahumada? ¿Herminio Ahumada? ¿Eres tú el atleta homérico Herminio Ahumada? —y le sonrió— ¡Esto sí que es una grata sorpresa!

El notario Espergencio Montijo miró a la banqueta y sonrió. Él había arreglado el reencuentro.

—Licenciado Vasconcelos —le dijo el atlético Herminio Ahumada—: yo le prometí hace años que lo iba a seguir a donde quiera que usted fuera, y aquí estoy para cumplir mi palabra, pues soy sonorense. Ahora no se va a deshacer de mí. Ya hablé con su sombra Juanito Ruiz, y Juanito ya me apuntó en el equipo. También hablé con su mayordomo, el ingeniero Federico Méndez Rivas, "el Mago Merlín de José Vasconcelos".

—Querido Herminio, yo no iba a hacer esto sin ti —le sonrió por el espejo.

—Licenciado —le dijo Herminio Ahumada—: su llamado ha encendido algo muy fuerte aquí. La gente realmente quiere una esperanza. Usted la está levantando —y lo miró fijamente, siempre por el retrovisor—. Por eso vine con usted. Usted es un hombre serio que logra todo lo que se propone y nunca nos va a decepcionar. Un hombre que nunca defraudaría la esperanza, ¿verdad, licenciado? Usted nunca defraudaría la esperanza de millones.

Vasconcelos vio por la ventanilla una muralla de niños descalzos con sus madres saludándolo desde ambos lados del camino. Observó las filas de niñas y niños, cada uno de ellos mirándolo directamente a los ojos. El instante pareció congelado. Vasconcelos notó en todos esos ojos negros y grandes los brillos vivos y húmedos del sol. Uno de esos niños tenía los huesos salidos hasta los del cráneo, y las moscas revoloteaban sobre las llagas de sus párpados infectados. A su lado, una niña mostraba moretones en la cara y cicatrices en los brazos y las piernas, tenía los ojos inyectados en agua y se le chorreaban sobre la piel inflamada de las mejillas. Ella no le sonrió a Vasconcelos, sólo lo vio pasar.

—¿Qué es México...? —se preguntó él con los ojos muy abiertos. Miró a una anciana indígena de trenzas blancas y huipil de colores muy vivos que lo miró entrecerrando los ojos— ¿Podemos cambiar? ¿Quién soy? —y se vio las palmas de las manos, que le seguían hormigueando—, ¿...voy a ser yo el que traicione la esperanza...?

Recordó a su amigo Francisco Madero quince años atrás, caminando lentamente por el pasillo del Palacio Nacional seguido por su gabinete, hacia la muerte. También recordó a su propia madre en la cocina de la casa de Tacubaya, que siempre estaba calientita y olía a café y canela. Ella le ponía las palmas en la cabeza al jovencito Vasconcelos y le daba un beso en la frente. "Cuida siempre a Carlitos. Carlitos te sigue siempre y te seguirá siempre. Volveremos a estar juntos."

—¿Qué estás diciendo, mamá?

—Todo es mejor de lo que parece —le acarició la cabeza a su hijo—. Todo está bien. Te doy mi palabra.

—¿Qué estás diciendo, mamá? —y la aferró de la muñeca— ¡Tú no te vas a ningún lado! ¡No te lo permito! ¡Tú sabes que nunca voy a ser nadie sin ti! ¡Prefiero morirme! Prométeme que nunca te vas a morir.

—Tendré que morir algún día —le sonrió.

—Entonces que me muera yo primero.

Ella le dio un suave beso en la mejilla.

—Qué tramposo es el hijo —le acarició una mano—. ¿Prefieres que yo tenga el dolor de perderte?

El chico torció los labios.

—¿Por qué tiene que ser así, mamá? ¿Por qué Dios nos hizo querernos tanto sólo para luego quitarnos unos a otros? ¿No le importamos?

Ella le acarició la cara.

—Sí le importamos, y mucho, querido. Le importamos más de lo que tú te imaginas.

—¿Cómo lo sabes? ¿Ya hablaste con Él?

—Lo sé.

—¿Pero cómo lo sabes?

—Porque tengo fe —y le sonrió. Le tomó la mano y le giró suavemente la palma para posarla sobre el propio corazón de Vasconcelos—. ¿Qué sientes? —le preguntó.

El chico frunció el ceño y preguntó a su vez:

—¿Por fe...? —y la miró— ¿Cómo le haces? Yo no puedo. Mi cerebro sabe cuando me estoy engañando a mí mismo. Mi cerebro siempre busca una verdadera explicación de las cosas, aunque sea fea.

—Siente tu corazón —le sonrió ella y le presionó la palma contra el pecho—. La verdad profunda no tiene explicación. No le des vueltas. No lo puedes entender en esta vida. Prométeme que no vas a darle vueltas.

—¿Perdón?

—Prométemelo.

Vasconcelos le apretó la muñeca.

—No, mamá. Prométeme tú que vas a vivir por lo menos cien años. Es lo justo.

—¿Es lo justo? —le sonrió ella. Lo abrazó y le transmitió todo su calor. Él cerró los ojos y comenzó a lagrimar.

—Mamá, no quiero nada si tú no vas a estar aquí. No quiero existir. No existe el mundo sin ti. Punto.

—Hijo queridísimo: ya no te preocupes por nada. Lo que harás es demasiado importante. Triunfarás, estoy completamente segura. Ni siquiera te lo debes preguntar, no debes dudar. Ni siquiera depende de ti. Ahora sólo siente tu corazón y sé leal a lo que sientes. Es tu corazón donde vive por siempre la voz de Dios —y le sonrió.

—¿Qué es lo que haré, mamá?

Ella le acarició la cara y volteó hacia el brillante azulejo que tenía detrás, junto a la estufa. Era un hermoso esmalte de la Virgen María de Guadalupe con su vestido de rosas cubierto por una manta de estrellas. Abrió el cajón del mueble situado debajo de la Virgen y de entre los tenedores y cucharas sacó un objeto que estaba envuelto en una sedosa y suave bandera de México.

—Ahora llévales esto —y le entregó el objeto metálico a su hijo adolescente José Vasconcelos.

—¿Qué es, mamá?

Ella le apretó las manos contra el objeto, que se sentía duro y metálico.

—Nunca te rindas. Prométemelo. Haz que otros te sigan. Aunque tú no llegues, llegarán los que te sigan. Al final llegaremos todos juntos. Es el destino. Venceremos. La esperanza triunfará.

—¿La esperanza triunfará?

—Con este símbolo estarán armados para la guerra que los va a unificar a todos.

—¿A todos, mamá? ¿De qué hablas? ¿Qué guerra?

Ella le sonrió en forma muy dulce y lo acarició en la mejilla. Era muy bella.

—Tus armas no serán granadas ni balas, hijo querido, sino algo mucho más poderoso que eso —y miró hacia abajo, hacia el objeto que estaba envuelto dentro de la bandera de México.

—¿Algo mucho más poderoso? ¡¿Qué es?!

—Una idea… una palabra que unificará el corazón de millones y cambiará todas las cosas.

El adolescente se quedó callado por unos momentos y miró a su madre.

—No te entiendo, mamá. ¿De qué guerra hablas? ¿Qué palabra?

Ella lo acarició. Lo miró un instante y le dijo:

—Eres bello, hijo. Eres lo mejor de mi vida. La guerra final que nos va a unificar a todos es la guerra por la paz.

Lo sacó de eso un claxonazo.

Vasconcelos siguió mirando por la ventanilla y le sonrió a Herminio. De pronto se dio cuenta de que todo iba a funcionar. Todo iba a salir bien. Sintió que su madre estaba ahí, que lo ayudaba en una forma misteriosa a través de todo. "Lo voy a hacer por ti, para volverte a encontrar."

Así comenzó la gran Revolución Pacífica de 1929, que nunca ha terminado.

52

En la Ciudad de México, nosotros —los "Tres Tristes Tontos", como nos bautizó Dido Lopérez— avanzábamos por una calle siniestra de la colonia Roma con nuestro hallazgo, la mano amputada de Álvaro Obregón, dentro de un frasco de conservas, que a su vez estaba dentro de la bolsa de Ultramarinos La Sevillana.

Nuestro destino lo iba a cambiar un individuo que aún no conocíamos y que en esos momentos estaba saliendo de la Cámara de Diputados, en la calle de Donceles, llamando con un ademán a los fotógrafos y periodistas nacionales y extranjeros que estaban en la escalinata esperando a que aparecieran los congresistas para entrevistarlos. Las declaraciones que les dio fueron incendiarias:

—Escúchenme todos: hay algo sucio, oculto y oscuro detrás de la muerte de Álvaro Obregón —y esperó a que se le acercaran todos los reporteros—. No hay hombre, mujer o niño en México que crea los cargos oficiales hechos por el gobierno de que el clero católico inspiró el asesinato del presidente electo Obregón. ¡Hay algo sucio, oculto y oscuro detrás de todo esto, y se debe investigar!

—Pero diputado —preguntó el corresponsal de *The World*—, ¿está usted afirmando que el hombre detenido en la Inspección de Policía, el dibujante José de León Toral, no es el verdadero arquitecto del asesinato del general Obregón? ¿Está usted acusando a otra persona? ¿Podría indicarnos el nombre?

El diputado Antonio Díaz Soto y Gama se le acercó y le dijo:

—El general Obregón iba a solucionar la cuestión religiosa con el clero. ¿Entiende a lo que me refiero? El general Obregón ya estaba decidido a terminar esta persecución contra la Iglesia católica. ¿Comprende lo que esto significa?

—Entonces, ¿quién es el asesino intelectual? ¿Lo va a señalar usted en este momento ante los medios de comunicación del mundo? ¡Hágalo ahora!

Se hizo un silencio. Todos los reporteros permanecieron congelados pegados a él, con los lápices de punta en sus libretas. Antonio Díaz Soto y Gama les dijo:

—Tengo pruebas que incriminan a personas de los círculos más altos de este gobierno, y estas pruebas las vinculan con elementos ubicados fuera de nuestro propio país. Alguien quiere desestabilizar a México.

—¡Diga los nombres, diputado!

Soto y Gama contestó:

—Pregúntenle al nuevo jefe de policía, el general Antonio Ríos Zertuche, quien acompañó al general Obregón en su último trayecto hacia el restaurante de La Bombilla. El general tiene pruebas que conectan a los autores materiales del asesinato con satélites del secretario de Industria y Comercio, Luis Morones, quien es la cabeza de la organización de sindicatos obreros llamada CROM, constituida por orden y con lineamientos encubiertos dictados personalmente por el jefe de la American Federation of Labor de los Estados Unidos, Samuel Gompers; y su títere en México, Luis Morones, es el cerebro que está detrás del régimen del ex presidente Plutarco Elías Calles. Plutarco Elías Calles es también una marioneta de la organización a la que responde Samuel Gompers. Fue Morones quien llevó a Calles al poder.

—¿Está usted acusando al líder de sindicatos estadounidenses Samuel Gompers? ¡Samuel Gompers murió hace cuatro años!

—Sí, Gompers murió hace cuatro años y ahora su lugar lo ocupa William Green, pero tanto Gompers como ahora Green son sólo parte de una estructura mucho más grande cuyo proyecto incluye la devastación de México y de otros países del mundo. Investiguen la Directiva Roosevelt, el Plan Día Cero del Departamento de la Defensa de los Estados Unidos; investiguen el Plan Dickson, los Tratados de Bucareli, los Documentos R.

—¿Documentos R?

Cuatro soldados bajaron por la escalinata y comenzaron a dispersar a los reporteros con sus bayonetas.

—¡Se acabó la conferencia! —les gritó uno— ¡Despejen la zona! —y le ordenó a otro soldado—: ¡apunta los nombres de todos estos reporteros! ¡Diputado Soto y Gama, usted venga con nosotros!

Un periodista aún alcanzó a preguntar:

—Diputado: sabemos que el jefe de policía Roberto Cruz acaba de ser despedido junto con el secretario Luis Morones, y que el nuevo jefe, Ríos Zertuche, tiene cercada la mansión del propio Morones. ¿Lo van a detener por el asesinato del general Álvaro Obregón? ¿Esto implicará al general Plutarco Elías Calles en la conspiración?

Antonio Díaz Soto y Gama contestó:

—Sólo para que lo sepan: Luis Morones ha tenido armamento y cuerpos paramilitares entrenados en su mansión. Hace cuatro años firmó un convenio secreto, que ningún mexicano conoce, para colocar al general Calles en el poder por medio de los sindicatos que ahora controla el propio Calles. Calles juró a los americanos desmantelar el ejército mexicano y destruir para siempre nuestra independencia militar. Ese convenio nos convirtió en una zona petrolera al servicio de los Estados Unidos. Investiguen los Documentos R. Todo esto es la venta de México, la venta de nuestro futuro.

Una voz estentórea interrumpió a Antonio Díaz Soto y Gama y provocó un silencio estremecedor:

—Nosotros nos encargaremos de desmoronar a Morones.

Era el Nenote, Gonzalo N. Santos, con sus botas rancheras, su pistola en la funda bordada en oro y su gran hebilla de cabeza de cabra. Le puso la manaza en el hombro a Antonio Díaz Soto y Gama y comenzó a empujarlo hacia abajo, sin dejar de sonreírles a los reporteros.

—Ya agarramos al ratero de Morones —les dijo—. Lo vamos a tronchar por fraude en la administración de cuotas sindicales. Lo vamos a aprehender, y lo vamos a tronar. Se los dice su gallo Gonzalo Santos. Se acabó la CROM; desde hoy sólo existe el Partido Nacional Revolucionario, que es la unión de toda la familia revolucionaria, incluyendo a todo sindicato, cámara, asociación, grupito o grupote que haya existido o que quiera existir en este país; y el que no se incluya se acaba.

Les sonrió a todos de tal manera que los reporteros se sonrieron por los nervios. No supieron si les había contado un chiste.

—Diputado Santos —le preguntó uno—: ¿es verdad que el señor Emilio Portes Gil no recibe sueldo y que el verdadero presidente sigue siendo el general Plutarco Elías Calles desde su casa de Anzures?

El Nenote desenfundó a la Güera y le apuntó al reportero directamente a la cabeza.

—¡Dilo otra vez y te arranco los dientes a balazos, cabrón! —y lentamente dibujó una sonrisa— No se me asuste, compadre. Así me llevo con los preguntones. Los invito a todos a una noche de no muy cristianos placeres. Vámonos a La Ópera; la diputación potosina invita, junto con la Secretaría de Hacienda y el Partido Nacional Revolucionario.

El enjambre siguió al carismático Nenote, y Antonio Díaz Soto y Gama descendió la escalinata hacia Donceles y luego hacia la Alameda, escoltado por siete soldados. Miró al cielo y ya estaba una estrella en lo azul. Sintió frío en las manos y las metió en los bolsillos. En el derecho encontró un papel enrollado. Lo sacó y lo desenrolló en la penumbra. Decía: "No defiendas a un muerto. Ahora seguimos contigo, cabrón. Te vamos a mutilar".

53

Plutarco Elías Calles se acomodó su bata roja. Desde la ventana de su casa se observaba la loma oscura donde se asentaba el castillo de Chapultepec. Pronto le habían llegado las noticias del zafarrancho en el Congreso. Se llevó una uva a la boca y la mordió.

—Ese idiota de Soto y Gama está diciendo que fui yo —y volteó a ver al *erectus* Luis L. León.

—Déjeme hablar con él, general. El diputado Soto y Gama es buena persona.

—Entonces dile que se calle la boca. Este crimen es religioso. Fueron los católicos. Punto.

—Los reporteros quieren investigar cómo llegó la pistola a las manos de León Toral. Ya están preguntando si Manuel Trejo está desaparecido o "borrado".

Plutarco Elías Calles lo vio y torció los labios.

—Dile a Ríos Zertuche que en su carácter de nuevo jefe de policía fusile a León Toral inmediatamente.

—Pero general… —y parpadeó— ¿Qué lo fusile? ¿Sin juicio?

—Sí —y se comió otra uva.

—¿Sin juicio, general?

—Que se haga justicia. Sólo eso. Justicia y rápido —y tronó los dedos—. ¿No dices que te preocupan los preguntones?

Luis L. León, también llamado Ropero o Quijadas, lo miró extrañado con su cara morena de frente pequeña y grandes y primitivas cuencas oculares. Rechinó la puerta y entró el Nenote, Gonzalo N. Santos. El *erectus* sonrió feliz al ver a su amigo.

—Ya le puse cola al cochino, mi general —le dijo al ex presidente—. Nomás me dices "balas" y le suelto los plomazos.

Calles se acercó a la cama y les dijo a los dos:

—Acabo de estar con el embajador Morrow —y tomó el crucifijo que tenía colocado de cabeza en el buró de su cama—. Toda esta catástrofe que está pasando es por estos mochos hijos de la chingada —y miró hacia abajo el crucifijo—. Fanáticos. Estos cristianos quieren destruir la Revolución. Hay que llevar esta guerra a todos sus extremos. Acábenlos.

—Con todo gusto, mi general —le sonrió el Nenote—. Tú sabes que me gusta colgar cristianos.

Plutarco Elías Calles caminó hacia el Nenote y le puso la mano sobre el hombro:

—Gonzalo, tú has sido alma y cerebro de las cámaras y de todos los grupos de acción revolucionarios. El ejército está muy dividido y mis enemigos están conspirando en el hotel Regis, entre ellos el diputado Soto y Gama y el general Ríos Zertuche, que tuve que hacer jefe de policía por las presiones de esta pinche investigación de los obregonistas. Encárgate de esos putos cuanto antes.

—Mi general —y desenvainó su amado revólver de funda bordada en oro—, sabes que me tienes a tus órdenes. Sólo se requieren algunos cambios. El Indio Amaro estorba en la Secretaría de Guerra. Quítalo. Es muy impopular entre las tropas que se van a levantar contra ti y nada popular entre las que te respaldan.

Plutarco se comió otra uva.

—¿Qué otro cambio?

—Topete. Ricardo Topete está organizando a los huérfanos de Obregón en la Cámara de Diputados —y se le acercó—. Topete y su pinche hermano en Sonora, junto con el general Escobar y el general Manzo te están preparando una rebelión para tumbarlos a ti y al Manchado —y abrió muy grandes los ojos.

—¿Me estás pidiendo quitar a Amaro y quitar a Ricardo Topete, y a Gonzalo Escobar y a Francisco Manzo?

—Es la hora de los cambios, mi general —le dijo El Nenote—. Tú llegaste a la presidencia por el gordo Luis Morones y por el plan de Samuel Gompers, pero ahora te tienes que imponer. Tienes al embajador Morrow. Ellos son los que importan. Gompers está muerto. Piensa en la Gran cabeza. Deshazte de los Topetes y del Indio Amaro. Déjame a mí todo el Congreso. Verás si no te alineo a todos a putazos.

—¿Y a quién pongo en el ejército? ¿Quién se queda en lugar de Amaro?

Gonzalo N. Santos sacó la foto de un hombre oscuro semejante a un sapo aplastado.

—¿Él? —y soltó una risa el ex presidente Calles.

—Él —y puso el dedo en la foto—. Saturnino Cedillo. Quita al Indio Amaro. Saturnino está ahorita en su campamento en Charcas, Guanajuato, cazando cristeros. Le gusta ponerlos colgados en los postes de las vías del tren.

Plutarco Elías Calles le sonrió a Gonzalo N. Santos. Miró el crucifijo que tenía entre sus dedos y dejó caer un hilo de saliva sobre la cara de Jesús. Lo colocó de cabeza, cuidadosamente, sobre el buró derecho de su cama.

—Comienza por los traidores del hotel Regis. Si lo haces bien, haré que seas tú el próximo presidente de México.

54

Mientras tanto, en la intersección de las calles Insurgentes, Niza y Londres de la alguna vez llamada colonia Americana —hoy conocida como Zona

Rosa—, el embajador Dwight Morrow estaba sin poder dormir en su oficina. Miraba detenidamente la cáscara de un pistache cuando entró su joven consejero y brazo derecho Arthur Shoenfeld:

—Señor embajador, probablemente le interese esto.

Le desplegó el periódico *El Universal* en la cara. El encabezado decía: EL ÚNICO PROBLEMA, DICE EL LIC. VASCONCELOS, ES PONER DE ACUERDO LA CONDUCTA CON LAS PALABRAS Y LAS PROMESAS.

—¿Qué demonios es eso? —le preguntó Morrow.

—Es un aspirante que no teníamos contemplado.

—¿Qué dices? —y se levantó pausadamente de su asiento. Se estiró. El embajador era chaparrito para ser estadounidense, y se decía que tenía cabeza de cubo. Llevaba puesto un chaleco que lo hacía ver ancho de hombros.

—Se llama José Vasconcelos —continuó Shoenfeld—. Es el famoso ex secretario de Educación de Álvaro Obregón que fomentó ese movimiento muralista de México; todo ese apogeo de cine, músicos, concertistas y escritores mexicanos. El "Renacimiento mexicano". Es famoso en Europa por sus filosofía metafísica.

—¿El escritor? —y lo miró con sus ojos siempre abiertos.

—Sí. Por favor escuche esto —y le leyó un párrafo del periódico—: "México se está encarando a la incertidumbre y al miedo. Vuelvo a México porque ahora es necesario. Hace veinte años hubo un hombre que tuvo un sueño, y yo compartí con él ese sueño. Ese sueño fue crear un México distinto y ese hombre se llamó Francisco Madero. La revolución que comenzamos él y yo hace veinte años sólo ha traído corrupción, hambre, sangre y derrota para México; pero sobre todo, las dos cosas que son más tristes y espeluznantes: la barbarie y la tiranía..." ¿Sigo?

Dwight Morrow estaba horrorizado.

—Sí, sí. Sigue, sigue —y lo apremió con los dedos.

—"...una barbarie que nunca había conocido nuestro amado pueblo, que es el pueblo más alegre, mágico y amoroso de la Tierra; y la tiranía más detestable de todas, que es la tiranía sanguinaria de los asesinos e ignorantes. ¿Por qué hoy nuestro pueblo soporta a estos generales sangrientos que se han hecho del poder a balazos, asesinando a masas, asesinándose entre ellos? Nuestro pueblo está cansado de esta guerra contra México que ha sido sembrada y alimentada permanentemente desde los Estados Unidos, a manos de los grandes intereses capitalistas que nos dominan, desde donde corre hacia el corazón de nuestra tierra un río subterráneo e infernal de dinero y armamento para la desestabilización." ¿Sigo, señor embajador?

El embajador Morrow estaba paralizado como una estatua. Ni siquiera respiró. Arthur Shoenfeld se le acercó cautelosamente y con parsimonia ondeó su mano frente a los ojos abiertos del ex directivo de la Casa J. P. Morgan.

—¡Sigue! —le gritó Morrow.

El obediente Arturo continuó:

—"Desde que pisé de nuevo la República Mexicana, mi actividad ha sido y será exclusivamente política. No me voy a detener. Hay un futuro mejor, un futuro en el que no habrá un solo fusilamiento. Hay un inmenso anhelo de reconstrucción. En lo de adelante, cada uno de nosotros debe despojarse de todo sentimiento de venganza. Los que han destruido a México también tendrán que participar. La tarea de la reconstrucción es tan gigantesca que no vamos a tener tiempo de venganzas."

Arthur Shoenfeld dobló el periódico y se lo puso sobre el escritorio al devastado Dwight Morrow, quien se quedó en silencio. Luego, Arturo le dijo muy sonriente:

—¿Qué le parece el discurso, señor Morrow? ¿No es ardiente?

Morrow dio unos cuantos pasos lentos detrás de su escritorio, mirándolo con sus famosos "ojos de búho".

—¿Qué sabes de este Vasconcelos? —le preguntó— ¿Qué posibilidades reales tiene este hombre aquí en México?

—Es un ídolo.

—¿Un ídolo? —y abrió sus ojos aún más— ¿A qué te refieres con "ídolo"?

—Es un intelectual. Fue rector de la Universidad de México. Es escritor. Los jóvenes lo siguen.

Morrow miró al piso y caminó hacia un lado.

—¿Qué edad tiene?

—Cuarenta y seis años.

—¿Tiene fuerza en el ejército mexicano?

—Ninguna. Es un escritor, un abogado. Yo no me preocuparía. Es un idealista. Escribe libros de metafísica.

Morrow siguió caminando lentamente detrás de su escritorio y enfrentó su oloroso librero, donde tenía una fotografía de él saludando a Plutarco Elías Calles. Apartó suavemente esa foto y descubrió dos gruesos libros que él mismo había escrito para la casa J. P. Morgan, por pedido de su mejor amigo y socio en el mundo financiero planetario, Thomas W. Lamont. Uno era *La Sociedad de las Naciones Libres,* en el que planificó y diseñó la estructura de la Sociedad de Naciones presentada por el ex presidente Woodrow Wilson a la Conferencia de París en 1919, al terminar la primera Guerra Mundial, donde se estableció el reacomodo de las potencias. El segundo se llamaba *Aceleración económica y sobreapreciación de valores. Plan Financiero Global 1929.* Acarició el lomo de este último y le dijo a Arturo:

—Mi querido Arthur: son siempre los idealistas los que más me preocupan. Los idealistas son los que cambian el mundo. Averigua si alguien que conozcamos se halla detrás de este José Vasconcelos. Y también si José Vasconcelos es un hombre con el cual se puede negociar.

55

Nosotros estábamos escondidos dentro de un puesto de periódicos cerrado, afuera de la gran mansión de la heredera Antonieta Rivas Mercado, a sólo media cuadra de la casa del difunto presidente electo. Era uno de los escondrijos especiales de Apola como espía, y después supimos que, como ése, la red para la que trabajaba tenía muchos más en la ciudad. Por una rendija entró una luz verdosa: la de un farol. Colocamos justo debajo del filo de luz el frasco con la mano del general Álvaro Obregón para estudiar el mensaje de su base más detalladamente.

—Para mí que la mano está maldita —dijo Dido Lopérez.

Apola se quedó pensando. Puso con suavidad su uña metálica plateada sobre la base del frasco y lentamente acarició la pequeña inscripción grabada al centro.

Leyó con detenimiento: LA CABEZA DE CRISTAL ESTÁ EN LA URNA DE PLUTARCO... B-85... —y se volvió a verme con sus grandes ojos de gato.

—B-85... —pensé en voz alta— ...B-85... ¿Sabes? —le dije— No tengo la menor idea de qué significa, por si te lo preguntabas.

—Busca en tu cerebro. Busca en tus archivos. La información está en tu cabeza.

Miré hacia un lado.

—Está bien. Tienes razón. Voy a buscar en mis archivos —comencé a hacer ruidos raros y dije—: "Buscar archivo donde se encuentra la definición de la palabra B-85". "Archivo no encontrado. Lo lamentamos. No tenemos la menor idea sobre quién es el idiota, el imbécil de Simón Barrón M., excepto por el hecho de que ahora está amarrado a una mujer asesina y a un enano psicópata. Por favor, lárguese en cuanto pueda y haga una vida".

El enano me gritó:

—¡Busca en tus archivos, carbón! ¡No tenemos tu tiempo! —y me dio una cachetada en la cara. Apola le agarró el brazo, apretó los labios y le sopló lentamente.

—Tranquilo. ¿Podrías estar tranquilo?

El enanito bajó la cabeza y se excusó:

—Perdón, mamá. Es que no me gusta que te insulte este pendejo.

—Simón —me dijo Apola poniéndome su mano en la mejilla. Me miró con cierta ternura, abriendo mucho sus ojos almendrados—: todo lo que tú sabes sigue estando aquí en tu cerebro. La información no se ha perdido. Toda la información de tu pasado está aquí adentro pero has extraviado las claves de acceso.

—¿Cómo las recupero?

Comenzó a tocarse los dedos de ambas manos en una forma graciosa.

—Verás… las ramificaciones de tus neuronas en las vías del puente tálamo-cortical-temporal-superior deben reconectarse y… bueno, esto es muy técnico. Yo te voy a hacer preguntas y tú simplemente vas a responder lo primero que te venga a la cabeza, sin pensar. Los mecanismos autónomos de tu cerebro en los ganglios basales de tu cerebro profundo van a expulsar la información que tú no sabías que sabías, por instinto.

—¡Bárbaro! —le dije— Suena bien. ¿Podemos volver a intentar? —y cerré los ojos. Respiré tres veces y trabé la respiración— Cuando tú quieras. Ya estoy listo.

—¿Qué significa B-85?

No pensé. La clave era no pensar. Se hizo un plasma en mi cabeza. Algo de muchos colores.

—¡Dios! —y abrí los ojos— Esto es… grandioso… ¡B-85 es… un frasco!

—¿Perdón?

—Sí… B-85 es la inscripción de un frasco que acabamos de encontrar en una casa a media cuadra de aquí —y señalé el frasco que llevaba en la bolsa.

Dido Lopérez me miró y negó con la cabeza:

—No tienes madre. Mi mamá se está jugando la vida con tus pendejadas.

El panel metálico del puesto de periódicos fue arrancado violentamente desde fuera, con un ruido de pesadilla, y quedamos descubiertos. Entraron varios brazos y nos sacaron de un tirón. Nos taparon los ojos y nos empujaron hacia el interior de un vehículo, que arrancó velozmente.

—¿A dónde nos llevan? —fue lo último que escuché, pero no supe si lo decía Apola, el enano o yo.

56

Al otro lado del mundo estaba amaneciendo un nuevo orden internacional, al menos para la Iglesia católica. El papa Pío XI salió al balcón central de la imponente Basílica de San Pedro en la plaza de igual nombre, en Roma, frente a una eufórica multitud de 280 mil romanos. Cayeron confetis de lo alto de los dos colosales hemiciclos de columnas que enmarcan la enorme plaza. Al disponerse el papa a hablar se hizo el silencio.

—Sesenta años de enemistad entre el gobierno de Italia y la santa Ciudad del Vaticano han terminado —informó a la multitud—. La santa negociación que se ha sostenido, para el regocijo de Dios, entre nuestra Iglesia católica de Roma y el sabio gobierno encabezado por el primer ministro Benito Mussolini nos permite decir hoy —y alzó un documento en el aire— que tenemos acuerdo.

Los romanos comenzaron a saltar y a gritar. Sonaron trompetas desde todas las direcciones de la plaza.

—La Ciudad del Vaticano y el papado mismo —siguió Pío XI— recuperan hoy, con este acuerdo que concede el gobierno del general Mussolini a la Santa Iglesia de Cristo, el poder temporal sobre esta ciudad santa, independiente y autónoma, capital del cristianismo católico de todo el mundo, como el Estado independiente y soberano que fue durante la Edad Media. ¡Roma es libre una vez más! ¡Roma es santa! ¡Roma resurge hoy nuevamente y para siempre, para la gloria eterna de Dios y para la salvación del mundo! ¡El poder de la Santa Iglesia católica y romana se consolida hoy en este acuerdo, y con este hecho reanuda hoy su expansión ecuménica hacia todos los continentes en el inicio de esta nueva era!

57

—No lo soporto —murmuró John D. Rockefeller. Colocó su fría mano sobre el periódico donde estaba la fotografía del papa Pío XI ante una imponente masa de miles de personas.

—Padre —le pidió un mortificado John junior—, no deberías molestarte por esas cosas. Es mejor que descanses.

El patriarca se volvió lentamente y lo miró con desprecio.

—Mussolini está recibiendo dinero de Thomas Lamont, de Dwight Morrow y del hijo de John Pierpont Morgan, con la intervención de Walter Lippman. Ellos están creando este nuevo desequilibrio en el mundo.

Lamont está apoyando al Vaticano —y miró al techo, tratando de decodificar la telaraña—. ¿Qué están planeando?

—Padre... ¿es tan grave? ¿Acaso la Iglesia católica es tan mala? ¿No son tan cristianos como nosotros? ¿No somos tan cristianos nosotros como los ortodoxos rusos y los griegos, o como los evangélicos, o los anglicanos o los mormones? ¿No somos todos seguidores del mismo Cristo? ¿Qué sentido tiene esta guerra, padre? Por favor, dímelo.

El anciano golpeó la mesa con su palma abierta y gimió.

—¡El pecado! —y tensó la mandíbula en una forma que horrorizó a su hijo.

El nonagenario avanzó trabajosamente hacia el escritorio, arrastrando las pantuflas y le dijo a John junior en un tono muy bajo, sacudiendo el dedo índice:

—No es el hombre quien elige a Dios. Es el Señor mismo quien ha elegido a sus hombres —y acarició una de las torres petroleras de oro macizo—. Los falsos se jactan de su amor a los otros, de sus obras de caridad. En realidad nada de eso importa. Sólo importa la gracia divina. Dios tiene a sus elegidos desde antes de que nazcan. No hay nada bueno ni malo que podamos hacer para impedirlo.

—Pero padre... todo esto es tan... —y se llevó las manos a la cabeza. Jesucristo lo miró ferozmente desde el cartel.

—Sólo existe un cuerpo de elegidos, hijo. Tienes que aceptarlo. Tu responsabilidad es dirigirlos a todos. Somos nosotros.

—¿Perdón, padre? No te entiendo —y se restregó los cabellos con ambas manos—. ¿Por qué no nos vamos a descansar?

—Quiero que regales árboles de Navidad a nuestra iglesia bautista, a la iglesia bautista de Laurelton.

—Está bien, padre. Sabes que te quiero y te admiro. Vámonos a descansar.

El anciano le prensó el brazo y lo arrastró hacia su escritorio. Junto a éste, sobre una mesa, había una maqueta de cartoncillo de la ciudad de Nueva York.

—Comprarás todo esto, hijo mío —y recorrió con el dedo un tramo de la maqueta. John junior, con sorpresa, miró a su padre.

—¿La Quinta Avenida? —y sintió que le ardían mucho los ojos.

—Comprarás todo esto. De la Quinta a la Sexta avenidas y de la 48 a la 51. Son tres bloques. Cien millones de dólares.

—¿Qué vamos a colocar ahí, padre? ¿Otra iglesia?

Rockefeller observó muy orgulloso su maqueta, calle por calle, sonriendo.

—En estos bloques —y tosió como si fuera a vomitar— vamos a colocar el nuevo centro del mundo.

John junior abrió los ojos y meneó la cabeza.

—¿Perdón, papá?

El patriarca estiró el largo dedo y tocó una figura oscura, una escultura, que estaría al frente de ese nuevo y gigantesco conglomerado de edificios.

—Pero nos están sembrando un problema nuevo en México —se llevó la mano al bolsillo de su bata—. Lee esto —y sacó del bolsillo un telegrama que le acababan de enviar sus espías de Wall Street 23, la Casa Morgan. John junior lo tomó y lo leyó lentamente.

—"Para Thomas W. Lamont. De Dwight W. Morrow. Ciudad de México. Embajada de los Estados Unidos. Estimado Tom: surge en el horizonte mexicano un líder que no teníamos contemplado. Se trata de un intelectual, un escritor de temperamento, un idealista incendiario. Fue ministro de Educación Pública durante el gobierno de Álvaro Obregón y es tenido aquí por ídolo de la población, especialmente por los jóvenes y las mujeres. En Europa se le aprecia, y también en varios puntos de los Estados Unidos y del resto de América. Renunció a su cargo en el gobierno de Álvaro Obregón cuando Obregón firmó los convenios del Bucareli Hall con nuestros representantes. Juró investigar la muerte del congresista Francisco Field Jurado y su relación con la firma de los Convenios de Bucareli. Su nombre es José Vasconcelos Calderón."

John D. junior bajó el telegrama y frunció el ceño.

—*Okay...* —le dijo a su padre— No entiendo qué quieres que yo haga.

El patriarca le prensó la muñeca con sus huesudos dedos.

—Ese hombre José Vasconcelos es católico.

—Papá, en México noventa y cinco por ciento de las personas son católicas. Quiero decir... no entiendo, padre. ¿Te preocupa ese hombre? Aquí dice que ni Lamont y Morrow saben quién es.

—Quiero saber quién es. Quiero saber quién lo controla.

John junior comenzó a asentir en forma rítmica.

—Está bien, padre.

—Y una cosa más.

—¿Ajá?

—Quiero que vayas a Jerusalén y a Nazaret.

El hijo abrió ampliamente los ojos.

—¿Hay algo que deba yo hacer en Jerusalén y en Nazaret?

—Sí. Ahí hay algo que debes ver y conocer antes de tomar mi lugar en este mundo.

John lo miró con suma atención. Su padre le dijo:

—El origen y el final de todo.

58

A nosotros nos quitaron las capuchas de la cabeza. Estábamos dentro de un automóvil, en las afueras de la ciudad.

—¿Nos están secuestrando? —les preguntó Dido.

El auto se detuvo en un paraje oscuro donde se oían grillos. El copiloto volteó a verme y apoyó su brazo izquierdo sobre la parte superior del asiento. Reconocí sus bigotes de pastelero francés.

—¿Señor diputado...? —le pregunté— ¿Señor diputado Antonio Díaz Soto y Gama...?

Él me miró fijamente y sin parpadear. Dijo:

—Sé lo que hiciste hace dieciséis años, Simón Barrón. Sé que penetraste la embajada de los Estados Unidos y que participaste en un plan fallido para impedir el asesinato del presidente Francisco Madero.

Apola simplemente me miró sin parpadear. El diputado Soto y Gama me tomó de las solapas y continuó:

—Llegará el momento en que alguien te ofrecerá dinero para traicionar a tu país. Primero dirás que no, pero te seguirán ofreciendo más y más hasta que aceptes. Ese día sabrás de qué estás hecho realmente. ¿Traicionarás a tu país por dinero? ¿Traicionarás a tu propia familia y a tu pueblo?

Lo tomé de las muñecas y lo retiré.

—Yo no traiciono a mi país. Yo no traiciono a mi familia. Yo no traiciono. Yo soy Simón Barrón. He jurado honor y lealtad, y eso es para siempre.

—Te ofrecerán puestos políticos, te ofrecerán acciones de compañías extranjeras, inmunidad, armamento, protección y anonimato, todo a cambio de tu secreto. ¿Traicionarás a tu país por un juramento? ¿Jurarás en secreto a espaldas de México? ¿Te venderás a un cuerpo secreto y le ocultarás sus mandatos a tu propio pueblo? ¿Dejarás que metan armas a tu país para hacernos daño?

—¡No! —le grité— ¿De qué diablos me está hablando? ¡Nunca jamás traicionaré a mi país! Póngame a prueba aquí mismo y máteme si quiere.

Yo no traiciono. Soy hombre de honor y lealtad, de las fuerzas del general de división Bernardo Reyes, y he jurado realizar su Plan de México —y miré fijamente a todos, uno por uno. Me pregunté a mi mismo qué era el "Plan de México". Recordé un cilindro metálico verde decorado con serpientes doradas.

Dido le dijo:

—Es muy agresivo.

¿"Bernardo Reyes"?, me pregunté. Vi un rostro borroso sonriéndome, con una gran barba, pero no supe quién era. El diputado siguió diciéndome:

—Todo lo que está pasando, empezando por la muerte de Obregón, es por el petróleo de México. Es un plan, un documento secreto del Departamento de la Marina de los Estados Unidos. Se llama Plan Día Cero.

—¿Plan Día Cero? —y miré a Apola.

—¿Qué significa "Día Cero"? —le preguntó Dido.

—Necesitamos el documento. Hay una copia en México.

Los tres detenidos nos miramos.

—¿Una copia? —le pregunté— ¿Y quiere que nosotros se la consigamos?

Antonio Díaz Soto y Gama me sonrió y miró hacia los árboles oscuros.

—Simón, muchos en este gobierno han querido trabajar contigo. Yo soy uno de ellos. Se llaman Documentos R —dijo el diputado—. Están agrupados en algo que se llama Urna R.

—¿Urna R?

—Son cinco documentos: el Plan Día Cero, el Plan Dickson, la Directiva Roosevelt, el convenio secreto Gompers-Morones-Calles y los Tratados de Bucareli. Son la base sobre la que está siendo levantado el nuevo sistema para la dominación extranjera de México. Ninguno de estos documentos lo conoce el pueblo mexicano. Son estrictamente confidenciales.

—¿Qué es lo que está pasando, diputado? —le pregunté— ¿Qué está pasando realmente?

Miró de nuevo los árboles y respondió:

—Lo que está ocurriendo en México es un plan que abarca a varias naciones del mundo —y me observó fijamente—. Hay toda una telaraña masónica apoderándose de México. Quieren destruir a la Iglesia católica y también a la propia organización masónica del mundo, desde dentro.

—¿Perdón, diputado? —dijo Apola, pasmada.

Dido Lopérez cerró los ojos y alzó la cara:

—Dios mío, ¿por qué siempre me pones acertijos k-gantes?

—Estas redes no las controlamos nosotros —siguió el diputado—. Ésta es una guerra muy antigua. La están dirigiendo desde otro país.

—¿Quién, diputado? ¿Quién es la cabeza?

Soto y Gama miró el cielo raso del automóvil y nos dijo:

—El movimiento masónico es tan complejo que ni siquiera sus propios miembros dispersos alrededor del mundo saben quién es la cabeza. El movimiento fue creado para operar de esta manera. La teoría es que cada logia es independiente, pero en realidad cada logia tiene una carta de obediencia a otra logia más antigua, y así se esparcen directrices ideológicas y órdenes que llegan a miles de miembros, y esos miembros las colocan en puntos políticos de los países. Se forma así un "país" invisible que gobierna a otros países pero en secreto. Desde hace cientos de años la Gran cabeza de cristal ha sido una persona cuya identidad muy pocos conocen.

Cuando dijo "Cabeza de cristal" nos miramos nuevamente. Eran las palabras que estaban en el frasco.

—Disculpe —le dije—. ¿Cabeza de cristal? ¿La Cabeza de cristal es quien ordenó el asesinato de Obregón?

Torció el bigote.

—Eres tú quien me va a ayudar a descubrir quién es la Cabeza.

Dido comenzó a retorcerse hacia abajo:

—Esto ya me dio cosa…

El diputado nos explicó:

—En cada país existe una copia del plan masónico del mundo. Esa réplica es secreta. Se llama Cabeza de cristal.

—Momento… —le dije y lo señalé con el dedo— ¿Está usted diciendo que en nuestro país existe una "Cabeza de cristal" con el plan masónico del mundo?

—Así es.

—Oh —y comencé a sonreír lentamente. Apola me apretó el antebrazo—. ¿Está usted diciendo que el plan masónico del mundo es una cabeza de cristal, y que hay una Urna R donde están los Documentos R?

Él asintió lentamente. Nos miramos Apola, el enano y yo.

—Una pregunta, señor diputado —continué—: ¿me podría decir por qué esos Tratados de Bucareli se llaman así?

—Porque fueron firmados en secreto por órdenes del general Obregón y del presidente de los Estados Unidos Warren Harding en el número 85 de la calle de Bucareli, en un lugar llamado The Bucareli Hall.

—Gracias —le dije, y miré al enano—. Dido, por favor, ¿podrías mostrarle al diputado lo que hay dentro de la bolsa?

Dido metió la mano dentro de la bolsa de Ultramarinos La Sevillana y sacó el recipiente que contenía la mano de Álvaro Obregón.

—La llamamos "El Limoncito" —le sonrió y le pasó el pestilente frasco.

El diputado se horrorizó. Lo observó cuidadosamente.

—Es la mano de... de... de...

—Del general Obregón —le dije—. Por favor, observe la parte de abajo del frasco.

Contuvo el vómito y giró el recipiente. En el reflejo de la luz de la luna distinguió la inscripción circular:

—LA CABEZA DE CRISTAL ESTÁ EN LA URNA DE PLUTARCO B-85.

Nos miró de nuevo y comenzó a sonreír.

—Jóvenes, les pagaré más dinero del que pueden imaginar. Vayan. Vayan esta misma noche. B-85 es Bucareli 85. Debe de estar ahí. Háganlo por México. Háganlo por el mundo. Los recogeré afuera.

Hubo un momento de extraña felicidad. Dido Lopérez notó un brillo dorado en la mano de Soto y Gama y le preguntó:

—Discúlpeme, diputado... ¿Usted es masón?

Antonio Díaz Soto y Gama miró el anillo en su dedo y lo acarició:

—Encuentren a los masones buenos.

—¿Masones buenos? —nos miramos unos a otros.

—Los masones buenos los ayudarán a construir el México Nuevo, y también el Mundo Nuevo.

—¿Masones buenos? —insistí— ¿Quiénes son los masones buenos?

Me sonrió y le brillaron los ojos.

—Lo sabrás.

59

Vasconcelos terminó su discurso en el teatro de Cananea, Sonora, y una horda de chicas se le abalanzó.

—¡Licenciado! ¡Las señoras y señoritas de Cananea los invitamos a usted y a todo su pelotón de campaña al baile que organizamos para ustedes!

—¿Para nosotros? —preguntó Vasconcelos y miró a Juanito, quien estaba fascinado.

—Les hemos organizado una Gran Alianza Vasconcelista aquí en Sonora. ¿Vienen con nosotras?

Se entrometió un viejo político y le dio la mano a Vasconcelos:

—Soy De Hoyos. Aquí no tienes rival. Invíteme al baile, ¿no?

Juanito Ruiz le tomó el brazo al ingeniero Méndez Rivas y le dijo:

—Mi señor, ahora somos importantes.

—No, Juanito —le respondió Méndez Rivas—, permíteme hacerte una aclaración: el importante es Vasconcelos. Tú y yo sólo somos unos gatos.

Vasconcelos se dirigió a las chicas:

—Señoritas: las mujeres tienen la organización como instinto. Si uno realmente quiere que algo se haga, hay que ponerlo en las manos de una mujer.

—Licenciado, ¿es cierto que usted va a cambiar la Constitución para que las mujeres también podamos votar? —preguntó una.

—No sólo eso —le sonrió Vasconcelos y la tomó por los dedos de las manos—: en un país de "machos" como éste yo me levanto como el primer antimachista.

—¿Antimachista, licenciado? —y volteó a ver a las otras. No podían creerlo. Vasconcelos les dijo:

—Los que traen pistola para todo, en vez de usar sus propios puños, no son machos: son cobardes. Los que les gritan a sus esposas no son machos, son cobardes. Los que les dan órdenes en vez de ofrecerles ayuda no son machos: son cobardes. Los que traicionan a sus doncellas para acostarse con otras mujeres a escondidas, mintiéndoles también a ellas, no son machos: son maricones y además son ratas. Los que se ponen botas y hebillas para parecer machos no son machos: son maricones que se disfrazan para parecer hombres. Un hombre no se tiene que disfrazar de hombre, ¿o sí?

Las chicas se rieron. Él siguió:

—Esto lo han estudiado mucho los profesores Charcot y Freud: el "macho" es la proyección reactiva subconsciente de un homosexual reprimido. Mientras más "macho" y "mujeriego" se proyecte, más maricón es.

—¿De verdad, licenciado? —le sonrieron todas— Ya queremos que usted sea el presidente.

—Un verdadero hombre —les dijo él— no usa armas de fuego. Usa sus propios puños. Las armas de fuego son para los cobardes y traidores. México fue una patria de caballeros y debe pelear a puño limpio. Un verdadero hombre no traiciona, no actúa a escondidas, no grita y no da órdenes. La gente lo sigue por sus ideales y por su fuerza. Yo convertiré a México en lo que siempre debió haber sido: un imperio de caballeros y de princesas, no de machos. Un verdadero hombre es caballero y se arrodilla ante su amada, como en la Edad Media, y le es leal por siempre, como en la prehistórica edad céltico-latina de Yoein. Yo haré de México un imperio de princesas y caballeros como en la edad de Yoein.

—¿Yoein, licenciado?

—Cada hombre será un caballero del que depende la patria y cada mujer será su princesa, la que lo inspirará para construir nuestra nueva grandeza.

Juanito estaba emocionado al ver a Vasconcelos engolosinando a las chicas. Le dijo al ingeniero Méndez Rivas:

—Presiento que el licenciado se va a acostar pronto —y sintió un tirón en el brazo. Alguien lo jaló hacia los baños y le susurró al oído:

—Tengo un mensaje para tu jefe.

En la confusión del gentío Juanito fue llevado al baño del teatro. El hombre lo metió a un cuarto de retrete y le puso una pistola 45 milímetros dentro de la boca.

—Tu jefe no va a llegar a ninguna parte. Dile que le pare ahora. Se acabó su campaña. Éste es su primero y último aviso.

Juanito estaba temblando. Quedó de rodillas sobre un charco de orina pegosteosa. El sujeto enfundó el revólver y lo cubrió con su saco. Se dirigió al espejo y comenzó a peinarse con goma para el cabello.

Juanito, con las piernas temblorosas, le sonrió al hombre por los nervios y caminó a hurtadillas por detrás de su espalda.

—¿Usted trabaja para el gobierno?

El hombre siguió mirándose en el espejo.

—No queremos lastimar a tu familia.

Juanito tímidamente se le acercó. Con prudencia se aproximó al lavamanos y miró al hombre a través del espejo. Notó que tenía la mitad de la cara cicatrizada y un ojo parcialmente fusionado con el cachete. Tragó saliva y le dijo:

—Señor, el licenciado Vasconcelos es muy terco. No es fácil de convencer, y como dice el señor Adolfo Hitler en Alemania: "No es que yo sea malo. Son los demás los que son unos hijos de la chingada" —tomó el frasco de jabón, que era de cristal, y se lo estrelló en la cabeza al sujeto. Comenzó a patearlo en el piso—. ¡Quién te envió a amenazarme, puto! ¿Trabajas para Plutarco Calles? ¡Dímelo!

Entró una turba de gente preguntando "¿Qué pasa?" y se abalanzaron sobre Juanito. En un instante se había desencadenado una golpiza salvaje y caótica dentro del cuarto de baño. El gallardo Méndez Rivas se quitó el saco y le dijo a Vasconcelos: "Al parecer, hubo un problema en el baño". Se hundió entre los combatientes para separarlos y se dijo: "Esto es una monserga".

60

En la Ciudad de México, el diputado Antonio Díaz Soto y Gama se metió velozmente al largo y tétrico corredor del hotel Regis, donde tenía su habitación. Las linternillas parpadeaban como pequeñas flamas escalofriantes. Afianzó la fría manija con forma de garra de león y le dio vuelta. Adentro lo esperaba un hombre consternado: el general obregonista Antonio Ríos Zertuche, apenas nombrado nuevo jefe de policía por orden del general Plutarco Elías Calles.

Lo recibió así:

—Me está pidiendo que fusile al dibujante.

—¿Qué dices?

—Calles quiere que fusile a José de León Toral hoy mismo, "de inmediato".

—No.

—Quiere desaparecer las conexiones. El abogado ya sabía que me lo iban a pedir hoy mismo. Demetrio Sodi. Estoy seguro que a él también lo van a eliminar por lo que sabe.

—¿Cuánto tiempo nos queda? —y miró su reloj.

La puerta estalló y entró una bola de fuego hasta el interior de la habitación.

61

Algo idéntico ocurrió dos mil kilómetros al norte, en Sonora, pero cuando entraron José Vasconcelos y su gente, la habitación del hotel Cananea donde se hospedaban ya estaba destruida. El lugar se encontraba a oscuras. Las lámparas, rotas. Por las ventanas reventadas entraba un soplo muy frío de la noche. Las dos camas las encontraron volteadas. Las sillas y las mesas, trozadas y de cabeza.

En la pared había tres enormes cruces pintadas a brochazos negros y rojos a modo de llamas y, alrededor de ellas, tres letras de rasgos filosos repetidos hacia todos lados, en un alfabeto primitivo, en color rojo, combinadas con máscaras de una mujer de estilo paleolítico proto-germánico: con los ojos vacíos y cabellos de relámpago, con la lengua roja hacia fuera y un cuchillo saliéndole de la cabeza.

—¡Santo Niño de Atocha! —susurró el ingeniero Federico Méndez Rivas— Por lo visto, alguien ya no nos quiere aquí.

Vasconcelos sintió algo muy denso y permaneció un segundo inmóvil. Miró a Herminio Ahumada a un lado y a Juanito Ruiz al otro. Lo empujó el impulso de investigar. Caminó hacia un rincón que olía a carne descompuesta. Se tapó la nariz y le lloraron los ojos. Alguien había dejado restos orgánicos de algo.

Por un instante no supieron a quién realmente estaban enfrentando.

62

Caminamos por la tenebrosa calle de Bucareli y nos detuvimos en la oscuridad frente a algo llamado El Reloj Chino. Delante de nuestras caras estaba el número 85. Era un edificio abandonado, curvado alrededor de la glorieta, completamente silencioso.

—Aquí es —susurró Apola y miró hacia lo alto. Nos pasó un soplo de viento que chifló como un gemido.

Miré hacia todos lados.

—No quiero encontrarme con Ixchel… —murmuré.

—¿Quién es Ixchel? —me preguntó el enano.

Recordé una cabellera rubia, unos ojos azules; y todo ello lo vi súbitamente convertido en un cráneo hecho de polvo, un cráneo azteca envuelto en un aullido.

—Ixchel es la Llorona… —le dije— …la mujer descarnada. No puedo explicártelo. No recuerdo bien este recuerdo.

—Puras mamadas —y sacudió la quijada—. Mamá, ¿cómo vamos a entrar esta vez?

Apola caminó, sin quitarle los ojos a los balcones del edificio, dando pasos semejantes a los de un cauteloso jaguar. El muro era de bloques de roca roja y porosa, con tramos de esmalte resbaloso y azulejos color azul y blanco. Era un edificio antiguo. Apola abrió su bolso metálico y de ahí sacó un tubo gris. Lo presionó de un extremo y se proyectaron hacia fuera cuatro agarraderas metálicas, una hacia cada punto cardinal. Tomó de su bolso otro utensilio: un pequeño gancho de montañista. Lo ensartó en un extremo de su dispositivo y me dijo:

—Toma el gancho y jala. Aléjate hasta donde yo te diga.

Tomé el gancho y me alejé, jalando y desenrollando un cable que salía del dispositivo. Comprendí lo que Apola quería. Me dijo: "Detente", y me detuve. Oprimió otro botón y el aparato hizo un chasquido. Me ordenó:

—Ahora regrésame el gancho.

Dido Lopérez la interrumpió:

—Mamá, cuando sea grande quiero que me sigas mimando.

Apola tomó el gancho entre sus dedos y miró hacia el balcón central. Floreó el cordel metálico como en las suertes charras, lanzó el gancho y escuchamos cómo hizo clic en la balaustrada de hierro dos pisos arriba. Asió firmemente su aparato y lo oprimió con sus pulgares. El mecanismo ruidoso comenzó a enrollar y a tensar el cable pausadamente, como en una caña de pescar. Cuando estuvo bien tenso, Apola colocó un pie en la pared y volvió a oprimir. Ahora el aparato la ayudó a escalar.

—Ustedes espérenme aquí abajo —nos dijo—. Les voy a abrir esta puerta desde dentro.

—¡Como tú digas, mami! —le guiñó el ojo Dido Lopérez y me dijo—: No cabe duda de que mi nueva mamá es una verdadera chingona.

Y Apola se alejó en las alturas. Dido y yo nos quedamos callados en ese silencio. Sentí cómo varias veces él me miró de reojo, en forma disimulada.

—Sabes que no es tu mamá, ¿verdad? —le dije.

—Claro que no, pendejo.

Continuamos callados.

—¿Entonces para qué dices tantas mamadas? —le pregunté—. ¿Para impresionarla? ¿Para fastidiarme? Yo nunca tuve la intención de conocerte. Eres un accidente en mi vida y desgraciadamente eres lo único que recuerdo de la misma.

Comenzó a tensar la mandíbula.

—Estás lleno de odio. Púdrete —me dijo.

—¿Qué dices?

—Deberías estar lleno de amor —y me sonrió—. Te voy a contar una historia. Es la historia más corta y más larga de todos los tiempos. ¿Estás listo?

Tuve que cerrar los ojos.

—A ver, dime.

Sus ojos adquirieron un fulgor mágico, casi sobrenatural. Infló los pulmones y me dijo:

—En el octavo día de la creación, Dios creó a Diosa, y vivieron felices para siempre.

Abrí los ojos y le pregunté:

—¿Ésa es tu historia?

—Te dije que era corta. Es larga porque nunca ha terminado —y se puso serio. Empezó a silbar una tonada baja y observó el muro. Me volteó a ver y le brillaron los ojos—. ¿Sabes? Yo he sido católico, judío y protestante, todo al mismo tiempo.

—Sí, claro.

—¡Te lo juro! —hizo una cruz con los dedos pulgar e índice de la mano derecha y la besó— Y además: no creo en nada.

—Vaya. No cabe duda de que eres un verdadero chingón.

—Mi religión es la religión de Dios.

—¿Religión de Dios? —y lo miré extrañado.

—La Religión de Dios somos nosotros —y sonrió con los ojos cerrados.

—Tengo una duda —le pregunté—. ¿Estás mal del cerebro o finges que lo estás para llamar la atención?

Me miró y sonrió.

—Simón: te encuentras en un estado de confusión. Es normal. Al igual que muchos, tienes el defecto de ser normal. Yo no soy normal. Nunca lo he sido y nunca lo seré. Dios me hizo diferente: soy enano. Le agradezco a Dios por haberme dotado.

—¿Dotado? ¿A qué te refieres?

—Yo aparezco cosas de la nada —y tronó los dedos—. Te puedo hechizar. Quedas convertido en caca. Si estás vivo en este instante es sólo porque todavía no me cagas.

Me hizo pestañear.

—Bueno, pues.

—Verás —me dijo—, todo esto comenzó hace muchísimo tiempo, antes de que tú nacieras; antes de que naciera cualquiera de todos estos pendejos —y señaló lentamente los sombríos edificios de alrededor—. Alguna vez yo fui parte de la Cuaternidad.

—¿Cuaternidad?

—Fui la cuarta persona de la Cuaternidad.

—¿Qué dices? —y le sonreí.

—Éramos cuatro: el Padre, el Hijo, el Espíritu Santo y Yo —y suspiró—. Pero ya sabes... siempre la política —y me vio muy serio—. Hubo un desacuerdo. Ellos querían hacer el mundo en sólo siete días y yo les dije: "Al aventón no. Nos va a quedar mal". Decidieron correrme.

No supe qué decirle.

—Es verdad —insistió—. Yo me iba a tardar un poquito más, pero me iba a quedar mejor.

Escuchamos un rechinido. Era Apola. Nos abrió la puerta principal de Bucareli 85. Respiraba muy agitada.

—Encontré algo —nos dijo. Se hundió de nuevo dentro del edificio y entramos tras ella.

63

El licenciado Vasconcelos estaba en Sonora, en la caja de un camión de redilas destartalado conducido por indios yaquis. El vehículo atravesó un estrecho túnel de rocas en los remotos e ignotos territorios secretos de los yaquis, rumbo a Navojoa. La noche se puso muy oscura. Vasconcelos alzó la mirada y vio muchas estrellas. La Vía Láctea estaba atravesada por encima de todo el desierto, como una gigantesca serpiente de estrellas en medio de la noche. La mujer gorda que iba al lado de Vasconcelos le dijo:

—Licenciado, yo soy Sofía Ayala de Contreras —y le dio la mano en la oscuridad. Vasconcelos notó que ella le sonreía con los ojos, pues le brillaban. El camión se hundió en una depresión y se reacomodaron todos, hasta los que estaban dormidos.

—Es un placer, señora.

—Vendo mercancías, licenciado —le susurró—. Ya tenía muchas ganas de conocerlo. Aquí somos sus soldados, y todos éstos que ve aquí en este camión se lo pueden decir. No lo vamos a dejar.

—Muchas gracias, doña Sofía.

—Dime Sofi.

—Claro que sí, Sofi —le sonrió Vasconcelos.

—Ahora dame un beso.

Vasconcelos la miró cuidadosamente y le dio un beso en el cachete, mientras ella cerró los ojos.

El camión se balanceó por el camino de rocas y llegaron a un pequeño poblado de unas cuantas casas. Nadie hubiera notado el más mínimo indicio de presencia humana en ese paraje remoto del desierto de no ser por dos ventanas que irradiaban el calor de una fogata.

De la casita de adobe salió un tipo monstruosamente fornido.

—¡Licenciado Vasconcelos! —le gruñó en la oscuridad y se le aproximó aplastando las piedras— ¡Soy Pedro Salazar Félix! ¡Vendo máquinas de coser y me conocen en todo el estado!

En el camión se despertaron Herminio Ahumada, el ingeniero Federico Méndez Rivas y Juanito, quien preguntó:

—¿Qué está pasando?

El gigantesco monstruo siguió vociferando y aferró con sus manos enormes las redilas tras las que se encontraba el candidato Vasconcelos. Las sacudió fuertemente y le gritó:

—¡Sonora es Navojoa y yo me encargo de que Navojoa sea de Vasconcelos, licenciado! —y de detrás de él salieron dos pequeños sujetos— Licenciado, estos dos y yo somos la Dirección del Club Vasconcelista Navojoa.

Vasconcelos los saludó de mano por entre las redilas y les dijo:

—Señores, aquí huele a ponche de fresa —y miró hacia la luz caliente que salía de una de las ventanas.

—¡Es para usted, licenciado! ¡Y yo le digo: yo soy Pedro Salazar Félix, soy sonorense y soy de Navojoa; y yo mato y muero por usted! —y se volvió hacia los yaquis conductores del camión— ¡Llévenlo a donde quedamos! —les gritó— *¡Lios em Chaniavu!*

Ellos le respondieron:

—*¡Lios em Chiokoe! ¡Empo pipimim tenku!*

Estallaron en carcajadas y también él. El camión reanudó la marcha hacia la oscuridad.

—¿A dónde nos llevan? —preguntó Juanito asomándose por la ventanilla posterior de la cabina, carente de vidrio. Los conductores no respondieron.

—¡¿A dónde nos llevan?! —insistió Vasconcelos. Ni siquiera a él le contestaron. Volteó atrás y vio al enorme Pedro Salazar Félix haciéndose pequeño frente a la ventanita iluminada de su choza, en medio de la nada. Adelante del camión sólo había una negrura impenetrable por encima de las piedras.

—Se llama Estación Esperanza —le contestó uno de los conductores, que continuaron hablando en yaqui entre ellos. El camión se hundió y se bamboleó dentro de una larga grieta en la oscuridad.

Vasconcelos les confesó a sus amigos:

—Esto me huele a gato encerrado.

El camión comenzó a ascender forzadamente por algo escarpado, de rocas quebradas, rodeando lentamente una enorme sombra negra. La máquina comenzó a zumbar y a hacer ruidos de matraca en ese ascenso tan inclinado. El armatoste mismo rechinó y debajo del piso crujió algo, muy duro.

—Licenciado… —le murmuró Juanito.

—¿Sí, Juanito? —y miró hacia todos lados. De un lado había una pared de rocas y del otro puras estrellas. El camión comenzó a resbalar-

142

se hacia atrás y hacia fuera del peñasco. Doña Sofi le prendió las uñas a Vasconcelos en el muslo. Comenzó a rezar en silencio.

—Doña Sofi —le preguntó Vasconcelos—, ¿usted conoce a los señores que nos están llevando? ¿Sabe a dónde nos llevan?

—No, licenciado —se alarmó ella—. ¿No los conoce usted?

Vasconcelos volteó a ver a Herminio Ahumada, quien le dijo:

—Me dijeron que se los mandó el gobernador. Me enseñaron unas credenciales.

—¿El gobernador? ¿No los conseguiste tú?

Las llantas comenzaron a patinar sobre tierra pulverizada hasta adherirse a una dura roca que raspó y tronó algo en la base del camión. La escalaron y se reinició el ascenso hacia lo desconocido por una delgada y fracturada cornisa que subía la montaña como la rosca de un tornillo.

En lo más alto de esa roca del desierto el camión resbaló unos cuantos metros de grava hasta descansar al borde de una resbaladilla de piedra que daba a la boca de una enorme cueva. Frente a la entrada se levantaba un poste de luz, con un foquito azulado parpadeando en lo alto.

Se hizo un silencio abismal. A lo lejos se percibía algo como animales.

Juanito miró hacia todos lados y murmuró:

—¿Alguien más tiene la sensación de que algo aquí ya valió madres?

El ingeniero Méndez Rivas se llevó la mano a la bolsa del saco y lentamente sacó un objeto metálico: su pistola.

—Licenciado —le susurró mirando hacia fuera—, nunca voy a permitir que lo torturen, ni tampoco que humillen sus restos. Antes lo mato a usted y me mato a mí.

—¡Ay, Santa Madre de Dios! —gimió en voz baja doña Sofía— ¿Qué está pasando, licenciado? ¿A dónde estamos? ¿Por qué están sacando pistolas?

Uno de los indios yaquis volteó hacia todos y les dijo:

—Bájense aquí. Las manos en alto. Pásame el machete —le dijo a su compañero y le susurró—: *¡Empo pipimim tenku!* —y se carcajeó. El compañero se bajó soltando una risita y abrió con un rechinido la puerta trasera de la caja del camión.

—*"Empo pipimim tenku…"* —se dijo a sí mismo y negó con la cabeza—. Bájense —y le ofreció la mano a la gordita Sofi—. Las manos arriba, señora. No grite.

Todos descendieron con las manos en alto. Los dos yaquis los guiaron con sus machetes. Caminaron en esas piedras que crujían bajo los zapatos y los colocaron en un borde que daba a la gran boca de la cueva, debajo del foco parpadeante.

Vasconcelos miró hacia arriba, hacia las mariposas nocturnas que revoloteaban en la luz.

—Tal vez ya valió madres —le dijo a Juanito—, pero esto lo vamos a controlar.

—¿Controlar, licenciado? —y miró hacia su alrededor mientras los hombres se decían cosas en yaqui, atentos a la entrada negra de la caverna.

En la oscuridad de la cueva oyeron el crujir de ramas y notaron brillos de ojos que avanzaban hacia el frente. Comenzaron a salir figuras humanas.

—Licenciado... —susurró Juanito y forzó la vista para distinguir. La señora Sofi dijo:

—¿Qué está pasando, licenciado? ¿Quiénes son estas personas?

Las figuras salieron de lo negro y les dio la luz del foco en las cabezas. Eran militares. El ingeniero Méndez Rivas entrecerró los ojos.

—En verdad valió madres...

Vasconcelos sintió que se le paralizó el corazón.

—Vienen a fusilarnos —susurró Juanito—. Se acabó la campaña, licenciado —y comenzó a bajar los brazos.

Uno de los yaquis le gritó:

—¡No baje las manos, cuidado con las culebras! —y levantó el machete.

De los militares se adelantó uno hacia el poste. Era un coronel de muchas insignias, y se cuadró frente a Vasconcelos. Debajo del foco se le distinguían apenas los rasgos duros y cadavéricos de sus mejillas.

—¡Licenciado! —le gritó en tono chirriante— Estamos aquí representando a un sector muy grande del ejército mexicano, arriesgando nuestras vidas y las de nuestras divisiones, decidiendo este encuentro sin el consentimiento ni conocimiento de la cadena de mando representada por el general secretario de Guerra Joaquín Amaro. Representamos a generales y coroneles de diversos regimientos y zonas militares de la República que lo apoyaremos a usted en todo lo que haga, para que se convierta usted en el nuevo presidente de México como resultado de las próximas elecciones federales, y para que usted modifique el estado de cosas que vive la nación en este momento, a cambio de una sola condición.

Vasconcelos trató de discernirle la cara bajo la luz, pero la sombra de la visera se la ocultaba. Detrás del coronel había sargentos, tenientes, mayores y elementos de otros rangos, pero todos los rostros estaban sumidos en la penumbra.

—Y esa condición... ¿cuál es? —le preguntó Vasconcelos.

—Que ya no retroceda.

Vasconcelos lo miró fijamente.

—Eso no me lo tiene que decir —le sonrió—. No tengo pensado retroceder.

—Licenciado —le dijo el coronel—: desde este instante usted ya no puede permitirse un solo momento de vacilación, o morirán millones.

Guardó silencio.

—Comprendo... —le dijo Vasconcelos.

—No, licenciado, usted no comprende. Lo que usted está iniciando ocasionará un cambio irreversible. El pueblo en todo el país está comenzando a levantarse con sólo escuchar su nombre. Tenemos las pruebas, los informes, los datos inequívocos que lo confirman. Van a votar por usted. No hay un solo político que el gobierno imperante pueda enfrentarle a usted electoralmente y que pueda vencerlo, pero se va a perpetrar un fraude, un fraude de dimensiones colosales. El ejército mismo va a ser llamado para sofocar a la población enardecida el día de las elecciones. El plan para esta operación ya está previsto. Licenciado: los que controlan al país no van a permitir que usted gane. El curso de México ya fue decidido en los Estados Unidos.

Vasconcelos guardó silencio un instante y miró a quienes lo acompañaban. Los indios yaquis batían suavemente sus machetes para alejar a las sabandijas.

—¿Y ustedes van a apoyarme? —le preguntó Vasconcelos al coronel.

El coronel se adelantó un paso y le dijo en un tono contenido:

—Licenciado: desde que usted anunció su proyecto político en Nogales, y lo anunció al país, e inició su marcha hacia el centro del territorio de la República puso una gran rueda en movimiento. Ya no se trata de un movimiento político ni de una campaña política. Como tales, usted será destrozado. Esta iniciativa que usted ha despertado sólo va a triunfar si se convierte en una operación militar, con una planificación estratégica y con una Táctica Militar Única de Prevalencia.

—¿Táctica Militar Única de Prevalencia...? —y miró a Federico Méndez Rivas, quien se encogió de hombros. El coronel le explicó:

—Significa prevalecer sobre la fuerza que se le opone. Supresión. Un plan de acción único, creado única y exclusivamente para la supresión de este enemigo, en esta circunstancia; con recursos y movimientos únicos y específicos que sean completamente desconocidos para el enemigo.

Vasconcelos asintió lentamente.

—¿Podría explicármelo? —le sonrió.

El coronel lo tomó por los codos y le sonrió también.

—Licenciado Vasconcelos, tenemos exactamente lo que usted necesita —y por detrás se le aproximó un soldado que venía cargando una tabla con un documento ensartado, el cual decía TA-MUP 5 OPERACIÓN FUSIÓN.

64

En una tienda de lona alguien leyó las palabras TA-MUP 5 OPERACIÓN FUSIÓN y enrolló el documento. Lo metió dentro de un tubo de madera y lo extendió a un joven cristero llamado Ramón López.

—Llévenle esto a Gorostieta —y arrancó el sucio micrófono del aparatoso cajón de onda corta que tenía junto a sus cobijas. Oprimió el botón y dijo—: el licenciado Vasconcelos va a bajar por los estados del occidente: Sonora, Sinaloa, Nayarit y Jalisco. De ahí hacia la Ciudad de México. Podemos arreglar su encuentro con Simón Barrón antes, en el punto Centro. Avisen a la agente Apola Anantal que lo lleve al campo Mixcoac-Pirámide. Que ahí los recojan los aviones Sikorsky.

Reinsertó el micrófono en el aparato y abrió el cofre de latón rojo que tenía junto al equipo de emergencias. Sacó cinco granadas, les sopló y se las insertó una a una en el cinto. Gritó:

—¡Difundan la instrucción de Gorostieta! Llamen a todos los regimientos del occidente de México y convóquenlos a la reunión estratégica en Tepatitlán, Jalisco. Que las chicas de la Resistencia también convoquen ahí a las líderes de las redes de Jalisco, Colima, Michoacán, Guanajuato, Durango y Zacatecas. Es hora de que vuelvan a encontrarse con Simón Barrón. El futuro comienza a cambiar a partir de este instante.

65

Caminamos en la casi completa oscuridad dentro del edificio de Bucareli 85, el "Bucareli Hall", que no era más que un laberinto de salones abandonados. Por los ventanales laterales de los corredores entraban rebanadas de luz nocturna. Los plateados tacones de Apola Anantal provocaban ecos en las paredes pelonas. Ella se encaminó hacia el interior de un salón que tenía al fondo un cuadro perturbador. Al centro del salón se veían claramente las manchas de las patas de una larga mesa que debió de estar ahí alguna vez.

—Aquí fueron firmados los Tratados de Bucareli —nos dijo Apola.

—¿Cómo sabes eso, mamá? —le preguntó Dido Lopérez.

—Porque Charles Beecher Warren describió este cuadro —y señaló la pintura fea—. Charles Beecher Warren y John Barton Payne firmaron los tratados por parte de los Estados Unidos. Por parte de México los firmaron Ramón Ross y Fernando González Roa, quienes luego perdieron sus facultades y fueron vistos en estado decadente gritando que México había sido vendido a los Estados Unidos como Panamá. El señor González Roa ha entrado en una condición clínica de amargura. Todo esto ocurrió apenas hace cinco años.

—¿Qué dicen los tratados? —le preguntó Dido.

—Los tratados son parte de una negociación muy compleja y muy sombría que permitió a Álvaro Obregón y a Plutarco Elías Calles llegar al poder. Todo tiene que ver con el petróleo de México.

—¿Pero qué dicen los tratados? —se desesperó Dido.

Apola nos explicó:

—La razón para la firma de estos tratados es la misma por la que el presidente Venustiano Carranza fue asesinado tres años antes, y el autor de ese asesinato fue Álvaro Obregón. Obregón fue requerido para ello por otra persona, desde los Estados Unidos.

Dido levantó la bolsa de Ultramarinos La Sevillana y le habló a la bolsa misma:

—¿Es verdad esto, carbón? ¿Tú mataste a Venustiano Carranza? —y le pegó al frasco que iba dentro— ¡Confiesa!

—No lo vayas a romper.

—Tú cállate, carbón.

Apola continuó:

—Los Estados Unidos ya no querían a Venustiano Carranza porque había permitido que se incluyera en la nueva Constitución de México un artículo, el 27, en el que se decía que el petróleo de México iba a ser propiedad de los mexicanos. Esto alarmó a los jefes de dos corporaciones petroleras mundiales, una de Europa y otra de los Estados Unidos. Simplemente dijeron: "Quiten a ese sujeto".

—¿Por eso mataron a Carranza? —le pregunté.

Me miró muy seria y me dijo:

—No puedo creer que no lo recuerdes, Simón. Tú estuviste ahí. Tú fuiste parte de todo eso.

Me rasqué la cabeza.

—¿De veras?

Ella siguió:

—Lo primero que hicieron los Estados Unidos fue esperar a que terminara su guerra contra Alemania. En 1919, ya concluida, dijeron: "Plan: recuperar el petróleo de México", y tenía dos pasos. Uno: eliminar a Carranza. Dos: eliminar el Artículo 27. Se planeó un movimiento llamado Operación Dickson, respaldado por el senador Albert Fall y secretamente promovido por el mismo presidente de los Estados Unidos, Woodrow Wilson. Pero fue más fácil apoyarse en un subordinado del propio Carranza para matarlo: el general Álvaro Obregón. Obregón se proclamó en rebeldía contra Carranza y luego, con el respaldo de los Estados Unidos, lo hizo acribillar en una sierra.

—Eso es no tener madre —dijo Dido Lopérez y le gritó a la bolsa—: ¡Eso es no tener madre, carbón! ¡Y si te sales de esta bolsa para matarme en la noche, te hechizo!

—Así fue como llegó Álvaro Obregón a la presidencia —continuó Apola—, pero los Estados Unidos no confiaron en él. Era infantil yególatra, y podía ponerse rejego. Para amarrarlo, el día en que tomó el poder no lo reconocieron legalmente como presidente de México. Dijeron que había llegado por un golpe de Estado y ningún país le prestó dinero. Comenzó una crisis profunda. Obregón comenzó a ahogarse en la silla presidencial ante un país arrasado y en bancarrota por la Revolución. Comenzaron a levantársele sus generales para derrocarlo y Obregón sintió miedo. Tuvo que pedir misericordia a los Estados Unidos.

—¡Diablos...! —y miré las marcas en el piso— ¿Qué fue la "misericordia"?

Apola arqueó las cejas y miró el piso.

—Lo hicieron firmar los tratados —y guardó silencio.

Permanecimos callados y miramos a nuestro alrededor. Dido le gritó:

—¡¿Qué dicen los tratados?!

—Primero —nos dijo Apola—, se comprometió a pagarles a los Estados Unidos 267 millones de dólares por los daños que ellos sufrieron con la Revolución mexicana. Este año el secretario de Hacienda, Luis Montes de Oca, le pagó a Thomás Lamont de los Estados Unidos cinco millones de dólares de los impuestos de los mexicanos. Esto es cada año.

—Un momento —le dije—: ¿los Estados Unidos nos cobraron a nosotros por los daños que sufrieron ellos por la Revolución?

—Sí, Simón. Te repito: 267 millones de dólares.

—No puedo creerlo. He olvidado muchas cosas pero... —y me toqué el chichón de mi cabeza— Recuerdo perfectamente una: la Revolución mexicana no fue planeada en México.

—Así es, Simón. La planearon en los Estados Unidos, y la compañía petrolera Standard Oil contrató al agente especial Sherbourne Gillette Hopkins para organizar a los grupos guerrilleros de México que derrocaron a Porfirio Díaz. Todos recordamos cómo hiciste esta investigación llamada *Secreto 1910*.

Le grité:

—¡Mataron a dos millones de personas! ¡Destruyeron a México! ¡Deberíamos cobrarles nosotros! ¡Vamos a cobrarles ahorita! ¡Veinte mil millones de dólares por despedazar a México!

Dido saltó y, señalando hacia las paredes vacías, gritó:

—¡Todos, sin excepción, son unos pinches putos!

Apola nos miró fijamente y negó con la cabeza:

—No ganan nada enojándose, muchachos. Ése ha sido siempre el problema de los países como el suyo. Deben comenzar a divertirse con todo esto. Es un juego —y nos sonrió—. Nada más. Y en este juego gana el que es más listo. Lo que siempre les ha faltado es un servicio de contraespionaje.

Se me aproximó y me puso suavemente las manos en las sienes. Me masajeó lentamente y me susurró:

—Nunca odies a tus enemigos. Mejor destrúyelos.

Me hizo sonreír. Hasta el enano me sonrió. De pronto estábamos riendo y hasta carcajeándonos. El enano me señalaba y se reía de mí.

—¡Destrúyelos! —me gritaba y se ponía a reír. Yo me reía sin saber por qué. Apola se tapó la boca y le lloraron los ojos por la risa. Nunca supimos qué la provocó.

Luego Apola se puso seria. Se secó las lágrimas y me dijo:

—Pero hubo algo más, Simón, algo mucho más oscuro y profundo... y se firmó aquí mismo, en este salón... —y revisó el techo con la mirada.

—¿Qué?

—Simón: la verdadera condición que le exigieron a Álvaro Obregón para que pudiera quedarse en el poder "para siempre"... —y tragó saliva—, fue que les vendiera el recurso más valioso de México... el tesoro subterráneo de miles y miles de millones de toneladas de combustible que podría haber llevado a México a la grandeza en el mundo, como lo soñó Bernardo Reyes: el petróleo. Obregón firmó aquí la supresión de los efectos del Artículo 27.

Me hizo pestañear.

—¿Qué?

—Se acordó secretamente, a espaldas del pueblo de México, la no-retroactividad del Artículo 27. Las transnacionales que habían obtenido sus concesiones antes del primero de mayo de 1917, cuando se firmó la Constitución, se quedarían para siempre para extraer el petróleo de México. Y por eso siguen aquí. Calles estuvo de acuerdo.

—Diablos... —pensé, y maldije a esos traidores— ¿Así que eso son los Tratados de Bucareli? ¿La traición a México?

—Sí, Simón. Son el pacto para que Álvaro Obregón y su protegido Plutarco Elías Calles pudieran estar en el poder en tu país. Todo este régimen está erigido sobre la traición a México, pero hay algo peor.

—¿Más?

—Se llama Plan Día Cero. Es uno de los Documentos R.

—¿Día Cero? ¿Qué diablos es Día Cero?

—Está en los Documentos R. Por eso tenemos que encontrarlos.

—¿Pero qué dicen?

Apola se acercó al cuadro horroroso de la pared y le pasó los dedos por encima.

—¿Crees tú que los Documentos R y la Cabeza de cristal estén ocultos justo detrás de esta pintura, detrás de todos estos símbolos demoniacos?

Me horrorizaron las figuras plasmadas por algún psicópata en el lienzo. Comencé a sentir un frío muy profundo entrarme al cuerpo; algo chirriante, algo lleno de temor. Observé las paredes silenciosas. Cerré los ojos y me aproximé al espeluznante cuadro de la pared, pero Apola me detuvo con la palma en mi pecho:

—Simón: al parecer México va a permanecer como reserva. Las perforaciones de las compañías inglesas y americanas sólo han sido rasguños. Ya lo acordaron. La vastedad petrolífera subterránea está intocada y va a permanecer intocada. Van a ocultar sus dimensiones para usarlas ellos cuando llegue el Día Cero.

—No te entiendo.

—Por eso necesitan aquí un gobierno de ineptos que los obedezcan. El tesoro pérmico de México va a permanecer como reserva para ese día que los americanos han llamado Día Cero.

—¿Cuándo será ese día?

—Tenemos que encontrar el documento —me insistió—. Es una orden secreta del Departamento de la Marina de los Estados Unidos

—¡Entonces déjame quitar esta maldita pintura! —y traté de esquivarla.

—¡Oye, no le grites así a mi mamá! —me aferró el enano por la pierna. Apola me sujetó del cuello entre sus plateadas uñas y me dijo:

150

—¡Cálmate, Simón! Hay algo aún peor.

—¿Aún peor? —y le retiré la mano que me estrujaba la garganta— ¿Qué es lo aún peor?

—La tercera condición secreta la firmó Plutarco Elías Calles. Esto no lo sabe ningún mexicano. El senador Francisco Field Jurado fue asesinado por esto.

—Bueno, dime.

—Es el convenio Morones-Calles, diseñado por Samuel Gompers en los Estados Unidos.

—¿Qué dice?

Apola se volvió hacia la pintura infernal y comenzó a acariciarla con los dedos.

—Debe de estar aquí, detrás de estas entidades deformadas... —y entrecerró los ojos— ¿Quién fue el enfermo que hizo esto...? —y me volteó a ver— Simón: el convenio Morones-Calles es la clave de todo lo que está pasando.

—¡¿Qué dice?!

—Simón, debes aprender a controlarte. Sé paciente. Respira profundo —y cerró los ojos.

—¿Yo también, mamá?

En el exterior del edificio, cuatro sujetos de traje naranja, con máscaras y equipos de respiración, silenciosamente abrieron la puerta con un sistema de agujas. Se metieron jalando una manguera metálica.

66

Tomé aire, como me indicó, y le grité:

—¡¿Qué dice el maldito convenio?!

Apola se volvió hacia la pintura y con el dedo acarició los bebés con escamas y fauces diabólicas, y luego el poste en llamas, y luego las figuras mordiendo cabezas humanas.

—El convenio Morones-Calles —me dijo Apola— lo firmó Plutarco hace cuatro años, el 29 de noviembre, dos días antes de tomar posesión como presidente de México, junto con Samuel Gompers, que vino desde los Estados Unidos para supervisarlo.

—¿Qué dice el convenio?

Me miró y me dijo:

—Apartado 1-C: "c) Disolver paulatinamente el ejército nacional un año después de haber tomado posesión de la presidencia". Apartado 2-C: "Organizar militarmente a los sindicatos de obreros para, llegado el caso, suplir al llamado ejército nacional".

Me dejó perplejo.

—Déjame ver si te entendí —le dije—. ¿Disolver el ejército nacional? ¿Estás hablando en serio? ¿Los Estados Unidos quieren eliminar el ejército mexicano, que no tengamos ejército?

—No sólo eso: quieren que las nuevas fuerzas armadas de México sean batallones obreros de la CROM y que obedezcan las órdenes que dicte Samuel Gompers desde los Estados Unidos.

—¡Dios! Dime que estás bromeando.

—Estoy bromeando —y me frunció la nariz.

—¡No es cierto, Apola! —le dije— ¡No puede ser cierto!

—Para el cumplimiento de esos puntos —prosiguió— le pidieron a Plutarco Calles que nombrara como secretario de Guerra a un general cruel pero sin méritos, para que él desintegrara a las fuerzas armadas, y Plutarco Elías Calles ratificó al conocido como "Indio Amaro". En cuatro años ese secretario de Guerra redujo los efectivos de 100 mil hombres a 53 mil y promulgó las nuevas leyes del ejército del 15 de marzo de 1926.

—¿Te refieres a Joaquín Amaro?

—Simón: en este momento de la historia tu país, como nación, no tiene el poder de defensa para protegerse de un ataque exterior. México está indefenso. Así es como lo querían los Estados Unidos. México ya es una colonia para la explotación de recursos naturales.

Miré las paredes del Bucareli Hall.

—¡Qué pinche horror! —murmuré en voz alta y caminé por el salón— ¡Qué pinche horror, de veras! —y miré el cuadro de los bebés con cuernos— ¿Cómo es posible que tengamos estos políticos? ¿Por qué si somos un país de millones de seres humanos, dos personas traidoras tienen el poder de vendernos a todos como ovejas a los lobos?

—Porque esos millones de personas no saben qué hacer —y me sonrió.

El enano Dido Lopérez se arrodilló y gritó al cielo:

—¿Dios mío, por qué siempre nos pones en situaciones k-gantes?

Apola acarició el poste que ardía como columna en ese paisaje infernal y me dijo:

—Hace cuatro años, el 20 de marzo, Plutarco Elías Calles recibió una carta de Ernest Gruening, un amigo de Samuel Gompers y de John Dewey, quien le escribió lo siguiente desde Nueva York: "Mi querido general Calles: el próximo paso que hay que dar, después de haber hecho una limpieza completa, es eliminar al ejército. Esto tal vez no sea posible antes de la elección, pero es algo que debe hacerse pronto, después de ésta. La misión del ejército no es proteger al país contra una invasión extranjera, sino contra su propia rebeldía. El método más práctico es reducir el ejército a un núcleo, un núcleo movible, tan pequeño que, en caso de sublevación, pueda reducirla".

Me le paré enfrente a Apola y le pregunté:

—¡¿Es verdad lo que estás diciendo?! ¡¿El presidente Calles acordó con extranjeros dejar indefenso a México!?

Me miró seriamente y me dijo:

—Es verdad, Simón. No lo estoy inventando. Con Bernardo Reyes México estuvo a punto de tener un ejército como los de las grandes potencias. Lo desmantelaron. Las cartas deben de estar justo aquí, detrás de esta pintura —y la acarició lentamente—. Son los Documentos R.

Me acerqué para quitar el cuadro pero Apola me detuvo.

—Tranquilo, Simón. Esto comenzó mucho tiempo atrás. Los Estados Unidos han estado preparando a México para convertirlo en un campo de explotación de recursos: la Petrozona Pérmica Iapetus. Es un proyecto muy antiguo. Su planeación comenzó desde antes de la independencia misma de los Estados Unidos. Es parte del proyecto mundial de Thomas Jefferson y James Monroe. Monroe fue masón de la logia Williamsburg Número 6 de Virginia. Lo mismo va a ocurrirles a otros países. Todo el mundo va a ser un campo de explotación petrolífera. La gente va a ser esclavizada sin saberlo. Se llamarán Zonas Laborales Controladas.

—¡Santo Dios...!

—Utilizarán a políticos absorbidos por las logias como Plutarco Elías Calles y dejarán a esas naciones sin ejército. Lo que ahora quede del ejército de tu país ya no va a servirle a México para defenderse, sino a los Estados Unidos como policía local para reprimir a la población de la petrozona. Eres tú quien me dijo el contenido de esta carta hace tres meses.

Me dejó pasmado. Me rasqué la cabeza.

—Es terrible no recordar lo importante que soy —y le sonreí.

—También me revelaste el contenido de la carta del 18 de abril de hace seis años, en la que Samuel Gompers le dice a Plutarco Elías Calles, en aquel momento secretario de Gobernación: "Mi querido general: creemos en la conveniencia de que no se haga mención del *statu quo* existente entre los gobiernos de nuestros dos países".

Permanecimos en silencio. Apola pegó su cara a la mía y me susurró:

153

—Hay un elemento más profundo por debajo de todo esto. Tú lo sabes, Simón, pero no lo recuerdas.

—Ya dime.

—Un agente llamado Jorge Hirschfeld fue el asesor clave para colocar a Plutarco Elías Calles en la presidencia de México por parte de los Estados Unidos. Hirschfeld es maestro de la Gran Logia Mexicana, masón de grado 33. Lo colocaron aquí para ejecutar la Directiva Roosevelt. Él le dijo a Calles que destruyera a la Iglesia católica y que creara la "Iglesia Católica de México", separada del Vaticano, controlada por la masonería, y que el patriarca fuera un masón llamado José Joaquín Pérez Budar. Decretaron quitar el vino en las ceremonias y remplazarlo por mezcal. El proyecto no tuvo éxito. La gente quemó el templo. México es católico.

—Diablos...

—Plutarco Calles quería los 80 millones de pesos que anualmente se van hacia el Vaticano, pero los Estados Unidos deseaban tener el control. Comenzó un proyecto muy poderoso de evangelización anticatólico. Sembraron en México iglesias protestantes. El proyecto general se conoce como Directiva Roosevelt. La intención es remplazar a la religión católica en toda América Latina para su absorción cultural por parte de los Estados Unidos.

—No entiendo. ¿Para qué remplazar la religión?

—Para controlarte a ti —me sonrió—. El que controla la religión controla la mente. Y el que controla la mente controla a la gente.

—Eres muy buena para enseñarnos cosas, mamá —afirmo Dido, maravillado.

—La religión católica es lo único que unifica a todo un bloque del mundo: todo el sur de Europa, toda América Latina, Irlanda, Georgia, Polonia, Filipinas, muchos países de África. Diecisiete por ciento de la población del mundo es católica. Todas esas personas aceptan la autoridad espiritual del Vaticano. Es un punto de control. Es un enemigo extremadamente poderoso para quienes controlan el mundo.

—Diablos... —susurró Dido— ¿O sea que ahora nos quieren cambiar la religión para dominarnos?

—Desde luego —nos dijo Apola—. Pero esto no es cosa de los protestantes. Los protestantes son tan víctimas de todo esto como nosotros, pues lo que viene es una guerra mortal en las calles, operada desde arriba. Van a poner a hermanos contra hermanos, hijos contra sus padres, esposos contra sus esposas, hasta que la sociedad esté completamente dividida por la religión, en guerra contra sí misma, todos matándose y

154

gritándose: "Yo tengo el verdadero Dios, tú eres mi enemigo". Y en ese momento, tu país está en guerra civil: las fuerzas del exterior han prevalecido. Lo han hecho en otros países.

—¡Dios! —susurré.

—Simón —me dijo ella—: la gente siempre es buena, en todas las religiones, en todas las épocas. El problema siempre son las élites, los patriarcas, los que controlan las cosas desde arriba. Sus intereses no son espirituales: es el dinero, el control de la gente, de la mente. Dios no tiene nada que ver con nada de esto. Esto es maldad humana. Los católicos invadieron este país hace cuatrocientos años y lo hicieron de la misma manera. Dijeron que la religión de los aztecas era satánica. ¿Tú crees que era satánica? ¿Tú crees que el rey de España quería catequizar a alguien?

Dido susurró:

—¿Puras mamadas...?

—Así es, pequeño. El rey quería el oro. Así ha sido siempre.

Dido Lopérez miró el piso y murmuró:

—Por eso yo he sido católico, judío, protestante y todas las demás cosas, y además no creo en nada.

Apola le sonrió y le acarició la cabeza:

—¿De verdad, pequeño? ¿Cómo le haces para ser todo eso y no creer en nada?

—Yo sólo creo en la religión de Dios.

Apola lo miró entrecerrando los ojos:

—¿Religión de Dios...?

Dido le sonrió:

—Pronto lo sabrás, mamá. La Religión de Dios somos nosotros.

Yo le pregunté a Apola:

—¿Entonces eso es lo que quieren? ¿Que estalle una guerra de autodestrucción en México? ¿Que las familias se rompan desde dentro?

—Simón: esto ocurrió hace cuatrocientos años en Europa, en 1529. Europa estaba unida por la religión católica y el centro era Roma. La figura que los unificaba a todos era el Santo Padre, aunque en algunos casos fuera un corrupto. Pero había unas fuerzas que desde hacía mucho querían despedazar a Europa, y esos casos de corrupción en el Vaticano fueron el pretexto perfecto. La guerra estalló en 1529 y duró la mitad de un siglo. Se derrumbó el Imperio alemán. Murieron una de cada tres personas en una guerra de religión que devastó las tierras y la actividad económica. Europa se hundió en sangre. Inglaterra, Francia y España comenzaron a perseguir y quemar a quien fuera de la religión enemiga, aunque eran la misma: el cristianismo.

—¿Qué fuerzas querían despedazar a Europa?

Me señaló y me dijo:

—Las mismas que quieren despedazar ahora a tu país —y me tomó por los antebrazos—. Simón: es un mismo grupo, una misma familia, un clan muy cerrado, oculto y extremadamente compacto que comenzó a modificar al mundo desde hace cuatrocientos años.

—¿Quiénes? ¿Los masones?

—Aún no lo has comprendido, Simón. Esto es mucho más complejo. Los masones nunca han sido la causa. Son sólo uno de los efectos, una de las ramas.

—¡Ya ves! —me gritó el enano— ¡Te dije que eras un pinche pendejo! —y me aventó su nariz de payaso a la cara. Agarré la nariz y lo miré con odio.

—No te entiendo —le dije a Apola—. ¿Cuáles son esas fuerzas? ¿Quién es esa familia?

Caminó con las manos en la cintura.

—Esto es muy antiguo... —y me miró— ¿Me creerías si te digo que Europa nunca fue una sola?

—A ver, dime.

—La división se extiende hasta lo más profundo del pasado, hasta las zonas sin registros de la prehistoria.

—¿¡De qué hablas?!

Me volvió a sujetar por los antebrazos:

—¡Simón: hubo una confederación de clanes que descendieron desde los glaciares del norte, decididos a apoderarse de todo! ¡Éste es el proceso que estamos viviendo! Desde entonces el plan se ha estado ejecutando en silencio. Todo es parte de un mismo proyecto.

—¿Qué dices? ¡Habla claro!

—¡No le grites a mi mamá!

—¡Simón! —exclamó Apola—: ¡se trata de dos idiomas, dos grupos raciales completamente distintos; dos orígenes, dos civilizaciones que surgieron por separado!

—¿¡Quiénes!?

—¡Los pueblos del hielo y los pueblos del sol! ¿Me comprendes ahora?

Incliné la cabeza.

—¡No! ¡No te comprendo! ¿De qué demonios hablas? ¡Cuéntamelo como si fuera un niño!

Me sacudió por los brazos y siguió:

—Simón, ponme atención. Necesito que seas tan inteligente como lo has sido antes. Ellos creen que son superiores. Ellos creen que deben destruirnos. Ésa es su visión cósmica del mundo. Cuando Lutero denunció la corrupción del papa, el rompimiento ya estaba decretado. Lutero fue el pretexto, el detonador, como aquí lo fue Madero. Ellos lo planearon. Uno de los príncipes del norte de Europa, Federico III de Sajonia, preparó a Lutero dentro de la Universidad de su protectorado, la Universidad de Wittenberg Saxe; lo impulsó secretamente para propagar su manifiesto de rebelión contra Roma por el que se creaba una nueva religión protestante para todo el norte de Europa; lo protegió en su castillo y lo escondió de los enviados del Vaticano y del propio emperador de Alemania, Carlos V. Secretamente le pidió a Lutero que redactara la nueva Biblia germánica sajónica que rompiera todos los lazos con el Vaticano y que creara una visión satanizada del papa, que es la imagen que hasta ahora han seguido difundiendo los medios mundiales. En el momento oportuno todo estalló: Federico III de Sajonia se levantó con una legión de principados germánicos rebeldes, armados con un ejército mancomunado de doce mil soldados: Sajonia, Schmalkalden-Turingia, Hanover-Westfalia, Hesse, Anhalt, Württemberg, Pomerania, Augsburgo, Francfort, Kempten y Brandenburgo. Se les unieron todos los Estados glaciares de razas germánicas del norte: Suecia, Dinamarca, Inglaterra y todos los Estados del norte de Alemania. Todos ellos se levantaron contra Roma y contra la misma Alemania, en una guerra contra el resto de Europa. Dijeron que toda la Europa del sur era inferior y que debía ser conquistada por los sajones. Llamaron a príncipes y banqueros de toda la Europa del norte para que se unieran a la Gran Liga de Schmalkalden, Saxum, un nuevo metapaís sobre la faz de la Tierra: el país de raza aria, el imperio de los sajones. ¿Te parece que alguna vez esto tuvo que ver algo con Dios?

Aspiré hondo.

—Ya estaba todo planeado, Simón —continuó ella—. Los países glaciares ya tenían su propio sistema de comercio: el Sistema Comercial del Mar del Norte y el Sistema del Báltico, llamados Liga Hanseática y Unión de Kalmar. Federico III de Sajonia sabía lo que estaba haciendo, él sólo fue la cabeza. No era él quien había concebido el proyecto. Envió agentes como Thomas Cromwell a Inglaterra para hablar con el rey Enrique VIII, rebelarlo contra el papa y crear la Iglesia anglicana. Envió agentes a Francia llamados hugonotes para levantar al pueblo contra el Vaticano. Y en su castillo de Schmalkalden, en secreto, su sobrino Juan Federico de Sajonia le pidió a Lutero que redactara los Artículos de la Liga de Schmalkalden, la nueva confesión que ahora debían firmar los reyes y los pueblos del norte de Europa, destruyendo el poder del papa y declarando la nueva lealtad a la Casa de Sajonia por medio de un truco en el primer artículo, aparentemente religioso. El proyecto había sido concebido hacía seiscientos años.

—Entonces lo de Lutero... —le pregunté— ¿Todo fue una mentira?

—En lo más mínimo —me miró—. Fue completamente verdad. Había corrupción en el Vaticano. Lutero fue un buen hombre, igual que Madero. La pregunta es: ¿qué ocurrió realmente? ¿Se resolvió algo? ¿Quién vive hoy con las consecuencias de lo que acabó sucediendo? ¿Quién domina hoy el mundo en el que tú vives? ¿Cuántos seres humanos, cuántas naciones viven hoy esclavizadas por los países sajones?

—Pues...

—Simón: en mi mundo no importan los discursos ni las mentiritas, sólo las consecuencias. La Liga de *Saxum Schmalkalden* marcó el giro hacia la época que estamos viviendo: los pueblos del hielo iniciaron la colonización final del mundo. Hoy toda África es como un campo de cercas electrificadas donde los que han vivido ahí por miles de años son explotados y torturados como animales. Sus ríos están siendo secados y sus bosques arrasados; toda su riqueza está siendo arrancada y transportada en barcos a la Europa germánica para convertirse en dinero que se transforma en más ejércitos de colonización. La India, los puertos robados a China, los países de Latinoamérica como Brasil, Argentina, México, Colombia y Venezuela son campos de explotación donde tratan a los pueblos como razas inferiores. Se presentan como modernizadores, como benefactores y hombres fieles a Dios. ¿No es un engaño? Así lo planeó Federico III de Sajonia. Mientras "liberan países" les siembran revoluciones, golpes de Estado, movimientos subversivos como el de los masones, propaganda secreta, antinacionalismo, violencia entre cultos, credos y familias; les inyectan armas en secreto para sembrar la división, la confusión y la guerrilla. Financian con armamento a mafias criminales para que se viva en esos países con miedo. Es la destrucción desde dentro. Succionarán los recursos de estos pueblos hasta que ya no quede nada más que tierras áridas manchadas de sangre y una hambruna que se propagará a todo el mundo como nunca se vio en toda la historia, porque todo esto es la cosmovisión de los pueblos del hielo. Se llama Ragnarok.

—¿Ragnarok?

Apola me miró en una forma que jamás voy a olvidar. Me dijo:

—Devastación, dominación y supremacía. La esclavización final del mundo.

Dido infló el pecho y miró hacia el cielo. Gritó:

—¡Qué pinche horror! ¡De veras, qué pinche horror!

Le dije a Apola:

—¿Cómo es posible que algo como esto se halle oculto a tanta gente?

Dido se colocó en medio de nosotros y le dijo:

—Es verdad. ¿Cómo es posible que yo no supiera nada de esto?

Apola le sonrió y le acarició la cabeza:

—Pequeño: la mayor arma para destruir y esclavizar a un pueblo es borrar la historia. Éste es el nuevo mundo que crearon y en el que vivimos. Si quieres volver a ser libre, primero tienes que librar esta guerra en el pasado y descubrir quién eres. La guerra por el futuro se librará en el pasado. Ellos están reeditando la historia del mundo y se la están dando modificada a los pueblos, para que tú creas lo que ellos siempre quisieron que creyeras, para que te quedes sin memoria, para que los veas a ellos como los salvadores del mundo, para que te les sometas y les des las gracias. Así lo planeó Federico III de Sajonia. Éste fue el plan desde un principio, antes que el propio Federico existiera. El pasado mismo está siendo modificado.

Me quedé paralizado. Apola acarició el cuadro de la pared y me dijo:

—Ahora sí, quítalo.

Me aproximé a la horrible pintura y con los ojos cerrados la tomé entre mis manos. La desmonté y caminé con ella hacia un lado. La dejé caer y sonó un crujido.

Apola miró la pared de arriba abajo y nos dijo:

—Qué decepción. ¿Verdad?

Sólo había un muro de yeso y un clavo. El enano le aseguró:

—La culpa de todo es de Simón Barrón y también de esta maldita mano —y levantó la bolsa de Ultramarinos La Sevillana.

Apola le explicó:

—No, pequeño, este frasco es una llave Bramah y estamos a minutos de utilizarla —y miró nuevamente el muro. Me apretó la mano y tomó impulso. Con el codo azotó tremendamente la pared. El yeso se hizo pedazos y Apola arrancó los trozos.

—Ayúdame, Simón.

Quitamos el yeso y descubrimos un hoyo. Apola abrió su bolso metálico plateado y sacó su pequeña linterna. Alumbró hacia dentro y todos nos asomamos. Al fondo había un símbolo esculpido en la roca: una gran columna con alas. Debajo se leía:

ENS VIATOR. AGENS IN REBUS. IRMINSUL SAX RESURGAM. NOVUS ORDO SECLORUM.

—¿*Ens viator...?* —le pregunté— ¿*Agens in rebus...?* —y miré la columna alada. Algo en mi mente acababa de despertar. Una serie de recuerdos sin forma se disparó desordenadamente en mi cerebro, como cuando se regresa de un sueño profundo. Vi un rostro, una imagen antigua, un sombrero de copa con una hebilla y debajo un anciano desfigurado: un duende maligno con ojos de pasa.

—Apola... —le dije— ...ya sé dónde está la cabeza... está en la embajada de los Estados Unidos.

—¿Perdón?

—La cabeza de cristal está en la embajada de los Estados Unidos.

67

Algo estalló detrás de nosotros. La luz, como un relámpago verde dentro de una explosión, iluminó el pasillo al otro lado del umbral por el que habíamos entrado. Por las ventanas que teníamos a nuestros costados entraron, haciéndolas trizas, cinco sujetos acorazados de negro, con las cabezas cubiertas con cascos antiguos de bronce. Saltaron de sus lianas y cayeron al piso como arañas, apuntándonos con sus ametralladoras.

—¡No se muevan! ¡Las manos en la cabeza!

Por el umbral entraron tres personas, también con corazas negras y cascos. Nos quedamos petrificados. Por un instante nadie dijo nada, ni siquiera ellos. Se limitaron a enfocarnos con sus miras. Respiraron a través de sus ventilas. Uno se le aproximó a Apola Anantal. Lentamente levantó el brazo y le colocó la palma frente a la cara.

Dido Lopérez y yo nos miramos. Me dijo:

—Nos entregó. Mi mamá nos entregó. Nos van a llevar a Revillagigedo. Nos van a torturar. ¿Podría decirse que ahora sí estamos jodidos? —y se puso nervioso— ¡Nos van a lastimar como al dibujante! ¡Simón! ¡Nos van a electrizar los huevos hasta que nos queden quebradizos! ¡Nos van a colgar de cabeza y nos las van a sumir en cubetas!

No le respondí. La situación permaneció igual. Sonaron ruidos metálicos en el equipo de los individuos de negro y comenzaron a apretarse alrededor de nosotros. Apola no pestañeó. Siguió el movimiento con los ojos y miró al hombre que tenía la palma frente a su cara.

Dido cerró los ojos y comenzó a murmurar en forma temblorosa:

—Esto no está pasando. Ya estuve antes en este mismo momento y siempre me acabo despertando. Siempre este maldito sueño recurrente.

¡Dios mío, por qué siempre me pones en situaciones k-gantes! ¡Yo creo en ti! ¡Mi religión es la religión de Dios!

Apola le puso la mano en la cabeza y le dijo:

—Tranquilo, pequeño.

Dido apretó los ojos y comenzó a rezar:

—Dios mío, ¿verdad que esto es un sueño? ¿Verdad que en cualquier momento va a sonar el despertador y voy a estar en mi cama? ¿Verdad que ya soñé todo esto muchas veces y siempre me acabé despertando? —y miró hacia el cielo— ¿Verdad que lo harás, Dios mío, por nuestros viejos tiempos, cuando éramos Cuatro?

Apola levantó lentamente el brazo y colocó su palma sobre la del sujeto.

—Te tardaste —le dijo y le sonrió.

Dido y yo nos miramos. Apola nos explicó:

—Estamos entre aliados. Son el comando TA-MUP 5, el Campamento Madre.

El líder de los acorazados le habló a través de su respirador:

—Apola, el comando te necesita en el hangar de la base Mixcoac-Pirámide 1. Tenemos contacto en el norte, ZONA-CERO.

Dido se enderezó temblorosamente y sonrió:

—Bueno, vamos.

68

Nos llevaron en un vehículo hasta una zona de las afueras de la ciudad llamada Mixcoac, cerca del antiguo pueblo de Tacubaya. La noche estaba muy fría y oscura. Arriba había muchas estrellas. La Vía Láctea lo recorría todo como un río de chispas.

—La llaman "La serpiente de estrellas" —me dijo Apola, con sus dos enormes ojos de gato abiertos en dirección del cielo.

Bajamos del vehículo y caminamos por ese bosque negro de árboles siniestros, siguiendo a los sujetos de corazas negras. Dido venía detrás de nosotros cargando la bolsa con el frasco. Apola me dijo:

—El pueblo del que desciendes tenía un nombre para la Vía Láctea: Citlacóatl, "La serpiente de estrellas".

—Es un nombre bello. Tan bello como Apola —y le sonreí—. Sin embargo, algo me dice que tu nombre es una más de tus mentiras. ¿Quién eres realmente?

—El día que recuperes la memoria tú mismo me lo vas a decir.

—¿O sea que te conozco?

Me sonrió.

—Ya tienes el disgusto de conocerme.

—¿Por qué no me dices todo?

—Me eres más útil así. No quiero interferir con tu proceso de recuperación de datos. Hay cosas que tú sabes y que yo necesito saber. Si te influyo arriesgo los datos; te aferrarás a lo que yo te cuente sobre tu vida para disminuir tu incertidumbre y tu miedo. Darás por cierto lo que yo te diga y recrearás recuerdos a partir de eso, aunque no los hayas vivido. Mi función es colocarte frente a los detonantes para obtener tus verdaderos recuerdos.

—Vaya… —y miré hacia enfrente— ¿Y qué me puedes contar sobre tus propios recuerdos? ¿Quién eres? ¿Por qué tienes ese tonito como de rusa? ¿Eres rusa?

Sonrió.

—No exactamente.

—¿No exactamente? ¿Eres polaca? ¿Alemana?

—No exactamente.

—*Okay.* ¿No exactamente? ¿De dónde eres?

Aspiró hondo y me dijo:

—Llega un punto en que no sabes de dónde eres —y su mirada era un rescoldo—. Tú me entiendes.

—No. No te entiendo. ¿De dónde eres?

Miró hacia un lado y luego hacia el otro, después al cielo y finalmente a mí.

—En el fondo no soy tan distinta a ti —sus palabras sonaban con cierto dejo de nostalgia.

—*Okay…* —y sacudí la cabeza— ¿A qué te refieres?

—Llega un punto —y me miró— en el que has vivido cosas tan densas… En el que tienes que hacer cosas que no podrás tolerar si las recuerdas… ¿Ahora me comprendes?

—No… explícame. ¿Qué clase de cosas?

Abrió las cosas para contestarme pero cerró la boca y sonrió.

—No quiero influenciarte. No debo interferir en tu proceso. Tú sabes perfectamente lo que te estoy diciendo, sólo que no lo recuerdas. Es parte del entrenamiento.

—¡Carambas! —le dije— Explícame. ¿Cuál entrenamiento?

—Disociación Charcot.

—¿Disociación Charcot? ¿Qué diablos es eso?

Aspiró nuevamente y torció los labios.

—Es un método basado en la disociación de personalidad y agnosia subconsciente estudiada por el profesor Charcot. Digamos que... —y miró hacia atrás, hacia Dido Lopérez. Se giró hacia mí y me susurró—: si por alguna situación emergente llego a verme en la situación de tener que matarlo —y lo señaló—, no voy a ser yo quien lo haga —y me sonrió.

—No te entiendo.

—Sí lo entiendes. En situaciones y momentos como esos yo dejo de existir. Es otra la que lo hace. Me hizo alzar las cejas.

—¿Otra? —le pregunté.

—Sí.

—¿Y quién es esa otra?

Permaneció callada un instante, pero después agregó:

—Eso no lo sé. No puedo saberlo. De eso se trata precisamente la Disociación Charcot. Una región completa de tu red cerebral se separa y se vuelve independiente. Es ella quien lo sabe —y me sonrió.

—¡Dios...! —y me concentré en mis propios pasos.

—¡Es como la mano de Obregón! —nos gritó desde atrás Dido Lopérez— ¡Por la noche se va a salir de esta bolsa, se va a salir del frasco y nos va a matar a todos, si ya mató a tantos!

Entre las ramas comenzó a perfilarse algo como los restos de una antigua pirámide azteca. Los hombres de negro, que se nos habían adelantado un buen trecho, caminaron en torno a un montículo de losas prehispánicas. Fuimos a alcanzarlos.

—¿Me puedes explicar a dónde vamos? ¿Qué es este lugar?

—Deberías saberlo. Tú lo convertiste en una base de operaciones.

—Vaya —y miré los grandes bloques colocados ahí por el Pueblo del Sol.

—Se llama Mixcóatl, o Mixcoac, la Serpiente Nube. Es precisamente el observatorio poniente de la Vía Láctea. Su otro nombre es "La serpiente de estrellas", Citlacóatl.

Rodeando la pirámide vimos un enorme avión biplano, un auténtico autobús con alas, de quince metros desde la cabeza de cristal hasta la cola, que tenía la cabeza empinada hacia arriba como un insecto. Operaba con dos hélices laterales adosadas a las alas, que se extendían diez metros hacia cada lado, y tenía capacidad para dieciséis pasajeros. Un monstruo.

En el costado tenía el nombre "Sikorsky S-29-A RKO" y un emblema: una torre de radiotransmisión con un mundo como fondo. El motor estaba encendido y los hombres de negro nos hicieron señas para que subiéramos, lo cual hicimos.

69

Horas después, todavía con una densa negrura en el cielo y en la tierra, un frío aterrador penetró las paredes de latón del Sikorsky. La aeronave comenzó a descender en medio de coletazos, turbulencia y golpes de viento helado. Debajo sólo había formaciones de roca y extensiones sin límite de arena y piedras.

En la cabina escuchamos al piloto gritar:

—¡Entramos a región de interferencia! ¡No hay radio ni instrumentos!

—¡Utiliza navegación visual! ¡Latitud 26 grados norte con 41 minutos y 49 segundos! ¡Longitud 103 oeste, 44-44, Bolsón de Mapimí! ¡Indicaron pista luminosa visible a tres mil metros!

—¡Ya veo algo! ¡Dirección hacia nacimiento del sol, Venus en ascensión recta aproximada de tres horas con 12 minutos, comienza a aparecer línea de alba; sol oculto aún, a 18 grados por debajo de la línea del horizonte!

Nos asomamos y vimos un delgado camino de luces anaranjadas en una ancha depresión plana y blanquecina del desierto. Las luces de la pista estaban alineadas en la misma dirección que las inmensas vetas oscuras de la planicie seca. En el horizonte se veía una banda azul que se ponía gradualmente verdosa. Pasamos por encima de dos lechos de ríos secos y ladeamos un volcán apagado de punta ennegrecida por nuestro costado derecho. Se agudizó el descenso y cuando tocamos tierra observamos al final de la pista dos aviones más, plateados y voluminosos como el nuestro.

El hombre al que debíamos ver ya estaba abajo, parado junto a los aparatos y acompañado por varias personas a su espalda. Cerró los ojos para que no le entrara el polvo levantado por las hélices de nuestro Sikorsky, pero por poco el ventarrón se lleva atrás a su incondicional Juanito.

Bajamos y lo primero que me dijo fue:

—Volverás a ser quien eres.

Me puso la mano sobre el hombro y caminó conmigo varios pasos, lejos de los demás.

—¿Me reconoces? —me preguntó.

Lo miré un par de segundos.

—Yo lo conozco —entrecerré los ojos—. Había un sótano —y lo miré— ...era un lugar subterráneo pero... ¿es usted José Vasconcelos?

Vasconcelos volteó a ver a Apola Anantal, quien sólo le hizo una seña horizontal con la mano. Reanudó la caminata conmigo.

—Simón Barrón —me sonrió mirando las estrellas—: sé que te golpearon la cabeza. Puedes haber perdido algunos recuerdos, pero no tus capacidades. Las capacidades se guardan en otra área del cerebro —y me sonrió—. Se llaman ganglios basales. Cuando llegue el momento saltarás y golpearás con la presteza de un gato. Hablarás y engañarás como un zorro. Arrancarás las gargantas de quienes te confronten como un león. Y salvarás a tu país como Huitzilopochtli. Ni siquiera podrás explicarte cómo lo hiciste, para eso fuiste entrenado.

Me dejó sin palabras. Siguió caminando.

—Te preguntarás por qué elegí este lugar para encontrarme contigo —y miró lentamente a nuestro alrededor. El viento era delgado y frío y hacía rugidos lejanos. Parecía la voz de fantasmas. Vasconcelos prosiguió:

—Estamos en el verdadero centro geográfico de México —y miró una roca pintada de blanco—. A unos metros de aquí —la señaló— está el punto donde se juntan tres estados de nuestra República: Durango, Chihuahua y Coahuila.

Metió la mano al bolsillo de su chaleco y sacó una brújula. Me la mostró y vi la aguja dando vueltas como loca. Me sonrió:

—Este lugar tiene propiedades magnéticas. Hay algo debajo de nosotros que nadie ha logrado explicar. Las señales de radio se pierden aquí —y miró en redondo—. Hay pocos lugares en el mundo con estas características. En México existe otro núcleo de campo como éste, pero mucho más poderoso, en el centro mismo de México. Se llama Mex-Xictli, el "ombligo cósmico".

—¿Mex-Xictli?

—Xictli significa ombligo, Simón —y caminó hacia la piedra—. Es poco lo que sabemos sobre la energía de las cosas. Todo esto es energía. Todo lo que estás viendo: tu cuerpo, mi cuerpo, esas montañas, las estrellas. Todo es un mar continuo de energía invisible que hace remolinos visibles para nosotros, a los que llamamos "cosas". Las "cosas" de aparente materia no son más que embudos de densidades distintas en una única y eterna membrana vibratoria, todo interconectado, todo sinfónicamente coreografiado en el Campo Unificado, el campo metafísico del pensamiento de Dios.

Me sonrió en forma muy enigmática y continuó:

—Una partícula dentro de un átomo no es realmente materia, Simón. Lo que realmente es, es un ciclón de luz que se atrapó a sí mismo desde el principio de los tiempos; un restiramiento espiral en la membrana cósmica. Y esa energía concentrada puede ser desatada en cualquier momento, como un sol.

—Vaya... —y observé la luz del alba delineando una cinta verde esmeralda.

—Simón —me dijo Vasconcelos—: la brújula no sirve aquí porque estamos parados sobre una placa magnética que emite un chorro de flujo de campo hacia el espacio. Nos encontramos en un vórtice de la membrana del cosmos, como la que fue descubierta hace poco en el centro de la Ciudad de México, el punto Mex-Xictli. Puedes llamarlo "puente" o "puerta". Los geólogos llaman a este lugar la Zona del Silencio. ¿Puedes sentir la vibración en tus manos?

La verdad es que sí sentí la vibración. Era como cuando se coloca la mano a centímetros de un cable de alta tensión.

—Hay algo más debajo de nosotros, Simón —Vasconcelos se levantó lentamente—. Todo esto que ves, en miles de kilómetros hacia todas direcciones, está sembrado de conchas marinas. ¿Lo sabías?

—No, señor. No lo sabía —pero bajé la vista y me di cuenta de que Vasconcelos tenía razón. Había conchas a mis pies.

—Te preguntarás cómo puede haber conchas de moluscos marinos aquí, en medio de uno de los desiertos más extensos, secos e inhóspitos del mundo.

—Sí, me lo pregunto.

Se sentó sobre sus talones y me dijo:

—Esto fue alguna vez el fondo del océano, hace doscientos cincuenta millones de años, en el periodo Pérmico. Todo lo que ves era el fondo de un mundo de caracoles gigantes llamados amonitas, de los cuales algunos llegaron a medir dos metros y medio. Éste era el océano pérmico-paleozoico de Iapetus, y esta zona en particular, incluyendo el sur de Texas, el norte de Coahuila, Nuevo León y Tamaulipas, era lo que hoy se llama la Cuenca Pérmica —*The Permian Basin*—, al sur del paleocontinente pérmico o cratón de Laurentia, que hoy es el norte de los Estados Unidos y Canadá. Durante millones de años se acumularon en este lecho oceánico toneladas y toneladas de desechos de materia viva, moluscos, esponjas stromatopóridas, braquiópodos y, como te dije, amonitas gigantes.

Volvió a revolver sus dedos en la arena con conchas pulverizadas y siguió su exposición:

—Con el tiempo esas toneladas de restos de vida marina se fueron aplastando y convirtiendo en capas kilométricas de algo llamado querógeno. Con la presión y el peso de la tierra ese querógeno se transformó en una sustancia pegajosa de increíble potencia termoquímica —y se inclinó para tomar una concha que miró detenidamente y después se la guardó en la bolsa del pantalón—. Lo que quiero decirte es que eso que sientes, esa vibración —y alzó los brazos hacia las expansiones del inmenso desierto—, lo que sientes es el hecho de que debajo de ti hay millones de toneladas de petróleo del periodo pérmico.

Se puso en pie y agregó:

—Sí, Simón. Te preguntarás por qué no ves torres de petróleo a tu alrededor. Lo mismo me pregunto yo. Allá —y señaló hacia el norte—, apenas cruzando la frontera, es un campo de torres de petróleo, el gigantesco Mid-Continent Oil Field que abarca Texas, Nuevo México, Luisiana, Oklahoma y Kansas. Pero es la misma cuenca, Simón: la cuenca pérmica, el océano pérmico-paleozoico de Iapetus. ¿Quién está deteniendo el descubrimiento de las reservas en este lado de la frontera? ¿Por qué no estamos usando nosotros este tesoro? ¿Por qué no lo estamos explotando para convertirnos en la sexta potencia del mundo que soñó Bernardo Reyes? ¿Por qué la mayor parte de los mexicanos ni siquiera saben que existe esta reserva de petróleo, que es la segunda más grande del planeta Tierra?

—¡Dios! —El silencio era prácticamente absoluto. La banda del amanecer comenzó a tornarse misteriosamente violeta y tenía extrañas proyecciones de irradiaciones diagonales.

—Simón: hace dieciséis años tu jefe, Bernardo Reyes, fue asesinado. Hay algo detrás de todo esto.

—Lo sé —le contesté—. Es un proyecto de los Estados Unidos. Está en un memorándum del Departamento de la Marina de los Estados Unidos. Se llama Plan Día Cero.

—Exactamente, Simón. Día Cero es el año de 2015, el momento en que se agotarán las reservas petrolíferas de los Estados Unidos. México es, en ese memorándum, la Reserva Estratégica Última de los Estados Unidos. Por eso nos están convirtiendo en una zona controlada. Por eso están estructurando una administración controlada, un sistema político para el control de la sociedad, con la ayuda de políticos que operan para ellos. No van a permitirnos explotar nuestro petróleo. Estamos aquí sólo "de mientras" —y me sonrió.

—¡Diablos! —le dije— Esto es peor de lo que hubiera imaginado.

Se nos aproximó Apola Anantal seguida por el trote agitado del enano Dido Lopérez. Le entregó al licenciado Vasconcelos un papel doblado y le dijo:

—Esto es lo que encontramos en el Bucareli Hall.

El licenciado lo desplegó. Era un dibujo de la columna alada con la leyenda *ENS VIATOR, AGENS IN REBUS*. Apola le dijo:

—Simón piensa que se trata de la embajada de los Estados Unidos.

Vasconcelos me miró.

—Es ahí a donde te pensaba enviar de cualquier manera —y me sonrió—. Necesito saber cuáles son las verdaderas conexiones del embajador Dwight Morrow. Necesito que hagas lo mismo que hiciste hace dieciséis años, cuando infiltraste la oficina de Henry Lane Wilson para proteger la vida de mi amigo Francisco Madero. Quiero que me ayudes a desmantelar toda esta operación, y para ello necesito saber quién es la verdadera cabeza que está detrás de todo.

Aspiré.

—Mire, licenciado. No recuerdo nada pero no veo problema en hacerlo. Como usted dice, lo que realmente importa lo tengo en mi subconsciente, en mis "ganglios basales" del cerebro. Supongo que no tengo qué hacer más que "ser yo mismo".

—Exactamente —me sonrió.

—¿Qué es esta columna con alas? —le preguntó Apola.

Vasconcelos volvió a mirar el dibujo y arqueó las cejas.

—Es prácticamente lo que yo imaginaba. La columna con alas es un símbolo muy antiguo, un símbolo pagano. Pertenece a la mitología de la tribu germánica que permaneció más aislada y que tardó más en integrarse a la civilización medieval: los sajones. Representa la columna cósmica que sostiene todas las cosas. Se llama Írminsul.

—¿Írminsul? —repitió Apola.

—Equivale a Atlas, el que sostiene los cielos, o al Júpiter Stator de los romanos, el Fundamento del Mundo. En tiempos neolíticos los sajones colocaban postes enormes y les prendían fuego. Se reunían alrededor y le ofrecían sacrificios de animales y de personas. La más importante de estas columnas cósmicas Írminsul estaba en el corazón mismo de la antigua Sajonia, lo que hoy es Westfalia y Hanover. Este lugar aún existe y se llama Externsteine.

—¿Externsteine?

—Al norte de los sajones vivía otra tribu germánica: los anglos, que ocupaban el delgado cuello de la península que hoy es Dinamarca. El nombre "anglo" viene de "eng", que significa "tierra angosta". Aunque la raza es la misma, las tribus de los anglos y de los sajones eran muy diferentes. Los sajones tenían la política de no cruzarse con ninguna otra raza, ni siquiera con otras tribus germánicas. Por eso formaron un grupo muy aislado y muy belicoso. En el año de 450 después de Cristo, dos jefes sajones llamados Hengist y Horsa cruzaron el mar y llevaron hordas de sajones a la isla que hoy es Inglaterra, que entonces estaba poblada por una civilización no germánica que siglos antes había habitado toda Europa, llamada celtas o galos, famosos por sus gaitas y por su amor a los tréboles.

Mientras Vasconcelos hablaba nosotros veíamos el dibujo de la columna alada "Írminsul" y nos preguntábamos de qué demonios hablaba. Él siguió:

—Inicialmente, los sajones Hengist y Horsa se mostraron pacíficos con el rey de los celtas en Inglaterra, Vórtigern, pero entonces ocurrió algo fuera de lo ordinario: la hija del jefe sajón Hengist, llamada Rowena, sedujo y hechizó al rey Vórtigern. El rey celta se casó con ella y Rowena lo convenció de que organizara una fiesta por la paz y la unión de los dos pueblos. Esa noche los sajones llevaron escondidos en sus tobillos unos cuchillos envenenados llamados "saxas". En cierto momento Rowena gritó: *"Eu nimet Saxas"*, que significa "¡Saquen sus chuchillos!" El episodio es conocido por los celtas que sobreviven hoy en Irlanda, Gales, Escocia, la Bretaña francesa, la Galia del norte de España, que es Galicia y Asturias, así como en la Galacia de la actual Turquía, y por los galos o celtas que viven hoy en los Estados Unidos y en Australia, como Brad-y-Cyllyll-Hirion, que en céltico o gálico significa "la Noche de los Cuchillos Largos" o "la Noche Cruenta de Rowena".

Permanecimos callados. Dido susurró.

—Demonios...

—Asesinaron a los celtas —siguió Vasconcelos—, incluyendo al rey Vórtigern. Se dice que los sajones levantaron una inmensa columna Írminsul y le prendieron fuego para celebrar la carnicería. Un anciano le había dicho al padre de Rowena: "Nuestro destino es masacrar a los pueblos y ocupar sus regiones hasta esclavizarlo todo". La leyenda de esa noche es que Rowena adoptó la forma de un demonio andrógino, mitad hombre y mitad mujer, de piel trasparente y ojos huecos, con cabellos de *saxas* o cuchillos en llamas, y que desde entonces es una "entidad viajera" que toma la forma de una mujer tentadora para hechizar a los pueblos y desmembrarlos desde dentro.

—Es una historia fea —le dijo Dido.

—Sin duda lo es —le sonrió Vasconcelos—. Esa noche fue el fin de la hipernación céltico-latina de Yoein, que había abarcado toda Europa hasta Asia desde tiempos prehistóricos, incluyendo al final su fusión con el Imperio romano. A partir de la Noche Cruenta de Rowena los sajones fundaron tres reinos en el sur de Inglaterra: Essex, Wessex y Sussex, y aplastaron a los celtas cada vez más hacia el norte y hacia el oeste, como Gales, Escocia y Cornwall, e incluso Irlanda, que hoy siguen siendo celtas. Cien años después llegó la otra mitad de la actual Inglaterra: los anglos que venían del cuello de Dinamarca, lugar hoy llamado Angeln o Schleswig-Holstein. Los anglos fundaron reinos al norte de donde ya estaban los sajones, y los llamaron East Anglia, Mercia y Northumbria.

Apola tomó el dibujo de la columna alada y lo revisó lentamente. Vasconcelos siguió:

—Pasó casi un siglo, y para la Pascua del año 626 los reinos anglos, que a pesar de ser más nuevos que los sajones eran mucho más cultos y avanzados, tuvieron un joven rey sabio llamado Edwin. Por envidia, el rey sajón de Wessex, de nombre Cwichelm, famoso por haber asesinado a dos mil celtas galeses, envió un embajador llamado Eamer para entregarle un mensaje a Edwin el Anglo en su capital de Northumbria, que era York. Se dice que Eamer mandó alzar un poste y le prendió fuego, lo que sorprendió al rey anglo Edwin. Acto seguido, Eamer sacó de su tobillo un cuchillo sax envenenado para matar a Edwin. Este evento se conoce como "La Traición de Wessex" o "Noche del Cuchillo Escondido", y esta traición disparó la guerra entre los anglos y los sajones, que fue ganada por Edwin el Anglo. Se unificó todo bajo la inteligencia política y más universal de los anglos. Un grupo de niños anglos llegó al papa Gregorio el Grande en Roma y al verlos tan rubios dijo: "Éstos son los herederos de los ángeles, por eso se llaman anglos".

Le dije a Vasconcelos:

—Parece una repetición de la Noche de Rowena.

—Así es —me dijo—. Pasaron cien años más y sucedió una nueva masacre al otro lado del mar, esta vez en la antigua Sajonia, de donde alguna vez habían partido los ancestros de los sajones. Aquí los sajones que quedaban seguían siendo paganos y aún le ofrecían sacrificios humanos a la columna Írminsul de Externsteine, en Westfalia-Hanover. Esto horrorizó al rey de los germanos francos, Carlomagno, que ya hacía mucho era cristiano y tenía un imperio gigantesco llamado Sacro Imperio Romano Germánico, el nuevo eje de la civilización, hoy Alemania y Francia.

—¿Carlomagno? —repitió Apola, y miró el dibujo de la columna con alas.

—En el año 776 —agregó Vasconcelos—, exactamente mil años antes de la independencia de los Estados Unidos, estos sajones de lo que hoy es Westfalia-Hanover engañaron a los enviados de Carlomagno y se bautizaron cristianos, pero se repitió la matanza de Rowena: una noche, en Hlidbek, los soldados de Carlomagno dormían y los sajones entraron en silencio. Sacaron sus cuchillos "saxas" que tenían escondidos en sus tobillos y gritaron *"¡Eu nimet saxas!"* Quemaron las iglesias cristianas, sacrificaron niños y mujeres a las que violaron ante su columna ardiente Írminsul. Carlomagno se llenó de cólera y regresó para aplastarlos. Destruyó la columna Írminsul de Externsteine, en Westfalia-Hanover, y decretó un edicto: "En adelante, cualquier sujeto de la nación sajona que continúe sin ser bautizado o permanezca pagano en forma oculta, u ofrezca un sacrificio humano al diablo o a los demonios, según su costumbre pagana, será castigado con pena de muerte". Así, al parecer, todo terminó.

—¿Al parecer? —dije.

Me miró y contestó:

—Los grandes movimientos de la historia en realidad nunca terminan. Son como fuerzas metahumanas.

—¿Todo esto tiene que ver con lo que está pasando ahorita en México? —le pregunté.

Vasconcelos se puso serio:

—Es muy importante para mí aclarar que no estoy contra los sajones como raza, sino como racistas. En los Estados Unidos aniquilaron a los pueblos nativos. A los sobrevivientes los tienen en reservas. En la India y en Sudáfrica los tienen en sistemas de *Apartheid,* para mantener a las razas ajenas a ellos bajo virtual esclavitud. Hoy todo descendiente de los anglos y de los sajones es en realidad una mezcla de ambos —y se me acercó—, pero es elección de cada uno decidir si ser un anglo o un sajón, es decir: el "heredero de los ángeles" o el "cuchillo de la traición". Y actualmente en Alemania, con Hitler, me temo que son más amantes de ser "cuchillo de la traición".

Observé la banda del amanecer convertida en una radiación roja intensa. Comenzó a soplar un viento caliente hacia nosotros. Le pregunté a Vasconcelos:

—¿De casualidad todo esto tiene que ver con un príncipe germánico llamado Federico el Sabio de Sajonia y con su Liga?

Me miró sin decir nada y me sonrió lentamente. Luego habló:

—Veo que tus capacidades, en efecto, no se deterioraron —y miró hacia el horizonte—. Simón: surgirá una raza mucho más poderosa que todas las que han existido —e infló sus pulmones—. No será una raza diferente a las demás: será todas ellas. Tendrá el tesoro de todas las razas que han existido, será la fusión de todos los linajes humanos. Desaparecerá para siempre la idea de que hay gente superior o inferior. Eso nunca debió haber pasado. Todo se mezclará ahora y seremos una sola cosa. Todos seremos una misma raza, Simón: la raza cósmica.

Apola y el enano Dido Lopérez miraron el primer pedazo del sol salir por el horizonte. Vasconcelos me tomó del brazo y añadió:

—Imagina una nueva hipernación cuya capital serán siempre nueve ciudades enlazadas: Roma, Dublín, París, Brasilia, Madrid, Santiago, Varsovia, Manila y México. Se forjará una nueva unidad de naciones libres compuesta de todas las razas y todos los credos. Esta hipernación abarcará todos los continentes. Simón: la Unión de Yoéin es un proyecto que ha existido desde hace cuatro mil años. Hipernación Céltico-Latina o Unión de la Reunificación Humana de Yoein, el renacimiento del origen del hombre.

Con la punta del zapato dibujó en la arena un trébol compuesto de tres espirales y a su alrededor dibujó estrellas.

—Ahora —me dijo— necesito que me ayudes para la decodificación final del rompecabezas. Tu siguiente paso está en la embajada de los Estados Unidos. Ahí hay un cuadro que tú conoces, porque tú lo descubriste hace dieciséis años. En ese cuadro está codificado el plan con el que fueron creados los Estados Unidos: es el plan masónico del mundo. Ahí está el mapa que conduce al corazón masónico de México y a la identidad de la Gran cabeza de cristal.

70

Lejos, en el corazón misterioso de Alemania, entre los árboles inmensos y silenciosos del milenario bosque encantado de Teutoburg, el poderoso magnate del acero Fritz Thyssen tomó del brazo al joven Adolf Hitler, quien admiró el efecto tenebroso de la niebla.

—Este lugar es una buena inspiración para el resurgimiento de la identidad prehistórica alemana —le dijo Hitler.

Con ellos venía el presidente del Reichsbank, Hjalmar Schacht.

—Me he desacostumbrado a este tipo de caminatas —le dijo al Führer—. Supongo que valdrá la pena.

—Sí la valdrá —le respondió Hitler y señaló hacia arriba—. Este bosque está cargado de energías ancestrales: energías de ciclos y eras humanas sucesivas. Nos encontramos en el seno de Westfalia, a sólo minutos de Hanover, el corazón de la antigua Sajonia, la patria de Wotan. Éste fue el bosque sagrado de los sajones, el corazón, el núcleo rojo de nuestra alma germánica —y comprimió el puño. Lo adhirió férreamente a su pecho.

—Sin duda interesante, Herr Hitler —le sonrió Fritz Thyssen—. Le aseguro que nuestros amigos en los Estados Unidos están fascinados con todas estas ideas. Nuestro joven socio Prescott Sheldon Bush es descendiente del rey Eduardo I de Inglaterra, de la dinastía Plantagenet. Tanto Bush como el joven Harriman son episcopales y tienen sangre aria. Ambos pertenecen a la Fraternidad de la Calavera de la Universidad de Yale. Harriman y Bush son nuestro puntal en los Estados Unidos para atraernos fondos de inversionistas americanos para nuestra operación secreta MEFO UND AUFRÜSTUNG —y miró a Hjalmar Schacht—. El señor Schacht está consolidando un progreso asombroso en este proyecto. Los inspectores de Inglaterra y de Francia difícilmente sospecharán lo que estamos desarrollando. Nuestras cubiertas en los Estados Unidos, a cargo de Bush y Harriman, son dos empresas llamadas Union Banking Corporation y Silesian-American Corporation, esta última adquirida por Harriman bajo el auspicio del conglomerado americano Anaconda Copper Mining Corporation, que pertenece a nuestro aliado supremo.

Hitler continuó absorto en la bruma, avanzando. Señaló nuevamente hacia los árboles.

—El primer intento de destruir este baluarte de la fuerza sajona ocurrió hace dos mil años —y miró ferozmente hacia la niebla—. El emperador romano Augusto envió aquí al mediocre general Quintilio Varo. Nuestro insuperable líder Írmin o Hermann, llamado por esos latinos Arminio, los trajo a estas laderas como amigo —y señaló hacia un lado—. Le dijo a Quintilio que habría paz, que Roma y Sajonia iban a ser pueblos hermanos. Lo trajo a este bosque, a la gran columna de Írminsul, donde sus sajones le darían una fiesta para celebrarlo. Esa noche, estando Quintilio Varo con sus legiones acampando aquí, esperando la fiesta, Írmin se le aproximó con una hermosa joven llamada Rowena. Se la ofreció como esposa y ella lo besó en la mejilla. Lo tomó de la mano y se metió con él a su tienda. Hermann hizo sonar la cornamenta de carnero y resonó en todos los peñascos. De atrás de todos estos árboles salieron diez mil sajones y arios queruscos levantando sus saxas, y Rowena, desde el interior de la tienda, les gritó *"¡Eu nimet saxas!"* y le enterró su saxa a Quintilio Varo en la garganta.

Hitler aspiró orgulloso. Pronto él iba a hacer lo mismo en Múnich. Les dijo a Schacht y a Thyssen:

—Ésta es la grandeza de Germania. Nuestro nombre mismo proviene de Írmin-Wotan, Hermann, Arminio el Grande. Su cabeza debe de estar en un lugar en estos bosques... —y miró a la redonda— Aquella noche de sangre nuestros cuchillos sax y nuestras espadas thrumi despellejaron a veinte mil latinos de las legiones 17, 18 y 19 aquí mismo —y le sonrió a Thyssen—. Los colgaron de las ramas y los quemaron vivos —y señaló los árboles silenciosos—. Comenzó el sacrificio humano a Wotan, el padre de los dioses arios, y encendieron en fuego su gran columna del mundo: *Írminsul Saxorum*...

Hjalmar Schacht siguió caminando, pero con los ojos muy abiertos. Se preguntó: "¿Por qué ahora todo el mundo está loco?" De pronto, el Führer se detuvo y lo mismo hicieron el banquero y el acerero. Miraron hacia arriba lo que surgía entre la niebla: una gigantesca estructura de roca compuesta por cinco titánicos pilares de piedra emanados de la misma Tierra, que se elevaban hacia el cielo. La columna central era la más imponente de todas. Un sistema de andamios y escaleras construidos por el hombre conducía por dentro de los túneles secretos del pilar geológico hacia lo alto de su cabeza. Databan de la era neolítica.

—Externsteine... —sonrió Hitler y avanzó lentamente hacia el monumento. Debajo surgió un individuo encorvado que abrió los brazos para recibir al Führer. Vestía un manto café que le tapaba la cabeza y lo hacía parecer un monje. Le dijo con voz ronca:

—Mein Führer, es allá arriba —y señaló en lo alto la cabeza de la columna de piedra—. En esta cima estuvo la columna Írminsul que destruyó Carlomagno en el año 776.

Hitler le sonrió y lo presentó con los hombres de las finanzas:

—Señores, él es el pastor Wilhelm Teudt. Sus investigaciones sobre este paraje secreto de nuestro bosque sagrado han convencido a Herr Himmler de que lo convirtamos en el eje cosmológico del Nuevo Comienzo de los Siglos.

—Una gran idea —dijo Fritz Thyssen y saludó al monje—. Siempre me han agradado las grandes invenciones de la ciencia.

El pastor caminó hacia el pie rocoso de la columna y les reveló:

—Ellos están aquí... —y miró hacia los lados— Hermann... Rowena... Widukind... Wotan... Sus espíritus rondan estos bosques... Quienquiera que permanezca aquí por más de dos minutos comenzará a sentir la vibración profunda de las runas. Nuestros ancestros han esperado en este lugar, durante dos mil años, este momento, Mein Führer —y le sonrió al entusiasta Hitler.

En la niebla se aproximaron al pie de la columna y se introdujeron por un hoyo. Adentro había un pasaje oscuro cavado en la roca: un túnel hacia arriba con escalones de madera, colocados hacía miles de años. Iniciaron la subida a través de la formación prehistórica, haciendo rechinar los escalones húmedos y blandos, verdes de moho, sobre las rocas.

En el muro había una secuencia de grabados ancestrales: símbolos angulosos, altos y comprimidos horizontalmente, como letras. Se hallaban alineados en largas filas perforadas en la roca.

—Son las dieciocho runas armanias o de Írminsul descritas por el doctor Friedrich Krohn, Mein Führer —le informó el pastor Teudt—. Las llamó "Armanen Futharkh". Son las mismas que el erudito Guido von List le presentó hace veintisiete años, en 1902. Tienen sus raíces en los milenios más profundos de la prehistoria europea. Son anteriores a las más antiguas Eddas protogermánicas.

Hitler, extasiado, acarició los símbolos en la piedra.

—El origen... —susurró y miró hacia arriba.

El pastor siguió:

—Proceden en su mayor parte de esta región: la antigua Sajonia, nuestra actual Westfalia-Hanover. En sus *Anales,* Tácito describe a un pueblo llamado de los irmiones o hermiones, descendientes de alguien llamado Armenon o Írmin, "La Fuerza", el dios de la sustentación del universo.

—¿Dios de la sustentación del universo? —preguntó Hjalmar Schacht, un tanto desconcertado.

—Wotan —le sonrió el pastor. Hitler también sonrió y miró las perforaciones rúnicas.

—Nuestro dios de dioses... —murmuró Hitler— El Poderoso que asesinó a su abuelo, el primigenio gigante hermafrodita Ymir, primer ser viviente en el universo. Con su cadáver creó los valles y las montañas... con su sangre hizo los ríos... con sus vellosidades formó los árboles... con su enorme cráneo lo tapó todo y creó el firmamento... Írmin-Wotan... padre de nuestra gran Germania... los gusanos que crecen en las carnes pútridas de Ymir son las razas inferiores...

Hjalmar Schacht se acomodó los anteojos y deseó abandonar el lugar. Pensó: "Yo sólo quiero la libertad de Alemania; desencadenarnos de esta maldita deuda de guerra que nos impusieron los británicos y los Estados Unidos". El pastor alzó su dedo artrítico y le dijo al Führer:

—Las palabras mismas "Germania" y su raíz "Írmin" se derivan de estos dos caracteres protogermánicos —y tocó la roca—. Éste es "Ur", "Uruz", la Bestia.

Era un palo quebrado hacia abajo. Se escuchó un goteo en las profundidades. Lentamente arrastró su dedo hacia una estructura de dos postes conectados con vigas cruzadas.

—Este segundo es "Mannaz", el Hombre —y miró al Führer con los ojos brillándole en las tinieblas—. "Ur-Man" significa "La Bestia-Humana".

—¿La Bestia Humana...? —dijo Hitler.

—Un búfalo.

Hitler auscultó los dos símbolos y le preguntó:

—¿Un minotauro?

—Probablemente. La sustentación del universo es equivalente al titán Atlas de los griegos y los romanos: es la columna cósmica con alas que une al inframundo con el Asgard.

Hitler miró a Schacht y le dijo:

—¿Qué le parece todo esto, Herr Schacht? ¿No es grandioso?

Schacht simplemente continuó avanzando y murmuró:

—Lo mío son los números.

—Wotan... Nos aproximamos a la naturaleza última de Írmin... al corazón mismo del misterio más sublime de la raza de los dioses... del origen de nuestra gran Germania...

El pastor continuó:

—Los romanos lo identificaron con "Júpiter Stator", el titán Atlas que sostiene al Cosmos. Es el "Jörmun" de los vikingos, una derivación de "Hermann" y "Ur-Man". Es Wotan-Odín. Írminsul proviene de los términos sajones "Írmin" y "Syl" o "Stapol", que significan columna, fundación o base del mundo. El vocablo "Wotan" proviene de "wittig", mente o cabeza, y de "witn", que es castigar o torturar. La casa real de Wettin, de Wittenberg, y el gran Federico el Sabio de Sajonia provienen de la sangre misma de Wotan.

Hitler le sonrió. El pastor se detuvo y tocó un símbolo muy grande, que era un palo vertical con "cuernos" hechos de líneas rectas hacia arriba.

—Éste es el alce o la columna con alas. Es el símbolo mismo de Írminsul. Su nombre es "Algiz", el alce que tiene por cornamenta cuchillos en llamas.

—Rowena... —susurró Adolfo Hitler.

—Su sonido era el de la letra "x" —y tocó luego un palo vertical que tenía dos espinas cayendo por la derecha—. Éste es "Aesc", la letra "a". Es el fresno cósmico, el árbol Yggdrasil, la columna Írminsul.

Hitler acarició la figura y miró al monje.

—¿Yggdrasil...?

—Es la denominación vikinga —y lentamente movió el dedo hacia un símbolo anguloso semejante a un relámpago—. Ése es Sigel, el Sol.

—¿El Sol...? —le preguntó Hitler.

—Tenía el sonido de la letra "s". Los tres caracteres juntos —y los repasó con el dedo— forman "sax", el cuchillo de Wotan, el cuchillo de Rowena para la regeneración racial del mundo.

Hitler acarició a "Sigel" y murmuró:

—Con este signo hicimos la suástica. Ahora comprendo su poderío prehistórico. Me lo mostró el doctor Friedrich Krohn en la Sociedad del Tule, la Thule-Gesellschaft, que yo transformé en nuestro Partido Nacional Socialista —miró hacia arriba y le brillaron los ojos en la oscuridad—. Ahora el mundo tiene una nueva fundación... una nueva columna cosmológica... ahora el mundo tiene un nuevo sol.

Llegaron a la parte alta, donde un orificio dejaba entrar la luz difusa del día. Las paredes eran un altar prehistórico. El pastor Wilhelm Teudt tocó el muro opuesto al orificio. Ahí, una imagen salía de la roca.

—Cada solsticio Sigel ilumina este relieve —le dijo al Führer—. Es Jesucristo siendo bajado de la cruz —y arrastró el dedo hacia abajo—. Como ven aquí, éste es Írminsul, la columna con alas, pero está doblado hacia abajo. Representa la derrota del Írminsul y de su hijo Widukind por Carlomagno y por el cristianismo en la Edad Media, en el año 777.

Hitler tocó el símbolo y le dijo:

—Pastor Teudt: Írminsul no puede ser derrotado —y miró hacia el agujero—. La columna se levantará de nuevo y sus llamaradas iluminarán el universo. Írminsul se volverá a levantar y los gusanos del viejo Ymir serán esclavizados.

71

Por instrucción del licenciado José Vasconcelos, hicimos una corta escala con nuestro avión Sikorsky S-29 en un lugar remoto de las montañas del occidente de México: el núcleo de la resistencia cristera. Él volaría hacia las cercanías, a Guadalajara, para abordar un tren que lo llevara a la capital del occidente. El tiempo apremiaba.

La plateada aeronave esquivó dos ríos de viento y se sumergió entre los picos de algo llamado los Altos de Jalisco, uno de ellos el cerro Gordo de Tepatitlán, alzado dos mil seiscientos metros sobre el nivel del mar, y otros dos llamados Basurto y Picachos. Lo que se veía era una alfombra de árboles impenetrable. Ignorábamos la fuerza humana que se escondía ahí. El avión se enfiló para un aterrizaje forzado en una base secreta de la montaña, que no era más que una pista ondulada en medio de dos altísimos bosques.

Se detuvieron los motores, descendimos del aparato y caminamos hacia lo más profundo de la espesura, que olía a agua fría y a Navidad. Al cabo de dos horas se abrió el follaje y vimos debajo de nosotros el enorme "cráter" de la montaña convertido en una población secreta. Puentes de madera conectaban los árboles y formaban varios pisos. En varios puntos se escuchaban tambores y guitarras. El lugar olía a incienso. Una civilización del bosque.

—Bienvenidos al Núcleo de la Resistencia —nos dijo el piloto del Sikorsky, quien ahora ya era nuestro guía. Nos ofreció la mano y nos dijo—: mi nombre es Ramón López Guerrero.

Se quitó el casco y me di cuenta de que era un chico joven de apariencia rebelde. En el pecho tenía un enorme crucifijo sobre una camiseta que decía "Viva Cristo Rey". Por encima de la misma llevaba una chaqueta de cuero.

Debajo de la ciudad de los árboles se alcanzaba a ver un pequeño lago verde azulado rodeado de un campamento en forma de anillo. Nuestro joven guía nos condujo por una escalinata, entre las hierbas, hacia el corazón de la resistencia. Sobre un largo puente que conectaba dos inmensos árboles nos explicó lo que había abajo:

—Eso de allá es el campamento principal del general Enrique Gorostieta. Gorostieta es masón, pero está con nosotros. Fue un general muy importante del Ejército mexicano. Los que le siguen en la estructura militar son los padres Aristeo Pedroza y Reyes Vega. Los dos son muy jóvenes.

—Perdón… —lo interrumpí— ¿Dos sacerdotes están al mando de rebeldes?

Ramón López me sonrió:

—Son los mejores —y apuntó hacia abajo—. El padre Reyes Vega es un cerebro de operación táctica. Durante dos años el gobierno no ha podido contra el movimiento cristero; al contrario, lo ha hecho crecer. En este momento somos 25 mil hombres y 25 mil mujeres en todo el occidente de México. El padre Vega es un genio militar. Lo descubrirás por ti mismo o, mejor dicho, lo recordarás —y me guiñó el ojo.

Caminó hacia la otra punta del puente y siguió diciendo:

—Éste es sólo uno de los campamentos, el Campamento Madre. Tenemos en todo este sistema de cordilleras los regimientos de San Miguel el Alto, el de San Julián, el centro de operaciones del Bajío y una red de células civiles que operan en ciudades como Guadalajara, Guanajuato, Morelia, Durango y Zacatecas. De ello se encarga el Núcleo de la Resistencia —y señaló la estructura en forma de diamante que rodeaba el robusto árbol.

Me pareció extraño el instante.

—He soñado con esto —le dije y miré a mi alrededor. Volví a observar el diamante de maderos cuyos techos eran enormes hojas y cuyas cortinas eran rosarios de tréboles.

—No, Simón —me dijo mi joven guía—. Tú has estado aquí. Tú nos ayudaste a edificar el Punto Madre TA-MUP 5. Cuando los chicos de abajo te vean se van a enloquecer. Por eso quiero que veas primero a las chicas, el verdadero Núcleo de la Resistencia —y me indicó que subiera al diamante del árbol. Detrás de mí venían la inmutable Apola, revisando sus armas, y también el enano Dido Lopérez, quien sólo infló los pulmones, extasiado con el olor del bosque.

—Esto es vida y no mamadas —susurró.

Subimos a la estructura, que por dentro era espaciosa: un anillo alrededor del árbol, con un piso hacia arriba y otro hacia abajo. Se oían carcajadas de mujeres jóvenes en la parte de abajo. Ramón López Guerrero me indicó con la mano que bajara, pero le pregunté:

—Déjame ver si te entendí: ¿el Núcleo de la Resistencia cristera son unas chicas?

Ramón me sonrió:

—Difícil de creer, ¿verdad? Una de ellas es mi hermana Patricia.

—Vaya... —e insistí— ¿unas chicas? —y señalé hacia abajo— ¿La Resistencia?

Me rebatió:

—Simón: estas chicas que estás a punto de encontrarte de nuevo tienen la red más grande de seres humanos que puedas imaginar.

—¿Cómo dices?

—Conocen a la señora Canto, a la Chata Román, a doña Leonora Guzmán y a otras cuatrocientas señoras que son las verdaderas jefas en ciudades como Colima, Guadalajara, Durango, Zacatecas, Guanajuato, Morelia, Aguascalientes, Querétaro y Veracruz. ¿Nunca habías oído decir que el mundo lo controlan las mujeres, que existe una red "no oficial" de "chisme" con el que ellas dirigen a la sociedad? Es verdad.

—Vaya... —murmuré.

—No sólo eso. Las chicas, como tales, se han organizado en todo el occidente de México. Ahora no es como antes, que cualquier patán podía conseguir una novia bonita. Ahora te exigen hacer algo por México. Si no eres heroico, si no te distingues en la defensa y en el engrandecimiento de México, no te pelan, te "cancelan" como hombre. Lo copiaron mi hermana y su amiga Azucena de los romanos y de los espartanos. Se llama Sistema Esparta. Ahora el amor de una chica se gana.

Me hizo sonreír.

—Eso es una buena idea. A mí no se me habría ocurrido.

—Tampoco a mí —me dijo Ramón López—. Por eso las llamamos "el Núcleo de la Resistencia". El futuro le pertenece a las mujeres. Bajemos con ellas —y se detuvo—. Pero debo advertirte: son muy bellas. No te enamores. No pelan a nadie. Ya bastantes se han vuelto psicópatas por su culpa.

—*Okay*... —le murmuré y bajé los escalones.

Así fue como conocí —o reconocí— a Las Cristeras, que en realidad eran dos chicas. Estaban vestidas de blanco y las dos eran morenas latinas, de largos cabellos negros y grandes ojos negros. Estaban riéndose y tomando café. Se pusieron de pie al verme y me saludaron de mano.

—Hola, Simón —Azucena, con una dulce sonrisa le dijo a su amiga—: voy a ver que todo esté bien con los caballos. Ahorita regreso.

Y se salió.

—Hola, Simón —me sonrió Patricia López, la hermana de nuestro guía—. Seguramente quieres un café.

—Claro, ¿por qué no? —y miré a Apola y al enano. Apola observaba las fotografías que colgaban de la pared de madera. El enano estaba temblando y preguntó:

—¿Dónde puedo hacer del baño?

Apola lo tomó de la mano y lo condujo hacia la parte de atrás. Nuestro guía se regresó por donde había llegado. La cristera Patricia López me pasó una taza de café humeante y se sentó a la mesa:

—Me alegra mucho que hayas sobrevivido, Simón —y sorbió su café—. Lamento que no hayas podido detener a León Toral. Fue tan tonto... Aprenderemos que nada se resuelve matando. La verdadera arma para cambiar el mundo ya no son las balas, Simón, ni las granadas. La verdadera arma es una idea. Una palabra, una idea que unificará el corazón de millones y cambiará todas las cosas.

Me sonrió y me quedé perplejo. Se levantó y me dijo:

180

—El movimiento para destruir a México no sólo quiere la destrucción de México —se notaba algo contrariada—. Es algo mucho más global.

—¿Quién es? —le pregunté— ¿Sabes tú quién es la Gran cabeza de cristal?

Me sonrió, pero negó con la cabeza:

—Te voy a dar los datos y vas a ser tú quien saque las conclusiones. Hace cinco años hubo una cumbre secreta en Europa, en Ginebra, que es una ciudad considerada simbólica por los masones. Esta cumbre reunió al Consejo Supremo Masónico. Lo que se acordó ahí fue un plan mundial para eliminar a la religión católica de toda Iberoamérica. Se escogió a México como el primer escalón.

—Diablos... ¿por qué el odio contra la Iglesia católica? ¿Por qué tanta propagada? —le pregunté.

—No lo sé —y revolvió su café—. Aquí en la resistencia no sólo somos católicos. Aquí hay judíos y también protestantes, y hasta budistas. Mi amiga Azucena es protestante evangélica, y es la clave aquí. Todos estamos por una razón: para defendernos entre todos. Nadie está aquí para proteger sólo su propia religión. Lo que nos une es la lucha contra el genocidio, la lucha contra el racismo, la discriminación, la esclavitud, la represión del hombre por el hombre. Aquí cada quien defiende el derecho del otro a existir y creer.

Observé las líneas de tréboles que caían desde el árbol. Estaba lleno de preguntas:

—¿Quiénes son esos masones que se reunieron en Ginebra? ¿Tienes los nombres?

—Te voy a decir los nombres de quienes los obedecen aquí en México: Emilio Portes Gil, Plutarco Elías Calles y Pascual Ortiz Rubio. Calles acaba de recibir la "Medalla del Mérito Masónico" de manos del Gran Comendador del Rito Escocés en México, que se llama Luis Manuel Rojas. Él es el responsable de la redacción final de la Constitución de 1917, que convirtió a la Iglesia católica en objeto de persecución. ¿Te parece casualidad?

—¡Dios!

—El propio Carranza no quería esos artículos. Sabía que iban a provocar una revolución, ya que noventa y cinco por ciento de México es católico. ¿Cómo pudo alguien pensar que podía imponer aquí un gobierno anticristiano? La revolución que temió Carranza estalló. Somos nosotros —y me sonrió—, la Cristiada.

—¿Y fue ese hombre, Luis Manuel Rojas, el que forzó los artículos?

—Rojas era el gran maestro de la Gran Logia del Valle de México, y gran comendador en México de algo internacional que se llama Rito Escocés Antiguo y Aceptado.

—No entiendo. ¿Quiénes son esos sujetos? ¿Dónde está el corazón de toda esta red masónica? ¿Quién gobierna el conjunto? ¿Desde dónde se mueven los hilos que controlan a Luis Manuel Rojas y a Plutarco Elías Calles?

Patricia me sonrió.

—Ése es el gran misterio, Simón. La mayoría de los masones no saben a quién obedecen. No saben dónde está el centro de la red. Ni siquiera saben que existe una cabeza. Por eso, al ingresar son obligados a jurar guardar obediencia y secreto. Es perfecto. Cada uno vive en una cápsula hermética donde sólo debe hacer lo que se le indica según un sistema de jerarquías, de grados y de llaves, y así los miembros pueden ser usados para sembrar políticas en todos los países del mundo. No pueden revelarle a la gente a la que gobiernan cómo obedecen estas instrucciones, porque ni siquiera ellos lo saben.

—Dijiste que tienen un sistema de llaves. ¿A qué te refieres con eso? —y pensé en la llave de cristal guardada en la bolsa de Ultramarinos La Sevillana que cargaba en este instante Dido Lopérez.

—Llaves que abren casilleros. Las instrucciones se depositan en esos casilleros. Son como buzones. Tu superior masónico, bajo un nombre clave para que no sepas su identidad, te deposita ahí las instrucciones de lo que debes hacer. Tú haces lo mismo con tus inferiores, y ellos no saben que su superior eres tú, sino sólo un nombre en clave. El nombre masónico de Benito Juárez era Guillermo Tell. Esto sólo ocurre en los más altos grados.

—¿Dónde podría estar el centro de la red, quién controla todo? —le pregunté.

—Eso es lo que todos queremos saber... —suspiró con cierta desgana— y te aseguro una cosa: si lo descubres vas a hacerle un regalo sin precedentes a toda la humanidad: la libertad. Lo que ha pasado aquí en México contra los católicos no es más que el resultado de la máxima directiva masónica mundial. Se le ordenó a Plutarco Elías Calles destruir el vínculo de Roma y de España con México, y colocó a su amigo masón Joaquín Pérez, de la logia Amigos de la Luz, como patriarca de una nueva religión que inventaron ambos, la "Iglesia Católica Mexicana". Forzó al Congreso a promulgar un reglamento llamado "Ley Calles", derivado del Artículo 130 de la Constitución, y convirtió al catolicismo en una religión perseguida, en un país donde casi toda la gente la profesa. Calles dijo: "Con cada semana de templos cerrados le quitaremos dos por ciento de sus fieles al catolicismo". No ocurrió.

—¡Diablos! Pero, ¿por qué ese odio contra los católicos?

—Nuestra función, Simón —y me puso el dedo en el pecho— es crear los mecanismos para que millones de personas puedan actuar como enjambre, como un solo organismo.

—¿Como enjambre? ¿Como un solo organismo? No te entiendo.

—¡Es increíble! —se rio— Sin duda fue duro el golpe que te dieron en la cabeza, porque tú mismo inventaste los Protocolos de Acción de Enjambre. Me dijiste que la idea había sido mía, pero no es cierto, fue tuya. Platicamos sobre las hormigas y las abejas, sobre las neuronas del cerebro humano, sobre cómo un día, hace millones de años, los únicos seres vivos en el mundo, que eran los microbios unicelulares, aprendieron a actuar como organismos, como enjambres hechos de miles de células intercomunicadas.

—Dios... —y comencé a recordar una conversación que sostuve con ella en playa a propósito de una columna de hormigas que subían por el tronco de una palmera— Es verdad: cada hormiga es débil aisladamente, pero están intercomunicadas... se transmiten señales químicas simples las que suben con las que bajan... funcionan como un solo organismo... por eso prevalecen contra todos sus enemigos... por eso miles de hormigas, millones de hormigas sí saben qué hacer... —y la miré— Utilizan Protocolos de Acción de Enjambre...

—Exactamente —me sonrió Paddy—. Ahora ya lo recuerdas. Se necesitan sólo diez Protocolos de Acción de Enjambre para que miles o millones de personas sean más poderosas que los líderes que las aplastan. Cada protocolo es una simple página con cinco pasos, pero el secreto es que toda la gente los haya leído, que cada persona sepa qué hacer. Con eso —y tronó los dedos— cualquier sociedad del planeta se puede constituir en cuestión de minutos como un solo organismo, como una columna de hormigas, como un cerebro, y derrocar a sus tiranos. Es el nacimiento de una nueva era en la política humana, en que las personas tienen el poder todos juntos, no sus líderes.

—¡Asombroso! ¿Dices que yo inventé todo eso?

—Sí, por eso los chicos de todos los regimientos y las células de ataque necesitan tanto que regreses.

—Vaya... —me rasqué la cabeza— Lo único malo de haber sido tan "picudo" es que ya no lo soy. Ni siquiera sé quién soy.

Me tomó del brazo y aseguró:

—Simón, volverás a ser quien eres —y me sonrió—. Poco a poco.

Mi mente se volvió un mar confuso y turbulento.

—Patricia —miré sus ojos negros—: hay algo que no sabes y que me da mucho miedo. Es algo que está dentro de mí —y desvié la mirada.

—¿De qué se trata?

—No sé cómo explicarlo. Ni siquiera sé qué es. Es algo dentro de mí... algo aquí... —y me toqué la cabeza— No lo recuerdo. No sé qué es, pero sé que es algo malo —y lentamente levanté la mirada hacia ella.

—Simón —me apretó los dedos más fuerte—: todos tenemos una parte buena y una mala. De eso no te preocupes. Pero te prometo que la parte buena va a ganar —y noté que tenía mucha fe en mí—. No somos nosotros quienes luchamos esta guerra. Es Dios. Es Dios dentro de ti —me puso la mano en el pecho—. Tú sólo déjate llevar. Sigue tu corazón.

Con la mano me dibujó el signo de la cruz en la frente. A partir de ese instante estuve listo para ejecutar la misión más importante de mi vida: la modificación de todo.

72

Entraron varias chicas muy bellas, todas ellas lideradas por Azucena Ramírez Pérez, quien las presentó:

—Simón, ellas son Idalia Montesinos, Mónica la Chulita, Patricia Segunda, Gloria Muñoz, Belinda Barbadillo, Margarita Robles, Esther Casanueva, Pilar Luna, Ofe Santos, Nora Núñez, Katy Begné, Maricarmen Amigo, Elsa Meyer y la maravillosa señora Evangelina Guerrero de López Reyes. Ellas controlan nuestras redes en el interior del país.

—Mucho gusto —les dije y soltaron risitas.

—Ya te conocemos, Simón —me respondió una de ellas—. ¿De veras no se acuerda de nada?

Azucena me tomó de la mano y me dijo:

—Simón, nunca olvides lo principal: nosotros no estamos luchando por nuestra propia victoria. Sólo somos los precursores. La victoria llegará algún día a quienes vienen detrás de nosotros —y me sonrió. Pegó su frente a la mía, me tomó de las manos, cerró los ojos y comenzó a orar en una forma muy bella—: Dios mío, por favor bendice a Simón en esta hora. Actúa dentro de él y ábrele las puertas que él necesite tener abiertas. En el nombre de Jesús, amén.

Llegó por detrás de todas Apola Anantal, de la mano del pequeño Dido Lopérez, y le dijo a Patricia:

—Te presento a mi nueva mascota —y miró al enano—. Es muy tierno y con él no te aburres.

Cuando volvió a despegar nuestro Sikorsky, todos ondearon la mano para despedirme, incluso Ramón López Guerrero, el padre Vega y dos gemelos gigantes llamados Gemelo 1 y Gemelo 2. Antes de irnos Paddy se me acercó y me dijo:

—Una cosa más: Plutarco Elías Calles acaba de recibir mucho dinero del Ku-klux-klan. Es algo que deberías investigar.

Me despedí de ese pueblo de los árboles, el Núcleo de la Resistencia. Sentí que había vivido ahí toda la vida y que siempre iba a querer regresar, pero las últimas palabras de Paddy de alguna manera me decían que no volvería.

73

Mientras tanto, en la seca y caliente Jerusalén, con la imagen de las palmeras distorsionada por el vapor, John D. Rockefeller junior se aproximó con un grupo de personas a una edificación vieja y ruinosa.

—Ésta es la casa de roca de dos pisos que perteneció al Sheikh el-Halili. Se llama Qasr el Sheikh. Ése de atrás es el pino Sheikh el-Halili. Tiene un valor inestimable en esta región.

John Rockefeller junior se secó la frente y miró el gigantesco árbol que parecía proyectarse hacia el cielo.

—Ese árbol no será destruido —le dijo al arqueólogo consentido de su padre, James Henry Breasted, cerebro del Instituto de Civilizaciones Orientales de la Universidad de Chicago.

—Joven Rockefeller —le dijo el arqueólogo—: la orden de su padre es que su inversión de dos millones de dólares la convirtamos en el complejo que levantaremos en este preciso lugar —y comenzó a bosquejar algo en el aire—. Se llamará Museo Rockefeller de Jerusalén. Estará integrado por dos alas diagonales alrededor del árbol, que terminarán en dos salas octogonales. El Museo Rockefeller de Jerusalén será el centro donde se reunirán los hallazgos más antiguos de Israel y de Judea; las fundaciones arqueológicas mismas de la Tierra Prometida. Se concentrarán aquí los descubrimientos que su padre está financiando en Megiddo, Jerusalén y Nazaret. El arquitecto a cargo de este proyecto es —y colocó su palma sobre un hombre de treinta y nueve años— el señor Austen St. Barbe

Harrison, creador de la Casa de Gobierno de Jerusalén en Talpiot y del Tribunal de Haifa.

John junior le dio la mano al polvoso arquitecto y miró el gran árbol. El arqueólogo continuó:

—Joven Rockefeller, su padre insiste en que el museo esté terminado a más tardar en enero de 1931, para que él pueda verlo en vida, y así lo haremos.

—Que así sea —susurró el joven heredero.

—Ahora, si me lo permite —y el arqueólogo lo tomó del brazo—, lo llevaré al lugar mismo de las excavaciones. Está a pocos kilómetros de aquí. Su padre tiene verdadero interés en que usted entre personalmente a las ruinas. Hay algo de gran importancia que pocos han visto y que debo mostrarle.

Lo subieron a un vehículo "todo terreno" color blanco y lo llevaron a una zona remota y silenciosa, donde sólo el viento rechinaba en las paredes. Se frenó el automotor. Breasted bajó y resbaló por la crujiente grava. Le dijo a John junior:

—Este lugar se llama Megiddo. Estamos a la mitad del Valle de Jezreel. Eso que se ve allá al fondo es el Monte Tabor —y bajó la pendiente de rocas sueltas hacia las ruinas de un pueblo fantasmagórico. Los demás lo siguieron, resbalando en la grava. Al fondo se veían los trazos destapados de un sistema de catacumbas—. Los griegos lo llamaron Armageddon.

—¿Por qué le interesa tanto a mi padre este lugar?

Breasted se detuvo.

—Megiddo es muy importante —y comenzó a sacudir la cabeza—. Probablemente sea el lugar más importante alguna vez descrito en la Biblia; más que Egipto, más que Babilonia, más que Roma, más que Sidón, más que la propia Jerusalén.

John junior miró a su alrededor la pequeñez del poblado abandonado.

—¿Qué ocurrió aquí? —le preguntó al arqueólogo.

—La importancia de este lugar no se debe a lo que ocurrió alguna vez en el pasado, sino a lo que ocurrirá pronto, en el futuro.

El heredero Rockefeller arqueó las cejas. Volvió a mirar las paredes quebradas por encima de las fosas abiertas de las catacumbas.

—¿Aquí?

—Acompáñeme —le dijo Breasted y avanzaron sobre andamios metálicos, por encima de las excavaciones—. Nuestros arqueólogos de la Universidad de Chicago, Clarence S. Fisher, Robert Lamon y Gordon Loud, todos ellos auspiciados por su padre, están descubriendo ocho niveles subterráneos —y señaló hacia abajo—, ocho ciudades sobrepuestas, cada una perteneciente a una era distinta.

—Interesante —murmuró John junior—. ¿Qué es lo que va a ocurrir "pronto" en el futuro?

Breasted lo condujo hacia un enigmático y portentoso agujero en forma de cono, con dos escaleras que descendían en espiral hacia una profundidad siniestra.

—¿Qué hay en el fondo? —le preguntó John junior.

—Éste será el gran granero del Apocalipsis.

—¿Perdón?

—Aquí se almacenarán los granos cuando sobrevenga la Gran Sequía.

John miró hacia abajo y le sonrió al arqueólogo:

—¿Alcanzará para dos mil millones de personas?

El arqueólogo lo miró con una seriedad que lo atemorizó:

—No son tantos los elegidos.

John junior tragó saliva. El arqueólogo comenzó a bajar. Todos lo siguieron. Su voz hizo eco en las paredes del antiguo silo cuando dijo:

—Joven Rockefeller: este pozo es paralelo a un ducto vertical de treinta y cinco metros de profundidad. Por debajo, un túnel avanza cien metros dentro de la roca hasta una alberca subterránea. El Apocalipsis de Juan ha descrito con exactitud este lugar en sus versículos 16:16 y 19:11-21. Su padre lo sabe. Éste es el lugar donde Dios masacrará a las naciones.

John junior sintió terror. Le apareció enfrente el rostro de Jesucristo, en medio de una nube de fuego.

—Joven Rockefeller —siguió el arqueólogo—, el Juicio Final ocurrirá en pocos años, en esta misma generación. Le tocará a usted vivirlo. ¿Está listo para enfrentar su responsabilidad? —y siguió bajando— Apocalipsis 16:12: "Y el sexto ángel vació su frasco sobre el río Éufrates, y el agua se secó". Apocalipsis 16:13: "Y vi tres espíritus impuros, como sapos, salir de la boca de un dragón, y de la boca de la bestia, y de la boca del falso profeta".

Venciendo sus escalofríos, John junior le preguntó:

—Doctor Breasted, ¿me puede explicar de qué está usted hablando? ¿Está hablando de una metáfora o de algo real?

El arqueólogo siguió bajando:

—Será difícil descubrirlo. El falso profeta puede ser cualquiera. Ése es precisamente el truco maligno de la Bestia —y señaló a John junior—. Y es usted quien deberá cumplir con la misión para la que su padre fue elegido.

—Claro... ¿perdón, podría repetirme esto último?

—El falso profeta nos engañará a todos. Nos hará creer que está haciendo el bien. Él mismo creerá que está haciendo el bien y obrará crímenes sin nombre ocultos debajo de una máscara de santidad; y él mismo creerá que de él y de su estirpe elegida nacerá el Cristo en su Segunda Llegada. Pablo a los Corintios, 2, 11:14: "Satanás vendrá disfrazado como un ángel de luz". Apocalipsis 16:14: "Porque son los espíritus de demonios, obrarán milagros, congregarán a los reyes del mundo a la batalla en el gran día de Dios Todopoderoso". Apocalipsis 16:16: "Y los congregó a todos en un lugar llamado por los Judíos Megiddo, el lugar del Armageddon". Apocalipsis 19:14-15: "Y los ejércitos del Cielo lo siguieron en caballos blancos. De su boca sale una afilada espada con la que ataca a las naciones, y los dominará con hierro". El falso profeta se hará de todas las naciones y se alimentará del odio y del llanto de los hombres. Entonces comenzará la era de las llamaradas.

Se detuvo.

—Es aquí —le dijo a John junior, que estaba aterrorizado. El arqueólogo lentamente se aproximó al oscuro muro de roca y se asomó dentro de un hueco del tamaño de un hombre. Extendió el brazo hacia el interior negro y abismal de un túnel sin fin.

74

Nosotros —Apola Anantal, el enano Dido Lopérez y yo—, de vuelta en la Ciudad de México, nos dirigimos hacia nuestro siguiente punto en el destino del mundo: la embajada de los Estados Unidos. El avión que nos había llevado del Campamento Madre a la capital del país se había elevado lo más alto que pudo y nos había depositado de nuevo en Mixcoac.

Sabíamos que era un edificio antiguo y sabíamos qué buscar: un retrato muy viejo que yo había visto dieciséis años atrás, en un episodio que ahora estaba encerrado bajo llave en algún lugar de mi memoria. De esa pintura sólo recordaba a un hombre anciano de barbas y patillas blancas con los ojos hundidos y un sombrero de copa atado con una hebilla.

¿Por qué ese cuadro podía codificar el plan masónico del mundo? ¿Cómo podía contener ese retrato la identidad actual de la Gran cabeza de cristal?

Ya era de noche, y sin duda la embajada estaría cerrada. El lugar iba a estar protegido por dos guardias en la puerta, pero eso no sería un problema. Veníamos con Apola.

En la soledad de la noche caminamos por la avenida Insurgentes hasta el cruce con la calle de Niza, que era un fantasmagórico lugar gótico cercano a la casa de Álvaro Obregón. Dimos vuelta y nos encontramos de frente con el imponente edificio de la embajada de los Estados Unidos, con sus dos inevitables policías güeros en la entrada. Por detrás corría la calle de Londres, y hacia el fondo de la misma se veía un elegante inmueble anaranjado levantarse hacia los cielos: "Hotel Geneve".

Apola metió sus filosas uñas plateadas en su bolsa metálica plateada. De ahí sacó un delgado tubo plateado. A continuación abrió una cápsula de la que sacó dos diminutos conos con pelos. Les arrancó las puntas con los dientes y miró, debajo del farol con forma de dragón, el brillo de los picos de aguja. Aplastó ligeramente los conos y de cada uno salió una gota roja.

Introdujo el primer cono en el tubo y se lo colocó en la boca como si fuera un cigarro. Caminó con distinción hacia los guardias y nosotros nos dispusimos a ver la escena cobardemente desde la esquina.

Apola sopló y el vigilante más alto se llevó la mano al cuello. Se cayó y comenzó a sacudirse en el suelo. Apola le encajó el tacón de su zapato en la yugular e insertó el segundo cono en el tubo. Cuando el guardia más bajito saltó hacia ella, ella sopló y el individuo cayó también al piso. El dardo le había dado en el ojo.

Nos aproximamos. Apola ya estaba tomando el juego de llaves del guardia alto. Los dos se habían convulsionado en el piso; uno ya había muerto y el otro agonizaba.

—¡¿Los mataste?! —le pregunté.

—Sólo al nazi. El otro vivirá. El veneno de la tarántula mandril sólo le va a quemar algunos tejidos y el cerebro, pero no lo necesita para su trabajo. Arrástrenlos hacia dentro y cierren la puerta desde el interior. Que nadie vea esto. ¿Quién hizo esta barbarie? —y nos sonrió.

Obedecimos. Entre Dido y yo jalamos los cuerpos y cerramos la reja.

—¿Tarántula mandril? —le pregunté a Apola.

—*Theraphosa muticus*. Mide lo mismo que tu antebrazo. No te agradaría conocerla. Las cultivamos en donde yo trabajo.

Dido exclamó:

—Sin duda alguna, eres una verdadera chingona. ¡En cambio tú! —me señaló— ¡Tú eres un fracasado! ¡Los hombres como tú son como los nopales: mientras más grandes, más babosos!

Apola le puso la mano en la cabeza y le sonrió:

—Tú eres grande. A mí no me importa tu tamaño. Eres soberbio y pequeño. Lo soberbio siempre es pequeño. Y lo pequeño siempre es soberbio.

—Te quiero mucho, mamá —y entraron felices.

En la planta baja todo estaba abierto. Hasta había café recién preparado. Los sándwiches de los guardias estaban sobre la mesa de recepción.

—¿Dónde está el cuadro, Simón? —me preguntó Apola.

Miré hacia todas partes.

—No sé. No recuerdo este lugar.

—La información está dentro de ti. Simplemente avanza. Sigue tus instintos. Sigue a tus pies.

Respiré hondo y miré hacia arriba, a través de la escalera espiral.

—Es arriba.

—*Okay*. Vamos.

Subimos trotando a la planta alta. El pasillo era barroco. El piso era de azulejos y todo olía a perfume y a madera podrida. Cada puerta por la que pasamos estaba cerrada con llave. Al fondo había una puerta negra, de madera carcomida. La empujé y rechinó como un caballo. Entramos. El lugar era amplio pero se sentía encerrado. Olía a sillas acolchonadas y a trasero. En el techo había un candelabro. Debajo, lejos de la ventana protegida con herrería, se alcanzaba a distinguir un escritorio. Sobre el escritorio había papeles y cáscaras de pistache. Caminamos en esa oscuridad. Apola sacó un filamento de su bolsa, lo oprimió y se encendió una luz en su punta. La apuntó hacia el escritorio y vimos un rótulo: DWIGHT W. MORROW, U. S. AMBASSADOR.

Apola me miró.

—Ésta es la oficina del embajador.

Detrás del escritorio había un librero de madera en donde distinguimos fotografías, dibujos y muchos objetos desordenados. Apola iluminó cada estante lentamente. Luego dirigió la luz hacia las demás paredes.

—¿Dónde está el cuadro, Simón?

No había cuadro.

—Está detrás de las fotos —le dije.

—¿Detrás de las fotos? —frunció el ceño. Caminó cautelosamente por detrás del escritorio y la seguimos.

Abrió la boca y prensó entre sus dientes su extraña linterna. Apuntó la luz hacia las dos fotografías más grandes y las tomó delicadamente entre sus uñas. La primera era el embajador Morrow saludando a Plutarco Elías Calles. La otra era Morrow abrazando a su jefe Thomas Lamont debajo de un letrero que decía "The J. P. Morgan Bank, Wall Street 23". El edificio que se veía en esta imagen era gris y estaba en una esquina.

Apola arrojó las fotografías al piso y hundió las uñas entre los libros.

—¿Está detrás de todo esto, Simón?

Yo le dije:

—Tú simplemente sigue tus instintos.

Ella tomó uno de los libros y lo iluminó. Las letras doradas de la portada decían *La Sociedad de las Naciones Libres, por Dwight W. Morrow*. Me lo pasó y yo lo arrojé al piso. Luego sacó otro volumen: *Aceleración económica y sobreapreciación de valores. Plan Financiero Global 1929. Por The J. P. Morgan Bank, Wall Street 23*.

Apola frunció el ceño. Con extrema delicadeza abrió la dura tapa del libro y alumbró la página. Abrió los ojos como un gato. Nos leyó:

—"Nuestro hombre de confianza, Benjamin Strong, actual director del Banco de la Reserva Federal de Nueva York, quien fue uno de nuestros más altos asesores en vida de John Pierpont Morgan padre, está por convocar a los líderes de los sistemas bancarios mundiales en las propiedades de Nueva York de la señora Ruth Pratt, heredera de La Corporación R. A esa reunión, Benjamin Strong convocará a Montague Norman, director del Banco de Inglaterra; a Andrew Mellon, secretario del Tesoro de los Estados Unidos, y a su subsecretario Ogden Mills, así como al delegado del Banco de Francia, Charles Rist, y al presidente del Reichsbank de Alemania, Hjalmar Schacht. Tomará los acuerdos el subdirector de la FED, Adolph Miller."

Nos miró Apola a los ojos y siguió leyendo:

—"Nuestro hombre de confianza Benjamin Strong se asegurará en esa reunión de que se implante el patrón oro en Europa y de que la tasa de la FED descienda a 3.5%. Esto incentivará a las poblaciones abiertas a solicitar créditos en forma masiva. Se multiplicará el consumo en forma generalizada, lo mismo que la confianza del público para invertir estos préstamos, junto con sus ahorros vitalicios, en los valores que cotizan en la Bolsa de Valores. Culminado el ciclo, se procederá a renormalizar la tasa de la FED."

Delicadamente cerró el libro y me miró.

—¿Sabes lo que esto significa, Simón? —me preguntó, mirándome con sus ojos de gato muy abiertos.

—No. ¿Tú sí?

—Es como en las rifas fantasma. Repartes boletos, todo el mundo te paga el suyo, con la ilusión de que va a ganar algo en la rifa. Cuando ya los engatusaste te vas con la bolsa de dinero. No te vuelven a ver. Se quedan sin nada.

Me dejó sin palabras.

—¿Eso dice el libro?

—Eso es lo que va a pasar, Simón. La clave aquí es "Benjamin Strong". Benjamin Strong trabaja para la Casa Morgan. La tasa de interés la acaban de bajar. Salió en todos los periódicos. Lo que quieren es que todo el mundo pida prestado y consuma más, y es lo que está pasando ahora: el presidente Calvin Coolidge está diciendo todo el tiempo en la radio que la bolsa es la mejor manera de multiplicar tus ahorros. Lo que quieren es que todo el mundo meta su dinero en la bolsa. Ésa es la rifa fantasma.

—¿Y alguien se va a llevar todo el dinero?

—Aquí lo dice —y sacudió el libro en mi cara—. El que se llevará todo es el que lo planeó. Es lo mismo que hicieron en 1907 y en 1869.

—¡No!

—Se llama "pump and dump", "inflar y vender". Todos están comprando ahora y por eso los precios están subiendo. Todo esto es artificial. La gente cree que ya se duplicó lo que invirtió. La acción de Anaconda Copper Mining Corporation valía cuarenta dólares hace dos meses. Hoy vale ciento veintiocho, pero la empresa no vale más. Es un espejismo. Aquí dice que "culminado el ciclo, se procederá a renormalizar la tasa".

—¿Lo cual significa?

—Los intereses por los préstamos van a volver a subir. La gente no va a poder pagar sus deudas. Las tiendas van a quebrar. Las empresas van a dejar de vender. Los valores de las acciones se van a derrumbar. Los ahorros que la gente invirtió en la bolsa se van a evaporar. Millones de personas perderán todo: sus trabajos, sus casas. Comenzará una crisis económica mundial.

—¡Diablos! ¿Y dices que alguien se va a beneficiar con todo esto? ¿Los que escribieron este libro?

Me miró fijamente y prosiguió:

—Cuando las acciones se hayan derrumbado, alguien va a llegar con un costal de dinero para comprarlo todo. Ese costal de dinero es lo que le robó a toda la gente imbécil que invirtió cuando estaba el espejismo. Lo que va a comprar con ese costal es el control accionario de las principales corporaciones del mundo. Se va a convertir en la cabeza del mundo.

Dido y yo nos miramos.

—¿Con el dinero de la gente?

—Eso es no tener madre —dijo Dido Lopérez—. Todos, sin excepción, son unos pinches putos.

Apola me dijo:

—Imagina un nuevo poderío mundial basado en esta explotación. La primera que lo hizo fue la reina Isabel de Inglaterra hace cuatrocientos años. Destruyó al Imperio español, que había sido el más poderoso del mundo, sin siquiera atacarlo de frente; contrató a criminales y piratas para que le robaran a España los cargamentos de oro azteca e inca que venían desde Perú, Colombia y México. Se llamó el Gran Saqueo Atlántico. Ese oro azteca e inca es la fundación financiera del actual poderío de Inglaterra y de los Estados Unidos.

—¿Un robo? —murmuré.

—Exacto, un robo —y con la linterna iluminó la cara de Dido Lopérez, quien le dijo:

—Pues todos, sin excepción, son unos pinches putos —y se arremangó la camisa—. No saben de lo que es capaz un enano.

—Un momento —le dije, y comencé a caminar hacia el extremo derecho del librero. Algo brillaba en la oscuridad, asomando sutilmente por atrás del mueble, algo dorado. Me acerqué y aferré ese objeto pesado con ambas manos. Lo jalé hacia fuera. Era madera pintada en dorado, cubierta de polvo.

Dido Lopérez me gritó:

—¡Papá, no cabe duda de que eres un verdadero chingón!

Permanecimos callados. Era el cuadro. Apola lo iluminó con su linterna. En la parte de abajo del marco había una pequeña lámina que decía "Joel Roberts Poinsett, First U. S. Ambassador to México. 1825-1829. Grand High Priest at Salomon's Lodge No. 1, Charleston, S. C." Y todo ello lo remataba un triángulo de tres puntos.

—Masón —murmuró Apola, y dirigió el haz de luz hacia la cara del retrato. El polvo apenas cubría las arrugas de un hombre viejo con ojos de pasa, debajo de un alto sombrero negro. De los pómulos le salían patillas barbosas grisáceas.

—Siento que este pendejo me está viendo —dijo Dido Lopérez—. Esto ya me dio cosa.

—¿Dónde está el Plan Masónico del Mundo, Simón? ¿Está encriptado aquí? ¿Ésta es la cabeza de cristal? —me preguntó Apola iluminando al anciano.

Me quedé perplejo. Acaricié el rostro de ese sujeto horrible y mis dedos quedaron manchados de polvo.

Dido nos preguntó:

—¿Alguien me puede decir quién es este pendejo?

Tomé suavemente la mano de Apola y redirigí la linterna hacia abajo.

—Se llama Poinsett —les dije—. Lo enviaron desde los Estados Unidos para desestabilizar a México. Apareció por primera vez en 1812. El virrey español difundió la alarma. Poinsett fue enviado a nuestro país para sembrar la rebelión y para separar a México de España.

La luz se posó en unas letras mayúsculas que corrían por debajo de la cabeza de Poinsett:

ENS VIATOR. AGENS IN REBUS. MISSIO PERPETRATUM ERIT. NOVUS ORDO SECLORUM

Al final había una mano con alas y un triángulo hecho de tres puntos. Apola iluminó las letras doradas y me preguntó:

—¿Recuerdas lo que significa?

— *Ens Viator* es "Entidad viajera". *Agens in Rebus,* "Agente desestabilizador". *Missio perpetratum erit* quiere decir "La misión será cumplida". Y *Novus ordo seclorum,* "El nuevo orden de los siglos".

—¿Pero qué significa?

Miré de nuevo el rostro de Poinsett.

—Éste es el Plan Masónico del Mundo —le sonreí a Apola y lentamente toqué las últimas tres palabras: *Novus Ordo Seclorum.* Éste es el mapa.

Algo crujió detrás de nosotros. Observamos la puerta. Apola le echó luz a los marcos. El barandal estaba oscuro. Escuchamos un rechinido de madera.

—Alguien entró al edificio —susurró Apola.

Dido comenzó a temblar y ella le sonrió y le acarició la cabeza.

—Tranquilo, pequeño. Todo va a estar bien.

—Gracias, mamá.

Apola se dirigió a mí.

—¿*Novus Ordo Seclorum?*

—Es el lema del escudo de los Estados Unidos —le dije y saqué de mi bolsillo un billete de un dólar. Se lo pasé. Lo revisó y me miró.

—¿Tomaste esto de mi bolsa?

—No te alteres. Necesitaba verificar este detalle. Como podrás ver —y puse el dedo en el billete—, donde dice *"Novus Ordo Seclorum"* también dice "Sello de los Estados Unidos de América. Diseñado por Charles Thompson, secretario del Congreso Continental de los Estados Unidos de América, Hijo de la Libertad. Filadelfia, 1810."

Apola frunció el entrecejo lentamente y me sonrió.

—¿Hijo de la Libertad?

—Lo cual —le dije— nos lleva directamente a los Caballeros del Círculo Dorado; lo cual nos lleva directamente al actual Ku-klux-klan, que acaba de pagarle diez millones de dólares a Plutarco Elías Calles, según me dijo Paddy antes de irnos del campamento madre —Paddy me lo había contado casi al final, como si supiera que en esas frases se encontraba una llave para mi memoria que ahora enlazaba sus palabras con lo que acababa de leer en el billete—. Es un mismo organismo; lo ha sido todo el tiempo. La cabeza de cristal y los Documentos R están en las oficinas del Ku-klux-klan en México.

Me sonrió y Dido gesticuló diciendo lo siguiente:

—Puras mamadas...

Apola empezó a desesperarse:

—¿Y tienes alguna idea de dónde están esas oficinas?

Miré hacia un lado.

—Definitivamente. Me lo acaba de decir tu amiga del bosque.

75

En la noche profunda y negra el tren hacía su recorrido hacia la ciudad capital del occidente de México, Guadalajara. Una luz amarillenta bañaba las casas. En un camarote iban el licenciado Vasconcelos, el ingeniero Federico Méndez Rivas, el atlético Herminio Ahumada, un tabasqueño muy bajito y muy hablador llamado Andrés Pedrero y el enorme Pedro Salazar Félix, adquirido en Navojoa.

Entró Juanito, muy agitado y respirando entrecortado.

—Licenciado, acaba de mandarnos este telegrama Nacho Lizárraga. Dice que en Guadalajara nos están esperando con ametralladoras. En cuanto lleguemos a la estación del tren lo van a matar.

76

En la estación de trenes de Guadalajara había una multitud de mujeres, niños y hombres esperando a Vasconcelos con letreros que decían ESPERANZA Y GRANDEZA. ÉSTA ES LA HORA DEL DESTINO.

Entró una formación de soldados y se partió en cuatro columnas que penetraron la multitud y la partieron en pedazos cuando erizaron sus armas.

—¡Esta instalación se encuentra bajo custodia del ejército revolucionario! —gritó el que estaba al mando— ¡Abandonen la zona y regresen a sus casas!

La gente se conmocionó. Dos jóvenes comenzaron a gritar:

—¡Sólo vienen a asustarnos! ¡Nadie se vaya!

El coronel caminó dando fuertes pisadas hacia el que tenía el pelo aborregado y nariz prominente.

—¿Y usted quién es para desafiar mis órdenes?

El joven le tendió la mano y le sonrió:

—Soy Ernesto Carpy Manzano, director del Comité Orientador Vasconcelista en Guadalajara.

Junto a él otro joven, más alto y de cabello negro envaselinado, también le ofreció la mano al coronel y le dijo:

—Yo soy el director del Comité Orientador Vasconcelista en Guadalajara —y miró a Ernesto Carpy—. Me llamo Ignacio Lizárraga.

Sin darles la mano, el coronel instruyó a su segundo en comando:

—Arréstenlos. Desalojen la estación.

Los soldados desenvainaron largos fustes metálicos terminados en puntas y se cubrieron con escudos del tamaño de un cuerpo que tenían los rasgos metálicos de una calavera.

—¡Abandonen esta estación inmediatamente o se hará uso de la fuerza! —gritó el coronel— ¡La orden de desalojar la acaba de dictar nuestro gobernador, el ciudadano licenciado Margarito Ramírez, con la venia de la diputación estatal revolucionaria y del secretario de Guerra, general Joaquín Amaro!

—¡Margarito, mis huevos! —gritó alguien y comenzó el Apocalipsis.

—¡La gente vino aquí a ver a su candidato y tenemos derecho a recibirlo! —gritó Ernesto Carpy Manzano y se sacudió para zafarse de los soldados que le estaban torciendo los brazos. Le dieron con la culata de una carabina en el hueso debajo del ojo.

Ignacio Lizárraga lo vio chorreando sangre y les gritó:

—¡Animales!

Le hundieron los mangos de sus fustes entre las costillas y lo hicieron vomitar saliva y mucosidades. Uno de los soldados lo prendió de los cabellos y le estrelló la cabeza contra el piso. La gente alzó sus carteles con la efigie de José Vasconcelos. Los soldados comenzaron a azotar sus mazos contra brazos, piernas y espaldas.

—¡Abandonen esta estación y les serán conmutados los cargos por sedición y conjura! —gritó el coronel— ¡Todo acto de insubordinación, violencia y provocación al gobierno revolucionario será castigado con toda la fuerza del Estado!

Las banderolas que decían LIBERTAD, ESPERANZA y GRANDEZA comenzaron a caer al suelo junto con los carteles de Vasconcelos, que se hundieron entre los cuerpos contorsionados por los golpes. El coronel miró a sus soldados más apartados, que estaban en las esquinas, subidos en la acera. Les hizo una señal con la cabeza y desde la distancia se colocaron detrás de sus ametralladoras, que ya tenían los tripiés extendidos, y colocaron los ojos detrás de los objetivos. Ahora el coronel miró hacia el fondo del andén, donde la vía del tren se proyectaba hacia la oscuridad de la noche. La luz y el pitido que se aproximaban eran del tren de José Vasconcelos.

77

A setenta kilómetros de ahí, entre las oscuras montañas del Cerro Gordo de Tepatitlán, Basurto y Picachos, dentro de un cráter secreto y tapado bajo un manto de árboles en los Altos de Jalisco, en el campamento de la resistencia cristera alrededor de un lago volcánico burbujeante, cinco mil jóvenes se acomodaban sobre las rocas escuchando al general Enrique Gorostieta.

—¡Chamacos! —les gritó el general— ¡El gobierno de los tiranos que está aplastando a México tiene los días contados! —y levantó un papel para que todos lo vieran a la luz de la fogata— ¡Este telegrama significa que tenemos ya un millón más de cartuchos y municiones! Se los debemos a las gestiones de nuestro querido Ramón López con el ingeniero Luis Alcorta y con don Luis Beltrán y Mendoza con un poder benigno que se encuentra más allá de nuestras fronteras.

Se levantaron cinco mil jóvenes cristeros y comenzaron a golpear tronco contra tronco, gritando como un cuerpo gigantesco: "¡Viva Cristo Rey! ¡Viva Cristo Rey! ¡Viva Cristo Rey!"

Cabalgando en la orilla del lago iban en sus caballos blancos las chicas de la rebelión: Patricia López Guerrero y Azucena Ramírez. Iban con sus velos blancos rasgando el piso, con escopetas amarradas a sus monturas.

—¡Chamacos! —siguió el general Gorostieta— ¡Es indigno que hoy pidamos armamento a otros países para liberar al nuestro, pero no tenemos otra opción en este momento! ¡Ni siquiera nuestro propio gobierno tiránico tiene el armamento para atacarnos; lo tiene que rogar de rodillas a los Estados Unidos! ¡Y yo les digo: ésa fue la primera fase en la traición de los "revolucionarios" contra su propio México: nos desarmaron por orden de los Estados Unidos! ¡Obregón, Plutarco Calles y su asesino Amaro mutilaron para siempre a México cuando mutilaron al Ejército mexicano! ¡Un país que no produce sus propias armas jamás será libre! ¡México será grande! ¡México será libre! ¡México tendrá uno de los más grandes ejércitos del mundo, como lo soñó hace veinte años nuestro general Bernardo Reyes! —y levantó en el aire un cartucho metálico color verde con una serpiente y dos águilas de oro.

Los jóvenes cristeros se levantaron y comenzaron a gritar nuevamente: "¡Viva Cristo Rey! ¡Viva Cristo Rey! ¡Viva Cristo Rey!"

—¡Chamacos! —les gritó Gorostieta y miró a los dos jóvenes sacerdotes que lo flanqueaban— ¡Con el permiso de los padres Aristeo Pedroza y Reyes Vega, que son la verdadera alma, corazón y cerebro de este gran movimiento que es la Cristiada, les informo aquí que lo que muchos de ustedes les han pedido a ellos, a los obispos, y también a mí, lo vamos a respaldar con toda la fuerza militar y social de nuestro movimiento, pues es acorde con nuestra lucha por la libertad de todos y con todos nuestros sueños: vamos a respaldar al licenciado José Vasconcelos si en las muy próximas elecciones el pueblo de México vota por él y el gobierno revolucionario de los carniceros le niega el triunfo!

Los chicos alrededor del lago comenzaron a gritar, azotando sus troncos: "¡Libertad! ¡Libertad! ¡Libertad!" El padre Reyes Vega, bajito, moreno y sonriente, avanzó un paso, se tocó el crucifijo que llevaba en el pecho y miró a todos, que guardaron silencio:

—¡Jóvenes amados en Cristo! ¡Nunca quisimos tomar las armas! ¡Queremos dejarlas lo antes posible, pero alguien tiene que luchar por la libertad! ¡Llevamos dos años en este levantamiento que cada día se hace más grande y que cada día gana más cariño en todo el mundo; y el gobierno que nos persigue no ha podido contra nosotros! ¡Pero hasta hoy, aunque teníamos ya este enorme ejército de chicas y chicos que no cobran un peso, que no luchan por dinero ni por un puesto, sino sólo por tener un país de libertades para todos, nos faltaba algo que ni el general Gorostieta ni nosotros podemos ni debemos ni queremos ser: el líder para gobernar a México y llevarlo a la grandeza! ¡Ese líder está llegando esta noche a Guadalajara y es el ex secretario de Educación José Vasconcelos! ¡Preparémonos para la más grande de las batallas: la batalla por la paz!

78

En el Vaticano, el papa Achille Ratti, llamado Pío XI, se quitó los anteojos y se dejó caer cansadamente sobre su esponjosa cama. Comenzó a
restregarse los ojos con mucha molestia y escuchó el ronroneo eléctrico
de su lámpara de buró.

—¡No podemos apoyar una insurrección civil! —le dijo su gordo y
mal encarado secretario de Estado, Pietro Gasparri, que estaba parado
en la puerta.

El pontífice le explicó:

—Vasconcelos es el favorito del pueblo. Fue el mejor amigo de
Francisco Madero y de su hermano Gustavo. La gente lo sabe. Es el único hombre honesto que alguna vez tuvo esta revolución de México. Los
demás son unos criminales.

—¡Pero no podemos ofrecer el movimiento cristero a un hombre
como Vasconcelos! ¡Eso es promover la sedición y el desacato, la violación de los tratados!

El papa frunció el ceño.

—No estamos ofreciendo nada, Pietro. El movimiento cristero
no depende de la Iglesia. Pero tú sabes tanto como yo que el señor
Vasconcelos va a ganar estas elecciones y que el gobierno actual jamás
le va a reconocer el triunfo. El señor Calles va a forzar al pueblo mexicano a aceptar un nuevo presidente que va a ser uno de los hombres de
Calles, tal vez el general Amaro o tal vez el diputado Gonzalo Santos, y
a través de ellos va a continuar con su programa de destrucción de la
Iglesia católica.

Pietro Gasparri se acercó al papa, se arrodilló ante él y le besó el anillo de ámbar.

—No perderemos México, Su Santidad —le dijo—. México sería el
primer paso para perder toda la América Hispana. No lo perderemos.

79

En las oscuras profundidades del estado de Guanajuato un tren pesada-
mente fortificado atravesaba bajo la luna el desértico tramo que separa
las estaciones de Comonfort y Rinconcito. Su pitido era el único sonido
en cientos de kilómetros de llanuras silenciosas. En su interior, el presidente de México, revoloteando los pies que le colgaban del asiento, con

su mandil puesto a modo de babero, se llevó a la boca un tenedor de oro repleto de ostiones.

Con tono chillón preguntó:

—¿Bueno, ya fusilaron a León Toral?

—Sí, señor presidente, tal como lo solicitó el general Plutarco Elías Calles. Ayer a las diez de la mañana se le fusiló y no se le permitió terminar de pronunciar sus últimas palabras. No se permitió tampoco el acceso a reporteros.

—¿Alcanzó a decir algo? —le sonrió el rechoncho mandatario.

—El joven José de León Toral sólo alcanzó a decir una palabra, a modo de grito: "¡Viva...!"

—Bueno, vamos a decir que gritó "Viva don Benito Juárez".

—Señor presidente, el licenciado Valente Quintana me pidió que le mostrara a usted esta carta que le envían los cristeros de la Liga Defensora de la Libertad Religiosa.

El presidente Emilio Portes Gil tragó saliva y el hombre leyó la carta:

—"Ciudadano presidente: en nombre del pueblo de México le solicitamos evitar que el ciudadano León Toral sea asesinado antes de que pueda manifestar al pueblo mexicano todo lo que sabe en cuanto al asesinato del presidente electo Álvaro Obregón; específicamente, quién instruyó al joven Manuel Trejo para entregarle la pistola, enseñarle a usarla y sugerirle el atentado. El asesinato de Toral para acallar estas respuestas despertará la ira de quienes buscamos la verdad."

El presidente provisional comenzó a reír, sacudiendo sus pies en el aire.

—Pinches católicos fanáticos... Miserables mochos. Débiles. Me dan repugnancia. ¿De verdad creen que pueden amenazarme a mí? —y se tocó el pecho con su dedo gordo.

—Señor presidente, por desgracia el general Amaro no ha logrado reducir el movimiento en los dos últimos años. En su calidad de secretario de Guerra se encuentra completamente sobrepasado por una rebelión dirigida por Enrique Gorostieta junto con dos muchachos sacerdotes.

El rechonchito presidente provisional arrugó la nariz y subió las manos:

—Plutarco no me deja quitar al pinche Indio Amaro. Ya le dije: "El Indio no sirve para ni madres, déjame poner a mi cuate Gonzalo Santos o de perdida a su cuate Saturnino Cedillo, esos sí son cabrones". Pero Plutarco no quiere. Dice que el Indio no se toca, que fue parte del trato con los gringos.

—Señor presidente, con las reducciones que el general Amaro ha hecho al ejército, la administración que usted encabeza se encuentra bajo peligro *de facto*. Los cincuenta y tres mil efectivos de su gobierno no son fuerza para contener un estallido nacional como la Cristiada. Gorostieta y el padre José Reyes Vega controlan ya a veinticinco mil jóvenes comprometidos y organizados en siete estados de la República.

—No son problema —y miró por la ventana—. ¿Acaso su adorado Cristo no les dijo "no matarás"?

En la oscuridad, el tren se aproximó a un puente en el kilómetro 237. Debajo de la primera viga había siete tubos acoplados con sogas y brea. Eran cartuchos de dinamita.

El primero estalló y propagó la ignición a los siguientes. Un primer tramo de puente voló por bloques consecutivos hacia el aire, en medio de rechinidos infernales. El maquinista jaló la palanca de freno hasta sangrarle la mano pero la máquina y el tanque se incrustaron dentro de los rieles descascarados y les pasaron por en medio con chirridos, precipitándose hacia el vacío. Los siguientes dos carros, *pullman,* se atoraron en los rieles retorcidos, se encendieron en llamas y estallaron. El resto del tren presidencial "Olivo" comenzó a retorcerse como una gigantesca serpiente.

80

La luna fría y azul de Cuernavaca le daba en la cara al embajador Dwight Morrow, que, al lado de su esposa, dormía como un niño. Abrió el ojo y sonó el timbre del teléfono. Parpadeó, se enderezó y se acomodó lentamente los anteojos. Se sentó y metió los pies en las pantuflas. La campana del teléfono volvió a tintinear. Tomó la bocina y se talló el ojo. Su esposa ya estaba detrás de él, consternada y mirando el reloj.

—*Yes?* —preguntó Morrow a la bocina.

—*The president's boxcar has been attacked.*

—*What?*

La voz le dio dos detalles que lo alarmaron. Colgó y permaneció callado y se talló el ojo debajo del lente.

—¿Qué pasa, Dwight? —le preguntó su esposa.

—Hay alguien más metido en todo esto.

—¿Qué dices?

—Los cristeros. Alguien más les está inyectando dinero.

—¿Bueno, qué pensabas? ¿Que iban a cambiar de religión sólo porque tú querías?

Morrow aspiró hondo y echó los hombros hacia atrás para quebrarse las vértebras.

—No es lo que yo quiera, Betsey. Yo sólo soy un empleado —y le sonrió.

Ella lo tomó de los hombros y comenzó a hacerle masaje. Morrow comenzó a retorcerse.

—Betsey —le dijo—, me parece que el gobierno mexicano no tiene las fuerzas suficientes para pacificar al país. Todo esto ahora lo está alimentando más ese ex ministro Vasconcelos. Si en estas próximas elecciones vence Vasconcelos, o si los rebeldes cristeros creen que él vence, se van a levantar y esta insurrección no la vamos a poder controlar. Van a derrocar al régimen actual.

Betsey miró hacia un florero.

—¿Y es tan malo Vasconcelos? ¿Por qué no dejas que gane? Todos aquí lo adoran: María, Consolación, el señor Toribio, todos en el pueblo. ¡Es el único que no es ladrón entre todos estos políticos tercermundistas!

—Betsey —la miró entornando los ojos—. José Vasconcelos puede ser un gran presidente para México. Iniciará un cambio que modificará para siempre las relaciones de este país con el resto del mundo. Fortalecerá la identidad de esta nación y convertirá esa identidad en una estructura poderosa. Nos arrebatará a la Gran Bretaña y a nosotros de la extracción y comercialización de los yacimientos de petróleo, y enriquecerá a México y lo llevará a un estadio industrial y financiero de magnitud europea. Con esa riqueza México alcanzará niveles culturales que lo convertirán en un faro del mundo como lo fue Francia, o Italia en el Renacimiento, pero yo no trabajo para México, Betsey. Yo trabajo para los intereses de los Estados Unidos.

Betsey detuvo sus manos en la espalda de Morrow y miró la pared de ladrillos de adobe.

—¿Prefieres un vecino débil?

—No es lo que yo prefiera, Betsey.

—¿Prefieres que estas elecciones las gane uno más de estos asesinos que son unos ignorantes con rifles?

Morrow observó su zapato hundido lejos, en la sombra.

—No sé quién soy.

Ella le apretó el brazo y le dijo:

—¿Qué pasaría si un día haces lo correcto?

—¿Qué es lo correcto, Betsey?

—Algún día lo supiste.

—Es verdad. Algún día lo supe —y cerró los ojos. Recordó un día lluvioso, a punto de cruzar la calle, y hombres con paraguas. Uno de ellos era Thomas Lamont.

—Hazme un favor —le dijo Betsey—. Por una vez en tu vida —y lo jaló del hombro hacia la almohada— olvídate de todos los problemas y duérmete. No importa que se caiga el mundo. Deja que se caiga. Lo recogeremos mañana. Morrow le sonrió y le acarició la mejilla.

—Lo único que me pregunto es cómo demonios le hice para conseguirte.

Se recostaron en la almohada y Betsey le dijo:

—Llámale a tu amigo Calvin y dile que prepare una operación militar para el día de las elecciones. Si ese señor Vasconcelos gana o si se rebelan sus cristeros, habrá soldados americanos previamente preparados en los puntos estratégicos. Los controlamos y listo.

Morrow miró el techo durante varios segundos.

—Ya no podemos hacer eso.

—¿Perdón?

—Los británicos ya saben que existe un plan para la expropiación de la Mexican Eagle. Van a defender esa base de abastecimiento de hidrocarburos como tú defiendes tu propio corazón. De ese petróleo depende en este momento la supremacía geopolítica y naval del Imperio británico. Si por cualquier motivo procedemos con algo que parezca la invasión norteamericana de México, Churchill y su primer ministro Stanley Baldwin lo van a interpretar como el primer paso hacia la guerra entre la Gran Bretaña y los Estados Unidos.

—¡Dios…!

Sonó otra vez el teléfono y los dos se acalambraron. Dwight levantó la bocina.

—*Yes?* —y miró a Betsey.

—Señor embajador, la embajada acaba de ser atacada.

—¿Cómo?

—La policía tiene el reporte. Nuestros guardias de este turno acaban de ser envenenados. Los testigos identificaron a los delincuentes que salieron del edificio: una mujer joven caucásica de piel blanca y cabello negro, un adulto joven de traje gris plata y un enano con guayabera de flores. Se les vio salir del inmueble con un cuadro y una bolsa de alimentos enlatados.

—Un momento... ¿un enano...? —y miró a Betsey.

—Así es, embajador. Al parecer se trata de los mismos delincuentes que allanaron el domicilio del general Obregón y que profanaron el cadáver. El hombre y el enano compartieron el corredor de celdas con el asesino católico José de León Toral. La chica los liberó; al parecer, se trata de una agente soviética.

Morrow miró a Betsey y le susurró:

—El cuadro...

81

En la noche trotamos y trotamos detrás de la decidida y decisiva Apola Anantal. Pasamos por debajo de faroles que parecían gárgolas, y los veloces piecitos de Dido Lopérez no cesaban de revolotear.

—¡No quiero encontrarme con Ixchel! —gritó Dido, imitando mi voz— ¡No quiero encontrarme con Ixchel! ¡Dios mío! —y miró hacia el cielo— ¿Por qué siempre me pones en situaciones k-gantes?

A nuestro alrededor la calle no era más que edificios antiguos y apagados, y todo estaba hundido en un extraño silencio, pero sabía que pronto daríamos con la antigua casa sede del Ku-klux-klan. Nuestros pasos producían eco y también las respiraciones agitadas de nuestro enano. Dido se detuvo en un cruce de calles y se colocó los pequeños puños en las caderas.

—¿Qué me ven, pendejos? —y miró hacia los edificios oscuros— ¿Qué me ven? —y señaló lentamente cada una de las paredes, rotando como un radar— ¡Todos ustedes son sin excepción unos pinches pendejos!

Apola lo volteó a ver con sus ojos de gato y estiró la mano hacia abajo para que Dido se la tomara. El enano trotó hacia ella y se le subió como un pequeño osito que ella cargó.

—Mamá —le dijo él y se llevó el dedo pulgar a la boca—, en realidad yo no soy un deforme. Hace años me cayó un trueno y me transformó en lo que ves, pero yo era alto y guapo.

—¿De verdad? —le sonrió ella.

—Sí. Tenía caballos, era güero y tenía un trono. Me llamaban "La Cuarta Persona de la Cuaternidad". Aquellos tiempos —y miró hacia la distancia de la calle de Bolívar, en el centro histórico de la Ciudad de México. De su manita colgaba la bolsa de Ultramarinos La Sevillana.

—No te imagino tan alto —le dijo Apola.

—Bueno, una bruja de Cempoala me dijo que el hechizo se me puede quitar. Lo único que se necesita es que una mujer me dé un beso —le mostró sus labios apretados y cerró los ojos.

Apola le sonrió y miró hacia la luna.

—Así no me vas a convencer, pequeño.

—¿No? —y se le entristeció la cara— Ya sé. Te prometo una noche mágica de sexo. Para entonces ya voy a ser grande y güero. ¿No quieres? Te puedes quedar con el castillo. Además, los enanos tenemos poderes mágicos en el pene.

Apola lo apretó entre sus brazos y lo meció como a un koala.

—Eres tierno y travieso. Pero yo no soy para el amor, pequeño.

—¿No?

—Mis instintos suelen llevarme a tipos violentos y mentirosos. Son los únicos que me atraen. Es un defecto genético, lo sé. Me excitan los que me golpean, los que me utilizan, los que me gritan como a una prostituta y luego me embarazan y se largan.

—¿De veras? —y se le abrieron más los ojos— Yo no te voy a tratar tan mal, por ésta —y se besó una cruz hecha con sus dedos.

—Está mal y lo sé, pequeño, pero son mis instintos. Soy mujer. Por eso prefiero estar sola.

Yo simplemente escuché esa conversación. Por primera vez noté una intensa amargura dentro de Apola Anantal. Se inclinó sobre el rostro del enano y le dijo:

—Un día tal vez te daré ese beso, y tal vez ese día tú de convertirás de nuevo en el rey rubio que fuiste, pero ese día tú y yo moriremos.

Dido abrió los ojos asustado y le dijo:

—¿Puedo contarte el cuento más pequeño del mundo? Ése sí tiene un final muy feliz.

—Cuéntamelo.

—En el octavo día de la creación Dios creó a Diosa y vivieron felices para siempre.

—Es aquí —y acaricié la fría pared de un edificio azul de tipo francés. Tenía dos pisos con balcones de hierro y el muro estaba cortado por líneas horizontales. En los balcones había máscaras de mármol muy grandes, con la forma de una cabeza humana. Tenían los ojos salidos, las lenguas de fuera y cuernos. En la parte superior del muro había un letrero de cerámica quemada por el tiempo que decía "Callejón de las Ratas". Ese azulejo escurría una especie de lodo petrificado. Debajo de esa mancha había otro letrero, mucho más reciente, que decía "Calle de Simón Bolívar Núm. 73".

Debajo de ese segundo letrero había un ladrillo de mármol incrustado en el borde de la puerta, con una imagen cincelada: un hombre sin cabeza, de cuyos hombros salían muchas manos y de cuyo cuello tajado salía fuego; todo ello dentro de un rombo sobrepuesto con un cuadrado. Debajo decía *CENTIMANI*.

Nos miramos unos a otros.

—¿*Centimani*...? —me preguntó Apola.

Acaricié el bloque y le dije:

—*Monstrum Centimani*. El monstruo de cien manos.

Apola lo miró y frunció el ceño.

—¿Por qué no tiene cabeza...?

La miré y le dije:

—Sí la tiene. Está adentro de este edificio.

82

Morrow comenzó a caminar de un lado a otro junto a la ventana, bajo la luz de la luna.

—¡Ya duérmete, Dwiggy! —le gritó su esposa Betsey.

Morrow, con las manos en la espalda, miró hacia el jardín de muchas flores de Cuernavaca, que ahora se veían todas azules.

—Si se llevaron el Poinsett... —pensó en voz alta y sus ojos no parpadearon. Volteó hacia la cama. Betsey estaba tapándose la cabeza con una almohada— ...si se llevaron el Poinsett, mi querida Betty, tal vez ya decodificaron el iris.

—¡Ya duérmete! ¡No pasa nada!

Dwight miró, con ojos aterrados, de un lado a otro del suelo.

—¿No pasa nada...? Se trata de la seguridad y la estabilidad futura de los Estados Unidos de América... de la visión de Andrew Jackson... de James Monroe... de Thomas Jefferson... de los grandes soberanos del Protocolo Masónico de York... de la familia que tiene las llaves del mundo...

—¡Te aseguro que ni el presidente Coolidge se preocupa tanto! ¡Ni tampoco Andrew Mellon! ¡Ni tu querido Thomas Lamont! Todos ellos deben de estar dormidos y ninguno te va a devolver tu salud!

Morrow caminó hacia la mesita del teléfono y levantó la bocina. Sin cerrar los ojos le dio una orden a Arthur Shoenfeld:

—No avisen a la prensa sobre este incidente. Que la policía no investigue nada, ni sobre el cuadro ni sobre la pareja con el enano.

—¿Va a dejar que escapen?

Morrow guardó silencio. Finalmente dijo:

—No. Despierta a Alexander MacNab. Dile al coronel que envíe a su pelotón de emergencia. La pareja con el enano están en el número 73 de la calle de Bolívar, entre la calle de Mesones y la de República del Salvador. Que los capture y me los traiga a Cuernavaca.

83

—Ésta fue la primera logia que sembraron en México los masones —les dije a Apola y al enano Dido Lopérez.

Caminamos sobre pedazos de suelo levantado. El lugar olía a ácido descompuesto de desechos humanos y orina. Las paredes estaban sucias y tenían letreros hechos por vándalos.

—¿Y crees que la cabeza de cristal está aquí? —me preguntó Apola.

—No lo sé —le dije—. Tú me pediste que siguiera mis instintos y los estoy siguiendo —y miré el pedazo de escalera suspendido desde el piso de arriba. El resto estaba hecho escombros en el piso.

—¿Dónde está?

—Estoy recordando —y miré hacia arriba.

Apola también buscó en esa dirección.

—¿Qué estás recordando?

—Hace ciento veintidós años absorbieron a un hombre, Enrique Mugi. Le dijeron que absorbiera al regidor del Ayuntamiento. Esto todavía era parte del Imperio español. México era la ciudad capital de la mayor y más rica de todas las provincias del imperio más grande del mundo. Era la Nueva España. En la península la llamaban "la joya de la Corona". El regidor del Ayuntamiento tenía esta casa. Aquí iniciaron en secreto la logia masónica "Arquitectura Moral". Aquí comenzó la penetración masónica en México. Era el año de 1806.

—¿Quiénes exactamente la sembraron? —me preguntó Apola— ¿Los ingleses o los Estados Unidos?

—No estoy seguro —y miré los fragmentos de piso cubiertos de excrementos—. La Gran cabeza de cristal está en uno de esos dos castillos secretos... en Londres o en Nueva York... Es ahí donde siempre ha estado y está viva... Y si no está en uno, tal lugar es donde está ahora su mayor enemigo...

—¿De qué estás hablando?

—No sé. Estoy recordando. Deben de haber sido los ingleses, porque España ya se estaba derrumbando bajo la invasión de la Francia ahora masónica de la Revolución. Napoleón, tú sabes. Era el momento para desmembrar todo el Imperio español en América —y señalé un sillón viejo volteado debajo de un espejo roto—. Enrique Mugi absorbió al sacerdote Miguel Hidalgo... —y miré una repisa de mármol rota, con una máscara de hombre con cuernos y colmillos. A un lado había una escultura: una mano con el pulgar estirado y con los siguientes dos dedos pegados, apuntando hacia arriba.

—Creo que yo estuve aquí —les dije.

—¿Cómo dices? —me preguntó Apola.

—Puras mamadas —afirmó Dido Lopérez.

Caminé sobre las piedras.

—Todas las insurrecciones de América Latina ocurrieron al mismo tiempo —le dije a Apola—. Argentina, Chile, Colombia, Ecuador, México. En todos los casos las dispararon las logias masónicas recién instaladas. Simón Bolívar, Bernardo O'Higgins, José de San Martín, Guillermo Brown, Andrés Bello... todos estos revolucionarios que independizaron a las naciones latinas de América habían sido absorbidos primero por un hombre llamado Francisco Miranda en la Gran Logia Lautaro.

—¿Logia Lautaro? —me preguntó Apola.

—Desde ahí se controló todo. No estaba en América. Estaba en Europa. Francisco Miranda y su Logia Lautaro fueron los brazos *Centimani* de la Casa de Hanover Sajonia para desintegrar el hemisferio occidente del mundo. Un enviado de la Logia Lautaro, Simón Bolívar, estuvo aquí, en esta calle, a dos cuadras, en el número 51, durante dos semanas del año 1799. Por eso hoy se llama así esta calle.

—Tal vez Bolívar tuvo contactos con el regidor del Ayuntamiento —me dijo Apola—. Tal vez se llegaron a reunir en esta casa.

—Es probable —le dije—. Once años después de su visita comenzó el estallido de las revoluciones que desintegraron el Imperio español, comenzando por México. La Logia Lautaro fue creada por la Gran cabeza de cristal, la familia Sajonia Hanover. A Francia la habían reventado desde dentro los masones que mataron a la reina María Antonieta. El Sacro Imperio Romano Germánico se había autodestruido en la guerra civil de protestantes contra católicos que disparó Federico de Sajonia junto con el rey Enrique VIII de Inglaterra. Ahora el mundo quedó enteramente a disposición de sólo dos potencias.

—Los anglosajones...

—Así es: Inglaterra y los Estados Unidos. Pero comenzó el pleito entre ellos —y caminé hacia el pedazo colgante de la escalera—. Los masones estadounidenses se aterraron porque Inglaterra comenzó a meter sus manos en los pedazos de América. América debía ser sólo para los estadounidenses. James Monroe y Andrew Jackson, con el consejo de las logias yorkinas de Filadelfia, enviaron a México a Joel Roberts Poinsett, el anciano del retrato, y él hizo todo.

Dido levantó el lienzo enrollado, cuyo marco habíamos desechado cuadras atrás.

—¿Te refieres a este pendejo? —y esgrimió el rollo.

Seguí avanzando.

—En 1817, la Gran Logia de Luisiana ordenó la creación de tres nuevas logias pro estadounidenses en Veracruz, Campeche y Ciudad del Carmen, o sea "yorkinas" o "rebeldes", contra los Hanover. En la carta patente se les confirieron los siguientes nombres: "Amigos Reunidos Núm. 8", "Reunión a la Virtud Núm. 9" y "Logia Tolerancia Núm. 6". Todas ellas debían obedecer a la masonería estadounidense del rito yorkino y no a la familia Hanover Sajonia con su llamada Masonería de Rito Escocés, ubicada en un castillo de Europa. Desde entonces Joel Roberts Poinsett comenzó a dominar abiertamente la política mexicana. El 29 de septiembre de 1825 Poinsett terminó de integrar todas estas nuevas logias pro estadounidenses. Esa noche, en su casa, teniendo como invitados a todos los políticos mexicanos que había absorbido y comprado, como Vicente Guerrero y el separador de Texas, Lorenzo de Zavala, fundó, en su propia mansión, el Gran Oriente Yorkino de México. Siguió un siglo de guerras y golpes de Estado en México, dirigidos por Poinsett para expulsar a Inglaterra de América y controlar esta plaza.

Dido frunció la nariz y nos dijo:

—Ya me cansé de respirar tanta mierda.

Apola miró los escombros a su alrededor y negó con la cabeza.

—No creo que aquí haya ninguna cabeza de cristal —me dijo—. Si alguna vez la hubo, se la llevaron a otro lado. Esto fue abandonado. La sede del poder masónico en México debe de estar ahora en otro lugar.

Silenciosamente, dos camiones grises se frenaron afuera, a los costados del edificio. Las puertas de la antigua casa se abrieron con cautela y lentamente comenzaron a entrar soldados con armaduras negras y cascos completamente cerrados salvo por coladeras para los ojos.

Dido levantó una oreja y nos dijo:

—¿Oyen eso?

Escuchamos tintineos metálicos venir desde afuera. Dido se colocó su nariz de payaso y murmuró lentamente:

—Hace años, cuando fui la Cuarta Persona de la Cuaternidad, trabajé en Sanborns limpiando platos. En ese restaurante había símbolos masónicos exactamente iguales a los que hay en este lugar horrible. ¿Pero saben qué es mucho más notable? No sólo estaban los símbolos, sino también los masones —y me miró con ojos brillantes—. Su nombre en el mundo de los mamilas, antes de pasar a la familia Sanborns, era Masonic Hall, más conocido como The Jockey Club.

84

Los soldados tronaron las únicas vigas que los separaban de nosotros y nos apuntaron con sus bayonetas, o al menos eso intentaron, pero nosotros ya estábamos lejos gracias al enano Dido Lopérez, quien gritó:

—¡Una vez más he salvado la situación!

Caminamos cinco cuadras hacia el norte y llegamos al espacio de todos los espacios: la plaza del inconcluso y marmóreo Palacio de las Bellas Artes. Hacia el fondo estaba el gran parque arbolado de la Alameda y hacia el otro lado, bajo las estrellas de esa apagada noche, nos dirigimos a un edificio forrado de azulejos amarillos y azules llamado La Casa de los Azulejos, ahora convertido en un café de pasteles llamado Sanborns.

El edificio estaba apagado. Dido se detuvo con la bolsa de Ultramarinos La Sevillana y el rollo de Poinsett en la otra mano. Se volteó hacia nosotros y nos dijo:

—Si los masones me atrapan esta noche, díganle a la gente que yo sólo quise un mundo mejor —y avanzó hacia la puerta de cristales.

En el segundo piso de ese edificio habían sido planeados, en secreto y por un grupo siempre pequeño, los acontecimientos más devastadores de la historia de México en los últimos cien años, bajo instrucciones provenientes de un castillo de Europa y de una catacumba en Filadelfia.

85

A siete cuadras de nosotros, en el recóndito corazón de México, en la gran plaza del Zócalo que alguna vez fue el centro del Imperio azteca, un hombre bajito, flaco y amargado trabajaba bajo la solitaria luz blanquecina de un foco. Se le acababa de regañar. Era Joaquín Amaro. Colgó el teléfono, se acomodó los anteojitos redondos. Su desquite fue regañar a todos sus inferiores.

—¡Pendejos! —y los azotó con su muy famoso y largo látigo de cuero.

Se encontraba en la planta baja del ala norte del Palacio Nacional, llamada Sección de los Patios Marianos. Ésa había sido la oficina de los secretarios de Guerra de México desde los tiempos del general Bernardo Reyes, cuya silla ocupaba ahora Joaquín Amaro. Se estiró en su traje militar color caqui.

—¡Los fanáticos católicos acaban de dinamitar el tren del presidente y ustedes son los responsables! ¡Miserables! —y azotó su látigo entre las inmovilizadas cabezas de sus subordinados, que sólo cerraron los ojos. La punta del flagelo le dio en la cara a un individuo llamado Sargento Robledo. Amaro caminó entre sus aguerridos "leales", aplastando piedritas con sus botas de montar, y rugió:

—¡Figueroa, a usted le ordeno barrer a esos fanáticos de los Altos. Estoy decidido a exterminarlos. Quiero que dirija ocho columnas y que incendie esos malditos campamentos de las montañas! ¿Comprendido?

Al general Andrés Figueroa comenzó a temblarle el párpado.

—General, no tenemos ocho mil hombres.

—¡Pues consígalos! ¡Pendejo!

—¿Pero de dónde?

Amaro le caminó alrededor y del bolsillo de su pantalón sacó una espuela oxidada. Se la colocó en la frente a Andrés Figueroa y se la talló con mucha fuerza.

—¡Figueroa! —le gritó— ¡El presidente provisional Emilio Portes Gil tiene intenciones de sustituirme por el diputado Gonzalo Santos o por el general Saturnino Cedillo, y le prometí al general Plutarco Elías Calles permanecer aquí hasta que él mismo me sustituya! ¡Los fanáticos católicos están atacando a nuestras fuerzas en Arandas, Atotonilco, San Miguel el Alto y en el resto del estado de Jalisco! ¡En dos años de combatirlos no hemos logrado nada más que hacer crecer su movimiento y hemos permitido que se organice cada día mejor!

—General, yo he seguido cada una de sus instrucciones y respetuosamente le he indicado mis puntos de vista. Usted ha disuelto gran parte de la fuerza de guerra de México y ahora enfrentamos las consecuencias. ¡Necesitamos más hombres! ¡Necesitamos una Secretaría de Guerra que sea leal a México, y no a tratados con los Estados Unidos!

211

Amaro sintió las mejillas endurecérseles como carbón caliente. El vapor de sus ojos empañó sus anteojos redondos. Desenfundó su revólver y se lo introdujo a Figueroa dentro de la boca.

—¿Está cuestionando mis órdenes? ¡Miserable! ¡Yo soy el secretario de Guerra del México revolucionario! ¡Consiga esos hombres que le estoy ordenando y barra ya a los miserables cristianos! —y retiró un poco el arma.

—¡General! ¡No hay hombres! ¡No hay presupuesto! ¡No hay armamento!

Amaro le clavó de nuevo la pistola hasta hundírsela en la tráquea y le susurró sin despegar los dientes:

—Saque presos de la cárcel. Saque a mendigos de sus coladeras. Vista a mujeres de hombres. Reclute a todo ser humano que camine en dos patas.

Figueroa tosió y le contestó:

—¿Con qué les pago?

Amaro le caminó por detrás y le susurró en el oído:

—Le bajaremos el sueldo a los funcionarios.

—¿Perdón?

Los demás militares tragaron saliva. Amaro sonrió para sí mismo y continuó:

—Eso es. Les descontaremos treinta por ciento a todos los funcionarios del gobierno federal hasta que acabemos con estos jovencitos idiotas de la Cristiada.

—General, eso va a poner en problemas al presidente provisional. Se le van a rebelar los burócratas. No creo que acepte.

—Él no importa. Él no decide nada. El gobierno no está en el despacho del presidente, ni siquiera está en la casa de Plutarco en Anzures. El gobierno del México revolucionario está en la embajada de los Estados Unidos.

Figueroa cerró los ojos. Recordó el momento en que un hombre llamado Bernardo Reyes ocupaba esa oficina estratégica de México. "Pudo ser diferente", pensó. Miró hacia arriba. En el techo vio una espada griega con las letras *KOPIS-ALEXANDROS*. "¿Es ésa la respuesta?"

—Les bajaremos los sueldos —le insistió el Indio Amaro—, y si alguien de esos burócratas protesta se le hará corte marcial o se le dirá que la culpa es de los católicos, ¡a ver si así los siguen defendiendo! —y apretó los dientes.

—¡General Amaro! —irrumpió un mensajero alarmado— Acaban de saltar cuatro trenes más. Cuernavaca, San Luis Potosí, Yurécuaro y Laredo. Arrancaron las vías. Es un ataque coordinado. Y el licenciado

José Vasconcelos está entrando a Guadalajara. El movimiento de los cristeros está despertando.

A Amaro se le abrieron los ojos.

86

En la estación de trenes de Guadalajara, una masa de cuatrocientos jóvenes se liaba a golpes con soldados armados con picas negras y escudos terminados en dientes. Volaron en el aire granadas de gas nervioso y los soldados se colocaron máscaras antigás. Al fondo del andén, por donde entraba el río frío y negro de la noche, se aproximó rechinando el tren donde venía el candidato José Vasconcelos.

El oaxaqueño de nariz saltona y cabello aborregado, Ernesto Carpy Manzano, con la cara sangrando, lanzó un duro golpe en la boca a un militar y le gritó:

—¡Nadie de nosotros se va a mover! ¡Para sacarnos de aquí vas a tener que matarnos! —y levantó la cara. Gritó con todas sus fuerzas—: ¡Protocolo de Acción de Enjambre 7-A! ¡Erizo! ¡A las vías!

Los cientos de jóvenes les arrancaron los palos a sus carteles de Vasconcelos y arrojaron al piso las cartulinas con las fotografías del candidato y con el mensaje de LIBERTAD, GRANDEZA Y ESPERANZA. Los palos estaban afilados por un cabo y en treinta segundos se formó una sierra de cientos de puntas mortales: una línea de jóvenes amarrados brazo con brazo sostenía los palos. Empujados por dos líneas traseras comenzaron a impeler a los soldados del gobierno hacia el foso del tren.

Los soldados comenzaron a caer con todo y sus escudos y fustes. Del otro lado, una formación de jóvenes imitó la estrategia PAE-7-Erizo y empujó a los soldados de esa sección hacia las vías de los costados. En la parte trasera de la nave, los oficiales de los escalones oprimieron sus gatillos y salieron dos descargas de ametralladora que perforaron las paredes. Comenzaron los gritos de las mujeres y los niños.

—¡Orden! —grito el sargento— ¡Orden!

Se hizo un silencio profundo mientras el tren de Vasconcelos se frenó metálicamente a metros del final de la vía, que era una sopa de soldados amontonados soltando patadas e insultos.

Comenzó a llorar una mujer:

—¡Mi niña! ¡Mi niña! —y levantó con sus brazos un conjunto de mantas con sangre— ¡Aaaaaaaaaah!

En la calle afuera de la estación había cerca de dos mil personas frente a coches de militares, donde se alzaron hombres con mangueras de diez centímetros de diámetro.

—¡Desalojen la calle y regresen a sus casas! —les gritó uno de ellos a través de un cono amplificador.

La gente le respondió con insultos y lanzándole zapatos y piedras.

—¡No nos vamos, cabrón! —le gritó un chico, que recibió un disparo en la cabeza mientras alzaba la fotografía de José Vasconcelos.

Los hombres giraron las perillas y las mangueras expulsaron un chorro de agua a alta presión. Mujeres y niños fueron impactados y triturados contra la masa humana, y pronto toda esa confusión de cuerpos fue arrastrada dentro de las ráfagas de agua bajo la luz azulosa de la luna. Los letreros de VIVA CRISTO REY debajo de crucifijos con soles y corazones fueron arrancados de los brazos y volaron sobre cabezas y cuerpos que se aplastaron unos contra otros entre llantos y alaridos.

—¡Desalojen la calle para evitar el uso de la fuerza! —gritó a la masa el subteniente desde su embudo amplificador— ¡El licenciado José Vasconcelos es un elemento reaccionario y peligroso que amenaza a México con implantar al clero romano y eliminar del gobierno las sagradas conquistas de la Revolución! ¡Desalojen esta avenida o serán arrestados y sentenciados por sedición y traición a la Revolución!

Una mujer se levantó y, resistiendo el chorro de agua en la cara, gritó desgarradoramente: "¡Asesinos!"

En la estación, el tren acabó de frenar y sus cilindros expulsaron un largo resoplido de vapor caliente. Por un instante reinó el silencio. El sargento les gritó a todos:

—¡Escúchenme por favor! ¡Hay cinco ametralladoras en este recinto! ¡Cualquier violación al orden público exigirá que se disparen, y en este lugar habrá una masacre!

Con las mandíbulas trabadas y los ojos saltones, sudando dentro de sus propias pestañas, miró hacia todas direcciones y siguió gritando:

—¡Ni ustedes ni yo queremos morir aquí esta noche! ¡Conservemos la calma y el orden! ¡Pueden permanecer en esta estación para recibir al candidato José Vasconcelos mientras lo hagan en forma ordenada y pacífica! —y miró a sus hombres atrapados entre la gente— ¡Soldados: auxilien a estos ciudadanos para permanecer en la estación en forma ordenada!

Comenzó a temblar el piso cuando los jóvenes empezaron a gritar al unísono y sin detenerse: ¡VIVA CRISTO REY! ¡VIVA CRISTO REY! ¡VIVA CRISTO REY!

87

Dentro de una espléndida limosina, a cuatro cuadras de la estación, el no agraciado gobernador de Jalisco —por designio de la Revolución mexicana—, Margarito Ramírez, bajó el cristal de la ventanilla dos centímetros y escuchó la gritería.

—Dios... —murmuró— ¿Qué está pasando?

El policía de afuera le informó:

—Señor gobernador, se está perdiendo el control de la situación. La gente se va a lanzar a los golpes por el candidato Vasconcelos. Hay otra multitud en el centro y en los pueblos de Arandas, Tepatitlán y Lagos de Moreno.

Margarito hizo pucheros y se mordió el labio con sus dientes de topo.

—Me van a coger —le dijo al policía—. Me pidieron encargarme de Vasconcelos. ¡Pero tenían que ser discretos! Pinches pendejos —y negó con la cabeza—. Nunca debí pedirle esto al ejército. Lo que están haciendo bajo las órdenes del carnicero de Amaro es encabronar a la gente y van a convertir a Vasconcelos en un héroe —y miró al policía—. Si continuamos así Vasconcelos se va a volver intocable.

El policía le dijo:

—O va a estallar una nueva Revolución.

88

Se abrió la puerta del vagón y a Vasconcelos lo deslumbró la luz de la nave. Detrás de él estaba el ingeniero Federico Méndez Rivas retorciéndose el bigote, y enseguida Juanito Ruiz y el gigantesco Pedro Salazar Félix. El ingeniero Méndez Rivas le susurró a Vasconcelos:

—Ésta es la bienvenida más deprimente hasta el momento, ¿no le parece, licenciado?

Observaron a la gente cubierta en sangre, a las mujeres con caras de pesadilla, a los soldados empalidecidos mirando hacia abajo, a los francotiradores con las metralletas apuntándoles desde las esquinas de la central.

Vasconcelos tragó saliva y miró hacia la multitud. Juanito le murmuró:

—Licenciado, tenemos cinco segundos para descubrir si nos van a matar. Cinco, cuatro, tres, dos, uno —y cerró los ojos. Los abrió y sonrió—. Bueno, tenemos un día más en este triste planeta.

Vasconcelos volteó. El enorme Pedro Salazar Félix, con las enormes mandíbulas prensadas, lo miró desde lo alto y le dijo:

—Licenciado, déjeme ponerme delante de usted para cacharle los disparos —y suavemente lo jaló hacia dentro del vagón, pero el candidato lo resistió y le apartó el brazo.

—No, Pedro. Si un disparo va a caer esta noche, el único que debe recibirlo soy yo.

—¡Pero, licenciado —le dijo el mastodonte—, yo soy Pedro Salazar Félix, soy sonorense y soy de Navojoa, y yo mato y muero por usted y por México!

El ingeniero Méndez Rivas le puso la mano a Pedro en el duro abdomen y lo devolvió hacia atrás. Le murmuró a través de sus bigotes:

—Si nos permites, tenemos que atender a esta gente. Licenciado, le recomiendo dirigir unas palabras.

—Tienes razón —le dijo Vasconcelos y levantó lentamente los brazos desde su vagón para atraer la atención de la gente lastimada que lo observaba—. ¡Mexicanos! ¡Pueblo al que pertenece cada gota de mi sangre y todo lo que amo y he amado en este mundo! ¡Niñas y niños de Guadalajara! ¡Chicas y muchachos valientes de Jalisco! ¿Es éste el momento de despertar? ¿Es éste el momento de renacer? ¿Cuánto tiempo más estamos dispuestos a seguir esperando mientras matan a quienes amamos? —y su rostro adquirió una expresión de furia al ver a un niño con el ojo rojo por derrame— Mexicanos: ¿cuánto tiempo más estamos dispuestos a esperar mientras nos castigan sólo por creer lo que creemos, sólo por haber nacido donde nacimos; sólo por ser en nuestro corazón, en nuestra carne y en nuestra mente lo que somos? ¿Acaso no somos mexicanos? ¿No es eso lo que somos? ¿Tenemos que cambiar para agradarlos? ¿Tenemos que dejar de ser lo que fueron nuestros padres y nuestros antepasados? ¡Que nos muestren la cara nuestros tiranos, los que quieren borrarnos nuestra memoria, los que quieren destruir para siempre la grandeza de nuestro pasado para que seamos sus esclavos, sin identidad y sin seguridad en nosotros mismos!

Hizo una pausa y quiso detenerse. La escena dantesca lo mortificaba, le dolía.

—Mexicanos: ¿nos resignaremos a traicionar nuestra memoria, nuestra carne, nuestros sueños, los sueños de nuestros padres y de todos nuestros antepasados? Mexicanos, ¿estamos derrotados? ¿Acaso nos destruyeron ya? ¿Acaso estamos muertos? ¿Acaso nuestra sangre ya está congelada y está muerta nuestra esperanza?! ¡México! ¡La sangre de los dos más grandes imperios que ha visto la Tierra corre por tus venas y está viva y ardiendo dentro de cada uno de ustedes! ¡El Imperio azteca y el imperio de España respiran cada vez que tú respiras! ¡Mexicanos! ¿¡Vamos a dejar que nos derroten?! Mexicanos —y alzó violentamente el puño hacia el cielo—: ¡ésta es la hora del destino! ¡Ésta es la hora del destino! ¡Ésta es la hora del destino!

La gente comenzó a gritar y a llorar. Los carteles arrancados de sus picas volvieron a volar en el aire y parecieron detenerse en el aire, en el tiempo. Los soldados fruncieron el entrecejo, presenciando el fenómeno que estaba volviéndose realidad.

—Mexicanos —continuó en voz más baja—: sé que hay una orden para matarme aquí esta noche —y miró lentamente a su alrededor, soldado por soldado—. Eso no va a suceder —y comenzó a bajar los escalones, paso a paso, arrastrando su abrigo sobre el metal—. ¡Mexicanos: los soldados que están aquí esta noche también son mexicanos, y por eso son también mis hermanos! —y lentamente le tendió la mano a uno, que titubeó y miró a su superior— ¿Acaso no eres mi hermano? —le sonrió Vasconcelos.

El soldado tímidamente le acercó la mano sudorosa y se apretaron las palmas. El soldado le sonrió y la gente gritó: "¡México! ¡México! ¡México!"

Vasconcelos retomó su arenga:

—¡Jóvenes de Guadalajara: todos los soldados de México son mis hermanos, porque son ellos quienes protegen a quienes amo, y yo los pienso defender con mi vida como ellos protegen la mía! Todos nos necesitamos. Nadie puede ya quedarse fuera. ¡Soldados! ¡Luchen conmigo por esta nueva patria que nace aquí esta noche!

Hizo una pausa para ver los cientos de caras expectantes y se alzó un grito semejante a un trueno.

—México, no nos contentemos ya con gobiernos mediocres. No nos contentemos ya sólo con sobrevivir cada año y cada decenio mediocremente, escapando siempre del hambre y de la muerte. No nacimos para eso. ¿O nacimos para eso, México? ¿¡Para qué nacimos, México?!

La gente permaneció en silencio, observando el nudo que se le hacía a José Vasconcelos en la garganta. Se le humedecieron los ojos y les gritó:

—¡México! ¡Tu corazón, tus tierras y tu sangre engendraron a mi madre! ¡Y mi madre creyó siempre en tu promesa! ¡México! ¡Estoy aquí para cumplir esa promesa! ¡México: te prometo aquí esta noche que llevaremos tu nombre hacia la cumbre donde están las potencias que reinan sobre el mundo! ¡Y una vez ahí aferraremos las riendas y conduciremos a los tiranos a deponer sus armas y a ceder a todas las naciones el control mancomunado de la Tierra, en la nueva era, la era de la paz! ¡Soldados! ¡Llevemos a México a la gloria y a la grandeza! —y los miró— Esa promesa —e indicó "pequeño" con los dedos—, esa pequeña llama de esperanza que nunca se apaga ha estado esperando oculta y en silencio, desde el principio de los tiempos, en el interior oscuro de las ruinas secretas de nuestro México, la llegada final de este momento —y alzó los brazos—. ¡Mexicanos, estamos aquí vivos! ¡Nos tocó vivir en este instante del tiempo! ¡México, levántate! ¡México, éste es el momento de despertar! ¡Éste es el momento de unificarnos con todos y cambiar todas las cosas!

89

El enano Dido Lopérez agitó sus pequeños pies y corrió hacia la ventana de cristal de la puerta del café de Pasteles Hermanos Sanborns, ubicado en la gigantesca Casa de los Azulejos. En una mano llevaba la bolsa con el frasco que contenía la mano del general Álvaro Obregón Salido, junto con el óleo enrollado del arcaico señor embajador Joel Roberts Poinsett, y en la otra una barra de metal que azotó violentamente contra el cristal.

—¿Así, mamá? —le preguntó a Apola Anantal.

Ella, orgullosa, se colocó junto a él y le acarició la cabeza. Miró la luna reflejada en los vidrios rotos e introdujo la mano. Abrió la puerta, nos dijo "pasen" y miró hacia dentro.

—¡Yo siempre quise un pastel! —exclamó Dido y corrió como un osito hacia los oscuros pasillos de anaqueles. Desde ahí gritó—: ¡Una vez más he salvado la situación!

Apola y yo permanecimos un segundo en silencio, sintiendo el frío del lugar. Detrás de los anaqueles, que olían a bizcocho, había un espacio interior a modo de patio, con una fuente, y había mesas. En la parte alta un barandal de hierro daba la vuelta alrededor del patio.

Le dije a Apola:

—El Jockey Club estaba arriba.

Caminamos cautelosamente y la puerta por la que habíamos entrado rechinó detrás de nosotros. Se cerró y se corrió una cerradura. Apola me miró entrecerrando los ojos de gato.

—¡Mamá, encontré una galleta para ti!

—¡Gracias! —le gritó ella y me sonrió— Es tierno, ¿no crees?

—En verdad le has tomado cariño a Dido Lopérez.

Ella miró su zapato plateado y pateó una pelusa.

—Es una forma de distraerme, Simón. Lo más probable es que termine muerto en esta misión. Y aún más probable es que yo misma tenga que matarlo —y se aspiró los mocos—. Así es este trabajo. No debo encariñarme con nada. Nada es real.

Me hizo torcer la boca.

—Por lo que veo no te gusta tu trabajo.

—¿Acaso hay alguien a quien le guste su trabajo?

Caminamos hacia el patio. En la fuente había una horrible máscara de piedra: un rostro blanco deformado, con los ojos vacíos y con una flor de lis en la frente.

—Bueno, supongo... —y miré las mesas— supongo que a los pasteleros les gusta su trabajo. Supongo que a los meseros les gusta su trabajo. A Dido Lopérez, que es mesero, le gusta su trabajo.

—A Dido Lopérez le gusta existir. Por eso me gusta Dido Lopérez. A mí no me gusta existir.

Me rasqué la cabeza. Mi chichón tenía la costra semidespegada. Sentí algo cremoso que me llevé a la nariz. Olía a queso y a mariscos.

—¿De dónde eres, Apola? ¿Por qué tu acento es tan extraño? ¿Eres francesa?

—No —me sonrió y siguió caminando.

—¿Española?

—No.

—¿Alemana?

—No, Simón Barrón. No tengo país. Si lo tuve, eso ya no está en mi memoria.

—¿Cómo dices?

—Me pasó lo mismo que a ti. Se llama disociación Charcot. Amnesia retrógrada de la memoria episódica —y se tocó por encima de la oreja—. Mi existencia cuenta a partir de hace cinco años. Antes de eso, no sé quién fui. Ya no existe.

—Un momento... —le dije y me toqué de nuevo la costra inflamada— ¿estás diciendo que yo no voy a recuperar mi memoria? ¿No voy a volver a ser quien fui?

Me tomó del antebrazo.

—Simón, ¿acaso importa? Todo esto —y me mostró las mesas, la fuente, las paredes con mosaicos—, todo esto no va a durar más que un segundo —y tronó los dedos—. Todo lo que estamos viviendo, toda la gente que estamos conociendo, los seres humanos que existen, los que

219

van a existir y los que existieron; los edificios, los imperios, las especies, todos los planetas, todo, absolutamente todo, va a desaparecer. Es la fórmula misma con la que fue construido el universo. Se llama entropía: segunda ley de la termodinámica —y me tocó la nariz—. Así que no te aferres. Todo lo que estamos viviendo es un sueño. No importa.

Siguió avanzando y caminé detrás de ella hacia el fondo del patio. Había una escalera de piedra que ascendía hacia el segundo piso. Me aferré a la bola rocosa del barandal y le dije:

—¿Para quién trabajas, Apola Anantal? ¿Quién te envió a México? ¿Cuál es tu verdadera asignación aquí? ¿Me estás utilizando?

Se detuvo en el escalón y me dijo:

—¿Prefieres morirte en una prisión de Plutarco? Diviértete —y continuó subiendo—. Esto se acaba en cualquier momento.

Miré hacia arriba y descubrí algo estremecedor en el techo, que llegaba al segundo piso por encima de la escuadra que formaban las escaleras. Era un alto cielo de vigas y azulejos. En el centro de toda esa estructura había una estrella de diez picos, dorada, rodeada de guirnaldas de oro. Al centro de la estrella había tres polígonos de diez puntas, cada uno incrustado dentro de otro. Dentro del último polígono había una figura monstruosa.

—¿Qué te pasa? —me preguntó Apola y también observó la figura. El vitral en lo alto del muro del descanso unía las secciones inferior y superior de la escalera; el bastidor de piedra del vitral era un círculo sobrepuesto con un cuadrado.

—¿Dónde está Dido? —le pregunté a Apola y miré hacia abajo las perturbadoras imágenes pintadas en el muro del descanso. A la izquierda del vitral había dos manos apuntando hacia abajo, con los dedos quemándose en unas llamaradas. A la derecha, dos manos dejaban resbalar hacia abajo a un pequeño humano sin cabeza.

Sentimos frío y Apola me dijo:

—Como diría tu amigo Dido Lopérez: "Esto me está dando cosa".

Contemplamos, con creciente ansiedad y perplejidad, la gigantesca escena pintada debajo del vitral, dominada por el color rojo y una mujer arrodillada. A la derecha había otra mujer, muy pequeña, con el rostro retorciéndose de dolor, atrapada entre las enormes manos pétreas de una figura humana sin cabeza. Al otro lado estaba un pequeño hombre con las quijadas trabadas a quien otro hombre, mucho más grande y de apariencia ciclópea, le estaba sujetando el cráneo y la mano con que empuñaba una espada. A este segundo gigante tampoco se le veía la cabeza. Apola me susurró:

—La mujer está avergonzada —y frunció el ceño.

Subió hasta el muro. Tocó las rocas negras pintadas debajo de los pies del hombrecillo de la espada y miró hacia arriba.

—Dominan su cabeza —me dijo, y señaló la mano del gigante que aferraba el cráneo al hombrecillo—. También su espada —y me indicó la otra mano, que le impedía sacar el arma—. Pero lo más importante —y miró al gigante—: a su dominador no se le ve la cabeza. El hombrecito no sabe quién lo maneja. No sabe quién es la cabeza.

Subí lentamente hacia el descanso. Una piedra crujió bajo mi suela. Dije:

—No sabe que existe una cabeza.

Seguimos con los ojos la dirección de las piernas del hombrecillo, a través de las negras piedras que pisaba, y vimos un letrero en mayúsculas que decía OMNISCIENCIA. Al otro lado de la puerta cerrada del descanso había un letrero más: PINTADO POR JOSÉ CLEMENTE OROZCO POR ORDEN DE SU GRAN ADMIRADOR FRANCISCO SERGIO ITURBE. AÑO DE 1925.

Me vino un recuerdo confuso.

—Apola, yo he estado aquí. José Clemente Orozco pertenece a la Masonería.

Me miró extrañada. Seguí recordando:

—Orozco y Luis Manuel Rojas pertenecen a la Gran Logia Occidental Mexicana. Rojas es el artífice de la Constitución de 1917. Los artículos contra la religión católica fueron introducidos por los masones.

—Simón —me sonrió Apola—, ¿en este edificio está la cabeza?

Ausculté la parte superior del edificio. El segundo piso se veía completamente oscuro. El domo que cubría el patio había sido tapado por una telaraña de vigas de madera. Comencé a subir y vi una placa oxidada en la base del último escalón.

Me aproximé cuidadosamente y me adherí al piso para leer su contenido, lo que hice en voz alta:

—"Esta casa perteneció al conde Andrés Suárez Peredo, descendiente de la Condesa del Valle de Orizaba y Vizcondesa del Pueblo de Tecamachalco, pariente del obispo de Veracruz, Francisco Suárez Peredo. En diciembre del año de 1829, el conde Andrés Suárez Peredo bajaba esta escalera cuando los hombres de la Gran Logia Yorkina de México comandada bajo auspicio de S. E. J. R. Poinsett se levantaron en armas para derrocar al presidente electo Manuel Gómez Pedraza, a quien despojaron. Esa noche el muy sangriento subteniente Mateo Palacios, siervo de S. E. J. R. Poinsett, entró a esta casa con sus tropas para asesinar al conde Andrés con su esposa y con sus hijas, y lo asesinó aquí mismo, en estas escaleras. Mucho después de esos fatídicos hechos, esta mansión pasó a ser el centro masónico de México, y los hechos de esa noche se llaman 'El Motín de la Acordada'."

Quedamos horrorizados. Apola observó los escalones hacia abajo y comenzaron a temblarle las manos.

—Simón —me dijo con el miedo nublando sus ojos—, estoy sintiendo algo muy feo.

—Yo también.

En la primera columna del segundo piso distinguimos una figura de mármol con la mirada retorcida: una forma humana con cabeza de carnero.

—Simón... —insistió Apola, y señaló aterrorizada un movimiento detrás del vitral de la puerta del descanso.

El vidrio se quebró desde dentro y un golpe de aire caliente nos dio en la cara. Alguien sacó sus dientes de entre los hierros y nos gritó como una bestia:

—¡Puras mamadas! —y prolongó las últimas sílabas mientras agitaba la mandíbula— ¡En el octavo día de la creación Dios creó a Diosa y tuvieron un bebé al que le pusieron Dido Lopérez!

Torció la manija y salió. Nos dejó con los corazones latiendo. Lo señalé y le dije:

—Tú... eres... —y bajé el brazo— No importa.

Comencé a subir y Dido me gritó desde atrás:

—¿Yo qué, carbón? ¡Mírame de frente! ¡Me ves chiquito pero te convierto en mierda! —y tronó los dedos— Soy enano, estoy encantado, tengo poderes —y me agarró por el tobillo. Me detuve y le pregunté:

—¿En qué pesadilla te engendré y brincaste hacia mi mundo real? ¡Regrésate al infierno! ¡Salte de mi vida! ¡Déjame en paz!

El enano, encolerizado, metió la mano a la bolsa de Ultramarinos La Sevillana y sacó el frasco con la mano amputada de Álvaro Obregón. Me la puso enfrente y gritó:

—¡Métete esto! ¡Métete esto, carbón!

Le había modificado el acomodo de los dedos y el dedo de en medio de Obregón estaba para arriba.

Apola negó con la cabeza:

—Parecen niños chiquitos.

—La culpa de todo es siempre de Simón Barrón —y alzó el frasco—. ¡Mira, carbón! ¡La profecía es que en la noche este dedo se va a salir del frasco, se va a arrastrar hasta ti mientras estés dormido y se va a meter por tu trasero y te vas a convertir en mierda!

—Un momento...

Caminé hacia la pared y le dije a Apola:

—Limoncito... —y le sonreí.

Se me aproximó ladeando la cabeza y comencé a tararear silenciosamente:

—Limoncito, limoncito, pendiente de una ramita... dame un abrazo apretado y un beso de tu boquita... Al pasar por tu ventana me tiraste un limón... el limón me dio en la cara y el zumo en el corazón... Hay un corazón en este edificio.

—¿Un corazón...?

—Sí. Y ese corazón es la compuerta, la Urna de Plutarco. Ahí están los Documentos R, el plan masónico del mundo. Está cincelado dentro de una cabeza de vidrio. Está aquí. Es la cabeza del padre de la raza sajona, el dios neolítico Wotan-Urman. Hay una réplica en cada sede masónica del mundo —y le sonreí—. ¿Ahora entiendes? Por fin vamos a saber quién está detrás de todo esto actualmente. Es alguien real. Lo llaman "El Gran Patriarca".

Apola me susurró:

—La Gran cabeza de cristal... —y entrecerró los ojos.

Comencé a trotar hacia el barandal del segundo piso y corrí en la oscuridad sobre el suelo desnivelado, pasando puerta cerradas.

—¡Estoy recordando, Apola! —le grité— ¡No sé de dónde provienen estos recuerdos! ¡No sé si son míos! ¡No sé de quién son los datos que están emergiendo dentro de mi cerebro! ¡Esta casa se la arrancaron a los herederos del conde del Valle de Orizaba y Tecamachalco! El dueño del edificio de enfrente, llamado Casa Guardiola, que tiene cabezas de perros y que apunta hacia la Alameda, se asoció con un hombre llamado Eduardo Rincón Gallardo, que era masón de la Gran Logia del Valle de México. Ellos fundaron aquí el Jockey Club —y aferré la dorada manija de la puerta que daba al Gran Salón de los Espejos—. Lo fundaron con el auspicio de un enviado de Inglaterra muy poderoso, llamado Lord Cowdray.

—¿Lord Cowdray? —preguntó Apola— ¿El que armó la zona de explotación petrolífera para el Imperio británico en el sureste de México por orden secreta de Winston Churchill?

—Así es... Lord Cowdray, cuyo nombre es Sir Weetman Pearson, el creador de la corporación Mexican Eagle.

Recordé una figura de rostro bondadoso junto a una ventana, sosteniendo en la mano una naranja. Le dije a Apola:

—Hay algo malo en todo esto. El dueño de la Casa Guardiola que está frente a este edificio lleva mi apellido. Se llama Pedro Escandón Barrón. Estoy aproximándome hacia mi propio pasado —y comencé a girar la manija—. Hay un pasaje subterráneo que comunica los dos edificios. Lo que buscamos está ahí.

Entramos a un gran salón de paredes verdes con columnas blancas y candelabros. La luz de la luna se metía por las ventanas formando espectrales diagonales azules.

—Aquí sesionaba los domingos a las diez con treinta de la mañana el Consejo de Kadosh. Los miércoles a las siete de la noche se reunía la Logia Perfección Alfa 4, pero no lo hacía en esta parte del salón, sino en ese anexo privado —y caminé hacia el cuarto del fondo, cuya puerta de cristales opacos estaba cerrada con llave.

Miramos hacia arriba. En lo alto de las columnas que flanqueaban la puerta, sosteniendo un arco de cristales en forma de telaraña, había dos máscaras muy perturbadoras: dos cabezas humanas con cuernos. Tenían barba de carnero y las orejas deformes, como si oyeran. Al entrar sentimos que los ojos diabólicos de esos engendros nos vieron cruzar ese límite de la realidad.

90

A kilómetros de nosotros, en las oscuras vértebras de las montañas de los Altos de Jalisco, ocho columnas de soldados del gobierno avanzaron por rutas paralelas bajo la luz de la luna. De una cresta a otra se comunicaban por medio de una lámpara de persiana. En una cumbre, el general Andrés Figueroa leyó con sus binoculares los destellos anaranjados emitidos en código Morse. Le murmuró al hombre que tenía a su derecha:

—Capturaron a un chico de la resistencia. Lo tienen amarrado y lo vienen arrastrando. Les acaba de confesar dónde está el Campamento Madre al que llaman TA-MUP 5 —y miró a su acompañante—. Estamos a sólo cinco minutos —y le sonrió. Alzó el brazo y le señaló una cresta negra detrás del manto de árboles—. Pasando ese espinazo hay un cráter. Es ahí.

Su hombre le sonrió y gritó:

—¡División Occidente! ¡Avanzamos hacia el suroeste 12 grados, hacia el cuarto pico de esa sierra! ¡Informen por radio a las columnas 4, 7 y 8! ¡Que se aproximen desde ángulos oblicuos, noreste, sureste y noroeste! ¡Que se estacionen detrás de las crestas rodeando el campamento y que ahí esperen nuestra orden de precipitación! ¡Se iniciará con lluvia de morteros y de máquinas de incendio; cuando estén ardiendo las tiendas y las cabañas, y los rebeldes salgan al descubierto, iniciamos la precipitación! ¡Preparen sus espadas y sus picas!

La columna del general Figueroa avanzó a través de una cañada irregular llena de troncos derribados y rocas. Cuando llegaron a lo alto Figueroa caminó hacia la punta de la serranía y vio debajo, en el cráter, el campamento de los rebeldes abandonado. Volteó a ver a su teniente coronel y le preguntó:

—¿Qué chingada significa esto?

El teniente coronel comenzó a descender hacia el campamento, frenando la caída con las botas, y vio la compleja red de puentes que conectaban los árboles formando una ciudad primitiva de varios pisos, con salones y cabañas colgantes ahora deshabitadas. Abrió la boca asombrado. Cerró los ojos y percibió en sus paredes nasales el olor del incienso mezclado con la frialdad mojada de los pinos. Se detuvo al pie de un crucifijo de madera cubierto de filamentos de tréboles y flores.

—¡General Figueroa! —le gritó.

El general resbaló hasta el crucifijo y su teniente le mostró un mensaje pintado en color amarillo y verde en una tabla clavada al centro de la cruz. Decía: "Sabíamos que ibas a llegar por aquí. Si nos encuentras, ganas. Te dejamos un regalito. Atentamente, Patricia López Guerrero". Debajo había clavada una bolsita transparente y dentro de la bolsita un rosario de madera.

91

A setenta kilómetros de ahí, en la estación de trenes de Guadalajara, el grupo de Vasconcelos salió hacia la calle como un chorizo de jóvenes, señoras, niños y ancianos en medio de dos paredes de soldados. Uno de los soldados le hizo una mueca al aborregado Ernesto Carpy Manzano, que tenía la cara abultada y supurando sangre, y le escupió en el rostro. Carpy avanzó sin dejar de mirar a ese hombre, que lo siguió sin pestañear, sonriendo y masticando un chicle.

Afuera había una gritería que se convirtió en estruendo cuando se vio salir a José Vasconcelos. En lo alto de los camiones del ejército los operadores de mangueras apretaron las perillas y tensaron los dedos, preparándose para actuar.

Vasconcelos caminó entre la gente y se le abalanzó un mar de personas. Carpy y el atlético Herminio Ahumada trataron de abrirle paso en la confusión de la noche. Se formó una ola invisible entre dos mil personas que comenzaron a gritar ¡VASCONCELOS! ¡VASCONCELOS! ¡VASCONCELOS! ¡VASCONCELOS!

El candidato miró a los niños en los hombros de sus padres, y las sonrisas de esos padres que tenían sangre corriéndoles desde por las sienes. Se escuchó un chiflido en la lejanía y Vasconcelos vio una columna de humo subir hasta el cielo. En la punta, junto a la luna, estalló una bola de luz roja que se fragmentó y formó un inmenso paraguas incandescente de centellas. Comenzaron a reventar en el aire docenas de burbujas de luz de todos los colores y se formó en el espacio una retícula de irradiaciones con explosiones.

Vasconcelos sonrió y la gente comenzó a gritar y a agitar los brazos en el aire. El candidato aspiró hondo y gritó:

—¡México libre! ¡México libre! ¡México libre! —y siguió avanzando sin dejar de gritar hasta que miles estuvieron gritando con él y provocaron un temblor semejante a un rugido de la Tierra.

La masa humana empujó a los soldados hasta sus camiones, y en los camiones estos soldados se congelaron escudados detrás de sus corazas dentadas. La multitud que hacía una alfombra de cabezas alrededor de Vasconcelos avanzó hacia ellos, y una centena de jóvenes que venían al frente levantaron las picas donde minutos atrás habían tenido pegados sus letreros y gritaron como fieras:

—¡México libre! ¡México libre! ¡México libre!

Los camiones estaban bloqueando el recorrido del candidato, que se dirigía a su hotel en el jardín de San Fernando.

—No los dejen pasar —ordenó el sargento de sección—. La orden del secretario de Guerra Joaquín Amaro es que la campaña del licenciado Vasconcelos se termine en este punto.

Los soldados lo voltearon a ver y le dijeron.

—No mames.

Una marabunta humana se les aproximaba con picos y miradas coléricas de guerreros sanguinarios de una edad antigua, pero estos nuevos guerreros sólo querían la libertad. Vasconcelos alzó la mano y gritó:

—¡No respondamos a ningún golpe! ¡No les regalemos pretextos a los mediocres que nos esclavizan para que digan al mundo que nos aplastan con justicia! ¡Sólo sigamos avanzando! ¡El mundo sabrá pronto que aquí estamos, y lloverán sobre nosotros las manos de millones que luchan en todos los idiomas y rincones del planeta por la libertad! ¡Por cada uno de estos tiranos comprados hay cien mil de nosotros! ¡Avancemos! ¡Aplastémoslos sólo con nuestros pasos!

Los hombres de los camiones apretaron más duro las perillas y dirigieron las mangueras hacia la cara de José Vasconcelos Calderón.

—¡¿Detonamos?! —gritó uno de ellos al sargento.

El sargento guardó silencio y miró a la masa. Le corrió una gota de sudor por un lado del ojo.

—¡¿Detonamos, sargento?! ¡Necesitamos una instrucción!

Vasconcelos se detuvo y alzó los brazos para que la multitud se detuviera. Se hizo un silencio y caminó hacia los camiones.

—¡Mexicanos! —gritó mirando a los soldados— ¡Ya nunca más volveremos a tener miedo! ¡La victoria está asegurada! ¡Éste es nuestro destino! ¡México será grande y poderoso!

Se hizo un silencio que comenzó a convertirse en un rumor creciente.

—¡México! —gritó Vasconcelos con la fuerza sobrenatural de un animal— ¡Hoy estoy dispuesto a dar mi vida por tu libertad! —y siguió avanzando hacia los camiones.

—¡Licenciado! —le gritó el monstruoso Pedro Salazar Félix y trató de aferrarlo de un hombro, pero el ingeniero Federico Méndez Rivas lo detuvo y lo jaló del brazo con la correosidad de un anciano huesudo.

—Déjalo ir —le dijo entre sus bigotes.

Vasconcelos avanzó hacia cuatro soldados de trajes negros, protegidos detrás de sus escudos angulosos como cráneos humanos con bordes de dientes metálicos. De las narices de esos cráneos asomaban los filos de sus pistolas y ametralladoras. Eran parte de una muralla de infantería compuesta por doscientos cincuenta soldados. Arriba, siete mangueras de alta presión le apuntaban a Vasconcelos a la cara desde puntos diferentes.

Vasconcelos tendió una mano y le dijo al soldado:

—¿Tienes la orden de matarme?

No supo qué responder. Volteó a ver a su sargento. Vasconcelos alargó la mano y tomó el cañón de su ametralladora.

—Dispárame —y le sonrió—. No tengas miedo.

El soldado tragó saliva y comenzó a temblarle la mano.

—Dispárame —le insistió Vasconcelos y cerró los ojos. Lentamente alzó la cara y sintió el frío dulce de la noche rozarle la piel. Abrió los ojos y vio en lo alto del cielo el río de la Vía Láctea cruzando el espacio como una infinita serpiente de estrellas.

Sonrió viendo ese evento cósmico y preguntó:

—¿Estás ahí? —y recorrió lentamente las constelaciones que había conocido en lo más remoto de su infancia, susurradas por los labios más amorosos, en el acento más dulce del universo— ¿Volveré a verte algún día? Cerró los ojos nuevamente y esperó.

—¡Jefes de unidad! —gritó el sargento— ¡Despejen la calle y permitan el libre tránsito de las mujeres y los niños!

92

Un minuto antes, un vehículo negro serpenteó en la oscura carretera hacia Cuernavaca. Lo conducía el primer secretario de la embajada de los Estados Unidos, Arthur Shoenfeld. A su lado iba un hombre gordito y de lentes, muy incomodado por la hora, al grado de que se llevaba el reloj a la cara.

—¿Por qué a esta hora? —y torció la nariz mientras bufó como un perro piraña. Miró por encima de los cerros llamados del Tepozteco los primeros fulgores del sol: el resplandor tenue y verdoso al que llaman "la sombra del sol".

—Lo que me asombra —le dijo Shoenfeld— es que usted tenga una réplica de la tumba de Lorenzo de Medici en su recámara, y que la use como cama. ¿No se siente raro dormir ahí?

—Un poco —le respondió Genaro Estrada, subsecretario de Relaciones Exteriores a punto de ser nombrado secretario—. De eso se trata precisamente —y se subió los anteojos—. Si hubiera querido ser normal, sería normal.

Arthur sonrió y miró la carretera.

—Amo la inmensa diversidad de los mexicanos.

Llegaron a la casa de Dwight W. Morrow en la curvilínea y ascendente callejuela de Arteaga. Arthur estacionó el coche frente a las seis terrazas del jardín, donde distinguió un pequeño bosque de girasoles, plátanos y unas plantas rosas y muy olorosas llamadas adelfas.

—Son venenosas —le advirtió al prosecretario, y escuchó detrás del cristal las cigarras y un zumbido de libélulas—. La resina que les sale y que parece leche te mata en cuatro horas, con horribles dolores intestinales. Se te sale el estómago por la boca. Se llama *Tanatoxis adelfa*.

—Sí, claro —le dijo el prosecretario acomodándose los lentes. Apretó la garganta.

Entraron, y en el ventanal estaba esperándolos Dwight Morrow. Observaba el comienzo púrpura del amanecer.

—¿Qué pasó en Guadalajara? —le preguntó a Arthur Shoenfeld.

—Se presentó Vasconcelos y estuvo a punto de armarse un escándalo.

Morrow se volteó:

—¿Y por qué no me dijiste nunca sobre este señor Vasconcelos?

—Señor Morrow... yo le dije...

—Nunca me dijiste —y manoteó hacia el techo—. El señor Vasconcelos estaba como profesor en Stanford y luego no sé quién lo invitó, y de pronto lo tenemos aquí y es un problema en México. ¿Me puedes decir ahora cómo lo paramos?

Genaro Estrada comenzó a arrugar el ceño. Shoenfeld le dijo a su jefe:

—El coronel MacNab le mandó a Vasconcelos los dos emisarios que usted me pidió para hablar con él. Le ofrecieron todos los apoyos de la embajada y lo invitaron a reunirse con usted aquí.

—¿Y qué respondió?

—No quiso venir. Dijo que no va a vender a México, que no quiere interferencias, que para eso usted ya tiene a sus lacayos.

Morrow frunció el ceño y sonrió. Torció la quijada y miró el suelo.

—Bueno... —se puso serio— Resultó que no es un hombre con el cual negociar... —y miró al prosecretario de Relaciones Exteriores de México, Genaro Estrada. Lo tomó del codo y comenzó a pasearlo frente al ventanal.

—Don Genaro —le dijo—: el nuevo partido que anunció el general Calles, el Partido Nacional Revolucionario, está a punto de elegir a nuestro candidato. Debemos acelerar las cosas ¿verdad?

Genaro Estrada se subió los lentes y contestó:

—Señor embajador, la primera convención del partido se celebrará en la ciudad de Querétaro en un par de días.

—Don Genaro, tengo el honor de informarle que al parecer la Convención de Querétaro va a ser un éxito —y le sonrió—. Yo creo que el hombre que resulte elegido en esa convención, sin duda también será electo presidente de este país en las elecciones, que ya están muy próximas, ¿no le parece?

—Pues... —y se subió los lentes— No entiendo lo que me quiere decir —y respiró hondo como un perro piraña.

—Quiero decir... —y le puso la mano sobre el hombro—: el Partido Nacional de la Revolución es la concentración de todas las fuerzas de México, ¿no es así? Para eso fue creado —e hizo un borbotón repetitivo con la otra mano—, para resolver internamente las cosas, en forma controlada. ¿Cómo es posible que este señor Vasconcelos salga de la nada y venga a desequilibrarlo todo? ¿A quién se le olvidó su existencia? —y miró de reojo a Arthur Shoenfeld.

Morrow tomó a los dos hombres por los codos y cautelosamente los condujo hacia el rincón, donde había una escultura de cantera rosada de la Virgen de Guadalupe. Estrada preguntó con sorpresa:

—Embajador Morrow, ¿usted es católico?

Morrow miró la escultura y frunció el ceño.

—Esto lo compró mi esposa. Lo fabrican cerca de aquí. Mi religión —y miró hacia arriba—, mi religión es la fe en que algún día sabré en qué creo.

Genaro Estrada lo miró entrecerrando los ojos y comenzó a sonreír.

—Don Genaro —le preguntó Dwight Morrow—: ¿no le parece a usted que el señor Aarón Sáenz, hermano del ministro de Educación Moisés Sáenz, va a ser nombrado candidato en la convención? —y lo miró fijamente.

Genaro Estrada se volvió a ver a Arthur, quien se encogió de hombros. Se acomodó los anteojos.

—Embajador Morrow, yo no sé quién va a ser elegido en esa convención. Ni siquiera me han invitado. No sé quiénes van a postularse. Sé que el licenciado Gilberto Valenzuela, quien trabajó para mí hasta hace poco como embajador de México ante la Gran Bretaña, desea postularse, y sin duda le ofreceré todo mi apoyo.

—No creo que sea así —le sonrió Morrow al prosecretario—. Estoy convencido de que el licenciado Gilberto Valenzuela no tiene ninguna esperanza de ser elegido en la convención. ¿Usted qué piensa?

—¿De qué habla, embajador?

—Es terrible —y metió las manos en los bolsillos de la bata. Estiró la espalda y saltó lentamente sobre sus pantuflas—. ¿Se imagina si los británicos estuvieran haciendo todo esto sólo para interferir en los asuntos de América? ¿Colocar en México a un presidente que fue el intermediario en la Corte de Saint James? —y se le acercó— ¿Sabe usted qué contactos tuvo el licenciado Valenzuela con el primer ministro Baldwin y con el lord del Exchequer Winston Churchill?

Estrada miró hacia abajo y comenzó a fruncir el ceño. Morrow le dijo:

—Un presidente así sería diferente de los principios autónomos de América como un continente libre.

—¿América para los americanos? —le murmuró Estrada sin verlo.

—Exactamente. Sería difícil que un agente así, enviado por los británicos, obtuviera el reconocimiento de los Estados Unidos como presidente en cualquier país del continente americano. Sin el reconocimiento por parte de los Estados Unidos, a ese país se le cerrarían todas las vías de financiamiento internacional, ¿o usted qué piensa? —y le sonrió.

El prosecretario se subió los lentes y preguntó:

—Señor embajador: cuando usted describe la Doctrina Monroe y dice "América para los americanos", ¿a qué se refiere exactamente con "americanos"? ¿A los pueblos del continente americano o a los estadounidenses?

Morrow aspiró lentamente y miró la escultura de la Virgen de Guadalupe. Arqueó las cejas y permaneció callado. Luego le dijo a Estrada:

—De cualquier manera, necesito que me ayude con algo —y lo miró—. Necesito que se ponga de acuerdo con mi compañero Arthur —y miró a Arturo—. Necesito que traigan a México al embajador en Río de Janeiro.

93

Apola, Dido y yo penetramos en un territorio desconocido. Avanzamos dentro del anexo privado del Gran Salón de los Espejos de la Casa de los Azulejos. Todo estaba sumido en la oscuridad. Al fondo había tres espejos y del techo colgaba una misteriosa campana dorada. Nos acercamos y la tocamos. Tenía repujado por dentro el relieve de una bestia con cuernos. Miré a Apola y le susurré:

—Limoncito, limoncito, pendiente de una ramita... —y acaricié suavemente los cuernos del toro. Apola me sonrió y me dijo abriendo muy sensualmente la boca:

—Dame un abrazo apretado y un beso de tu boquita...

Sujeté la campana con la mano y la apreté duro. Mirándome sin parpadear, Apola acercó los labios a la campana y la tocó con ellos. Me observó fijamente con sus enormes ojos de gato, adhirió los labios al metal frío y luego los resbaló por mis dedos. Suavemente tiré de la campana hacia abajo y sentí la tensión de la cuerda. Miramos hacia arriba. Dido me gritó:

—¡Con huevos, carbón!

Lo miré y me hizo reír. Aferré fuertemente la campana y jalé hacia abajo. Algo rechinó en las esquinas del muro de madera situado a nuestra derecha. Nos miramos y nos aproximamos a él.

—Dido Lopérez —le dije—: tú nos trajiste aquí. Nos dijiste que habías trabajado en esta cafetería. ¿Qué hay detrás de esta pared?

—La cocina.

—¿La cocina? —le pregunté, y metí los dedos en una ranura que tenía en su parte inferior. Comencé a jalar hacia fuera y rechinaron las bisagras oxidadas que unían el muro de madera con el techo en forma oculta.

Dido Lopérez me tomó de la pierna y me dijo:

—Querido papá: ahora sí te la mamaste. No cabe duda de que eres un verdadero chingón.

Al otro lado había un cuarto oscuro en cuyo ambiente se respiraba algo como vapor de ácido. El primero en colarse por abajo fue Dido. Levanté más la pared-puerta y se metió Apola. Entré y dejé que el muro falso regresara lentamente a su lugar. Cuando se acabó de cerrar escuchamos nuevamente el crujido metálico en sus cuatro esquinas. Se hizo una oscuridad absoluta.

—¿Estamos encerrados? —me preguntó Apola.

Comencé a empujar la pared hacia fuera. Estaba trabada.

—Sí. Estamos encerrados.

—¿Dónde estamos? —y encendió su pequeña linterna. Alumbró una pared de baldosas blancas cubiertas por grasa oxidada. Debajo había una cubeta y montones de estopa sobre un charco de una sustancia anaranjada. Movió la linterna hacia el otro lado y apareció un túnel hacia abajo, con una escalera que descendía hacia una profundidad completamente negra.

Apola comenzó el descenso y la seguimos. Nos dijo:

—Éste debe de ser uno de los lugares más viejos en la historia de México. Posiblemente existe desde los primeros tiempos de la llegada de los colonizadores españoles.

Respiré el aire de sulfuro y óxido de hierro.

—Simón —me dijo Apola—, hay un hombre al que debemos buscar porque es la respuesta de todo. Se llama 10-B.

—¿10-B?

—Es su nombre clave. Es un espía. Ha maniobrado en todo desde que se desencadenaron estos eventos. Es un operador de la Casa Blanca.

—*Okay*. Podrías habérmelo dicho antes.

—No quise interferir con tu proceso de recuperación de memoria. El agente 10-B fue sembrado con Luis Morones y con el general Calles. Los sembró Samuel Gompers. Les hizo creer que iba a espiar para ellos, que él era un empleado de la embajada de los Estados Unidos y que les iba a dar documentos secretos de los Estados Unidos.

—¿Ah, sí? —y volteé a ver a Dido, que bajaba detrás de mí.

—¿Tú qué me ves, carbón? ¡Camina!

Apola continuó bajando y me dijo:

—Pero 10-B fue descubierto por Plutarco Elías Calles, y Calles lo subió al faro del armazón del Palacio Legislativo de Porfirio Díaz, que ahora quieren transformar en el Monumento a la Revolución. Lo puso al borde del precipicio. Ahí le dijo que quería perdonarlo, y lo adoptó como su hijo.

—¿De verdad?

—Lo hizo. 10-B lo aceptó como padre y no lo abandonó jamás. Le consiguió un cuerpo de documentos clasificados del Fuerte McKintosh, donde se detalla un plan de los Estados Unidos para invadir México en 1923, el año preciso en el que Obregón estaba firmando los Tratados de Bucareli.

—¿Cómo? —le pregunté— ¿Invadieron México en 1923? ¿Ocurrió esa cosa?

—No, Simón.

Dido me gritó:

—¡Si serás pentorpe!

—La invasión no ocurrió —me dijo Apola—. Obregón firmó los Tratados de Bucareli y ya no necesitaron apoderarse de México militarmente. Obregón les hizo el trabajo. En esos tratados eliminó la retroactividad del Artículo 27 de la nueva Constitución y les entregó el petróleo de México a los Estados Unidos.

—Claro… —y me pegué en la cabeza.

Dido metió la mano a la bolsa de Ultramarinos La Sevillana y sacó el frasco con la mano del general. Le gritó:

—¿Eso hiciste, pinche traidor? ¡Eso es no tener madre, aunque te hayan enterrado junto a ella en Huatabampo! ¡Déjala en paz aunque sea en la eternidad! —y regresó el frasco a la bolsa— ¡Ni siquiera para las chaquetas me va a servir esta maloliente mano!

Apola continuó:

—10-B también le consiguió a Plutarco Calles un documento que probaba que el empresario petrolero americano Edward Buckley había estado detrás de la rebelión contra Obregón por parte de su antes leal general Arnulfo R. Gómez. Gómez fue uno de los muchos generales que intentaron traicionar a Obregón por órdenes provenientes de los Estados Unidos o de Inglaterra, pero él los asesinó a todos.

—Excepto a uno, el que triunfó —le dije.

—Exactamente. Sólo uno triunfó.

Le recordé una de las frases que nos habían dado vueltas estos días:

—"La Cabeza de cristal está en la urna de Plutarco. BUC.85." Obregón sabía que lo iban a asesinar.

—Simón —me dijo ella—, uno de los documentos secretos que interceptó 10-B se llama Plan de Intervención México. Es uno de los Documentos R que están en la Urna. Es un memorándum preparado por el mayor Joseph F. Cheston y el mayor general Hugo Dickson en forma confidencial para la Casa Blanca. Indica que una invasión directa de México por parte de los Estados Unidos para asegurarse finalmente el control de las reservas de petróleo de la petrozona sureste, detonaría una respuesta de guerra inmediata por parte de Inglaterra.

—¿Petrozona sureste?

—Son los pozos y las refinerías de la Mexican Eagle, incluyendo la red de buques tanque de Lord Cowdray que transportan ese petróleo a la Gran Bretaña. La petrozona sureste es la petrozona estratégica de Inglaterra.

—¡Dios!

—Simón: esta guerra ya comenzó y se está librando en secreto. Desde que terminó la Gran Guerra, después de que derrotaron a los alemanes, comenzó la nueva guerra del mundo. Esta nueva guerra es entre los ingleses y los Estados Unidos por las reservas mundiales de petróleo. Inglaterra no tiene petróleo. Sus únicas fuentes para sobrevivir ahora son sus concesiones petrolíferas en México y Mesopotamia.

—Ajá…

—Simón: en octubre de hace dieciséis años, la Gran Bretaña importó veinticuatro millones de galones de petróleo para abastecer a sus barcos de guerra, la mitad desde México. Sin el petróleo de México, Inglaterra va a dejar de existir para siempre como la potencia naval e imperial suprema del mundo.

—Y los estadounidenses quieren quedarse con todo. ¿Eso es?

—A los Estados Unidos no les conviene que exista ningún otro imperio fuerte en el futuro. Su Plan Jefferson de 1776 lo establece: al final sólo existirá un imperio.

—Diablos… ¿Por qué nosotros no hicimos nunca un Plan de México?

—Lo hicimos, Simón —y me sonrió—. Tú fuiste parte de eso.

Comenzó a formarse en mi mente un cartucho metálico verde, con un águila y dos serpientes doradas, y el rostro de un hombre bueno de barba enorme, entregándomelo en las manos y diciéndome: "Volverás a ser lo que eres".

—¿Bernardo Reyes, el general…? —le pregunté.

—El problema, Simón, es que los ingleses no están dispuestos a perder la supremacía de su imperio. Esto es una guerra, Simón. Hace unos meses dos de los cargueros de Lord Cowdray, el *SS San Dunstano* y el *SS San Fraterno,* de 6 mil 238 y 11 mil 929 toneladas, se estrellaron misteriosamente contra unas rocas y se hundieron. Se le está llamando "el Enigma del *San Dunstano".*

—¡Dios...!

—Quieren destruir a Cowdray, Simón. Cowdray es el combustible de los poderes navales de Inglaterra; es la última esperanza del Imperio británico para no desaparecer. Inglaterra les debe cuatro mil cuatrocientos millones de libras a los Estados Unidos, y se los debe a la Casa Morgan. La Casa Morgan son dos personas: Dwight W. Morrow y su jefe Thomas Lamont.

—¿Por qué les deben tanto dinero?

—Por la guerra mundial. Ahora todos los países les deben dinero a los Estados Unidos y a la Casa Morgan. Estados Unidos fabricó las armas, se las vendió y les prestó dinero para comprarlas. Ahora toda la economía del mundo está circulando por el Banco de la Reserva Federal de los Estados Unidos que preside Benjamin Strong, y Benjamin Strong es sólo un lacayo de Thomas Lamont. Thomas Lamont es el amo del mundo —y me miró entrecerrando los ojos—. La Gran Guerra fue provocada.

—¡Cómo!

—Simón —me dijo—: hay un plan de los Estados Unidos para invadir a México sin confrontarse directamente con el Imperio británico. Tendrán la petrozona del sureste y parecerá que no tienen ninguna conexión con las cosas. Es el memorándum del mayor Joseph F. Cheston y del mayor general Hugo Dickson que encontró 10-B: el Plan de Intervención México. El memorándum describe el plan, literalmente, con las siguientes palabras: "una intervención armada de México por los mismos mexicanos".

—¿Hablas en serio?

—¿Por qué crees que Dwight Morrow está en México? Morrow es un banquero, Simón. ¿Qué hace en México? Morrow es socio de la Casa Morgan. Es el mejor amigo de Thomas Lamont. El plan incluye a Plutarco Calles y al nuevo partido de la Revolución.

Pisamos el último escalón y Apola dirigió el haz de la linterna hacia la derecha. Lo que iluminó nos dejó sin palabras. Acabábamos de penetrar el umbral de un gigantesco templo subterráneo.

94

Caminamos hacia un espacio estremecedor. Debajo de Sanborns había una red de escalerillas metálicas suspendidas en el vacío de un pozo cilíndrico, como una telaraña de acero. Las escalerillas bajaban hacia una profundidad insondable y se perdían en la oscuridad. Apola comenzó a bajar y sus zapatos metálicos hicieron un ruido que rebotó en las paredes y se fue hacia el fondo.

—Ya no estamos debajo de la cafetería —nos dijo Apola—. Por la inclinación del pasaje que nos trajo a aquí, ya estamos debajo del edificio de enfrente, el que dijiste que tiene cabezas de perros y que perteneció a tu antepasado.

Me detuve y sentí algo muy extraño. Respiré hondo y cerré los ojos. Percibí una madera muy vieja. Miré hacia abajo y no vi otra cosa que oscuridad.

—El origen… —murmuré.

Sentí unas uñas prensándome los costados.

—¡Te asusté, carbón! —me gritó desde atrás Dido Lopérez.

Permanecí quieto en ese lugar. Ni siquiera lo volteé a ver. Le dije:

—¿Te consideras agradable? —y ahora sí lo miré. En la oscuridad los ojos le brillaron en una forma aterradora.

—Soy una emanación del infierno, Simón Barrón —y me sonrió—. No tuve padre ni madre. No soy de este mundo. Provengo del vacío.

Tragué saliva. Comenzó a abrir lentamente la boca y me susurró:

—¡Avanza, pinche pendejo!

Me quedé paralizado.

—¿Estás loco? —le pregunté y lo señalé lentamente a los ojos— No tengo por qué soportarte más. Si me haces otra cosa te arrojo por este pasamanos.

Con su pequeña manita me apretó lentamente el dedo y me lo comenzó a torcer hacia abajo.

—A mí no me amenazas, carbón. Te voy a acusar con mi mamá —y miró hacia abajo, a Apola—. Yo fui la Cuarta Persona de la Cuaternidad, y cuando surgí tú no eras ni una pinche molécula. Eres como cualquiera de esos nopales altotes: mientras más grandes más babosos.

Apola se metió en un agujero que había en la pared: un oscuro triángulo con la punta hacia abajo y cuyo interior se iluminó con el resplandor de su linterna. Fuimos tras ella y Dido gritó hacia las paredes:

—¡Simón Barrón: todo esto es un sueño! ¡Por eso nada parece ser nunca verdad! He tenido muchos sueños como éste y siempre me acabo despertando. Al principio crees que es verdad. Cuando estás completamente convencido de que todo esto realmente está pasando, comienza a sonar la alarma del despertador, y abres los ojos y descubres que nada fue verdad. Amaneces a otro mundo lleno de luz que habías olvidado, el mundo de verdad —y sonrió y me gritó—: ¡y cuando despierte esta vez, Simón Barrón, todo va a estar lleno de luz, y yo volveré a ser lo que soy!

Siguió saltando los escalones hacia abajo. La estructura flotante de escaleras comenzó a rechinar de arriba abajo amenazadoramente. Me pregunté: "¿Qué ocurriría si lanzo al enano hacia la profundidad?" Nos detuvimos. De lo alto cayó un objeto metálico. Golpeó unos escalones por arriba de nuestras cabezas y siguió hacia la negrura indistinguible a nuestros pies. Ni siquiera sonó abajo. Pasó entre los tubos que se perdían en la oscuridad. Continuamos el descenso con más cautela.

El triángulo invertido estaba cavado en la piedra y era el inicio de una escalera hacia arriba. A falta de luz, le grité a Apola:

—¡Tráete la linterna! —y Dido añadió—: ¡No vemos ni madres!

Tomé a Dido de la mano y le dije:

—Dido Lopérez: mientras yo esté vivo nadie va a volver a tocarte.

Me sonrió y me dijo:

—Simón, soy enano, pero no pendejo. Llevo cuarenta y dos años sobreviviendo. Soy inmortal.

Me hizo abrir los ojos horrorizado. "¿Tino…? ¿Eres Tino Costa…? ¿Reencarnaste en un enano…?"

Escuchamos una gota y algo líquido corrió por la pared. Apola regresó batiendo su linterna y en el techo distinguimos el bajorrelieve de un siniestro ojo vacío. Subimos cautelosamente las escaleras de roca hasta un punto donde enigmáticamente se suspendían y se volvían a quebrar hacia abajo. Nos miramos.

Seguimos descendiendo. Abajo había otra entrada a un túnel. El portal era también un triángulo, pero esta vez con la punta hacia arriba. Antes de traspasarlo notamos que a ambos lados tenía un ojo vacío. Oímos la gota y Dido susurró haciendo ecos:

—Esto ya me dio cosa.

Cautelosamente bajamos hasta otro punto misterioso. Aquí la escalera, en medio de la nada, volvía a subir dentro de los muros. Ascendimos, y el espacio se abrió frente a nosotros. Habíamos llegado a un área cavernosa y oscura. La escalera seguía subiendo solitaria hacia una entrada circular abierta en la inmensa pared que teníamos frente a nosotros. Alrededor tenía taladrados los vértices de un cuadrado y las diez puntas de una estrella.

Subimos y descubrimos al otro lado un corredor descomunal. Tenía dos líneas de estatuas sin fin a cada lado, en gradas. Apola estaba avanzando en lo profundo.

—¡Espéranos! —le gritó Dido Lopérez— ¡No tenemos tu prisa!

Apola regresó lentamente y me gritó:

—¡Son los grandes maestros! —y echó la luz desde allá sobre el bosque de estatuas. Tenían muchos collares con símbolos. Había algo en sus caras que me inquietaba. Con los golpes de luz de la linterna lo comprendí: no tenían ojos. De la pared del túnel colgaban letreros dorados con los nombres de las estatuas. Apola alumbró y leyó en voz alta: "Soberano Gran Comendador Ikarionte Fenixu", "Soberano Instructor Supremo Gran Iluminado Afariom Wattax".

—¿Quiénes son? —le pregunté.

—¡No lo sé! —e iluminó la hilera que se perdía en la distancia, y a los masones que estaban del otro lado— ¡Son nombres falsos! Los toman de mitologías antiguas para encubrir sus identidades.

—¿Por qué no tienen ojos?

—Tampoco lo sé —alumbró hacia el frente y comenzó a caminar. Sus zapatos quebraron pequeñas piedritas. El agua siguió corriendo detrás de las paredes. Dido Lopérez me dijo:

—Aquí todos son soberanos, grandes y supremos —y miró hacia los lados—. Todos son el jefe. Debí haber sido masón.

—No, pequeño —le dijo Apola—: lo pequeño es soberbio y lo soberbio es pequeño. Deben de haber sido unos acomplejados y por eso los absorbieron con estos nombres. Es la manera más barata de comprar a la gente. Se sintieron importantes y aceptados; por eso hicieron y siguen haciendo lo que se les ordene. Nunca lo olvides: lo soberbio siempre es pequeño —etcétera—. Cuando entras a esta organización te lo hacen. Se llama absorción de la voluntad propia. En algunas logias hay sólo dos personas pero a las dos les dicen "Soberano Gran Comendador". Te hacen sentir importante y por eso llegas a traicionar a tu país, a tu pueblo, a tu propia familia, para que te sigan diciendo "soberano" o algo así.

—Los entiendo —suspiró Dido—. Cuando eres pequeño te tienes que inflar. Si no fuera por mi soberbia, yo no sería más que un gusano.

De pronto el muro del túnel desapareció. La hilera de estatuas se proyectó hacia un espacio subterráneo abrumador. Había estatuas por doquier. Se proyectaban hacia abajo y hacia los lados. Estábamos en la punta de una pirámide que descendía hacia los costados. En la distancia los ejércitos de estatuas se curvaban nuevamente hacia arriba, adheridos a los recios muros de la gran caverna.

—Madre mía… —susurró Dido y abrazó la pierna de Apola Anantal, quien le acarició la cabeza y miró extasiada la vastedad que se abría ante nosotros.

—*Klavern Kuklux Klanem*… —murmuró ella. Alumbró hacia el frente y la luz cayó sobre un coloso metálico de forma extraña, dorado. Estaba debajo de un monumental arco que reproducía la bóveda celeste.

—Un momento… —les dije. Retrocedí unos pasos y me detuve en el pilar de roca que estaba a mi derecha. Tenía una manivela de bronce manchada de grasa. A su lado había una palanca también de bronce. Tomé la palanca, le froté la grasa y la forcé lo más que pude hacia arriba. Algo tronó y de pronto escuchamos chispazos a lo lejos, en secuencia.

—Es un *ígnitor* —les dije.

—¿Un qué? —preguntó Apola.

—Un *ígnitor*. No preguntes cómo lo sé. No lo sé.

Tomé la manivela con ambas manos y comencé a darle vueltas. Estaba muy dura pero comenzó a aflojarse, y escuché soplidos de aire en las profundidades.

—¿Qué estás haciendo, Simón? —quiso saber Apola. La manivela se trabó con algo duro:

—Señorita enigma: ¿podría hacerme el honor de subir la palanca?

Apola la tomó y la empujó hacia arriba hasta que la hizo tronar. En ese momento comenzaron a encenderse llamas, una a una, en las dos paredes de la caverna: cientos de antorchas que a su vez encendieron otras que corrían entre las estatuas. Apola miró todo eso maravillada y comenzó a sonreír. Se volvió hacia mí y le distinguí los brillos de todas esas antorchas en los ojos.

—¡Simón! —exclamó contenta. El enano murmuró:

—No te adornes, Simón. Éstas son puras mamadas.

Comenzó a sentirse una vibración al otro lado de la caverna, donde estaba la estatua monumental de bronce dorado. La figura emitió un bramido hueco semejante al de una corneta de guerra. De su espalda salieron dos chorros de llamaradas que encendieron dos enormes paredes de fuego. Del cráneo de la estatua se proyectó hacia el cielo una columna de fuego.

—¡Guau! —dijo Apola y comenzó a aproximarse— Júpiter Stator… La columna del mundo…

Avanzó esquivando las estatuas y subió a un puente de cuerdas y tablas que conducía directamente hacia la de bronce dorado.

—¿Qué es, Simón? —me preguntó— ¿Lo recuerdas? ¿Es Írminsul? La estatua tenía cincuenta manos saliéndole de cada hombro y su cabeza era un búfalo con cuernos. Sus ojos eran dos gigantescos cristales trasparentes.

—Sí, Apola. Es Urman Suhl, la columna de Urman, el poste en llamas del Ku-klux-klan. Uruz-Mannaz es Urman, el hombre búfalo.

—¡Dios...!

En el pecho la estatua tenía un triángulo con un ojo sin pupila. En lugar de ella había otro triángulo. Apola dijo extasiada:

—¡Simón, es el sello de los Estados Unidos! *¡Novus Ordo Seclorum!* ¡El nuevo orden de los siglos! ¡El plan masónico del mundo!

—Hemos llegado, Apola. Este lugar debe de ser la Urna de Plutarco. En latín se dice *Urnam*. La Urna es *Urman*.

95

A quinientos kilómetros de nosotros, la inmensa tormenta humana que marchaba con José Vasconcelos avanzó entre los edificios que resguardaban el jardín de San Fernando, donde estaba su hotel llamado Roma. De lo alto de las azoteas comenzó a caer una lluvia de gotas plateadas y calientes.

—¡Quémenlos con el ácido! —gritó el comandante a los hombres de las mangueras. Habían probado el ácido desde horas atrás y, aunque algunos oficiales tenían sus dudas, la última orden del ex presidente Plutarco Elías Calles había sido determinante para usarlo—: ¡Derrítanles las caras! ¡Ésta es la orden del general secretario de Guerra Joaquín Amaro!

El narigudo y aborregado Ernesto Carpy Manzano levantó la mano abierta y gritó de nuevo hacia la marea humana:

—¡Protocolo de Acción de Enjambre 7-B! ¡¡Túnel!!

Los jóvenes de adelante se taparon con las capuchas de sus impermeables metalizados y comenzaron a aventar los bultos de impermeables hacia atrás.

—¡Cúbranse todos las caras! ¡Cúbranse las manos con las mangas! —les gritó el atlético Herminio Ahumada a las dos mil cabezas que tenía a sus espaldas— ¿Vinimos a detenernos o a asustarnos, mexicanos? ¡Que se pudran los asesinos! ¡¡Sigamos avanzando!!

Como un ejército de Troya avanzaron los cientos entre los muros mojados por ráfagas de ácido mucárico. Vasconcelos le gritó al monstruoso Pedro Salazar Félix:

—¡Yo no uso estos trajes! ¡Aviéntaselo a alguien de los que vienen atrás! —y se cubrió con una pancarta. Le cayeron gotas perforantes en los dedos y contrajo todo el rostro por el dolor.

El gigante Pedro arrojó hacia atrás el traje y le dijo a Vasconcelos:

—¡Licenciado! ¡Si usted no usa traje yo no uso traje! —y avanzó por delante de Vasconcelos, gritando como un demonio, cubriendo al licenciado con sus brazos descomunales.

Vasconcelos comenzó a arengar a la gente:

—¡Mexicanos! ¿Por qué un puñado de criminales esclaviza a un país poderoso de millones de seres humanos? ¡¡Ésta es tu hora para comenzar aquí mismo tu batalla final por la libertad!! ¡¡Protocolo de Acción de Enjambre 7-C!! ¡¡Tomar Castillo!!

Como una división mitológica de la Ilíada o la Odisea, la alfombra humana cubierta con impermeables metalizados penetró en la callejuela, y los jóvenes de los flancos patearon las puertas hasta quebrarlas. Se metieron con sus picas y como comandos de guerra treparon las escaleras hasta las azoteas. Abajo, el atlético Herminio Ahumada se subió a los hombros del bestial Pedro Salazar Félix y comenzó a patear a los soldados en la cara. Vasconcelos le gritó:

—¡Eso es! ¡La patada de Ahumada!

De lo alto comenzaron a llover soldados, que la gente recibió y aventó al piso para molerlos a puntapiés. Ahora todo fueron gritos y sangre.

—¡No derramen la sangre de sus propios hermanos! —pidió Vasconcelos— ¡No les regalen a Calles y a Dwight Morrow el pretexto para asesinarnos!

Empujado por los cuerpos, el ingeniero Federico Méndez Rivas le gritó al candidato en la oreja:

—¡Licenciado, aquí tengo mi pistola! ¡Si lo capturan le tiro en la frente para que no me lo torturen! ¡Y después de matarlo, me mato!

—¡Yo no sería tan dramático! —le contestó— ¡Mejor tírales a ellos! —y le detuvo la mano— Es broma —y le sonrió. Alzó los brazos y gritó con todas sus fuerzas—: ¡No estamos aquí para matar, sino para convencer! ¡Cada soldado que se encuentren es el protector del México nuevo!

Al fondo de la calle, frente al jardín de San Fernando, el letrero del hotel Roma colocado detrás del kiosco fue tapado por dos camiones que se cerraron, y de esos camiones se bajaron cincuenta soldados con escudos blindados y granadas.

—¡Licenciado Vasconcelos! —le gritaron con altavoces— ¡Entréguese y evite una masacre en la que morirán miles! ¡Está formalmente bajo arresto por los cargos de sedición y traición al régimen revolucionario! —y el sargento levantó el embudo amplificador hacia el cielo—: ¡Ciudadanos! ¡Desalojen la vía pública y regresen a sus casas inmediatamente o serán encarcelados y fusilados por alta traición!

Antes de que José Vasconcelos pudiera responder, la masa que lo seguía alzó las picas y avanzó hacia la muerte lanzando un grito de tormenta, como un enjambre de abejas, como un ejército de hormigas asesinas, como una alfombra de guerreros de una edad antigua.

96

En las entrañas subterráneas de la Ciudad de México, dentro de la caverna iluminada por antorchas, Apola avanzó lentamente hasta los pies de Írminsul, el monstruo de cien manos con cabeza de búfalo y penacho de llamaradas. Desde lo alto, los enormes ojos esféricos y cristalinos de la bestia la observaron en silencio. Los soplos ardientes de las llamas detrás de las piernas del coloso le vibraron a Apola en el cuerpo. Volteó a verme y me sonrió. Me tendió la mano.

—Hemos llegado, Simón —y me dijo en forma muy tierna—: ahora comienza el momento de las respuestas.

Tomé su mano por primera vez. Sentí el calor de sus dedos y el frío mortal de sus uñas plateadas, que eran filosas como navajas. Caminó hacia los tobillos de la bestia. Debajo había un pedestal, y en éste una placa de acero con una serie de orificios formando un círculo. Apola los tocó.

—¡La llave Bramah, Simón...!

—¡Enano! —le grité a Dido— ¡Pásame la mano del señor Álvaro Obregón Salido!

El enano corrió hacia mí con la bolsa de Ultramarinos La Sevillana y me dio el frasco. La mano continuaba en su posición grosera.

—¡Como ordenes, mi estimado carbón!

Me di cuenta entonces de por qué me decía "carbón" el enano: mi piel era demasiado morena: todo este tiempo se había estado burlando de mí. Tomé el frasco, miré la mano del señor Obregón y le dije:

—Señor presidente electo de México: siento mucho que lo hayan matado, y siento mucho que usted haya matado a tantos, pero le aseguro que todos tenemos una parte buena y una mala, como me lo dijo la chica cristera Patricia López Guerrero en su campamento de las montañas; y como ella misma me lo dijo: le prometo que al final la parte buena va a ganar —y le sonreí a la mano.

Giré el frasco y lo inserté por la base en el círculo de la placa. Encajé sus dientes de cristal dentro de los orificios. Les dije a Apola y al enano:

—Tómenme por los hombros. Esto lo tenemos que hacer juntos.

Apola me abrazó por los hombros y el chiquito me abrazó las piernas. Aspiré hondo y giré lentamente la llave. Topó con algo y sonó un chasquido. Detrás de la placa comenzó a sonar un borboteo metálico de cuerdas.

—¿Qué está pasando, Simón? —me preguntó Apola y me apretó los hombros.

—No lo sé.

Dido comenzó a cantar:

—¡Limoncito, limoncito, pendiente de tu ramita! ¡Dame un beso muy apretado y un beso con tu boquita!

La placa comenzó a sumirse debajo de los pies de la bestia. Se detuvo haciendo un crujido seco y empezó a descender mecánicamente dentro del pedestal. Dido me gritó extasiado:

—¡Simón Barrón! ¡No cabe duda de que eres un verdadero chingón! ¡Hoy te declaro la Quinta Persona de la Cinquidad, y ya nunca nos volveremos a separar!

Yo les murmuré:

—Si encontramos lo que estamos buscando, hoy mismo comienza la verdadera construcción de México. Nos construiremos como lo que siempre hemos podido ser. Nuestro país y el mundo mismo serán liberados del racismo, de la esclavitud y de la tiranía impuestos desde hace siglos por un grupo de cobardes escondidos.

La placa de acero se trabó en la ranura, atorada por el mismo frasco. Comenzó a rechinar. Por un instante pensé que el frasco mismo iba a estallarnos en la cara con todo su contenido.

Dido gritó:

—¡Dios mío! —y miró al cielo— ¿Por qué siempre me pones en situaciones k-gantes? —tomó el frasco y lo jaló violentamente, tronándosele el borde de un diente.

La placa bajó de golpe e hizo un ruido seco como el del rompimiento de un resorte. Dido se guardó el frasco en el bolsillo y se hizo el silencio. Debajo de Írminsul habíamos descubierto un compartimiento secreto que nadie había visto jamás aparte de la cúpula más secreta enviada a México durante los últimos cien años. Apola iluminó el interior. Había una concavidad en el mármol, un hueco para una cabeza.

—¿Y la cabeza, Simón? —me preguntó Apola— ¿Se llevaron la cabeza? ¿Dónde está la cabeza, Simón?

La cavidad estaba vacía. Era una cazuela brillosa cavada en el mármol hacía cien años Pero en ese mármol había unas letras talladas que decían: *"Roma delenda est. Romae peribunt. Missio Perpetratum Erit. Novus Ordo Seclorum. Erit novum mundi caput. Mundum habebit columna nova. Gentium servi nostri: Nos erimus nova fundamentum mundi. Irminsul Sax resurgam. Saxum Imperium incipiat. Summum saxonum, Eu nimet saxas. Rowena regina mundi."*

Apola frunció el ceño y abrió los labios.

—¿Simón...?, ¿qué significa esto?, ¿lo recuerdas?

Aproximé los dedos al borde del compartimiento y le dije:

—Roma debe ser destruida. Roma será destruida. La misión será cumplida. El Nuevo Orden de los Siglos. El mundo tendrá una nueva cabeza. El mundo tendrá una nueva columna. Razas esclavas nuestras: nosotros seremos la nueva fundación del mundo. Írminsul Sax se volverá a levantar. Comienza ahora el Imperio de los Sajones. Sajones supremos, saquemos los cuchillos. Rowena, reina del mundo.

Apola suspiró. Torció la boca y me miró.

—Por eso quieren destruir a la Iglesia, Simón. La Iglesia es la última columna que queda en el mundo occidental. La quieren remplazar.

—Apola —le dije—: éste es el plan masónico del mundo. Lo encontramos.

—No, Simón. Ése es el objetivo del plan, no el plan. Esto hasta yo lo sabía. No nos sirve para nada. Lo que importa es el plan. Ahí dice cómo lo piensan lograr: los detalles, las acciones, los agentes que van a intervenir. En el plan debe de figurar México y todo lo que estamos viviendo, y también lo que va a ocurrir en las próximas décadas. Alguien supo que veníamos y se llevó la cabeza.

—¿Cómo dices?

—Alguien les avisó que robamos el frasco en la casa de Álvaro Obregón. Sabían que íbamos a venir a aquí.

Dido gritó:

—¡Tanto esfuerzo! —y se puso a saltar— ¿Podría decirse que ahora sí estamos jodidos? —corrió hacia el borde de la plataforma y señaló todas las estatuas de masones que había en la caverna. Les dijo—: ¡Todos ustedes, sin excepción, son unos pinches putos! —y corrió de un lado al otro del escenario. Se detuvo y les gritó de nuevo a las estatuas—: ¡Me la van a pagar todos ustedes, cabrones! ¡Yo fui la Cuarta Persona de la Cuaternidad y aquí les tengo el dedo del señor ciudadano Álvaro Obregón y se los voy a clavar entre las pinches nalgas! —y les mostró el frasco con los dedos groseramente acomodados— ¿A poco no es por todos ustedes, traidores, que ahora el señor Obregón está todo agusanado? ¡Y eso que yo quería ser masón! ¡Púdranse!

Apola lo vio hacer todos esos desmanes y acrobacias y le sonrió. Se me aproximó lentamente y me tomó del brazo:

—Llegamos a un callejón sin salida, señor Simón Barrón. ¿Qué sugieres ahora? ¿Qué hacemos?

Sus hombros y su cuello olían a algo exquisito y picante.

Desde el borde de la plataforma de mármol, el enano nos gritó:

—¡Yo soy católico, judío, protestante y todas esas cosas, y además no creo en nada! ¡Sí, señores! ¿Quieren saber quién es el ser más religioso del universo?

—¡No! —le grité y le sonreí a Apola.

—¡El ser más religioso del universo pertenece a la Religión de Dios! ¡Sí, Señor! ¡Alabado seas por siempre!

—¿Qué dices? —le grité y miré a Apola Anantal.

—¡Es Dios! —nos gritó y se puso a saltar de un lado al otro. Apola y yo nos miramos. Dido Lopérez dijo entonces una de las cosas más sobrenaturales que escuché alguna vez en toda mi vida:

—¡El ser más religioso del universo es Dios! ¡La Religión de Dios somos nosotros!

Miré a nuestro alrededor. Las antorchas flamearon a través de toda la caverna. Las estatuas sin ojos nos miraron. Arriba de nosotros la bestia de bronce dorado con cincuenta manos de cada lado y con la cabeza en llamas nos miró con sus ardientes ojos de búfalo, como dos enormes esferas transparentes de fuego. Todo estaba lleno del resplandor crujiente de las llamas. Apola suavemente recargó su cabeza sobre mi pecho y me respiró con su suave aliento caliente.

—Simón Barrón...

Temblorosamente acerqué mi mano a su cabeza y comencé a acariciarla, a mecerla lentamente. Me dijo:

—Eres dulce, Simón. El tiempo no ha borrado tu nobleza. Eres el último hombre bueno que queda sobre la Tierra. ¿Lo sabías?

Le sonreí.

—Bésame, Simón Barrón.

Observé la tersura de su cara bajo la luz de las llamas y le acaricié la mejilla. Comencé a acercarme pero me detuve. Entonces ella frunció los ojos.

—¿Qué pasa, Simón? ¿Soy fea?

—¿Fea? —le pregunté y le sonreí— No tienes idea de lo que dices. Eres tan bella que me duelen los ojos de verte —y le acaricié el cabello lentamente—. Es otra cosa... —miré hacia las estatuas que no tenían ojos— Es otra cosa... No sé qué es... No sé qué me pasa.

Miré las paredes de la caverna y le dije:

—No sé quién soy. Tengo miedo de volver a recordarlo todo. Tengo miedo de volver a ser yo. Tal vez soy malo. Hay algo dentro de mí que... —y sentí algo endureciéndose en mi estómago— No sé qué es. ¿Lo sabes tú? ¿Soy malo?

Me acarició y contestó:

—Simón, te lo dijo Paddy: todos tenemos una parte buena y una mala. Eso no está en duda. Es la naturaleza humana. Lo importante es que al final la parte buena va a ganar. Ése es el destino, Simón. Ése es el sueño de Dios. Ésa es la guerra final.

—Ahí está el problema, Apola. Hay alguien esperándome allá afuera. No puedo besarte. Si te besara sería traición.

—¿Traición? —estaba sorprendida.

—No sé quién es... —y observé las estatuas sin ojos— ...hay alguien allá afuera, en algún lugar. Me está esperando. Debo encontrarla.

Apola aflojó los brazos. Desvió la mirada y se puso muy seria. Frunció el entrecejo.

—Eres increíble, Simón Barrón. Aun cuando te borraron la memoria sigues siendo leal. El amor permanece en lo profundo de tu cerebro, en tu sistema subtalámico. Sigues siendo Simón Barrón.

—¿A qué te refieres?

Sonrió de lado, sin mirarme.

—El mundo sería tan diferente si tan sólo hubiera dos Simón Barrón... —ladeó la cabeza— Pero eres el último de tu especie. El resto de los hombres son sólo una masa viscosa de miserables y traidores sin palabra —y me acarició el brazo—. Es verdad, Simón: hay alguien allá afuera y te está esperando. Tienes una esposa y dos hijos. Te están esperando.

—¿Qué? —y me aparté de ella— ¿Lo supiste todo este tiempo y no me lo dijiste?

—El mayor es un rebelde, como tú. Dice que será como tú: Huitzilopochtli para defender a su madre.

—Dios... ¡Dónde están, Apola! ¿Lo sabes? ¡Dímelo! —y la tomé por los brazos.

Se zafó violentamente de mí y se alejó. Me dio la espalda y permaneció así unos momentos. Se limpió los ojos y me dijo:

—Tenemos que continuar. En algún lugar tiene que estar esa cabeza de cristal. Estamos perdiendo el tiempo.

—¡No! ¡Espera! —la tomé nuevamente por los brazos— Tienes que ayudarme. Tengo que saber dónde está mi familia.

—Suéltame.

—Por favor, Apola.

—¡Suéltame! ¡Déjame sola! ¡Déjame en paz! —y se arrancó de mí con violencia. Sacó de su muslo su pistola y me la apuntó a la cabeza.

—¡No estás en condiciones como para exigirme nada, Simón Barrón! ¡Me estás complicando las cosas!

—¿Apola…? —estaba desconcertado y comencé a subir las manos— ¿Qué te hice? ¿Estás bien?

—Tenías que ser igual que todos —me dijo—. Un miserable. Un ególatra engreído. No me vuelvas a dar órdenes. Trátame con respeto —y entrecerró los ojos. Sus ojos resplandecían por el odio, pero bajó lentamente la pistola—. Ahora vas a hacer lo que yo te diga. ¿Entendiste?

Sin dejar de mirarme avanzó hacia el borde de la plataforma y gritó:

—¡Pequeño! ¡Regresa, nos vamos!

De lo alto cayeron veinte cuerdas por las que bajaron veinte hombres vestidos con trajes negros acorazados, gritando como monstruos. Traían guantes con picos y cascos que les cubrían completamente la cabeza. Saltaron sobre la plataforma y quebraron el piso de mármol con sus botas. Nos apuntaron con ballestas.

—¡Las manos a la cabeza! —nos gritaron.

Las fisuras del mármol comenzaron a proyectarse lentamente como fracturas de hielo. Por las piernas de la estatua del minotauro se nos acercaron dos cuerpos de soldados con ametralladoras, sonriéndonos.

—¿Buscaban a este monstruo deforme? —e hicieron rodar por el piso el cuerpo de Dido Lopérez. Lo tenían amarrado por los pies, con las manos atadas por la espalda y con una mordaza que le mantenía la boca bien abierta. Comenzó a gemir y a llorar.

—¡Suéltenlo! —les grité y miré a Apola Anantal— ¿Apola? ¿Les entregaste a Dido Lopérez? ¡¿Nos vendiste?! ¡¿Nos traicionaste?!

Me lancé contra los soldados y comenzó la golpiza. Sentí cachas de pistola en los huesos de la cara. Sentí codos y bolas de acero hundiéndose entre mis costillas y tronándome las piernas. Alguien me azotó con sus filosos tacones en las falanges para arrancarme los dedos. Me tiraron al piso y comenzaron a patearme en el abdomen. De pronto estuve con los pulmones aplastados y no pude meterles más aire. Entre las suelas de las botas vi cómo arrastraban a Dido Lopérez a través de las fracturas del mármol.

Uno de los soldados gritó:

—¡Cuelguen al monstruo deforme! ¡Mójenlo en queroseno y préndanle fuego! ¡Que el general lo vea friéndose vivo!

Sus hombres comenzaron a tirar de las lianas. El cuerpo de Dido patinó en el piso y lo subieron como un costal que se batía en el aire, con la cabeza hacia el suelo, chorreando saliva y sangre de sus ojos. Dido se sacudió y lloró frente a los pies dorados del gigantesco minotauro Urman Saxorum Rowenae.

Apola sacó su pistola y se la dirigió al sargento.

—¡Baje a ese hombre de ahí o le reviento el cerebro!

El sargento le sonrió y le dijo a su segundo:

—Amárrala también a ella.

Cuando se disponía a cumplir la orden Apola le disparó en medio de la frente y el sujeto cayó de rodillas escupiendo una bola de sangre. El piso de mármol se fracturó hasta mis zapatos y la base del coloso de bronce descendió medio centímetro hasta parar con un crujido, entre una explosión de polvo y fuertes rechinidos. Por los lados de las piernas del minotauro se nos abalanzaron diez individuos más con sogas y clavijas.

—¡Arresten a la chica! ¡Quítenle la bolsa y la pistola! —gritó el sargento— ¡Desvístanla y súbanla con el deforme!

Apola disparó contra tres soldados y se arrancó un arete. Lo arrojó y volaron otros cuatro soldados, salpicándolo todo de sangre y de chorros de luz con explosiones. Se descolgó la bolsa metálica plateada, le oprimió una palanca en la correa y de la bolsa se proyectaron nueve picos plateados largos, terminados en sierras. La ondeó en el aire y la azotó contra la cabeza de un hombre. La jaló hacia ella y le arrancó al hombre pedazos de cabeza.

—¡Arréstenla! —gritó el sargento— ¡Quítenle sus instrumentos!

Apola se arrancó el otro arete y se lo lanzó al sargento. Le cayó en los pies y sus botas explotaron con todo y carne y huesos. Su última expresión fue:

—¡Pinche puta!

Con su delicada pistola plateada Apola le apuntó a la cabeza y le perforó el cráneo. Tres segundos después, el encéfalo estalló como una sandía. Apola mandó a los solados restantes:

—Liberen a este pequeño.

Yo, tendido en el suelo, simplemente admiré a Apola. Ella me dijo:

—Simón Barrón, siempre te he amado. No voy a permitir que los lastimen. Vine aquí para protegerte. Te amaré siempre.

Le pusieron una pistola en la cabeza. Una mano con anillos negros en todos los dedos le quitó el arma y se la entregó a otro soldado.

—Espósenla —ordenó—. Es una miserable agente del secretario de Estado Vaticano, el cardenal Pietro Gasparri —y caminó hacia mí mientras su escolta personal esposaba a Apola Anantal.

Me miró y me dijo:

—Su verdadero nombre es Polliana Talli, ¿lo sabías? Es una enviada secreta del Vaticano.

El hombre era un verdadero ropero con bigotes, un ranchero mexicano. Vestía traje gris Oxford y encima un largo abrigo que le arrastraba en el piso. Caminó y sus pisadas resonaron en toda la caverna. Los soldados se le cuadraron. Abrió las manos y estiró los dedos como las patas de una araña. En todos los dedos tenía anillos negros, que eran ojos sin pupilas.

—Simón, Simón… —me murmuró el hombre— Has llegado muy lejos. ¿Por qué eres tan desestabilizador? Te he buscado desde hace nueve años. ¿Qué le hiciste a mi amigo 10-B? ¿Por qué lo mataste? —y caminó frente a mí. Sus pantalones olían a perfume y a carne de burdel— Eso nunca te lo voy a perdonar. 10-B fue el hijo que nunca tuve. Pero cometiste un error y ahora todos te están persiguiendo: la gente de Dwight Morrow, de Esmond Ovey, de Aarón Sáenz, de Gonzalo Santos, de la Gran Logia de Luisiana… —y se llevó una uva a la boca— ¿Te volviste pendejo?

Se detuvo y retrocedió un paso. Me dijo:

—Nunca creí que iba a poder verte la cara algún día. El operador de los rebeldes… Pero ya te agarré —me sonrió y se comió otra uva. Siguió avanzando y gritó—: cuelguen a estos tres católicos. Desvístanlos y llamen a los Soberanos Grandes Instructores. Llamen también al Gran Titán del Dominio Imperial de Nueva Orleans. Tenemos *Kloncilium*.

Era el general Plutarco Elías Calles.

97

Permanecimos encerrados. Perdimos la noción del tiempo.

98

A doscientos veinte kilómetros al noroccidente de nosotros, entre la Ciudad de México y el jardín de San Fernando de Guadalajara, se abrieron las poderosas puertas del Teatro de la República, en Querétaro.

Era el amanecer. Era la apertura oficial de la primera Convención Nacional del Partido Nacional Revolucionario, a cuyo jefe absoluto acabábamos de conocer en persona. Se frenó la limosina junto al río de imponentes autos negros estacionados, al pie del pórtico grandioso, de cuyos tres arcos majestuosos salían sendas alfombras rojas como lenguas que llegaban hasta la limosina.

La turba esperaba al recién llegado. Salieron de la limosina un par de zapatos relucientes y se posaron sobre la alfombra. Los reporteros gritaron y sus flashes estallaron. Era el pastor metodista episcopal y ex gobernador de Nuevo León, Aarón Sáenz Garza. Venía con su hermano Moisés Sáenz Garza, secretario de Educación Pública y también pastor metodista episcopal, y con éste un invitado de prestigio mundial, el pedagogo estadounidense John Dewey, tutor de Moisés en el Teachers College de la Universidad de Columbia, Nueva York. Dewey traía bajo su brazo su libro *Las misiones protestantes para América Latina: la supresión de la nacionalidad y la mente mundial*.

Dewey, que tenía una poderosa frente de huesos supraoculares prominentes, les sonrió a los periodistas y le susurró a Moisés en inglés a través de sus lanudos bigotes:

—En este mismo teatro —y miró el techo del Teatro de la República—, hace doce años firmamos una nueva Constitución para México, la Constitución de 1917, y lo hicimos gracias a los hermanos Luis Manuel Rojas, Francisco Múgica, Luis G. Monzón y Heriberto Jara —y lo miró con gran cariño—. Tú, hermano Moisés, podrías ser el próximo presidente de México después de tu hermano.

—¿Yo, maestro? ¿De veras?

—Pero, como Rafael Ramírez admitió en el Teachers College, México todavía es un país de muy fuertes valores y tradiciones. Es difícil el cambio y su integración al progreso del mundo —y le sonrió—. El hermano John Mott lo dijo: "Sólo cambiando a los estudiantes en todas partes del mundo cambiaremos el mundo". Necesitamos más maestros en México educados en el Teachers College. Tú, hermano Moisés, eres la esperanza de la América del Norte.

Moisés se sintió muy complacido y le apretó el brazo a su hermano Aarón, quien no cabía de felicidad: en los inmensos carteles que caían sobre la fachada del teatro estaba su foto bigotona que decía: LOS SECTORES DEL PARTIDO NACIONAL REVOLUCIONARIO VOTAREMOS POR AARÓN SÁENZ PARA SER NUESTRO PRIMER CANDIDATO A LA PRESIDENCIA. Había también carteles que proclamaban más decididos: NO HAY OTRO CANDIDATO: AARÓN SÁENZ SERÁ EL PRESIDENTE DE LA REPÚBLICA POR EL PNR.

Sonrió muy emocionado y le brillaron los ojos de borrego. Una lágrima le rodó hasta el bigote.

—Hermano... —le susurró a Moisés— ...es como me lo prometió el embajador Morrow... —y cerró los ojos. Pensó: "Hoy soy feliz".

Traspasó el pórtico interior hacia el salón, en donde lo estaban esperando ansiosos el presidente del PNR designado por Plutarco Elías Calles, Manuel Pérez Treviño, y también el secretario general, el Pie Grande u *Homo erectus* Luis L. León. Al lado de Pie Grande estaba el Nenote Gonzalo N. Santos, con su enorme pistola dorada saliéndosele de la funda bordada en oro. Todos le sonrieron y le apretaron la mano suavemente. Gonzalo N. Santos lo tomó del brazo, lo jaló como a un muñeco y le dijo sonriendo:

—Todo será una mera formalidad —y le palmeó la espalda con fuerza.

Entró Aarón al salón inflando el pecho y campaneando al caminar, aunque el Nenote lo tenía aferrado por los hombros. Lo pusieron frente a los miles de cabezas enloquecidas que le gritaron con letreros alzados y entre escupitajos: "¡Muera Sáenz! ¡Muera Sáenz! ¡Muera Sáenz!"

—¿Qué te parece, licenciado? —le preguntó Gonzalo y le puso suavemente la punta del dorado revólver en el pecho.

Aarón Sáenz lo observó todo con enorme perplejidad.

—Pero... —y miró a su hermano Moisés, quien simplemente bajó la cabeza.

—Lo siento, hermano.

—¿Moisés...?

De los enormes muros del salón colgaban carteles que decían: PASCUAL ORTIZ RUBIO, CANDIDATO OFICIAL DEL PARTIDO NACIONAL REVOLUCIONARIO 1929.

Era la primera elección interna en la historia del nuevo partido. La fotografía del cartel puesto dentro del teatro era la cara poco agraciada del hasta entonces embajador de México en el distante Brasil.

—Pero… —Aarón Sáenz miró hacia arriba los dos enormes ojos azules e infantiles de Gonzalo N. Santos— Pero… ¿por qué Pascual Ortiz Rubio? ¿Lo trajeron desde Río de Janeiro? ¿Ya está en México? ¿Quién te dio esta orden? ¿Plutarco? ¿El embajador Morrow?

El hombre del cartel, Pascual Ortiz Rubio, era un pelón de anteojos con cabeza de huevo y boca de sapo.

—Esto es una ignominia… —murmuró Aarón Sáenz y lo ensordeció el grito de "¡Muera Sáenz! ¡Muera Sáenz!"

Trató de zafarse de los poderosos brazos de Gonzalo N. Santos, quien sonriéndole como un niño levantó lentamente su revólver la Güera y lo apuntó hacia el techo.

—¿Te la creíste, pendejo? ¡Ya no eres nadie! —y le escupió en la cara— En la política el que se confía se suicida. ¡Te lo dice Gonzalo Santos, secretario del Partido en el Distrito Federal, líder de la Cámara de Diputados y jefe nacional de las diputaciones y las delegaciones de San Luis Potosí y del Distrito Federal! ¡Desde ahora es lo que diga Plutarco!

Apretó el gatillo y comenzó a disparar al techo gritando:

—¡Viva la Revolución mexicana! ¡Vivan los hijos de la chingada que nos dieron patria, quienes sea que hayan sido esos putos maricones!

99

En lo profundo de la Ciudad de México, debajo del edificio Guardiola, Plutarco Elías Calles caminó a los pies del monstruo *Centimani,* sobre la plataforma de mármol. Se llevó una uva a la boca y la mordió. La semilla se rompió y el crujido resonó en la caverna. Apola estaba colgada por las muñecas de una cadena que bajaba del techo. Dido estaba colgado cabeza abajo, con una red metálica forrándole la cara. A mí me tenían sujeto de piernas y brazos en el piso, con un sable encajándose en mi cuello y mis rodillas sobre ese suelo que se estaba resquebrajando. Plutarco miró hacia arriba y me dijo:

—Simón: todo esto que ves lo vamos a llenar de oro. Será la gran reserva federal de la República —y sonrió orgulloso—. Será la bodega del tesoro de los tesoros de México. Será la bóveda del gran Banco de México. Desde hace años este predio está bajo mi control, igual que el de al lado —y se comió otra uva—. Los voy a conectar con un túnel. Lo más probable es que demolamos esta cámara y le pongamos guarniciones de acero.

Caminó frente a mí y continuó:

—En algún punto remoto del pasado este lugar —y miró las paredes a su alrededor— tuvo miles de jaulas —y las señaló imaginariamente—. Aquí le traían los animales exóticos de los más distantes confines del imperio a Moctezuma. ¿Puedes imaginarlo?

Miré a Apola y le pregunté:

—¿Trabajas para el Santo Padre?

No me contestó. Plutarco Elías Calles respondió por ella.

—Esta ramera es judía. El rabino William Margulis y el papa Ratti tienen un acuerdo para proteger a sus pueblos fanáticos.

—Usted también es judío —le dijo Apola—. No debería atacar a su propia raza.

—¿Raza? —le sonrió él.

Caminó hacia ella y se comió otra uva.

—Para ningún judío soy judío. Para ningún católico soy católico. Para todos ustedes no soy más que un bastardo —la señaló y agregó—: dime una cosa, ramera: ¿crees tú que un niño de cuatro años deba ser golpeado todos los días, cada día y cada noche durante tres años, con un palo envuelto en un trapo, sólo por ser un bastardo; sólo porque sus miserables padres no tuvieron la humanidad de casarse en una iglesia o en una sinagoga?

Había ferocidad en todo el cuerpo tenso de Plutarco. Comenzó a prensar el puño. Dio un paso hacia el cuerpo colgante de Dido Lopérez y acarició la tensa cuerda que lo sostenía del techo.

—Pero puedo perdonarlos —nos dijo y respiró hondo.

Se dio la vuelta, metió la mano al bolsillo de su gabardina y sacó un objeto cristalino. Se aproximó a mí y extendió su palma hacia mis ojos, para que pudiera verlo. Era un diamante gigantesco. Sus reflejos iridiscentes se prolongaron hacia todo el espacio, como fragmentos de un arco iris.

—Es tuyo, Simón Barrón —y lo giró frente a mis ojos—. Es sólo un pequeño pedazo de la dote de ingreso que te ofrece la hermandad.

—¿Perdón?

—No sólo eso, Simón —y comenzó a inclinarse hacia mí, sonriéndome como un padre—. La hermandad es un grupo de amigos presente en todo el mundo. Vas a ser su hermano. Van a dar la vida por ti. Nunca más volverás a estar solo. A donde quiera que vayas —y agitó la mano llena de anillos negros— alguien te va a recibir y te va a abrir todas las puertas. Serás parte una familia que no tiene fronteras. Para cada uno de nosotros tú vas a ser el hermano Simón Barrón.

Se hizo un silencio.

—¿Aceptas?

—No entiendo.

—Nunca más volverá a faltarte nada. A partir de hoy se te abrirán todas las puertas.

Fruncí el ceño y observé a los soldados.

—¿Qué me está pidiendo?

—No te estoy pidiendo nada. Te lo estoy ofreciendo —y me tendió tiernamente su mano cubierta de anillos con ojos—. Hemos cuidado de tu esposa y de tus hijos, y lo seguiremos haciendo —curvó los labios con una sonrisa maligna.

—Un momento... —y me dirigí a Apola— ¿Él tiene a mi esposa? —y luego me dirigí a Plutarco— ¿Usted tiene a mi esposa?

—Simón... —me sonrió, y con la cabeza echada atrás continuó con su intento de hacerme su hermano—: toma mis manos —y colocó sus dedos frente a mis labios—. Toma mis manos y jura lealtad incondicional a la Constitución de la Fraternidad de los Masones Libres y Aceptados del Mundo y a la descendencia del rey Athelstan de York.

Estaba desconcertado. Apola negó con la cabeza.

No le contesté. Estaba paralizado. Los soldados tenían los ojos cerrados y los rostros hacia abajo. El fuego seguía ardiendo en la cabeza del minotauro.

—¿Qué pasa, Simón Barrón? —insistió Plutarco Elías Calles— ¿Eres débil? ¿Tienes miedo?

—¿Qué es exactamente esa Constitución de la que habla? ¿Qué es lo que quiere hacerme jurar?

—Sólo los cobardes se asoman antes de saltar al abismo. Yo te estoy ofreciendo volar.

—¿Cómo será mi vida después de aceptar?

—Cuando hayas tomado mis manos y hayas jurado lealtad, todo lo que harás en el futuro lo harás como masón. Serás leal a tus hermanos y al secreto de la fraternidad.

—¿Cuál es el secreto?

—Quieres saber lo incognoscible, Simón Barrón. Ni siquiera nosotros mismos lo sabemos. Sólo lo sabe él —y señaló hacia arriba, hacia los ojos transparentes del coloso metálico ardiente.

—¿A quién obedece usted, señor Calles? ¿Quién es la Gran cabeza? ¿Cuánto le pagan por traicionar a México?

Sus ojos se tornaron de fuego. Se colocó el sombrero y me dijo:

—Te ofrecí entregarte a tu esposa y a tus hijos. No volverás a verlos, Simón. No volverás a verlos vivos —y me sonrió—. Tráiganme a la ramera y al deforme a la Capilla Ardiente. Morirán en el salón de la Cabeza de cristal. Al traidor Barrón llévenselo a Tláhuac y fusílenlo por sedición, pero antes tortúrenlo con ácido hasta que confiese los nombres de las rameras católicas que dirigen el Núcleo de la Resistencia cristera. Anoten las coordenadas y los nombres y mándenselos inmediatamente al Indio Amaro. Que me las traiga a todas a la Capilla Ardiente para quemarlas frente a la Cabeza.

Dido emitió un gemido chirriante que me hizo llorar en silencio. Plutarco Elías Calles comenzó a alejarse y antes de irse me dijo:

—Si quieres salvar a esta ramera judía y a este fenómeno de circo, junto con tu familia, mi invitación permanece abierta. Tienes de aquí hasta tu muerte para arrepentirte. Sólo necesito las coordenadas de la resistencia cristera.

Alzó los dedos índice y medio en el aire, pegados como si fueran uno. Los bajó lentamente y señaló con esos dedos el infierno.

100

Junto a su ventana, en Cuernavaca, el embajador Dwight W. Morrow miró la terraza llena de flores de muchos colores. Levantó el teléfono y marcó a la operadora. Escuchó la voz de la mujer y le dijo:

—Comuníqueme a Wall Street 23, con el señor Lamont.

—En un segundo, señor Morrow.

Esperó y le contestó Thomas Lamont, la cabeza del grupo bancario mundial J. P. Morgan y de U. S. Steel.

—¿Qué ha pasado, Dwight? —le preguntó Lamont.

Morrow se rascó debajo de la boca y le contó:

—Ortiz Rubio es definitivamente mucho menos ambicioso que Sáenz, así que esa parte ya no es problema. Jamás se le va a insubordinar a Plutarco. Lo que me preocupa es que también es mucho más pendejo, incluso, que el mismo señor Portes Gil. Pero ahora —y acarició el cordel del teléfono— tenemos un problema mucho más grave, el problema de Vasconcelos.

—¿Pudiste hablar con él?

—No. No quiere saber nada de mí ni de los Estados Unidos. Pero lo grave no es eso.

—¿Entonces qué?

—Vasconcelos ya está operando con la Cristiada.

—¿Con la Cristiada?

—Ésta es una combinación mortal. El gobierno de México no va a poder contra esta fuerza conjunta. Si fuera sólo él como candidato, se le puede amenazar o se puede ignorar su victoria en las elecciones, pero con la Cristiada tiene un ejército para colocarlo a la cabeza de un régimen y aplastar al actual. Me parece que finalmente nos enfrentamos a una situación extrema.

—Tienes que resolverlo, Dwight. El Congreso ya me prohibió cualquier insinuación de enviar soldados americanos a México. Albert Fall está políticamente muerto y los demócratas no van a permitir un envío de tropas. Alfred Smith y Franklin Roosevelt no quieren esta guerra. Tienes que averiguar de dónde viene el financiamiento de los cristeros. ¿Quién les está enviando esos fondos para el armamento? ¿Ya lo averiguaste?

Dwight Morrow respiró hondo y miró el paisaje profundo de Cuernavaca. Los cerros formaban unos picos extraños e inquietantes: los picos misteriosos del Tepozteco.

—Tom: ya sé quién está financiando a los cristeros. Detrás de la rebelión cristera está el Imperio británico.

Thomas Lamont permaneció callado un segundo. Se enderezó en su silla de cuero y se agarró del asiento. Comenzó a reír nerviosamente.

—¿Qué dices?

101

En el norte de México —Hermosillo, Sonora—, un hombre acercó los labios a un micrófono y produjo un zumbido eléctrico agudo y chirriante, ensordecedor. Cuando se adelgazó el sonido, pronunció un decreto cataclísmico. Era el ex embajador de México en la Gran Bretaña, el licenciado Gilberto Valenzuela.

Detrás de él estaban formados siete generales del Ejército mexicano: Gonzalo Escobar; Francisco R. Manzo, subsecretario de Guerra hasta ahora bajo las órdenes del Indio Amaro; Fausto Topete; Marcelo Caraveo, gobernador de Chihuahua; Eduardo C. García; Agustín Olachea; y Ramón F. Iturbe. Estaban también los coroneles Gabriel Jiménez y Martín Bárcenas, y, tras ellos, dos líneas de diputados y senadores de la República.

El licenciado Valenzuela habló en tono solemne:

—Desconozco al gobierno del impostor Emilio Portes Gil y de su titiritero el asesino Plutarco Elías Calles. Desconozco al falso Partido Nacional Revolucionario y su convención de Querétaro, que es una farsa.

Ante la multitud y ante los cientos de militares que habían llegado en secreto desde todos los rincones de México, levantó tres papeles y gritó:

—Tengo aquí la prueba de que Plutarco Elías Calles es el asesino del general Álvaro Obregón. El nuevo partido que ha creado por orden del embajador de los Estados Unidos tiene como única función convertir a México en una red de sumisiones y lealtades compradas con el saqueo permanente al pueblo de México, y este saqueo, basado en leyes opresoras, en la amenaza permanente a los ciudadanos, en el chantaje y en la succión de sobornos, constituirá el sistema de despellejamiento más tiránico a una nación desde el principio de la historia, y reinará por las próximas décadas; y esa pirámide de corrupción e hipocresía, al mando de gángsters comprados desde fuera, va a ser la columna de los Estados Unidos en México para robarnos nuestro petróleo y el control final de nuestros recursos.

Levantó otro papel y gritó:

—¡Con el apoyo del ejército de México, declaro el levantamiento contra el gobierno ilegal y me declaro presidente provisional de México! ¡Mis generales cuentan con el armamento y con la fuerza de guerra para arrebatarlo! ¡E invito en este instante, para que se una a mi nuevo gobierno, al hombre íntegro que renunció a la dictadura de Obregón y que ahora es candidato: el licenciado José Vasconcelos Calderón! ¡Licenciado Vasconcelos: hagamos la nueva historia juntos, y venceremos!

Todos los generales asintieron, y después cada uno tomó un rápido vuelo hacia las ciudades donde levantarían al ejército. Escobar iba sonriente: le había tocado ir a una ciudad rica e industrial: a Monterrey.

Lo último que vio antes de abordar su avión y entre cientos de gritos fueron los letreros que traían los militares, que decían: ¡AMARO TRAIDOR!, ¡MÉXICO FUERTE! y ¡REARMEMOS A MÉXICO!

102

Salió Plutarco Elías Calles de la caverna del minotauro y comenzaron el llanto y la desgracia. A Dido lo arrastraron por arriba de la cueva de fuego, colgando de una polea, por encima del bosque de las esculturas, hasta el otro extremo de la caverna, hacia la boca del túnel de estatuas por donde habíamos llegado. Su pequeño cuerpo azotado lo recibieron unos hombres con máscaras de tela, sumidos en la oscuridad.

A Apola la arrastraron por los cabellos, pateándola en la cara, a través de los escalones. Yo comencé a gritar y a sacudirme. Los soldados me tenían sujeto por los brazos y los tobillos, y me golpearon en la cara con sus guantes de hierro mientras me arrastraban sobre el mármol partido en fisuras como hoja de hielo.

—¡¿Qué hago, Apola?! —le grité— ¡¿Qué hago?!

Sus gemidos los ahogaron las risas y bramidos monstruosos de sus captores. De pronto miré en lo alto del techo el fuego de Uruz y los ojos transparentes de la bestia. El tiempo se paralizó. Las piernas de quienes me arrastraban se volvieron lentas como en un sueño.

—¿Dónde está la Capilla Ardiente? —les pregunté a los soldados, y en la espalda sentí algo frío y húmedo: el filo cortante del mármol. El piso mismo tronó y se derrumbó media pulgada. El monstruo comenzó a rechinar.

—¡Está hablando el pendejo! —se rio uno de los soldados y me pateó en la cara.

—¿La Cabeza de cristal está en la Capilla Ardiente? —les pregunté y me trague la sangre que salía de mi ojo.

Me miraron y comenzaron a reírse a carcajadas.

—¡Te vamos a matar! ¡Te vamos a aventar vivo a los perros para que te coman y tus pedazos los vamos a tirar al colector oriente para que se los trague la gente en el agua!

Cerré los ojos y pensé en Dido Lopérez. "Esto no es real. Esto sólo es una pesadilla de la que nunca he despertado, pero voy a despertar", y miré la bolsa de Ultramarinos La Sevillana que había dejado Dido al pie del minotauro. Levanté la pierna y golpeé hacia abajo con todas mis fuerzas. El mármol de la plataforma se quebró y la grieta corrió como un relámpago hacia todos lados. Se abrió el vacío y me vi cayendo en el tiempo, con pedazos translúcidos de roca lentamente girando a mi lado. Mis verdugos y yo estábamos descendiendo, como en un sueño del que estás a punto de despertar.

103

En una camilla de hospital colocada en su dormitorio del castillo de Chapultepec, el presidente provisional Emilio Portes Gil recibió a su consejero favorito de guerra, el "Cara de Sapo Aplastado" Saturnino Cedillo, quien le dijo alarmado:

—Señor presidente, tenemos aviones Bristol Fighter F.2B 1927, Bristol Boarhound, DeHavilland DH-4B y un Douglas O-2C, pero con esa capacidad aérea no vamos a poder contra las fuerzas combinadas de Escobar, Manzo y Topete que respaldan la insurrección de Valenzuela. Valenzuela va a levantar a treinta mil hombres, ya lo tenemos calculado, con los que controlará los estados de Sonora, Chihuahua, Durango, Coahuila, Sinaloa y Veracruz. Eso es la mitad de nuestro ejército y nuestro territorio. El ejército de Valenzuela tiene aviones británicos Avro 504-K.

Emilio Portes Gil alzó las cejas y miró los arreglos florales puestos ante su camilla, detalle de sus hermanos masones. Torció la boca hacia abajo y se rascó la mancha del cachete.

—Así quién quiere ser presidente. Me pusieron justo cuando esto es una chingadera.

Permaneció oscilando la cabeza por unos segundos. En la pared estaba aún la sombra de un crucifijo que él mismo había quitado y echado al fuego, cubierta ahora por el retrato del masón Benito Juárez, con su ojo vacío dentro de un triángulo con rayos. Ni Emilio Portes ni su ancestro Juárez supieron nunca lo que ese ojo vacío había simbolizado todo el tiempo: su lealtad *de facto,* al igual que la de todos sus hermanos masones del mundo, a un hombre siempre oculto en la cúspide invisible de la telaraña: el príncipe heredero de la Casa de Sajonia-Hanover.

Le dijo al Sapo Aplastado Saturnino Cedillo:

—Hay que hablarle al general Calles. Él va a querer comandar al ejército. Dile al Indio Amaro que ya se largue a la chingada. Nunca sirvió para nada, sólo para obedecer al patriarca Samuel Gompers y para ponernos de nalgas frente a los pinches gringos. Ahora Plutarco es el secretario de Guerra. Tú eres el segundo al mando.

—Como usted ordene, señor presidente —y se bajó la gorra militar hasta el pecho—. Lo que me temo —y se le aproximó en forma reverente— es que vamos a tener que desguarnecer los frentes que están conteniendo a la Cristiada. Los veinticinco mil jóvenes de Gorostieta van a aprovechar esta coyuntura y se van a desparramar desde el occidente hacia el centro de México. No tenemos la fuerza militar para repeler esta avanzada. A partir de este momento el control del país está fuera de nuestras manos.

Emilio Portes Gil se enderezó sobre su camilla:

—¿Qué pendejada estás diciendo? ¿Para esto te estoy poniendo al mando?

—Señor presidente —le dijo el Sapo Aplastado—: la ventaja militar de los jóvenes de Gorostieta no es su número ni su armamento, sino su motivación.

—¿Motivación? ¿Esos fanáticos cristianos? ¡Su Dios es un moribundo crucificado! ¡Motivación para débiles! ¡La única motivación es la Logia! —y señaló a su dios Juárez que colgaba sobre la cabecera.

—Señor presidente, en dos años no hemos logrado siquiera contenerlos. Lo único que los ha frenado de derrocarnos es su lealtad a las órdenes del papa, y el papa les ha pedido no rebasar sus actuales líneas. Ellos no reciben sueldo. No están luchando por dinero ni por un botín de guerra, como nuestros soldados. No están luchando por puestos, ni por quedarse con el gobierno. Están luchando por su derecho a la libertad. Van a pelear hasta la muerte y van a vencer.

Emilio Portes Gil pestañeó y tragó saliva.

—¡Esto son chingaderas! ¡Esto son chingaderas!

104

Cuando abrí los ojos estaba sumido en la oscuridad. Sentí los huesos rotos y la cabeza fracturada. Estaba sobre ángulos duros y filosos. Todo a mi alrededor era la más absoluta oscuridad.

Arriba observé momentos después una mancha de luz borrosa. Afoqué la vista y distinguí los bordes de mármol de la caverna, aún abrasada en el fuego. Por arriba de mí, el minotauro de bronce de diecisiete metros, cien manos y ojos cristalinos estaba comenzando a quebrar lo que quedaba de la plataforma. Escuché un tronido sobrecogedor. El *Monstrum Centimani* comenzó a gemir y a emitir rechinidos: fue el gemido metálico de su propia muerte.

De lo alto cayó un enorme bloque de mármol y se hizo pedazos a mi lado, salpicándome de una lluvia de filos y cascajo. Escupí una pasta de polvo que se me quedó en los labios y en lo alto rechinó una combinación de metal y piedra. Sonó una secuencia de chasquidos justo debajo de la sombra del minotauro. El coloso mismo comenzó a ceder lentamente hacia el abismo. Pensé en Dido y me dije:

—Dios mío… ¿por qué siempre me pones en situaciones k-gantes?

Comencé a gatear velozmente dentro de la negrura, lastimándome las palmas con las piedras, los filos y las astillas. Escuché un tronido seguido por una matraca y por chirridos agudos, muy estrafalarios. Los objetos con los que tropecé eran escombros, guijarros y huesos. Sentí un terrible ardor en el brazo. Mi saco estaba despedazado. No había manga. Mi brazo, empapado en sangre, tenía la carne arrancada hasta el nervio. No sentí más que un frío hormigueo. Abrí los ojos lo más que pude para ver hacia delante. Bajo el resplandor del fuego que venía de arriba distinguí los cuerpos de cuatro soldados. También distinguí, colgando del borde superior de una raja translúcida de mármol, la bolsa de Ultramarinos La Sevillana. Me le aproximé entre los escombros.

—Pensé que a ti también te había perdido... —y cuidadosamente tomé la bolsa— Si existe una respuesta... —y lentamente saqué el frasco. Lo coloqué justo debajo del resplandor del fuego y la luz del minotauro le pasó a través del formol. La mano de Álvaro Obregón se vio completamente paranormal. Giré el frasco y leí debajo, en su base, las letras grabadas: LA CABEZA DE CRISTAL ESTÁ EN LA URNA DE PLUTARCO B-85— Tú eres la llave —le dije a la mano y miré los dientes de vidrio sobresaliendo de la base—. La llave para abrir el secreto de 1929 eres tú... Ahora sé dónde está el secreto de todos los secretos... la solución para libertar a mi país y al mundo: la Cabeza de cristal está en la Capilla Ardiente. Estuve a sólo un metro y no supe que ésa era la puerta. En este momento emprendo el regreso —y me metí el pesado frasco al bolsillo—. Ahí está todo lo que amo.

Doblé la bolsa y me la guardé en el otro bolsillo. Arriba tronó algo en forma aterradora. La plataforma se comenzó a vencer y chirrió como un animal.

—Ahora sí... —me dije y comencé a gatear a toda velocidad— ¡Dido Lopérez! —le grité en mi soledad— ¿Podría decirse que ahora sí estamos jodidos?

Abrí mucho los ojos porque todo estaba negro y me corté las manos con los filos de las piedras desparramadas. De pronto distinguí que alguien me estaba mirando. Agucé la vista pero no vi claro. Pude apreciar una superficie plana, de roca, con símbolos antiguos. Alrededor había esqueletos. Era un cementerio subterráneo. La plataforma en lo alto crujió de nuevo.

Comencé a levantar la vista desde el fémur hasta las vértebras de un esqueleto. En las muñecas tenía pulseras de turquesas y en el cuello un collar de jade. En el pecho había una serpiente de oro con dos cabezas, y en el cráneo una corona del mismo metal.

—¡Dios...! —y observé sus cuencas oculares en la semioscuridad. Me estaba viendo directamente desde una profundidad insondable— ¿Quién eres…? —sentí un petrificante escalofrío en el fondo del alma. A mi alrededor, los demás esqueletos también tenían pectorales de serpientes de dos cabezas y faldas y hombreras de jade. "Son un ejército", pensé. "Estoy en el estrato más profundo…"

El guerrero me siguió mirando y sus dientes me parecieron una estrafalaria sonrisa dibujada desde el "mundo secreto". Me le acerqué y con mis dedos le acaricié suavemente el brazo hasta la mano, donde tenía aferrado un cuchillo de turquesas con la forma ondulada de la Vía Láctea. "Citlacóatl… —me dije—, la serpiente de estrellas…", y observé cómo las turquesas del cuchillo brillaron en la oscuridad como centellas. Con cuidado se lo arranqué de entre las falanges.

—¿Me lo prestas? —le hablé— Nunca fuimos distintos. Tú y yo somos siempre la misma persona. Tu guerra nunca terminó. Tu guerra apenas acaba de comenzar. Lucharé por quienes amas —y lo besé en la frente.

Comencé a gatear hacia la oscuridad, con el Citlacóatl en la mano, cuando en mis tobillos sentí que alguien me sujetó y me arrastró hacia atrás por los escombros.

—¡Ya te moriste, pendejo! —me gritó, y comenzó a reírse como un demonio. Arriba tronó la plataforma; el minotauro cayó medio metro y siguió rechinando. Descendió sobre nosotros una lluvia de polvo y tres pedazos que estallaron en el suelo. El soldado de Plutarco me pateó en las costillas y me cayó encima, estrujándome del cuello. Me susurró:

—Te vas a morir, puto… —y me escupió en la oreja. Por encima de nosotros el *Monstrum Centimani* bramó como una creatura del infierno. Su pedestal comenzó a quebrar sus vigas de apuntalamiento.

Apreté el Citlacóatl y se lo enterré en el ojo. Giré con él y le trocé la tráquea con la obsidiana cubierta de turquesas. Por atrás me cayó otro plutarco que había estado esperando en la oscuridad. Me pateó en la cabeza y trató de quitarme el arma. Me giré con él sobre los filos de las piedras, como un gato. Le clavé el Citlacóatl en la nuca, entre las vértebras cervicales, y le abrí la columna en dos partes.

—Esto es por Dido Lopérez —le dije—, y también por traicionar a México.

Su cuerpo hizo espasmos y le saqué el cuchillo. Me arrastré hacia un ducto oscuro donde alcancé a distinguir el símbolo del renacimiento y la reunificación del mundo: la serpiente de estrellas. Por detrás de mí todo comenzó a derrumbarse. El minotauro de bronce caía con un sonido estridente hacia el abismo mientras un diluvio de rocas, fuego y polvos asfixiantes empezaba a precipitarse.

105

Justo encima de mi cabeza, en el segundo piso de un edificio viejo y oloroso situado a seis cuadras de la Alameda y cuatro al norte del corazón de Tenochtitlan —ahora llamado Zócalo—, en el número 86 de la calle Donceles, un grupo de jóvenes tempestuosos e imperiosos se gritaron de un lado al otro de la enorme oficina llena de mecanógrafas y telegrafistas, y se aventaron documentos:

—¡Trataron de detener al licenciado en Guadalajara! ¡Insisto en que cortemos todos los puntos intermedios de la gira y lo traigamos directamente a la Ciudad de México, antes de que lo maten!

Era el turbulento y galante joven Adolfo López Mateos, en su prístino traje de seda, con una flor roja en la solapa. Le contestó un chico de rizos dorados y pecas llamado Germán de Campo:

—¡Los soldados ya le abrieron el paso! —gritó sonriendo y les mostró a todos el reporte— ¡Ya están en el jardín de San Fernando! ¡Ya están entrando al hotel!

Adolfo López Mateos, de cabello cremoso y ondulante, avanzó hacia Germán de Campo y le puso el dedo en el nudo de la corbata:

—¿Quieres que lo asesinen en su cama en ese hotel barato? —y volteó a verlos a todos— ¡Colegas, nos estamos jugando el destino! ¿Alguien de ustedes no lo ha comprendido? ¡Si este domingo en las elecciones no gana Vasconcelos, nos vamos a ir todos a la cárcel! ¡Nos van a matar! ¡Y si alguien de aquí no tiene la suerte de que lo maten, jamás lo van a contratar en el gobierno de México, ni en ninguna empresa, porque el gobierno nos va a boletinar a todos!

Saltó hacia él un chico delgado de lentes y corbata de moño, un intelectual llamado Antonio Helú.

—¿Qué estás diciendo, Fofo? ¡Me vale madres la cárcel! ¡No estoy aquí por mi currículum!

Adolfo López Mateos lo tomó por las solapas y le dijo:

—Antonio, sé cómo quieres a Vasconcelos. Sé cómo vas a pelear por él y por lo que está peleando. Por eso mismo les estoy clavando las uñas en el trasero, ¿me entiendes? —y les gritó a todos—: ¡Escúchenme! —comenzó a señalarlos—: ¡Octavio Medellín Ostos, Raúl Pous Ortiz, amigo Germán del Campo, Luis Calderón, Guillermina Ruiz, Chuchita López, Alejandro Gómez Arias, Alfonso Acosta; Román Millán, White Morquecho, Toussaint! ¡Colegas fundadores del Comité Orientador Vasconcelista de la Ciudad de México! ¡México se está comenzando a convertir en una zona de guerra! ¡A partir de este instante los tumultos y la violencia van a comenzar a estallar en todas partes! ¡Si no traemos a José Vasconcelos para su mitin final en la capital, lo van a matar en algún rancho! —y los miró a todos— ¡Y se perderá para siempre todo su plan para México!

Los demás guardaron silencio. Las secretarias dejaron de teclear sus máquinas y sus telégrafos. Los auriculares fueron puestos en sus aparatos. El joven López Mateos siguió:

—Propongo lo siguiente —y comenzó a caminar lentamente, tomando a Antonio Helú y a Germán de Campo por los codos—: les pediremos a Herminio Ahumada y a Juanito que eliminen los mítines de Michoacán y de Colima y que se traigan al licenciado de inmediato. Lo encontraremos fuera de la Ciudad de México, en Toluca, y nos lo vamos a traer en un convoy esta misma noche. Y nos llevamos pistolas.

—¡¿Pistolas?! —le gritó desde atrás el brillante campeón de oratoria y ex presidente del consejo de huelga de la UNAM, Alejandro Gómez Arias— ¡El licenciado Vasconcelos nos ha dicho que ni madres de pistolas!

—Alejandro... —le dijo Adolfo López Mateos y volteó a verlos a todos—: ¡si por mayoría ustedes deciden que no habrá pistolas, no habrá pistolas! ¡Pero armemos un convoy ahora mismo, y organicemos ahorita mismo el encuentro inmediato en Toluca! ¡No hay que esperar! ¡Es ahora! ¡Es hoy! ¡Es ya! ¡Salimos esta noche!

Se le aproximó el intelectual Antonio Helú y le dijo:

—Adolfo, no tenemos los vehículos.

—Sí los tenemos. Tenemos los que nos prestaron los del sindicato de la Compañía de Luz y Fuerza. Tenemos los que nos facilitó el licenciado Manuel Gómez Morin. Tenemos los nuestros —y se puso a contar con los dedos.

—No son suficientes, Adolfo. Necesitamos más. Nos van a cerrar los caminos.

Adolfo López Mateos caminó entre sus colegas.

—Antonio: la entrada a la Ciudad de México es toda la victoria. Es la llegada de Hernán Cortés, es la llegada triunfal de Nezahualcóyotl. Es la toma de Tenochtitlan. Si Vasconcelos logra llegar mañana mismo por la mañana, su entrada va a ser triunfal. La gente va a salir de sus casas gritando. Habrá una avalancha humana y el gobierno no la va a poder parar. Nadie va a poder tocar después a Vasconcelos. Después de entrar a Tenochtitlan, Vasconcelos se va a volver inmortal.

El joven pecoso y de pelo rizado Germán de Campo se le puso enfrente y le dijo:

—Adolfo: no cabe duda de que eres un gran poeta, pero nos faltan automóviles.

López Mateos bajó la cabeza y murmuró:

—Bueno, eso es un problema... —y se rascó la cabeza— Estoy pensando...

Tronó la puerta y entró furiosamente un joven escritor zapoteca de veintidós años llamado Andrés Henestrosa. Del brazo traía a una mujer impactante y hermosa, de veintiocho años, envuelta en un vestido blanco con muchos velos, casi espectrales.

—Colegas —les sonrió el zapoteca—: les presento a la finísima señora Antonieta Rivas Mercado, la creadora del Teatro Ulises y mecenas del México sinfónico y pictórico creado por José Vasconcelos: Carlos Chávez, Manuel Rodríguez Lozano, Salvador Novo y Xavier Villaurrutia, además de ser pensadora y poeta ella misma. Ahora la señora Antonieta viene a ayudarnos y nos va a prestar su Cadillac de seis plazas para traer al licenciado Vasconcelos a su mitin final mañana.

La señora los miró a todos y se intimidó un poco. Sonrió agachando un poco la delicada cara, cubriéndose con los velos. Saludó con su blanco guante al impetuoso Adolfo López Mateos, quien le dijo:

—Señora Antonieta... —y la miró de arriba abajo, con los ojos casi de fuera— usted no es ninguna poeta... usted es una poesía...

La señora le sonrió y le dijo:

—Por favor no me digas señora. Dime Antonieta. O si lo prefieres, dime Valeria —y le guiñó. Caminó entre los jóvenes y permaneció en silencio.

Todos la miraron muy expectantes, incluso las secretarias. Antonieta tragó saliva y les dijo:

—Heredé mucho dinero de mi padre. Nunca merecí nada de eso. Nunca hice nada para ser su hija. Fue un accidente del destino. Vengo a ayudarles en todo. Quiero ser parte de esto —y miró en la pared la enorme fotografía de José Vasconcelos. Se le humedecieron los ojos mirando los ojos de Vasconcelos y se le hizo un tenue nudo en la garganta. Se mordió los labios y siguió:

—Vengo aquí, y si tengo que vender todo lo que tengo: todas las mansiones, todos los candelabros, todas las joyas, todos los vanos adornos de todas mis vanas propiedades, lo haré para que ustedes triunfen. Hoy mi mundo tiene por fin una esperanza —y miró nuevamente la foto de Vasconcelos. Se volvió a ver al intelectual Antonio Helú y le dijo:

—Mi hermana Alicia y yo protegemos a sacerdotes y cristeros en el subterráneo de mi casa en la colonia Roma. Mi cuñado Pepe es parte de la Liga —y dirigiéndose al grupo—: les ofrezco la red de amigas que tengo en todo el país y mis contactos en el arte, en el teatro y en la prensa. Les ofrezco mis contactos financieros en Nueva York —y miró a Germán de Campo. Le sonrió y le dijo—: tengo el contacto con el Vaticano de la agente Apola Anantal y también el del agente Simón Barrón Moyotl.

El pecoso Germán de Campo levantó su vaso de leche y gritó:

—¡Colegas! ¡Llamen a Juanito! ¡Llamen a Herminio Ahumada! ¡Vámonos ahora mismo a Toluca, pues ya tenemos coche! —y le levantó la mano a Antonieta— ¡A partir de mañana estamos en guerra! ¡Mañana es la victoria! ¡Mañana es la toma de Tenochtitlan!

106

Quinientos kilómetros hacia el occidente, en un nuevo punto secreto de las montañas llamado ahora Campamento Madre 2, el general Enrique Gorostieta metió un palo a la fogata y acarició el crucifijo de su pecho.

—Chamacos —les dijo a sus soldados cristeros—, éste es nuestro momento de oro.

Sacó el palo y caminó hacia el mapa colgado de los postes de la tienda de campaña. Señaló sus propios trazos:

—El ex embajador Gilberto Valenzuela acaba de arrancarle la mitad de sus generales, coroneles y soldados al Ejército mexicano. Los acaba de dejar sin treinta mil hombres y ahora esas fuerzas están contra el gobierno. Es el momento de saltar hacia el centro de México.

Colocó la punta del palo humeante en la esquina noroeste de México y les dijo:

—Valenzuela va a traer desde el norte a ocho mil hombres del gobernador de Sonora, el general Fausto Topete. Los va a jalar hacia abajo, hacia Guadalajara, por la línea del Pacífico. Sus generales Marcelo Caraveo y José Gonzalo Escobar van a descender desde Chihuahua y Torreón hacia Guanajuato. Tomarán ahí Irapuato, luego van a avanzar juntos a tomar Querétaro y finalmente van a caer sobre la Ciudad de México, nuestra Tenochtitlan.

Llegaron en ese momento el joven rebelde Ramón López Guerrero con sus amigos Mario Valdés y Heriberto Navarrete, secretario personal de Gorostieta. Ramón López le dijo:

—General, está establecido el nexo militar con Vasconcelos. Mi hermana Patricia y Azucena nos acompañaron y arreglaron los contactos con la red nacional de amas de casa y con la Organización Nacional de Chicas Espartanas. Lo acabamos de ver en su hotel de San Fernando.

—Muy bien, ahora ya tenemos al buen hombre que va a ser el presidente de México —y levantó el palo—. Pero recuerden una cosa: nosotros no somos golpistas ni bandoleros ni caudillos. No moveremos un dedo ni dispararemos una sola bala si no se comprueba en forma absoluta el fraude en las elecciones.

—Vasconcelos va a ganar, general —le dijo Ramón López.

—Yo también lo creo. Pero lo sabremos —y llevó de nuevo la punta del palo al mapa.

—¿Cómo creen que va a responder el gobierno?

El joven general Jesús Degollado, jefe de la Cristiada en Colima y el sur de Jalisco, observó a los padres Aristeo Pedroza y José Reyes Vega, y le dijo a Gorostieta:

—El presidente provisional Emilio Portes Gil acaba de largar al Indio Amaro. El ex presidente Calles va a asumir el mando supremo del ejército como secretario de Guerra. Seguramente se va a apoyar en el general Saturnino Cedillo y en el general Lázaro Cárdenas.

—Así es —le dijo Gorostieta y miró el mapa—. Van a mandar a Cárdenas a la zona de Jalisco para desde ahí subir hacia el norte y repeler la movilización sonorense de los Topetes. A Saturnino Cedillo lo van a fortificar en el centro oriente, en San Luis Potosí, probablemente con el Nenote Gonzalo Santos, para contener la incursión de Guanajuato. Tengo informes de que incluso, al menos Cárdenas, ya está con sus tropas; se movilizaron rápido desde el funeral de Obregón.

El joven padre José Reyes Vega, con gran humildad, se puso de pie y caminó hacia el mapa. Le dijo a Gorostieta:

—Cuando Cárdenas se lleve hacia el norte las fuerzas federales que nos contienen en estos valles, ése va a ser el momento de lanzarnos —y miró a todos con sus ojos brillosos—. Primero, la toma total de Guadalajara y tenemos la capital misma del occidente —y le puso el dedo en el mapa—. Después —y dirigió su dedo hacia el oriente, hacia la Ciudad de México—. Ahí se les va a juntar todo el mole. El gobierno de Plutarco va a estar en jaque mate.

El general Gorostieta agregó ante el ánimo de optimismo que inundaba a todos:

—Muchachos, en pocas horas tendremos a veinticinco mil jóvenes armados en movimiento. Reconcentremos diez mil hombres bien equipados acá abajo en Tepatitlán. Tepatitlán está a sólo quince minutos de Guadalajara. Tepatitlán será el punto clave. Padre Pedroza, le pido a usted acumular toda esa fuerza, junto con toda su Brigada de los Altos, la de Colima de Jesús Degollado, la de San Miguel el Alto de Mario Valdez y de Heriberto Navarrete, y las de Zacatecas y del Sur en el valle de Atemajac. Y usted, padre Vega, llame a toda fuerza, a toda alma de México, católicos y no católicos, protestantes y no protestantes, judíos y no judíos, que quieran luchar por la libertad de todos —y miró al grupo reunido alrededor de la fogata—. Muchachos, estamos por librar la más grande de todas las batallas, la batalla final de la libertad.

Se escuchó un galope fuerte afuera y dos caballos blancos se frenaron y relincharon. Se bajaron dos chicas y corrieron hacia la tienda: las cristeras Patricia López Guerrero y Azucena Ramírez Pérez, envueltas en sus largos mantones blancos.

—¡General Gorostieta! —le gritaron— ¡Secuestraron a Apola Anantal y a Simón Barrón! Acabamos de recibir el telegrama que nos lo informa.

107

Yo estaba en un túnel negro del subsuelo.

Mi siguiente paso fue el más fácil de todos los que tomé desde el asesinato de Álvaro Obregón: regresar a la Capilla Ardiente. Yo sabía dónde estaba. Acababa de estar ahí el mismo día en que Obregón fue asesinado. Era su casa, la habitación misma donde su cuerpo fue inspeccionado frente a mis ojos y los de Apola Anantal.

En esa habitación yo había visto el profético cuadro llamado "Capilla Ardiente", donde cuatro cadetes y cuatro hombres de frac velaban a un cadáver dentro de un salón con candelabros. Era su propia muerte.

Me saqué del bolsillo el frío frasco con la mano de Álvaro Obregón y le dije:

—General: no fuiste una buena persona y traicionaste a millones, con lo cual iniciaste una dinastía de presidentes de México que no tienen carácter ni huevos ni ideales ni nacionalismo, y que merecen ser suplantados por la gente, pero aun con eso, estás a punto de ser vengado —y observé su dedo insultándome, obra de Dido Lopérez—. General: ese cuadro tiene que ser la última respuesta. ¿La cabeza de cristal está detrás del cuadro? ¿Hay una caja fuerte? ¿Ahí están todos los Documentos R, el plan masónico del mundo y los Tratados de Bucareli?

La mano no me respondió. Poco a poco giró en su suspensión de formol y le dije tiernamente:

—¿En verdad sabías que te iban a matar, querido amigo? Pues déjame decirte una cosa: ahora ellos tienen a mi familia. Tienen a Apola y a Dido, a mi esposa y a mis hijos —y le mostré mi cuchillo cósmico Citlacóatl, la Serpiente de Estrellas—. Presidente electo Álvaro Obregón: mi nombre es Simón Barrón y soy soldado de México. Serví a las órdenes del general Bernardo Reyes y libertaré a nuestra nación. Llegó la hora de la venganza.

Me guardé el frasco en el bolsillo y seguí gateando hacia el sonido del drenaje. Llegué a la parte superior de un tubo subterráneo, de paredes de ladrillo. Era el conducto Letrán Norte del desagüe, por el que corría el torrente de desechos del Valle de México.

Bajé por una escalerilla de hierro oxidado clavada en la pared y los vapores me hicieron arder los ojos hasta las lágrimas. Miré hacia ambos lados del conducto. Había coladeras arriba, cada cincuenta metros, que echaban pequeños haces de luz sobre la oscuridad.

Me aseguré el frasco en el bolsillo, y aunque me jalaba los pantalones hacia abajo, avancé agarrado de un tubo hacia la primera coladera, adherido a la pared y apoyando mis pies en otro tubo. El olor de los excrementos era tan fuerte que vomité.

Recordé una cabellera rubia, del color del trigo, y dos ojos verdes mirándome, abriendo sus pupilas bajo el rayo del sol de una tarde en la terraza interior de la embajada de los Estados Unidos.

Por un instante sentí una agitación microscópica proveniente de todos lados, como una nota abismalmente grave emitida por un cuerno de guerra desde el fondo del universo, el motor profundo de la máquina del mundo.

—Dios… —y pelé los ojos— ¿De dónde viene esta fuerza? —y la sentí pulsándome por los brazos como un zumbido electrizante— ¿Acaso es ésta la irradiación del campo magnético del que me habló Vasconcelos en la Zona del Silencio? ¿Es éste el campo magnético del centro de México, del que él me dijo que se llama Mex-Xictli, el corazón de todo? ¿Me estoy acercando a la fuente?

En la oscuridad escuché el torrente de excrementos y vi debajo de la cortina de luz una figura. Le caía el resplandor sobre el sombrero de copa. Se lo quitó y le vi su cabello blanco y su enorme barba. Era el general Bernardo Reyes.

—¿Mi general…? —abrí los ojos asombrado— ¿Está usted vivo…? ¿No había muerto…?

Me sonrió y levantó la mano. Colocó su dedo en el aire y lentamente lo ondeó para formar lo que encerró la respuesta de todo: una espiral que formó un trébol de tres flores.

108

Por encima de mí pero cinco cuadras hacia el sur, en la planta baja del siniestro Palacio Nacional, junto al tercero de los patios marianos, un hombre estaba asumiendo la Secretaría de Guerra. Lo hacía justamente en la antigua oficina del general Bernardo Reyes, quien alguna vez con el mismo cargo duplicó el tamaño del Ejército mexicano y estuvo a punto de convertirlo en el ejército de una potencia mundial.

—¡Aquí estoy a tus respetables órdenes, Plutarco! —lo festejó el Nenote Gonzalo N. Santos y se llevó el canto de la mano a la frente. A su lado tenía a una criatura de baja estatura y cara de sapo aplastado: el general Saturnino Cedillo.

—Ya soy tu ministro de Guerra —le sonrió Plutarco Elías Calles y se levantó de la silla ancestral de madera carcomida—. Ordeno que desde mañana —agregó mirando a los sargentos alineados contra las paredes, que se le cuadraron— el coronel Gonzalo Santos regrese al ejército —y miró al Nenote—. Te vas a formar contingentes armados a San Luis Potosí con el general Cedillo.

Cedillo cerró los ojos y se puso firmes. Plutarco levantó el teléfono y marcó los cuatro números directos del secretario de Hacienda, Luis Montes de Oca:

—Oca —le dijo, y empezó a masticar una uva—: estoy nombrando al general Saturnino Cedillo como jefe de la División del Centro y su brazo derecho va a ser el general Gonzalo Santos. Te ordeno que le des todo el dinero que te pida —y miró a Gonzalo, que le sonrió emocionado—. Gonzalo va a constituir el Ejército del Centro.

—Pero general —le murmuró la aterrada vocecita—, los fondos los administra su hermana Trencha, y… y… ella se enoja mucho… y luego le dice a usted y…

Plutarco le gritó:

—¡Con una chingada! —y azotó el escritorio de Bernardo Reyes— ¡Haz lo que se te ordena!

Gonzalo N. Santos le pidió la bocina al general Calles. Tomó el auricular y gritó:

—¡Enano de mierda! ¡Tú y tus pinches trámites! ¡El general Calles te acaba de dar una orden! ¡O me das el dinero o te lo saco por las nalgas con todo e intestinos! ¡Con tu burocracia retrasas el progreso revolucionario!

La voz gimoteó algo y el Nenote le colgó. Plutarco le sonrió y negó con la cabeza.

—Así quiero que barras a los de Gorostieta y a los de Valenzuela, por no decir a todos esos fanáticos católicos romanos.

En su oscuro despacho de la Secretaría de Hacienda, el pequeño hombre de lentes Luis Montes de Oca cerró los ojos y pensó: "Si volvieran los tiempos del general Porfirio Díaz y del general Bernardo Reyes...", y miró hacia el cielo.

El Nenote le dijo a Plutarco:

—Mi general, no quiero aguarte la fiesta pero —y le puso el brazo alrededor del cuello a Saturnino Cedillo— mi general Saturnino me dice que está cabrón.

—¿Cómo que "cabrón"?

—El ex embajador Valenzuela rebeló a los mejores generales y ahora tiene treinta mil soldados. Tiene aviones británicos. Si a eso le sumas a los cristianitos, ya nos quebraron.

Plutarco frunció el ceño y miró en el techo algo que no entendió: una espada griega que decía *KOPIS-ALEXANDROS*. La había colocado ahí Bernardo Reyes y en su hoja estaba en letras muy pequeñas la "clave de ejecutabilidad" para desencadenar su Plan de México.

Le dijo al Nenote:

—Quiero que saques a los traidores que quedan en el Congreso: desaparece a Antonio Díaz Soto y Gama, a Ricardo Topete, a Gustavo Uruchurtu. Topete está ayudando a su hermano en Sonora.

—Pero, Plutarco, no podemos echarnos a todos encima al mismo tiempo...

—A Pascual Ortiz Rubio enciérralo en una casa de la calle de Veracruz. Ponle guardias. Mi secretaria te da la dirección. Que no salga hasta después de las elecciones. De ahí lo pasas directo al Palacio Nacional para que comience su encargo como presidente.

—Como tú me ordenes, mi general —y se puso el filo de la mano en la sien. De sus gordos pantalones, de su cinturón de hebilla con cabeza de cabra, le caía su magnífico revólver 45, la Güera, guardado en su funda bordada en oro sin abrochar, igual que los otros seis cargadores.

Plutarco Elías Calles le dijo:

—Con el dinero de Montes de Oca ármale a Saturnino una caballería de ocho mil hombres —y miró al general Cedillo. El Sapo Aplastado, con la vista en el suelo, le dijo al ex presidente Calles:

—Con todo respeto, mi general, no tenemos tantas armas. El general Joaquín Amaro hizo todo lo que usted le ordenó que hiciera con el ejército, y en este momento no tenemos ejército. Lo destruyeron el general Amaro, Luis Morones y el americano Samuel Gompers. El derrocamiento está a punto de ocurrir. Nuestra única opción ahora es solicitar a los Estados Unidos su intervención armada en México y terminar para siempre con la soberanía militar de nuestro pueblo. Con este acto usted nos habrá convertido en una colonia y les entregará las reservas de la petrozona hasta su agotamiento, que ocurrirá aproximadamente en cien años.

Los sargentos alineados contra las paredes tragaron saliva. El Nenote peló los ojos y miró de refilón a su "querido Saturnino". Plutarco Elías Calles se metió una uva a la boca y caminó lentamente hacia el Sapo Aplastado, quien continuó mirando al suelo. Calles colocó su dedo por debajo de la barbilla del Sapo y le levantó la cabeza, pero Cedillo siguió mirando hacia abajo.

—General Cedillo —le dijo—: el ejército de los Estados Unidos ya viene en camino —y le sonrió. Sin dejarlo de mirar, le gritó al Nenote—: ¡Gonzalo! ¡Ponte de acuerdo con mi hermano Arturo, en el Consulado en Nueva Orleans! ¡El presidente Hoover y el embajador Morrow nos van a poner los camiones de armamento en Nueva Orleans y Tampico! ¡Va a ser su primera acción de gobierno! ¡Tú te vas a hacer cargo de esto!

Gonzalo miró a su amigo y héroe con ojos brillosos. Plutarco le puso la mano en el hombro y le dijo:

—Arturo te va a dar cinco mil armas de los Estados Unidos. Ya lo acordé con el embajador Dwight Morrow. Así que no te preocupes. Y por cierto… lo primero que debe hacer Pascual Ortiz Rubio al pisar México es ir a ver a Morrow a Cuernavaca. Te lo encargo —y lo señaló—. Eso es lo más importante.

—Lo que tú quieras, jefe —y se ajustó los gordos pantalones. El Sapo Aplastado Saturnino Cedillo comenzó a abrir la boca, tartamudeando, y dijo lo siguiente, sin dejar de mirar el piso:

—Mi general Calles: cinco mil armas no son suficientes. El ex embajador Valenzuela y sus generales Gonzalo Escobar, Francisco Manzo y Fausto Topete tienen aviones británicos Avro 504-K. Van a acribillar a nuestras tropas desde el aire. Estamos enviando hombres a una carnicería. Si los Estados Unidos van a apoyarnos deberían enviarnos tropas, aviación y fuerza terrestre. De otra forma este gobierno que usted dirige va a ser derrocado.

Plutarco frunció el entrecejo y observó al general por unos instantes. Se le aproximó y le puso los dedos en las mejillas. Se las apretó y le dijo:

—¿No eres tú el que me acaba de decir traidor por recurrir al ejército de otro gobierno?

—General —le dijo el Sapo Aplastado—: la traición la cometió usted hace cuatro años, cuando mutiló a nuestro ejército. Todo esto es sólo la consecuencia.

Plutarco le sonrió y le dijo:

—Me caes bien por cabrón. Aun con medio ejército podríamos desafiar a un gigante si mis generales Amaro, Cárdenas y Almazán hubieran tenido tu lealtad y tus huevos.

109

—Se llama Plan Dickson —les dijo Franklin Delano Roosevelt a Alfred Smith, a Belle Moskowitz y al jefe de campaña Robert Moses—. Significa "invasión de México por los propios mexicanos".

Alfred Smith se enderezó en su sillón de la sala.

—No entiendo. ¿Qué diablos es eso, un trabalenguas?

Franklin Roosevelt se apoyó en su bastón y cojeó hacia su jefe. Le explicó:

—Con el pretexto de sofocar esta insurrección presuntamente pro británica que está levantando el ex ministro de México en Inglaterra, Gilberto Valenzuela, Dwight Morrow, Thomas Lamont y los republicanos están metiendo a la fuerza nuestra flota aérea americana en México.

Smith se levantó sobre los brazos de la silla:

—¿Qué estás diciendo? —y miró a Belle y a Robert Moses— ¿Estás bromeando? ¿Quién está enviando aviones?

Franklin Roosevelt se acarició el anillo masónico y le dijo:

—La estrategia es recibir aquí a un grupo de pilotos mexicanos de Plutarco Calles. Los van a meter en bombarderos nuestros y los van a regresar a México para invadir; así va a parecer que son ellos mismos. Los aviones son Corsair O2U-2M de la planta Chance Vought de William Boeing y Pratt & Whitney. Son cazabombarderos de dos toneladas, con capacidad para media tonelada de bombas, municiones y ametralladoras Browning calibre 3.3, con eyectores de bombas expansivas. Los motores son R-1340-C Wasp de 400 caballos de fuerza. En crucero alcanzan 269 kilómetros por hora.

Miró a Smith y le dijo:

—El propósito es marcar un precedente. En adelante México no podrá librar sus propias guerras. Los republicanos lo están haciendo todo por la Petrozona Pérmica Iapetus. México va a ser transformado en una colonia petrolera del Gran Patriarca, y los británicos lo saben.

Al Smith susurró:

—*¡Jesus Christ!* —y se sumió en su asiento— Pero... —y miró a Belle Moskowitz— ¿es real que los británicos están provocando esta revuelta? ¿Tienes pruebas? —y miró a Robert Moses— ¿Sabes lo grave que sería esto? ¿Sabes lo que significaría para el mundo?

Franklin Roosevelt se inclinó sobre Al Smith y le murmuró:

—Significaría que acaba de comenzar la segunda gran guerra, esta vez por la Petrozona Pérmica Iapetus. Los enemigos en esta nueva conflagración global somos los Estados Unidos y nuestra antigua madre patria: la Gran Bretaña.

Permanecieron callados y Franklin miró al techo.

—Pero hay otra posibilidad —le dijo a Al Smith—: tal vez esto nunca tuvo que ver con Inglaterra. Tal vez esto lo planeó el Partido Republicano y estamos creyendo que todo esto está pasando, incluso en la cúspide del poder del Imperio británico. Alguien quiere desatar la segunda guerra.

110

Dos mil doscientos kilómetros al sur, en las proximidades de la frontera con México, en el campo aéreo Love Field Air Force Base, en las afueras de Dallas, Texas, se recibió la orden. Doce cazabombarderos plateados de dos toneladas Corsair O2U-2M Pratt & Whitney Chance Vought encendieron sus motores R-1340-C Wasp y su rugido de 400 caballos de fuerza comenzó a hacer temblar la tierra.

Cuarenta hombres con gorros blancos les abrieron las bahías de carga y activaron levantadores hidráulicos para llenarlas de bombas de 227 kilogramos de trinitrotolueno. Revisaron los eyectores y los sellaron. Las ametralladoras Browning M2-AN rotaron sus cilindros a 1 200 revoluciones por minuto, ajustando sus filosos misiles de 0.3 pulgadas, haciendo un sonido de matraca. Se aproximó un hombre con una libreta, seguido por doce pilotos con sus equipos de control aéreo y balística.

El hombre era Stephen W. Thompson, del Primer Escuadrón Aéreo de los Estados Unidos 1-RS. Los pilotos eran mexicanos: el general Juan Francisco Azcárate, de la FAM, y su hermano Raúl; Rodolfo Torres Rico; Samuel Carlos Rojas, agregado militar a la embajada de México en los Estados Unidos; el teniente coronel Pablo Sidar; Roberto Fierro Villalobos; Luis Boyer; Arturo Jiménez Nieto; Antonio Cárdenas Rodríguez; Carlos Rovirosa; Luis Farell, y Gustavo León.

El capitán Thompson se detuvo frente a los aviones y les gritó a los pilotos:

—¡Compañeros mexicanos! ¡Éstas son sus instrucciones navales! —y se colocó la libreta frente a la cara— ¡Cercar, acorralar y matar! ¡Estas máquinas —y volvió el rostro hacia atrás— son la nueva arma en la guerra intercontinental! ¡Su peso: dos toneladas de acero sólido! ¡Su velocidad de crucero: 165 millas por hora! ¡En sus vientres cargan media tonelada de poder de fuego! ¡Esta máquina ha sido diseñada para observar, bombardear, perseguir y aniquilar! ¡La Marina de los Estados Unidos y la Fuerza Aérea han preparado estos motores para ustedes, amigos mexicanos! ¡Les deseo suerte y el mayor de los éxitos! ¡Que Dios bendiga a América! —y los saludó militarmente con su guante blanco.

Se le cuadraron los mexicanos muy emocionados, pues en los costados de los aeroplanos estaba fresca la pintura de aceite que decía "FAM 1-Fuerza Aérea Mexicana".

Caminaron como héroes hacia los resplandecientes bombarderos, y uno de ellos le dijo a otro:

—Lo malo es ir a la guerra contra tu propio país. ¿No es realmente pinche?

—Nada, son gajes del oficio —y se colocó el casco.

El líder mexicano, Juan Francisco Azcárate, estaba preocupado.

—Raúl —le dijo a su hermano—: ¿por qué chingados tenemos que pedirle armamento a los Estados Unidos?

—Pregúntale a Amaro —le sonrió.

—Algún día vamos a recuperar nuestro propio poderío militar. Mi O-E-1 sobrevoló toda la República el año pasado. Podríamos hacer miles.

—No los vas a convencer, hermano. ¿Qué no entiendes que es un mandato? —y se puso el casco.

Confiado en este poderoso apoyo secreto, Plutarco Elías Calles esperó. No tardaron en llegar los telegramas al Palacio Nacional, a la Secretaría de Guerra, de una fuerza de aviones norteamericanos que habían cruzado la frontera. Plutarco maniobró sobre un mapa del país e imaginó las columnas que había ordenado que se movieran para enfrentar a Valenzuela y a los cristeros; por el occidente, por la línea del Pacífico, el general Juan José Rico movilizaba una alfombra de soldados contra los generales rebeldes de Sonora y de Chihuahua Fausto Topete y Francisco Manzo. Por el oriente, siguiendo la costa del Golfo de México, el general Juan Andreu Almazán y sus tropas ascendían hacia Laredo y Monterrey para estrellarse en guerra contra el rebelde Gonzalo Escobar. Por el centro, hacia Ciudad Juárez, se movilizaba un ejército de cincuenta aviones y nueve mil hombres. La fuerza total que estaba moviendo Calles era de 35 mil hombres.

Sin embargo, en la magnífica, envidiada y codiciada ciudad capital del norte de México, llamada justamente la Sultana del Norte, Monterrey, ya ondeaba una bandera rebelde después de un ataque, más que militar, bien organizado entre los jefes de los cuarteles.

La ciudad misma ya estaba en poder de la rebelión del ex embajador Gilberto Valenzuela y su general Gonzalo Escobar. Con silenciosa, fresca y soleada paz, sin un muerto y ningún disparo, su guardia ya protegía a los regiomontanos mientras estos hacían sus compras rutinarias.

Se paseó el general José Gonzalo Escobar, joven fino de bigote ranchero, muy orgulloso por el soberbio balcón del mirador del Palacio de Gobierno edificado por Bernardo Reyes hacía treinta y cuatro años. Del brazo llevaba a una fabulosa chica rubia de cuerpo monumental, proveniente de Texas. Había sido la Miss Texas.

—¿Qué te parece, mi amor? —le dijo galante—, Nuevo León está en nuestro poder.

—¿Y sí vamos a tener el dinero que me prometiste, guapo?

—¡Claro! —y señaló hacia abajo— Ya les dije a mis hombres: tomen todo el oro y el dinero que haya en las bóvedas de los bancos. Sólo en estas primeras horas ya tenemos trescientos cincuenta y cuatro mil pesos.

—Si eres un buenazo —le dijo ella con acento texano y le dio en el muslo con la rodilla—. ¿Así son todos los mexicanos?

—No todos, chiquita: sólo los chingones —y se sacudió el puño—. Y vamos a hacer lo mismo en Torreón. Te va a ir muy bien conmigo, mi nena —y le acarició las mejillas—. Ahora abordemos ese avión que nos espera para llegar a donde están concentradas las tropas.

Una gran muchedumbre estaba saliendo de un hotel con arcos en Toluca, sesenta kilómetros al oeste de la Ciudad de México.

—¡A Tenochtitlan! —gritó el eufórico pecoso y de pelo rizado Germán de Campo. Le respondieron trescientos jóvenes levantando los puños y gritando: "¡Victoria!"

Ya estaban todos juntos: el atlético Herminio Ahumada, Juanito, el monstruoso Pedro Salazar Félix, el ingeniero Federico Méndez Rivas, el aborregado Ernesto Carpy Manzano, el tempestuoso Adolfo López Mateos y el intelectual Antonio Helú. Detrás de ellos venía un río humano empujando a José Vasconcelos hacia un flamante vehículo azul brillante, un Cadillac. Un chofer vestido de etiqueta le abrió la puerta trasera para que entraran él y también la dueña del vehículo: Antonieta Rivas Mercado.

Se sentaron y se cerró la puerta. Los dos permanecieron callados adentro. Olieron el aceite fresco, el cuero de los asientos. Con los cristales cerrados el griterío afuera era sólo un eco. Antonieta lentamente giró el rostro hacia Vasconcelos. Lo miró un segundo. No pudo decir nada. Vasconcelos descubrió en ella algo oculto. Comenzó a abrir la boca y le dijo:

—Señora...

Ella desvió el rostro y observó a la gente afuera.

—No me digas señora. Dime Antonieta. O si lo prefieres, dime Valeria.

Vasconcelos asintió al tiempo que la atmósfera de tensión dentro del coche se disipaba por la familiaridad con que Antonieta le pedía que le hablara.

—¿Valeria? —y tronó la puerta. Se metió un hombre gordo y los empujó hacia adentro. Los vehículos comenzaron a avanzar.

—¿Eduardo? —le preguntó Vasconcelos.

—Sí, primo —y le respiró con su nariz congestionada—, me envió el gobernador Carlos Riva Palacio. Aquí en el Estado de México estás en problemas.

—Por eso ya me voy.

—No, primo. Esto es grave. Te lo digo como secretario de Gobierno de aquí. Con todo el talento que tienes, eres brillante para administrar un país, no te arriesgues. Ya bájale, primo.

—¿De qué estás hablando?

—Ya dime, al chile, cuáles son tus planes.

Vasconcelos miró hacia fuera.

—Tu jefe es un asesino y un pulquero. No entiendo cómo trabajas para Carlos Riva Palacio. ¿Sabes lo que diría de ti tu tía, mi madre?

—Primo, ¿cuáles son tus planes?

—Mis planes son muy sencillos: ganar la elección, y como tu pandilla de asesinos me va a negar el triunfo, voy a hacer lo mismo que Madero.

Antonieta Rivas suavemente le hundió el codo en el brazo. El secretario de Gobierno lo increpó:

—No te entiendo, primo. ¿Estás hablando de levantar al pueblo? ¿Quieres hacer lo mismo que Valenzuela?

Vasconcelos no le respondió.

—¿Bueno, te volviste loco, primo? —le dijo Eduardo Vasconcelos— ¡Tú no eres militar! ¡Tú no sabes nada del ejército! ¡Te van a matar! ¡Te van a matar a ti y a todos tus miles de admiradores a los que estás llevando a la muerte! ¡Se van a ir todos a los guamazos, a los granadazos, al acribillamiento, a quedarse mutilados o muertos en una morgue, con sus familias llorando por tu culpa! ¿Eso quieres? ¿Sí sabes en qué los estás metiendo? ¡Ya bájale, primo! ¡Sé responsable! —y lo miró ferozmente— ¡Ya bájale!

Vasconcelos negó con la cabeza:

—Más bien, ya bájate —y se estiró hacia el chofer—. Deténgase aquí, por favor.

Se frenó el vehículo y paralizó a todo el convoy de treinta carros y camiones con cuatrocientas personas con cartelones, trompetas y tambores aztecas.

—Estás loco, primo —le dijo el gordo y sujetó la manija—. Te vas a arrepentir y te juro que esto lo vas a llorar con sangre —y agarró a Vasconcelos por la camisa—. ¡Te lo digo porque yo lo he visto! ¡Cuando te estén abofeteando, encadenado, y estés viendo con tus propios ojos a tus muchachos hincados, amarrados, llorando, rogándote nunca haberlos hecho seguirte, pero sin poder echar ya el tiempo hacia atrás, los vas a ver cómo les ponen las pistolas en las caras y se las vuelan en pedazos, y vas a querer tragarte tus propios ojos y ahogarte en tu propia sangre! ¡Ya bájale, primo, esto no es un juego y no te vas a hacer el héroe, te vas a salir corriendo y los vas a dejar que los maten y te vas a pasar tus últimos días llorando por la vergüenza de haberlos traicionado por cobarde, porque no supiste defenderlos y porque desde un principio nunca supiste lo que hacías! ¡Que ese día no llegue, primo! ¡Que ese día no llegue! —y se bajó del vehículo. Azotó la puerta, y Valeria y Vasconcelos lo vieron alejarse como si fuera una figura del infierno. Antonieta estaba inalterable:

—Bueno, tiene poesía —y agradeció que al salir el hombre una corriente de aire se colara al interior del coche—. Su estilo es el de la tragedia rusa. Se ve que es tu primo.

—Sí, ¿verdad? Así somos todos en esta familia, desde chiquitos, y éste era el peor.

Antonieta lentamente le acercó la mano y se la puso encima del brazo.

—Todo va a estar bien. No tengas miedo.

Vasconcelos tragó saliva.

—Tiene razón —y se frotó la cara con los dedos—. No soy militar. No sé qué estoy haciendo.

Antonieta empezó a frotarse las manos como si un frío irreal los abrazara.

—No tienes que ser militar. Ya tienes a los militares. Ellos saben exactamente lo que tienen que hacer y lo harán. Simón Barrón ya lo organizó todo hace dos años. El general Gorostieta es mejor general que cualquiera de los corruptos de Calles. Éste es el momento en que todo se encadena. Deja que ellos hagan su trabajo. Tú sólo haz el tuyo.

—¿Mi trabajo? —le sonrió— ¿Cuál es mi trabajo?

—Ser el líder. Llevarnos a la libertad y a la grandeza.

113

Tepatitlán, Jalisco, al pie de las montañas, era una fiesta de tambores y gritos. Los jóvenes guerreros entraron a las calles jalados por las chicas emocionadas. Gorostieta le dijo al padre José Reyes Vega:

—Esto es lo que no me gusta de que las chavas los vean. Ahora que andan peleando se enamoran de ellos y me los distraen.

—Mi general, un poco de cariño no les va a caer nada mal antes de la batalla —le respondió sin detenerse el padre Vega.

De las casas salieron señoras corriendo, trayéndoles a los cristeros charolas y canastas llenas de panes, frutas, tamales y rompope. Una de las mujeres era la alegre y muy cantarina mamá de Patricia López Guerrero y su hermano Ramón: Evangelina Guerrero de López Reyes.

—¡A tragar se ha dicho! —les gritó y se puso a cantar— ¡Y dónde están mi pollitos!

Su "pollito" era Ramón el rebelde, con su chamarra de cuero. Estaba en lo alto del kiosco del pueblo gritándole a la multitud. Abajo era una kermés y de poste a poste colgaban lonas que decían: ¡VIVA CRISTO

REY!, ¡LIBERTAD Y GRANDEZA!, ¡MÉXICO LIBRE! y LIBERTAD PARA TODOS.

Eran diez mil jóvenes de la rebelión cristera revueltos entre la población, que no los dejaba avanzar en la plaza. Era la capital de la resistencia, y al fondo se veían las montañas. Entre la multitud avanzaron dos caballos blancos, y sobre ellos venían Patricia y Azucena, envueltas en mantos y velos blancos. Detrás venían, también a caballo, sus amigas organizadoras de la red femenina: Mónica La Chulita, Patricia Segunda Patita, Belinda Barbadillo, Nora Núñez Carranza, Gloria Muñoz, Herminia Casanueva, Margarita Robles y la sonriente rubia Idalia Montesinos. A los lados cabalgaban dos filas de hombres encabezados por dos titánicos gemelos llamados Gemelo 1 y Gemelo 2: los gemelos Montes.

El general Gorostieta se dirigió al kiosco y, justo al subir el primer escalón, sintió la mirada de un niño. Volteó y el niño le estaba sonriendo desde su colorido mantel donde vendía juguetes de madera. Se levantó con uno de sus trenecitos ensartados con argollas y se lo puso en las manos.

—General: para que lo use en la guerra —y lo saludó como si fuera un soldado.

Gorostieta le acarició la cabeza y subió al kiosco. Se hizo el silencio. Los tambores cesaron. Las señoras observaron. Pasó una brisa por la plaza.

—¡Muchachos! —les gritó el general vestido de negro y con su crucifijo de hierro colgado al cuello— ¡Estamos aquí diez mil hombres listos para una pelea que va a cambiar la historia! ¡Jóvenes del padre Aristeo Pedroza, de la Brigada de los Altos de Jalisco! ¡Jóvenes del padre Vega! ¡Jóvenes del Regimiento de San Miguel que comandan Mario Valdés y Heriberto Navarrete! ¡Éste es aquí, hoy, el centro de México! ¡Aquí comienza el cambio! ¡No permitiremos que se ignore el resultado de estas elecciones! ¡Defenderemos el derecho de México para elegir a su presidente!

Le gritaron las chicas enloquecidas y las señoras. Los jóvenes dieron voces: "¡México libre! ¡Viva Cristo Rey! ¡México libre! ¡Viva Cristo Rey!"

—¡Muchachos! —les gritó de nuevo Gorostieta— ¡Mañana vamos sobre Guadalajara! —y señaló hacia la ciudad ubicada a sólo cincuenta kilómetros— ¡Durante dos años hemos combatido sólo con las armas que les decomisamos a los plutarcos que derrotamos con nuestras manos y con nuestras tácticas de guerra! ¡Hoy tenemos un millón de dólares en armas y municiones que nos ha aportado un amigo de la libertad! ¡Tengo aquí, a mi derecha y a mi izquierda —y abrazó al padre Vega y al padre Pedroza—, a los dos más grandes militares que he conocido, y eso que ni siquiera son militares! ¡Son dos padrecitos! —y les alzó los brazos.

La gente le gritó: "¡Que lo confiesen, general!" Gorostieta siguió:

—¡Esta misma noche marchamos sobre Guadalajara, en dos columnas, muy silenciosamente! ¡Las dirigirá el padre Pedroza y derrotará al plutarco Miguel Z. Martínez! ¡Guadalajara será libre!

Todos gritaron pero hubo un aguafiestas: Ramón López el Rebelde:

—¡General! ¡Los plutarcos tienen cercadas todas las entradas a la ciudad! ¿Cómo vamos a penetrar las barricadas? ¡Tienen torres con ametralladoras en todos los pasos, túneles y puentes!

El general le sonrió:

—Ramón: nuestras dos columnas pasarán por Zapotlanejo esta misma tarde, y una vez ahí se dividirán: Navarrete y Mario Valdés se llevarán al regimiento de San Miguel en perpendicular al río Lerma. Avanzarán a Poncitlán por una de las ramificaciones del río, y una vez ahí se estacionarán en la vía del ferrocarril hacia Guadalajara. La columna dos se irá hacia Puente Grande.

—¿Pero cómo vamos a entrar a Guadalajara? ¿Cómo vamos a pasar los cercos sin que nos acribillen?

El general le sonrió de nuevo:

—Hay una forma de llegar directamente hasta el corazón de la ciudad sin que se den cuenta. En Poncitlán le pones dos cuerpos de quinientos hombres alrededor de la vía, y un letrero que diga "vía rota". Cuando el tren se detenga te subes y te disculpas con el maquinista y con los pasajeros. Les dices que hagan hueco para mil hombres y que los lleven hacia el interior de Guadalajara. Reparas el puente con vigas y desde adentro de Guadalajara nos abres las puertas. ¡Liberamos a Guadalajara y daremos aviso a los regimientos de toda la República para el levantamiento!

Terminado el discurso de Gorostieta, un joven apuesto de cabellos rubios y ondulados, de ojos azules y barba partida proyectada hacia delante, caminó ostentosamente entre las chicas con su sotana y su Biblia, sonriéndoles en forma galante.

—¡Qué valiente, padre! —le dijeron una pelirroja y una morena de ojos verdes— ¡La Ley Calles prohíbe usar sotana en la calle! ¿No le da miedo que lo metan a la cárcel? ¡Y trae su Biblia!

El joven seminarista les sonrió y continuó su camino hasta la licorería. Solicitó el teléfono y pagó con las monedas justas. Tomó la bocina y le indicó a la operadora con ligero acento español:

—Ciudad de México. Número 5-73-00.

Esperó un segundo. Mientras lo enlazaron se alació el cabello con la mano. Le contestó una voz:

—¿Qué pasó?

El joven tomó aire, se cubrió un poco para evitar que alguien más escuchara su conversación y dijo:

—Va a ser esta noche. Quieren tomar Guadalajara por tren. Mil por *pullman* y nueve mil por tierra. Que los espere la división de Martínez en la estación —y le sonrió al aterrorizado tendero—. Por cierto, Tepatitlán se va a quedar sin hombres. Sólo se quedan las hembras. Que el general Pablo Rodríguez se precipite con sus cinco mil hombres desde Cerro de Ojo de Agua. Recomiendo que traigamos a Gonzalo Santos. Esta noche va a haber fiesta.

114

Más de mil kilómetros al norte, en las faldas de la cordillera de las Franklin Mountains, en La Noria Mesa, a las afueras de El Paso, Texas, una escuadra de aeronaves inició su despegue en el árido y seco campo aéreo de Biggs Army Airfield de Fort Bliss.

Esta poderosa fuerza de bombardeo, nunca antes desplegada en el mundo, ni siquiera en la Gran Guerra, se dirigía al país vecino, México. El comandante, general George Van Horn Mosely, miró orgulloso el despegue de las naves y las saludó militarmente.

—¡Así es, mis muchachos! ¡Prepárense para invadir su propio país! —y le sonrió a su rubio y vigoroso mayor del Séptimo Agrupamiento de Caballería, Terry Allen, conocido en La Noria Mesa como el Terrible Terry—: mi querido amigo, la operación Dickson ha comenzado. Preparen la fuerza de invasión motorizada.

El Terrible Terry se dio vuelta y les gritó a los hombres alineados, que eran mil cuatrocientos soldados encabezados por sesenta y dos oficiales:

—¡Miembros del Primer Batallón del Octogésimo Segundo Regimiento de Artillería del Campo de Fort Bliss! ¡First Dragoons! ¡Levanten sus insignias!

Se elevaron en el aire estandartes que tenían un dragón de alas doradas, y esa fuerza terrestre gritó: "¡First Dragoons!"

—¡Los quiero preparados para movilizar nuestros Dragoon Tanks hacia México en las próximas dos horas!

Tras la línea de soldados avanzaron 450 vehículos negros acorazados: automóviles gigantes y angulosos con apariencia de féretros con seis poderosas ruedas. En las puertas tenían una estrella dorada de ocho puntas con dos sables cruzados. Debajo decía: "A-Troop-82. 1st Cavalry Regiment Armored Scout Car. First Regiment of Dragoons". Se estacionaron y les rotaron los tambores de sus ametralladoras calibre 0.30. El mayor Terry el Terrible les gritó a sus oficiales:

—¡Dragones! ¡Ésta es la nueva y más terrible fuerza de incursión terrestre construida por la humanidad; es la innovadora y espeluznante maquinaria nunca antes vista en América! ¡Con este nuevo caballo de acero blindado, fortificado con artillería antitanque, con comunicación por radio de vehículo a vehículo y con el mando central, penetraremos al enemigo y lo conquistaremos!

Sus soldados le contestaron con el grito "¡First Dragoons!" y golpearon el piso con la culata de sus fusiles. Los mil cien caballos formados detrás de los dragones ya no iban a servir para nada.

Terry el Terrible siguió vociferando:

—¡Dragones! ¡La Fuerza Aérea de los Estados Unidos ya ha sido desplegada! ¡Ahora llevaremos nuestros Dragoon Tanks hacia Douglas, Arizona, y desde ahí penetraremos la frontera! ¡Dragones! ¡Hace ochenta y dos años nuestro coronel William Wallace Smith Bliss derrotó a los mexicanos y los sacó de estas llanuras para siempre! ¿Haremos menos nosotros? ¡Desde entonces hasta ahora esta gran región del mundo fue convertida en parte de los gloriosos Estados Unidos de América! ¡Dragones! ¡Hoy expandiremos la gran nación de la democracia! ¡Dios nos bendiga! ¡Dios bendiga a América!

Y así comenzó todo. Lo que ocurrió a continuación lo ignora la mayoría de los mexicanos.

115

Yo me estaba arrastrando por dentro del drenaje, humedecido en caca, empuñando mi nuevo cuchillo "Citlacóatl", la serpiente de estrellas, que era mi versión portátil de la Vía Láctea.

Trepé unas escalerillas retorcidas y oxidadas y destapé una pesada coladera. Afuera estaba la calle, y ahora yo sólo tenía un objetivo en mi cerebro: salvar a mi familia, salvar a Apola Anantal y al enano Dido Lopérez; recuperar la Calavera de Cristal y los Documentos R. Todo esto estaba en algo llamado Capilla Ardiente, y yo sabía dónde se hallaba la puerta hacia esa capilla: en la casa de Álvaro Obregón en la colonia Roma.

116

A dieciséis kilómetros de mi coladera, en las afueras de la Ciudad de México, por la sierra de Cuajimalpa venía bajando hacia el Valle de México José Vasconcelos, el "candidato de la esperanza", encabezando una ola humana de miles de familias y jóvenes que lo acompañaban a pie, en bicicletas y en burros con sus niños, envolviendo la caravana de vehículos y formando atrás una densa estela de setecientos metros de gente. Algunos venían en coches y se unieron al convoy desde Toluca y en los pueblos del camino: Ameyalco, Ocoyoacac, Acopilco y La Marquesa.

Venían levantando pancartas. Gritaron: "¡Li-ber-tad! ¡Li-ber-tad! ¡Li-bertad!", y azotaron con palos los tambores aztecas. Era un río de seres humanos. Se elevaron trompetas muy graves e hicieron ecos profundos en las barrancas. El sonido pudo haberse oído hasta el Palacio Nacional, donde el gordo Emilio Portes Gil, El Manchado, seguía las noticias alarmado.

Ancianos repartidos entre la masa migrante soplaron sus caracolas teotihuacanas y la atmósfera se volvió irreal. Por un segundo, México pareció ser lo que había sido mil años antes. "¡México libre! ¡México libre! ¡México libre! ¡México libre! ¡México libre! ¡México libre!", gritaron. Antonieta Rivas Mercado estaba perpleja en su asiento del Cadillac azul metálico. Se volvió a ver a Vasconcelos y le brillaron los ojos.

—¡Ve nada más lo que estás haciendo! —le dijo.

Vasconcelos alzó las cejas y le contestó:

—No soy yo. Son ellos.

117

En un punto alto del centro de la ciudad, a sesenta y siete metros sobre el suelo y mirando a través de sus binoculares, apoyado sobre el barandal metálico del pequeño mirador circular del faro del frustrado e inconcluso Palacio Legislativo que nunca pudo terminar Porfirio Díaz porque los Estados Unidos lo corrieron por medio de la Revolución mexicana, el Indio Amaro murmuró amargado:

—Hijo de su chingada… —y observó la temible masa humana que venía con Vasconcelos aproximándose peligrosamente ya desde la entrada del Paseo de la Reforma.

Ese edificio, por cierto, en un par de horas iba a ser bautizado como Monumento a la Revolución y ahí se iba a celebrar, unos momentos después, la victoria electoral del candidato "sin chiste" Pascual Ortiz Rubio, masón con boca de rana y cabeza de huevo. A pesar de que nadie iba a votar por él en ninguna parte, estaba a punto de convertirse en el primer presidente de México surgido del Partido Nacional Revolucionario, el primero de trece en un periodo de setenta años.

En la cabecera de Reforma, la masa que el Indio Amaro veía a la distancia coreaba al unísono un grito reforzado por los tambores aztecas: "¡Li-ber-tad! ¡Li-ber-tad! ¡Li-ber-tad!" Gente de los pueblos de Tacubaya, Coyoacán y Mixcoac, y de las colonias Condesa, Juárez, Roma y Cuauhtémoc, salieron de sus casas en arroyos humanos, levantando letreros que decían ¡VIVA CRISTO REY! y ¡MÉXICO LIBRE!.

Amaro tragó saliva. La orden de contener a esa alfombra humana se la había dado el Manchado Emilio Portes Gil.

118

La luz del sol le dio a Vasconcelos en la cara. El cielo era completamente azul.

—¡Licenciado! —le gritó el pecoso de rizos dorados Germán de Campo— ¿Puede creer esto?

La gente gritaba: "¡Li-ber-tad! ¡Li-ber-tad!"

—Para nada —le sonrió Vasconcelos—. Mi madre siempre me habló de este momento. Hoy está sucediendo —miró hacia el cielo y cerró los ojos. Sonrió y le dijo a Germán—: si algo me pasara, ve a mi vieja casa de Tacubaya.

—¿De qué está hablando, licenciado?

—Ve a mi vieja casa y busca en la cocina el azulejo de la Virgen de Guadalupe. Detrás de ese azulejo hay algo que quiero que tengas.

—¿Perdón? —y Germán miró a toda la gente gritando con sus carteles, elevando enormes girasoles y cuerdas de tréboles, dirigiéndose al Zócalo de la Ciudad de México.

—Detrás de ese azulejo —le dijo Vasconcelos— hay algo que mi amada madre me dio hace mucho tiempo.

—¿Qué es, licenciado?

—Algo que cambiará todas las cosas.

—¿Qué es?

Vasconcelos le apretó el brazo y le dijo:

—Está envuelto en la bandera de México. Prométeme una cosa.

—Lo que usted me diga, licenciado.

—Pase lo que pase, aunque yo me muera, aunque se mueran todos, nunca te rindas. Prométemelo. Haz que otros te sigan. Aunque no llegues tú, aunque no llegue yo o ninguno de nosotros, llegarán los que te sigan. Mantén siempre viva esta esperanza. La esperanza triunfará.

Germán miró a la gente sumándose desde las calles que cruzaban con la avenida, formando un inmenso túnel humano de carteles y flores de muchos colores a lo largo de Reforma, todos gritando.

—No diga esas cosas, licenciado. Estamos a unos momentos de las elecciones. ¡Estamos a punto de ganar! ¡Usted va a ser el presidente! ¡Mire a toda esta gente! ¡A Pascual Ortiz Rubio nadie lo conoce! ¡Ni siquiera saben quién es! ¡Sólo es el tonto en la foto de los carteles del gobierno!

—Germán, prométeme que nunca vas a dudar, ¿me lo prometes? —y lo miró— Ni cuando venga la oscuridad pierdas la certeza de que la luz saldrá al final. Ya no depende de ti. Vas a triunfar. Ahora sólo obedece a tu corazón y sé leal a lo que sientas.

—¡Por qué me dice esto, licenciado! ¡Estamos de fiesta! ¡Estamos entrando en forma triunfal a Tenochtitlan!

—Germán: este momento lo presagió mi amada madre hace mucho tiempo. Ésta es la guerra final, la guerra que nos va a unificar a todos, a todas las naciones; la guerra que cambiará todas las cosas.

—¿A todas las naciones…? ¿Quiénes, licenciado? ¿Qué guerra?

Vasconcelos le sonrió en forma dulce y le restregó los cabellos rubios.

—Lo encontrarás en mi casa de Tacubaya, detrás del azulejo de la Virgen de Guadalupe, donde lo guardé cuando falleció mi mamá. Es una idea. Una palabra que unificará el corazón de millones y cambiará todo para siempre —y con el dedo dibujó en el aire una espiral con la forma de una flor—. Es lo más antiguo del mundo.

Germán se quedó callado y perplejo. Miró a Vasconcelos.

—No le entiendo, licenciado. ¿Cuál "guerra final"?

—La guerra final del mundo es la guerra por la paz.

119

En la cúspide del Monumento a la Revolución el Indio Amaro se bajó los binoculares y frunció la cara. Le gritó a sus generales:

—¡Imbéciles! ¡Hijos de la chingada! ¡Nunca debieron permitir que este miserable revoltoso llegara a la Ciudad de México! —y miró a su general Torcuato Gómez Coria— ¡Si al rato en las elecciones este imbécil levanta a toda esta gente contra el gobierno, nos tendrá sitiados y acorralados en nuestra propia fortaleza! ¡No va a haber poder humano que nos defienda! ¡El ejército está disgregado en el norte, atacando a Valenzuela y a Escobar; y lo que queda está en Jalisco a punto de caerles a los malditos fanáticos cristeros! ¡La flota aérea americana va a estar en el norte atacando a Valenzuela!

—Mi general…

—¡No, Gómez! —lo abofeteó en la cara— ¡Debiste matarlo antes de que llegara a Guadalajara! ¡Ahora ya no podemos matarlo! —y lo abofeteó del otro lado, esta vez con tanta fuerza que lo tiró al suelo. Gómez quedó colocado por debajo del barandal, al borde del precipicio.

—Como usted ordene, mi general —y de su chaqueta militar sacó su aparato de radio. Apretó el botón y dio las siguientes palabras—: saquen las tanquetas.

Del camino México-Tacuba comenzaron a salir tanquetas de dos toneladas cargadas con proyectiles de gas mostaza y tambos de ácido mucárico. Los operadores en los techos abrieron los obturadores y comenzaron a desenrollar las mangueras y a acoplarles los rociadores.

—¡Colóquense las máscaras! —les gritó uno de ellos.

Comenzaron a colocarse las máscaras antigás, y a diecisiete cuadras de ahí otra alineación de treinta tanquetas salió por Bucareli hacia Reforma.

Antonieta Rivas Mercado abrazó a Vasconcelos y miró estupefacta lo que estaba pasando. La gente de los edificios se estaba asomando por los balcones y saludó a Vasconcelos con manteles de colores. Por encima de las cabezas, en la avenida, comenzaron a flotar cientos, miles de globos, y ocurrió algo que Antonieta jamás imaginó en su infancia: de las azoteas de los edificios empezaron a caer miles, millones de pétalos de flores de todos los colores, con serpentinas y listones translúcidos que flotaron en ese instante detenido. El sol, en lo alto, produjo prismas cristalinos calientes que se proyectaron en el espacio hacia todas direcciones.

Lo miró todo como si el tiempo se hubiera inmovilizado, como si no hubiera sonido. Por primera vez sintió algo feliz en lo profundo. Se sintió eufórica y perpleja y miró hacia todos lados. Vasconcelos sonreía hacia una azotea, con los ojos húmedos. Ella quiso darle un beso, y se dio cuenta de que ése era el último instante en que todo iba a estar bien. En adelante todo iría hacia abajo, hacia el estallido del cataclismo.

Por el norte y por el sur, desde las dos direcciones de Bucareli, cercaron Reforma dos agrupaciones de tanquetas blindadas que llegaron por sentidos opuestos. Atrás de cada una arribaron también camiones con hombres que saltaron y trotaron con sus escudos, con sus trajes impermeabilizados, con máscaras antigás y con ametralladoras.

Debajo de las suelas de sus botas aplastaron periódicos que tenían el encabezado: "Hoy, elecciones presidenciales. Ex presidente Calles asegura el triunfo del ex embajador en Brasil Pascual Ortiz Rubio".

120

En la Catedral Metropolitana de la Ciudad de México, junto al Palacio Nacional, subido en lo más alto del campanario y apoyándose contra la columna de palo situada junto a la inmensa campana, el obeso y risueño obispo de ojos azules Rafael Guízar y Valencia miró la masa humana aproximándose hacia el Zócalo. Violando la Ley Calles contra la manifestación pública de cultos, tomó el ancho cordel y se colgó de él con todo su peso hasta hacer sonar la campana de dos toneladas.

121

En su fría y escalofriante oficina de Insurgentes, Londres y Niza, el embajador de los Estados Unidos, Dwight Morrow, lo miró todo desde su ventana, a través de los barrotes de hierro, por medio de sus prismáticos.

A su lado, Arthur Bliss Lane se subió a los ojos el *Washington Post* y se lo leyó a Morrow:

—"Este domingo 17 de noviembre se celebran el México las elecciones presidenciales. El pueblo indudablemente prefiere a Vasconcelos y lo ha demostrado en todas las oportunidades que se le han permitido. Los Estados Unidos no tienen derecho a interferir con los deseos del pueblo mexicano, y aunque esto no ha sido expresado oficialmente, es claro el apoyo del gobierno de los Estados Unidos para el candidato oficial Ortiz Rubio, que pertenece al grupo que controla a México, ahora agrupado en el Partido Nacional Revolucionario. Mucho daño se ocasionará de continuar esta situación que se está desenvolviendo. El grupo dominante impunemente emplea métodos represivos y no es de esperarse que la población se resigne a un fraude contra Vasconcelos con la intervención americana. Es muy probable que este golpe precipite violencia y ataques antiamericanos."

Bajó el periódico. Morrow lo estaba viendo con semblante inquieto. Entró al despacho la secretaria del embajador:

—¡Señor Morrow! ¡Su cónsul en Tampico está aquí, vino a verlo y dice que le urge! —y el sujeto de gran altura, llamado Robert Harnden, entró esquivando a la secretaria.

Se quitó los anteojos de sol y le dijo a Morrow:

—Señor embajador, le traigo mi informe 29/11-70-71-78 —y le entregó el papel a Arthur Bliss Lane—. En Tampico lo he visto con mis propios ojos y lo he constatado con todos los sectores. La opinión unánime es que Vasconcelos es sin lugar a preguntas el candidato más popular para la presidencia de México. Ortiz Rubio es el candidato oficial y sólo lo apoyan los oficiales del gobierno. Si los comicios de mañana se efectúan en forma limpia, Vasconcelos va a ser electo por la abrumadora mayoría de la nación mexicana.

Sin pestañear y en silencio, Morrow miró a Arthur Bliss Lane y comenzó su pesadilla. El cónsul Harnden agregó:

—Señor embajador —y le mostró su carta de renuncia—: si mañana vamos a ser cómplices de un fraude usted me hará traicionar los principios por los que alguna vez quise servir a América, y eso no va a suceder. Ayer el gobierno de Tampico arrestó ilegalmente a mujeres del partido vasconcelista y la policía militarizada está arrancando los carteles de su candidato a la gente. Vengo aquí porque ayer lo vi y lo sufrí personalmente —y le mostró un hematoma en su antebrazo—. La gente salió a efectuar una gran concentración vasconcelista y fue dispersada por el Departamento de Bomberos con chorros de agua por orden del presidente municipal. En esta confusión, el director del periódico *La Nueva Patria* de Tampico, que es Prudencio López Garduño, fue arrestado y está preso sólo por ser vasconcelista. Dieciocho mujeres acaban de ser sacadas de su casa por policías sólo por haber gritado: "¡Viva Vasconcelos!" Señor embajador Morrow: sólo se necesita un poco más de estos actos para que el pueblo llegue al punto de levantarse en armas. Noventa por ciento de la gente en Tamaulipas desea que Vasconcelos sea electo. La población de Tampico tiene por seguro que el gobierno va a intervenir las casillas a favor de su candidato oficial Ortiz Rubio, por lo que se ha formado una liga de mujeres que arriesgarán sus vidas para cuidar las casillas.

Morrow no le pudo responder. Lo miró con sus enormes ojos atemorizados y Harnden continuó:

—Señor embajador: por primera vez en la historia de México los pobres y los ricos tienen una causa común. Ya nadie es tibio o indiferente. Si mañana el gobierno produce un sabotaje nacional e impide la victoria electoral de Vasconcelos, usted y yo veremos el estallido de una revolución generalizada en forma inmediata, y estoy aquí para que usted me diga en la cara si es usted quien la habrá provocado.

Morrow pensó en los aviones Corsair que venían desde Love Field Air Force Base, en Dallas, Texas, y otro cónsul traspasó la puerta:

—Señor embajador —le dijo el delgado y huesudo cónsul en Guaymas, Sonora, Herbert S. Bursley, quien miró a Harnden y le inclinó la frente—: le traigo mi reporte 29/1005 —y se lo dio al consejero de la embajada, Arthur Bliss Lane—. No existe el menor espacio de duda de que mañana, si las elecciones son libres, el candidato presidencial José Vasconcelos va a ser escogido por todas las clases sociales. Ayer comenzó a ocurrir en Guaymas algo que me hace estar aquí en este momento: el jefe del partido vasconcelista, Eduardo López M., fue arrestado y se dice que usted está respaldando esta acción para apresarlo y asesinarlo. ¿Me puede decir qué está pasando?

Entró un cónsul más, sin la autorización de la secretaria, el de Ciudad Juárez, William P. Blocker. Le estiró la mano con un papel a Morrow:

—Señor Morrow: estoy mandando copia de este informe 929/108 a la Casa Blanca. Mi vicecónsul Ott está en camino a Washington. La gran mayoría del pueblo de México está a favor de Vasconcelos, y ésa es la realidad abrumadora en Ciudad Juárez. Si Vasconcelos obtiene la mayoría de votos y el gobierno central declara electo a Ortiz Rubio habrá una rebelión. Una investigación en el estado de Chihuahua indica que hay muchos oficiales del ejército a favor de Vasconcelos y que el ejército mismo se va a levantar contra el gobierno.

La secretaria aferró a otro hombre del brazo para que no entrara al despacho. Era el cónsul en Nogales, Sonora, Maurice W. Altaffer. Se precipitó dentro de la oficina y le dijo al embajador:

—Señor Morrow: me acabo de enterar de que todas las municipalidades del norte de Sonora, sin importar lo pequeñas que sean, han recibido órdenes del gobernador para que todos los fondos gubernamentales los apliquen como propaganda a favor de Ortiz Rubio. Existe en Nogales la creencia de que el gobierno está preparando el ambiente para hacer desaparecer a José Vasconcelos en forma similar a como hizo con Gómez y Serrano. Sin lugar a dudas, en el caso de que esto sucediera, el gobierno tendrá que enfrentarse a un sentimiento generalizado de repudio y el pueblo se lanzará a una revolución como nunca antes hemos visto.

El alto cónsul Robert Harnden le gritó al embajador:

—¡Señor embajador Morrow! ¡Ayer por primera vez tuve noticia de algo que es demasiado infame para ser cierto, y eso precipitó mi visita esta mañana! En Tamaulipas y en otros estados las listas de los votantes que se utilizarán mañana en las elecciones presidenciales están adulteradas. Cientos o miles de los electores que aparecen en las listas no existen. ¡Son gente que murió en los últimos dos años!

Arthur Bliss Lane miró a Morrow, quien tragó saliva. El cónsul Harnden había pasado de la molestia a la indignación:

—¡Señor embajador Morrow! ¿Está usted auspiciando este fraude masivo como cómplice de este régimen de criminales y asesinos? ¿A quién representa, señor Morrow? ¿En qué situación infame va a quedar después de mañana el nombre de los Estados Unidos?

La secretaria, asustada por los gritos, estaba en el umbral de la puerta haciéndole muecas al embajador, quien le contestó con la mirada, dando pie para que pudiera hablar:

—Señor Morrow, ya llegaron sus invitados, están todos aquí afuera.

En los sillones del cuarto contiguo estaban sentadas las siguientes personas: C. L. Baker, de la American Smelting and Refining Company (Asarco), de Daniel Guggenheim; E. B. Sloan, del Southern Pacific Railway, de William Averell Harriman; Elmer Jones, de la Wells Fargo Express Company, de William Averell Harriman; Denis J. McMahon, de la Standard Oil Company de Nueva Jersey, de John D. Rockefeller; William Richardson, del National City Bank, de William Rockefeller, y Luis Legorreta, del Banco Nacional de México.

Morrow miró al cónsul Harnden y, sin mover los labios, le dijo:

—Señor Harnden, esto es una telaraña. Quien no está con ella está contra ella.

122

Cuatrocientos kilómetros al noreste, en la orilla del Golfo de México, en la ciudad soleada y marítima donde ahora vivía el cónsul Robert Harnden, un hombre llamado Aurelio Célis García salió al vapor caliente de la calle y se colocó sus anteojos de sol. El letrero de arriba de la puerta de su oficina decía "Comité Organizador Vasconcelista de Tampico".

Caminó cuatro metros y se le arrojaron dos automóviles Buick negros. Bajaron tres personas con las caras tapadas y lo subieron por la fuerza. Los vehículos arrancaron y salieron de la ciudad. Acababa de iniciarse el proceso en el que iba a ser torturado y asesinado.

123

En la casa de Antonieta Rivas Mercado un comando de veinte soldados erizaron sus fusiles y con las culatas derribaron la puerta.

—¡Nadie se mueva o serán todas asesinadas! —gritó el sargento como un monstruo y sus subalternos se precipitaron dentro de la casa llena de objetos de arte que se metieron a los bolsillos o destruyeron. Las sirvientas de la señora Rivas Mercado se asustaron y los soldados las agarraron por los cabellos, las lanzaron al piso y las arrastraron hacia la escalera.

—¡Dime dónde están los fanáticos que ustedes protegen o te mato! —y le metió el cañón de la pistola por la boca.

El sargento gritó:

—¡Inspeccionen cada rincón de la casa! ¡Saquen a todas esas mujeres y sacerdotes de los sótanos! ¡Encadénenlos! ¡Métanlos a los camiones! ¡Llévenlos a la estación y embárquenlos hacia los calabozos de las Islas Marías!

Abajo, la hermana de Antonieta, Alicia, y su esposo José, de la Liga de la Defensa de la Libertad Religiosa, estaban con treinta y nueve mujeres escuchando la misa que el padre Benigno oficiaba en ese momento, pues la Ley Calles había impedido que la ejerciera como un culto libre. El padre subió lentamente la hostia y miró lo que en su concepción era el cuerpo viviente de Cristo.

Una ráfaga de balas perforó las paredes y la puerta superior de la escalera terminó por ser destrozada a patadas. Abajo comenzaron los gritos y el desconcierto. Los soldados bajaron trotando como una manada de bestias. Gritaron contra Jesucristo y comenzaron a golpear al sacerdote y a las mujeres. Una de ellas se tiró sobre su hija, que cayó al suelo y se quedó con los ojos abiertos y con la cabeza torcida hacia atrás, y su madre gritó a los soldados: "¡Mi hija! ¡Asesinos!", y soltó un alarido.

El sargento ordenó a sus soldados:

—¡Ahora vayan por la señora Rivas Mercado! ¡Llévenla a Revillagigedo junto con todos esos jóvenes del Comité Vasconcelista! ¡La orden es del presidente Portes Gil por violación al orden público!

124

En Reforma, Antonieta bajó la vista y continuó avanzando en el río humano hacia el centro de México, Mex-Xictli, la plaza del Zócalo, el corazón del Imperio azteca. La mañana de las elecciones todo era nerviosismo.

A su alrededor los jóvenes de Vasconcelos estaban felices, gritando y sonriendo. En todas direcciones Antonieta vio personas sin fin batiendo los tambores y gritando: "¡Li-ber-tad! ¡Li-ber-tad! ¡Li-ber-tad!"

Le sonrió el galante Adolfo López Mateos, quien le gritó a su amigo, el intelectual mexicano-libanés Antonio Helú:

—¿Habías visto algo así? ¡Ésta es la mayor manifestación civil en la historia de América! ¡Vasconcelos ha despertado el monstruo de la esperanza! —se subió sobre los hombros de Antonio y lanzó un sonoro grito a toda la gente—: ¡Siempre hay esperanza! ¡Desde este instante se inicia el nuevo orden de los tiempos! ¡Tenochtitlan volverá a ser libre y grandiosa! ¡Renacerá el Imperio azteca y será el Imperio del Mundo por la Paz, y cambiarán todas las cosas! ¡Hoy es el colapso de los asesinos! ¡Hoy comienza la resurrección!

En el Ángel de la Independencia, subido al cofre de un automóvil, el campeón de oratoria Alejandro Gómez Arias se amplificó la voz con las manos y le gritó a la masa humana:

—¡Hoy es el día de la esperanza! ¡No podemos defender a Vasconcelos! ¡Eso sería equipararlo con cualquiera de estos asesinos y tiranos! ¡Él construyó miles de escuelas y creó un México culto! ¡Manejó millones de pesos y tiene las manos limpias! ¡Hoy termina una noche muy oscura y mañana brillará un sol nuevo para todos!

A cincuenta metros del Zócalo la multitud fue detenida y empujada hacia atrás por una espesa valla de soldados con escudos negros con picos.

—¡Se ordena a los ciudadanos disolver esta movilización y regresar a sus casas inmediatamente! —les gritó el jefe de comando a través de los megáfonos— ¡Se decreta por instrucciones del presidente Emilio Portes Gil suspender toda manifestación pública hasta que hayan finalizado las elecciones y se hayan dado a conocer los resultados! ¡Disuelvan este amotinamiento o habrá derramamiento de sangre!

125

Entre la gente, abriéndose paso a codazos, se le aproximó a Vasconcelos un joven rubio vestido de seminarista, con la Biblia bajo el brazo. Lo jaló por la manga en forma violenta:

—¡Vasconcelos! —le gritó en el mar humano— ¡Soy el diácono Afrodito del Toboso y Murcia! ¡Esta misma noche todas esas miserables rebeldes cristeras van a ser violadas y asesinadas por soldados!

Vasconcelos se detuvo y lo tomó por las solapas:

—¿Qué está diciendo?

El diácono le sonrió en forma petulante.

—Mire hacia el cielo, señor Vasconcelos —y miró hacia las nubes que estaban comenzando a convertirse en rasgaduras amarillas. El sol comenzaba a sumirse en el horizonte—. ¡Señor Vasconcelos: su destino lo están determinando en Wall Street en este momento! ¡Usted y sus cristeros van a ser aplastados y destruidos esta misma noche!

—¿Wall Street? ¿De qué está usted hablando?

—¡Wall Street está a punto de provocar un evento colosal en el Vaticano! —y le soltó el brazo. Vasconcelos lo vio alejándose entre la gente. El diácono lo siguió mirando y le sonrió en forma demoniaca.

De los megáfonos de la policía federal salió un grito del jefe de comando:

—¡Licenciado José Vasconcelos Calderón! ¡Se le ordena dispersar inmediatamente esta movilización o habrá derramamiento de sangre! —y los hombres de los vehículos militares alzaron sus mangueras de agua a presión.

Antonieta Rivas Mercado se aproximó a Vasconcelos, pero por detrás sintió un duro jalón en la blusa.

—¡Deténgase, señora!

Se volvió y vio a un hombre demacrado y enfermo al que le faltaba un ojo.

—¡Señora, me ha pedido el subsecretario de Relaciones Exteriores Genaro Estrada entregarle esto! —y le puso un papel en las manos.

El hombre se alejó y Antonieta desdobló el papel. Decía: "Antonieta, algo horrible está a punto de ocurrir. Nueva York está metiendo las manos en el Vaticano. Van a engañar al papa. Tienes que venir inmediatamente a Nueva York o Vasconcelos será asesinado. Te espero en la calle 13 y la Quinta Avenida, frente al café Chameleon. Un beso, José Clemente Orozco. Gran Logia Occidental Mexicana. Que también venga Vasconcelos. Un negociador del presidente Hoover quiere verlo para hacerle una oferta".

Antonieta miró a Vasconcelos y al extraño hombre que acababa de alejarse de él.

126

En el corazón de Europa, dentro de las murallas del Vaticano, en el interior oscuro de su dormitorio el papa Pío XI, Achille Ratti, estaba sentado en su cama viendo hacia el piso. Había dos hombres frente a él: su secretario de Estado, el poderoso Enrico Gasparri, y el cardenal Tommaso Pío Boggiani.

—No entiendo lo que me está diciendo —miró el pontífice a Enrico Gasparri.

—Su Santidad —y le mostró un papel—: un grupo de empresarios americanos se acaba de reunir con agentes del gobierno mexicano en la casa del presidente del Banco Nacional de México, Agustín Legorreta. Ésta es la promesa del gobierno mexicano para terminar para siempre con la persecución religiosa. El presidente Emilio Portes Gil y el general Plutarco Calles se han comprometido.

El cardenal Tommaso Pío Boggiani le gritó a Gasparri:

—¡Eso es una mentira! ¡El padre general de los jesuitas, Wlodzimierz Ledóchowsky, me acaba de entregar una carta que le envió nuestro agente encubierto Edmund Walsh desde México! ¡El grupo que ha estado manejando la cuestión mexicana en Washington durante los últimos tres años ha operado bajo el completo control de Washington! ¡Todos trabajan para Washington: el padre Burke, el delegado apostólico Pietro Fumasoni-Biondi y el obispo de México Pascual Díaz! ¡Nos han estado engañando! ¡Por eso enviamos a Walsh y lo encubrimos en la embajada de Chile bajo la protección del ministro Miguel Cruchaga y Tocornal!

El papa arrugó el entrecejo y siguió mirando al piso.

—Santo Padre —le sonrió Enrico Gasparri y caminó lentamente frente a él—. Es importante que tengamos la amistad de la Casa Blanca. Hace cincuenta y ocho años, cuando la red masónica mundial se apoderó del gobierno de Italia con los *carbonari* de Giuseppe Garibaldi, se inició esta horrenda persecución religiosa en nuestra propia Italia, y desde entonces ustedes los papas han vivido aquí, aprisionados en el Vaticano, bajo leyes masónicas que les prohíben traspasar sus muros. Por fin tenemos aliados. El señor Thomas Lamont y su Casa Morgan entregaron cien millones de dólares a Mussolini y, con su respaldo, ahora Mussolini ha firmado los Tratados Lateranenses que crean el Estado Vaticano y le otorgan a usted poderes, soberanía y reconocimiento como los tuvo la Iglesia en el pasado. El poder vaticano renacerá con mayor fuerza que nunca.

El cardenal Boggiani señaló a Gasparri y le dijo:

—Tenga cuidado con la forma en que maneja las cosas. El obispo Pascual Díaz y Burke han sido absorbidos ¡y nos están llevando a una decisión fatal para el cristianismo y la libertad de credos en el mundo!

—Cardenal —le sonrió Gasparri—: Thomas Lamont tiene intereses en

Italia. Fiat y Pirelli son sus subsidiarias. Hace dos años Lamont y Benjamin Strong financiaron la deuda de la Banca d'Italia. No olvide que la Casa Morgan es el consejero financiero del Banco Vaticano, y que Su Santidad mismo —y miró a Achille Ratti— le entregó a Thomas Lamont la preciadísima Gran Cruz de san Gregorio el Grande. Con los cien millones de dólares que Lamont transfirió a Mussolini, éste nos entregó los noventa millones de indemnización por las tierras estatizadas a la Santa Sede en el pasado por los masones *carbonari* de Garibaldi. Esos noventa millones son ahora el piso financiero para crear el nuevo Estado Vaticano.

El papa miró a Gasparri y se acomodó los anteojos. Gasparri desdobló otro papel y le dijo:

—Esta mañana me llegó esta carta del obispo Díaz de México —y se la leyó—: "Uno: se ha difundido en los Estados Unidos que el papa mismo ha bendecido la insurrección armada llamada Cristiada y ofrecido que los que se rebelen recibirán indulgencias. Dos: esta impresión se ha reforzado con la carta pastoral publicada por el arzobispo de Durango y reimpresa en Roma. Tres: la gente, convencida de que el papa desea esta insurrección, se ha levantado contra el gobierno y los obispos no pueden detenerla, pues entonces ella creería que ya no son leales a la Santa Sede" —y cerró la carta—. Su Santidad: en Washington se considera que usted mismo está financiando esta revuelta. El presidente Hoover está por entrevistarse con Thomas Lamont y esto puede destruir nuestro acuerdo con el dictador Mussolini. El embajador Dwight Morrow se enfadó cuando usted retiró al padre Burke de las negociaciones. Lamont y Morrow están controlando a Hoover.

Boggiani le gritó:

—¡Esto es para manipular al papa!

Gasparri continuó, midiendo cada una de sus palabras:

—Si siguen estos rumores se levantará una campaña internacional contra el Vaticano. Forzarán a Mussolini a quitarle el apoyo a Su Santidad —y le sonrió a Boggiani. Este último se le acercó al papa y le dijo:

—Santo Padre, ¿está usted listo para entregar a todos esos muchachos a los lobos? ¿Está dispuesto a entregarlos a sus asesinos para que los torturen y los maten, y que México se convierta en una provincia esclava de la masonería? El papa Achille Ratti susurró:

—Ahora sé que Morrow es la mente que ha estado detrás de Calles todo el tiempo, desde antes de llegar a México como embajador, cuando forzaron al presidente Obregón a firmar los Tratados en Bucareli.

Boggiani le quitó el papel a Gasparri y le dijo al pontífice:

—El punto 7 significa que ya convencieron a Walsh. Morrow está absorbiendo a Walsh. Si no se modifica la Constitución, en México siempre va a ser un delito ser católico. *Modus vivendi* es un término que sólo puede provenir de Dwight Morrow. Está en su libro *La Sociedad de las Naciones Libres*. Significa que los artículos contra la Iglesia y contra el cristianismo van a permanecer siempre, y que el gobierno dejará de aplicarlos sólo cuando Morrow o los Estados Unidos se lo ordenen.

—Su Santidad —dijo Gasparri, tomando el papel de las manos de Boggiani—: ésta es una proposición seria del gobierno de México. El presidente Emilio Portes Gil se compromete a publicar el cese de la persecución a los cristianos como decreto en el *Diario Oficial de la Federación,* que es el equivalente del *Congressional Record* de los Estados Unidos. Una vez visto por el mundo entero, la persecución tendrá que detenerse.

Boggiani le gritó:

—¡Los carniceros de México no van a detenerse! ¿No lo entiendes? ¡Antes van a traicionar su palabra! ¡El presidente Portes Gil acaba de afirmar en una reunión secreta que estos arreglos han sido redactados en el lenguaje de declaración, y no de promesa! ¿No comprendes que todo esto es una orden emitida desde la cúpula masónica en su sede en Saxum Stapol?

127

Yo estaba con el brazo sangrando y me lo apreté con la mano. Mi cuchillo Citlacóatl lo tenía encajado en el cinturón, y en el bolsillo llevaba el frío y pesado frasco con la mano de Álvaro Obregón. Me dirigía a su casa. Desde el camellón, bajo los faroles de diablos, observé un movimiento de soldados y policías en la mansión de la otra esquina, en Monterrey 107: estaban metiendo en camiones negros a numerosas mujeres que no dejaban de gritar. Era la casa de Antonieta Rivas Mercado.

Volteé a ver la casa de Obregón y vi afuera de ella un medio centenar de policías armados.

"¿Y ahora cómo voy a entrar?", me preguntaba, cuando una mano me tapó la boca. Me jalaron hacia atrás, me sujetaron las manos y me metieron la cabeza dentro de una bolsa de fibras espinosas. Batí el cuerpo y las piernas para liberarme pero me metieron en un automóvil y arrancaron. Dentro del auto me quitaron la máscara de fibras y vi a un hombre que me estaba mirando. Después de unos instantes me sonrió.

—Así que tú eres Simón Barrón.

Me acomodé en el asiento. Los demás estaban mirando hacia fuera.

—¿Quién es usted? —le pregunté.

—Soy amigo de un viejo amigo tuyo. Lo conociste en el hotel Geneve hace dieciséis años.

Me quedé pensando. "¿Cowdray?" Recordé a un hombre de cabeza redonda y poco pelo junto a una ventana, con una naranja en su mano.

—Me golpearon la cabeza —le dije—. Tengo amnesia retrógrada episódica. No recuerdo cosas personales, sólo generalidades como las matemáticas y datos históricos no referentes a mi persona.

El hombre me miró casi con ternura y me dijo:

—Mi jefe murió hace dos años pero por instrucciones de él hemos llevado un seguimiento de ti por mucho tiempo.

—Vaya, qué honor —y me toqué el chichón en mi cabeza. Ya estaba bastante disminuido. Ahora mi problema era el brazo.

—Simón —me dijo el hombre—. La corporación petrolífera que creó aquí Lord Cowdray es extremadamente importante para el Imperio británico. Mi jefe la vendió en abril de 1919 al segundo consorcio petrolero más grande del mundo, Royal Dutch-Shell, que también es mayormente británico. Mexican Eagle le costó diez millones de libras esterlinas, y ahora la petrozona del sureste de México es una subsidiaria de Shell Group.

Arqueé las cejas y le dije:

—Lo cual es muy interesante... Si me lo permite, tengo que bajarme y rescatar a personas que me importan más que usted o su jefe fallecido.

—¡No, Simón! —me aferró del brazo— ¡Estoy aquí para eso! Royal Dutch-Shell quiere ayudarte porque tú puedes ayudar a sobrevivir al Imperio británico.

—Mi país es México —y agarré la manija de la puerta.

—Simón —me detuvo el hombre—: sé dónde tienen a tu familia. Sé dónde tienen a la agente Polliana Talli y al mesero, con los que estuviste estos días.

Quité la mano de la manija.

—Sí, Simón —me dijo el hombre—. Sé donde está la Capilla Ardiente de la que te habló el ex presidente Calles. Uno de sus soldados trabaja para Shell Group. Con tu ayuda podemos recuperar los Documentos R y comprobar ante la Liga de las Naciones que los Estados Unidos están sembrando una guerra contra Inglaterra para apoderarse de la petrozona del sureste.

Miré la manija de nuevo y luego a él.

—¿Dónde está la Capilla Ardiente?

—No en la casa de Obregón. El cuadro que viste ahí es una réplica de un grabado de 1872, hecho por el artista L. Dumont y H. Se llama "Capilla Ardiente de Juárez en el Salón de Embajadores de Palacio Nacional".

—¡Dios! ¿La Capilla Ardiente está en el Palacio Nacional?

—Simón —me dijo el hombre—, antes de que vayas tienes que saber varias cosas que pueden salvar a tu país de lo que está a punto de sucederle —y me alcanzó la mano—. Mi nombre es Robert D. Hutchinson y debes confiar en mí.

Le estreché la mano y le dije:

—Mi nombre es Nadie.

Me mostró un documento clasificado, una carta de alguno de sus agentes: "Los Estados Unidos están metiendo cazabombarderos en México desde Douglas, Arizona. Con esos aviones van a destruir la rebelión del ex embajador mexicano en la Gran Bretaña, Gilberto Valenzuela, y también el llamado 'Campamento Madre' de los cristeros".

—También quiero que leas esta carta —y me entregó un documento:

Al presidente de los Estados Unidos, Herbert Hoover:

He vivido por más de treinta y cinco años en México y conozco a su pueblo, y me siento impulsado para hacer lo que esté a su alcance. Los llamados "rebeldes" que son cazados como bestias salvajes en las montañas de Jalisco, Colima, Zacatecas, Guanajuato, Michoacán, son hombres y mujeres valientes que están luchando y sacrificándose por las libertades civiles y religiosas, libertades que se les están negando. Estos mexicanos perseguidos, y no la facción en el poder, representan los verdaderos ideales y sentimientos de noventa por ciento de los mexicanos. ¿Acaso el gobierno de los Estados Unidos va a darles armas a sus perseguidores?

La firmaba él mismo, Robert D. Hutchinson, Shell Group. Mexican Eagle. Puente de Alvarado 45.

Alejó la carta y la dobló.

—¿Qué te parece, Simón?

—¿Es sólo de usted o también del gobierno británico?

—Simón, tienes que conocer las raíces de toda esta maquinación que estamos viviendo. Plutarco Elías Calles es masón. Emilio Portes Gil es masón. Pascual Ortiz Rubio es masón. Aarón Sáenz es masón. Su hermano Moisés Sáenz es masón. El consejero de Plutarco Elías Calles,

Roberto Habermann, es masón. Jorge Hirschfield, maestro de la Gran Logia Mexicana, es masón. Los que están moviendo toda esta máquina contra los católicos y contra el cristianismo son masones. El director del Movimiento de Misiones Protestantes de Edimburgo y los Estados Unidos, que sembró a este país con núcleos metodistas episcopales para destruir al catolicismo, John Mott, es masón y trabaja para la Organización R de la Gran cabeza de cristal.

—¿Organización R?

—John Mott está sirviéndole a la Gran cabeza de cristal para romper el catolicismo en toda América Latina y sembrar guerras religiosas: la Directiva de Theodore Roosevelt, la absorción de todas estas poblaciones a los Estados Unidos sólo cuando ninguna de ellas reconozca la autoridad moral del papa. Lo mismo está haciendo en China, en el Medio Oriente, en África. Esto comenzó antes. En 1826, el presidente de los Estados Unidos John Quincy Adams les ordenó a los delegados masones del Congreso Anfictiónico de Panamá que trabajaran en los países latinoamericanos para eliminar el catolicismo. John Quincy Adams era masón. Ese congreso masónico ocurrió cuando los masones, controlados por los Estados Unidos, habían sembrado en toda Latinoamérica la rebelión de independencia de los países contra España.

—¡Dios…!

—El creador del Banco de la Reserva Federal de los Estados Unidos que dominó a Thomas Lamont y a Dwight Morrow, así como a Henry Davison desde la reunión secreta en Jeckyll Island, fue el subpatriarca Nelson Aldrich, quien fue masón de la Gran Logia de Rhode Island. Trabajó para la Gran cabeza de cristal.

—¿Quién es la Gran cabeza de cristal?

—Simón: el hombre que sembró en México el movimiento obrero de la American Federation of Labor y que absorbió a Luis Morones como vicepresidente de la Pan American Federation of Labor trabajando a su servicio, para crear aquí las bases de lo que hoy es el nuevo Partido Nacional Revolucionario, y me refiero con esto a la red de sindicatos controlados llamada CROM, fue Samuel Gompers, que fue masón de la Dawson Lodge No. 16. Dwight Morrow, Thomas Lamont y Gompers trabajaron juntos en Versalles fabricando la Liga de las Naciones. La Liga de las Naciones fue una iniciativa masónica del Gran Oriente y la Gran Logia de Francia. Todos son parte de una misma telaraña y todos trabajan para una misma persona, aunque la mayoría de ellos no lo sepan: la Gran cabeza de cristal.

—¡Dios! —dije otra vez, y miré por la ventana mientras el coche se alejaba velozmente por la avenida Insurgentes.

Me volví a verlo y le grité:

—¡¿Quién es la Gran cabeza de cristal?!

Hutchinson me sonrió y explicó:

—Simón: nada de esto tiene sentido si no sabes cómo fue el comienzo —se acomodó en el asiento—. Te han dicho toda tu vida que los masones comenzaron con los Caballeros Templarios. ¿Cierto? —asentí— Seguramente te dijeron que en el año 1307 un papa llamado Clemente V ordenó el exterminio de todos los templarios en Europa, y que éstos habían obtenido en Jerusalén los secretos del rey Salomón y de los constructores de las pirámides de Egipto, y que esos secretos ahora son propiedad de los masones.

—Bueno, oí algo así. No recuerdo dónde.

—Simón: nada de esto fue cierto jamás. Esta historia la creó en el año 1737 un hombre llamado Andrew Ramsay, y lo hizo por órdenes del verdadero creador de los masones para forjar un mito que asustara a la gente y que hiciera sentir importantes a los masones que él creó, para que lo obedecieran. Es una de las más grandes mentiras que se han esparcido en la historia del mundo.

Sacudí la cabeza.

—¿Podría repetirme esto?

—Simón: el que exterminó a los Caballeros Templarios no fue un papa, sino el rey de Francia Felipe IV Capeto, y lo hizo para destruir el poder de la Iglesia católica. Los Caballeros Templarios eran los defensores del papa. Felipe IV había secuestrado al papa Bonifacio VIII por advertir contra sus planes expansionistas, y así lo mantuvo durante tres días en una celda donde sus gendarmes lo golpearon hasta la muerte. Entonces Felipe IV declaró el nombramiento de un nuevo papa que fue ilegítimo: el antecesor de Clemente V. Felipe IV Capeto exterminó a los templarios el viernes 13 de octubre de 1307; algunos sobrevivieron, pero no son los masones.

—¿Quiénes son los que sobrevivieron?

Me sonrió.

—Pronto vas a saberlo, Simón. Los verdaderos templarios nunca desaparecieron. Son enemigos de los masones. Se hallan en las cúpulas del mundo y estás a punto de conocerlos.

Me quedé perplejo.

—Diablos… ¿Entonces de dónde vienen los masones?

—De Felipe IV Capeto.

—¿Qué...? —me enderecé en el asiento.

—Sí, Simón: el hombre que creó a los masones es descendiente de Felipe IV Capeto, y sus descendientes están vivos este mismo día. Forman una sola familia y están controlados por la Gran cabeza de cristal desde un espacio oculto llamado Saxum Stapol.

—¿Quién es la cabeza? —le pregunté— ¿Quién controla a todos los masones en el mundo?

El hombre me dijo:

—Simón: muchos han muerto tratando de descubrir este secreto. Han tratado de llegar a la cabeza oculta que nadie conoce. El secreto y el poder del movimiento masónico mundial es que ni siquiera sus propios soldados saben quién es la cabeza. Lord Cowdray y Winston Churchill han pasado años tratando de investigarlo, pero aún no llegan al corazón de la red.

—¿Cómo es posible que ellos no lo sepan?

—Ni siquiera los masones grado 33 saben quién es la cabeza de la red masónica. Una vez que eres 33 hay un número incuantificable de niveles hacia arriba, cada vez más secretos. No puedes saber quién manda al que te manda a ti. Cada logia se dice independiente, y en gran medida lo es, pero sólo para la operación diaria. Las directivas rectoras del mundo se filtran en este sistema de obediencias. Como masón no trabajas para tu país. Obedeces a una red mundial que no es el gobierno de tu país. ¿Para quién trabajas? Ni siquiera lo sabes. De eso se trata el sistema de obediencias y grados. Trabajas sin saberlo para la Gran cabeza de cristal.

—¡Diablos...! Y supongo que por esa razón me tiene usted aquí en este coche.

—Sí, Simón. Necesito que me ayudes a descubrir quién es la Gran cabeza.

—Lo imaginaba —y miré hacia el techo—. ¿Por qué todos me piden que la descubra en vez de hacerlo ellos mismos?

El hombre me sonrió:

—Simón: tienes la opción de salvar a tu país y de descubrir ante el mundo algo que va a liberar a muchos otros de un intervencionismo secreto inducido por un hombre que se oculta. ¿No quieres exponer a ese individuo, desnudarlo para siempre?

—Bueno, no suena mal —y desenvainé mi cuchillo Citlacóatl. Sus turquesas brillaron en la obsidiana como estrellas.

—Simón: ya sabes dónde encontrar el secreto.

Me quedé pensando.

—¿En la Capilla Ardiente?

—Sí, Simón. En la Capilla Ardiente está guardada una réplica de la Cabeza de cristal originaria de Saxum Stapol. En ella debe de estar la clave para saber dónde se localiza Saxum Stapol y dónde reina la Gran Cabeza Oculta, la Gran cabeza de cristal.

—Bueno, una misión más.

Me quedé pensando y le dije:

—¿La Capilla Ardiente es el Salón de Embajadores del Palacio Nacional?

—No, Simón. El hombre del cuadro es el masón Benito Juárez la noche de su muerte. La Capilla Ardiente es la tumba de Benito Juárez. Lo que queremos está debajo.

128

Trecientos kilómetros al sureste de El Paso, en el campo aéreo de la reserva de Big Bend llamado U. S. Army Corps Johnson's Ranch, de la G-2 Army Intelligence Section, sobre la frontera con México, una flota de pesados aviones militares aterrizaron y descargaron a mil doscientos marines que provenían del fuerte Sam Houston, de San Antonio, que se bajaron trotando y vociferando, armados hasta los dientes.

El teniente Thad V. Foster, oficial asistente de la Octava Área de Corps, realizó la inspección con las siguientes palabras:

—¡Marines! ¿Somos unos cobardes?

—¡No! —gritaron al unísono.

—¿Somos unos holgazanes?

—¡No!

—¿Qué somos?

—¡U. S. Marine Corps!

—¡Marines! ¡En unos minutos se desplegará la mayor movilización militar de los Estados Unidos sobre el norte de México desde hace una década! ¡Ustedes se encontrarán con la primera fuerza terrestre motorizada de Dragoon Tanks, que está respaldada por aviones Corsair Pratt & Whitney! ¡Marines! ¡Arrasemos! ¡Aplastemos a los insurrectos! ¡Ayudemos al pobre país que nos necesita! ¡Dios bendiga a América!

129

En el occidente de México, a veinte kilómetros del río Santiago y a treinta de Guadalajara, en las afueras de un fantasmagórico pueblo llamado Poncitlán, quince cristeros del regimiento al mando de Rodolfo Loza Márquez corrieron bajo las primeras estrellas con explosivos y volaron el pequeño puente del ferrocarril.

—El tren se tiene que detener —dijo uno, y se limpió el lodo de la cara—. Ahora pongan el letrero donde lo vea el maquinista.

Los otros mil estaban atrincherados en el borde derecho del río, detrás de un terraplén, al otro lado de las vías férreas. Ramón López Guerrero le dijo a Loza Márquez:

—El tren México-Guadalajara debe pasar por aquí en cualquier momento.

Rodolfo se dirigió a todos y les gritó:

—¡Cuando pase el tren y se detenga no dispare nadie! ¡Yo negocio con el maquinista y con la guardia de abordo! A fin de cuentas, lo único que vamos a pedirles es un aventón, ¿no es cierto?

El rebelde Ramón López comenzó a alistar las uniones de acero para reparar el pequeño puente y le ayudaron sus asistentes. Les dijo:

—Compañeros: apenas liberemos Guadalajara, se convertirá en el centro de mando de toda la rebelión cristera. Después de eso, vamos a la conquista final de la Ciudad de México —y alzó el rifle que llevaba. Se sumieron todos, la larga línea de soldados de Cristo, detrás del bordo de tierra que contenía las aguas del margen derecho del río.

—Hay mucho lirio en el agua —le dijo el canadiense Ken Emmond a Ramón.

—Cierto.

—¿Y ahora qué hacemos? —le preguntó Luis Casanueva.

—Ahora, esperar. Si pueden dormir, háganlo. Yo estaré despierto.

El murmullo de cientos de compañeros se fue diluyendo poco a poco hasta que sólo quedó un zumbido de cigarras y ranas muy distantes y el soplo frío del viento. En el cielo apareció la constelación de Orión por encima de la Vía Láctea. Por detrás de ellos, a ochocientos metros de distancia, se inició el silencioso avance de las tropas del gobierno.

130

Veinticinco kilómetros al norte, cuatro mil quinientos soldados revolucionarios agraristas comandados por el general plutarquista Pablo Rodríquez descendieron silenciosamente del cerro de Ojo de Agua hacia las luces encendidas de Tepatitlán, donde se escuchaban tambores. El general los guió con una antorcha, haciendo sonidos de insecto. En la ciudad, dentro de la casa de la señora Evangelina Guerrero Rojas, estaban su hija Patricia y su amiga evangélica Azucena Ramírez Pérez con su hermano Mauricio. También estaban ahí Idalia Montesinos y un sacerdote de los Estados Unidos llamado Edmund Walsh, enviado secreto del Vaticano.

—Padre, ¿cómo es Roma? —le preguntó Patricia.

El sacerdote jesuita y fundador de la Escuela de Servicio Extranjero en la Universidad de Georgetown, Washington, le dijo:

—Es la ciudad más bella del mundo —había en su mirada el ensueño, como si pudiera ver en ese momento las calles de la santa ciudad—. Si Dios me lo permite, un día las llevaré a todas ustedes de paseo.

La señora Evangelina llegó cantando y dejó en la mesa tortillas de harina muy esponjosas, hechas con piloncillo, y les trajo también un jarrón de barro con café de olla con canela. Afuera, las señoras y las niñas estaban haciendo música en la plaza del kiosco. Era una noche de fiesta. Azucena se le acercó al padre Walsh y le dijo:

—Yo también quería ir al combate con ellos. No entiendo por qué no nos dejan. ¿Sólo por ser mujeres?

El padre le puso la mano en el hombro y le dijo:

—Hija: ni siquiera debería ser necesaria la guerra. Hay un hombre que te ama, deja que él libre por ti esta guerra —y trató de darle ánimo con una ligera palmada en el hombro.

Afuera de la población, detrás del oscuro arroyo llamado Los Portales, en absoluto silencio, el general plutarquista Ramírez les hizo una señal con la antorcha a sus cuatro mil hombres y se dividieron en tres largas cabezas. La primera, compuesta por dos mil agraristas, se aproximó con pasos silenciosos por el cementerio y se ramificó en diez comandos de doscientos hombres que penetraron por las calles con bombas incendiarias y ametralladoras en las manos. Otra se introdujo por el pedregal y la tercera por Santa María, todos esgrimiendo sus bayonetas y sus bombas de asalto. El general plutarquista, en la cabeza del centro, les susurró a sus oficiales:

—Incendien las casas. Las mujeres van a salir corriendo a las calles. Espósenlas, métanlas al edificio del Ayuntamiento y encadénenlas a la escalera. Sus esposos y novios no van a poder defenderlas. Están a punto de ser acribillados junto a las vías del tren de Poncitlán. Mañana repartiremos a todas estas bellezas rebeldes con los generales para que se diviertan —y miró a su comandante de operaciones—. Los generales Gonzalo Santos y Joaquín Amaro nos van a recompensar muy bien por esto.

131

En la Ciudad de México, en el Paseo de la Reforma, con cientos de miles de ciudadanos gritando "¡Li-ber-tad!" a sus espaldas, y con tanquetas con mangueras de presión y rociadores de ácido mucárico enfrente, José Vasconcelos sintió un nuevo jalón en su saco. Volteó y vio a un chico inglés de ojos rojizos.

—¿Señor Vasconcelos? —le preguntó el joven de corbata de moño azul con unas cruces rojas— No sé si me recuerda. Trabajo para el *Times* de Londres. Soy corresponsal en la embajada británica con el embajador Esmond Ovey y con su primer secretario Ogilvie Forbes.

—Qué gusto verte —y siguió avanzando.

Por los megáfonos el comandante de operaciones le siguió gritando:

—¡Licenciado Vasconcelos! ¡Es una orden! ¡Si en dos minutos no está despejada esta vialidad iniciaremos el desalojo y correrá sangre! ¡Por orden del presidente Emilio Portes Gil toda manifestación pública está prohibida hasta mañana cuando se den a conocer los resultados de las elecciones!

El corresponsal del *Times* sujetó a Vasconcelos por el brazo y le dijo:

—Señor Vasconcelos, tengo un mensaje importante para usted. Proviene de una esfera muy poderosa en Inglaterra.

—¿Quién?

El joven miró hacia uno y otro lado y le dijo.

—El señor Churchill.

—¿El señor Churchill? —dijo con sorpresa.

—Sí, señor Vasconcelos. Créame que esto le interesa.

132

A dos kilómetros de ahí yo salí del estacionamiento a donde me llevó Hutchinson, quien desde Insurgentes había dado la vuelta para que regresáramos al centro de la ciudad. Ahora nos encontrábamos en el edificio Daguerre frente al edificio Guardiola y al Sanborns de los Azulejos. El edificio Guardiola estaba rodeado de bomberos y al parecer alguien había destruido algo debajo.

Caminé velozmente por avenida Juárez, hacia la Alameda. Yo sabía que traspasando los árboles del parque iba a llegar a Puente de Alvarado en su cruce con Reforma, y que a dos cuadras de ese cruce estaba la Capilla Ardiente, en un panteón misterioso llamado San Fernando. Ahí estaba la tumba de Benito Juárez.

Me sujeté el pesado frasco que contenía la mano de Obregón y le dije:

—General Obregón: eres la llave más incómoda, asquerosa y pestilente en la historia del mundo.

Escuché sirenas de la policía y conmoción en las calles. Alcancé a oír los megáfonos que le ordenaban a Vasconcelos dispersar la marcha y también escuché gritos. Las sirenas comenzaron a sonar por todos lados.

Me detuve un instante y sentí algo extraño a mi derecha. Un hombre de mármol me estaba mirando desde siete metros de altura. Era Benito Juárez. Lo observé un instante y no supe si postrarme hacia él o contra él. Toda mi vida me habían dicho que era el máximo héroe de mi país; más que Nezahualcóyolt, que Moctezuma I, José María Morelos o Quetzalcóatl. Ahora lo vi diferente. Estaba en lo alto de un pilar de mármol como un emperador romano, flanqueado por dos arcos de columnas griegas y, debajo, dos leones de dos toneladas. En los pilares laterales había esfinges sin cabeza y en el pilar de la derecha observé algo perturbador que nunca había notado: en lo alto había un relieve de bronce: un libro abierto con un cetro en medio. La cabeza del cetro era una palma con los dedos índice y medio pegados, señalando hacia arriba. El pulgar estaba estirado hacia fuera y los últimos dedos cerrados contra la palma. Sin dejar de mirar eso contra las primeras estrellas de la noche que comenzaba imité el signo con mi propia mano y sentí un escalofrío.

—¿Qué significa? —me pregunté, y miré el signo en mi mano. Observé de nuevo los ojos de Juárez y mi escalofrío se convirtió en una perturbación profunda. Una voz detrás de mi nuca me sopló con aire caliente:

—No voltees.

Comencé a dar vuelta y me dijo:

—Si te vuelves me iré y nunca sabrás lo que yo sé.

Arqueé las cejas. Volví a mi posición original: la de ver a Juárez a los ojos. Le pregunté a la voz:

—¿Quién eres?

—No debes verme ni saber quién soy —me dijo—. Sólo debes escucharme. Si necesitas darme un nombre piensa en mí como el espíritu de la Alameda.

—¿Qué quieres?

Señaló a Juárez por arriba de mi hombro y le vi la mano con un anillo masónico: un triángulo con un ojo. Me dijo:

—La grandeza de Juárez ha sido creada por la propaganda masónica estadounidense desde hace cincuenta años. Llegó al poder al ser depuesto su presidente Ignacio Comonfort, pero aquí en la Ciudad de México había otro presidente: Félix María Zuloaga. En 1858 pocos conocían a Benito Juárez. Juárez instaló un gobierno "legítimo" en Guanajuato que se movió a Veracruz. Como gobierno alterno no hizo mucho. Todas las funciones del gobierno de México las tenía Zuluaga aquí en la Ciudad de México. Entonces el amigo masón de Juárez que había conocido en Nueva Orleáns, Melchor Ocampo, recibió una visita.

—¿Una visita?

—Una visita con una propuesta: los Estados Unidos declararían a Juárez como el verdadero presidente de México y no a Zuluaga, y le ayudarían militarmente para derrocar a éste a cambio de que firmara un convenio creado por el embajador de los Estados Unidos en México, Robert Milligan McLane, bajo las órdenes del presidente James Buchanan, gran maestro masón de la Gran Logia de Pensilvania.

—¡No!

—Ese convenio pasó a la historia como el Tratado McLane-Ocampo. Significó entregarles a los Estados Unidos, para siempre, nuestro Istmo de Tehuantepec. El problema fue que el presidente Buchanan perdió la reelección en 1860. Las elecciones las ganó un hombre que no pensaba como él: Abraham Lincoln. Eso disparó la Guerra Civil de los Estados Unidos, que terminó cuando Lincoln fue asesinado. Lo asesinó una organización creada por los masones.

—Claro… —le dije, y recordé a Patricia López Guerrero en la montañas de Jalisco— Lo asesinaron los Caballeros del Círculo Dorado, lo que hoy es el Ku-klux-klan —y seguí viendo a Benito Juárez a los ojos.

—Así es, Simón.

—¿Quién es la Cabeza? —me animé a preguntarle, sin resultados positivos.

—Los lineamientos masónicos hicieron que Juárez, como ministro de Justicia bajo el cacique masón Juan Álvarez, emitiera en 1855 su "Ley

Juárez", que significó expropiarle a la Iglesia católica todos sus recursos sin la obligación de pagar ninguna indemnización, y todo ese dinero y propiedades las confiscó para su gobierno bajo la consigna *AD MANUS NOSTRAM,* que cinco siglos atrás había sido la orden secreta, en un sobre cerrado, del rey de Francia Felipe IV Capeto a todos sus agentes secretos en Europa para asesinar a los Caballeros Templarios.

—¿Qué significa *AD MANUS NOSTRAM?*

—A nuestras manos. Robarlo todo.

—Diablos.

Miré a Juárez a los ojos y él parecía observarme en forma escalofriante, no sé si desde el Cielo o desde el Infierno.

—Simón —me dijo la voz—: todo esto tiene que ver con Inglaterra.

—¿Con Inglaterra? ¿Cómo?

—Todas las grandes logias del mundo fueron creadas bajo el gobierno de un solo hombre: Jorge I de Inglaterra.

—¿De verdad? —volteé a verlo pero me regresó la cabeza a Juárez con las manos y sentí, sólo hasta ese momento, la boca de una pistola a la altura de mi cintura.

—Subió al trono el primero de agosto de 1714, y tres años después, sus cuatro hombres clave que lo habían llevado al poder: Theophilus Desaguliers, de la anticatólica Royal Society de Londres; James Andreson, reverendo presbiteriano anticatólico del partido "no conformista" Whig, ubicado en Glasshouse Street o "Calle de la Casa de Cristal"; el Duque John Montagu, que urdió su coronación, y el militar John Churchill, después de una reunión del más alto nivel con él en Hampton Court, crearon en Covent Garden la Primera Gran Logia de Inglaterra. Desde esta primera Gran Logia del mundo comenzaron a esparcir emisarios o "manos" a todos los países para sembrar logias, absorber a los políticos de esos países y controlarlos en secreto por medio de la red. Todos los absorbidos en esos países debían jurar un voto de secreto absoluto sobre sus reuniones, y nunca indagar quién era la cabeza en la Casa de Cristal. Como premio, Jorge ungió a Churchill como Primer Conde de Marlborough, y a la hija de Churchill la casó con Montagu.

—¿Ese Churchill es antepasado del actual Churchill?

La voz me dijo:

—Es el tataranieto de su tataranieto. En 1729 enviaron al Duque de Northumberland, Philip Wharton, a crear la Gran Logia de Francia, y fue el primer gran maestro de la Gran Logia de Francia, que se llamó Grande Loge Anglaise. En 1731 enviaron a Wharton a crear la Gran Logia de España, que hasta hoy obedece a la Gran Logia Unida de Inglaterra. En 1733 enviaron al Conde de Middlesex-Dorset, Charles Sackville, a crear la Logia de Florencia para asegurar la lealtad de Florencia a la Casa de Hanover y eliminar el catolicismo de Italia. En Francia absorbieron a La Fayette y al primo del rey Luis XVI para que se rebelara contra él. A Marat lo iniciaron en Londres. En 1773 le cambiaron el nombre a la Grande Loge Anglaise por Gran Oriente de Francia, para que no fuera obvio que eran un movimiento secreto británico para desestabilizar a la monarquía francesa y destruir a Francia desde dentro.

—¡Dios...!

—Estaban colocando sus fichas en el tablero del mundo, preparando su jugada crítica. En 1797, el primer ministro de Inglaterra, William Pitt, absorbió al venezolano Francisco Miranda y creó en Londres la Logia Lautaro, llamada también British Lodge of the Great American Reunion, desde la cual absorbieron a los líderes que diez años después insubordinaron a toda América Latina contra España: Simón Bolívar, Bernardo O'Higgins, José de San Martín y Guillermo Brown. Desde Lautaro, en Londres, sembraron las logias de Argentina Hiram Sons, Southern Star y Patriotic Society; y en 1806 crearon Arquitectura Moral en la Calle de las Ratas número 4, donde absorbieron a Miguel Hidalgo.

Me quedé perplejo y dije:

—Yo estuve ahí. El lugar huele a caca.

La voz me dijo:

—Estaban preparando sus piezas pero las naciones reaccionaron. Cuando el gobierno de Italia se dio cuenta de que las logias masónicas eran un arma de Inglaterra para infiltrar y desestabilizar a Italia desde dentro procedieron a arrestar a sus dirigentes, pero el ministro de exteriores británico, Thomas Pelham-Holles, Duque de Newcastle, y el propio primer ministro, Sir Robert Walpole, intervinieron de inmediato y denunciaron que era una "persecución de inocentes". El gobierno de Portugal también se dio cuenta y arrestó a John Cousty y a los agentes absorbidos por su logia. El embajador británico intervino y comenzó la tensión con Portugal. Sabían que los primeros blancos debían ser Francia y España.

—¿Ésa era la "jugada crítica"?

La voz continuó:

—Una vez que las "manos" tenían sembrado el mundo de logias, la red masónica, ahora consolidada, entró en acción. Comenzaron a estallar revoluciones en todas partes. La Logia de Francia difundió el incendiario ensayo de Joseph Emmanuel Sieyés *¿Qué es el Tercer Estado?*, que encendió la Revolución francesa. Los jacobinos dirigidos por la Gran Logia asesinaron a católicos y promulgaron un nuevo dios antirromano llamado Jahbulon. Le pusieron nuevos meses al año y destruyeron por dentro la catedral de Notre Dame. Les cortaron la cabeza a las estatuas de los apóstoles y proclamaron a Notre Dame como el Templo de la Diosa Razón, que es la dama que ves allá arriba —y me señaló, detrás del Benito Juárez de mármol, a la mujer con una antorcha y una espada.

Un susurro en mi cabeza me dijo *"¿Rowena Regina Saxorum...?"*

Siguió diciendo la voz:

—Comenzó la era que hoy se conoce como El Reino del Terror. Los jacobinos encarcelaron al rey Luis XVI y a su joven esposa María Antonieta. El 20 de enero de 1793, por voto de su primo absorbido y nombrado gran maestro de la Logia de Francia, llevaron a Luis y a María Antonieta al andamio donde les cortaron la cabeza.

—Demonios.

—Uno de los grandes imperios de la historia del mundo se estaba desintegrando desde dentro, mientras Inglaterra observaba a lo lejos. En su última carta, María Antonieta escribió a su hermano Leopoldo II, emperador de Alemania: "Cuídate allá, hermano mío, de cualquier organización de francmasones. Ya debes de haber sido advertido. Todos estos monstruos esperan lograr lo mismo: destruir a todas las religiones, a todos los imperios y a todos los países. Oh, Dios, protege al mundo".

Me quedé callado y observé el rostro de Juárez. Le pregunté:

—¿Qué se siente ser un absorbido? —y sentí en mi bolsillo el frío frasco con la mano de Obregón. Escuché tumulto en la calle, disparos y detonaciones de bombas. Era el Paseo de la Reforma.

La voz me dijo:

—Así comenzó el dominó de las autodestrucciones. Un imperio tras otro fueron cayendo, todos excepto uno: Inglaterra. Desde la Casa de Cristal de Londres y desde la Logia Británica Lautaro el ministro de exteriores británico George Canning, masón, dio la señal, y en 1810 todos los territorios de España en América comenzaron a levantarse contra el imperio. América Latina quedó convertida en fragmentos independientes que ahora se los iban a disputar con guerras masónicas Inglaterra y los Estados Unidos. Dos años después, en España, el masón José María Blanco White, hijo del vicecónsul británico en España y miembro de la Sociedad Bíblica Británica, proclamó desde Londres la Constitución masónica anticatólica española de 1812, y el primero de enero de 1820 el masón Rafael del Riego Núñez derrocó al gobierno español y unos pocos masones se apoderaron del gobierno de España. Comenzaron a perseguir al catolicismo y a confiscar los recursos de la Iglesia bajo la directiva *AD MANUS NOSTRUM ROMAE PERIBUNT.* Invadieron los monasterios y asesinaron a los sacerdotes. Se inició el declive del gigantesco Imperio español. En 1821, los masones anticatólicos fanáticos *carbonari,* o "carboneros", hicieron estallar la revolución en Nápoles, Italia. Para 1870, las hordas masónicas de Giuseppe Garibaldi atacaron Roma y le arrancaron al papado todas sus propiedades territoriales. Lo mantuvieron desde entonces prisionero en el Vaticano. Ningún papa ha logrado salir... hasta ahora.

Me quedé callado. Los pájaros trinaron en los árboles de la Alameda por detrás del Hemiciclo a Juárez. Observé en el pilar de la derecha el relieve de bronce con los dedos pegados de una extraña palma, señalando hacia arriba. Le pregunté a la voz:

—¿Y todo esto lo planearon en Inglaterra?

—Lo más importante que todo masón jura, en cualquier parte del mundo, cuando hace su protesta de secreto y lealtad a la masonería mundial, está en un artículo de un documento llamado Libro de las Constituciones de la Antigua y Honorable Fraternidad de los Masones Libres y Aceptados. Ese libro lo escribió el reverendo presbiteriano James Anderson el 17 de enero de 1722 por orden del rey Jorge I de Inglaterra. Es el máximo juramento masónico.

La voz permaneció callada. Pasaron varios segundos y le pregunté:

—¿Qué dice el maldito artículo?

—El artículo implica lo siguiente: todo hermano masón, en cualquier parte del mundo, jura lealtad, sabiéndolo o sin saberlo, por encima del gobierno de su propia nacionalidad, a los descendientes de la Casa Hanover de Sajonia.

Quise voltear a verlo pero me detuvo con las manos. Me limité a preguntarle:

—¿Sajonia...? ¿De qué estás hablando? ¡Estoy seguro de que todo esto es una mentira!

—Simón —me dijo—: la masonería es la red de espionaje e infiltración sociopolítica transnacional más compleja creada en la historia humana. Es la más poderosa máquina transnacional de control mental inventada hasta ahora por el hombre. Domina a los países en forma completamente subterránea y hace que se cambien leyes con las que no está de acuerdo la población sólo porque los políticos fueron comprados o absorbidos. Jorge I de Inglaterra es Jorge I Hanover, que es la capital de lo que fue Saxum, el territorio de los sajones en Alemania. El tío tatarabuelo-tatarabuelo del rey Jorge fue Federico III de Sajonia, el hombre que dividió a Europa en Norte y Sur, protestantes contra católicos, con su guerra contra Roma y con su Liga Sajona de Schmalkalden. Son una misma sangre y una misma familia y quieren destruir a Roma. Son un mismo plan que viene operando desde hace siglos para apoderarse del mundo. Federico III de Sajonia y el rey Felipe IV Capeto tienen un ancestro común que lo planificó todo: el rey Widukind de Sajonia, que reinó en la columna Írminsul del bosque de Externstein hace mil doscientos años —y me soltó la cabeza.

—¿Cómo dices? —y respiré— ¿El rey de Francia que exterminó a los Caballeros Templarios... ¿era alemán?, ¿...era sajón?

No me contestó. Pasaron dos segundos y le pregunté:

—¿De dónde sacas todas estas pendejadas? ¿Sabes que hay gente esperándome para que la rescate a cinco cuadras de aquí? ¿Sabes que me estás quitando el tiempo?

Siguió sin responder. Volteé: ya se había ido. La calle estaba vacía y sonaban las sirenas.

Sacudí la cabeza y miré a Juárez.

—¿Qué me ves? —le pregunté. Lo señalé y le dije—: caras vemos, corazones no sabemos. ¡Eso es no tener madre!

Sentí algo extraño en el piso y me percaté de que debajo de mi zapato había un papel. Lo levanté y lo leí:

Samuel Gompers, creador de la base de sindicatos que ahora constituye el Partido de la Revolución mexicana, fue masón, fue inglés y fue un agente de Inglaterra. Winston Churchill es masón y este año ha intercambiado cuatro cartas con Dwight Morrow. Esas cartas pueden cambiar la historia de México si no las encuentras. Forman parte de los Documentos R. Están en la Capilla Ardiente. La Cabeza de cristal, desde un inicio y hasta hoy, es y ha sido siempre el rey de Inglaterra.

Atentamente,
El espíritu de la Alameda, Tino Costa.

—¿Tino...? —volteé hacia todos lados. Un viento helado corrió por avenida Juárez.

Aferré el frasco con la llave en mi bolsillo y corrí en forma histérica hacia el lugar de donde ahora salían los gritos: el jardín de San Fernando. Ahí estaban los vasconcelistas, y frente a ellos el ejército y la policía lanzándoles gases. Tras el enrejado, dentro del cementerio, debajo de un siniestro mausoleo, estaba la Capilla Ardiente de la que me había hablado Plutarco Elías Calles: la tumba de Benito Juárez.

133

La comitiva de José Vasconcelos se había movido hasta las inmediaciones del jardín de San Fernando, entre disparos de agua a presión y una neblina de gas anaranjado que quemaba los ojos, las fosas nasales y la boca; entre policías con escudos y garrotes, y gente que tenía la cabeza sangrando, que gritaba "¡Li-ber-tad! ¡Li-ber-tad! ¡Li-ber-tad!" y que venía huyendo desde las cercanías del Zócalo. Antonieta Rivas Mercado tomó a José Vasconcelos por el brazo y le dijo:

—José Clemente Orozco quiere decirme algo en Nueva York.

—¿Ahora?

—Está por ocurrir una negociación en el Vaticano. El papa va a ser engañado. Te van a traicionar.

—¿De qué estás hablando? —y escuchó una explosión a sus espaldas. Por arriba les pasó un silbido de granada de gas tóxico y la gente comenzó a gritar. Antonieta alzó la voz para que Vasconcelos la escuchara:

—¡Tú también tienes que venir! ¡Aquí te van a matar! ¡Un negociador del presidente Hoover quiere verte en Nueva York para hacerte una oferta!

Vasconcelos la tomó entre sus brazos y le dijo:

—Has hecho mucho por mí, bonita —y le sonrió en medio de la confusión—. Ve a Washington y averigua qué diablos quieren. Yo no voy a dejar aquí a toda esta gente.

—¡¿Y si te matan?! —lo apretó con sus delgados brazos. Vasconcelos miró hacia un lado.

—Si me matan va a ser sólo el comienzo —y observó entre la multitud al chico pecoso y de pelo rizado que gritaba encima de una caja de refrescos. Vasconcelos miró de nuevo a Antonieta y la besó lentamente en la boca.

Germán de Campo le decía a la gente:

—¡Pase lo que pase, aunque nosotros muramos, aunque nuestro líder mismo muera, los que sobrevivan a esta noche nunca deben rendirse! ¡Prométanmelo! ¡Prométanselo a sus madres y a sus padres, a sus hijos, a sus hermanos y a sus esposas! ¡Prométanselo a los que están aquí mismo a su lado! ¡Nunca jamás se rindan, y hagan que otros más los sigan! ¡Nunca traicionaremos a los que amamos, México, perdiendo la esperanza!

Un hombre alto, gordo y de bigote retorcido acompañado por guaruras lo agarró por las solapas con sus manos callosas y lo tiró de la caja.

—¡Mire, jovencito, ya me tiene harto! —y lo golpeó en la cara— ¡A mi general Plutarco Elías Calles no me lo toque! ¡Yo sé por qué se lo digo!

Germán lo miró y lo retó:

—Yo no estoy aquí para oír consejos de personas como usted.

Antonieta corría entre la gente y los chorros de agua hacia la estación del ferrocarril de Buenavista. En lo alto de una estatua, una chica rubia de la Escuela Nacional de Maestros, Elvira Vargas, gritó a la multitud:

—¡Dentro de la desolación, dentro de la desorientación social y política que vivimos, asoma una luz que iluminará a nuestra patria! —y estalló detrás de ella una granada de gas— ¡Esa luz es José Vasconcelos! ¡Estamos aquí, y somos muchos! ¡La pesadilla terminó! ¡Somos muchos! ¡Ahora ya no pueden detenernos!

Vasconcelos observaba todo desde la distancia. Intentaba encontrar la ruta por la que se había ido Rivas Mercado, custodiada por dos hombres de su confianza, cuando sintió un jalón en su saco. Era nuevamente el joven del *Times* de Londres.

—¡Señor Vasconcelos! —le gritó desde atrás— ¡Debe conocer este mensaje que le traigo de la embajada de la Gran Bretaña! ¡El embajador Esmond Ovey tiene mucho interés en que usted lo lea! ¡Esto puede cambiar el curso de las cosas!

Vasconcelos se volvió hacia él y el joven le puso un documento en las manos.

134

Troté hacia el jardín de San Fernando, donde estaban ellos, y un joven rubio y engreído disfrazado de seminarista español se me arrojó y me tiró al piso. Me puso un cuchillo en el cuello y me gritó:

—¿De verdad crees todas esas pendejadas que te acaban de decir en la estatua de Juárez?

Giré y me puso el metal sobre la tráquea. Me dijo:

—¿De verdad te creíste lo del complot mundial? ¡Estúpido! ¡Nada de eso es cierto! ¡Te están confundiendo para que los obedezcas!

Giré de nuevo y me llevé la mano al Citlacóatl, pero ya no lo tenía.

—¿Quién eres? —le grité. Me estaba mirando en forma petulante y me sonrió. Tomé el frasco de la mano de Obregón y se lo estrellé por el borde dentado en la cabeza. Se apartó rodando como un animal y me gritó:

—¡Te están engañando, imbécil! —y se limpió la sangre de la cabeza— ¡No hay ningún artículo de ninguna Constitución masónica! ¡Todo esto es una mentira para pendejos! ¿De verdad crees que existe esa conspiración de novelitas baratas, pendejo?

Me le acerqué con el frasco en la mano y le dije:

—No lo sé —y miré hacia el jardín de San Fernando—. Por primera vez no sé qué creer. ¿Qué es lo real? —y observé a los policías golpeando a señoras y niños con sus garrotes. Pensé en Apola Anantal debajo de la tumba de Juárez, y me vino a la mente su mirada bajo el fuego de Urman. Le dije al seminarista—: mi amiga y mi familia están aprisionados en una tumba y voy a salvarlos. En mi mundo no importan los discursos ni las mentiritas, sino las consecuencias —y lo golpeé otra vez en la cabeza con el borde del frasco.

De su espalda sacó un cuchillo aserrado y me lo puso en la garganta.

—No vas a llegar. Los están haciendo confesar y los van a matar. Yo mismo les dije dónde encontrarlos. Te he estado siguiendo desde el comienzo. ¿Ahora me crees si te digo que yo soy el Agente 10-B, el hijo adoptivo de Plutarco Elías Calles?

135

Comenzó el cataclismo y se precipitó desde ese salón. A ciento sesenta kilómetros de Washington, D. C., en el bosque montañoso de árboles de castaños, dentro de la cabaña en Rapidan Camp, el presidente Herbert Hoover puso su cara de *bulldog* y le dijo al primer ministro Ramsay MacDonald:

—Le recuerdo que la Gran Bretaña le debe a la Casa Morgan de los Estados Unidos cuatro mil setecientos millones de dólares en armamento y financiamiento para la Gran Guerra, en la que derrotamos juntos a Alemania.

—No podemos pagarlo —le dijo Ramsay MacDonald.

Hoover se le aproximó.

—No le recomiendo hacer pública esta declaración. Destruiría la credibilidad de Inglaterra, y le recuerdo que el nuevo combustible de los buques de guerra de las flotas del mundo, incluyendo la suya, se encuentra en las reservas estadounidenses de Ohio y Texas.

MacDonald miró el piso de madera y lentamente sacó un papel. Lo abrió con cuidado y le dijo a Hoover.

—Podemos intercambiar nuestra deuda por territorios.

Hoover levantó la ceja.

—¿Territorios...?

—Podemos ceder a los Estados Unidos nuestro triángulo de control del Caribe: Belice, Trinidad y Tobago, y el archipiélago de las Bermudas.

Hoover sonrió y comenzó a asentir con la cabeza.

—Interesante... —y cerró los ojos— Eso representaría un sacrificio muy grande para la defensa del Imperio británico en América y en el Atlántico. ¿Nos entregarían también las bases navales que tienen en esos sitios?

Ramsay MacDonald apretó los dientes y le dijo:

—Estamos dispuestos a entregarles a ustedes el control final del continente americano, pero con una sola condición.

—Escucho.

—Queremos garantías irrevocables de que ustedes no tocarán nunca, ni hoy ni en el futuro, nuestra petrozona del sureste de México, la petrozona Cowdray-Shell.

Hoover torció los labios hacia abajo.

—Interesante... la red Mexican Eagle del conglomerado Royal Dutch Shell... —y jugueteó con la pluma fuente que tenía a la mano— Podríamos respetar esa petrozona para que siga abasteciendo a su flota... Pero el Imperio británico deberá entonces permitir a los Estados Unidos el acceso a su petrozona de Mesopotamia y romper la restricción de la Línea Roja... y en América Latina, retirar todo apoyo financiero, armamentista y político británico a la rebelión de la Cristiada.

Ramsay Macdonald frunció el ceño:

—Con otra condición: los Estados Unidos deberán eliminar la restricción Proration en el propio territorio estadounidense y permitir que la Royal Dutch-Shell venda petróleo en territorio americano.

Hoover pensó en la cara nonagenaria de un hombre extremadamente poderoso: John Davison Rockefeller. Se levantó del tronco, aspiró profundo y le tendió la mano al primer ministro.

—Primer ministro Ramsay MacDonald: esta noche ha nacido el mayor imperio en la historia humana: el Imperio angloamericano. *Saxum Imperium incipiat.*

Infló el pecho y gritó hacia fuera de la pared de leños:

—¡Llamen a Lamont! ¡Inicien la finalización del programa México!

136

En la calle de Wall Street, en Nueva York, corrió un viento helado. En el anguloso edificio del número 23, la Casa Morgan, Thomas Lamont estaba viendo por la ventana. Desde atrás su asistente personal Vernon Munroe le dijo:

—Señor Lamont, tiene una llamada de la Casa Blanca.

Lamont miró a Vernon y le indicó:

—Es lo que pensaba. Haz ya tu llamada al Vaticano.

Antes de tomar el auricular pensó rápidamente en lo que estaba por venir: pronto pondrían a todas las economías del mundo a sus pies: el cataclismo de Wall Street que preparaban con tanta dedicación volvería dueños del mundo a él y a sus allegados.

137

Era de día en la ciudad amurallada del Vaticano. Una pequeña luz estaba encendida en el Palacio Apostólico Vaticano. Era un dormitorio en el tercer piso: el dormitorio del papa Pío XI, Achille Ratti.

El cardenal Tommaso Pío Boggiani le gritó:

—¡Es una trampa! ¡Si les pedimos a todos esos jóvenes cristeros que dejen las armas, el gobierno de México los va a asesinar, aunque nos prometa que respetará sus vidas!

El papa frunció toda la cara y miró a su secretario de Estado, Enrico Gasparri, quien le dijo:

—Su Santidad: ésta es una propuesta seria —y le extendió nuevamente el papel con los acuerdos firmados en México por Dwight Morrow, obispos mexicanos, empresarios extranjeros y enviados del gobierno del masón Emilio Portes Gil en la casa de Agustín Legorreta—. Esta propuesta la respaldan los obispos Pascual Ruiz, Leopoldo Ruiz y Flores, monseñor Burke y el padre Walsh.

Boggiani le gritó:

—¡Son traidores! —y avanzó hacia el papa— Su Santidad, estos hombres no respetarán ningún acuerdo. No habrá armisticio y continuarán con su persecución contra la Iglesia hasta destruir el catolicismo en México, y de ahí comenzará una ola que se expandirá hacia España, hacia Francia, hacia nuestra propia Italia y hacia toda Latinoamérica y a todo país católico de África y Asia. Santo Padre: usted sabe que estos hombres actúan bajo consigna por comando y juramento secreto desde la Sede Central Masónica. Cuando por petición nuestra esos jóvenes cristeros de México entreguen sus armas a los soldados de su gobierno, los van a acribillar. ¡Van a exterminar a todos los que ahora luchan sólo por su derecho a la libertad!

Gasparri se aproximó al pontífice:

—Su Santidad: el padre Walsh me acaba de enviar un comunicado en el que me indica claramente que, de aprobarse aquí, esta noche, este acuerdo de desarme, el gobierno de México se compromete a respetar la vida de los rebeldes y a ofrecerles facilidades para que vuelvan a sus actividades. El presidente Emilio Portes Gil ha prometido acatar estas condiciones y publicarlas en el *Diario Oficial de la Federación* de México. Es el órgano de máxima institucionalidad en ese país, con valor internacional. ¿Cree usted, Monseñor Boggiani —y miró al cardenal—, que un presidente pueda traicionar un decreto publicado oficialmente ante los ojos del mundo?

El papa Ratti le pidió el documento y se ajustó los anteojos para leerlo. Entró apresuradamente una monja pidiendo a todos permiso con una inclinación y le entregó otro papel.

—Santo Padre, se lo envía el rabino Margulis.

El papa lo abrió y leyó:

"Querido papa Ratti: es una emboscada."

Dobló el papel y comenzó a leer el otro.

138

En el jardín de San Fernando, José Vasconcelos leyó otro mensaje: el de la embajada británica que le había entregado el joven corresponsal del *Times* de Londres.

El texto decía:

Su campaña es heroica y rápida, señor Vasconcelos. Ha despertado mucho furor en Europa, pero está condenada al fracaso. No arriesgue más su vida. Nos interesa salvarlo.

Ni siquiera van a ser contados los votos. Todo está armado. Lo está operando la embajada de los Estados Unidos. El acuerdo se hizo en Washington con personas de Nueva York. La primera elección del Partido Nacional Revolucionario va a ser un fraude y debemos aceptarlo. No intente usted ninguna rebelión. El levantamiento cristero va a ser aniquilado.

El régimen de los revolucionarios del general Calles cuenta ahora también con el apoyo de Inglaterra. Acepte el fraude en las elecciones y evite que corra la sangre de millones en su patria.

Vasconcelos alzó la mirada. En la pared de la iglesia y del cementerio, amarrados del cuello vio a Juanito, a Ernesto Carpy Manzano, a Herminio Ahumada, a Adolfo López Mateos y al pecoso Germán de Campo, y a veinte soldados rociándolos con mangueras. El comandante de grupo les gritó a los soldados:

—¡Cuélguenlos de las torres de la iglesia!

El ingeniero Federico Méndez Rivas estaba tirado en el suelo, con la cabeza sangrando y agarrándosela con los brazos mientras los soldados lo golpeaban con garrotes. En el jardín la gente se abrazaba bajo los chorros de las mangueras y coreaba "¡Li-ber-tad!"

Vasconcelos volvió a la carta, cuya última frase decía: "Acepte el fraude que ocurrirá mañana y comience a preparar su futuro".

Permaneció paralizado unos momentos y comenzó a arrugar la carta. Se dijo a sí mismo: "El futuro es ahora" y comenzó a avanzar hacia los soldados.

139

En Tepatitlán, Jalisco, hordas infernales de soldados comenzaron a arrojar antorchas prendidas a los cristales de las casas y abrieron las puertas a patadas. Empezaron a sacar a señoras con sus muchachas y sus niñas a la calle para amarrarlas.

En las aceras había cientos de mujeres contra el piso, atajadas con bayonetas de soldados que les gritaban "¡Fanáticas!" y "¡Prostitutas!" En toda la población sonaron ráfagas de metralletas y explosiones de granada que iluminaron el cielo de color anaranjado.

—¡Hey, idiotas! —gritó una chica muy bella, de cabello negro lacio y brillante, desde lo alto de una azotea.

Los soldados voltearon a verla. Estaba vestida de blanco, con seda que le llagaba a los pies. Les gritó:

—¡Todos ustedes son buenos y Dios va a perdonarlos! ¡No sigan órdenes de asesinos, sino a Dios, que vive en sus corazones! ¡Todos tenemos una parte buena y una mala, pero les prometo que la parte buena va a ganar! —y gritó hacia las casas—: ¡ahora!

De las azoteas comenzaron a proyectarse enormes tablones de madera cuyas puntas se precipitaron hacia las banquetas, y por esas rampas empezaron a descender como valkirias docenas de chicas a caballo, armadas hasta los dientes y disparando.

Era la joven cristera Patricia López Guerrero, llamada Paddy por todas sus amigas.

Desde la azotea del edificio de enfrente, la cristera protestante evangélica Azucena Ramírez Pérez, también con un largo vestido blanco, comenzó a arrojarles ejemplares del Nuevo Testamento y les gritó:

—¡No queremos lastimarlos! ¡Dejen sus armas en el piso! ¿Sí? —y un soldado le apuntó desde la calle a la cabeza. Azucena se dijo: "¡Qué triste!" Al parecer, las Biblias no bastaron por el momento. Sacó de su carrillera una granada y la arrojó. Les gritó:

—¡Lo siento! —y el soldado voló en pedazos igual que sus tres compañeros. Azucena giró hacia las azoteas de su derecha y gritó muy duro—: ¡chicas! ¡A defender a México, ni modo!

Una fuerza escondida en todas las azoteas de Tepatitlán, compuesta sólo por mujeres y por un padre estadounidense llamado Walsh, comenzó a dispararles a los soldados y a arrojarles explosivos desde lo alto, y por un momento pareció que las chicas mexicanas, por su cuenta, iban a ganarle a un ejército.

140

Cincuenta kilómetros al sur, en las silenciosas cercanías de la gran laguna de Chapala y a orillas del fantasmagórico poblado de Poncitlán, Jalisco, el de los grillos era el único sonido.

Se giró Ramón López Guerrero en el terraplén donde estaba atrincherado y les preguntó a sus amigos:

—¿Ken? ¿Helaman? ¿Terry? ¿Luis Casanueva? ¿Pollo Ordóñez? ¿Están despiertos?

Se escuchó el croar de una rana en el río lleno de lirios. Ramón observó algo inusual en el agua del río, que corría paralelo a las vías: las algas microscópicas provocaban un resplandor espectral entre los lirios, una fosforescencia verde en el agua.

Su amigo Ken lo empujó contra el terraplén.

—¡Estoy despierto, mi querido amigo Ramón!

Se lo dijo en su risueño tono canadiense. Escucharon un pitido en la lejanía y se quedaron callados. Los que estaban dormidos despertaron. Ramón los contuvo a todos con las manos y les susurró:

—El tren…

Se aproximó la máquina negra sacudiendo el piso con sus pesadas ruedas y cuando estuvo justo enfrente, al otro lado del río, observaron el escudo del Ejército mexicano.

—¡Dios! —susurró Ramón— ¡Es el ejército!

La locomotora de setenta vagones se detuvo con un rechinido y una potente exhalación de vapor, y de las puertas comenzaron a saltar docenas de soldados armados, gritando y disparándoles. Por detrás de Ramón López, de dos promontorios de tierra salieron pelotones que venían desde el otro lado y que habían estado avanzando en silencio.

141

Yo corrí hacia el jardín de San Fernando, pero el seminarista rubio me golpeó con una rama filosa en la cara que me tiró a tierra. Se me trepó, me colocó la rama entre los dientes y empujó hasta abrirme las comisuras de los labios. Lo alzó en el aire, me lo estrelló en la boca y escuché el tronido de mis dientes. Me gritó:

—¿Quieres que te cuente de complots, imbécil idealista? ¡Tu superhéroe José Vasconcelos trabaja con el agente Sherbourne Gillette Hopkins de los Estados Unidos!

—¿Qué dices?

—¡El agente Hopkins, que sembró la Revolución mexicana y que absorbió a los Madero, fue quien le puso a Vasconcelos su despacho en Gante 1, junto a la Casa de los Azulejos!

—¡Eso no es cierto!

—¡Hopkins tuvo a Vasconcelos como sucursal en México de su despacho de Nineteenth Street 1817, en Washington! ¡Los clientes que atendió aquí Vasconcelos fueron Waters Pierce Oil y Standard Oil, la corporación que financió la Revolución mexicana! ¡Hopkins tuvo a Vasconcelos viviendo con él en su casa de Washington!

—¡No es cierto! —le grité, y le di un puñetazo en la cara.

—¡Vasconcelos se llama Agente Número 1 en Washington y le han estado pagando desde hace décadas!

Roté sobre la tierra con el sujeto infernal, quien me tomó por los cabellos y me hundió la cara en el lodo al tiempo que preguntaba:

—¿Quieres que te muestre el *New York Times* del 29 de junio de 1914, donde lo dice?

142

En la tenebrosa embajada de los Estados Unidos en México, Dwight W. Morrow estaba solitario, aplastado en su asiento giratorio. Abrió la palma. Tenía un pequeño crucifico de madera hecho por artesanos de Cuernavaca. Se lo había regalado su esposa Betsey. Golpearon la puerta y ocultó el crucifijo en el puño. Entró junto con su secretaria el primer secretario de la embajada británica, Ogilvie Forbes, acompañado por un sacerdote católico inglés.

—¡Señor Morrow! ¡Acaban de secuestrar a treinta y nueve mujeres en la casa de la señora Rivas Mercado y espero que usted me responda por esto!

—¿Perdón, señor Forbes? —se enderezó en su asiento.

—¡Fueron sacadas por la fuerza, y no por actividades sediciosas, sino únicamente por prácticas religiosas! —y lo señaló— ¿Desde cuándo la fe es un delito en cualquier parte del mundo? ¿Por qué demonios un gobierno debe prohibirle a su propio pueblo su fe? ¿A quién obedece usted, señor Morrow? ¿A dónde están llevando a todas estas mujeres secuestradas?

Morrow caminó lentamente hacia el prosecretario Forbes y miró al sacerdote de arriba abajo.

—Señor Forbes, temo decirle que este sacerdote católico se encuentra ilegalmente en México.

—¿Qué dice?

—La Ley Calles prohíbe la presencia de sacerdotes extranjeros sin registro.

—¡Claro… una ley que ustedes moldearon, señor Morrow, y que en nada aprueban los millones de mexicanos que son esta nación, ni los millones de católicos y protestantes justos que hay en los Estados Unidos!

—Señor Forbes, la ley es la ley —pero no dejó de abrazar la cruz de Cuernavaca con su palma—. Considero inadmisible tener contacto con este sacerdote. Y en cuanto a esas mujeres que menciona, no son americanas, son mexicanas. No puedo intervenir en su arresto —y le sonrió sin parpadear.

143

En un lugar oscuro y húmedo situado debajo del jardín de San Fernando, adonde se había movido desde Palacio Nacional para evitar verse en medio de la caravana que venía con José Vasconcelos, aunque finalmente el destino parecía llevarlos al mismo sitio, Plutarco Elías Calles le puso el dedo en la frente al general Sapo Aplastado Saturnino Cedillo.

—¿Qué demonios está pasando en Tepatitlán? —le preguntó.

Mirando el suelo, el general Cedillo le respondió:

—Mi general, avanzamos como usted nos indicó para recuperar los Altos. Movimos tres columnas, con tres mil hombres cada una. Los hombres tomaron la población pero la gente, en su mayoría mujeres, apoya completamente a los rebeldes. Están atacando a nuestras tropas desde las azoteas.

—¿Mujeres? —le gritó Plutarco Elías Calles— ¿A su ejército lo están derrotando mujeres? —y lo agarró por las solapas— ¡Sorpréndalos a traición, desde tres direcciones distintas! ¡Aplástelos con toda la fuerza del ejército!

—¿Y la población, general?

—Todos son traidores. Castíguelos, cuelgue gente de los postes. Cuelgue mujeres. Quiero esas imágenes en los periódicos, que destruyan la moral de esos fanáticos y que los llenen de miedo. ¡Lo nombro en este momento general de división en jefe de la región militar 35, que se va a llamar Los Altos! ¡O acaba con estos rebeldes o yo personalmente acabaré con usted!

144

En el corazón de México, en el Salón de Embajadores del segundo piso del Palacio Nacional, el cachetón, oscuro pequeño presidente provisional Emilio Portes Gil, apodado el Manchado, emitió una orden con su voz de rechinido:

¡Desde este instante queda prohibida toda manifestación política en México! —y chirrió los dientes ante el jefe de la policía— ¡Canalicen esta orden a cada rincón de la República! ¡La banda de delincuentes políticos adversos a mi gobierno, que se han dedicado a sembrar la violencia y el miedo, han puesto en peligro la paz y la realización de las elecciones! ¡Han amenazado al gobierno con derramar sangre este domingo electoral! ¡Publíquenlo en todos los periódicos! ¡Manden comunicados a todos los países! ¡Que mañana se lea esto en todos los diarios del mundo!

En la planta baja, junto a los patios marianos, en la oficina que una vez fue del general Bernardo Reyes, secretario de Guerra y Marina del México porfirista, el general Joaquín Amaro, que ya estaba de regreso como secretario, tenía un parche en el ojo.

—Vasconcelos muerto no va a darle problemas a nadie.

—Pero, general... ¿matar a Vasconcelos? ¿No va a acarrear esto un desastre diplomático...? —le preguntó el coronel Adolfo Santacruz— Los gobiernos extranjeros podrían condenar a nuestro régimen por represión y acciones criminales.

El Indio Amaro apretó la mandíbula y lo vio con su único ojo —el otro lo había perdido jugando frontón—. Se puso muy tenso y le dio una bofetada en la cara:

—¡No seas estúpido! ¡No lo va a matar el ejército! ¡Lo va a matar alguien de su propia gente! ¡Lo va a matar un sacerdote seminarista! ¡Que le den la orden de ejecución a nuestro agente 10-B!

El coronel salió corriendo y un teniente dio un paso al frente.

—Mi general —le dijo a Amaro—: Tepatitlán es sólo el núcleo y nos están venciendo. El ejército cristero del general Gorostieta está compuesto por veinticinco mil seres humanos valientes y muy organizados que están distribuidos en siete estados de la República, y atacarán mañana por la noche si el gobierno anuncia el triunfo electoral de Pascual Ortiz Rubio.

El Indio Amaro le sonrió y le dijo:

—Por Gorostieta no te preocupes. Eso ya está arreglado. Su muerte se está cocinando en el Vaticano.

El teniente peló los ojos y miró el techo. Arriba había un objeto misterioso que no pudo comprender: una espada griega que decía *KOPIS-ALEXANDROS*. La había colocado ahí treinta años antes el general Bernardo Reyes.

—Mi general —le dijo el teniente—, ¿qué ocurrirá mañana por la noche si el voto mayoritario de la nación elige a José Vasconcelos como presidente de México?

—La gente no va a ir a votar —le sonrió Amaro—. Si están muertos de miedo no van a ir a votar.

El teniente se quedó pasmado. Amaro sacó su pistola y disparó contra la pared. El teniente tragó saliva. Amaro le dijo:

—Comience a sembrar el miedo.

145

En el dormitorio del papa Achille Ratti, Tommaso Pío Boggiani le dijo por último:

—No apruebe estos arreglos. Se lo ruego. No entregue a estos miles de muchachos a las hienas.

El pontífice miró hacia la ventana y alcanzó a ver en la distancia los viejos edificios romanos de la ciudad, las columnas y otras construcciones. Recordó los tiempos en que andaba de un lado a otro, solitario, como un simple párroco. El secretario de Estado Vaticano Enrico Gasparri le besó el anillo papal y suavemente le colocó el acuerdo entre los dedos. Le apretó las manos y le dijo con una mirada muy tierna:

—Su Santidad, Cristo vino a morir por el amor, no para incendiar al mundo con la guerra. La guerra sólo causa más guerra. La guerra es la obra del diablo. La Iglesia católica debe creer en la buena fe de los gobernantes. Ésa es la fuente de la esperanza. Pídales a los jóvenes de México que dejen las armas. El secretario del presidente Hoover me acaba de prometer que los Estados Unidos vigilarán que el gobierno del señor Portes Gil respete la vida de los jóvenes de la Cristiada una vez que entreguen las armas.

El papa guardó silencio y miró al cardenal Boggiani, que estaba viendo hacia la ventana. Enrico Gasparri le apretó nuevamente las manos y le dijo:

—A cambio de nuestra intercesión por la paz, los Estados Unidos van a otorgarnos su reconocimiento oficial como Nuevo Estado Pontificio del Vaticano, una vez que el dictador Mussolini y el rey Víctor Manuel de Italia lo visiten a usted, Santo Padre, aquí en la Santa Sede, después de seis décadas de encierro y persecución. El reconocimiento diplomático oficial para el Vaticano por parte de los Estados Unidos de América cambiará todas las cosas. Es una promesa.

El papa frunció el ceño y levantó la cabeza. Lentamente alzó su pluma y miró a Boggiani.

Afuera, en el pasillo de la nave llamada "appartamento pontificio", las hermanas protectoras del papa vieron salir a Enrico Gasparri con su túnica roja y caminar por debajo de los frescos del papa Bonifacio VIII siendo asesinado por la guardia imperial de Felipe IV Capeto de Francia.

Gasparri avanzó apresuradamente pisando con sus zapatos negros el piso de parqué hasta introducirse en sus aposentos diplomáticos. Levantó el teléfono y —mirando hacia todos lados— pronunció las siguientes palabras:

—Está hecho.

Y colgó.

En su oficina de la embajada, Dwight Morrow sonrió al escucharlo y también colgó. Arrugó la cara y miró hacia el candelabro de luz blanquecina. Levantó nuevamente la bocina y giró el número 1. Cuando le respondieron dijo lo siguiente:

—Ya está hecho.

En la Casa Blanca, el presidente Herbert Hoover colgó el teléfono y marcó otro número.

—Muy buenas tardes, señor. ¿No lo encuentro ocupado? —y esperó la respuesta. La vocecilla le dijo algo y Hoover le contestó— De ninguna manera. Siempre es un gusto saludarlo. Sólo quiero informarle que está hecho.

Colgó, se echó hacia su respaldo y se aflojó la corbata.

—Qué pesado ha sido este día.

146

Llegó corriendo Germán de Campo, junto con Adolfo López Mateos y Antonio Helú, y le gritaron a Vasconcelos:

—¡Licenciado! ¡Acaban de matar a nuestro jefe en Tampico! ¡Mataron a Celis saliendo de una junta! ¡Mataron a Quiñones en Los Mochis, Sinaloa!

Vasconcelos comenzó a sentir un miedo profundo dentro del cuerpo. Observó todo y estaba cambiado. El pecoso Germán de Campo lo sacudió por los brazos:

—¡Licenciado! ¡Balacearon a nuestros manifestantes en Mazatlán! ¡Degollaron a un niño en los brazos de su mamá y a ella le dispararon en el cuello!

—¡Dios...!

147

En la oscuridad de las vías del tren en Poncitlán, los militares comenzaron la masacre de cristeros a través del río Santiago, lleno de lirios, y por detrás los estaban acribillando los hombres de la retaguardia. Ramón y sus hombres se sumieron en la trinchera del terraplén y esperaron el contraataque del padre José Reyes Vega.

A medio kilómetro de las vías había una capilla de adobe abandonada. En lo alto de la bóveda oscura, debajo de las estrellas, estaban el padre Pedroza y el padre Reyes Vega, observándolo todo con sus binoculares.

—Está bien, comienza la acción —dijo el padre Vega.

Encendió una linterna y de detrás de la capilla salió un ejército de mil quinientos cristeros armados y gritando "¡Libertad!"

En el río, los rebeldes de Ramón López jalaron las palancas de la trinchera y la tierra que pisaban arriba los hombres de la retaguardia cedió al vacío: era una hilera de tablas empalizadas cubiertas de tierra y maleza: otra trinchera.

El canadiense Ken Emmond saltó gritando:

—¡Acabemos con estos mequetrefes! —lo gritó cantando y lo siguieron veinte de sus cristeros mientras Ramón se concentró en los soldados que venían cruzando el río de lirios y formando estelas verdes luminosas al "estresar" a las microscópicas algas diatomeas fosforescentes dispersas en el agua. Les gritó a sus hombres:

—¡Denles ahora que están en el agua! —y les gritó a los plutarcos— ¡Y ustedes, gachos, ahora tomen esto! —y comenzó a dispararles con su rifle mientras venían cruzando el río. En pocos segundos había cuatro docenas de soldados del general Lázaro Cárdenas enredándose en los lirios y ahogándose entre alaridos mientras los hombres de Ramón López los ayudaban a hundirse con balas— ¡Si mañana a esta misma hora el gobierno hizo fraude, México mismo se levantará en todos los estados y derrocaremos a los asesinos! ¡Viva el general Gorostieta! ¡Viva Cristo Rey!

El amigo de Ramón, Luis Casanueva, recibió un balazo en el brazo. Se lo dio un plutarco que venía todo mojado saliendo de los lirios, resplandeciendo en verde por estar cubierto de diminutas algas diatomeas. Le seguía apuntando a Casanueva, éste le dijo:

—¿Ya viste que se te viene saliendo el intestino?

El soldado se miró el abdomen y Casanueva le disparó en la cabeza.

—No creas todo lo que te dicen —y lo vio hundirse en esas aguas fosforescentes. El resplandor verde se expandió hacia derecha e izquierda en un tramo de medio kilómetro, y fue un reflejo terrestre de la silenciosa serpiente de estrellas que estaba justo arriba: la Vía Láctea, Citlacóatl. No murió ningún microorganismo.

148

En Tepatitlán, las chicas iban ganando. A dos kilómetros, en el tenebroso Cerro del Maguey, dentro de una rajada en la montaña que servía de cueva, los jóvenes Mario Valdés y Heriberto Navarrete, y su asistente Jesús, El Ciego, estaban observándolo todo con los binoculares. Escucharon por detrás la voz de Enrique Gorostieta, que les dijo:

—No importa el número de soldados que nos manden. Tenemos millones de veces más determinación y eso aterra a los mediocres, ¿no es así?

Los jóvenes asintieron y el padre Vega les preguntó:

—¿Qué les parece si bajamos ya? —y les gritó a todos los jóvenes del Regimiento de San Miguel que estaban desde la cueva hasta la ladera del cerro—: ¡Es hora de bajar a defender a nuestras damas, aunque no nos necesiten!

Los cuatro mil cristeros se precipitaron. Abajo en la ciudad, el general Pablo Rodríguez estaba negro de ceniza, angustiado. Su asistente coronel le dijo:

—General, nos están lanzando bombas incendiarias desde los techos de las casas. La población está contra nosotros. ¡Esto no puede ser! —y el ruido del galope humano en desbandada lo hizo voltear hacia el cerro. Se talló los ojos y le dijo a Rodríguez— ¡General!

El plutarco Pablo Rodríguez vio con sus propios ojos la masa humana que bajó como un mar de llamas, desde del Cerro del Maguey, con antorchas y gritando.

—¡Nos acorralaron! —le dijo su asistente— ¡Nos acorralaron!

Lo jaló otro oficial por la manga:

—¡General! ¡Mire! —y le señaló hacia el otro lado del pueblo, hacia Zapotlanejo. Venía una estampida de doscientos cristeros— ¡General, estamos rodeados!

El padre Vega cabalgó hacia donde estaba Patricia y le emparejó el caballo.

—Hija, para cuando hagas una guerra: esto se llamó "ángulos de noventa grados". Los tenemos en la ratonera.

—Ay, padre, usted ni es militar.

—Bueno, no —le sonrió—, pero como tú siempre me has dicho, desde chiquita: "Si realmente tienes que hacerlo, lo harás" —y se volvió hacia Azucena—: tú, princesa Azucena, ve ahora con Navarrete y dile que les deje un espacio para que huyan, que no les cierre el paso, sino que los estreche con ataques por los flancos.

—Claro que sí, padre, pero no me diga princesa.

—¿Por qué, hija?

—Porque no soy princesa.

—Claro que lo eres. Tú y Patricia son las mujeres más hermosas del mundo, y además son guerreras —y le aproximó el caballo—. Dile a Navarrete que cuando estén huyendo por la carretera de Guadalupe,

Valdés haga un arco al fondo, para que los reciba ahí en la línea de fuga. En diez minutos los acabamos.

Azucena le dijo:

—Padre, ¿por qué no los dejamos que se vayan? Ya perdieron.

—La guerra se acaba cuando se acaba. Tal vez me vaya al infierno por defenderlas a ustedes, pero estos hombres regresarán si no ganamos la guerra. Es mi sacrificio por amarlas, por amar a Cristo y a México —y avanzó en el caballo. Les gritó por último—: ¡Ustedes son maravillosas y el mundo es bello porque nacieron! ¡Nunca lo olviden —y les sonrió—, su misión es inspirar a otros!

149

Continué mi golpiza con el seminarista, y entre los árboles vi el jardín de San Fernando y el incendio que estaba ocurriendo ahí.

—¡En la tumba de Juárez no hay nada, pendejo! —me gritó el rubio español que se decía llamar Afrodito del Toboso y Murcia— ¡No te atrevas a cuestionar la sagrada y soberana memoria de Benito Juárez! ¡Don Benito Juárez es el Benemérito de la Américas y te van a matar si dices lo contrario!

Lo sujeté del cuello y le dije:

—Pues digo lo contrario: soberano sólo es Dios y México no tiene por qué seguir idolatrando a los héroes falsos que le fabricaron en los Estados Unidos.

—¡Te van a matar, pendejo! ¡No te atrevas!

—Te voy a matar yo a ti dentro de dos nanosegundos.

Llevé la mano hacia atrás para romperle la nariz, pero mi puño se detuvo y sonó un disparo que me pasó por la oreja. Nos quedamos mirando el seminarista y yo. Nos volvimos lentamente hacia el árbol del que salió el tiro y vimos salir del tronco a una chica de falda negra, medias negras, camiseta negra, cabello negro sedoso en forma de hongo, aretes plateados, bolso plateado, zapatos plateados y ojos de gato.

—¿Apola...?

El seminarista salió corriendo, escondiéndose entre los matorrales mientras Apola le disparaba. El sujeto escapó y Apola me tomó del brazo y me levantó.

—¿Apola...? —le pregunté de nuevo— Pensé que te habían...

—No importa. No tenemos tiempo —y comenzó a trotar hacia el cementerio del jardín de San Fernando—. ¡Vamos!

—¿Dónde está Dido?

—Los tienen a todos en la Capilla Ardiente. He averiguado más cosas. El general Saturnino Cedillo estableció nexos con Adolfo Hitler.

—¿Qué dices?

—Su estado mayor es un agente de los nazis. Se llama Ernst von Merck.

—No...

—Thomas Lamont es el jefe de Dwight Morrow y es parte de algo que se llama Consejo de Relaciones Internacionales, Council of Foreign Relations, una entidad que acaba de ser creada para controlar la política internacional. Es ahí donde están planeando todo. Todos están ahí: el abogado de la Fundación R, Allen Dulles, el economista Paul M. Warburg, el banquero y comerciante de armas William Averell Harriman, el banquero John Jay McCloy. Todos pertenecen a la Sociedad de la Calavera y a la Fundación R.

—¿Fundación R...? ¡De qué estás hablando!

—La Fundación R es el Gran Patriarca —y me miró—. La masonería mundial ya no es controlada por Inglaterra. El poder acaba de ser transferido a los Estados Unidos.

—Diablos... —le dije— ¿Por qué todo el mundo me da información que queda inmediatamente obsoleta? ¿No ven que tengo problemas en el cerebro?

150

Trotamos hacia el cementerio y le pregunté a Apola:

—¿Entonces qué diablos es la cabeza de cristal que estamos buscando en la tumba?

—La cabeza de cristal es una réplica del cráneo de un hombre real que existió hace dos mil años.

—Diablos, ¿quién?

—El bisabuelo del tatarabuelo del tatarabuelo de Widukind el Grande, y por tanto ancestro de Felipe IV Capeto, de Federico III de Sajonia y de los actuales monarcas de Inglaterra. Su nombre es Urman.

—¿Urman? ¿El minotauro que vimos de cien manos? —y seguí corriendo.

—Su nombre mítico es Wotan.

—Me han dicho tantas cosas que ya no sé qué pensar, Apola.

331

151

A treinta cuadras de nosotros, el candidato del Partido Nacional Revolucionario, Pascual Ortiz Rubio, con su cabeza de huevo y sus lentes, estaba sentado en la sala escuchando el alarmante tictac del reloj de la pared. Estaba escondido en la casa de la calle de Veracruz, colonia Condesa, en la que lo había colocado Plutarco Elías Calles. Los guardias no lo dejaban salir, y debía estar protegido hasta el día siguiente por la noche, para ser ungido como primer presidente de México del PNR en la gran celebración que se iba a realizar en el Monumento a la Revolución.

152

En el norte, los rebeldes del ex embajador en la Gran Bretaña Gilberto Valenzuela habían enfrentado su hora final. Estaban concentrados en la plaza central de un poblado del sureste de Chihuahua llamado Jiménez, en las proximidades magnéticas de la Zona del Silencio. Estaban celebrando, y el galante general Gonzalo Escobar, siempre al lado de su despampanante "esposa" Miss Texas, Concepción Goeldner, ya ni siquiera mencionó al ex embajador Valenzuela, pues Valenzuela estaba en Washington tratando de que lo recibiera el presidente Herbert Hoover para que lo reconociera como presidente de un nuevo país llamado "Nueva República Mexicana de Obregón", compuesta por los diez estados del norte separados de México por el galante Escobar.

Hoover, al parecer, no lo recibió, y su secretario de Estado Henry L. Stimson salió al pasillo y le dijo a Valenzuela frente a los periodistas: "Bajo ninguna circunstancia los Estados Unidos reconocerán al inexistente gobierno de Valenzuela".

La tristeza no se sintió en Jiménez, Chihuahua, donde, subido al balcón del apastelado Palacio Municipal, Escobar les gritó a sus miles de soldados desertores del Ejército nacional:

—¡Ahora, mis queridos compañeros, preparémonos para la victoria!

Por afuera de la ciudad los estaba rodeando en silencio una fuerza dirigida por el general Juan Andreu Almazán. Iba acompañándolos un coronel muy alto y rubio: el coronel Alexander MacNab, agregado militar y amigo del embajador Dwight Morrow. El armamento constaba de siete millones de cartuchos, 450 obuses, bombas de artillería, vehículos y ametralladoras por un costo total de 1.25 millones de dólares para el gobierno y el pueblo de México. Lo había vendido el gobierno de los Estados Unidos.

Por si se ofreciera, a seiscientos kilómetros al norte, en Bisbee, Arizona, estaban listas la Séptima y la Décima Caballería de los Estados Unidos, preparadas para descender sobre Jiménez y resolver el asunto. Al mando de Bisbee estaba el comandante general de la Eighth Corps Area: mayor general William Lassister, quien contaba con mil marines de Fort D. A. Russell, Wyoming.

Escobar terminaba de decir "victoria" junto a su sorprendente dama cuando escuchó zumbidos extraños en el cielo. Miró hacia arriba y su sonrisa se congeló. Por lo alto pasaron doce cazas Corsair OU-2M, nueve bombarderos Douglas O-2M, cuatro Stearman C3B y seis WACO 10 Taperwing fabricados en Troy, Ohio. Dejaron caer sobre la plaza un diluvio de bombas de trinitrotolueno de un cuarto de tonelada cada una que estallaron sobre los adoquines de la plaza e hicieron volar a las personas sobre bolas de fuego.

Escobar tomó a su esposa del brazo y la jaló precipitado hacia las escaleras para salir a la plaza. En uno de los WACO iba el piloto capitán Luis Farell. Su artillero Ismael Alduna apuntó la metralleta Browning M1919 hacia abajo, directamente hacia Escobar, que estaba saliendo del edificio y corriendo en la plaza con su Miss Texas.

—¡Despídete de tu pinche rebelión, puto! —le gritó el capitán Alduna, quien junto con Farell recibió una descarga de balas desde abajo, en las piernas. Gritó y vio el avión del teniente coronel Roberto Fierro estallando en el aire y girando humeando hasta estrellarse en la plaza.

El joven gallardo Gonzalo Escobar, viendo el desastre, al lado de su esplendorosa y codiciable hembra, gritó entre los bombazos:

—¡Queridos compañeros! ¡Me declaro presidente provisional de México, en un momento regreso! —tomó a Concepción Goeldner y emprendió la graciosa huida.

—¿A dónde vamos, mi amor? —le preguntó ella entre los bombazos y ráfagas de metralla.

—Nos vamos, mi reina. Ya arreglé todo para que nunca nos encuentren. Nos vamos a Canadá.

—¿A Canadá, *darling*? ¿No está muy frío? ¿De qué vamos a vivir?

—Ah, de eso ni te apures. Con lo que tomamos de las bóvedas de los bancos de Torreón y Monterrey tengo medio millón de dólares depositados en Vancouver, para ti y para mí solitos. Olvídate de volver a trabajar en tu vida.

—Ay, Gonzalo, cómo me gustan los revolucionarios mexicanos. ¡Pero ya me dijeron que depositaste un millón de dólares en Montreal! ¿De eso no me quieres dar nada?

—Todo lo mío es tuyo —y la besó dentro de la silueta de la luna. Los tórtolos corrieron y afuera del pueblo se subieron a un caballo. Se alejaron hacia el norte. Pocos días después se les vio saliendo del hotel Flower Laden de Vancouver, Canadá, ambos camuflados con anteojos oscuros y camisas hawaianas.

153

En Tepatitlán, el plan del padre Vega se cumplió con precisión matemática: el plutarco Pablo Rodríguez y sus soldados sobrevivientes salieron huyendo por entre las casas desde las que les llovieron pedradas y granadas. Dos musculosos caballos blancos, jineteados por Patricia López Guerrero y Azucena Ramírez Pérez, encabezaron la persecución y sacaron al ejército por el mismo puente por el que había entrado, y apenas pasaron los plutarcos los recibió una descarga que venía desde la derecha y desde la izquierda: los habían estado esperando dos columnas convergentes de las fuerzas de Navarrete.

A caballo los persiguieron por un lado Mario Valdés y por el otro Cayetano Álvarez, mientras las dos murallas de cristeros se aplastaron hacia el centro para convertirlos en un chorizo en la carretera de Guadalupe. Les estaban dejando abierto un corredor para que escaparan, pero al fondo se encontraron con el tercer muro: el padre Vega con sus cristeros los estaban esperando con los rifles alzados. Al verlos se frenaron y el padre Vega les gritó:

—¡Vayan y díganle a Amaro que no va a poder contra nosotros; que ni él ni sus criminales callistas van a ganar esta guerra contra México! ¡Esto es sólo una muestra del poder de la Cristiada en trece estados y tres cuartas partes de la República! ¡Díganle que se rinda y que mañana se respeten las elecciones o verá el levantamiento nacional de la Cristiada!

Los soldados entregaron sus armas en una gran pila bajo las estrellas y se fueron solitarios y cabizbajos hacia las oscuras montañas. Atrás, en Tepatitlán, las calles estaban llenas de cadáveres. Las mujeres cavaron fosas y curaron a los soldados del gobierno que estaban heridos. Habían muerto 25 cristeros y 225 plutarcos.

154

Plutarco tomó a Saturnino Cedillo por el cuello después de leer el telegrama que daba cuenta de la derrota del ejército y le gritó:

—¡¿Cómo diablos dejaste que esos cristianos fanáticos te destrozaran un cuerpo de nueve mil hombres!?

El Sapo Aplastado miró hacia abajo y tragó saliva.

—Mi general, los cristeros están extremadamente organizados. Gorostieta tiene una capacidad que no existe en nuestro ejército. Su peor arma es el padre Vega.

—¿El padre Vega...? ¿Un padrecito?

—Mi general, las tácticas del padre Vega hacen completamente impenetrable una ciudad. Tiene dos chicas que organizan a la población.

Calles lo soltó y miró hacia la oscura pared.

—Fanáticos... —susurró, y mordió una uva— ¿Por qué diablos no han dejado las armas? —y le gritó a Cedillo—: ¡¿Por qué diablos los malditos obispos no les han dado ya la orden del papa?! ¡Que se rindan y que nos entreguen ya sus chingadas armas! —y lo señaló—: ¡Hazlo! ¡Que los obispos difundan la orden! ¡Hazlo, por tu chingada madre!

—General: la Cristiada acaba de apoderarse de todo el occidente, desde Coalcomán, Michoacán, hasta Durango. Fue un movimiento sorpresivo, como si movieran todas sus tropas con muchos meses de anticipación. Teníamos a los ejércitos casi infiltrados. Su tercer regimiento está fabricando bombas incendiarias de alto poder para todo el país. Todo el oeste ya está en armas. Tal vez no acaten la orden y en ese caso, mi general, no tenemos el poder militar para evitar que triunfen en esta guerra. Si mañana las elecciones son ultrajadas, los cristeros van a imponer la victoria de José Vasconcelos por la fuerza y terminará el régimen revolucionario.

Plutarco lo miró con ojos húmedos y le dijo:

—Si el problema son el padrecito Vega y dos jovencitas, ¿por qué demonios no lo has resuelto? —y repitió—: ¡Resuélvelo, por tu chingada madre! ¡Acribilla a ese padrecito y tráeme vivas y encadenadas a esas dos mocosas! ¡Tráemelas vivas a la Capilla Ardiente. Y que toda nuestra operación, preparada también con sigilo, se haga ya!

155

A veinticinco cuadras de ahí, en el sombrío edificio de la embajada de los Estados Unidos, dentro de su blanquecina oficina, el embajador Morrow frunció los ojos y leyó un telegrama:

Comunicación urgente U.S.S.D. MXE 29/546. Señor embajador Dwight W. Morrow: el asunto que más preocupa al presidente Hoover en estos momentos es la situación provocada por los cristeros en México. Entendemos que tienen dominio efectivo y consolidado en Guanajuato, Jalisco y otras entidades de la República, que ya no están bajo el control del gobierno del presidente provisional Emilio Portes Gil. Es impostergable que los acuerdos aprobados hoy en el Vaticano se difundan y se acaten en forma inmediata y generalizada. Atentamente, el subsecretario de Estado de los Estados Unidos, J. Rueben Clark.

Morrow lentamente colocó el telegrama sobre el escritorio y tomó el periódico *Últimas Noticias,* que decía:

Guadalajara, Jalisco.- Las tropas callistas bajo el mando del general Pablo Rodríguez han sido grandemente diezmadas, habiéndose tomado en los últimos seis días las importantes poblaciones de Fresnillo, Sombrerete y Jerez por parte de los Libertadores o Cristeros. La ciudad de Aguascalientes se encuentra amenazada por las tropas de los generales cristeros Gorostieta, Valdovinos y Velasco. La ciudad de León, en Guanajuato, está parcialmente ocupada por tropas de los Libertadores, quienes al mando del joven general cristero Jesús Degollado Guízar han tomado Cocula y decomisaron 122 rifles Máuser, 150 caballos, diez mil cartuchos, ametralladoras Thompson y pistolas de calibres 9 y 25 al ejército. Sólo en ese combate los callistas han perdido 122 hombres y las pérdidas de los Libertadores son sólo 10 muertos y ocho heridos.

Morrow soltó el periódico y con los ojos bien abiertos susurró:
—Están avanzando...
Tomó el teléfono y discó el número de la oficina del obispo Pascual Ruiz. Cuando el obispo le contestó, Morrow le gritó:
—¡¿Qué están esperando?! —y le colgó.

156

En Cocula, Jalisco, a cien kilómetros al suroeste de Tepatitlán, el joven Jesús Degollado Guízar, sobrino del obispo Rafael Guízar y Valencia, exclamó ante las señoras y los señores del pueblo:

—¡Sí, Señor! ¡Cocula es la cuna del mariachi! ¡Viva Cocula! ¡Viva México! ¡Viva Cristo Rey y viva el mariachi! ¡Viva la libertad!

Los mariachis comenzaban a cantar y a lanzar vivas en la plaza y en las calles cuando se subió al kiosco un mensajero del arzobispo de Morelia, Leopoldo Ruiz y Flores, gritando:

—¡General Degollado! ¡Ordene a sus soldados que acumulen todas sus armas, todas sus municiones y sus caballos en el atrio del templo de la Purísima!

Degollado los miró a todos.

—¿Perdón? —le preguntó al mensajero.

El mensajero respiró en forma entrecortada:

—Es la orden del Episcopado Mexicano, es la orden del papa, so pena de excomunión.

—¿Qué dices...? —peló los ojos Jesús Degollado.

—Nos ordenan acumular las armas en el atrio y esperar contra la pared, con las manos en alto. La gente debe estar en sus casas. En unos minutos van a llegar los del ejército del gobierno para recoger nuestras armas y arrestarnos.

Los mariachis callaron. Degollado se aproximó al hombre y le dijo:

—¿De qué diablos estás hablando? ¿Nos están pidiendo que nos rindamos cuando estamos ganando?

157

Sobre una ceja de montaña en el camino a Yurécuaro, Michoacán, unos campesinos subieron a la casa de adobe de una hacienda abandonada, el rancho El Valle. Ahí estaba el general cristero Enrique Gorostieta. Brincaron las piedras puestas en la entrada y colocaron en el piso, junto a Gorostieta, el cuerpo de un cabrito.

—Aquí está, mi general —le dijeron—. Ya sólo quedaba uno en el pueblo.

El general se limpió el cuchillo en el pantalón y se acarició el anillo masónico.

—¿Trajeron leña?

—No, mi general. Ahorita viene con la leña un padrecito. Se quedó un tantito más en el pueblo.

—Muy bien —les sonrió y miró el cabrito—. Va a quedar sabroso —y miró el "iglú" de adobe junto al muro. Era un horno para barbacoa.

Un destacamento de sesenta soldados de Amaro estaba escondido a sólo cincuenta metros de la casa de adobe, detrás del cercado de magueyes. En la oscuridad comenzaron a movilizarse hacia la ventana de la luz prendida, encorvados y empuñando las armas. A su izquierda vieron las ruinas de una caballeriza y escucharon los resoplos de un caballo. Uno de ellos le susurró a otro:

—Ustedes váyanse a la puerta de atrás. Nosotros entraremos por los lados.

Adentro, el general observó el cabrito en el piso y le dijo:

—Me da tristeza verte así muerto, pero tenemos harta hambre, y vamos ganando —le sonrió.

Llegó corriendo a la casa un mensajero y los plutarcos tuvieron que agacharse tras los arbustos. Vieron al delgado chico desarmado trotando por debajo de los arcos de la entrada y tropezar en las piedras que bloqueaban la puerta. Las escaló y entró jadeando:

—¡General Gorostieta! ¡Tenemos que rendirnos! —y respiró muy agitado— ¡El papa ordenó que nos rindamos!

Gorostieta se levantó.

—¿Qué dices?

—¡Pactaron con el gobierno! ¡El padre de Atotonilco nos ordena que nos rindamos, que entreguemos las armas, que las llevemos al atrio de la Parroquia de Cristo Rey y que ahí esperemos a las tropas del gobierno con las manos en alto!

Gorostieta miró el cabrito. Comenzó a caminar entre las paredes de adobe y miró al chico:

—¿Estás bromeando?

158

Apola me jaló del brazo hacia el jardín de San Fernando, donde estaban la gritería y la policía, y me gritó:

—¡Vamos a entrar por detrás, por la calle de Héroes, donde está una de las casas que he usado antes en México!

Corrimos vadeando la tumultuosa manifestación por la calle de Zarco, y Apola me dijo:

—¿Tienes la llave para abrir la tumba?

—¿Perdón? —y en el cielo vi una bengala del ejército estallar como un relámpago. La luz llenó todo de un resplandor rosáceo. Apola repitió:

—¿Trajiste la llave? ¿El frasco con la mano de Obregón? ¿Lo tienes?

—Claro —le dije—. Somos inseparables.

159

En Wall Street 23, Nueva York, Thomas Lamont subió los pies al escritorio y le sonrió al teléfono:

—Sí, díganle a Su Santidad que no esté nervioso. Los Estados Unidos vamos a supervisar que el gobierno de Portes Gil cumpla con su compromiso. Los rebeldes van a ser perdonados y amnistiados. No habrá represalias. Nadie va a morir, díganselo al papa. La persecución religiosa en México ha terminado.

En el Vaticano, en la soledad del Salón de los Mapas, el papa Achille Ratti, solo, se arrodilló frente al rostro de Jesucristo Crucificado y le dijo en latín:

—Amado Señor, ayúdame por favor —y cerró los ojos—. No soy nadie. Sólo soy un hombre miserable. No sé lo que estoy haciendo. ¿Estoy haciendo lo correcto? —y miró a Jesús a los ojos— No veo el futuro. No veo las redes que están moviendo el mundo. El mundo cree que soy un papa —y miró al piso. Miró de nuevo a Jesucristo y le preguntó—: ¿Quién soy?

Lo sacudió por el hombro el secretario de Estado Vaticano, el gordo y poderoso Cardenal Enrico Gasparri.

—Su Santidad —le dijo sonriente—: el presidente Hoover reconocerá ante el mundo la existencia del Estado Autónomo y Soberano del Vaticano que hemos reedificado mediante el acuerdo Lateranense con el dictador Benito Mussolini. La Iglesia volverá a esgrimir su antigua fuerza. Esta noche comienza la nueva era de la Iglesia —le sonrió—. Nuestros amigos Morrow, Thomas Lamont y J. P. Morgan convencieron a Hoover. Usted hizo lo correcto. Ya nuestros agentes y párrocos en México empiezan a decirle a los cristeros que dejen las armas, y desde hace horas se enviaron todos los telegramas.

El papa se volvió hacia Gasparri:

—Algo oscuro está pasando y no lo veo.

—¿De qué habla, Su Santidad?

El papa se levantó y lentamente miró las paredes, los inmensos mapas pintados cuatro siglos antes, en el Renacimiento.

—Algo va a ocurrir en las corporaciones —y miró al cardenal—. Quiero que prepares nuestra encíclica *Quadragesimo anno*. Quiero que escribas lo siguiente...

160

Lo leyó como boceto, en un telegrama enviado desde el Vaticano, un hombre sentado en el piso 18 del Times Square Building, en el número 229 de la Calle Oeste 43 del centro de Manhattan, Nueva York. Era la oficina del presidente del *New York Times*.

Con una sonrisa se lo leyó a todos los presentes:

—"Es visible para todos que en nuestros tiempos se están acumulando enormes poderes y una supremacía económica en manos de muy pocos. Estos potentados son extraordinariamente poderosos, dueños absolutos del dinero. Gobiernan el crédito y las deudas de las naciones; y puedo decir que administran la sangre de la cual vive toda la economía y tienen en su mano el alma de la vida económica, y nadie podrá respirar contra su voluntad. Hoy más que nunca hacen falta valientes soldados de Cristo que con todas sus fuerzas trabajen para preservar a la familia humana. Pueblos enteros están a punto de caer en la barbarie. Existe una propaganda verdaderamente diabólica de la gran prensa mundial anticatólica, que practica una conspiración de silencio. Silencio sobre los horrores en Rusia y en México en una guerra contra Cristo que ahora quieren expandir a España y a todas las naciones para destruir a la religión cristiana y a la misma civilización."

El hombre levantó el papel para que los demás lo vieran y lo dejó deslizarse en el aire hacia el piso. Les dijo:

—Estúpido —y sonrió.

Frente a él estaban el presidente del periódico, Adolph Ochs, y su sobrino Julius Ochs Adler. Guardaron silencio porque el hombre que estaba hablando era el presidente de la poderosa compañía de armamento Remington Arms, el presbiteriano Marcellus Hartley Dodge, quien había fundado el *New York Times* con cien mil dólares. Sabían también que Marcellus era el sobrino político del Gran Patriarca.

Junto a Marcellus estaba sentado su socio secreto y traficante de la Remington, agente provocador de revoluciones en América Latina: el conocido metodista episcopal y "Mercader de la Muerte" Samuel Bush, y al lado de Samuel estaban su hijo Prescott Bush y su mejor amigo: el joven magnate William Averell Harriman.

Harriman les sonrió a Marcellus y a Samuel Bush. Bush era su mayor socio proveedor de acero. Bush y Marcellus presidían dos compañías del Gran Patriarca: Buckeye Steel Castings y Remington Arms. Diez años atrás el Patriarca había colocado a Bush como comandante de Artillería, Armas Cortas y Municiones del Consejo de Industria de Guerra del gobierno de los Estados Unidos. Su función fue convertir a la Remington en el arsenal de armas cortas del mundo.

—Señor Ochs —le dijo un hombre que estaba con ellos al presidente del *New York Times*—: necesitamos pedirle un favor.

161

Un joven bajó corriendo por las escaleras de metal a los sótanos del edificio llevando un documento. Se metió entre las ruidosas rotativas que olían a aceite y tinta y que hacían temblar el piso. Caminó por el corredor apretado lleno de tubos y llegó hasta un hombre de gorra y tirantes.

—Quita lo que tienes en primera plana —y le mostró el papel.

El jefe de máquinas lo leyó y lo miró:

—¿Estás bromeando? ¿Quieres que publique esto?

162

Apola y yo corrimos por detrás del cementerio de San Fernando.

—Se está planificando una crisis y van a desencadenar una guerra —me dijo Apola.

—¿Qué dices? —y miré a jóvenes corriendo por la calle, escapando de las ráfagas de los soldados.

—Harriman y Prescott Bush están financiando en secreto a banqueros alemanes para levantar un ejército para Alemania.

—¡No te entiendo! ¿Quién es Harriman?

—La Comisión Interaliada de Control de la Liga de las Naciones no va encontrar las plantas, no quiere encontrarlas. No están en Alemania.

—¿Cómo dices?

Apola me gritó:

—¡Está a punto de estallar una catástrofe en la economía del mundo! ¡Va a ocurrir mañana! Esto va a hundir al comercio mundial y hacer estallar la hambruna en Alemania. Va a provocar la nueva guerra. Ocurrió exactamente igual hace veinte años.

—¿Hace veinte años? ¿De qué hablas?

—Simón: el mundo se hundió en una depresión que duró siete años y eso desencadenó la Gran Guerra. En dos horas se derrumbó el precio mundial del cobre y estalló el pánico. La bolsa se desplomó en cuarenta y ocho por ciento y la gente perdió todos sus ahorros. Fue el pánico de 1907, y se está repitiendo. Todo lo detonó una filtración de la Casa Morgan que se publicó en el *New York Times*. Esa filtración fue lo que causó el pánico y derrumbó el sistema bancario en cuestión de horas.

—¿Una filtración?

Apola asió las rejas y con gran fuerza tronó el alambre que servía como candado. Se metió al jardín y corrió hacia el muro donde estaba el umbral de las tumbas. Entramos por ahí a una plaza oscura llena de criptas y árboles sin hojas. Apola caminó velozmente mirando hacia todos lados, buscando la tumba de Benito Juárez. Siguió la pared cubierta de cientos de lápidas de mármol, con fechas de nacimientos y muertes ocurridas hacía cien años.

—Fue la Casa Morgan la que financió la Gran Guerra —me dijo, y sacó de su bolso la pistola plateada. Sacó también una granada y me la puso en las manos—. Hoy todas las potencias, incluyendo la Gran Bretaña, son controladas por las deudas que manejan Dwight Morrow y Thomas Lamont en la Casa Morgan.

—Maldición —le dije—. ¿Thomas Lamont es el Gran Patriarca? ¿El Gran Patriarca es masón?

Ella siguió avanzando agitada y mirando hacia todos lados. Los árboles sin hojas comenzaron a moverse.

—Thomas Lamont pertenece a una organización secreta británica llamada La Mesa Redonda. Su círculo más secreto se llama La Sociedad de los Elegidos.

Me pegué en la cabeza y siguió observando las ramas de los árboles:

—A partir de la Sociedad de los Elegidos, hace nueve años se crearon dos organizaciones gemelas en Londres y en los Estados Unidos. Se llaman Chatham House Royal Institute of International Affairs y Council on Foreign Relations, o CFR. Obedecen la Regla Chatham House: no revelar al mundo externo quiénes asisten a las reuniones. El objetivo de estas sedes gemelas es planificar y dirigir el futuro del mundo en secreto.

—¡Demonios! —le grité— ¿Pero quién las controla? ¿El Gran Patriarca?

Se dirigió hacia un monumento blanco, un templo griego en pequeño. Era el mausoleo de Benito Juárez.

—¡Carajo! ¿El Gran Patriarca es la Mesa Redonda, la Sociedad de los Elegidos? ¿El Gran Patriarca es la Gran cabeza de cristal?

—Simón, prepara la llave y ten lista tu granada —y cargó su pistola—. Todo tiene que ver con los Acuerdos de Versalles que se firmaron hace diez años. Los hombres que envió el presidente Wilson fueron Thomas Lamont, Dwight Morrow y Samuel Gompers. Se reunieron en secreto con los patriarcas británicos Lionel George Curtis y Alfred Milner. En esa reunión Morrow y Curtis planearon lo que hoy se llama "Federal World Government" —y me miró con sus ojos de gato—: "Federación del Gobierno Mundial".

Contuve el habla. El mausoleo de Juárez era un templo elevado, enrejado y con columnas. Se subía a él por cuatro escalones de mármol. Levanté los ojos y vi su fachada griega. Le dije a Apola:

—¿Por qué nuestros políticos siempre les copian todo a otros países? ¡La arquitectura maya y tolteca es mucho más chingona que esto! ¡México debería ser tolteca, azteca y maya, y que los otros países nos copien!

Apola comenzó a subir los escalones y pensé en lo que podría haber oculto abajo del mausoleo. ¿Acaso todo un templo subterráneo con túneles hacia el Palacio Nacional? ¿Acaso la Capilla Ardiente donde estaban secuestrados mi familia y el enano Dido Lopérez? ¿Acaso los Documentos R y la cabeza de vidrio donde estaba inscrita por dentro una copia del Plan Masónico del Mundo?

Apola tronó la reja y entramos a la parte elevada del templo. El sepulcro de mármol estaba ahí, levantado entre dieciséis columnas. Me toqué la llave y comencé a sacar de mi bolsillo el frasco con la mano de Álvaro Obregón Salido, el "Limoncito". Apola me dijo:

—Simón —y preparó su pistola—, todo está ligado al Gran Patriarca y a su Fundación R. El CFR está en la esquina de las calles Este 68 y Park Avenue en Nueva York. Es la mansión de la congresista Ruth Pratt. Ahí se urdió la crisis financiera global que está a punto de estallar. Ruth Pratt es heredera de la Corporación R. y forma parte de la familia del Gran Patriarca. Quien planeó el CFR el 23 de enero de 1921 fue Frank A. Vanderlip, presidente del National City Bank, que pertenece al Conglomerado R del Gran Patriarca. Las oficinas de la Cruz Roja las pagó la Fundación R y las controla el Gran Patriarca. La Fundación R financió el CFR y la Liga de las Naciones. Vanderlip, Nelson Aldrich, Henry Pomeroy Davison y Benjamin Strong, que acaba de morir, todos pertenecen o pertenecieron al Gran Patriarca y todos estuvieron en la reunión de Jeckyll Island. Harriman, Davison, Bush, Stimson, Taft, todos pertenecen a una organización secreta que no son los masones y que está por encima de los masones: la Sociedad de la Calavera.

—¿Sociedad de la Calavera? ¿El Gran Patriarca no es masón?

—Simón: la Sociedad de la Calavera la controla el Gran Patriarca.

163

En el sótano de rotativas del *New York Times,* el jefe de máquinas se ajustó la gorra y le dijo al joven:

—Diles que me importa un bledo. No voy a publicar esto.

El joven miró las prensas que seguían girando sacudiendo el piso y le gritó:

—¡Detén estas malditas máquinas y pon esto en la primera plana!

Sobre su mesa de trabajo el jefe leyó el encabezado nuevamente y le dijo al joven:

—Si publicamos esto, este encabezado es lo que va a iniciar el pánico. ¿Estás dispuesto a desencadenar esta pesadilla?

—Escucha lo que te voy a decir —le respondió—: a partir de mañana el mundo va a ser un mundo de quiebras, bancarrotas, escasez y hambre. Van a cerrar miles de fábricas y empresas, y cientos de millones de personas van a quedar desempleadas. ¿Quieres ser uno de ellos?

El hombre leyó de nuevo el encabezado:

CAERÁN LAS BOLSAS DEL MUNDO. DEBACLE INEVITABLE, DICE AHORA WALL STREET. HOOVER APROBARÁ INICIATIVA SMOOT CONTRA IMPORTACIONES. COMERCIO GLOBAL EN PELIGRO DE SER PARALIZADO.

164

En el cementerio, Apola y yo nos aproximamos al sepulcro de mármol de Juárez. Preparé el frasco para utilizarlo. Pasó un aire extraño. Afuera seguían los gritos. La policía estaba dando órdenes con megáfonos y se escuchaban sirenas. Ajeno a ese caos sonoro, el cuerpo de mármol de Benito Juárez estaba descansando ahí, con la espalda y la cabeza sobre almohadas de piedra. Una mujer de mármol le acariciaba la cabellera y miraba hacia el cielo, llorando.

Le pregunté a Apola:

—¿Y cómo se abre esta cosa? —y le mostré el frasco— ¿Dónde está la cerradura?

Ella me miró y me señaló algo extraño:

—La mano, Simón. Observa la mano.

La mano de Juárez se salía de la cama y apuntaba al piso. Tenía unidos los dedos índice y medio, señalando hacia abajo.

Sentí un escalofrío y miré a Apola.

—¿Qué significa?

—Es un símbolo masónico —y lo imitó con los dedos, que dirigió hacia abajo—. Pertenece al Rito Masónico del Arco Real. Fue creado en 1737 por Andrew Ramsay, por orden póstuma de Jorge I de Hanover. Es la Cadena de Comando de Cristal. Es la mezcla de tres dioses antiguos. Lo llaman Jahbulon. Está señalando hacia el Infierno.

Abrí los ojos y sentí una pistola en la cabeza. Nos había estado esperando del otro lado del sepulcro el "seminarista" Afrodito del Toboso y Murcia, vestido de sacerdote. Los árboles comenzaron a moverse y detrás de las criptas salieron seres cubiertos con hebras negras y cabellos. Tenían las cabezas descompuestas y los cubrían mechones rojos que se arrastraban por el suelo.

Se nos acercaron murmurando:

—*Rowena Regina Saxorum. Romae Peribunt. Novus Ordo Seclorum. Saxoum Imperium Incipiat. Eu nimet saxas.*

De sus túnicas fibrosas sacaron largos y negros cuchillos aserrados con representaciones de cráneos en la empuñadura, y los ojos se les encendieron por dentro.

165

En el cañón de Jalpa, Guanajuato, dentro de una profunda y oscura garganta mojada por las aguas que bajaban desde la catarata Las Cañadas, el padre Pedroza venía avanzando sobre el arroyo, seguido por su brigada de Los Altos. Venían con él, encabezando al regimiento, su capitán Jesús Macías y los jefes de la Cristiada José Padrón, Primitivo Jiménez y Luciano Serrano.

—¿Seguro que es aquí, padre? —le preguntó Jesús Macías.

—Aquí me dijeron, en el Cañón de Jalpa —y miró hacia arriba, hacia los riscos oscuros cubiertos de árboles negros y maleza.

Jesús también miró hacia arriba, hacia las puntas de los peñascos.

—Nos están acechando.

—No, Jesús —le sonrió el padre Pedroza—. El general Cedillo me prometió como hombre y debo creer esa promesa. Les entregaremos las armas y ustedes se devuelven a sus casas. Olvidarán todo esto y comenzarán una nueva vida. Tendrán esposas y muchos hijos —y les pidió con un gesto que le entregaran las armas—. El mundo previo habrá terminado.

166

En Tepatitlán los cristeros habían regresado. Tronaron los cohetes en el aire, los cohetes de la victoria. Los tambores sonaron en todas las calles y hubo gritos en todas las casas. Las señoras salieron corriendo y bailaron sobre los adoquines con los jóvenes guerreros que venían ensangrentados, y todos bailaron al son de los tambores debajo de las explosiones de colores en el cielo.

Ramón López y los gemelos Montes cargaron al padre Vega sobre sus hombros y lo llevaron con la multitud hacia el kiosco, donde los esperaba la gente jubilosa. La madre de Ramón y Patricia, la señora Evangelina, llegó corriendo seguida por todas sus señoras cargando canastas con tamales, tortas, tortillas de harina y botellas de tequila y de rompope. Bajaron al padre Vega, que les gritó:

—¡Ninguna victoria es de nosotros! ¡Es Dios por quien luchamos y es de Dios solamente la victoria! ¡Viva México!

Patricia y Azucena estaban saliendo de la casa de Evangelina con cazuelas de chocolate caliente cuando seis hombres con las caras tapadas las golpearon y las amarraron en el suelo.

—¡Al camión! —gritó uno de ellos— ¡Métanlas al camión y llévenselas a México! —y volteó hacia el kiosco donde estaba el padre Vega.

167

En el cañón de Jalpa el padre Aristeo Pedroza se detuvo. Su regimiento guardó silencio y todos miraron hacia arriba, hacia los peñascos. El padre Pedroza vio los contornos oscuros y le susurró a Jesús Macías:

—Esto debe tener un límite.

Adelante, de la completa negrura donde se perdía el curso del arroyo, comenzaron a emerger figuras humanas. Los hombres de Pedroza se paralizaron. Algunos levantaron sus rifles pero tenían la orden de no utilizarlos. Era la orden del papa. Aparecieron soldados del gobierno. Se detuvieron a unos cuanto metros y el que los comandaba gritó:

—¿General Aristeo Pedroza?

El padre miró al capitán Macías y comenzó a avanzar hacia los soldados. Por los peñascos asomaron soldados con ametralladoras Thompson. El padre caminó sobre las rocas resbalosas del arroyo y comenzó a levantar los brazos. El comandante le gritó:

—¡Dejen todos sus armas en el piso y levanten sus manos donde las veamos!

Los cristeros comenzaron a depositar sus armas en el agua y tres líneas de soldados del gobierno se metieron trotando entre los jóvenes del regimiento de Los Altos. Les escupieron en la cara y comenzaron a recolectar las armas en bolsas de lona. Las cerraron con sogas y regresaron con el comandante. El comandante gritó a sus soldados:

—¡Apunten!

El padre Pedroza tragó saliva. Sonó una trompeta y de los riscos cayó una tormenta de metralla. Los jóvenes cristeros se sacudieron y contorsionaron mientras sus cuerpos eran desmembrados por las balas. El padre Pedroza cayó sobre sus rodillas en el agua, con las manos en alto y pidió: "Dios, perdóname". Escupió sangre y descendió sobre el agua que se convirtió en un río de sangre joven.

—¡Viva Amaro! —gritó el comandante a sus soldados— ¡Mueran los fanáticos! ¡Muera Vasconcelos! ¡Viva la Revolución! ¡Muera Cristo Rey!

En Zacatecas aprisionaron a los cristeros dirigidos por Porfirio Mallorquín y Pedro Quintanar y los asesinaron. Era apenas el inicio. Cuando todo terminó, los cristeros del país se rindieron y entregaron catorce mil rifles al gobierno de Calles y Portes Gil. Tres mil fueron asesinados.

168

En el pasillo del Salón de Mapas del Vaticano el papa Ratti se dirigió a todos:

—¿Qué está pasando en México? ¡Qué está pasando!

Entró corriendo y sudando el cardenal Tommaso Pío Boggiani con un telegrama y le gritó al papa:

—¡Nos engañaron. El presidente Hoover anunciará a la prensa: "Nunca reconoceremos al Vaticano"!

El papa comenzó a caer de rodillas y miró a Gasparri, quien le sonrió desde lo alto. Al pontífice le pareció escuchar las palabras *Romae Peribunt. Mundum habebit columna nova. Novus Fundamentum Mundi. Irminsul Saxorum Resurgam.*

169

En el rancho El Valle, en la ceja montañosa arriba de Yurécuaro, Michoacán, el general Gorostieta estaba mirando el cabrito que se asaba al fuego.

—Nos vendieron —musitó—, el Vaticano nos vendió. Estamos muertos.

Afuera, los soldados del gobierno se introdujeron silenciosamente por los arcos con flores de la entrada. Entre las columnas vieron alambres de púas y frente a la puerta piedras amontonadas. El teniente les indicó con el dedo y se dividieron en dos alineaciones hacia los lados.

Gorostieta se limpió el cuchillo en el pantalón y con la voz endurecida y amargada por la noticia de la que se acababa de enterar, se les acercó a Manuel y al mensajero.

—Ya no quiero que luchen esperando recompensa. Nunca hay recompensa —y siguió limpiándose el cuchillo—. El triunfo nunca fue para que nosotros lo viéramos. Sólo fuimos sus precursores —y miró a Manuelito—: nunca hay recompensa. Esto lo hacemos sólo porque es lo que debemos. El triunfo lo alcanzarán personas del futuro.

Cerró los ojos y comenzaron a salirle lágrimas.

—Hoy estoy feliz —sonrió, y comenzó a subir los brazos—. Hoy te amo más que nunca, México. Hoy te amo más que nunca, Dios —miró hacia el cielo—. Te prometo que nunca jamás perderé la esperanza —y se acarició el anillo masónico dorado.

Las paredes estallaron y entre el humo comenzaron a entrar soldados disparando con sus ametralladoras Thompson. Gorostieta, el mensajero y Manuelito fueron despedazados.

170

En el cementerio, el "seminarista" de ojos azules y barba partida nos miró a Apola y a mí con desprecio. Tenía una moneda de cincuenta pesos de oro. La giró entre sus dedos y me dijo:

—Ésta me la regaló Gorostieta. Es su moneda de la buena suerte. Con seguridad lo asesinarán, si no hoy, mañana, la orden ya está dada

—y caminó frente al sepulcro de Benito Juárez. Nosotros no le respondimos. Los hombres de cabezas descompuestas cubiertos por fibrosidades negras y cabellos nos tenían arrodillados en el piso, con las manos amarradas por la espalda y con cuchillos dentados en nuestras gargantas. Nuestras armas estaban en el suelo.

El "seminarista" agregó:

—Lo mismo está a punto de pasarle a su estúpido candidato. Uno de sus propios muchachitos está a punto de asesinarlo —y afuera, detrás de los muros del cementerio, escuchamos los gritos de los vasconcelistas y las explosiones—. Díganme algo —nos sonrió en forma satánica—. ¿De qué le va a servir a México haber elegido con sus votos a un hombre que está muerto?

Lentamente se sentó sobre sus tobillos junto a Apola y le introdujo el dedo dentro de la boca.

—¿No soy guapo? —le preguntó, y levantó la ceja— ¿No quieres disfrutarme como lo han hecho otras?

171

En el jardín, Vasconcelos observó movimiento detrás de los soldados. Un vehículo negro con las placas del gobierno 7-9-0 dobló lentamente en Puente de Alvarado y por las ventanillas asomaron cuatro ametralladoras Thompson apuntándole a la cara.

Una niña descalza que vendía pastelitos dejó caer su bandeja y se hizo bolita en el piso. La gente pareció congelarse mirando hacia el automóvil. Germán de Campo les gritó a los del vehículo:

—¡Si nos quieren matar, que sea de frente!

172

En Tepatitlán, el vendedor de licores del pueblo llevó al padre Vega hacia la casa de Quirino Navarro.

—¿Ya no queda nadie por aquí? —le preguntó el padre Vega al hombre de la licorería y dio un paso hacia adentro. En la oscuridad había una sombra.

—¡Agáchese, padre!

El padre Vega volteó hacia un muro negro y desde el techo se proyectó contra él una bala que le penetró por la cabeza. Comenzó a caer lentamente y ni siquiera pudo cerrar los ojos. Cayó sobre sus rodillas y su cara descendió hasta emplastarse con el piso de tierra.

Saltaron hombres desde las vigas. Uno ordenó:

—¡Ahora arresten a todos en el maldito pueblo! ¡Amárrenlos a todos contra los postes de la iglesia y fusílenlos por traición a la Revolución! ¡Es la orden del general Amaro! ¡Fusilen a los sacerdotes!

173

En el jardín de San Fernando, Vasconcelos vio la ráfaga de las metralletas dirigirse hacia la caja de refrescos. Se desprendió violentamente del enorme Pedro Salazar Félix que lo estaba agarrando por los brazos y corrió hacia el chico que estaba ahí gritando, Germán de Campo. Trató de agarrarlo y lanzó un alarido mientras el cuerpo de Germán se sacudía en el aire. Las balas le despedazaron el cuello y de su boca salió un buche de saliva con sangre. Miró a Vasconcelos y comenzó a sonreírle. Cerró los ojos y cayó poco a poco hasta quedar en el suelo en medio de un charco de sangre.

—¡Asesinos! —les gritó, y Pedro Salazar Félix lo apretó muy duro entre sus brazos.

Adolfo López Mateos y Antonio Helú se lanzaron hacia el vehículo, que arrancó inmediatamente y se perdió en el fondo de la calle. Comenzaron a golpear a los policías y Carlos Pellicer cogió del suelo una rama y se la estrelló en la cara a uno de ellos. A López Mateos le dieron un palazo en la cabeza y se desplomó sobre el piso. Le pisaron la cara y se la rasparon con la bota.

—¡Arréstenlos! ¡Llévenselos al Cuartel de Tacubaya para que los torturen!

Les pusieron las esposas a Adolfo y a Antonio y los arrastraron por los adoquines hacia los autos de la policía. Una señora comenzó a gritar:

—¡Los que dispararon vinieron en un coche del gobierno! ¡Son los líderes del Partido Nacional Revolucionario!

Le levantaron la cabeza a Germán y sus rizos rubios estaban empastados en sangre.

—Ahora sigue usted —le sonrió a Vasconcelos el monstruoso Pedro Salazar Félix y se lo llevó arrastrando hacia su automóvil.

174

A once cuadras de distancia, en el corazón magnético de México, dentro del Palacio Nacional el general Joaquín Amaro se puso firmes y alzó la barbilla.

Estaba en las oficinas de la Secretaría de Guerra, junto a los patios marianos, debajo de la espada *KOPIS ALEXANDROS* que tres décadas atrás había puesto en el techo su antecesor Bernardo Reyes, en la que codificó la Cláusula de Ejecutabilidad de su Plan de México para convertir a nuestro país en la sexta potencia militar y financiera del mundo.

La cláusula establecía que ninguno de los cinco puntos del Plan de México iba a ser posible mientras los Estados Unidos tuvieran infiltrado cada segmento de la sociedad: el rearme de México; la creación de un sistema de inteligencia y penetración diplomática para obtener información y contrarrestar el espionaje de otras potencias; la creación de un ejército comercial secreto expansionista para invadir los mercados de todos los continentes con nuestros productos; nuestra renovación psicológica para la conquista económica y cultural del mundo, basada en el sistema comercial, político y cultural del Imperio azteca; y la construcción de nuestro metasistema industrial y financiero edificado sobre la exploración y explotación controlada de nuestra reserva pérmica del Océano Paleozoico de Iapetus.

Ninguno de estos objetivos se iba a lograr mientras tuviéramos agentes infiltrándonos, porque todo lo que comenzáramos iba a ser bloqueado y saboteado inmediatamente por medio de mexicanos absorbidos y comprados por la red transnacional del Gran Patriarca. El general Bernardo Reyes lo sabía, y por eso grabó un punto más en la hoja metálica de una réplica que le regalaron de la espada de Alejandro Magno, llamada *Kopis Alexandros:* la Cláusula de Ejecutabilidad. Esa cláusula encierra el secreto que utilizaron pueblos pequeños, como el macedonio de Alejandro Magno, el ateniense de Teseo y el israelita de David, para libertarse de sus opresores descomunales, como el reinado filisteo de Goliath, el dominio cretense del Minotauro y la tiranía del Imperio persa; para libertarse de ellos, para derribarlos y para remplazarlos como imperios. El secreto estaba en una simple línea grabada en el filo de la espada: *Kopis,* el punto sexto del Plan de México de Bernardo Reyes.

El Indio Amaro infló el pecho y apretó en su palma el mango de su látigo de cuero. Caminó entre sus generales y les dijo:

—Está por detonarse el caos. El horror. El caos ha sido planificado. Los Estados Unidos no van a sostener el fraude que está por cometer mañana el general Plutarco Elías Calles.

Sus generales guardaron silencio. Se miraron entre ellos y Amaro prosiguió:

—La Cámara de Diputados va a declarar nula la elección y yo voy a ser el presidente de México —infló el pecho nuevamente, ofreciendo un espectáculo deplorable—: el ejército me va a convertir a mí en el presidente provisional y convocaremos a elecciones, y las voy a ganar yo.

—Disculpe, mi general... —se atrevió a decirle uno de sus hombres— ¿Esto lo sabe el presidente Portes Gil, o el general Calles?

El general Amaro echó hacia atrás su látigo y le flageló la cara.

175 .

En el cementerio, hincados y amarrados por la espalda junto al sepulcro de mármol de Benito Juárez, Apola y yo tuvimos que escuchar las palabras demoniacas del "seminarista":

—Le van a arrancar la cabeza —le sonrió a Apola—. Van a aventarla con su cuerpo al drenaje. Así va a terminar la vida de tu candidato de la esperanza, José Vasconcelos. Lo va a matar uno de sus hombres.

Apola miró hacia abajo y comenzó a correrle una lágrima por la mejilla. Me miró y noté que en sus manos estaba su zapato metálico, de cuyo tacón había salido una hoja filosa y puntiaguda con la que se había cortado las amarras.

Dio un salto y le rebanó al "seminarista" un dedo de la mano. Las creaturas del cementerio se quedaron perplejas un momento. El "seminarista" se hizo bola y rodó en el suelo hacia detrás del sepulcro. Los demás levantaron sus cuchillos y se abalanzaron sobre Apola, quien usó el tacón-navaja de su zapato para abrirle la garganta a dos de ellos.

—¡Corta tus amarras, Simón! —me gritó, y siguió blandiendo su tacón mientras el "seminarista" se rodaba por detrás del sepulcro para ocultarse de ella.

—¡Claro que sí! —le dije— ¡¿Pero cómo?!

—¡Te dejé mi otro zapato junto a tus manos! ¡Aprieta el botón que está por dentro!

Observé su plateado zapato y le grité:

—¡Apola Anantal! ¡No cabe duda de que eres una verdadera chingona! —y una de las creaturas me golpeó en la cara con un plano de su machete.

De detrás de las tumbas de Ignacio Comonfort y Melchor Ocampo salieron más engendros, arrojándonos unas pelotas negras. Una de ellas le cayó a Apola en el brazo, se le embarró en la piel y comenzó a arder como ácido, emitiendo una luz verde. Era una sustancia pegosteosa. Apola se sacudió el químico entre ayes de dolor. Con la mano del otro brazo se arrancó los aretes y los lanzó hacia las criptas, cuyas paredes se resquebrajaron y las creaturas comenzaron a quemarse vivas en las llamaradas.

El "seminarista" apretó el puño ensangrentado y se lo estrelló a Apola Anantal en la cara. Apola quedó con la cabeza torcida y cayó sobre el sepulcro. De ahí resbaló hacia el suelo, inconsciente. Aquél se inclinó sobre ella y lentamente le lamió la cara.

—¡Amárrenlos! —les gritó a las creaturas que quedaban de pie— ¡Amárrenlos juntos con las sogas de picos! ¡Llévenselos arrastrando a Plutarco! ¡Llévenselos a la Capilla Ardiente!

Me miró muy sonriente y sentí un tremendo golpe metálico en la cabeza. Todo comenzó a ponerse negro. Alcé los ojos y vi a los engendros volverse borrosos como sombras. Quedé inconsciente y comenzó un sueño horroroso de una mano diabólica que tenía los dos dedos pegados.

176

En San Fernando, el monstruoso Pedro Salazar Félix metió a José Vasconcelos al automóvil y se subió él mismo al volante. Arrancó a toda velocidad y le gritó:

—¡Licenciado, el que sigue es usted! ¡Estos pendejos hipócritas quieren matarlo y eso nunca lo voy a permitir! ¡Primero me mato yo que dejar que le hagan daño!

Vasconcelos se pegó a la ventanilla y vio la plaza en llamas donde estaba el cadáver de su seguidor Germán de Campo.

—¡Deténte! —le gritó Vasconcelos— ¡Déjame bajarme! —y trató de abrir la puerta pero Pedro lo jaló hacia dentro y le prensó firmemente el antebrazo.

—No, licenciado. Aquí en la capital lo están cazando. En Navojoa tengo setenta hombres y cuatrocientos yaquis que son fieles y muy peleoneros. Si mañana nos hacen el fraude usted cuenta conmigo y con todos estos hombres. No nos vamos a rendir. Somos más que suficientes y yo mismo lo voy a traer de regreso con un ejército, y usted va a ser el presidente de México. ¡Cómo chingados no! —y aceleró el vehículo hacia fuera de la ciudad, hacia los campos de Balbuena donde ya los esperaba un avión.

177

Más al norte, el tren en el que salía Antonieta Rivas Mercado avanzaba dejando atrás la ciudad. El viento soplaba y Rivas Mercado se sentía desilusionada por los eventos que acababan de pasar. El viaje hasta Veracruz sería largo y de ahí tomaría un barco a Nueva Orleans para después llegar a Nueva York. Las puertas del camarote privado que había separado se abrió y salió un hombre moreno de anteojos. Era el masón de la Gran Logia del Occidente de México, el muralista de fama mundial José Clemente Orozco.

Antonieta se sorprendió, pues no esperaba ver a Orozco hasta Nueva York, pero el pintor le dijo que haría el viaje con ella: ésa había sido la idea desde el principio, pero necesitaba sacarla de la Ciudad de México. Le habló sobre su trabajo en Nueva York:

—Lo que realmente me interesa pintar se va a llamar "Prometheus".

—¿Prometheus?

—Prometeo, como tú sabes —y adoptó la actitud de sabio—, fue uno de los titanes griegos, anteriores a los mismos dioses, y quiso hacer poderosos a los hombres, libertarlos de los dioses, como alguien que tú conoces.

—¿Vasconcelos? —le sonrió ella.

—Así es. Vasconcelos Prometeo trató de libertar a los hombres pero perdió la guerra. Los vengativos dioses lo encadenaron en el monte del Cáucaso, en Escitia, Rusia, al sur de la actual Permia. Desde entonces, durante miles de miles de años, cada mañana se despierta para que los zopilotes le devoren las entrañas.

Antonieta quedó horrorizada y Orozco sacó un tubo de papel de su saco para mostrárselo. Era el dantesco boceto de un musculoso gigante encadenado, con la cabeza ardiendo en llamas. Antonieta tragó saliva. Orozco la invitó a mirar por la ventana la densa oscuridad que se cernía sobre el valle, como si ésta fuera un lienzo viejo de un tiempo anterior a los hombres.

—Lo voy a pintar en California, en el Pomona College. Me prometieron cinco mil dólares. Va a ser el primer mural de un mexicano en los Estados Unidos.

—¿Es eso lo que querías platicarme?

—No. Te quería decir que tanto Prometeo como su hermano Atlas, la columna del mundo, fueron hijos de un metatitán anterior a los dioses y a los mismos titanes: el metatitán pérmico Iapetus.

—¿Iapetus?

—Curiosamente —le dijo Orozco—, Permia, donde vive su hijo encadenado, es otra de las grandes reservas petrolíferas del mundo: la reserva pérmica del Cáucaso. En ese delgado estrecho de montañas que está atrapado entre el Mar Negro y el Mar Caspio hay dos pequeñas naciones, una católica y otra musulmana: Georgia y Azerbaiyán. Tienen los yacimientos de Bakú y Balakhani. Los habitantes de Georgia dicen provenir de Kartlos, mítico bisnieto de Iapetus, el Japhet de la Biblia y el aún más antiguo Prajapati de la India. Son todos el mismo: el Dios Supremo.

—No entiendo. ¿Qué quieres decirme?

—Las dos reservas son en realidad la misma, la de nuestro México, la del Cáucaso y la del Oriente Medio, formada cuando el mundo tenía sólo dos supercontinentes, uno al norte y otro al sur. Lo que dividía a estos dos continentes paleozoicos fue un largo mar horizontal que en México se llama hoy Iapetus y en el Medio Oriente, Thetis. México y el Medio Oriente fueron el fondo del océano pérmico.

Antonieta lo miró abrumada.

—¿Por qué me estás diciendo esto?

—En mayo de hace nueve años un hombre adquirió los derechos de explotación de la petrozona de Thetis. Eso que están haciendo ahí pertenece al Gran Patriarca, igual que los derechos sobre la misma petrozona.

Antonieta levantó las cejas.

—¿Quién es el Gran Patriarca?

Orozco le dijo:

—Te voy a llevar con el hombre que tiene las respuestas. En estos momentos, por orden del Gran Patriarca, está a punto de hacer estallar dos revoluciones, una en Georgia y otra en Azerbaiyán para derrocar a sus gobiernos. Fue él quien sembró la Revolución mexicana hace veinte años también por orden del Gran Patriarca. Su operador en México fue José Vasconcelos. Vino a verte desde Washington. Se llama Sherbourne Gillette Hopkins.

Abrió la puerta del camarote y la invitó al restaurante comedor antes de que sirvieran la primera comida del día.

—El Gran Patriarca y la Gran cabeza de cristal son la misma persona, y, Antonieta, lo más importante es que necesitaba sacarte de la Ciudad de México para salvarte la vida.

178

México comenzó el día, y en la claridad fue puesta en marcha la operación secreta más grande del ejército. Por la noche, en todos los estados del país, en cada ciudad y cada pueblo los soldados comenzaron a llenar de cajas miles de camiones militares. Alistaron sus pistolas y sus ametralladoras para proteger esas cajas con sus vidas. La operación había sido planeada muchos meses atrás en el más absoluto secreto. En esta ocasión los soldados de Plutarco Elías Calles no iban a luchar contra hombres ni contra ejércitos rebeldes. En esta ocasión iban a luchar contra las mismas elecciones. Lo que contenían las cajas eran millones de votos de personas muertas y de personas vivas que aún no habían votado.

179

En el coche comedor los esperaba un hombre. Estaba inmóvil, siguiéndola con los ojos. En la mesa había dos copas de oporto. Antonieta se sentó y volteó para mirar a José Clemente Orozco, que ya no estaba. Hopkins comenzó en forma inmediata:

—El presidente Hoover está dispuesto a no respaldar el fraude en México y a reconocer como verdadero al gobierno del presidente electo José Vasconcelos si el levantamiento armado de éste se produce pronto.

Antonieta abrió los ojos y se bebió todo el oporto.

—Lo escucho.

El abogado de las revoluciones en el mundo se le aproximó sobre la mesa y le dijo:

—Tiene que ser pronto, señora, antes de que el señor Ortiz Rubio visite Washington para entrevistarse con el presidente Hoover.

Antonieta lo miró con ojos húmedos y le dijo:

—Asesinaron a todos los de nuestro movimiento. Desactivaron la Cristiada. Antes de tomar el tren uno de los hombres de Vasconcelos me lo informó.

Hopkins se levantó y caminó detrás de Antonieta. Le colocó las manos en los hombros y comenzó a darle masaje.

—Siempre hay una esperanza, señora. Siempre hay una esperanza.

Antonieta le preguntó:

—¿Quién es el Gran Patriarca? ¿Quién es la Gran cabeza de cristal?

Las manos de Sherbourne Gillette Hopkins se detuvieron. Lentamente aproximó sus labios al oído de Antonieta Rivas Mercado y le susurró:

—La respuesta de todos los misterios está donde comenzó todo.

Ella trató de mirarlo de reojo.

—¿Dónde comenzó todo?

—El rey que exterminó a los Caballeros Templarios, *Novum Orbi Caput,* Felipe IV Capeto, está enterrado en un mausoleo subterráneo a seis kilómetros del centro de París. En esa tumba está la respuesta de lo que hoy está pasando en el mundo. En esa tumba encontrará la identidad de la persona oculta que está moviendo los hilos de todo. En esa tumba va a encontrarse con el origen de todo. Una vez que lo haya visto su vida misma va a cambiar.

Antonieta tomó la copa de él y se bebió su oporto. Le preguntó:

—¿Cómo encuentro esa tumba?

Hopkins le susurró en el oído:

—En cuanto llegue a su destino, llámele a Vasconcelos y dígale que se presente en Washington con el presidente Hoover y que de ahí marche a París para alcanzarla. Usted vaya a la Basílica de Saint Denis, al norte de París. Ahí la va a encontrar un gran hombre, hijo de un rey. La va a esperar en el monumento mortuorio de una mujer asesinada en el año de 1793. Se llamaba como usted, Antonieta, y fue asesinada junto a su esposo por el movimiento mundial masónico.

—Pero ¿por qué me dice todo esto a mí?

—Señora, en realidad se lo estamos diciendo a Vasconcelos en este momento: la verdad, cuando viene de una boca amiga, siempre es más aceptada.

En ese momento entró Orozco y se sentó junto a ellos. Antonieta supo que todo aquello era verdad: sólo una llamada de Orozco podía haberla alejado de Vasconcelos esa noche.

180

En México, el cristero Anacleto González Flores, de la Asociación Católica de la Juventud Mexicana y de la Unión Popular en Jalisco, fue arrojado esposado a una celda oscura del Cuartel Militar de Guadalajara. Ahí estaban encadenados los hermanos Ramón Vargas González y Jorge Vargas González y también al joven presidente de la Asociación Católica de Jóvenes en Guadalajara, Luis Padilla Gómez. Se puso de pie frente a ellos un teniente del ejército y los golpeó en las costillas con un fierro.

—¡Díganme los nombres de todos sus compañeros! —les gritó y les pateó la cara— ¡Quiero saber el escondite del arzobispo de Guadalajara, Francisco Orozco y Jiménez!

Los chicos permanecieron callados y llorando en silencio, con las narices destrozadas y con los ojos llagados. El teniente gritó hacia la puerta de la celda:

—¡Tráiganse las hojas de afeitar y los flagelos! ¡Desnúdenlos! ¡Arránquenles los pulgares! ¡Rebánenles las plantas de los pies hasta que hablen!

Anacleto González Flores, que estaba temblando y llorando, le dijo con sollozos al teniente:

—Ustedes me matarán, pero no terminará esta lucha conmigo —y lo miró a través de sus ojos supurantes—: el fuego de 1929 será guardado y escondido por ustedes en un sepulcro enterrado para que por siempre sea olvidado, pero un día renacerá y entonces cambiarán todas las cosas.

El teniente rechinó los dientes y le enterró el filo de su bayoneta en el costado. Lo sacudió y lo hundió más entre sus costillas para romperle los pulmones. Anacleto alcanzó a decir chorreando sangre por la boca:

—Dios no muere. México será libre. Nuestra hermandad ha existido desde siempre.

El teniente les gritó a sus soldados:

—¡Fusílenlos! ¡Mátenlos a todos en este instante! ¡Avisen al general Jesús Ferreira y al gobernador Silvano Barba González!

Hombres del general Ferreira capturaron vivos a Agustín Yáñez, a Antonio Gómez Robledo y a su papá Antonio Gómez Palomar, a los hermanos Ezequiel y Salvador Huerta Gutiérrez, a Ignacio Martínez y a Miguel Gómez Loza. Los metieron a una celda de la comandancia de policía de Guadalajara por la madrugada y los torturaron. Después de dos horas los arrastraron sin zapatos y sin ropa, con las plantas de los pies arrancadas, hacia la pared de fusilamiento y los acribillaron sin dejarlos despedirse de sus madres. No hubo juicio. No hubo intervención del sistema de justicia. No hubo testigos. El sistema de justicia acababa de desaparecer.

En Ixtlán, Nayarit, los jóvenes cristeros Tomás Arellano y Antonio Ramírez fueron arrastrados, encadenados a sus propias esposas, hacia los costales de arena y los acribillaron en medio de sus gritos. En San Martín Bolaños, Jalisco, los cristeros Vicenta Arellano, Luciano Álvarez, los hermanos Gabriel y José de Jesús Arteaga, y los hermanos Genoveva y Claro Villegas, fueron torturados y asesinados.

181

Apola y yo despertamos en un lugar oscuro que olía a azufre y sangre. Estábamos encadenados. No pude verla porque la negrura era absoluta. Sólo oí su respiración y vi destellos residuales que habían quedado en mis ojos. Apola me dijo:

—Simón: la historia del 13 de octubre 1307 se está repitiendo esta misma noche. Esta guerra comenzó hace dos mil años. Los jóvenes cristeros son los Caballeros Templarios de nuestro tiempo.

182

Arriba de nosotros, en la Capilla Ardiente, en una reunión secreta a esas horas de la madrugada con los jefes de todas las logias masónicas yorkinas de México, el presidente provisional Emilio Portes Gil infló el pecho y les gritó a todos los soberanos grandes maestros con su voz de rechinido. La noche había sido larga y el sueño escaso; no parecía que habían estado casi sin dormir, articulando de un golpe todo el poder del Estado hacia un partido y hacia una organización internacional:

—¡Hermanos! ¡Crearemos la Ley de Nacionalización de los Bienes de la Iglesia! ¡Toda casa, todo edificio que haya sido de la Iglesia será expropiado para el Estado, para el culto laico del Estado y para la memoria de nuestro prócer y líder espiritual Benito Juárez!

Le aplaudieron entre vivas. Hasta se pararon. Había agentes infiltrados de la otra corriente mundial masónica: los "masones buenos" o del Rito Escocés Antiguo y Aceptado. Ellos aplaudieron con discreción y se miraron entre sí. Uno era el masón Luis Manuel Rojas.

El presidente provisional, el Manchado, con la cara sudando grasa, continuó su discurso:

—¡Se prohibirán las librerías que vendan folletos y textos de cualquier índole religiosa, especialmente católicos! ¡Se cerrará toda escuela religiosa, especialmente católica y judía, y de cualquier otra clase que no sea permitida por el ideario masónico de Benito Juárez! ¡Porque en México el Estado y la masonería, en los últimos años, han sido la misma cosa! ¡Y ahora, mis queridos hermanos, ahora que el clero ha reconocido plenamente al Estado, ha declarado sin tapujos que se somete estrictamente a nuestras leyes! ¡Hermanos! —prosiguió a grandes voces—: ¡La lucha es eterna! ¡La lucha comenzó hace dos mil años! ¡La persecución de la religión no ha terminado! ¡La persecución de la religión apenas está comenzando!

En la catedral de la Ciudad de México un crucifijo comenzó a caer.

Le pasaron al presidente provisional un papel para que lo firmara y sacó su portentoso bolígrafo dorado con diamantes. Firmó el documento y con ello selló el futuro de México. Era su pago por el apoyo de los aviones Corsair y la negociación de Washington con el Vaticano para destrozar a la Cristiada. Con esa firma ratificó oficialmente los Tratados de Bucareli de 1923.

183

Comenzó la mañana del domingo de las elecciones que cambiaron la historia para siempre.

El joven Joaquín Cárdenas Noriega, representante del partido vasconcelista para cuidar la casilla del distrito 69 de la Ciudad de México, se presentó en la misma y lo recibió un hombre de sombrero texano y con bigotes germánicos, con un séquito de pistoleros. Era el representante del Partido Nacional Revolucionario.

—Váyase —le ordenó.

—¿Qué dice? —y miró cómo unos hombres tomaron la caja de las boletas vacías y se la llevaron— ¡Hey! —les gritó— ¡Qué están haciendo!

Comenzó a llegar la gente y el del sombrero quiso retirarla:

—Se acabaron las boletas —hizo un gesto para despedirlos—. Regrésense a sus casas.

Joaquín Cárdenas le preguntó:

—Todavía no comienza la jornada electoral ¿y se acabaron las boletas?

La gente comenzó a gritar: "¡Fraude! ¡Fraude! ¡Fraude!" y "¡Traigan a toda la gente de sus casas! ¡Que se traigan sus escobas, sus palas y sus armas! ¡Esto es la guerra!"

En todas las ciudades salió la gente con picos y palas gritando "¡Vas-con-celos! ¡Vas-con-celos! ¡Vas-con-celos!"

184

En su oficina de la calle de Niza e Insurgentes, el embajador Dwight Morrow leyó electrizado las noticias:

Telegrama 929/113, del cónsul en Tampico, R. Harnden, para el señor embajador Morrow: informo método generalizado esta mañana: soldados están robando ánforas con votos y las sustituyen por cajas de votos falsos empacadas ayer por la noche en camiones. Soldados están utilizando a votantes comprados que son acarreados para votar varias veces en casillas distintas. Señor Morrow, Tampico es abrumadoramente vasconcelista. Los primeros informes de conteos están visiblemente alterados. Las tropas federales controlan todas las entradas a la ciudad. Tengo informe de un cuerpo de tres mil soldados traídos a Tampico vestidos como civiles. En cada casilla hay cerca de cien soldados que portan barras de metal de diseño curvo. En puntos estratégicos de la ciudad, las autoridades tienen colocados camiones con ametralladoras. Señor Morrow: todo esto, en mi opinión, va a generar un poderoso deseo de venganza. Atentamente, el cónsul Harnden.

La secretaria de Morrow entró corriendo:

—¡Señor Morow! ¡El cónsul Bursley de Ciudad Obregón dice que va a enviar copia de esto a Washington y a los gobiernos de Europa! —y le entregó otro telegrama. Morrow lo leyó y quedó horrorizado:

Telegrama 929/120, del cónsul en Ciudad Obregón, Sonora, Herbert S. Bursley para el señor embajador Dwight Morrow: en las dos casillas electorales de Ciudad Obregón las urnas fueron colocadas con votos falsos desde las cuatro de la mañana. La ciudadanía se presentó para votar y el ejército la amenazó con armas de fuego. La población instaló una casilla y los soldados la disgregó a golpes. Los representantes del Partido Revolucionario están votando siete u ocho veces en la misma casilla, a nombre de diferentes personas. El ejército está arrestando a ciudadanos que han votado por José Vasconcelos. En Guaymas las casillas electorales fueron instaladas a las cinco de la mañana. Desde ayer llegaron a la ciudad camiones cargados con individuos pagados que están votando en nombre de los ciudadanos. Muchos de ellos en este momento están ebrios por el vino que les está suministrando el gobierno.

Morrow tomó un gafete del PNR que estaba sobre su escritorio y lo acarició debajo de la luz blanquecina. Miró a su secretaria y le dijo:

—Julia, hoy acaba de nacer el Partido Revolucionario de México… aunque creo que más adelante deberíamos ponerle otro nombre, una vez que todo esto se institucionalice.

185

En Albany, Nueva York, en el número 138 de la calle Eagle Street, dentro de la mansión roja con tejas de estilo italiano rodeada de jardines llamada Mansión Ejecutiva del Estado de Nueva York, en el último piso y detrás de su escritorio de gobierno, el gobernador demócrata Franklin Delano Roosevelt leyó el encabezado matutino del *New York Times:*

COMIENZA EL DESPLOME DEL MERCADO DE VALORES. PRECIOS DE LAS ACCIONES SE PRECIPITAN EN LIQUIDACIÓN GRAVE: CAÍDA TOTAL DE MILES DE MILLONES. SE PIERDEN EN PAPEL CUATRO MIL MILLONES DE DÓLARES. CUENTAS DESAPERECEN. SE ACELERA DECLIVE: SERÁ DE LOS MAYORES DE LA HISTORIA.

Franklin Roosevelt peló los ojos. En la parte inferior había otro encabezado:

RESULTADOS DE LAS ELECCIONES EN MÉXICO: VENCE ORTIZ RUBIO CON DOS MILLONES DE VOTOS. CANDIDATO VASCONCELOS PIERDE CON DOCE MIL. CELEBRARÁ ORTIZ RUBIO ESTA NOCHE EN EL MONUMENTO A LA REVOLUCIÓN.

Roosevelt quedó perplejo y miró a Robert Moses, su operador político y brazo derecho. Le preguntó:

—Aún faltan seis horas para que cierren las casillas electorales en México, ¿y a las once de la mañana este periódico publicó los resultados? ¿Quién diablos está detrás de todo esto?

186

Doscientos cincuenta y ocho kilómetros hacia el sur, en el corazón de Manhattan, a dieciocho cuadras de la magatorre en construcción de la Corporación R, en el número 58 de la calle 68 Este, esquina con Park Avenue, en un enorme cubo gris de piedra de tres pisos con ventanas negras, un grupo de hombres se reunió en secreto en el salón de caoba llamado Mansión Ballroom. Se sentaron alrededor de una pequeña mesa bajo un candelabro de cristal. Era la casa de la señora Ruth Pratt, heredera del Gran Patriarca. Los hombres reunidos eran el Council on Foreign Relations, el CFR, rama estadounidense de la Sociedad de los Elegidos.

Thomas Lamont levantó su copa de champaña y se dirigió a todos:

—Señores, el señor Rockefeller acaba de afirmar ante la prensa que en sus noventa y tres años de vida ha visto depresiones económicas ir y venir, y que esta vez la prosperidad también regresará —y les sonrió—. ¡Brindemos!

Su invitado de honor, el primer ministro británico, el laborista "leñador" Ramsay MacDonald le contestó:

—Señor Lamont, esta mañana las acciones en la bolsa de Nueva York están cayendo en forma generalizada y se están evaporando catorce mil millones de dólares que invirtieron los ahorradores americanos. ¿Está usted celebrando?

—Primer ministro —le sonrió Lamont—, sólo afirmo que en este momento hombres patriotas como el señor Rockefeller y su hijo están comprando en forma masiva acciones de las corporaciones devaluadas. Esto va a frenar el pánico.

El Primer ministro se levantó.

—Sin duda es patriótico —y miró a Lamont—. ¿Me está diciendo usted que el hombre patriota está comprando todo ahora que las acciones de las corporaciones transnacionales cayeron al piso, cuando valen cuarenta y ocho por ciento menos que ayer? —y colocó las palmas sobre la mesa— Señor Lamont: ¿es esto una transpropiación? ¿Es una transpropiación de poder? ¿Ahora quién les va a regresar sus ahorros a los millones de ciudadanos que acaban de perderlo todo, y que invirtieron en la bolsa porque confiaron en el futuro que se les prometió cuando aquí en este mismo salón se planeó inflar artificialmente la economía?

—Primer ministro...

—No, señor Lamont —lo señaló—. El señor Rockefeller está comprando esta mañana 10.27 millones de acciones de corporaciones de todo el mundo. ¿A quién pertenecían estas corporaciones al comenzar esta mañana?

—Primer ministro —le sonrió Lamont—: es comprensible que usted abogue por el consorcio británico Royal Dutch Shell de su gran banquero R. El señor Rockefeller no tiene resentimientos contra el señor R, aunque Shell Group esté absorbiendo al enemigo de su Standard Oil de Indiana, Robert W. Stewart.

—¿Qué es lo que se está planeando en el Cáucaso? —lo miró ferozmente Ramsay MacDonald.

Lamont le sonrió:

—No entiendo a qué se refiere.

—Las reservas de Bakú y Balakhani le pertenecieron a Shell Group, igual que sus subsidiarias Caucasus y Caspian Black Sea Society. Se acordó entre los dos gobiernos respetar esas reservas hasta administrarlas en forma mancomunada.

Lamont miró a todos y le dijo:

—No hay ningún plan para el Cáucaso. Por favor, explíquele al señor R que...

El Primer ministro Ramsay MacDonald lo silenció con un ademán. Se colocó el sombrero y les dijo a todos:

—Con su permiso, señores —y se dirigió hacia la puerta.

Lamont, con su copa en la mano, torció la boca y sonrió a los asistentes:

—Al parecer, tendremos problemas con el señor R. Pero hay buenas noticias. Caballeros: celebremos por el nuevo presidente electo de México, el señor Pascual Ortiz Rubio.

Todos levantaron sus copas, menos uno:

—Señor Lamont, ¿no es prematuro? Todavía faltan horas para que concluyan las elecciones en México.

—Ah, eso no es problema —le dijo Lamont—. Pásenme los papeles —y se colocó los lentes.

El secretario de Guerra y miembro de la Sociedad de la Calavera Henry L. Stimson abrió un sobre que decía "International Committee of Bankers on Mexico" y se lo puso enfrente. Le dijo:

—Morrow quiere que los banqueros permitan prioridad a las reclamaciones pendientes. Calles nos acaba de enviar al secretario de Hacienda, Luis Montes de Oca, para firmar el nuevo acuerdo de deuda. Tenemos que aplicar con México un Plan Dawes como el que tenemos con Alemania.

187

El nonagenario John D. Rockefeller estaba con sus ojos membranosos inclinado sobre una mesa, con una servilleta en el cuello. Era un restaurante recóndito y solitario, alejado de la ciudad, donde se celebraba una reunión familiar. Asistían su esposa Cettie, su hijo John junior, su hermano Frank y sus tres ambiciosos nietos de veintitrés, veintiuno y catorce años: John III, Nelson y David.

John junior —o John II— estaba serio y se concentró en el pollo. La nerviosa mesera colocó la cuenta sobre la mesa y los ojos del nonagenario rotaron hacia el papel.

—¿Poulets? —le preguntó a John junior— ¿Qué es eso?

—Pollos, padre.

—El jueves nos cobraron dos pollos —murmuró el nonagenario—. ¿Sí nos trajeron dos pollos?

—Sí, padre —y volvió a su alimento. Sus hijos no lo miraron a él, sino a su abuelo.

John III le dijo al nonagenario:

—Abuelo, acabo de anunciar que voy a abrir y dirigir tus nuevas oficinas en Shanghai.

El viejo lo observó y siguió masticando con la boca abierta. John III insistió:

—En España acabo de estar con el premier Primo de Rivera. Vimos juntos los toros en Mondariz —y observó a su padre, que tenía los ojos fijos en el pollo, pero volvió a prestarle atención a su abuelo—: voy a hacer mi posgrado en Ginebra, Suiza: Relaciones Internacionales.

El patriarca de la familia comenzó a esbozar una sonrisa. John III se le aproximó muy entusiasmado.

—Abuelo: los quinientos mil dólares que me indicaste ya los transferí a la Liga de las Naciones. Van a construir la librería. Mañana voy a transferirles un millón más. Pero tengo una idea: ¿qué te parece si donamos uno de nuestros terrenos de Turtle Bay, Manhattan, y construimos ahí algo mucho más grande que la Liga de las Naciones, que no esté en Europa, sino aquí mismo en los Estados Unidos, a seis cuadras de nuestro corporativo? Lo haría el mismo arquitecto, nuestro arquitecto de la familia, Wallace Harrison. Se va a llamar las Naciones Unidas.

El nonagenario soltó el tenedor y levantó la mirada. Vio el futuro. Se volvió a ver a su hijo, John junior, y le dijo:

—Quiero que dones trescientos mil dólares adicionales a los cinco millones para terminar nuestro Gran Templo de Broadway en la calle 174. Que el reverendo Christian F. Reisner lo arregle, y setenta y cinco mil dólares para su Iglesia Metodista Episcopal de Chelsea.

—Sí, padre —y siguió comiendo.

El anciano golpeó la mesa con la palma y le dijo:

—Ojalá tuvieras la capacidad que tienen tus hijos de veinte años.

Permanecieron callados y junior sutilmente le pasó a su madre una servilleta. Decía:

NUNCA VOY A SABER QUIÉN SOY. SIEMPRE VOY A SER LO QUE ÉL ME ORDENE. NI SIQUIERA CUANDO PIENSO SÉ SI YO MISMO LO ESTOY PENSANDO. SOY SÓLO LA SOMBRA DE UN GIGANTE.

Cettie arrugó la servilleta y lo acarició con la mirada. El nonagenario observó de nuevo la cuenta y preguntó con un estertor:

—¿De verdad ordenamos dos pollos?

Su esposa le dijo:

—Todos comimos algo diferente, no sólo pollos. Tú comiste pollo. También Junior.

—Dime la verdad. ¿Tú comiste pollo?

—Sí, padre —había algo de vergüenza en su semblante.

Golpeó la mesa.

—¡Te estoy preguntando!

—Padre —le dijo John junior frente a sus propios hijos—: eres el hombre más rico del mundo. Estos meseros podrían equivocarse, incluso intencionalmente.

—¿Intencionalmente?

—¿Importa tanto, padre? ¡Son sólo dos pollos!

El nonagenario se sulfuró y le gritó:

—¡Comencé con sólo diez centavos! ¡Construí nuestra organización ahorrando cada centavo! ¡Nunca he tomado ni blasfemado!

—Sólo has hecho morir a millones de personas —se levantó Frank, presidente de la Buckeye Steel Castings Company of Columbus.

Todos guardaron silencio. Frank le dijo:

—No puedo creer que hayas usado el nombre de Jesucristo para esto. Eres un hipócrita. Un miserable avaro que explota a millones. Eres un asesino.

El viejo Rockefeller se levantó tambaleándose y lo detuvo John III. Le dijo a Frank:

—No quiero verte más en ninguna de mis propiedades. Estás fuera de la organización.

Frank se limpió la boca y colocó la servilleta sobre la mesa.

—Nunca lo he estado. No me entierren en Amwell, Nueva Jersey. Ni mis hijos ni yo estaremos enterrados junto a este monstruo de figura humana.

Se fue y el nonagenario le dijo a su nieto John III:

—Tráeme al senador Reed Smoot. Quiero que comience a prepararnos una nueva iniciativa.

188

En la esquina de la Quinta Avenida y la calle 48, al pie de la Iglesia Reformada Colegiada de San Nicolás, el reverendo metodista episcopal Malcolm James MacLeod gritó a los periodistas:

—¡Yo sé quién eres tú, señor Rockefeller! ¡No eres el disfraz que le muestras al mundo! ¡Eres maligno! ¡Tus rezos están destruyendo naciones, moviendo al hombre contra el hombre en una lluvia de sangre que está transformando a la Tierra en el Infierno!

Estaba en seguida el tesorero del Collegiate Reformed Protestant Dutch Church, el pastor Charles Stewart Phillips, quien dijo:

—¡Señor Rockefeller! ¡Lárguese de los Estados Unidos! ¡Regrésese a Alemania!

Junto a ellos, el senador de Wisconsin Robert La Follette también gritó:

—¡John Rockefeller es el mayor criminal de nuestra era! ¡América Libre! ¡América Libre! ¡América Libre!

Ochocientos kilómetros hacia el interior de los Estados Unidos, en la ciudad presbiteriana de Columbus, Ohio, saliendo de la Conferencia de Iglesias Congregacionales de Central Ohio, un hombre barbudo y de apariencia bíblica bajó con su bastón por la escalinata: el reverendo protestante Washington Gladden, de noventa años, afirmó a la prensa:

—¡No hay nada tan siniestro ni tan infame en la historia de los Estados Unidos que el hecho de que toda esta injusticia haya sido permitida sin intervención del gobierno! ¡El señor Rockefeller ha creado este sistema de extorsión que está amargando al mundo! ¡No aceptamos más en nuestro trabajo de cristianización la intervención de la Standard Oil Company del señor Rockefeller! ¡No acepten más sus donaciones! ¡Su dinero está corrupto! ¡Su dinero es maligno! ¡Lo que quiere y ha querido siempre es controlar a la comunidad protestante de la Tierra y convertirse en la nueva columna del mundo!

189

Apola y yo fuimos arrastrados con cadenas desde el calabozo donde estábamos a través de un laberinto oscuro y húmedo compuesto por hileras de planchas verticales de hierro. Nos condujeron hacia un elevador dorado, con rejas retráctiles. Un hombre de mantón negro y sin cara nos recibió y jaló la soga con su mano de coraza de bronce. Tenía en la otra mano una lanza negra con aguijones de metal. Oprimió un botón. Se cerraron las puertas y comenzó el ascenso. Apola y yo nos miramos en el suelo. Nos tenían la boca amordazada con trapos.

Subimos a una altitud enorme. El elevador se detuvo y cuando se abrieron las puertas vimos a cuatro soldados del gobierno. Dos de ellos tomaron la cuerda y nos jalaron hacia arriba por una dura escalera de piedra que se curvaba hacia dentro sobre la mitad de una esfera hecha con bloques de roca. En la parte alta vimos una gigantesca bóveda hecha de piedra; se sentía el correr del viento de la noche. Entonces comprendí que el día de las elecciones ya había terminado, y al oír los gritos de apoyo a Ortiz Rubio llegué a la conclusión de que el fraude estaba consumado.

190

Nos jalaron hacia arriba por esa escalera de piedra que se curvaba sobre un iglú de rocas. Arriba lo cubría todo una inmensa cúpula forrada en una red de hierro y agujerada en la cima. Nos colocaron sobre el piso marmóreo de un corredor en forma de anillo, con barandales que apuntaban hacia el centro. Debajo, en el centro del anillo, traspasando los barandales, estaba el abismo.

Caminó hacia nosotros un hombre que yo había conocido en la caverna del minotauro. Me extendió su mano forrada de anillos negros.

—Has vuelto a mí, Simón Barrón —me sonrió.

Era Plutarco Elías Calles. A sus espaldas había algunos generales y soldados. En una silla estaba sentado el "seminarista", con las piernas cruzadas y mirándome de forma petulante. Soplaba el viento de la noche y desde afuera entraban rugidos de una multitud: "¡Ortiz Rubio! ¡Ortiz Rubio! ¡Ortiz Rubio!" Más lejos se escuchaban estallidos, disparos, gritos de personas y sirenas.

Giré la cabeza hacia los muros que sostenían la enorme cúpula y por los colosales ventanales de piedra vi hacia abajo la inmensidad de la Ciudad de México.

El general me dijo:

—Nos encontramos a cincuenta metros de altura, mi querido Simón. Éste va a ser mi mausoleo. Allá abajo —y señaló hacia la ciudad— va a estar la Confederación de Trabajadores de México, que sustituirá a la

CROM de Luis Morones —y se giró noventa grados—. De aquel lado va a estar la Confederación Nacional Campesina —y se giró otros noventa grados—. Hacia allá va a estar la Confederación de Organizaciones Sociales de México —y volvió a girar noventa grados—. Y en esa esquina de allá, en la esquina de Reforma, está mi cuartel general: el nuevo partido, el Partido Nacional Revolucionario.

Se colocó en cuclillas sobre mí y me susurró:

—Desde esta plaza vamos a controlarlo todo. Todo gremio, toda reunión de empresarios, toda agrupación de vecinos, toda célula religiosa que exista en este país va a ser controlada por nosotros —y lentamente se levantó como un monstruo—. La ley va a forzar a todo núcleo humano a regularse por el partido —y le sonrió al hombre que estaba al otro lado con las manos en el barandal: Dwight W. Morrow. Plutarco Elías Calles remató—: Todo va a ser absorbido y controlado por el nuevo partido.

Miré arriba y por encima de su cabeza vi la enorme cúpula y su estructura metálica en forma de telaraña.

—Arránquenles los trapos —les ordenó a sus soldados.

Cuatro hombres nos aflojaron los nudos que teníamos en la boca y Apola comenzó a recuperar el aire.

—¿Dónde estamos? —le pregunté a Plutarco.

—Esto iba a ser la bóveda del Parlamento de Porfirio Díaz. No lo terminó porque lo derrocamos con la Revolución —y me sonrió—. Qué ironía. Ahora lo voy a llamar el Monumento a la Revolución.

Apola me miró.

—¿El Monumento R...?

—Tu amiga es judía —me dijo Plutarco—. Su verdadero nombre es Miriam Cohen. Trabaja para el rabino William Margulis de Nueva York y para su amiguito el papa —y caminó por el corredor—. Simón: debajo de nosotros hay una armadura de reflectores de dos mil vatios que iluminan desde atrás una imagen monumental hecha de paneles de vidrio —y me susurró—: es el retrato del general Álvaro Obregón.

191

Afuera, cincuenta metros abajo, una multitud de seis mil soldados del gobierno y cuatro mil agraristas ebrios habían sido traídos con tortas y mezcales y estaban mirando, debajo del arco principal del monumento, un gigantesco retrato hecho de luz: Álvaro Obregón Salido. La efigie de cristal estaba reclinada hacia atrás sobre una endeble armadura de tubos de hierro. Al pie del rostro de Obregón decía: EL PARTIDO NACIONAL REVOLUCIONARIO TE CELEBRA, PASCUAL ORTIZ RUBIO, NUESTRO PRIMER PRESIDENTE ELECTO DE MEXICO.

Al pie de dicho letrero había un pequeño templete desde el que cinco personas presidían la ceremonia: el atemorizado "ganador" Pascual Ortiz Rubio, el *Homo Erectus* Luis L. León, Manuel Pérez Treviño, Basilio Vadillo y el fundador de la naciente Federación Sindical de Trabajadores del Distrito Federal —futura CTM—, Fidel Velázquez Sánchez. Eran la cúpula del nuevo partido. El sindicalista Fidel Velázquez les gritó a todos:

—¿Por qué nos separamos de la CROM? ¡Porque el señor que fundó la CROM, Luis Morones, ya no nos sirve! ¡Porque el señor Morones ha tachado a nuestro presidente provisional Emilio Portes Gil como una "insignificante figura en la historia de nuestra Revolución"!

Entre la multitud de agraristas y soldados se movilizó sigilosamente un agente oculto, Daniel Flores González. Llevaba en el bolsillo un revólver. Su gafete decía PRENSA AUTORIZADA. EL UNIVERSAL GRÁFICO. PERMISO 29/11/566/SECRETARÍA DE GUERRA. Comenzó a aproximarse lentamente hacia el presidente electo.

192

Afuera, detrás del cerco hecho de rejas portátiles forradas con espirales de púas, la ciudad entera estaba sumergida en ráfagas de metrallas y alaridos de la gente. Bandas de policías ebrios tronaron las puertas de las casas y se metieron disparándoles a las familias que habían marchado para apoyar a José Vasconcelos. Los sacaron gritando y esposados. Sonaban sirenas en toda la ciudad.

—¡Amordácenlos con cuerdas! ¡Métanlos a los camiones! ¡Llévenselos a Revillagigedo!

Mil quinientos kilómetros al noroeste, en Los Mochis, Sinaloa, el señor Luis N. Morones le gritó a la gente:

—¡Emilio Portes Gil tiene un complot para asesinar al presidente electo Pascual Ortiz Rubio! ¡Tengo las pruebas de esta conspiración en el consulado de Los Ángeles!

La guardia militar sujetó al gordo líder obrero que lo había iniciado todo y lo sacó arrastrando hacia la explanada, donde lo estaba esperando un vehículo. El asesinato ya no se ejecutó.

193

Al sur de la Ciudad de México, cerca del kilómetro 43 de la carretera a Cuernavaca, en las proximidades del poblado de Topilejo, el 51 Regimiento de Caballería subió a cuarenta personas encadenadas a la ladera del cerro Tezontle. Entre las personas capturadas estaban los estudiantes Ricardo González Villa, Antonio Nava, Manuel Elizondo, Toribio Ortega, José López Aguilera, Pedro Mota, Roberto Cruz Zeguera, Macario Hernández, Carlos Casamadrid, León Ibarra y Carlos Manrique. Los llevaron en la oscuridad entre los árboles, por encima de las hierbas, soldados dirigidos por un hombre al que ellos llamaban el Gato. En un claro donde caía la luz de la luna éste les indicó:

—¡Aquí!

Con la linterna, el Gato comenzó a examinar lentamente a cada uno de los jóvenes, que estaban llorando. Tenían las caras destrozadas; la sangre y las lágrimas habían formado un emplasto reseco sobre sus mejillas.

—¡Desamárrenlos y denles las palas! ¡Que ellos mismos caven la fosa en que vamos a enterrarlos! ¡Si alguno se mueve de más dispárenle en la cabeza!

Los desamarraron y el Gato tomó una de las palas. Caminó hacia Pedro Mota y se la estrelló en la cabeza.

—¡Ve y díselo a tu mamá! —le gritó al cráneo abierto del estudiante— ¡Dile cómo moriste aquí esta noche!

194

A Vasconcelos lo tenían aprisionado en una casa semejante a un castillo que se levantaba sobre un árido y granítico peñón a la orilla del mar. Era la propiedad del señor Vallejo en Guaymas, Sonora, y el señor Vallejo estaba amarrado en su propia habitación por refugiar a Vasconcelos. Había volado desde la Ciudad de México en uno de los aviones británicos y recibido toda la tragedia que se había cernido sobre el país en menos de veinticuatro horas: la rebelión cristera terminada, el engaño al Vaticano, el fraude electoral y ahora su prisión "amistosa". Sobre todo, lo que más le indigaba era el ataque de los Estados Unidos con sus aviones al levantamiento de Valenzuela, el bombardeo al pueblo de Jimenez y cómo los norteamericanos habían hecho que los mexicanos atacaran a los propios mexicanos. Ahora todo el ejército estaba destruido. Sus captores se lo habían llevado. Las palabras de su madre, esa guerra por la paz, regresaban de tanto en tanto, pero ahora sabía que tal vez esa guerra era imposible y que los mexicanos, como muchos otros pueblos del mundo, estaban condenados a pelear entre sí, sirviendo de botín para naciones con más dirección y poder. "La falta que nos hace el general Reyes", pensó.

Vasconcelos miró las estrellas y colocó las manos en el barandal de la terraza. Cuarenta metros por debajo de sus pies las olas enfurecidas se estrellaron contra la roca del acantilado.

Los soldados del gobierno lo estaban vigilando y habían formado un círculo con armas a su alrededor. Todo el castillo estaba ocupado por guardias, cuarenta de ellos colocados en la entrada. Por la puerta de la casa hacia la terraza los soldados le aventaron un hombre a Vasconcelos. Era Carlos Inzunza, su agente clave en Guaymas. El joven venía seguido por dos soldados y le susurró a Vasconcelos, con los ojos en el suelo:

—Están matando a miles de cristeros. Están deteniendo a miles de personas en todo el país. Declararon electo a Ortiz Rubio y el presidente Hoover ya le mandó felicitaciones. Lo invitó a visitarlo en Washington en veinte días. La bolsa de Nueva York estalló y hasta este momento los ahorradores americanos ya perdieron sesenta mil millones de dólares. Las acciones corporativas las está comprando el Señor R.

Las olas estallaron abajo, contra las piedras. Vasconcelos tragó saliva. Carlos Inzunza miró de reojo a los soldados y le dijo a Vasconcelos:

—El general cristero Bouquet no va a rendirse. Le quedan cien hombres y dice que asume el lugar de Gorostieta, y Pedro Salazar Félix está en Navojoa con setenta cristeros. Está esperando sus órdenes. Con esto prendemos la mecha. La gente se va a levantar. Con esto iniciamos la reacción en cadena.

Vasconcelos le dijo:

—El presidente Hoover quiere verme —y miró a los soldados—. Antonieta está arreglando el encuentro. Hoy debe de llegar a Washington, si todo su itinerario salió bien, para después salir a París.

Carlos Inzunza le dijo:

—No pacte usted con otros. Es lo que han hecho todos —y le puso un papel en la mano. Los soldados golpearon a Inzunza en la cabeza y se lo llevaron arrastrando hacia la casa.

Por la puerta salió a la terraza un visitante inesperado. También venía escoltado por soldados. Cuatro de ellos eran rubios y altos, y portaban el uniforme de la guardia personal de Dwight Morrow. El joven se le colocó enfrente; su gafete decía JOHN LLOYD, ASSOCIATED PRESS. El hombre que estaba a su lado era el coronel Alexander MacNab. Lloyd le sonrió a Vasconcelos y le dijo:

—Venimos a salvarle la vida.

Vasconcelos se dio vuelta hacia el mar y discretamente desdobló el papel. Decía:

—La señora Rivas Mercado quiere que la alcance en París. Es urgente. Puede cambiarlo todo. Búsquela en el hotel Plaza de la Sorbonne, habitación 22.

195

En lo alto del Monumento a la Revolución, el general Calles me dijo:

—Tengo aquí a tu familia. Tengo aquí a mujeres que mis hombres acaban de secuestrar en Tepatitlán: dos muchachitas tontas y alebrestadotas que organizan a la gente. Tengo aquí al mesero deforme que agarraste en La Bombilla. ¿De veras creíste que ibas a poder conmigo? Ni siquiera estoy aquí. Oficialmente estoy en París —y me sonrió—. No conviene de momento que piensen que soy yo el que está detrás de todo.

—Usted no es el que está detrás de todo —le dije—. Usted no es más que un peón. Un comprado. Un absorbido. Un traidor a México.

Plutarco se molestó. Me tomó por los cabellos y me los jaló hacia atrás.

—¿Qué estás diciendo, miserable?

—Ya lo sé todo —le dije—. Fue Morrow el que lo planeó —y miré a Morrow, quien me devolvió la mirada desde el otro lado del abismo—. El Partido Nacional Revolucionario fue creado en los Estados Unidos.

El general me soltó y me dijo:

—El documento que según tu idiotita Vasconcelos demuestra que el Partido Nacional Revolucionario no fue creado en México no está en México —y su boca se curvó con sarcasmo—. Ella lo sabe —y se le acercó a Apola.

Apola no pudo verme a la cara y me dijo:

—Es verdad, Simón. Es la carta de Morrow a Thomas Lamont del 3 de enero de 1928, seis meses antes del asesinato de Obregón. En esa carta Morrow le informó a Lamont que el presidente Calles acababa de aceptar la propuesta de la Casa Morgan de los Estados Unidos y de ratificar los acuerdos De la Huerta-Lamont firmados en Wall Street 23, Nueva York, a las seis de la tarde del 16 de junio de 1922, y también los Tratados de Bucareli del 13 de agosto de 1923. Ese día, el 3 de enero de 1928, el general Plutarco Calles se comprometió a publicar en el *Diario Oficial de la Federación* el decreto por el que se declaran inconstitucionales los artículos 14 y 15 de su Ley de Nacionalización del Petróleo de 1925, y la no retroactividad del Artículo 27 constitucional introducido en la reforma de 1917 por el masón Luis Manuel Rojas.

Me quedé callado.

—¿Y eso significa...?

Apola siguió:

—Que las corporaciones petrolíferas instaladas en México antes del primero de mayo de 1917 pueden quedarse y se les legalizan todos sus derechos a perpetuidad. El control de la Petrozona Pérmica México pertenece ahora legalmente a los Estados Unidos y a Inglaterra.

Miré a Calles y le escupí todas las peores palabras que podían decírsele a un mexicano:

—¿Vendiste a México, malnacido?

—No sólo eso.

Toda la energia de Apola parecía desaparecer a esa hora, no sé si al ver que nuestro fin se acercaba. Dijo:

—Por ratificar los tratados de Wall Street 23 y de Bucareli 85, Plutarco se comprometió a reprivatizar los ferrocarriles para los Estados Unidos y a que el pueblo de México les pague cada año a los Estados Unidos, por medio de la Casa Morgan, once millones de dólares por los daños que les causó la Revolución mexicana.

—¡Pero la Revolución mexicana no fue planeada en México! ¡La planearon ellos!

—Simón: éste es el Acuerdo Morrow-Calles. La deuda total es de quinientos siete millones de dólares y se terminará de pagar dentro de cuatro décadas, en 1968. El déficit se va a cubrir en el futuro con nuevos préstamos y México va a existir endeudado para siempre.

Miré a Calles:

—¿Vendiste a tu propio país? —y me sacudí con la intención de golpearlo.

Apola agregó:

—Sí, y si quieres comprobarlo mira el Decreto R: se publicó en el *Diario Oficial de la Federación* el miércoles 10 de enero de 1928. Ahí se reforman los artículos 14 y 15 de la Ley Reglamentaria del artículo 27 Constitucional en el Ramo del Petróleo. Éste es el documento R. El tesoro pérmico Iapetus; la Petrozona Pérmica de México nunca volverá a ser de los mexicanos.

Miré a Calles y le dije:

—¿Traicionaste a tu propia gente? ¿Te dejaste absorber para seguir operando como presidente de México? ¿Te ordenaron matar a Obregón y acabar con los católicos?

Plutarco me sonrió y se llevó una uva a la boca.

—Estamos preparando la eliminación final de la Paz Romana. Se reanudará la Paz propuesta en Westfalia en 1648.

Miré a Apola y le pregunté:

—¿Westfalia...? ¿Eso es Sajonia?

Ella miró al piso y me dijo:

—La firmó Juan Jorge Wettin I de Sajonia en Münster, Westfalia-Hanover, en el bosque de Teutoburg.

—Diablos... —le dije— ¿Ese Juan Jorge tiene algo qué ver con el Federico III de Sajonia que inició la guerra de Reforma contra el catolicismo?

—Todo —y me miró—. Juan Jorge desciende del abuelo de Federico III de Sajonia. Con la paz de Westfalia nació el imperialismo anglosajón que estamos viviendo, y el mismo año de su firma asesinaron a Carlos I de Inglaterra por ser católico e instalaron al usurpador Oliver Cromwell. Comenzó la guerra final contra Roma. El creador de los masones, Jorge I de Hanover; el asesino de los Caballeros Templarios, Felipe IV Capeto de Francia; la asesina de los celtas de Britania, Rowena Wottan, y Juan Jorge de Sajonia, todos descienden de un mismo hombre: el rey pagano Widukind de Sajonia del año 777. Son la Liga de Wotan.

—¿Wotan?

Apola aún no me podía mirar:

—El ancestro mítico de todos ellos es el dios Wotan. Hoy finalmente tienen el control secreto del mundo. La Cabeza de cristal es Wotan.

Calles me miró ferozmente y me tendió la mano. Su semblante, furioso, se suavizó.

—Mi propuesta para ti sigue aún en pie. Dame la mano y te iniciaré en la fraternidad. Serás parte de nosotros. Serás bienvenido entre miles de hermanos en todos los países del mundo, como un Hermano Libre y Aceptado y volverás a ser lo que siempre has sido. Serás mi protegido.

Apola me gritó:

—¡Simón, no dejes que te absorba! ¡Te está intimidando!

—Simón —me sonrió Calles—: acepta ahora. Ningún juramento atenta contra tu propia vida. Te estoy ofreciendo la grandeza.

—Si voy a ser un masón y van a hacerme guardarle secretos a mi pueblo, ¿eso es ser "Libre y Aceptado"?

—Haces demasiadas preguntas como para convertirte en masón —me sonrió, y se inclinó sobre mí—. Tuviste un problema en tu cabeza y por eso no recuerdas tu pasado. Pero en realidad es una disociación Charcot —volvió el rostro para ver a Apola—. Simón: hiciste bien tu trabajo. Sembraste el arma con el dibujante León Toral. Le diste las coordenadas del Núcleo de la Resistencia Cristera en Tepatitlán a mi agente 10-C y por eso pudimos destrozarlos —y por detrás de él me sonrió el "seminarista" Afrodito del Toboso y Murcia—. Le entregaste a Vasconcelos el documento falso que te di, donde el Vaticano le prometía respaldar su triunfo en las elecciones esta noche con la rebelión de la Cristiada.

No pude responderle.

—Sí, Simón. Tú eres mi agente 10-B —y suavemente me acarició las mejillas con sus anillos—. Te quiero como a mi propio hijo. Por eso —y señaló hacia el abismo— los seres que más quieres en este mundo están ahí, suspendidos en una lámina de vidrio, asómate, ven conmigo, velo con tus propios ojos.

Me jaló por los cabellos y vi, justo por debajo de los barandales, una larga hoja de cristal flotando sobre el abismo, descansando sobre dos cuerdas atadas a los barrotes de los barandales. Sobre ella estaban temblando Patricia López Guerrero, Azucena Ramírez Pérez y el enano Dido Lopérez.

La lámina estaba oscilando y debajo, justo detrás del colosal retrato de vidrio de Álvaro Obregón, había cincuenta metros de un armazón de reflectores incandescentes.

Me sacudí para zafarme de Plutarco y le grité:

—¿Y los demás? ¿Dónde está mi familia?

Me detuvo y me sonrió:

—Ellas son tu familia.

El seminarista se puso de pie y sólo entonces me di cuenta de que la silla no era otra cosa que el trono dorado de Benito Juárez sacado del castillo de Chapultepec. Se dirigió hacia Plutarco con una pesada moneda de oro de cincuenta pesos. La giró entre sus dedos y me dijo:

—¿Y si la lanzo al vidrio? ¿Qué pasará con tu familia?

Estiró la mano por arriba del barandal e hizo ademán de arrojar la moneda hacia el cristal donde estaban flotando mis personas más amadas.

196

Cuando Antonieta Rivas Mercado llegó a París había una manifestación de ochenta mil personas gritando contra los *"Horreurs du Mexique"* —los

"Horrores de México"—. Lo mismo estaba ocurriendo en Suiza, en Irlanda y en Bélgica. Había evitado ir a Washington y tomado uno de los vuelos directos a París que hacían escala casi en el Polo Norte, pero acortaban el trayecto. Le parecía increíble que casi cuarenta y ocho horas antes hubiera estado en la Ciudad de México.

Antonieta caminó por la calle del cisne — "Rue du Cygne" —, traspasó el pequeño patio de adoquines acomodados como ondas de agua y se metió a la imponente basílica gótica de Saint-Denis. El interior era un silencioso mundo de ecos: un bosque de columnas grises que se prolongaban y se ramificaban hacia el techo, conectándolo todo arriba como nervios. Por los lados entraba el resplandor de los vitrales.

Caminó a lo largo del piso ajedrezado escuchando los tronidos de sus propios zapatos. Pasó a su lado una monja; levantándose el sombrero, le preguntó:

—*La tombe d'Antoniette?*

La monja le sonrió y le señaló hacia el fondo un monumento de piedra: dos reyes arrodillados y orando. Frente a dichos reyes había otro: Alfonso Reyes.

Se saludaron efusivamente y Alfonso Reyes le contó todo lo que sabía:

—Ahora sabes por qué ha ocurrido esta nueva desgracia en nuestro país. La masonería nunca provino de los Caballeros Templarios, sino de sus asesinos. Al último templario, Jacques de Molay, lo quemaron en un poste ardiente llamado *Saxum Stapol,* mirando hacia la catedral de Notre Dame. ¿Qué pasaría si te dijera que todo lo que te han dicho toda tu vida ha sido todo el tiempo una mentira?

Tomó a Antonieta del brazo y la llevó por el piso ajedrezado hacia el oscuro fondo de la basílica. Le dijo:

—El rey de Francia fue quien ordenó el arresto de todos los templarios el viernes 13 de octubre de 1307, después de asesinar al papa Bonifacio. Felipe IV Capeto odió a Roma porque Roma interfirió en sus planes de dominar Europa. Muy poca gente sabe esto. Esto es lo que vivimos, Antonieta: una mentira creada desde el primer día. Felipe Capeto colocó a un papa falso para controlar el Vaticano. Los templarios murieron porque defendieron al papa asesinado. La orden de Capeto la había difundido semanas antes en sobres sellados, con la directiva *AD MANUS NOTRUM.*

—¿*AD MANUS NOTRUM*...? —y observó las siniestras gárgolas de las columnas.

—Significa "a nuestras manos", o sea, apoderarse de todas las posesiones de la Iglesia y de los templarios y trasladarlas al castillo de Capeto. El viernes 13 fueron abiertos los sobres y sus agentes comenzaron a asesinar a todos los Caballeros Templarios en Europa. Fue el genocidio de la Guardia Secreta de Cristo.

Llegaron a una reja de hierro y Alfonso Reyes abrió la cerradura con un pasador de cabello.

—Quiero que veas algo —y apartó la reja—. El rey de Francia Felipe IV Capeto ni siquiera fue francés.

—¿Perdón? —y abrió los ojos. Alfonso Reyes caminó mirando hacia atrás y hacia los lados. La jaló por la muñeca y siguió avanzando. Se metió a una apretada explanada oscura donde estaban los sepulcros de los reyes de Francia.

—Capeto tiene otro origen, Antonieta.

La condujo en ese laberinto de sepulturas de piedra cuyas tapas representaban los cuerpos acostados de los difuntos monarcas. Se detuvo en una tumba fea. El rey Capeto tenía los ojos horribles. Alfonso Reyes acarició el cetro del rey y le dijo a Antonieta:

—¿Ya viste a dónde apunta la cabeza de este cetro?

Los dos levantaron los ojos hacia el tenebroso muro situado del otro lado. Poco a poco se enderezaron y cautelosamente caminaron hacia la pequeña puerta que conducía a las catacumbas, por debajo. Antonieta aferró los barrotes de hierro que cerraban la entrada.

—¿También vas a abrir esto con un pasador? —y le sonrió.

—No —le dijo Alfonso Reyes, y miró hacia atrás, por encima de la celosía por la que habían entrado—. Si abrimos este umbral vamos a activar alarmas que sonarán en varias capitales del mundo —y la miró—. Lo que hay aquí abajo está en el borde de lo sobrenatural.

—¿Sobrenatural...? —se asustó ella.

Reyes sacó de su bolsillo una pequeña linterna. La encendió y le dijo:

—Lo que me interesa que veas son estos dos relieves —y apuntó la luz hacia la pared de la izquierda.

El relieve de piedra era de un hombre siniestro con una corona. Su cetro de bronce oxidado terminaba en una palma abierta con los dedos índice y medio pegados, apuntando hacia arriba. El meñique y el anular los tenía enroscados sobre la palma.

Antonieta le preguntó a Reyes:

—¿El símbolo de los masones?

Alfonso Reyes le dijo:

—Él es el bisabuelo del bisabuelo de Felipe IV de Francia. Se llamó Hugo Capeto. Provino de fuera de Francia y destronó al rey heredero, Carlos de Lorena, el descendiente legítimo del gran rey Carlomagno.

—¿Qué significa "Capeto"?

Alfonso Reyes le sonrió y le dijo:

—"Cabeza."

—¡Dios…! —y miró el rostro del hombre de roca.

—Ahora quiero que veas de dónde provino Hugo Caput —y dirigió la linterna hacia el muro de la derecha. Alumbró, y Antonieta vio algo que la horrorizó. Escucharon ruidos arriba y guardaron silencio. Cautelosamente miraron hacia lo alto. Observaron una sombra moverse entre los barandales. Alfonso Reyes le susurró.

—No tenemos mucho tiempo —e iluminó de nuevo el muro—. Lo que estás viendo ahora es el origen más remoto, el origen de todo.

Antonieta vio ahí a otro rey mucho más antiguo. Tenía los ojos vacíos y llevaba una corona y un cetro. Reyes lentamente dirigió el haz de la linterna hacia la mano derecha del rey, que estaba levantada a la altura de su pecho. Antonieta se perturbó.

—¿Quién es? —preguntó.

—Es el ancestro común. Padre en diecisiete generaciones de Felipe IV Capeto y en siete generaciones de Hugo Capeto. Padre en veintiuna generaciones de Federico III de Sajonia y en veintiséis generaciones de Jorge I de Hanover. Padre en treinta y tres generaciones de los actuales reyes de Inglaterra y de una progenie oculta en los Estados Unidos. Ellos conservan su sangre y su proyecto del mundo. Es el rey sajón pagano Widukind. Su centro de poder fue una columna de roca en Externsteine, Alemania, en el corazón del bosque de Teutoburg. En esa columna está oculta una cabeza de cristal que guardó ahí mismo Widukind. La cabeza perteneció a su padre en doce generaciones, en el origen mismo de todo: Wotan.

—¿La cabeza de todo es Wotan? ¡Pero Wotan es un dios! ¡Es un mito! ¡Nunca existió!

Alfonso Reyes apuntó de nuevo hacia la mano de Widukind y le dijo a Antonieta.

—Su dedo está torcido, y con las generaciones sus sucesores lo fueron transformado en el signo que hoy hacen los masones, aunque la mayoría de los masones no saben de dónde proviene. Hoy se sabe que fue una deformidad genética. Cuando lo hacen, sin saberlo, están reafirmando su lealtad al proyecto de Wotan.

—¡Pero Wotan fue un dios! ¡Esto no es real!

Reyes la sujetó por el brazo:

—¡Sí existió, Antonieta! ¡Wotan fue un hombre! La guerra comenzó hace dos mil años.

Antonieta observó unos rasgos tallados en la palma de Widukind. Alfonso Reyes le explicó:

—Son caracteres rúnicos sajones. Significan *"Irminsul Saxorum Resurgam. Saxonum Regna Mundi Regnabit. Novus Ordo Seclorum"*: "Resurgirá la columna cósmica de los sajones. El reino de los sajones imperará sobre el mundo. Ése será el nuevo orden del mundo".

Antonieta se encontraba estupefacta.

—¿Entonces todo fue obra de los sajones?

—Los sajones son el pueblo más racista del mundo, pero la mayoría de ellos ni siquiera son sajones.

—¿Perdón?

—Los doctores Stephen Oppenheimer y Bryan Sykes han investigado el haplogrupo 1 del cromosoma Y del genoma de los actuales sajones. Setenta por ciento de sus genes son de origen paleolítico; en realidad, provienen de los pueblos célticos-latinos que vivían en Europa antes de la invasión de unos cuantos caudillos tiránicos sajones. Se mezclaron las razas, pero siete de cada diez de los actuales sajones siguen siendo celto-latinos de la cultura prehistórica y pacífica llamada Yoein-Unetice-Funnelbeaker, que hoy sobrevive intacta en Escocia, Gales, Cornwall, la Bretaña francesa, Galicia, Asturias, Australia, los Estados Unidos, Francia, Italia, España y en todos los pueblos latinos que provenimos del Imperio romano —y le sonrió a Antonieta—. Vasconcelos lo sabe y quiere realizarlo: la Unión Mundial Céltica Latina. La Unión de Yoein.

197

—¿Está o no está aquí la Cabeza de cristal, la Cabeza de Wotan con el Plan de los Milenios? —preguntó Hitler un tanto molesto por haber tenido que volver al bosque de Teutoburg días después. Lo acompañaban de nueva cuenta el banquero Fritz Thyssen y el presidente del Reichsbank alemán, Hjalmar Schacht. Penetraron en el templo luterano y arriba, en el dintel, vieron bajo la luna a Cristo *Pantocrator* con los dedos unidos y apuntando hacia arriba.

Caminaron dentro de la iglesia y el pastor les dijo:

—Esta iglesia la construyeron en el año 1100. Fue cimentada sobre otra edificación mucho más antigua, el templo de Wotan. Es exactamente aquí, en los subterráneos de ese templo neolítico, donde fue enterrado nuestro gran rey Widukind en el año 808.

Teudt siguió caminando hacia el fondo, hacia el altar de oro. Detrás estaba la entrada de la tumba.

—Cuando lo derrotó Carlomagno en el año 777, Widukind le juró convertirse al cristianismo, pero entró disfrazado a la iglesia con un manto negro y un *sax* en la mano para asesinarlo. La guardia imperial de Carlomagno lo reconoció porque Widukind sacó la mano y mostró su dedo central deformado. Lo llevaron ante el emperador y Widukind le dijo que había entrado a la iglesia para entregarle su *sax* y para que lo bautizara. Carlomagno le creyó y lo bautizó. Widukind susurró para sí mismo: *"Irminsul Saxorum Resurgam. Saxum Imperium incipiat"*. Lutero convirtió a Widukind en la imagen de la reunificación de Alemania.

—¿Dónde está la maldita cabeza? —le gritó Hitler.

Lo sorprendió por detrás un agente de Hjalmar Schacht:

—¡Se precipitó la caída de las bolsas! ¡Nueva York está perdiendo sesenta mil millones de dólares y el derrumbe ya se propagó a la bolsa de Inglaterra! ¡Esto va a arrasará Europa!

Hitler se volvió a ver a Schacht, quien le dijo:

—Esto lo hacen para destruir a Alemania. Si se derrumba nuestro marco, nuestra deuda con los aliados por los daños de la Gran Guerra Mundial ya no va a ser de ciendo doce mil millones de marcos: no se podrá pagar en quinientos años.

Hitler apretó la mandíbula y mandó:

—Llamen a Alfred Hugenberg. Quiero que me prepare un discurso para leerlo mañana ante el Reichstag. Quiero que se llame Proyecto de Ley contra la Esclavización del Pueblo Alemán y que diga lo siguiente: "Alemania ha sido convertida en una colonia del banquero Owen Young de la Casa Morgan de Nueva York. Primero: Alemania no provocó la Gran Guerra. Segundo: Alemania dejará de pagar las deudas por daños de guerra. Tercero: toda autoridad alemana que firme arreglos que comprometan al pueblo alemán con estas deudas son traidores de Alemania y serán castigados". Ordenaré al Reichstag que someta esta ley a plebiscito en veinte días. Necesitamos sólo veintiún millones de votos.

—Pero, Führer —le digo el agente de Schacht—, ¡esto va a desencadenar una guerra! ¡No tenemos ejército! ¡Nos hicieron desmantelarlo! ¡Nos van a aplastar!

Hitler le sonrió y le puso la palma en el hombro:

—Tu brillante jefe Hjalmar Schacht ideó para mí el plan estratégico más sublime, secreto, complejo y colosal en la historia del mundo. Sí tenemos ejército y estamos terminando de fabricarlo. Tenemos el ejército más temible y poderoso que ha creado la Tierra.

El chico se quedó perplejo.

—¿Pero dónde, *Mein Führer*? ¿Dónde está ese ejército? ¡Los inspectores de la Comisión Interaliada de Control de la Liga de las Naciones tienen vigilado y controlado cada centímetro de Alemania!

Hitler le sonrió de nuevo y miró a Schacht, quien sólo era un patriota. Por debajo de los pies del Führer sopló un viento que recorrió todo el bosque de Teutoburg y llegó hasta las fronteras de Polonia, las traspasó y corrió por cordilleras forradas de árboles siguiendo el curso de los ríos Odra y Vístula, y llegó a Bielorrusia. En Bielorrusia traspasó el bosque de Belavezhskaya Pushcha y los glaciares de Vitsiebskaya, traspuso la frontera hacia la nueva Unión Soviética y penetró en las llanuras del Volga hasta llegar a tres plantas colosales en las ciudades soviéticas de Lipetsk, Tula, Kazán y Saratov. Las naves, de dimensiones colosales, tenían en lo alto un letrero que decía: M.E.F.O AUFRÜSTUNG G.E.F.O. y por encima estaba el águila imperial de Alemania. En la parte de abajo decía: *"Gesellschaft zur Förderung gewerblicher Unternehmungen"*.

El general Hans Von Seeckt entró con sus ayudantes a la ruidosa planta, que tenía varios pisos hacia abajo y donde se estaban construyendo aviones Junkel 33, Fokker D-13 y Heinkel He7F-2. Del lado derecho se producían bombas L/45 y L/20, y abajo se armaban tanques Grosstraktor Panzer I y II y Krupp PzKpfw IV. En Saratov y en Kazán se estaban fabricando las ametralladoras Maschinengewehr LMG-08/15 "Spandau". Al fondo, lo recibieron el mariscal soviético Mijaíl Tukhachevski y el jefe del Sondergruppe R alemán, Kurt von Schleicher. Le estrecharon la mano y lo llevaron a ver el nuevo ejército más poderoso del mundo, creado en secreto, con dinero proveniente de Inglaterra y de los Estados Unidos con la mediación de Harriman y Bush, con los bonos de inversión MEFO "para la industria metalúrgica alemana" creados por Hjalmar Schacht y con la empresa fantasma GEFU "para la promoción empresarial e industrial", también ideada por Hjalmar Schacht para inyectar secretamente esos setenta y cinco millones de *reichmarks* a las plantas de Rusia donde las corporaciones acereras Thyssen y Krupp estaban construyendo la maquinaria que iba a librar la segunda Guerra Mundial.

Aufrüstung significa "rearme".

198

Al norte de París, en la Basílica de San Dionisio, Saint-Denis, Alfonso Reyes le dijo a Antonieta Rivas Mercado:

—La Cabeza de cristal con el Plan Sajón de los Milenios no está aquí en París. La Cabeza de cristal está donde comenzó todo, donde hace dos mil años reinó un hombre que se llamó Wotan o La Mente, y que el mito de los siglos combinó después con un dios. Es su propia letra la que está inscrita dentro de esa cabeza. Ese lugar se llama Externsteine y se encuentra en el lugar más secreto del bosque sagrado de Teutoburg, donde alguna vez estuvo la Columna del Mundo, Írminsul.

—¿Qué pasará si la encontramos?

Alfonso Reyes miró hacia el acceso de la basílica y miró a Antonieta. La tomó de las manos y le dijo:

—Cambiaremos el futuro para siempre. Pero antes tienes que ir a la Catedral de Notre Dame. Encuentra la Capilla de San Dionisio. La reconocerás porque San Dionisio tiene cortada la cabeza y viene cargándola en sus propios brazos.

—¿Qué hay en esa capilla?

Alfonso Reyes sacó un papelito en blanco de su bolsillo y comenzó a dibujarle un croquis de Notre Dame.

—Nos queda poco tiempo —le dijo a Antonieta—. En la Capilla de San Dionisio —y le señaló un punto en el diagrama— vas a encontrar una placa de acero. En esa placa está inscrito el nombre de aquel que hoy controla todo. Es el heredero final del Plan de Wotan.

—¿El Gran Patriarca? ¿La Gran cabeza de cristal?

—No nos queda tiempo —y le dio el papel. Miró hacia la entrada y le dijo—: hay gente buscándome y me tienen prohibido hablar, más aún ir a Notre Dame.

—Entonces tengo que pedirte un favor —le dijo ella, y revisó el croquis—. Le pedí a Vasconcelos que me encontrara en París, en el hotel Plaza de la Sorbonne —y arrancó la mitad de abajo del papel, que estaba en blanco. Le tomó la pluma a Alfonso Reyes y comenzó a rellenar el papel, consultando la otra mitad donde estaba el diagrama—. Por favor entrégalo en el hotel. Que se lo den al señor Carlos Deambrosis, que está en la habitación 22. Él se lo entregará a Vasconcelos para que me encuentre.

Alfonso Reyes tomó el trozo de papel y lo leyó.

—¿Lo hiciste en clave? —le sonrió.

—Es por ti. Te tienen prohibido hablar —le devolvió aquella sonrisa que era un poco mezcla de admiración y de decepción.

Alfonso Reyes se lo metió al bolsillo y del otro sacó su pistola y se la ofreció a Antonieta.

—La vas a necesitar.

—Ya tengo una —sonrió ella, y le mostró un revólver plateado que tenía en su bolso—. Se la tomé prestada a Vasconcelos.

Alfonso Reyes le dio un beso en la frente y le dijo:

—En este instante el futuro del mundo depende únicamente de lo que tú hagas.

199

En el Monumento a la Revolución, cuando Plutarco Elías Calles y su agente 10-C me amenazaron con destrozar el cristal y dejar caer a mi familia y a las cristeras de Tepatitlán hacia los ardientes reflectores, el embajador Dwight Morrow bajó unas escaleras hacia los elevadores y se fue.

—¿Dónde está la Cabeza de cristal? —le pregunté a Calles— ¿Quién es el Gran Patriarca?

Me sonrió y me dijo:

—No me hagas enojar, 10-B. ¡José! ¡Aviéntales esa moneda!

10-C en realidad era José Gutiérrez y acababa de darle a Plutarco las coordenadas de las casas de los jóvenes del Comité Vasconcelista: Antonio Helú, Andrés Henestrosa, Adolfo López Mateos, Carlos Pellicer, Octavio Medellín Ostos y Alejandro Gómez Arias.

El "seminarista" echó hacia atrás el brazo para tomar fuerza.

—¡No! —le grité.

Por detrás de los soldados llegaron más personas que habían subido las escaleras desde el otro lado. Eran el general Joaquín Amaro; el diputado Gonzalo N. Santos —el Nenote— blandiendo su pistola dorada, la Güera; el delgado y joven masón supremo gran comendador de la Gran Logia del Valle de México, Luis Manuel Rojas, y el gordito y anteojudo subsecretario de Relaciones Exteriores, Genaro Estrada Félix.

Dos soldados que venían con ellos empujaron a una fila de cristeros aprisionados en Tepatitlán, con marcas de golpes en la cara: Mónica La Chulita Evangelina M. López, Gloria Muñoz, Patricia M. López, Idalia Montesinos, Belinda Barbadillo, Mauricio Ramírez Pérez y Ramón López Guerrero.

—¡Los vamos a aventar a todos, chingada! —gritó el Nenote mientras abajo, en la ceremonia, alguien gritó: "Por orden del presidente provisional Emilio Portes Gil se declara al ciudadano José Vasconcelos instigador de la rebelión y enemigo de México. Tienen todos ustedes, en cualquier parte de la República, la orden de arrestarlo y trasladarlo a Zona Militar de Tacubaya para su fusilamiento".

Plutarco le sonrió a Luis Manuel Rojas y le dijo:

—Nunca olvidaré cómo atacaste al embajador Henry Lane Wilson. Siempre has sido un hombre patriota. Entrégame a estos reos.

—Claro que sí, mi general —y le apuntó con la pistola a Calles—. ¡Liberen a estas personas!

200

En París, dentro de la Catedral de Notre Dame, Antonieta Rivas Mercado estaba sentada en una banca frente al altar, llorando. Detrás de su cabeza había una creatura andrógina, con la cara alargada y desfigurada, cubierta por un velo negro de fibras. Le acercó la boca al oído y le susurró:

—Lo que acabas de descubrir va a destruirte —y le pasó sus largos dedos deformes por los labios—. Dime a quién le diste el croquis que tenías para José Vasconcelos.

Ella no le respondió. Siguió mirando a Jesucristo. Dirigió lentamente la mirada hacia su derecha y vio la Capilla de la Virgen de Guadalupe. El ser andrógino, con la voz rasposa y afeminada, le dijo:

—Tengo a la policía de París esperándote en la puerta. El señor Alfonso Reyes acaba de ser detenido. Te voy a torturar hasta que me digas dónde pusiste el mensaje y Vasconcelos va a ser asesinado.

201

En el Monumento a la Revolución, con la pistola de Luis Manuel Rojas en la cabeza, el general Plutarco Elías Calles comenzó a levantar los brazos. Los "reos" que el masón de la Gran Logia del Valle de México había traído, Mónica Evangelina M. López, Ramón López y Mauricio Ramírez, se pusieron a golpear a los soldados de Calles con palos, y los otros soldados corrieron hacia Apola y a mí para desamarrarnos.

El enano Dido Lopérez, con la cara llena de llagas, comenzó a caminar sobre la hoja de cristal hacia la cuerda que la detenía de los barrotes. Patricia le gritó:

—¡Espera! ¡No te muevas tanto! —y debajo de ella el cristal comenzó a agrietarse. El enano se sujetó de la cuerda, empezó a escalarla como un cirquero y se quedó colgando sobre el vacío de reflectores de dos mil vatios. Azucena me miró y me sonrió con cara de preocupación mientras la grieta le pasó por debajo de las piernas. El general Calles les gritó a todos:

—¡Arréstenlos! ¡Fusílenlos aquí mismo! ¡Tírenlos a las lámparas!

—¡Tú te vienes conmigo! —le gritó Gonzalo N. Santos y lo sacó por las escaleras pataleando mientras Idalia Montesinos le gritó:

—¡Se te acabó tu teatrito, tarado!

El general Amaro le puso la pistola en la cabeza al masón Luis Manuel Rojas y comenzó a gritarle:

—¡Traidor! ¡Arrójate al piso! ¡Ríndete ahora mismo! —pero el gordito subsecretario de lentes Genaro Estrada le dio un codazo entre los dientes y le dijo:

—No seas violento —y se ajustó el chaleco—. ¡Cuidado con esas cuerdas! ¡Rescaten a esas muchachas!

Los soldados de Plutarco comenzaron a disparar contra los del subsecretario, y Mauricio Ramírez tomó a uno de los plutarcos por los pantalones.

—¿Te gusta volar? —y lo lanzó hacia el armazón de reflectores, donde se estrelló contra un farol hirviente y se le desgarró la carne al caer entre los tubos.

Ramón López, Mónica Evangelina M. López, Idalia Montesinos y Gloria Muñoz corrieron hacia el barandal y les gritaron a Patricia y a Azucena:

—¡No se muevan! ¡Ahorita las subimos!

—¡Quiero vivir, quiero vivir! —gritó desesperado el enano Dido Lopérez, y siguió subiendo con sus manitas por la cuerda, haciendo temblar la hoja de vidrio. Azucena vio debajo de ella la grieta ramificándose por encima del abismo.

Apola comenzó a darles golpes y patadas a los soldados. Yo estaba desenredando la cuerda con la que me habían atado. Se la lancé a Ramón López y le grité:

—¡Usen esto! ¡Que se amarren por la cintura y amarren el otro extremo al pasamanos! —pero la cuerda la cachó el Indio Amaro, que estaba en el suelo, y la tiró hacia abajo por entre los barrotes. La alcanzó a detener con la punta de su zapato el masón Luis Manuel Rojas y golpeó a Amaro en la cabeza.

—Bueno, tú nomás no paras de chingar, ¿verdad? —y comenzó a amarrar el extremo de la cuerda al pasamanos. El otro extremo se lo lanzó a las chicas y les gritó—: ¡Amárrense de la cintura!

El enano Dido Lopérez siguió subiendo y sus sacudidas ramificaron la quebradura en el andamio de vidrio. Azucena imploró:

—¡Pequeñito! ¿Podrías detenerte, porfa? —y el vidrio comenzó a quebrarse.

Se me lanzó a los golpes el "seminarista" 10-C y me gritó:

—¡Qué estúpido eres! ¿No ves que te iban a hacer gran maestro? ¡Nada de esto hubiera pasado!

Le di un puñetazo en la cara. Me abrazó y se giró conmigo en el corredor en forma de anillo. Por el barandal vi la enorme cara luminosa de Álvaro Obregón, cuyo retrato gigantesco estaba reclinado unos cuantos grados hacia el eje central del abismo.

—¿Quién es el Gran Patriarca? —le pregunté mientras me hundía los dedos en los ojos. Me lo quité y me jaló por los cabellos.

—¡Nadie lo sabe, imbécil! —me contestó— ¡Ni Plutarco mismo lo sabe! ¡El Gran Patriarca es un mito! ¡La Gran cabeza de cristal es un invento para confundir a pendejos como tú! —y me intentó clavar su cuchillo por detrás de la oreja.

Le di con el puño debajo de la barbilla y se le tronaron los dientes.

—¿Dónde está la Cabeza de cristal con el Plan Masónico del Mundo? —le pregunté— ¿Quien lo controla en este momento?

Me giré como un gato y comenzó a aproximárseme con un pie destrozado. Alguien le había dado un balazo. Me gritó:

—La cabeza de cristal no está en México. Ni siquiera está en nuestro santuario de París.

—¿Dónde está? —y miré hacia el andamio de vidrio. Patricia y Azucena estaban atándole una cuerda en la cintura al enano Dido Lopérez y desde el otro lado les estaban gritando Ramón López, Mónica La Chulita y el masón Luis Manuel Rojas.

Los soldados de Plutarco agarraron al subsecretario Genaro Estrada por el cuello y lo golpearon en los anteojos. La joven Gloria Muñoz los pateó en los testículos y Belinda Barbadillo les hundió los tacones en los ojos.

—¡Eso les pasa por marranos asquerosos! ¡No muevan las cuerdas!

Patricia terminó de amarrar al enanito y lo bendijo persignándolo en la frente:

—No te asustes. Todo va a estar bien —y comenzó a amarrar a Azucena, pero Azucena le arrebató la cuerda y le dijo:

—No, tú primero.

—No, tú primero —le sonrió Patricia.

—¡Apúrense, carambas! —les gritó el masón Luis Manuel Rojas y les tendió la mano para recibirlas.

El enanito gritó:

—¡He encontrado finalmente a mi nueva mamá!

El "seminarista" desenvainó un segundo cuchillo y se acercó a mí batiéndolos como aspas.

—¿No soy guapo? —me preguntó— Soy más guapo y más inteligente que cualquiera de ustedes. Tengo un coeficiente intelectual de ciento setenta puntos —y proyectó el cuchillo en el aire. Se giró hacia el andamio de vidrio, tomó vuelo y lanzó el cuchillo de acero hacia el cristal. Se hizo un silencio y todos vieron el cuchillo volar en el espacio y estrellarse contra el cristal donde estaban Patricia y Azucena. Se despedazó por en medio y los pedazos se fueron al abismo.

202

Dentro de la Catedral de Notre Dame, la creatura diabólica le susurró a Antonieta en el oído:

—Te voy a tener en un calabozo. Te haré desgarrarte cada día y enviaré tus gritos a José Vasconcelos, y nunca sabrá dónde encontrarte. Sabrá sólo una cosa: que el día que hable, o que intente rescatarte, tú vas a morir.

—¿Eso quiere de mí? ¿Qué sea por siempre una rehén para José Vasconcelos? —y las gruesas lágrimas parecían ácido.

—Él no te ama —le dijo la creatura—. Nunca te ha amado. Tiene su esposa. Eres su prostituta. Su banco. Te vació tus cuentas para su miserable campaña y empeñaste todas las propiedades de tu familia. Estúpida. Ahora no tienes nada. ¿Acaso va a casarse contigo? No eres nada. Si realmente te amó alguna vez ahora va a sufrir cada mañana, porque va a saber que te tengo aprisionada y te estoy atormentando.

—Yo no quiero que sufra —y lentamente comenzó a sacar de debajo de su pierna el revólver plateado.

La creatura se percató del movimiento y le dijo:

—Si me disparas va a venir a ti alguien exactamente igual a mí. Somos muchos. Somos un sinnúmero —y le sonrió—. Somos una legión.

Antonieta le apuntó a la cara y lloró. Amartilló el revólver y a lo lejos miró a la Virgen de Guadalupe. Se recordó a sí misma de niña llevándole un trébol de rosas.

Cerró los ojos y dijo:

—Al final ganará la esperanza. Llegarán los que me sigan —y se disparó en el pecho.

203

En el Monumento a la Revolución quedaron colgando de la cuerda, amarrados por la cintura, Patricia López Guerrero, Azucena Ramírez Pérez y el enano Dido Lopérez. Arriba les estaban gritando Luis Manuel Rojas, Ramón López y Mónica La Chulita Evangelina, quien miró hacia todos lados buscando algo y en el piso vio un garrote metálico de la policía. Se metió entre las piernas de Ramón y del masón, tomó el garrote y lo pasó por debajo de la cuerda, entre los barrotes. Comenzó a jalarlo hacia atrás, como si fuera una polea.

—¡Ayúdenme! —les gritó a todos— ¡Voy a salvarte, mami! —Así decía Patricia. Se le arremolinaron alrededor todos mientras Mauricio Ramírez cogió a soldados por los chalecos y los lanzó hacia los reflectores.

—¡Buen viaje, babosos!

Mónica, Ramón y Luis Manuel Rojas jalaron el objeto metálico hacia atrás, tirando de la cuerda hacia arriba. La cabeza del enano Dido Lopérez fue la primera en aparecer entre los barrotes:

—¡Dios mío! —y miró hacia la cúpula— ¿Por qué siempre me pones en situaciones k-gantes? —pero el Indio Amaro, con la cacha de su pistola, golpeó a Luis Manuel Rojas en la cara. Apuntó el revólver hacia abajo, hacia las chicas, e Idalia Montesinos lo pateó en el ojo.

—¡Toma esto, tarado!

El "seminarista" 10-C se me aproximó con el otro cuchillo y me lo lanzó a la pierna, donde se me encajó en el muslo. Caí al suelo y me adherí al barandal. Comencé a empujarme hacia arriba. Me aferré del travesaño y miré hacia abajo los ojos feroces de Álvaro Obregón Salido. Me vino a la memoria algo que había escuchado en la celda, al principio de todo: "¿Sabes cuáles fueron las últimas dos palabras que acaba de decir el presidente electo Obregón antes del asesinato?"

Miré al agente 10-C y se lo pregunté directamente:

—¿Sabes cuáles fueron las últimas dos palabras que dijo Obregón?

Me miró extrañado y le dije:

—¿Alguien con un coeficiente intelectual de ciento setenta puntos no lo sabe? ¿Acaso eres pendejo?

Se me aproximó enfurecido y lo abracé con la otra mano. Me dijo:

—¡Recuperarás tu memoria y terminará el efecto Charcot! ¡Vas a recordar que tú mismo eres un traidor a México, un esclavo de la Red Secreta! ¡Eres maligno, Simón! ¡Ésa es tu verdadera naturaleza!

Comencé a perder la conciencia y vino a mi mente la música de unas cítaras. "Limoncito, limoncito, pendiente de una ramita…"

Miré a Obregón a los ojos y le dije:

—Gracias, general —y le sonreí. Abracé al agente 10-C y con toda mi fuerza lo cargué y lo lance hacia el otro lado, hacia el abismo, pero quedó sujetándose del travesaño, gritando como una niña. Le pregunté:

—¿Es verdad? ¿Alguna vez fui agente de los Estados Unidos? ¿Soy yo el agente 10-B?

Me sonrió y me dijo:

—No eres nadie.

—Eso lo sé —y lo vi pendiendo del abismo como un limoncito. Me recliné hacia él y añadí—: todos tenemos una parte buena y una mala —miré a Patricia López Guerrero—. Pero te prometo que la parte buena va a ganar —y le ofrecí la mano para subirlo.

Me escupió en la cara y le dije:

—Las últimas dos palabras que dijo Álvaro Obregón fueron: "Más totopos"; ¿puedes creerlo? —y ansié tener en mis manos el frasco con la mano de Obregón, pero ahora comprendía que tal vez nunca más lo volvería a ver desde que nos habían apresado en la Capilla Ardiente. El frasco con la mano de Obregón se convertiría en uno de los tantos secretos que Plutarco Elías Calles guardaba y que sin duda alguna heredaría a su Partido Nacional Revolucionario. Eché de menos la mano, sin duda alguna—. ¿Con qué agarras un totopo?

Me miró extrañado y miró el frasco.

—¿Con la mano?

—Te sirvió tu coeficiente —y jalé el barrote que sostenía al "diacono español".

Descendió hacia el abismo y se precipitó sobre el colosal retrato de cristales de Álvaro Obregón, que se hizo pedazos haciendo estallar los reflectores. Abajo, los seis mil soldados pagados y los cuatro mil agraristas vieron la explosión, y los cristales cayeron como un diluvio de fuego por detrás de la espalda del señor Pascual Ortiz Rubio. Se hizo el silencio y Ortiz Rubio volteó hacia atrás y vio la hecatombe.

Se volvió hacia el micrófono, muy perturbado, y les dijo:

—Como les iba diciendo…

Salimos todos como una manada de prófugos por las escaleras de cincuenta metros, protegidos por el masón Luis Manuel Rojas y el subsecretario Genaro Estrada, que venían detrás de todos. Calles y su gente ya no hicieron por seguirnos, porque de pronto se dieron cuenta de que Estrada no venía solo y de que otros amigos les apuntaban con sus rifles.

El subsecretario nos dijo:

—Abajo los espera mi guardia personal de la secretaría. Es importante que cuando vean al joven Adolfo López Mateos le digan que venga conmigo. Vamos a usar el nuevo partido para liberar a México.

Apola le preguntó:

—¿Y cómo diablos va a ocurrir eso?

—Creando una estructura extraordinariamente poderosa que lo controle todo. Va a ser tan fuerte que va a convertirse en el escudo de México contra los Estados Unidos.

—¿Pero cómo? —le preguntó Apola.

—Me voy a presentar ante las Naciones Unidas como secretario de Relaciones Exteriores de México y ahí les voy a leer a los embajadores de todos los países un párrafo que va a destruir para siempre el poder de los Estados Unidos para reconocer la existencia o inexistencia de los gobiernos extranjeros, incluyendo a México y al Vaticano.

—Se va a llamar la Doctrina Estrada —nos dijo el masón Luis Manuel Rojas bajando las escaleras—. Simón y Apola: hay otra corriente masónica en el mundo. Yo y otros muchos la representamos en México. Entre todos crearemos un México Nuevo.

Al pie de la escalera había un camión de la Secretaría de Relaciones Exteriores con una guardia del subsecretario. Nos metieron y, antes de cerrar la puerta, Genaro Estrada me dijo:

—Lo único que te falta ahora es encontrarte con los verdaderos descendientes de los Caballeros Templarios —y se volvió hacia el chofer—. ¡Llévelos a la Catedral Metropolitana de la Ciudad de México! ¡Bájenlos a las criptas! —y dirigiéndose de nuevo a mí—: ahí te espera el hombre que te los va a presentar en persona.

Como un club de estudiantes bajamos todos a las criptas de la catedral de la Ciudad de México, frente a la plaza del Zócalo, en el corazón geomagnético de América del Norte. Caminamos sobre un piso endeble, de losas quebradizas, entre paredes de nichos mortuorios del siglo XVII. Al pisar hicimos rechinar el suelo y nos percatamos de que abajo estaba hueco.

Una figura obesa se nos aproximó entre las sombras.

—Ése es el sustrato más profundo —nos dijo con una voz muy grave y estentórea. Sus ojos brillaron en la negrura como dos canicas de agua—. Es el pasadizo subterráneo que conectó hace quinientos años los palacios de Moctezuma y Axayácatl.

Se aproximó y le distinguí la cara.

—¿Monseñor? ¿Monseñor Rafael Guízar y Valencia?

El hombre me sonrió. Era quien le dio la última unción a mi general Bernardo Reyes el 9 de febrero de 1913. Nos dijo:

—Somos pensamientos en la mente preciosa de Dios. Pongámonos de rodillas —nos pidió a todos—. Apola Anantal: tú eres Miriam Cohen y eres judía. Azucena y Mauricio Ramírez, ustedes son evangélicos y han salvado a sus hermanos católicos. Patricia, Ramón, Simón, Gloria, Mónica, Patricia y Belinda: ustedes son católicos. En este momento todos somos uno —y cerró los ojos.

El enano Dido Lopérez le gritó:

—¡Yo he sido católico, judío y protestante, y al mismo tiempo no creo en nada!

Monseñor Guízar y Valencia lo miró y le sonrió con gran ternura:

—Lo sé. Sólo crees en una cosa, y esa cosa está por encima de todas las religiones de los hombres. Es la religión de Dios, y la religión de Dios somos nosotros.

Se levantó lentamente y miró hacia el techo oscuro:

—Es la única razón por la que quiso volverse hombre y morir entre nosotros. Nos ama tanto… —se le humedecieron los ojos. Cerró los párpados y agregó—: ésa es la única razón por la que puede explicarse que nos haya creado. Para estar entre nosotros —y nos miró—. Por eso no importan los nombres que usemos en cada religión para alabarlo. Es el mismo Dios. Las diferencias son sólo de nosotros, pero volveremos a estar juntos. El universo entero fue creado por amor.

Se enderezó y miró hacia los nichos sepulcrales. Le pregunté:

—¿Quiénes son los verdaderos descendientes de los Caballeros Templarios que murieron hace seiscientos años?

Monseñor Guízar me sonrió y desenvainó una espada que arrastró desde la pared. La hoja metálica destelló en la escuridad y reconocí un trébol hecho de rosas. A lo largo de la espada brillaron estrellas como una galaxia.

—¿La Serpiente de Estrellas? —le pregunté— ¿Citlacóatl?

El prelado se nos aproximó y se colocó en medio de todos. En su pecho distinguí un símbolo que decía "Orden Militar de Cristo 1319". Era una cruz roja con las puntas terminadas en triángulos, y estaba rodeada de luces. Monseñor cerró los ojos y lentamente levantó la espada por encima de nuestras cabezas. Comenzó a hablar en latín y en griego y nos dijo:

—Por el poder de Dios Supremo; por la unidad entre todas las naciones; por la esperanza común de todos los pueblos de la Tierra en la reunificación final del mundo, siendo todos ustedes creyentes de todas las religiones y que han luchado juntos para cuidarse unos a otros, y a todos los seres del universo, y a la libertad de todos los credos, razas y pueblos en el mundo, que en la mente de Dios somos sólo uno, como agentes de la Guardia de Dios, los declaro Caballeros de la Orden del Temple —y nos sonrió—, por los votos conferidos a mí en la Orden de Cristo a la que pertenecieron Enrique el Navegante en 1460, Fernando de Magallanes en 1521, Alexandre Rodrigues Ferreira en 1815 y en la actualidad Joseph Patrick Kennedy. Los declaro esta noche a ustedes, muchachas y muchachos, los Nuevos Caballeros Templarios.

Nos quedamos perplejos y no nos dio ningún distintivo.

—Ahora vayan y escóndanse mientras pasa esta tormenta. Cuando llegue el momento, cuando ustedes sepan que es oportuno, saldrán a las calles unidos y levantarán a todo el mundo en la guerra final de todos los tiempos: la guerra por la paz.

—Diablos... —susurró el enano—. Pensé que nos iba a regañar.

Monseñor nos hizo abrazarnos y él mismo nos abrazó con su gordura. Nos dijo:

—En el centro de la plaza hay un punto donde han confluido desde hace quinientos millones de años las fuerzas tectónicas del eje neovolcánico de los antiguos supercontinentes Laurasia y Gondwana. En el año de 1307 los aztecas colocaron ahí un Chac Mool, símbolo del puente cósmico entre nuestro mundo y las estrellas. Vayan ahí y depositen su corazón como lo hicieron ellos. Prométanle su lealtad a Dios, a México y a todos los seres vivos del universo.

Nos miramos unos a otros. Patricia le preguntó:

—¿Y cuál es ese punto?

Monseñor le puso la mano en el hombro y le dijo:

—Se llama Mex-Xictli, el ombligo cósmico del mundo. Es el Zócalo: justo donde en este instante ondea la bandera de México.

Salimos trotando y traspasamos la puerta de la catedral. Monseñor Guízar y Valencia nos detuvo a mí y a Azucena. Jadeó y me dijo sonriendo:

—Ya puedes besar a tu esposa.

La miré y ella me sonrió en una forma muy hermosa, entrecerrando los ojos.

—Simón: Apola me dijo que no te dijera, que no interfiriera en tu proceso de recordación.

Le respondí:

—¿Yo no soy 10-B, verdad?

Me sonrió:

—Claro que no. Tú eres mi Simón Barrón.

La abrace y nos besamos debajo de las estrellas. Por en medio del cielo brilló una nube luminosa hecha de miles de millones de estrellas: la serpiente cósmica, la Vía Láctea.

Nos acercamos a Mex-Xictli y de rodillas, con la palma en el suelo, les juramos nuestra lealtad a Dios, a México y al Mundo antes de que vinieran los soldados.

206

Días después José Vasconcelos llegó a París, tomó un taxi en la estación hasta el Boulevard de Saint-Michelle y con el abrigo en su brazo corrió hasta la fachada del hotel Plaza de la Sorbonne, donde debía encontrarse con Antonieta. Ahí lo esperaba Carlos Deambrosis, quien corrió hacia Vasconcelos y le entregó un pedazo de papel.

—Tenemos que ir a un lugar.

El mensaje decía: "Para José Vasconcelos, de Valeria. París. En este momento salgo a cumplir lo que te dije; no me llevo ningún resentimiento; sigue adelante con tu tarea y perdóname. ¡Adiós!"

Le dio la vuelta y vio una anotación que no comprendió: "Notre Dame 4-12".

Abordaron un taxi que los llevó a uno de los cementerios de la ciudad. Vasconcelos no sabía por qué habían ido a ese sitio. Caminaron entre las criptas y finalmente se detuvieron en una.

—¿Qué ocurre? —le preguntó Vasconcelos, completamente desconcertado.

Carlos le contó la última aventura de Antonieta en la Catedral de Notre Dame y le entregó un nuevo papel ante la tumba de su Valeria.

José Vasconcelos lentamente comenzó a caer sobre sus rodillas, con el mensaje de Antonieta Rivas Mercado en su mano. Lloró y miró en lo alto, en la cúspide de las arcadas del portal izquierdo de la tumba, un rey que tenía la palma hacia el cielo, con los dos dedos unidos.

Detrás los observaba desde los árboles una creatura cubierta de hebras negras, susurrando: *"Rowena Regina Saxorum. Eu nimet saxas"*.

207

José Vasconcelos tuvo que recibir asilo político en los Estados Unidos porque en México el gobierno controlado por Plutarco Elías Calles lo declaró enemigo de la nación. Siete años después un presidente valiente, Lázaro Cárdenas, se liberó del yugo de Calles y lo expulsó del país.

Diez años más tarde, el nombre del Partido Nacional Revolucionario fue transformado en el de Partido de la Revolución mexicana. Doce años después el joven Adolfo López Mateos se convirtió en el presidente de México y José Vasconcelos pudo regresar al país.

Se bajó del avión con sus maletas y las dejó guardadas en un casillero del aeropuerto. Salió a la calle y pidió un taxi. Le pidió al chofer que lo llevara al único lugar en el que pensó durante veintinueve años: la casa de su mamá junto a la ermita de Tacubaya. En el camino vio una ciudad totalmente cambiada. En la calle observó jóvenes bailando y escuchando *rock and roll*.

Llegó al pueblo de Tacubaya, que ahora estaba totalmente dentro de la urbe, y se bajó del taxi. Pagó al hombre, que no lo reconoció.

Caminó al lado de la iglesia, transformada en un museo de cartografía, y se metió en su vieja calle, donde ahora había alumbrado eléctrico. Tocó la pared desportillada de la que había sido su casa. Se encontró con un letrero de "Se vende" pegado en la puerta. Con la mano temblando sacó de su bolsillo una llave oxidada y la introdujo por la cerradura. Comenzó a girarla y sintió un acontecimiento del pasado volver a la vida: su mamá salió corriendo por el jardín desde la puerta de la casa, de la que salía luz, y venía con los brazos abiertos. Lo besó en las mejillas y se evaporó como un sueño.

Vasconcelos siguió avanzando por las hierbas crecidas hasta la cintura y le pasó un ratón entre las piernas. La puerta de la casa había sido clausurada con tablas y las ventanas estaban rotas. Tomó una piedra del jardín y cerró los ojos. Lentamente se la llevó a la nariz y respiró sin abrir los párpados. Caminó hacia la ventana de la puerta y quebró los vidrios con la piedra.

Se metió a una oscuridad donde los muebles estaban volteados y rotos. Del corredor que conducía a la cocina surgió un resplandor color vainilla. Se aproximó y escuchó ruido de trastes y una voz dulce cantando.

—¿Ya llegaste, querido?

Comenzó a caminar más rápido y descubrió que la cocina estaba destruida. El platero colgante yacía sobre el fregadero y los mosaicos del piso habían sido levantados. Pero al lado del fregadero estaba el azulejo de la Virgen de Guadalupe, cubierto de manchas.

Volvió a sacarse la llave del bolsillo y la colocó en el borde del azulejo. La hundió con su cuerpo y levantó la pieza, que colocó sobre el mueble del fregadero. Dentro del hueco vio los pliegues de una bandera de México y notó que ésta envolvía un objeto. Se talló los ojos y lo sacó lentamente. Su mamá le dijo por la espalda, con una voz muy suave:

—Haz que otros te sigan, querido. Nunca pierdas la esperanza. Aunque no seas tú quien llegue, llegarán los que te sigan. Tu arma no será un rifle ni una granada, sino una palabra, una idea que unificará el corazón de millones y cambiará todas las cosas.

Poco a poco sacó el objeto envuelto en la hermosa bandera de seda, completamente brillante como el día en que fue encerrada ahí por última vez, y lo vio brillar como obsidiana. Era de un material negro. Era una cruz con las puntas terminadas en triángulo. La empuñó como una espada y leyó a lo largo de la guarda la palabra "Yoein". Debajo había un trébol de rosas por encima de la Vía Láctea.

Miró el azulejo que estaba en el fregadero y vio esas mismas estrellas cubriendo todo el manto azul de la Virgen. Las rosas estaban dentro, en su vestido. Giró lentamente la cruz y detrás leyó la inscripción *KOPIS-ALEXANDROS,* y en el mismo filo de la espada vio las letras T-A-K.

Arrugó el ceño y miró el azulejo. Metió de nuevo la mano al bolsillo y sacó su cartera. De un compartimiento extrajo un papel arrugado y amarillo que decía: "Para José Vasconcelos, de Valeria. París." Le dio la vuelta y vio unas letras que nunca había comprendido: "Notre Dame 4-12". Miró hacia arriba y susurró con los ojos completamente abiertos:

—Son las columnas....

208

Yo recibí su llamada en mi casa de Cuernavaca. Fue simple:

—Empaca. Nos vamos a París.

—¿Que qué? —y terminé de masticar la galleta. Le pregunté a mi amada esposa—: Preciosa, ¿quieres ir a París?

—No puedo —me sonrió.

—Sería como una tercera luna de miel. ¿No?

—Simón: tengo que terminar lo de las escuelas. Vamos luego.

Terminé yendo solo.

Me encontré con Vasconcelos bajo la estatua de Carlomagno y caminamos por el pasillo interno de la catedral. Vasconcelos revisó el croquis y comenzó a contar las columnas con el dedo. Nos pasaron por los lados turistas hablando en diferentes idiomas.

—Es la cuarta fila —me susurró él y miró hacia la profundidad—. Columna doce.

Avanzamos y llegamos a la columna. Vasconcelos la acarició de arriba abajo y frunció el entrecejo. Me miró. Ambos giramos lentamente y detrás de nosotros vimos la entrada a una capilla. La Capilla de San Dionisio. Había una escultura de un fraile sin cabeza. La cabeza la tenía en sus brazos. Caminamos al interior, donde una mujer de velo estaba rezando. Al fondo, en la pared, vimos una placa metálica. Nos miramos y continuamos avanzando. Llegando a la pared lentamente nos sentamos sobre nuestros tobillos y leímos lo que decía: "Donación para la reconstrucción de la Catedral de Notre Dame en Reims, Champagne. Fundación Rockefeller".

Bajamos la mirada y vimos un coloso titánico cargando al mundo. Miré a Vasconcelos, quien tragó saliva. Le susurré:

—¿La columna...?

Debajo del titán cósmico había cinco palabras: "La Nueva Fundación del Mundo".

Llamamos a Apola.

209

Apola estaba en el corazón financiero del mundo, saliendo de un edificio en la Quinta Avenida, entre las calles 50 y 51 en Nueva York. La llamada la recibió en un teléfono conectado a un aparato de radio que tenía en su bolsa dorada. El edificio del que salía era el corporativo más poderoso de la Tierra, y en el piso 36, sala 3603, estaban las oficinas estratégicas de la empresa militar General Dynamics y de la Agencia Central de Inteligencia, la CIA.

Salió acompañada por dos poderosos banqueros. En su cuello tenía tatuado un trébol de rosas. La edad no había pasado demasiado por su piel, pero sus habilidades como espía se habían depurado. Alrededor del cuello tenía tatuada una serpiente de estrellas. Miró al otro lado la Catedral de San Patricio. Le sonrió sutilmente.

Contestó el teléfono y le dije:

—Es el momento, Apola. La CIA está a punto de comprar al presidente López Mateos. Enviaron al agente Winston Scott desde Langley para absorberlo. Ya tiene comprado al secretario de gobernación Gustavo Díaz Ordaz. Quieren provocar un levantamiento de jóvenes en México para derrocar al gobierno.

Apola sonrió. Al pie del rascacielos del que salía, entre las dos alas laterales, se detuvo frente a una enorme escultura de bronce. Divisó a lo alto que la escultura estaba cargando la esfera celeste. Era Júpiter Stator, Atlas, la columna del mundo. Estaba saliendo del Rockefeller Center de Nueva York.

210

Sesenta kilómetros al suroeste, en una silenciosa loma de Ringoes Hunterdon County, Nueva Jersey, dentro de un oscuro panteón llamado Amwell United First Presbyterian Cemetery, estaba la tumba de John D. Rockefeller, y más hacia adentro había un enorme bloque de concreto.

Las hojas secas le cayeron encima y se fueron hacia los árboles distantes. En su lápida de mármol decía: "A la memoria de Johann Peter Rockefeller, que llegó de Alemania en el año de 1723 y que nació en Westerwaldkreis, Westfalia".

Los descendientes genéticos y financieros de John Rockefeller siguen ejerciendo hoy un poder inmenso y silencioso en el mundo. En pocas semanas el reportero Nathan Rose, Apola Anantal y mi tataranieto John Barrón *Byron* Kennedy —que están en Nueva York investigando las causas secretas de la crisis financiera global y la verdad oculta del atentado del 11 de septiembre—, darán a conocer un documento de implicaciones planetarias que cambiará la estructura de todo.

Si logran llegar a las imprentas la gente de la Tierra sabrá qué es la intraestructura secreta que gobierna al mundo desde 1913 hasta esta misma noche. Lo llamarán *Secreto 2013*.

TAK significa "Uno" en el lenguaje más primitivo del mundo, del que surgieron todas las lenguas que hoy se hablan en la Tierra. Los antropólogos lo llaman protohumano.

Éste no es el final, sino el principio.

ANEXOS

Agradecimientos

Este trabajo fue posible gracias a la consulta de la obra de investigación histórica de Pablo Martín Aceña, Elsa Aguilar Casas, Mary Ball Martínez, Kathryn S. Blair, Rosa Bruno-Jofre, Joaquín Cárdenas Noriega, Barry Carr, Gustavo Casasola, Pedro Castro, Ron Chernow, Fernando Curiel Defossé, José Fuentes Mares, Ernesto García Parra, Raúl González Schmal, Linda B. Hall, Kirk Hallahan, Roger Hodgkins, Friedrich Katz, Enrique Krauze, Rafael Loyola Díaz, Samuel Óscar Malpica Uribe, Francisco Martín Moreno, Emilio Martínez Albesa, Carlos Martínez Valle, Manuel Mejido, Jean Meyer, Lorenzo Meyer, Andrea Motulo, Xavier Moyssen, Heriberto Navarrete, Harold Nicholson, Edith O'Shaughnessy, Marisa Patulli Trythall, Moisés F. Pérez, Nora Pérez Rayón, Glenn Porter, Emilio Portes Gil, Kenneth Baxter Ragsdale, Mario Ramírez Rancaño, Alfonso Reyes Ochoa, Antonieta Rivas Mercado, Gonzalo N. Santos, Robert Freeman Smith, Antony Sutton, José Vasconcelos, Rosalinda Vázquez Arrollo, William F. Wertz y Serge I. Zaïtzeff.

A estos autores debemos gran parte de lo que sabemos sobre uno de los episodios más terribles y al mismo tiempo esperanzadores de la historia del mundo. Su esfuerzo por documentar lo aquí narrado ha evitado que se pierda en las tinieblas del pasado tal episodio, cuyos efectos continúan afectándonos y cambiándonos cada día.

Los eventos mundiales de 1929 no fueron casuales. Entonces, por primera vez en más de cuatro mil años de civilización humana, un pequeño grupo de personas asumió el control completo de una vasta porción de la humanidad. Esa familia de intereses perdura hasta nuestros días. Quienes vivimos en este nuevo siglo, en gran medida, estamos bajo sus directivas. Fotografías, documentos, mapas y el árbol completo de la verdadera procedencia de la cabeza mundial masónica se encuentran en www. secreto1929.com.

Por su gran apoyo para hacer realidad este proyecto agradezco muy afectuosamente a mi editor Andrés Ramírez, a don Cristóbal Pera, a Sandra Montoya y a Claudia Orozco, de Random House Mondadori México; a Antonio Ramos Revillas así como a Belinda Barbadillo y al grupo de amigos de *Secreto 1910* y *Secreto 1929* que contribuyeron a este proyecto, destacadamente Azckary Carrillo, Juank Díaz Hernández, Dios Edward, Carlos García Peláez, Jazmín Melchor, José Luis Pérez Jurado, Sandra Lizbeth Quezada, Terry Pierre Treseguet, Sergio R. Evolución, Ángel Valru, Armando Velázquez Castro, Edgar S. Brizuela, Jorge Montoya, Rick Alexander Codec Zxander, Luis Gerardo Tamayo Sánchez, Francisco Soria, Sergio Aguilar y Jorge Villaseñor.

Para navegar en el mundo de 1929

Un dólar en 1929 valía 12.82 veces más que un dólar actual. Un peso mexicano valía 80.13 pesos actuales. Algunas calles de la Ciudad de México tenían otros nombres:

1929	Hoy
Avenida Jalisco	Álvaro Obregón
San Juan de Letrán	Lázaro Cárdenas
Avenida del Palacio Legislativo	Avenida de la República

1.- Embajada de los Estados Unidos de América (vieja).
2.- Embajada de los Estados Unidos de América (nueva).
3.- Casa de los Azulejos.
4.- Palacio Nacional.
5.- Hemiciclo a Juárez.
6.- Plaza de San Fernando.
7.- Casa del presidente asesinado, Álvaro Obregón.
8.- Casa del presidente Plutarco Elías Calles.

9.- Oficinas de la Mexican Eagle en México.
10.- Comité Organizador del Partido Nacional Revolucionario.
11.- Comité Orientador de José Vasconcelos.
12.- Edificación donde se negociaron los tratados secretos.
13.- Casas heredadas por Antonieta Rivas Mercado.
14.- Inspección General de Policía.
15.- Hotel Regis.
16.- Bünker de Gonzalo N. Santos.

404

Algunos de los que intervinieron

José Vasconcelos — Dwight W. Morrow — Plutarco Elías Calles — Papa Pío XI — Thomas Lamont

Antonieta Rivas Mercado — Álvaro Obregón — John D. Rockefeller — Herbert Hoover — Enrique Gorostieta

Adolfo López Mateos — Antonio Helú — Luis Manuel Rojas — Rafael Guízar y Valencia — Manuel Gómez Morin

Antonio Díaz Soto y Gama — Calvin Coolidge — John Mott — Edmund Walsh — Pascual Ortiz Rubio

Al Smith — Frank B. Kellogg — Andrew W. Mellon — Henry Stimson — León Toral

Saturnino Cedillo — Emilio Portes Gil — Luis N. Morones — Gonzalo N. Santos — John D. Rockefeller II

Símbolos de espionaje en 1929

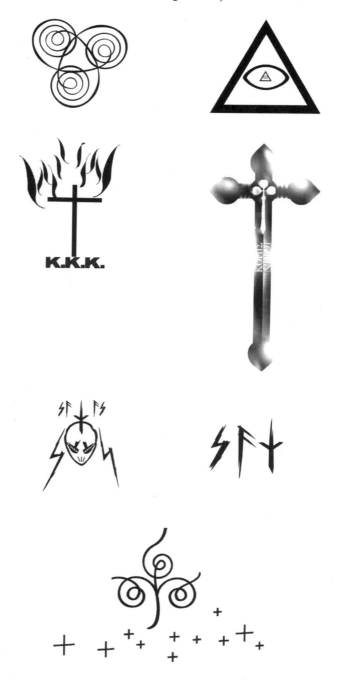

www.secreto1929.com

PARTICIPA

en Facebook buscando *Secreto 1910* y *Secreto 1929*
leopoldomendivil@yahoo.com.mx

Secreto 1929
de Leopoldo Mendívil López
se terminó de imprimir en Agosto 2012 en
Drokerz Impresiones de México S.A. de C.V.
Venado N° 104, Col. Los Olivos
C.P. 13210, México, D. F.